Nicholas Evans · Feuerspringer

Nicholas Evans

Feuerspringer

Roman

Deutsch von Kristian Lutze

C. Bertelsmann

Der Originaltitel erschien 2001 unter dem Titel »The Smoke Jumper«
bei Delacorte Press, New York

Für Harry, Max und Lauren

Umwelthinweis:
Dieses Buch und sein Schutzumschlag wurden
auf chlorfrei gebleichtem Papier gedruckt.
Die Einschrumpffolie (zum Schutz vor Verschmutzung)
ist aus umweltschonender recyclingfähiger PE-Folie.

1. Auflage

Satz: Uhl + Massopust, Aalen,
Druck und Bindung: GGP Media, Pößneck
ISBN 3-570-00319-1
Printed in Germany
www.bertelsmann-verlag.de

No man may earn his heart's desire
Lest first he brave the smoke and fire.

ERSTER TEIL

I

Die wichtigen Dinge im Leben geschehen immer zufällig. Mit fünfzehn wusste sie wenig, und über das meiste war sie sich von Jahr zu Jahr weniger im Klaren. Doch in einem war sie sich sicher: Man konnte sich abmühen, ein besserer Mensch zu werden, Ewigkeiten darüber nachgrübeln, wie man anständig und ehrlich lebte, sich etwas vornehmen, jede Nacht neben dem Bett knien und Gott versprechen, dass man sich daran halten würde; ja man konnte sogar zur Kirche gehen und ein richtiges Gelübde ablegen. Man konnte sich siebenmal mit geschlossenen Augen bekreuzigen, sich den Daumen anritzen und mit dem eigenen Blut einen heiligen Schwur auf einen Stein schreiben, den man Schlag Mitternacht in den Fluss warf. Und dann brach wie ein Falke, der aus dem Dunkel auf eine Ratte herabstößt, irgendeine Katastrophe über einen herein, die das Leben für immer veränderte und auf den Kopf stellte.

Später dachte Skye, dass der alte Falke an jenem Abend schon auf dem Dach gehockt und den richtigen Augenblick abgewartet haben musste, während er zusah, wie die Ratte sich noch ein wenig amüsierte, denn eigentlich hatte alles ganz unspektakulär damit begonnen, dass diese beiden Frauen in die Bar geschlendert kamen.

Sie wusste nicht, wer sie waren, aber was sie waren, war für jeden deutlich sichtbar. Sie trugen mehr Make-up als Kleidung, und die Art, wie sie auf ihren hohen Absätzen schwankten, ließ ahnen, dass beide schon beschwipst waren. Sie trugen enge, knappe Tops, das eine rot, das andere silbern mit Fransen. Die schwarzhaarige Frau, die ihre Brüste präsentierte wie Melonen auf einem Regal, ging voran. Sie hatte einen derart kurzen Rock an, dass sie sich den auch gleich hätte sparen können. Sie machte im Gehen ein paar Tanzschritte zu der dröhnend lauten Musik und wäre beinahe hingefallen.

Die beiden Männer in ihrer Begleitung folgten dicht hinter ihnen und schoben die Frauen durch die Menge. Beide trugen Cowboyhüte, sodass Skye ihre Gesichter nicht sehen konnte. Es interessierte sie auch nicht. Sie war selbst ziemlich betrunken. In der Bar brannten nur noch einige rote Lampen, und durch die dichten Rauchschwaden erkannte sie lediglich ein paar Mittvierziger, die ihrer Jugend nachjagten und garantiert ihre Frauen betrogen. Skye wandte den Blick ab, nahm einen Schluck von ihrem Bier und zündete sich noch eine Zigarette an.

Sie beobachtete die vier vor allem deshalb, weil sie sich langweilte, was irgendwie traurig war, da sie heute Geburtstag hatte. Jed und Calvin saßen bekifft und stumm auf ihren Plätzen. Roxy hatte immer noch das Gesicht in den Händen vergraben und weinte wegen irgendetwas, das Craig zu ihr gesagt hatte, der seinerseits ununterbrochen darüber fluchte, dass sein Schrotthaufen von einem Auto liegen geblieben war. Wieder ein toller Abend in Fun-City, dachte Skye und genehmigte sich noch einen Schluck Bier. Happy Birthday!

Die Bar war ein gottverlassenes Loch, das so dicht an der Bahnstrecke lag, dass die Flaschen schwankten und klirrten, wenn ein Zug vorbeifuhr. Aus nahe liegenden Gründen machten die Bullen einen Bogen um den Laden, und solange man nicht noch Windeln trug, drückte das Personal beim Alkoholausschank an Minderjährige beide Augen zu. Deshalb war ein Großteil der Kundschaft etwa in Skyes Alter. Jedenfalls sehr viel jünger, als die vier, die gerade hereingekommen waren und jetzt am Tresen darauf warteten, bedient zu werden. Sie standen mit dem Rücken zu Skye, die sich erneut dabei ertappte, wie sie zu ihnen hinüberstarrte.

Sie beobachtete, wie die Hände des großen Mannes über die Hüften der Schwarzhaarigen auf ihren Hintern glitten und dann den Rücken hinauf zu ihren nackten Schultern wanderten, während er sich vorbeugte und mit den Lippen ihren Hals berührte. Mein Gott, er *leckte* sie ab. Manche Typen waren echt eklig. Und was war mit den Frauen? Wie konnten sie es ertragen, sich von solchen Idioten besabbern zu lassen? Sex und alles, was damit zusammenhing, war etwas, was Skye nach wie vor nicht begriff und wahrscheinlich nie begreifen würde. Klar tat sie es. Jeder tat es. Aber sie konnte noch immer nicht verstehen, warum alle so ein Riesentheater darum machten.

Der Mann musste der Frau etwas Schmutziges ins Ohr geflüstert haben, denn sie warf den Kopf in den Nacken, lachte und versuchte kokett, ihm eine Ohrfeige zu verpassen. Der Mann lachte ebenfalls und wich dem Schlag aus. Dabei fiel sein Hut zu Boden, und Skye konnte zum ersten Mal sein Gesicht sehen.

Es war ihr Stiefvater.

In der kurzen Zeit, bevor sich ihre Blicke trafen, bemerkte sie einen Ausdruck in seinem Gesicht, den sie noch nie zuvor gesehen hatte, beinahe jungenhaft, gelöst, fröhlich und seltsam zart. Dann entdeckte er sie, und der Junge in ihm verschwand ebenso schnell, wie er aufgetaucht war. Seine Miene verfinsterte sich, und seine Züge wurden hart, bis es wieder das Gesicht war, das sie kannte, fürchtete und verachtete, das Gesicht, das sie sah, wenn er spätnachts betrunken und wütend zurück in ihren Wohnwagen in dem Trailer-Park kam, ihre Mutter eine Indianerschlampe schimpfte und sie schlug, bis sie um Gnade winselte, und sich dann Skye zuwandte.

Er richtete sich auf, legte seinen Hut auf den Tresen und sagte etwas zu der Frau, die sich umdrehte und Skye mit einem ebenso gleichgültigen wie verächtlichen Blick musterte. Dann setzte er sich in ihre Richtung in Bewegung. Skye drückte ihre Zigarette aus und hoffte, dass er die Kippe nicht bemerkt hatte.

»Lass uns abhauen«, sagte sie leise.

Doch sie saß in ihrer Ecke fest. Auf der einen Seite schluchzte Roxy an Craigs Schulter und beachtete sie gar nicht, auf der anderen dämmerten Calvin und Jed weiter apathisch vor sich hin. Ihr Stiefvater kam an ihren Tisch und registrierte die Indizien: Bierflaschen, randvolle Aschenbecher und die beiden zugedröhnten Penner, mit denen sie sich abgab.

»Was zum Teufel machst du hier?«

»Komm schon, ich hab heute Geburtstag.« Es war armselig, aber einen Versuch wert. Sie überlegte sogar, ihn »Dad« zu nennen, wie sie es für kurze Zeit nach der Heirat mit ihrer Mutter getan hatte, bevor offenbar wurde, was für ein gemeines, widerwärtiges Schwein er in Wirklichkeit war. Doch sie brachte das Wort nicht über die Lippen.

»Komm mir nicht mit dem Quatsch. Du bist erst fünfzehn! Was glaubst du, wo du hier bist?«

»Ach, was soll's, Mann. Wir haben doch bloß ein bisschen Spaß.« Es war Jed, der wieder zu sich gekommen war. Skyes Stiefvater beugte sich vor, packte ihn am Kragen und zerrte ihn über den Tisch.

»Du wagst es, so mit mir zu reden, du mieses Stück Scheiße?«

Unter Jeds Gewicht kippte der Tisch zur Seite, sodass alles in einer Lawine aus klirrendem Glas zu Boden fiel. Craig war aufgesprungen und versuchte, Skyes Stiefvater am Arm zu packen, doch der fuhr herum und schlug ihm mit der freien Hand frontal ins Gesicht. Roxy kreischte.

»Hör auf!«, brüllte Skye. »Hör auf, um Himmels willen!«

Sie bemerkte nicht, dass sämtliche Gäste der Bar sie anstarrten. Ein Kellner und der Mann, mit dem ihr Stiefvater gekommen war, eilten an ihren Tisch.

»Hey, Leute, ganz cool, ja?«, sagte der Kellner.

Skyes Stiefvater stieß Jed so heftig auf seinen Stuhl zurück, dass er mit dem Kopf gegen die Wand krachte. Craig kniete, aus dem Mund blutend, am Boden. Roxy beugte sich schluchzend über ihn und versuchte, ihm zu helfen. Skyes Stiefvater atmete schwer, er hatte die Augen zusammengekniffen und sah den Kellner finster an.

»Haben Sie diesen Kids Alkohol verkauft?«

Der Kellner hob beide Hände. »Bitte, Sir, wir wollen uns doch erst mal beruhigen.«

Er war ein schmächtiger Typ mit Pferdeschwanz, einen Kopf kleiner als Skyes Stiefvater.

»Haben Sie ihnen Alkohol verkauft? Ja oder nein?«

»Sie haben gesagt, sie wären einundzwanzig.«

»Und das haben Sie geglaubt? Haben Sie sie nach ihrem Ausweis gefragt?«

»Sir, könnten wir das vielleicht –«

»Ja oder nein?«

Skye stand auf und drängte sich an den anderen vorbei.

»Wir gehen, okay? Wir gehen ja schon!«

Ihr Stiefvater fuhr herum und holte zum Schlag aus, und obwohl all ihre Instinkte ihr rieten, in Deckung zu gehen, rührte sie sich nicht von der Stelle und sah ihn wütend an. Sie konnte sein penetrantes Rasierwasser riechen, das so üble Erinnerungen in ihr wachrief, dass sie beinahe würgen musste.

»Wag es ja nicht, mich anzurühren.«

Es war kaum mehr als ein Flüstern, doch er erstarrte; vielleicht waren es auch all die auf ihn gerichteten Blicke, er ließ jedenfalls die Hand sinken.

»Komm du mir erst mal nach Hause, du kleine Indianernutte. Wir sprechen uns später.«

»Die einzigen Nutten hier sind die beiden, mit denen du reingekommen bist.«

Er wollte sich auf sie stürzen, doch sie entwischte ihm und stürmte zur Tür. Als sie sich umdrehte, sah sie, wie sein Freund und der Kellner ihren Stiefvater an den Armen festhielten, um ihn daran zu hindern, ihr nachzulaufen. Sie stürzte hinaus in die Dunkelheit und rannte los.

Die Luft war immer noch warm und drückend. Sie spürte die

Tränen auf ihren Wangen und ärgerte sich, dass das Schwein sie zum Weinen gebracht hatte. Ein Güterzug fuhr vorbei, und sie lief eine Weile neben ihm her. Der Zug schien nicht enden zu wollen, und wäre er nicht so schnell gewesen, Skye wäre einfach aufgesprungen und hätte sich forttragen lassen.

Sie rannte und rannte, wie sie es immer tat. Wohin war egal, weil es nirgendwo schlimmer sein konnte als hier. Zum ersten Mal war sie mit fünf weggelaufen und hatte es seither wieder und wieder versucht. Sie hatte jedes Mal Ärger bekommen, aber mit Ärger war sie vertraut.

Jetzt rannte sie wieder, bis ihre Lunge brannte. Als sie, die Hände auf die Knie gestützt, keuchend stehen blieb, fuhr der letzte Wagon des Zugs an ihr vorüber. Sie blickte seinen Rücklichtern nach, die immer kleiner wurden, bis die Dunkelheit sie verschluckt hatte. Irgendwo bellte ein Hund, ein Mann brüllte, er solle aufhören, doch der Hund gehorchte nicht.

»Mach dir nichts draus. Dann nimmst du eben den nächsten.«

Die Stimme ließ sie zusammenfahren. Es war ein Mann ganz in der Nähe. Skye sah sich in der Dunkelheit um. Offenbar war sie auf dem Hof eines verlassenen Holzlagers gelandet. Sie konnte ihn nirgends entdecken.

»Hier drüben.«

Er saß an einen von Unkraut überwucherten Stapel verrottender Zaunpfähle gelehnt auf dem Boden, als wäre er geradewegs der Erde entstiegen, so lang und verfilzt sahen Haar und Bart aus. Er war weiß, ein wenig älter als Skye und trug eine zerfetzte Jeans und ein T-Shirt mit einem aufgedruckten chinesischen Drachen. Neben ihm auf dem Boden lag ein von Staub bedeckter Seesack. Der Junge war damit beschäftigt, sich einen Joint zu drehen.

»Warum weinst du?«

»Ich weine nicht. Und was geht dich das überhaupt an?«

Er zuckte die Achseln. Eine Zeit lang schwiegen beide. Skye wandte sich ab und versuchte, sich unbemerkt die Wange abzuwischen. Sie wusste, dass es besser war zu verschwinden. Bei den

Gleisen hingen alle möglichen Freaks und Verrückten rum. Doch eine Sehnsucht nach Trost oder Gesellschaft ließ sie bleiben. Sie sah ihn erneut an. Er leckte das Zigarettenpapier ab, klebte den Joint zu, zündete ihn an und nahm einen tiefen Zug, bevor er ihn ihr reichte.

»Hier.«

»Ich nehme keine Drogen.«

»Klar.«

Das Auto, das sie stahlen, gehörte anscheinend einer Familie mit kleinen Kindern, denn auf der Rückbank befanden sich zwei Kindersitze, und der Boden war mit Spielzeug, Bilderbüchern und Bonbonpapier übersät. Der Junge wusste offenbar, was er tat, denn er brauchte nur ein paar Minuten, um das Türschloss zu knacken und den Motor zu starten. Nach ein paar Meilen hielten sie an, um die Nummernschilder gegen die eines anderen Autos auszutauschen.

Er sagte, sein Name sei Sean, und sie nannte ihm den ihren, und das war alles, was sie voneinander wussten; das und vielleicht ein gemeinsames Gefühl der Verletzung und Sehnsucht, das nicht ausgesprochen werden musste. Sonst schien nichts wichtig, nicht, wohin sie fuhren, und auch nicht, warum.

Er lenkte den Wagen nach Norden bis zur Interstate und dann an einem Fluss entlang weiter nach Westen, während sich hinter ihnen langsam die Morgendämmerung über die endlose Prärie breitete. Lange Zeit schwiegen sie. Skye drehte sich um und wartete, dass die Sonne aufging. Als sie sich endlich am Horizont zeigte, tauchte sie das Land in ein tiefes Rot, Violett und Gold, und die Sträucher, Felsen und Tierherden, die am Flussufer grasten, warfen lange Schatten. Skye dachte, dass sie in ihrem ganzen Leben noch nie etwas so Schönes gesehen hatte.

Auf dem Boden fand sie ein Bilderbuch, an das sie sich aus der Grundschule erinnerte. Es handelte von einem kleinen Jungen namens Bernard, dessen Eltern ihn nie beachten. Eines Tages taucht im Garten ein Monster auf, und Bernard rennt ins Haus, um es seinen Eltern zu erzählen, doch sie hören ihm gar nicht zu. Das Monster kommt herein, frisst Bernard und knurrt dann die Eltern an, die jedoch denken, dass es nur Bernard ist, der Unsinn macht, und deshalb nicht reagieren. Und weil sie keine Angst haben, verliert das Monster seinen Mut. Skye blätterte zu der letzten Seite, die sie immer ganz traurig gemacht hatte. Das arme alte Monster ist ins Bett geschickt worden, wo es ganz allein und verloren hockt und sich vorkommt wie ein totaler Versager.

Sie fuhren zum Tanken von der Interstate ab. In einem Diner, der gerade aufgemacht hatte, holten sie sich Kaffee und Muffins und setzten sich an einen Tisch am Fenster, während eine Frau um sie herum den Boden wischte. Beim Essen fragte er sie nach ihrem Alter. Sie log und behauptete, siebzehn zu sein. Sie sagte, sie wäre in South Dakota geboren und mütterlicherseits halb Oglala-Sioux. Das fand er cool, doch sie winkte ab und erklärte, dass sie nichts über das Volk und seine Geschichte wüsste, außer, dass sie voller Leid und Not war, wovon sie auch so schon genug hätte.

Er erzählte ihr, dass er aus Detroit stammte und seine Eltern und sein älterer Bruder im Knast saßen. Weswegen, sagte er nicht, und Skye fragte ihn auch nicht danach. Mit vierzehn war er aufgebrochen und drei Jahre lang herumgereist. Er sei in Mexiko, Nicaragua und El Salvador gewesen und habe Dinge gesehen, die er sich nie hätte träumen lassen.

»Was denn zum Beispiel?«

»Magie. Schamanen. Menschen, die durch Feuer gehen, ohne dass es die kleinste Spur hinterlässt. Menschen, die auf Grund eines bösen Fluchs sterben. Und ich habe gesehen, wie eine tote Frau zum Leben erweckt worden ist.«

Doch mehr wollte er ihr darüber nicht erzählen. Sie fragte ihn, was ihn nach Montana verschlagen hatte, und er sagte, er wollte einen wilden Grizzly sehen. In Mexiko hätte er gelernt, dass es sein spirituelles Tier wäre und er in einem anderen Leben selbst ein Graubär gewesen sei. Sie lachte, weil der schlaksige Junge einem Bären denkbar unähnlich sah. Ein Insekt vielleicht oder eine Giraffe, aber ein Grizzlybär? Nie und nimmer. Er wirkte verletzt und wurde wortkarg, bis sie sich entschuldigte und ihn, ein Grinsen unterdrückend, fragte, wie er seinen Grizzly denn finden wollte. Er gab zu, dass das nicht leicht werden würde. Als Erstes hatte er vor, zum Glacier Park zu fahren, der angeblich ein guter Ausgangspunkt für seine Bärensuche war.

Skye nickte bemüht ernst.

»Klar«, sagte sie.

»Hast du eine bessere Idee?«

Ihr fielen etwa hundert ein.

»Was auch immer«, meinte sie. »Mir ist das scheißegal.«

Sie fuhren den ganzen Tag weiter, während die Sonne über sie hinwegwanderte, gleich ihnen unterwegs zu den schneebedeckten Bergen, die sich höher und höher vor ihnen erhoben. Am Nachmittag wurde es so heiß, dass sie von der Interstate abfuhren und über schmale gewundene Straßen einen von Insekten summenden Wald durchquerten. Sie fanden einen Bach mit einem kleinen Becken voller Strudel. Ganz ungeniert schwammen sie nackt in dem kalten klaren Wasser und legten sich dann zum Trocknen in die Sonne auf eine Wiese mit wilden Blumen und bunten Schmetterlingen. Er sagte, sie sähe schön aus, und sie dachte, dass er sie vielleicht anfassen wollte, ein bisschen wünschte sie es sich sogar, doch er starrte nur in den Himmel, rauchte einen Joint und schien kaum zu bemerken, dass sie da war.

Als sie wieder auf die Interstate einbogen, ballten sich im Westen dicke, graue Gewitterwolken zusammen, die von der verdeckten Sonne mit feinen, blassen, metallisch schimmernden Rissen durchzogen wurden, während aus ihren aufgewühlten Bäuchen Blitze zuckten.

Sie sah den Streifenwagen zuerst. Aus irgendeinem Grund drehte sie sich im selben Moment um, als der Polizist sein blau und rot flackerndes Licht einschaltete. Sean blickte in den Rückspiegel und schwieg. Er wirkte weder ängstlich noch besorgt, sondern nur bekifft. Er bremste und fuhr an den Straßenrand. Das Polizeiauto hielt hinter ihm. Der Polizist blieb eine Weile im Wagen sitzen, wahrscheinlich um per Funk ihr Nummernschild überprüfen zu lassen.

»Was sollen wir sagen?«

Sean zuckte die Achseln.

Der Polizist stieg aus und kam langsam auf sie zu. Sean ließ das Fenster herunter und beobachtete ihn im Seitenspiegel. Als er neben dem Wagen stand, beugte er sich ein wenig herunter, um einen Blick auf Skye zu werfen. Er war jung, etwa Mitte zwanzig, mit einem sauber gestutzten rötlichen Schnurrbart und blauen, freundlichen Augen. Er tippte mit einem Finger an seinen Hut, und Skye schenkte ihm ihr strahlendstes Lächeln.

»Hallo zusammen. Wo soll's denn hingehen?«

»Glacier Park«, sagte Sean, ohne ihn anzusehen.

»Toll. Urlaub?«

»Ja.«

»Ist das Ihr Wagen?«

»Er gehört einem Freund.«

»Hm. Okay. Gut, dann würde ich gern Ihren Führerschein und die Zulassung sehen, bitte.«

Sean drehte sich um und griff nach seinem Seesack. Skye hatte plötzlich das ungute Gefühl, dass er eine Waffe ziehen und etwas Dummes anstellen könnte. Doch dann schien er es sich anders überlegt zu haben, denn er wandte sich wieder dem Polizisten zu.

»Das habe ich völlig vergessen. Die ganzen Papiere sind mir geklaut worden.«

Der Blick des Polizisten wurde hart.

»Würden Sie dann bitte aussteigen, Sir?«

In dem Moment, in dem er sich aufrichtete und die Hand nach dem Türgriff ausstreckte, trat Sean aufs Gaspedal. Der Polizist riss die Tür auf und versuchte, Seans Schulter zu packen, doch der Wagen hatte sich bereits in Bewegung gesetzt, sodass er das Gleichgewicht verlor, stürzte und sich dabei den Arm hinter Seans Sitz einklemmte. Er schrie.

»Stopp!«, rief Skye. »Anhalten!«

Man hörte ein lautes Knacken, und der Schrei des Mannes verriet Skye, dass sein Arm gebrochen war. Doch entweder schien Sean es nicht zu hören, oder es war ihm auch egal. Er trat nur noch fester aufs Gaspedal, bis die Reifen qualmten und der Wagen zusammen mit dem schreienden Polizisten schlingernd auf die Interstate schoss.

»Bist du verrückt? Halt an! Halt an, um Himmels willen!«

Doch er hielt nicht an. Sie versuchte, die Automatik auf Stopp umzuschalten, doch er stieß sie brutal zur Seite, sodass ihr Kopf gegen das Beifahrerfenster schlug. Mit der linken Hand versuchte er vergeblich den hinter seinem Sitz eingeklemmten Arm des Polizisten zu befreien. Die Tür schlug klappernd auf und zu, immer wieder gegen den Arm des Mannes, und wenn sie aufging, konnte Skye über der Türschwelle sein Gesicht sehen. Auf einer Seite klaffte ein blutiger Riss, und seine Augen waren starr vor Angst.

Unter dem wütenden Hupen der anderen Fahrzeuge kreuzte der Wagen quer über die Spuren des Highways. Sie überholten einen Pick-up mit einem großen braunen Hund auf der Ladefläche. Der Fahrer hupte und brüllte, der Hund bellte und versuchte, das Gleichgewicht zu halten, als der Pick-up ihnen schlingernd auswich.

»Idiot!«, brüllte Skye.

»Halt's Maul!«

Plötzlich hörte Skye ein reißendes Geräusch, gefolgt von einem lauten, dumpfen Aufprall, und als sie sich umdrehte, sah sie den Körper des Polizisten hinter ihnen über die Straße rollen.

»Du verdammter, bescheuerter Idiot! Was *machst* du?«

Der abgetrennte Arm des Polizisten klemmte immer noch hinter dem Fahrersitz. Der Junge riss daran, warf ihn hinaus und schlug die Tür zu. Skye schrie und fuchtelte mit den Armen, bis er ihr einen harten Fausthieb auf den Mund verpasste. Sie spürte, wie ein Zahn abbrach und Blut floss, was sie nur noch wütender machte. Sie ging kratzend auf sein Gesicht los, bis er sie so heftig schlug, dass etwas in ihrem Kopf nachgab und sie das Gefühl hatte, von innen verschluckt zu werden. Sie sank in ihren Sitz zurück und sah die Welt in einem roten Nebel davontrudeln.

2

Der Tag, an dem Edward Tully die Liebe seines Lebens traf, fing schlecht an. Es hatte die ganze Woche geschneit, und er hatte sich auf ein schönes Skiwochenende gefreut. Doch am frühen Freitagmorgen ging der Schnee in Regen über, und bei Tagesanbruch steckte ganz Boston bis zu den Knien in grauem Matsch. Zu allem Überfluss regnete es auch drinnen. Am späten Vormittag brachen Heizung und Wasserversorgung für das gesamte Apartmentgebäude zusammen. Als Ed seine Wohnung verließ, um herauszufinden, was los war, stellte er fest, dass die Aufzüge nicht funktionierten, Wasser über die Treppe rann und die Halle voller Menschen mit nassen Füßen war, die sich gegenseitig anschrien.

Das Haus wurde renoviert, und seit zwei Monaten hatten die Handwerker von Tag zu Tag mehr Talent bewiesen, die Bewohner zu verärgern. Wie sich herausstellte, hatte an diesem Morgen ein Schreiner mit seiner Schlagbohrmaschine und geradezu chirurgischer Präzision gleichzeitig eine Stromleitung und ein Wasserrohr angebohrt. Mr. Solomon, der traurige alte Witwer, der in dem Apartment neben Ed wohnte, berichtete, dass der Mann gerade in einem Krankenwagen abtransportiert worden war.

Ed hatte fast die ganze Nacht am zweiten Akt seines neuen Musicals gearbeitet, das ihn (in diesem Punkt erlaubte er sich keinerlei Zweifel) berühmt machen würde. Er kam gut mit der Arbeit voran, doch war sein Werk durch die Bauarbeiten textlich wie musikalisch düsterer geraten als beabsichtigt. Als er jetzt in tropfnassen Schuhen zurück in seine Wohnung platschte, stellte er fest, dass der Einfluss, den die Handwerker auf sein Stück nahmen, ungleich konkreter geworden war. Direkt über dem Klavier leckte es aus der Decke. Das Klavier selbst, ein altes Stück ungewisser Herkunft, das so oft gestimmt werden musste, dass es die Mühe kaum lohnte, schien unbeschädigt. Doch der Packen Notenpapier, der darauf lag, die Arbeit einer ganzen Nacht, war durchgeweicht. In dem Wandschrank, in dem er seine Kletter-, Ski- und Angelausrüstung aufbewahrte, entdeckte er ein weiteres Leck, sodass er den Inhalt komplett auf sein Bett räumen musste. Wütend ließ er sich auf das Sofa fallen, direkt auf seine schicke neue Calvin-Klein-Brille, die erst in der vergangenen Woche fertig geworden war und ein Vermögen gekostet hatte. Die Brille war hinüber, und Ed dachte, dass sich ganz offensichtlich der ganze Kosmos gegen ihn verschworen hatte.

Dann kam die Post und brachte ihm mit herzlichem Dank nicht nur eins, sondern gleich zwei Textbücher inklusive Demo-Kassetten seines letzten Musicals zurück, das ihn ganz sicher nicht berühmt machen würde. In einem zweifelsohne von einem namenlosen Untergebenen formulierten Anschreiben vernichtete ihn ein großer Broadway-Produzent mit halbherzigem Lob, um abschließend festzustellen, dass das Werk »möglicherweise eine Spur zu sehr von Sondheim beeinflusst« sei, was Ed für mehrere Stunden in tiefe Selbstzweifel stürzte.

Inzwischen war es später Nachmittag, und er saß wieder an einem Klavier, sehr viel größer, eleganter und besser gestimmt als sein eigenes, und hörte zu, wie sein unsympathischer Schüler ein nicht allzu schwieriges Stück von Mozart verhunzte. Der Junge, ein zutiefst unliebenswerter Zehnjähriger namens Dexter Rothwell jr. war komplett schwarz gekleidet, bis auf die gold-silbernen Turnschuhe, die wahrscheinlich so viel gekostet hatten, dass sich eine durchschnittliche Familie mehrere Wochen lang von dem Geld hätte ernähren können.

Besonders irritierend fand Ed jedoch die Baseballkappe des Jungen. Sie war natürlich ebenfalls schwarz, verkehrt herum aufgesetzt und in zittriger Schrift wie von einer blutenden Spinne mit dem Aufdruck DEATH ZONE – CREW MEMBER verziert. Ed war von Natur aus kein gewalttätiger Mensch, ganz im Gegenteil, doch manchmal wurde der Drang, dem jungen Dexter Rothwell die Mütze abzunehmen und um die Ohren zu hauen, beinahe übermächtig.

Seit Abschluss seines Studiums vor drei Jahren verdiente Ed sich seinen Lebensunterhalt mit Klavierunterricht, um weiter an seinen eigenen Kompositionen arbeiten zu können. Im Winter bestand seine einzige andere Einnahmequelle in den freitagabendlichen Auftritten in einer Downtown-Bar, die ihm, auch wenn sie ihm wenig Geld und noch weniger Aufmerksamkeit einbrachten, wenigstens Spaß machten. Was das Unterrichten betraf, hatte er sich offenbar – durchaus unbeabsichtigt – auf den verzogenen Nachwuchs der blasiertesten Neureichen der Stadt spezialisiert. Mit diesem besonderen Exemplar musste er sich nun seit einem halben Jahr herumschlagen, und bisher hatte der Junge ihn weder angelächelt noch direkt angesehen.

Ed starrte aus dem Fenster und versuchte in dem Missklang, der den eleganten Salon der Rothwells erfüllte, eine Spur von Mozart zu erkennen. Die winterliche Dunkelheit des Januars war den ganzen Tag über kaum gewichen und senkte sich jetzt bei anhaltendem Dauerregen erneut über die Stadt. Ed beobachtete, wie die Tropfen kleine Bächlein auf der Wachspolitur von Mrs. Rothwells Mercedes-Cabriolet bildeten, das neben seinem verrosteten Nissan in der Auffahrt glänzte. Die blondierte Mutter des Jungen mühte sich wie üblich im Lycradress im Fitnessraum auf der anderen Seite des Flurs ab und hatte dazu ein Kopfhörerradio aufgesetzt, vermutlich um Dexter jr.'s grauenvolles Klavierspiel zu übertönen. Sie war eine kleine, zierliche Frau mit spitzem Gesicht, und wann immer Ed sie kurz durch die Tür sah, musste er an eine wahnsinnige Maus in einer Tretmühle denken.

Dexter Rothwell jr. beendete seinen Vortrag und sackte auf dem Klavierhocker in sich zusammen.

»Mozart ist ätzend«, meinte er.

»Findest du? Tatsächlich?« Ed bemühte sich locker, ja sogar leicht amüsiert zu klingen.

»Ja.«

»In der vergangenen Woche hattest du offenbar keine Zeit zum Üben.«

Der Junge grunzte und fing an, in der Nase zu bohren. Eine Weile lauschten sie dem gedämpften Getrampel von Mrs. Maus, die im Fitnessraum ihre Meilen herunterriss. Ed nahm seine Brille ab, die alte mit dem von einem Klebeband zusammengehaltenen Scharnier, und putzte die Gläser. Die Brille erinnerte ihn daran, dass er es sich buchstäblich nicht leisten konnte, in irgendeiner Weise impulsiv zu reagieren. Er atmete tief durch und setzte die Brille wieder auf.

»Okay, was sollen wir dann spielen? Möchtest du was Neues von Led Zeppelin versuchen?«

Das meinte er durchaus ernst. In dem verzweifelten Bemühen, die Begeisterung des Jungen zu wecken, hatte er ihn »Stairway to Heaven« und ein paar Rolling-Stones-Stücke spielen lassen und sogar ein wenig Interesse hervorgerufen.

»Der ist auch ätzend.«

»Wow, klingt so, als wäre alles ätzend. Chopin, Mozart, Led Zeppelin.«

»Ja, genau.«

Eine Zeit lang herrschte Schweigen. Der Junge starrte düster in den Regen hinaus und bohrte weiter in der Nase. Ed betrachtete sein mürrisches Profil mit dem langen Kinn und schätzte rasch ab, welchen Schaden er seiner ohnehin prekären Finanzlage zufügen würde. Dann stand er auf, zog Dexter die Noten vor der Nase weg und stopfte sie in seine Aktentasche. Der Junge blickte zu ihm auf.

»Was ist los?«

»Gar nichts, Dexter. Und genau das ist das Problem.«

»Wir haben doch gerade erst angefangen.«

»Ja, und ich bin fertig. Ich gehe.«

Er öffnete die Tür und traf im Flur Dexters Mutter, die mit einem Handtuch behutsam ihr Gesicht abtupfte, um ihren Lippenstift nicht zu verschmieren. Als sie ihn sah, runzelte sie die Stirn.

»Sind Sie schon fertig?«

»Ja, Ma'm. Fix und fertig.«

Er nahm seine Jacke vom Stuhl neben der Haustür. Dexter drückte sich in der Tür zum Salon herum und grimassierte schulterzuckend, als verstünde er die Welt nicht mehr. Mrs. Rothwell blickte auf ihre Uhr.

»Aber es ist erst –«

»Die Sache ist die, Mrs. Rothwell, Sie verschwenden Ihr Geld und ich meine Zeit.«

»Warum? Macht Dexy keine Fortschritte?«

Ed sah den Jungen an. Er hatte die Fäuste unter sein T-Shirt gesteckt und starrte mürrisch auf den Boden. Bei dem erbarmungswürdigen Anblick spürte Ed kurz einen Hauch von Mitleid.

»Nein, Ma'am. Um ehrlich zu sein, Dexy ist ätzend.«

Die Euphorie währte nur so lange, bis er zu Hause war. Die Heizung funktionierte immer noch nicht, und Wasser tropfte in den Mülleimer, den er an die Stelle geschoben hatte, wo vorher das Klavier stand. Er duschte kalt und laut singend, um die Kälte zu vergessen und nicht darüber nachdenken zu müssen, was für ein Idiot er gewesen war, den Job bei den Rothwells hinzuschmeißen. Anschließend machte er sich einen heißen Kakao und wärmte in der Mikrowelle die halbe Pizza auf, die vom Vorabend übrig geblieben war. Er aß in seine Jacke gehüllt und sah sich dabei die Nachrichten im Fernsehen an, die nichts als Katastrophen vermeldeten, die zwar seine eigenen Probleme vergleichsweise klein erscheinen ließen, seine Laune aber auch nicht besserten.

Obwohl das Lokal sich erst sehr viel später füllte, erwartete man, dass er um acht in der Bar erschien. Also brach er gegen halb acht auf, um sich mit dem Wagen durch den zähflüssigen Verkehr auf die andere Seite der Stadt zu kämpfen.

Die Bar hieß Ralff's, obwohl Ed nie herausgefunden hatte, wer dieser Ralff war und warum er seinen Namen so seltsam schrieb. Sie lag in der Nähe des Flussufers am Rand eines schick sanierten Viertels, in dem es im Sommer nur so von Touristen wimmelte. An einem Winterabend wie diesem jedoch lockte außer Ralff's nur noch das Kino gegenüber Besucher in diese Gegend, was gut fürs Geschäft, aber schlecht für die Parkplatzsuche war. Aber an diesem Abend schien Ed Glück zu haben.

Als er um die Ecke bog, sah er, dass ein Jeep aus einer Parklücke direkt vor der Bar rangierte. Er setzte den rechten Blinker, blieb stehen und wartete, dass der Wagen wegfuhr. Das Auto hinter ihm hupte, obwohl nicht zu übersehen war, warum Ed gehalten hatte. Er blickte in den Rückspiegel und sah einen ramponierten weißen VW-Käfer. Der Käfer hupte erneut.

Ed schüttelte den Kopf. Was für ein Idiot. Der Jeep räumte die Parklücke, und Ed fuhr ein Stück vor, um rückwärts hineinzufahren. Er dachte, dass der VW ihn entweder überholen oder warten würde, doch als er den Rückwärtsgang einlegte und sich umdrehte, sah er, wie der Käfer sich rasant in seine Parklücke mogelte. Er war einigermaßen fassungslos und nicht gewillt, eine solche Unverschämtheit einfach hinzunehmen. Er schaltete die Warnblinkanlage ein und öffnete die Tür.

Aus dem VW stiegen zwei Personen. Die Fahrerin war eine junge Frau, die auf Ed zustürmte und ihn mit einem derart unschuldigen Lächeln anstrahlte, dass er glaubte, sie müsste jemanden hinter ihm meinen. Er sah sich um, doch da war niemand. Die Frau trug eine rote Skijacke mit einer Kapuze über einer dichten Mähne dunklen Haars. Ihr männlicher Begleiter war größer und kräftiger als Ed. Durch seine regennasse Brille sah Ed nur, dass der Typ grinste, womit er sich bei ihm nicht gerade beliebter machte. Der Regen war mittlerweile zu einem Monsun ausgeartet.

»Verzeihung«, sagte Ed so ruhig wie möglich. »Das ist meine Parklücke.«

Die Frau blicke zu ihrem Wagen und sah ihn dann wieder mit jenem ärgerlichen Kein-Wässerchen-trüben-Lächeln an.

»Nein, es ist unserer.«

Sie schloss den Wagen ab und zog den Reißverschluss ihrer Jacke hoch. Obwohl er vor Wut kochte, konnte Ed nicht umhin zu bemerken, dass er einer außergewöhnlich hübschen Frau gegenüberstand. Sie hatte olivfarbene Haut, einen breiten Mund und strahlend weiße Zähne. Ihre Augen waren groß und dunkel und funkelten amüsiert, was Ed nur noch wütender machte, da nur er selbst der Grund ihrer Belustigung sein konnte.

»Hören Sie, Sie wussten ganz genau, was ich vorhatte. Ich habe angehalten, um den Typ rauszulassen, geblinkt, bin ein Stück vorgefahren, um rückwärts einzuparken, und Sie haben sich hinter mir in die Lücke gemogelt. Das können Sie nicht machen.«

Sie zuckte die Achseln. »Können wir. Haben Sie ja gerade gesehen.«

»Das können Sie nicht, verdammt noch mal.«

Seine Stimme klang schrill, und um wieder eine angemessen männliche Pose einzunehmen, warf er dem idiotischen Freund der Frau einen vernichtenden Blick zu, als der immer noch wie ein Affe grinsend auf sie zukam. Ed spürte, wie die Feuchtigkeit durch seine Jacke drang. Durch seine Brille sah er mittlerweile fast gar nichts mehr, doch ihm war, als hätte er im Gesicht der Frau eine Spur von Verlegenheit entdeckt. Sie wandte sich hilflos an ihren Freund.

»Werden Sie bitte nicht ausfallend«, sagte der Affe.

»Werd ich ja gar nicht!«

»Sie haben ›verdammt noch mal‹ gesagt.«

»Himmelherrgott –«

»Hm-hm, bitte.«

Er hielt warnend seine gespreizten Hände hoch, lächelte unvermittelt, runzelte die Stirn und sah ärgerlich sympathisch aus.

»Hey, Mann, tut mir echt Leid. Aber das Leben ist ein Dschungel. In ein paar tausend Jahren wird es nur noch Autofahrer geben, deren Vorfahren es gelernt haben, wie man in anderer Leute Parklücken fährt. Man nennt es das Recht des Stärkeren. Es ist hart, aber so funktioniert die Evolution. Und nun entschuldigen Sie uns bitte, sonst kommen wir noch zu spät ins Kino.«

Er nahm den Arm der Frau, führte sie über die Straße und ließ Ed im wahrsten Sinne des Wortes wie einen begossenen Pudel stehen.

»Sie rücksichtslose –«

Ein Wagen fuhr an ihm vorüber und bespritzte seine Hosenbeine. Ein weiteres Auto hupte.

»Hey, Mann, fahren Sie Ihren Wagen weg. Sie blockieren ja die Straße.«

»Ach ... halten Sie doch Ihren Mund.«

Ed stieg wieder in sein Auto und putzte seine Brille. Danach kurvte er auf Rache sinnend zwanzig Minuten durch das Viertel, bis er schließlich nur ein paar Autos hinter dem VW der Frau einen freien Platz fand. Als er an ihrem Wagen vorbeiging, hatte er die perfekte Idee, wie er sich rächen könnte.

Er betrat Ralff's und entschuldigte sich bei Bryan, dem Geschäftsführer, für seine Verspätung. Er hätte einen schlechten Tag gehabt.

»Wer nicht?«, erwiderte Bryan und zuckte die Achseln.

Das Lokal war noch fast leer, sodass Ed kein allzu schlechtes Gewissen hatte. Er ging eilig hinter den Tresen und fand neben der Registrierkasse einen Stift und einen Zettel.

»Hey, los!«, rief Bryan. »Wie wär's mit ein bisschen Musik?«

»In zwei Minuten.«

Er kritzelte etwas auf den Zettel und wickelte ihn sorgfältig in eine Plastiktüte, damit der Regen ihn nicht aufweichte. Auf dem Weg zur Tür rief er Bryan zu, dass er gleich wieder zurück sein würde.

Die Menschenmenge vor dem Kino hatte sich aufgelöst. Nur hin und wieder fuhr ein Wagen durch die regennasse, verlassene Straße. Ed ging direkt zu dem VW, beugte sich über die Kühlerhaube, nahm sorgfältig die Wischerblätter der Scheibenwischer ab und steckte sie in seine Jackentasche. Unter den Wischarmen befestigte er die eingewickelte Nachricht und kehrte mit einem zufriedenen Lächeln zurück in die Bar.

»In ein paar tausend Jahren«, stand auf dem Zettel, »wird es nur noch Fahrer geben, die gelernt haben, wie man Parkplatzdieben die Wischerblätter stiehlt. Man nennt es das Recht des Stärkeren.«

Trotz seiner feuchten Kleidung und des miserablen Tages, der hinter ihm lag, spielte er gut an jenem Abend. Gegen zehn begann sich der Laden zu füllen. An einem der Tische applaudierten die Gäste nach jedem Stück, und schon bald animierte das auch die anderen Zuhörer. Ed kramte in seiner Erinnerung nach Songs, die etwas mit Regen zu tun hatten, was beim Publikum besonders gut ankam. Nach »Stormy Weather« wurden sogar Rufe nach einer Zugabe laut. Er hatte keine berauschende Stimme, aber heute klang sie seiner Meinung nach wegen einer heraufziehenden Erkältung tiefer und sogar sexyer als sonst. Leanne, eine der Kellnerinnen, in die er immer ein wenig verknallt gewesen war, brachte ihm ständig Drinks, und auch sie schien ihn auf eine vollkommen neue Art anzusehen.

Jedes Mal wenn die Tür aufging, stellte er mit Genugtuung fest, dass es noch regnete. Er malte sich die ganze Zeit aus, wie die Frau zu ihrem Wagen zurückkehrte und die Nachricht fand. Er hätte dabei gern ihr Gesicht gesehen. Der Film musste mittlerweile zu Ende sein, und er fragte sich, ob sie vielleicht mit ihrem Freund in der Bar aufkreuzte und wie er dann reagieren würde. Aber Ralff's war ein Laden, in den man zum Trinken kam, mit roten, samtbezogenen Sitzbänken und schummriger Beleuchtung, und sie schien ihm eher der Müslityp zu sein, mit Jogurt und Yogakursen.

Doch er irrte sich.

Er machte gerade eine Viertelstunde Pause und hatte sich auf dem Weg von der Toilette bereitwillig von Leanne aufhalten lassen, die des Lobes über sein Klavierspiel und vor allem seine neue sexy Stimme voll war. Deshalb trat Ed ziemlich selbstzufrieden wieder ans Klavier. Er setzte sich und trank gerade einen Schluck, als er sie oder vielmehr ihre rote Skijacke bemerkte. Hätte er einen Augenblick später hingesehen, hätte er sie vielleicht gar nicht erkannt, weil sie die Jacke in diesem Moment auszog. Darunter trug sie einen cremefarbenen Pullover. Ihr Freund – der, wie man gerechterweise zugeben musste, kein bisschen aussah wie ein Affe – bestellte Drinks, während sie auf einem Barhocker Platz nahm, den Rücken streckte, den langen Hals reckte und sich umsah. Ed beobachtete sie.

Sie fuhr sich mit beiden Händen durchs Haar, eine Geste, die vermutlich auch einem praktischen Zweck diente und die bei einer anderen Frau leicht affektiert hätte aussehen können. Doch bei ihr wirkte sie völlig uneitel und äußerst erotisch.

Erst jetzt fiel ihm auf, dass sie zurückstarrte und die Lippen zu einem angedeuteten Lächeln des Wiedererkennens verzog. In einem, wie er es später nennen sollte, Augenblick reiner Genialität spielte Ed einen Song aus seinem letzten, nie aufgeführten und zweifach abgelehnten Musical. Es war ein schnulziges Liebeslied, möglicherweise eine Spur zu sehr von Tom Waits beeinflusst. Es hieß »Your Place or Mine«, und der Refrain lautete:

We've finished the whiskey,
Let's finish the wine.
I feel kinda frisky,
Is it your place or mine?

Während er sang, sah er sie unentwegt an. Ihr Freund schien nichts dagegen zu haben. Schmunzelnd hörte er zu, bis Ed fertig war, hob dann sein Glas und schickte Leanne mit einem Drink zum Klavier. Ed spielte weiter, jeden halbwegs passenden Song, der ihm einfiel, wobei er hier und da eine Textzeile veränderte, um sie zum Lachen zu bringen. Er sang »We've Gotta Get (You) Out of This Place« und »Somewhere There's a Place for (You)« aus West Side Story. Er fühlte sich inspiriert und beflügelt. Das Publikum war großartig und freute sich über einen Witz, den es gar nicht verstand. Denn er spielte nur für die Frau, deren Autowischerblätter noch in seiner Jackentasche steckten. Deshalb war er mehr als nur ein wenig enttäuscht, als er bemerkte, dass sie mitten in »Lovely Rita, Meter Maid« aufstand und ihre Skijacke anzog. Doch dann sah er, dass sie und ihr Freund auf ihn zukamen.

Sie warteten beim Klavier, bis er den Song beendet hatte. Als der Applaus verebbt war, nickte Ed ihr zu.

»Das war wirklich witzig«, sagte sie. »Sie sind gut.«

»Das stimmt, ich gebe es zu. Danke.«

»Hören Sie, das mit vorhin tut mir Leid. Ich weiß nicht, was mich da geritten hat.«

»Es war meine Schuld«, schaltete ihr Freund sich ein. »Ich habe sie dazu überredet. Wir waren schon ziemlich spät dran fürs Kino, und na ja, jedenfalls ... tut es uns Leid.«

Ed nickte, ohne ihn anzusehen. Er konnte seinen Blick nicht von der Frau losreißen. Sie war einfach umwerfend. Dann bemerkte er, dass eine Antwort von ihm erwartet wurde.

»Nun, vielen Dank«, sagte er. »Ich meine, man kann es ja auch mal so sehen: Ich habe eine kostenlose Biologiestunde bekommen.«

Er zog die Wischerblätter aus der Tasche seiner noch immer feuchten, über der Stuhllehne hängenden Jacke und gab sie ihr.

»Hier.«

Sie runzelte die Stirn.

»Sie waren noch nicht bei Ihrem Wagen?«

»Nein.«

»Nun, ich glaube, die hier werden Sie brauchen.«

Sie lächelte verschmitzt und nahm die Wischerblätter entgegen. Ihr Freund lachte.

»Quitt?«, fragte Ed.

Sie kniff die Augen zusammen. »Nun, das müssen wir erst mal sehen.«

»Wenn Ihr Freund nicht so groß und kräftig gewesen wäre, hätten Sie echt Ärger bekommen, das kann ich Ihnen sagen.«

»Das ist mein Cousin David.«

Es waren die schönsten Worte, die Ed an diesem Tag gehört hatte. Er streckte die Hand aus.

»Edward Tully. Nett, Sie kennen zu lernen.«

David sagte, es würde ihn ebenfalls freuen. Er hatte einen Händedruck wie ein Schraubstock. Ed wandte sich wieder der Frau zu, in die er schon jetzt verliebt war.

»Rita«, sagte sie.

Ed hielt ihre Hand fest und zögerte. Rita? War das möglich? Sie lachte.

»Okay. Julia. Julia Bishop.«

»Hey, Ed!«, rief Bryan hinter dem Tresen. »Wenn Musik der Liebe Nahrung ist, dann sieh zu, dass du endlich loslegst.«

»Er ist ein echt romantischer Typ«, meinte Ed.

Sie lächelte, entschuldigte sich erneut, verabschiedete sich und ging mit ihrem Cousin zur Tür. Ed stimmte einen John-Lennon-Song an, den er seit Jahren nicht mehr gespielt hatte. Doch wenn sie ihn erkannte, und sie musste ihn erkannt haben, denn er war nach ihr benannt, ließ Julia sich nichts anmerken. Sie trat mit ihrem Cousin hinaus in die Dunkelheit, ohne sich noch einmal umzudrehen.

Half of what I say is meaningless,
But I say it just to reach you, Julia.

Als Ed eine halbe Stunde später Schluss machte und sich immer noch verfluchte, dass er nicht nach ihrer Telefonnummer, Adresse oder wenigstens ihrer Arbeitsstelle gefragt hatte, entdeckte er, dass seine Wischerblätter fehlten und unter einem der Wischarme ein Zettel klemmte. »Ich habe etwas gelernt«, las er auf der einen Seite. Ed drehte die Nachricht um. Auf der Rückseite stand eine Telefonnummer.

Es hatte aufgehört zu regnen.

3

Um zwölf Uhr mittags kamen die Feuerspringer. Paarweise stürzten sie aus dem Flugzeug ins Leere. Die Fallschirme bauschten sich beim Öffnen, zerrten mit einem Ruck an ihrem Körper und ließen sie wie Quallen in einem himmlischen Ozean schweben. Hin und wieder verdeckte einer der Schirme die Sonne, die heiß, grell und unbarmherzig in ihrem Rücken brannte, und warf im Sinken Schatten auf die Rauchschleier, die den Berghang verhüllten.

Ihr Team bestand aus sechs Männern und zwei Frauen, die alle sicher im Zielgebiet, einer schmalen, kaum vierzig Meter breiten Lichtung, landeten. Sie legten die Fallschirme und Overalls ab und verstauten sie, nahmen Kettensägen, Pulaskis und Schaufeln aus den separat abgeworfenen Säcken und begannen wenig später, eine Schneise gegen das Feuer zu schlagen.

Der Gipfel, der über ihre Arbeit wachte, hieß Iron Mountain. Sein Westhang war dicht bewaldet und von der Straße aus praktisch unzugänglich. Das Feuer war am Morgen von einem Ranger entdeckt worden und hatte, angefacht von einem auffrischenden Westwind, schon mehr als vierzig Hektar vernichtet. Wenn es weiter nach Osten zog oder eine nördliche Richtung einschlug, bestand kaum ein Risiko. Doch im Süden und Westen lagen Ranches und Hütten, die bei drehendem Wind in höchstem Maß gefährdet waren. Deshalb hatte man die Feuerspringer angefordert.

An einem Kalksteinkamm entlang schlugen sie einen etwa einen Meter breiten und achthundert Meter langen Graben in den Südhang des Berges. Sie arbeiteten in Gruppen, jeweils gut zehn Meter hintereinander; zuerst die Leute mit der Säge, dann eine Mannschaft, die die gefällten Bäume und Äste aus dem Weg räumte, und zuletzt die Gräber. Sie sägten, hackten, schürften und gruben, bis die mineralische Erde erreicht war, sodass das Feuer bei seiner Ankunft keine weitere Nahrung finden würde. Danach ruhten sie sich schweißnass und erschöpft aus. Ihre gelben, feuersicheren Hemden und grünen Hosen waren voller Erd- und Schmutzflecken und erinnerten an Tarnuniformen. Keiner sagte etwas, sodass man bis auf das ferne Grollen des Feuers jenseits des Kamms nur die schrillen, abgehackten Stimmen aus den Funkgeräten hörte.

Etwa fünf Meter unterhalb der anderen stand als Letzter in der Reihe ein junger Mann mit hellblondem, von Schweiß verklebtem Haar. Er war groß und schlank, und sein aschgraues Gesicht wies dort, wo Schweißtropfen über seine Wangen geflossen waren, schwarze Streifen auf und erinnerte an das eines Tiers. Auch seine blassblauen Augen hatten etwas Wildes. Rucksack und Schutzhelm lagen auf einer Felsplatte neben ihm, während er sorgfältig die stählerne Klinge seines Pulaski, eines Spezialwerkzeugs, das halb Axt, halb breite Hacke war, polierte. Als er damit fertig war, lehnte er es an seinen Rucksack, streifte die Handschuhe ab und fuhr sich mit der Hand durchs Haar. Dann öffnete er eine Feldflasche.

Er war sechsundzwanzig Jahre alt und hieß Connor Ford. Obwohl er erschöpft, verschwitzt und verdreckt war und seine Lunge vom Rauch brannte, gab es keinen Ort auf der Welt, an dem er sich lieber aufgehalten hätte. Es war sein erster Sprung in dieser Saison gewesen. Als er vor ein paar Stunden – unter sich den Berg, den Wald und das Tal – an der offenen Tür der DHC-6 Twin Otter gehockt und auf die lautlos zur Erde sinkenden, blau-weiß-gelben Schirme der vor ihm Gesprungenen hinabgeblickt hatte, hatte er beinahe so etwas wie Ekstase empfunden. Als er dann schließlich selbst nach dem Startkommando in die blaue Unendlichkeit gesprungen war, hatte er seinen Körper zusammengekrümmt und bis fünf gezählt, den Ruck beim Öffnen des Schirms gespürt und war, getragen von einer wundersamen Stille, nach unten geschwebt – ein Wesen aus Fleisch und Blut, Himmel und Erde.

Das Wasser in seiner Feldflasche schmeckte warm und metallisch. Obwohl es erst Ende Mai war, hatten sie Temperaturen wie im Hochsommer. Connor schätzte, dass es über dreißig Grad waren. Es hatte das Jahr über kaum geregnet, und die Luft war staubtrocken. Wenn es so weiterging, würde es ein Sommer der Waldbrände werden. Auf ihrem Stützpunkt in Missoula stellten manche Kollegen schon Überlegungen an, wofür sie ihre Überstunden- und Gefahrenzulage ausgeben könnten. Zwei Abende zuvor hatte Connor Ed angerufen und ihm gesagt, er solle das neue Auto, das er sich kaufen wollte, schon einmal anzahlen. Ed und seine sagenhafte Freundin, von der er seit Monaten redete, wollten ihn am kommenden Wochenende in Montana besuchen. Es war das erste Mal, dass Ed den Beginn der Saison verpasst hatte, was nur bewies, was für einen schädlichen Einfluss eine Frau auf einen Mann haben konnte.

Connor hörte, wie Hank Thomas, der Einsatzleiter, ein Stück hangaufwärts das Kommando zum Weitermachen gab. Er nahm einen letzten Schluck aus der Feldflasche, verschloss und verstaute sie. Er wollte gerade seinen Rucksack schultern, als ein seltsames Geräusch ihn stutzen ließ. Es war sehr leise, wie ein abgewürgter Schrei, und schien von jenseits des Kammes aus dem Feuer zu kommen. Er blickte hoch, sah jedoch nichts. Als er sich schon wieder abwenden wollte, bemerkte er plötzlich, wie sich etwas, das er zunächst für einen brennenden Zweig hielt, über den nackten Felsgrat erhob. Es dauerte einen Moment, bis er erkannte, dass es kein Zweig war, sondern ein großer Elch, anders als alle Elche, die Connor je gesehen hatte. Jedes Härchen seines Fells war verbrannt, die darunter liegende Haut verkohlt. Sein gewaltiges Geweih loderte wie eine Fackel. Das Tier erklomm den Felskamm und trat dabei eine kleine Lawine von Steinen los. Als es schließlich Halt gefunden hatte, sah es Connor.

Lange Zeit starrten sie einander an. Connor hatte das Gefühl, einem Halbgott oder Teufel aus einer jenseitigen Welt gegenüberzustehen. Er spürte kalten Schweiß im Nacken.

Unendlich langsam tastete er nach der kleinen Leica in seiner Tasche, spürte, wie frischer Wind aufkam, und beobachtete, wie die Flammen am Geweih des Elchs tanzten und seitwärts züngelten, während das Feuer in seinem Rücken wie ein von Unheil kündender Chor brüllte.

Das Tier war jetzt in seinem Sucher und hob stolz den Kopf, als würde es für ein Porträt posieren. Connor kam unvermittelt der Gedanke, dass darin eine Botschaft lag, ohne dass er gewusst hätte, wie sie lautete oder für wen sie bestimmt sein könnte. Er drückte auf den Auslöser. Beim Geräusch des Verschlusses drehte der Elch sich um und war im nächsten Moment verschwunden, sodass Connor sich fragte, ob er sich das alles vielleicht nur eingebildet hatte. Von Ferne hörte er eine Stimme, die ihn rief.

»Hey, Connor! Wir haben hier ein Feuer zu bekämpfen.«

Er blickte zu dem Felskamm hinauf. Die anderen Feuerspringer hatten ihre Ausrüstung zusammengepackt und waren startbereit. Am dichtesten bei ihm stand Jodie Lennox, ein groß gewachsener Rotschopf aus dem Mittleren Westen, die vor zwei Jahren an demselben Anfängerkurs teilgenommen hatte wie Ed und Connor.

»Hast du das gesehen?«, fragte Connor leise.

»Was?«

Er zögerte. Offenbar war die Botschaft, wenn es denn eine gewesen war, für ihn allein bestimmt. Er nahm seinen Rucksack und schwang ihn über die Schultern.

»Was soll ich gesehen haben?«

»Nichts. Lass uns aufbrechen.«

In jener Nacht schliefen sie ein paar Stunden in einer windgeschützten Kuhle des Hangs, auf dem die Flammen bereits gewütet hatten. Sie arbeiteten schichtweise und suchten nach heißen Stellen, wo das Feuer in Wurzeln, Baumstümpfen und Felsspalten weiterglühte. Der Lichtstrahl ihrer Helmlampen warf gezackte Schatten auf die geschwärzte Erde, als sie ihren Kontrollgang durch das stacheldrahtartige Gewirr verkohlter Sträucher machten und den Boden absuchten. Und währenddessen hörte man das gedämpfte Brüllen des Feuers, das hinter dem Hang wütete, als wollte es ihnen zu verstehen geben, dass es noch lange nicht fertig war.

Gegen eins wachte Connor hungrig und frierend auf. Zwei Stunden zuvor war der Himmel noch voller orangefarbener Wolken gewesen, doch jetzt hatte der Wind gedreht und den Rauch weggeblasen, sodass sich über ihm nun ein sternenklares Firmament wölbte. Er drehte sich auf den Rücken und versuchte die Sternbilder zu deuten, wie sein Vater es ihn gelehrt hatte.

Er fand den Polarstern und folgte dem Rückgrat des Kleinen Bären. Von dort war es nur noch ein kleiner Sprung zu seinem großen Bruder, dessen anderer Name, Großer Wagen, Connor immer viel passender erschienen war, auch wenn sein Vater ihn stets den Großen Bären genannt hatte. Dessen Rückgrat folgte er wiederum bis zur Nördlichen Krone mit dem Drachen im Schlepptau, an dessen Spitze Arcturus leuchtete wie eine Fackel. Der breite Strom der Milchstraße führte ihn bis zum Skorpion, der Orion, den großen Jäger, gestochen hatte, weshalb man jenen nicht mehr sehen konnte. Stattdessen gab es einen anderen Jäger, den Schützen, der sich, halb Mensch, halb Pferd, im Wasser stehend anschickte, seinen Pfeil abzuschießen, während Aquila der Adler ängstlich flussabwärts flog.

»Der Himmel ist voller Geschichten«, hatte sein Vater immer gesagt. »Tausende von Geschichten. Man muss nur nach oben gucken und sie lesen.«

Connor erinnerte sich an seine erste Unterrichtsstunde. Er war erst vier Jahre alt gewesen, als sein Vater ihn mitten in der Nacht geweckt und ihm erklärt hatte, er solle sich mucksmäuschenstill anziehen, damit seine Mutter nicht aufwachte. Auf Strümpfen waren sie zu der Koppel gelaufen, wo die kastanienbraune Stute seines Vaters wartete. Er hob ihn auf den Sattel und ermahnte ihn, sich gut festzuhalten, bevor er hinter ihm aufsaß. Sie ritten im langsamen Schritt über die Weiden. Kühe wichen ihnen aus wie Geister im Schatten, und die Pappeln entlang des Baches glänzten silbern im Sternenlicht.

Sein Vater musste um ihn herumgreifen, um die Zügel zu halten, und Connor hatte sich warm und geborgen gefühlt. Selbst heute noch konnte er den Duft von Leder, Heu, Kühen, Schweiß und Tabak riechen. Sie ritten bis zur Kuppe des Hügels, von der aus man auf das kleine Ranchhaus hinabblicken konnte. Sie ließen die Stute grasen und betrachteten inmitten des rauchig-süßen Dufts von wildem Salbei auf dem Rücken liegend die Sterne.

Als sein Vater starb und ihn und seine Mutter hoch verschuldet zurückließ, war Connor vierzehn gewesen. Seither war kein Tag vergangen, an dem er nicht an ihn gedacht hatte, und keine Nacht wie diese, in der er nicht die Sterne nachgezeichnet und sich der Stimme seines Vaters erinnert hätte.

Das Bild des brennenden Elchs hatte ihn die ganze Nacht verfolgt. Damit war er eingeschlafen, und nun trat es ihm wieder vor Augen und schob sich vor die Sterne am Himmel. Was ihn ins Grübeln brachte, war das imposante Geweih, das das Tier um diese Jahreszeit eigentlich längst hätte abgeworfen haben müssen, und ein neues konnte so schnell nicht gewachsen sein. Vielleicht war es eine optische Täuschung gewesen, doch er fragte sich unentwegt, was diese Erscheinung bedeuten könnte und warum er überhaupt glaubte, dass sie eine besondere Bedeutung hatte. Sein Vater hatte mit Aberglauben nicht viel am Hut gehabt, und auch Connor war ihm bisher stets mit Skepsis begegnet. Seine Mutter hingegen war ein wandelnder Almanach für

Omen und Vorzeichen aller Art. Sie meinte, das läge an ihrer irischen Abstammung.

Als junge Frau war sie als Rodeoreiterin eine kleine Berühmtheit gewesen und hatte vor jedem Auftritt eine ganze Reihe von Ritualen zelebriert und Anrufungen ausgestoßen, um das Unglück fern zu halten. Am Abend, bevor Connor aufbrach, um den Sommer über Brände zu bekämpfen, zündete sie immer einen Salbeizweig an und sprach ein leises Gebet darüber. Sie tat so, als würde sie es selbst nicht ernst nehmen, doch er wusste es besser. Deshalb beunruhigte es ihn, wie sehr der Elch ihn beschäftigte. Vielleicht war in seinen Adern ein uraltes keltisches Gen erwacht, das ihn wie seine Mutter zu seinem Sklaven machte.

Von Westen zogen wieder Wolken heran, die über dem Hang vom Widerschein der Flammen gelblich schimmerten. Connor sah, wie die Sterne langsam hinter der Wolkendecke verschwanden, und fragte sich, ob der Elch überlebt hatte, und wenn ja, wo er jetzt seine einsame Wacht hielt. Esoterischer Quatsch, verfluchte er sich, ärgerlich, dass seine Gedanken erneut zu dem Tier zurückgekehrt waren.

Erleichtert hörte er, wie Hank Thomas die noch schlafenden Kollegen weckte. Connor setzte sich auf, rieb sich die Augen und schaltete die Helmlampe ein. Dann krabbelte er aus seinem Schlafsack und begann mit dem Zusammenpacken seiner Ausrüstung.

»Wie geht's, Cowboy?«, rief Hank.

»Gut. Ich könnte ein Steak und ein Bier vertragen.«

»Ich hänge mich sofort ans Funkgerät.«

Während sie ihre Sachen verstauten, gaben auch die anderen Phantasiebestellungen von Eis, Pizza und Schokoladen-Milchshakes auf.

»Und wann wird uns dein nichtsnutziger Musikerfreund mit seiner Anwesenheit beehren?«, fragte Hank.

»Der schwebt am Samstag ein.«

»Ich hab gehört, er ist verliebt.«

»Muss er wohl. Er bringt sie mit.«

»Das arme Schwein.«

»Die arme Frau«, meinte Jodie, was Donna Kiamoto aus Minnesota, selbst im zweiten Jahr Feuerspringerin, mit einem Ausruf schwesterlicher Solidarität unterstützte.

»Ist sie auch bei der Brandabwehr oder was?«

»Sie hat sicher alle Hände voll damit zu tun, Ed abzuwehren«, meinte Donna.

»Nein«, erwiderte Connor. »Sie ist Lehrerin und arbeitet für irgendein Sonderprojekt mit straffällig gewordenen Kindern und Jugendlichen oder so.«

»Das kenn ich«, meinte Hank. »Am Stadtrand von Helena. Gute Sache.«

Hanks Funkgerät erwachte krächzend zum Leben, und alle verstummten, um zuzuhören. Ein Hubschrauber war unterwegs, um aus der Luft Wasser auf die Flanke des Feuers zu schütten, die ganz in ihrer Nähe lag. Hank meldete zurück, dass er mit seiner Mannschaft weiterziehen und eine neue Schneise schlagen würde. Kurz darauf waren alle marschbereit. »Okay, Jungs, Mädels«, sagte Hank. »Wenn nicht irgendwer scharf auf eine Dusche ist, sollten wir zusehen, dass wir hier wegkommen. Zum Frühstück will ich zu Hause sein.«

Bis zum Frühstück schafften sie es nicht nach Missoula, genauso wenig zum Mittag- oder Abendessen. Nachdem das Feuer gelöscht war, brauchten sie drei Stunden, bis sie mit ihrer gesamten Ausrüstung zur nächsten Straße gewandert waren, wo ein Bus sie erwartete. Als er sie an ihrem Stützpunkt absetzte, war es Freitagabend, kurz vor Mitternacht. Bei der Rückfahrt in die Stadt war Connor so müde, dass er fast am Steuer seines Pick-up einschlief. Zu Hause ließ er sich vollständig bekleidet und noch immer nach Qualm riechend aufs Bett fallen und schlief zwölf Stunden durch.

Er hatte zusammen mit Ed dieselbe Wohnung gemietet wie im Sommer zuvor. Sie lag im obersten Stockwerk eines hellblauen, baufälligen Holzhauses im Osten der Stadt, am der Universität gegenüberliegenden Ufer des Flusses, bestand aus zwei Zimmern, Küche und Bad und wurde das übrige Jahr von Studenten bewohnt.

Die Bodendielen knarrten, die Türen schlossen nicht richtig, Rohr-, Wasser- und Gasleitung führten ein geheimnisvolles Eigenleben, und bis auf das ganz in schwarz gehaltene Badezimmer waren die Wände in diversen Mischtönen zwischen Dunkelblau und Violett gestrichen und von zahllosen Tesafilmnarben gezeichnet. Als Connor in der Woche zuvor angekommen war, hatte er in dem uralten Kühlschrank lediglich eine ausgewachsene Zwiebel sowie einen mit grünem Pelz überzogenen Becher Aprikosenjogurt entdeckt.

Kurz nach Mittag schlug er die Augen auf und sah sich unvermittelt den mürrischen Blicken einer Rockgruppe gegenüber, die auf einem Poster prangte, das abzunehmen er vergessen hatte.

Connor stand auf und trat ans Fenster. Es war wieder ein heißer, wolkenloser Tag. Immerhin wehte ein leichter Wind, der die Blätter der Pappeln im Clark Fork zum Rascheln brachte. Durch eine Lücke in ihrem dichten Laub sah er einen alten Mann, der einem jungen Mädchen beibrachte, wie man beim Fliegenfischen die Schnur warf. Hinter den beiden spiegelte sich die Sonne auf der Wasseroberfläche, und das Ganze sah so malerisch aus, dass Connor seine neue Nikon zur Hand nahm und die wenigen verbliebenen Fotos verknipste. Das erinnerte ihn daran, dass er den vollen Film aus der Leica noch in der Hosentasche hatte. Vielleicht blieb noch genug Zeit, beide Filme in seinem Studio zu entwickeln, bevor Ed und Julia ankamen.

Er warf die nach Qualm riechenden Kleider auf einen Haufen, duschte und rasierte sich und zog eine alte, aber saubere Jeans und ein weißes T-Shirt an. Nachdem er sich eine Kanne Kaffee gekocht und ein kräftiges Frühstück aus Schinken, Eiern und Bratkartoffeln bereitet hatte, ging es bereits auf zwei Uhr zu.

Draußen flimmerte die Hitze über den Bürgersteigen. Er gab einen Packen schmutziger Klamotten in der Wäscherei neben der Tankstelle ab. Mrs. Tyler, die alte Besitzerin, hatte einen Hund, eine Collie-Mischung, den Connor immer eine Weile streichelte, weshalb er sich auch dieses Mal neben das Tier kauerte, seinen Bauch kraulte und Mrs. Tyler von dem Feuer am Iron Mountain erzählte.

»Man sagt, dass es wieder ein Jahr mit vielen Bränden wird«, sagte sie.

»Es ist jedenfalls ziemlich trocken da draußen.«

»Wo ist Ed? Springt er gar nicht mehr mit euch?«

»Er kommt heute im Lauf des Tages.«

»War sowieso ein bisschen zu ruhig bis jetzt. Grüßen Sie ihn von mir.«

»Das tu ich.«

Er ging nach Möglichkeit im Schatten der Häuser über die Front Street in Richtung North Higgins Street und freute sich, wieder in Missoula zu sein. Es war eine tolerante Stadt. Einen Großteil der entspannten Atmosphäre verdankte sie der Universität auf der anderen Seite des Flusses. Es wimmelte das ganze Jahr über von Studenten, selbst jetzt nach Beginn der Semesterferien. Manchmal fühlte Connor sich wie ein Außenseiter, weil er zu seinem Bedauern selbst nie aufs College gegangen war.

In jüngster Zeit hatte das Städtchen zudem all jene angezogen, die des Lebens in der Großstadt überdrüssig, aber noch nicht bereit waren, in die Wildnis zu ziehen. In Missoula konnten sie in ein paar Minuten in den Bergen sein, ohne auf die wirklich wichtigen Dinge des Lebens wie Einkaufszentren, die neuesten Hollywood-Filme und einen guten Cappuccino verzichten zu müssen. So lebten sie Seite an Seite mit Umweltschützern und Ökofreaks. Dann gab es noch die Kulturbeflissenen und die Angehörigen der Subkultur, Musiker, Maler, Bildhauer und Schriftsteller jedweder Couleur. Ed, stets ein Quell nutzloser, aber erstaunlicher Informationen, behauptete, dass Missoula die weltweit höchste Schriftstellerdichte pro Quadratkilometer hatte.

Die Dunkelkammer, die Connor benutzte, lag eingezwängt zwischen mehreren Garagen in einer Nebengasse der North Higgins Street. Es war ein schmaler Raum mit einem Studio auf der einen und einer abgetrennten Dunkelkammer auf der anderen Seite. An einer der Wände hingen Vorhänge und verschiedenfarbige Papierrollen, die man als Hintergrund für Porträtaufnahmen herunterziehen konnte.

Das Studio gehörte einer Fotografin namens Trudy Barratt, die hauptsächlich für die lokale Zeitung, den *Missoulian*, arbeitete. Connor hatte sie vor zwei Jahren kennen gelernt, als die Zeitung einige seiner Waldbrandfotos abdruckte, und eine Affäre mit ihr begonnen, die bis zum Ende des Sommers dauerte. Als er im Herbst wie in jedem Jahr zurück auf die Ranch ging, um dort den Winter zu verbringen, war die Romanze eingeschlafen, doch sie waren Freunde geblieben. Trudy hatte ihm zu mehreren Aufträgen verholfen und ihm den Schlüssel ihres Studios gegeben, damit er es nach Belieben benutzen konnte.

Connor schloss die Tür auf und schaltete das Licht ein. Die Luft war schwül und roch nach Chemikalien, darum ließ er die Tür offen, bis er die Lüftung eingeschaltet hatte. Er nahm die Abzüge einer Reihe von Hochzeitsfotos von der Leine, die Trudy zum Trocknen aufgehängt hatte, und legte sie vorsichtig auf die Arbeitsplatte. Eines der Bilder war definitiv für Trudys »Ups-Album« bestimmt: Darin sammelte sie Fotos, die sie ihren Kunden lieber nicht zeigte. Auf diesem küsste der Bräutigam eine der Brautjungfern in einer Weise, die die Braut offensichtlich überhaupt nicht billigte, ein Bild, das sich bei einer möglichen Scheidung als nützlich erweisen könnte.

Als alles vorbereitet war, schloss Connor die Tür, schaltete das große Licht aus und zog die beiden Filme aus der Tasche. Er arbeitete sorgfältig und ließ sich Zeit. Diesen Teil des Fotografierens genoss er besonders.

Er hatte mit neun Jahren begonnen, Fotos zu machen, als sein Vater ihm zum Geburtstag eine Pentax SLR schenkte und ihm später half, in einer Ecke der Scheune eine Dunkelkammer einzurichten. Damals waren Tiere Connors bevorzugte Motive, und im Alter von zwölf gewann er mit dem Bild eines Bären, der aufrecht in einem Bach stand, den Preis einer Naturzeitschrift. Seit seiner Teenagerzeit hatte er sich hier und da ein paar Dollar dazuverdient, indem er Fotos von Ski- und Klettertouren an Magazine verkaufte, denen seine Arbeiten gefielen. Doch Feuerspringen war schließlich seine erste große Chance gewesen.

In Eds und seiner ersten Saison vor drei Jahren, einem der trockensten Sommer seit Einführung der Wetterstatistik, hatten Waldbrände landesweit die Schlagzeilen der Zeitungen beherrscht, vor allem das Feuer, das im Yellowstone-Park wütete. Connor, der stets seinen Fotoapparat, eine billige Pocketkamera, dabeihatte, schoss eines Tages eher zufällig ein atemberaubendes Bild von Ed, der mit erhobener Axt allein auf einem Gebirgskamm stand – eine Silhouette vor einer mindestens sechzig Meter hohen Flammenwand.

Trudy Barratt stellte den Kontakt zu einer Fotoagentur in New York her, und das Bild erschien auf der Titelseite der *New York Times* und in Zeitungen und Magazinen auf der ganzen Welt. Connor verdiente eine Menge Geld, mit dem er nicht nur alle Schulden für die Ranch bezahlen, sondern auch noch ein paar neue Kameras und Objektive anschaffen konnte. Der *Missoulian* brachte einen Artikel über seinen Erfolg mit einem Foto von ihm in seiner Feuerspringerausrüstung. Darauf sah er so albern herausgeputzt aus, dass ihn seine Kollegen den ganzen Sommer über damit aufzogen. Immerhin bekam er sogar ein paar Fanbriefe, die Ed höllisch eifersüchtig machten. Im Herbst ließ Ed das Yellowstone-Foto mit seiner Silhouette auf ein Meter fünfzig Breite vergrößern und hängte es sich zu Hause an die

Wand. Er behauptete, dass es wahre Wunder für sein Liebesleben bewirkte.

Kennen gelernt hatten die beiden sich zwei Jahre zuvor, als Ed im ersten Jahr an der Universität von Missoula studierte, während Connor sich fragte, ob er sein Leben lang Rancharbeiter bleiben wollte. Jeden Sommer wurden im gesamten Westen vom Forest Service Aushilfen für die Brandbekämpfung im Hinterland gesucht, was längst nicht so aufregend und ruhmreich war wie das Abspringen mit Fallschirmen aus Flugzeugen. Doch man musste mehrere Sommer Erfahrung vorweisen können, bevor man sich überhaupt als Feuerspringer bewerben konnte. Der Job entsprach nicht jedermanns Vorstellung von einem perfekten Sommerurlaub. Die jungen Männer und Frauen, die er anzog, waren von unterschiedlichster Herkunft. Doch ob sie für den Rest des Jahres Cowboys, Studenten oder Skifreaks waren, gemeinsam war ihnen jenes Kribbeln, die rastlose Suche nach etwas, das mehr Abenteuer versprach als ein Ferienjob als Spülhilfe oder Kellner.

Connor und Ed hatten sich Seite an Seite in einem Team wiedergefunden, das einen Feuergraben zog, und Connor, schon eine Saison weiter, hatte es dem Greenhorn vom College nicht gerade leicht gemacht.

In der harten Männerwelt der Feuerbekämpfer war Edward Cavendish Tully ein leichtes Opfer gewesen. Er stammte aus einer wohlhabenden Familie in Lexington, Kentucky, studierte Musik, sprach mit einem leichten Südstaatenakzent, trug eine Goldrandbrille und sah auf eine fast aristokratische Weise gut aus – Grund genug, ihn gnadenlos aufzuziehen. Doch er konnte es an Fitness und Ausdauer mit den Besten aufnehmen und reagierte auf Hänseleien der anderen mit so viel Humor, dass er bald bei der ganzen Truppe beliebt war.

In Connors Augen stieg Eds Ansehen sogar noch mehr, als er erfuhr, dass dieser seit seinem siebten Lebensjahr Diabetiker war und sich vor jeder Mahlzeit selbst Insulin spritzen musste.

Außerdem spielte er als Leadgitarrist in einer Collegeband und beherrschte Solos in praktisch jedem Stil, von Van Halen bis Jimi Hendrix. Die Bekanntschaft mit Ed lehrte Connor, wie falsch es war, Menschen nach ihrer Herkunft oder ihrem Aussehen zu beurteilen.

Es war ein klassischer Fall von Gegensätzen, die sich anziehen: Ed, der extrovertierte Intellektuelle, der stets einen Witz oder eine Meinung parat hatte, und Connor, der ruhige Lakoniker. Er erinnerte sich daran, dass Trudy Barratt einmal gesagt hatte, er und Ed würden jeweils über die Wesensmerkmale verfügen, die der andere vergeblich erstrebte, sodass ein Supertyp dabei herauskäme, wenn man sie beide verschmelzen könnte. Connor war zu dem Schluss gekommen, dass das wahrscheinlich nicht als Kompliment gemeint war.

Was sie auf jeden Fall gemeinsam hatten, war die Liebe zur Natur. An ihren freien Tagen unternahmen sie Angel-, Kletter- und Kanutouren. Die Brände, die sie in jenem ersten Sommer bekämpften, ließen eine tiefe und dauerhafte Freundschaft entstehen. Sie erfanden sogar ein eigenes Ritual. Es entwickelte sich, als sich eines Tages, während sie gemeinsam an einer Schneise arbeiteten, der Wind plötzlich drehte und das Feuer anfachte, sodass sie sich unvermittelt von Flammen umzingelt sahen.

»Hey, Mann!«, rief Ed. »Wir sind im Herzen des Feuers!«

Und aus irgendeinem seltsamen Grund hatten beide ohne jede Absprache die rechte Faust auf die Brust gelegt, feierlich »Herzen aus Feuer!« gerufen und sich dann mit den Händen abgeklatscht. Es war bloß die Parodie eines blöden Machorituals, und hinterher mussten sie darüber lachen, aber seither hatten sie es vor jedem Feuer, gegen das sie gemeinsam kämpften, wiederholt.

Natürlich besaß Connor auch andere Freunde, vor allem aus der Gegend um Augusta und Choteau und ein paar in Great Falls, Kinder, mit denen er aufgewachsen und zur Schule gegangen war. Dann gab es die Kumpel, mit denen er Bergsteigen oder Ski laufen ging, und den einen oder anderen Feuerspringer, mit dem er sich gelegentlich traf. Doch keine dieser Freundschaften konnte als eng bezeichnet werden. Als einziges Kind seiner Eltern war er schon immer ein Einzelgänger gewesen. Seine Mutter nannte ihn den Beobachter, und einmal hatte sie halb im Scherz gemeint, dass er wohl glücklicher wäre, das Leben durch eine Kamera zu betrachten, als es tatsächlich zu leben. In Wahrheit war Ed der einzige echte Freund, den Connor je gehabt hatte.

Nach seinem Abschluss in Missoula war Ed zurück in den Osten gegangen, hatte in Boston ein weiterführendes Studium absolviert und sich dort niedergelassen. Irgendwie schaffte er es, jeden Sommer für ein paar Monate nach Montana zu kommen, wo die beiden gemeinsam Brände bekämpften und viel Spaß miteinander hatten. Ed liebte es, auf der Ranch auszuhelfen. Sie war nicht weit entfernt, und seit dem Tod von Connors Vater mussten er und seine Mutter fast alles alleine erledigen, was auch der Hauptgrund dafür war, dass Connor nie studiert hatte.

Connors Mutter vergötterte Ed. Einmal hatte sie ihn sogar ihren zweiten Sohn genannt. Nur eines konnte sie nicht begreifen: Was ritt zwei allem Anschein nach vernünftige junge Männer, ihre Sommer damit zu verbringen, Brände zu löschen. Connor erinnerte sich noch an den Abend, als sie ihr beim Essen erklärten, dass sie als Feuerspringer anfangen wollten.

»Wir werden Zoolies, Ma.«

»Was in aller Welt ist ein Zoolie?«

»Ein Missoula-Feuerspringer, Mrs. Ford«, erklärte Ed. »Das sind die Coolsten. Sogar noch cooler als die Hotshots.«

»Ach ja. Und was ist ein Hotshot?«

»Das sind die Firefighter am Boden, Mrs. Ford. Sie sind so was Ähnliches wie Marines, vermute ich. Hotshots glauben, sie wären cool, und geben ständig an. Feuerspringer sind wirklich cool und haben es deshalb nicht nötig.«

»Es gibt im ganzen Land nur vierhundert Feuerspringer«, warf Connor ein.

»So viele Idioten gibt es also?«, erwiderte sie. »Nur damit ich das richtig verstehe, ihr steigt mit einem kleinen Flugzeug auf, sucht ein Feuer, springt raus und landet mitten drin. Stimmt das in etwa so?«

»Man bekommt einen Fallschirm, Ma«, meinte Connor.

»Ach so. Dann ist ja alles in Ordnung. Ihr müsst komplett verrückt sein.«

Ed runzelte die Stirn. »Mrs. Ford? Ich hab's vergessen. Wie lange sind Sie Rodeo geritten?«

»Das ist etwas vollkommen anderes.«

»Stimmt«, meinte Connor. »Beim Rodeo kriegt man keinen Fallschirm.«

Ed hatte einige Schwierigkeiten, die Verantwortlichen für die Auswahl auf dem Stützpunkt in Missoula davon zu überzeugen, dass sein Diabetes kein Problem darstellte. Doch dank seiner herausragenden Leistungen in der Ausbildung und des Gutachtens eines gefälligen Arztes (ein enger Freund der Familie, der nicht direkt log, aber auch nicht ausdrücklich die Wahrheit sagte) waren sie schließlich bereit, ihn aufzunehmen, und inzwischen mehr als froh, ihn zu ihrer Mannschaft zählen zu können.

Im Februar hatte Ed Connor angerufen, um ihm von seiner neuen Freundin zu erzählen. Es musste ihn anscheinend schwer erwischt haben. Im Lauf der Jahre hatte es eine Reihe von Freundinnen gegeben – vor allem bei Ed –, und die eine oder andere hatte sich sogar länger als einen Sommer gehalten. Im vergangenen Jahr hatte Connor eine recht intensive Beziehung zu einer Hockeyspielerin aus Seattle namens Gloria McGrath begonnen, der Ed den Spitznamen Darth gab. Was solche Affären anbelangte, ließen die beiden Freunde sich ihre Freiräume. Ed war ein Romantiker, der sich ständig verliebte und jedes Mal erklärte, dass die jeweils neueste Flamme nun wirklich die große Liebe sei. Doch nach Eds endlosen Schwärmereien am Telefon hatte Connor den Eindruck, dass diese Julia es tatsächlich sein könnte.

»Erinnerst du dich an Natalie Wodd in *West Side Story*?«

»Nein.«

»Connor, manchmal kann man an dir wirklich verzweifeln. Es ist ein Klassiker. Du musst es doch irgendwann mal im Fernsehen gesehen haben!«

»Sie ist also schön.«

»Ja, aber manche schönen Frauen wissen, dass sie schön sind, wenn du verstehst, was ich meine. Während Julia ... bei Julia ist das anders. Sie ist vollkommen natürlich. Und außerdem geht sie gerne bergsteigen und läuft traumhaft Ski. Sie ist intelligent, witzig, künstlerisch –«

»Ist ihr Heiligenschein nicht manchmal im Weg?«

»Nein, nur die Flügel ein bisschen, aber sie sind auch irgendwie sexy. Ich sag dir, Mann. Das ist es. Mit ihr möchte ich Kinder haben.«

»Ich glaube, so rum funktioniert das nicht.«

Nach all den Vorschusslorbeeren freute Connor sich jedenfalls sehr, sie endlich kennen zu lernen.

Beide Filme, die er entwickelte, waren schwarz-weiß. Er fotografierte auch in Farbe, vor allem, wenn es sich um Auftragsarbeiten handelte, doch privat arbeitete er in der Regel lieber schwarz-weiß. Die Aufnahmen von dem alten Mann, der dem Mädchen das Werfen der Angelschnur beibrachte, waren misslungen. Auf dem Kontaktbogen entdeckte er zwar ein oder zwei andere Bilder, bei denen es sich möglicherweise gelohnt hätte, Abzüge zu machen, doch damit wollte er sich jetzt nicht aufhalten. Zu sehr drängte es ihn, den zweiten Film zu sehen, den er am Iron Mountain verschossen hatte, wobei ihn in Wahrheit nur eine einzige Aufnahme interessierte.

Sein Herz begann schneller zu schlagen, als er das Negativ ins Licht hielt und sah, dass das Bild existierte. Die anderen Fotos würdigte er keines Blickes. Nachdem das Negativ getrocknet war, ging er gleich dazu über, ein Achtzehn-mal-vierundzwanzig-Papier zu belichten, und es in die Wanne mit dem Entwickler zu legen, den er behutsam hin und her schwenkte, damit die

Flüssigkeit sich gleichmäßig über das Papier verteilte. Genau wie auf dem Berg tauchte der Elch langsam aus dem Weiß auf wie aus einer Rauchwolke.

In dem Bruchteil eines Augenblicks, in dem Connor auf den Auslöser gedrückt hatte, hatte das Tier den Kopf gehoben und ein wenig zur Seite gewandt, sodass die Flammen um sein Geweih wie ein gezackter Streifen aussahen.

Doch es waren weder das Geweih noch die Flammen, die auf dem verkohlten, schwarzen Rücken des Elchs züngelten, die Connor erschaudern ließen. Es war der Ausdruck im Auge des Tiers, unter dessen Lid ein weißer Streifen verlief, und die Botschaft, die er vermittelte, war nicht so sehr nackte Angst als vielmehr eine bange Warnung.

4

Eines der vielen Dinge, die sie an Ed bewunderte – und vielleicht das Einzige, worum sie ihn beneidete –, war die Mühelosigkeit, mit der er einschlafen konnte. Egal, wo er sich befand und wie viel Lärm oder sogar Chaos um ihn herum herrschte, er konnte einfach die Augen schließen, den Kopf anlehnen, und noch bevor man bis zwanzig gezählt hatte, war er eingeschlafen. In diesem Fall war sein Kissen Julias Schulter. Er hatte die Brille abgenommen, ihren Hals geküsst und sich, kurz nachdem die Stewardess ihre unberührten Tabletts abgeräumt hatte, an sie geschmiegt. Obwohl ihr die Position inzwischen ein wenig unbequem war, wollte Julia ihn nicht wecken. Sie mochte das Gefühl seines Atems an ihrem Hals, gleichmäßig und warm wie der eines Kindes.

Ed hatte darauf bestanden, dass sie den Platz am Fenster bekam, damit sie die bessere Sicht auf Montana hatte, wenn sie den Staat überflogen. Sie saßen auf der rechten Seite der Maschine, und seit einer Stunde beobachtete sie, wie der Schatten des Flugzeugs Meile für Meile über die grau-braune Prärie und die von gezackten Narben ausgetrockneter Flussläufe zerrissenen Ödlands glitt.

Inzwischen war es vier Monate her, dass Ed angerufen hatte, um seine Wischerblätter zurückzufordern. Und obwohl sie die ganze Geschichte ihres Kennenlernens am liebsten vergessen hätte, war sie längst Legende geworden. Ed hatte sie all seinen Freunden und natürlich auch all ihren Freundinnen berichtet – zumindest denen, die er schon kannte. Und wenn sie bei der Erzählung zugegen war, grinste Julia stets pflichtschuldig und senkte in scheinbar gespielter, in Wahrheit jedoch tief empfundener Scham den Kopf.

Mindestens ebenso schockiert wie über ihren Parkplatzdiebstahl war sie darüber, wie schnell aus ihrer Begegnung mit Ed das geworden war, was ihre Mutter fast abschätzig »was Ernstes« nannte. Seitdem sie im vergangenen Frühjahr die Verlobung mit Michael gelöst hatte, war Julia auf kein Rendezvous mehr eingegangen. Sie hatte sich in ihre Arbeit am Institut gestürzt, wieder mehr Bücher gelesen, sogar ein wenig gemalt und war, außer mit Freundinnen, kaum ausgegangen. Doch als sie nur ein einziges Mal von diesem Pfad abgewichen war und sich mit ihrem Cousin diesen schrecklichen Film angesehen hatte, war sie wieder in das verwirrende Land der Liebe geraten.

Ihre Mutter hatte große Stücke auf Michael gehalten. Er studierte in Harvard Jura, kam aus der weißen Oberschicht, war attraktiv, blond und besaß ein strahlendes Lächeln, das direkt aus der Zahnpastawerbung zu stammen schien. Für Julias Mutter war es überdies von entscheidender Bedeutung, dass Michael reich war oder es zumindest nach Antritt seines Erbes eines Tages sein würde. Die Herkunft des zu erwartenden Vermögens war, wie bei vielen vornehmen Familien, eher dubios; so weit Julia in Erfahrung bringen konnte, hatte es etwas mit der Umleitung von Flüssen und dem Abholzen großer Waldgebiete zu tun.

Auch wenn Julia sich von all dem nicht ganz blenden ließ, so hatte es sie doch so weit abgelenkt, dass sie eine andere Eigenschaft Michaels zumindest eine Weile übersah: Er war langweilig.

Linda, ihre beste Freundin und Mitbewohnerin, die dafür bekannt war, kein Blatt vor den Mund zu nehmen, hatte dies gleich beim ersten Kennenlernen bemerkt und eine Flasche Sekt spendiert, als Julia das Verlöbnis gelöst hatte. Die Erfahrung mit Michael erklärte wahrscheinlich, warum der nächste Mann in Julias

Leben ein leidenschaftlicher Musiker aus dem Süden war, der in seiner Freizeit mit dem Fallschirm über brennenden Wäldern absprang und alles andere als Langeweile verbreitete. Ed konnte mitunter recht launisch sein oder unbeabsichtigt verletzend, doch er hatte ein großes Herz und brachte sie zum Lachen.

Linda war wie Julia in New York geboren und aufgewachsen, stammte jedoch aus einer sehr viel wohlhabenderen Familie. Sie drehte ihre eigenen Zigaretten und rauchte mehr, als sie aß. Sie hatten sich an der Kunsthochschule kennen gelernt, wo Linda zu den Mitbegründerinnen der radikalen Neogothics zählte, Jünger einer Kunsttheorie, die Julia nie ganz begriffen hatte, bei der es aber anscheinend darum ging, möglichst viel schwarzen Lippenstift aufzutragen und sich wie ein Mitglied der Addams-Familie zu kleiden. Nach zwei Jahren, in denen sie alles, was auch nur entfernt mit Gelderwerb zu tun hatte, als »schwachsinnigen kapitalistischen Mist« abgetan hatte, beschloss Linda, ihre seltsame Kluft in die Altkleidersammlung zu geben, den schwarzen Lippenstift wegzuwerfen und ein Jurastudium zu beginnen. Nun hatte sie vor, an der Wall Street zu landen und sich zum Trost einen schwarzen BMW zu gönnen.

An jenem Abend, als Ed zum ersten Mal die Wohnung betreten hatte, wusste Julia, dass er Lindas kritischer Prüfung standhalten würde. Sie tranken zwei Flaschen Wein und redeten bis zwei Uhr nachts. Ed sah sich ein paar von Julias neueren Bildern an, die gestapelt an der Wand lehnten – das Ergebnis einer zweimonatigen Keniareise, die sie im Sommer zuvor unternommen hatte. Sie fand ihre Bilder klischeehaft, doch Ed war begeistert von ihnen und erkor das als sein Lieblingsbild aus, das auch ihr gefiel: die Nahansicht eines Zebras.

Sie mussten beide Tränen lachen, als er von der Überflutung seiner Wohnung berichtete und eine Parodie des jungen Dexter zum Besten gab. Als er dann noch erzählte, dass er nicht nur Musiker und Komponist, sondern auch noch Feuerspringer war, geriet Linda schier in Verzückung. Nachdem er sich verabschiedet hatte, standen beide Frauen benommen da und grinsten sich an wie zwei Schulmädchen.

»Da kann man mal sehen«, meinte Linda. »Eine Kämpfernatur mit poetischer Ader.«

»Und was denkst du?«

»Was ich denke? Kleine, wenn du ihn dir nicht ganz schnell schnappst, tu ich es.«

Vier Monate später konnten Ed und Julia immer noch nicht die Hände voneinander lassen, und die Vorstellung, den ganzen Sommer getrennt zu verbringen, gefiel keinem von beiden. Deshalb hatte Ed Julia vorgeschlagen, sich einen Ferienjob in Montana zu besorgen, was sie nicht mehr Mühe als ein Telefongespräch kostete.

Während des Studiums hatte Julia jedes Jahr von Juni bis September in Colorado für eine Organisation namens WAY, Wilderness and Youth, gearbeitet, die ein spezielles Programm für straffällig gewordene Jugendliche durchführte. In Gruppen von jeweils zwölf Personen wurden sie, ausgestattet nur mit Wanderschuhen, einem Schlafsack, einem wasserdichten Poncho und einer Plane, ins Hinterland gebracht. Mit Unterstützung und unter Aufsicht von vier geschulten Begleitpersonen, darunter auch Julia, mussten sie lernen, in der Wildnis zu überleben.

Julia hatte immer geglaubt, Malerin werden zu wollen, doch die Erfahrung dieser drei Sommer – die atemberaubende Verwandlung von scheinbar hoffnungslos ins gesellschaftliche Abseits geratener Jugendlicher in selbstständige, sozial denkende junge Erwachsene – hatte sie so nachhaltig beeindruckt, dass sie ihre Pläne änderte. Sie hatte einen Abschluss in Pädagogik gemacht und arbeitete seitdem als Kunsttherapeutin an einer Sonderschule in Boston.

Vor zwei Jahren hatte WAY ein zweites Zentrum in Helena, Montana, eröffnet. Und mit einem einzigen Anruf war Julia für den Sommer engagiert. Glen Nielsen, Chef des WAY-Außenteams in Colorado, war als Leiter der neuen Einrichtung nach

Montana gegangen. Er und Julia waren gute Freunde, und wäre da nicht Michael gewesen, hätte vielleicht auch mehr daraus werden können. Er freute sich über ihr Kommen und bot ihr sogar eine Wohnung in Helena an, die sie mit zwei anderen WAY-Mitarbeiterinnen teilen könnte. Als Julia Ed erklärte, dass sie das für eine gute Idee hielt, war er beleidigt. Er wollte, dass sie bei ihm in Missoula wohnte.

»Du und Connor«, sagte sie, »ihr habt da euer Männerding laufen.«

»Unser Männerding? Connor hätte bestimmt nichts dagegen, wenn du dort wohnst. Er ist echt in Ordnung.«

»Sicher. Aber ich glaube, es ist trotzdem besser, wenn ich meine eigene Wohnung habe. Jetzt guck mich doch nicht so traurig an. Du hast selbst gesagt, dass Helena nicht so weit weg ist.«

Am Ende gab sie dann doch nach, obwohl sie nicht wusste, wie oft sie sich tatsächlich sehen würden. Die WAY-Teams arbeiteten schichtweise. Man war acht Tage mit seiner Gruppe zusammen, bevor ein anderes Team übernahm, während man selbst eine sechstägige Pause einlegte. Ed hatte entweder freitags und samstags oder sonntags und montags frei.

Sie spürte, wie er sich an ihrer Schulter regte.

»Sind wir bald da?«, fragte er schlaftrunken.

»Wir sind schon auf dem Weg nach Hause. Du hast den ganzen Sommer verschlafen.«

»Du riechst so gut.«

»Das freut mich. Dafür bin ich jetzt linksseitig gelähmt. Dein Kopf wiegt eine Tonne.«

»Dafür kann ich nichts. Das sind die grauen Zellen.«

Er küsste sie auf die Wange, setzte seine Brille auf und beugte sich über sie, um aus dem Fenster zu sehen.

»Wir sind irgendwo über North oder South Dakota«, stellte er fest. »In ein paar Minuten erreichen wir Montana. Wahrscheinlich bin ich deswegen aufgewacht. Das passiert jedes Mal. Ich wache auf, sobald wir über Montana fliegen. Ich spüre irgendwelche Vibrationen oder so.«

»Ach ja?«

»Ich schwör's dir. Ich habe einmal einer Frau davon erzählt, die sich mit Astrologie und Reinkarnation und dem ganzen Kram auskannte, und sie meinte, das würde daran liegen, dass ich in einem früheren Leben in Montana geboren wäre.«

»Als Cowboy oder was?«

»Als Blackfoot-Indianer. Offenbar habe ich die Trommeln geschlagen.«

»Und wie hast du geheißen?«

»Das hab ich vergessen.«

»Du lügst. Los, sag schon, wie?«

Ed seufzte. »Zahnloser Bär.«

Julia lachte. »Zahnloser Bär!«

»Ja, los, mach dich ruhig lustig über mich. Wir reden schließlich nur von meinem vorherigen Leben.«

»Was hat sie sonst noch gesagt?«

»Das war alles. Als ich sie gefragt habe, wer die Leadgitarre gespielt hat, ist sie wütend geworden und hat mir gar nichts mehr erzählt.«

Während des restlichen Flugs beobachteten sie, wie die Ebene unter ihnen langsam in eine Landschaft aus Hügeln, kiefernbewachsenen Bergkämmen und breiten Flusstälern überging. Ed zählte die Orte auf, die sie überflogen. Die Gebirgszüge des Rosebud, Bighorn und Pryor, weiter nördlich das Häusermeer von Billings und eine Schleife des in Gegenrichtung fließenden Yellowstone River. Julia musste sich vorbeugen, um die vor ihnen liegenden, östlichen Hänge der Rockys zu sehen, die größer und größer wurden und deren höchste Gipfel mit Schnee bedeckt waren. Wenig später lagen dieselben Gipfel winzig klein unter ihnen. Sie überflogen die große Wasserscheide und glitten in einem sanften Bogen über die Westhänge der Rocky Mountains, die sich dicht bewaldet in zahllosen Grünschattierungen erstreckten, nur unterbrochen von Seen, in denen sich der Himmel spiegelte. Schließlich begann der langsame Anflug auf Missoula. Die undurchdringlichen Wälder wurden lichter, man sah Weiden, Ranches, Häuser, Pferde, Rinder, Autos und Menschen, die ihrer Arbeit nachgingen. Ed sagte, er hätte jedes Mal das Gefühl, nie fort gewesen zu sein. Beim Anblick dieser Landschaft würde sich in ihm eine Sehnsucht regen, die ihrer Erfüllung entgegenstrebte.

Julia strich über sein Haar.

»Mein kleiner zahnloser Bär.«

Als sie aus dem Flugzeug stiegen, stank die Luft nach Kerosin und heißem Asphalt, doch Ed saugte sie ein, als wäre es ein köstliches Aroma. Er legte den Arm um sie, und gemeinsam gingen sie Richtung Ausgang.

»Das ist er.«

Ed winkte, und durch die Glasscheibe der Ankunftshalle sah Julia einen großen jungen Mann mit blondem Haar, der seinen Cowboyhut schwenkte. Die Schlange der Passagiere kam nur langsam voran. Vor ihnen wurde ein alter Mann in einem Rollstuhl zum Ausgang geschoben, sodass es eine Weile dauerte, bis sie schließlich in die Halle traten, wo Connor seinen Hut wieder aufgesetzt hatte und geduldig wartete.

»Verzeihung«, begrüßte Ed ihn. »Geht es hier zum Feuer?«

»Zu spät, Mann. Wir haben sie schon alle gelöscht.«

Connor nahm den Hut wieder ab, und er und Ed breiteten die Arme aus, um sich gegenseitig ausgiebig auf die Schulter zu klopfen.

»Hey, alter Junge«, sagte Ed. »Wie geht's?«

»Gut. Und jetzt, wo ich dich sehe, noch besser. Hey, neue Brille.«

»Ja, Julia meint, ich seh sexy damit aus.«

»Na ja, vielleicht braucht sie auch eine Brille.« Er wandte sich zu ihr. »Da unsere sexy Brillenschlange hier nie jemanden vorstellt, nehme ich einfach mal an, dass du die berühmte Julia bist.« Er streckte seine Hand aus. »Ich hab schon viel von dir gehört.«

»Und ich von dir.«

»Willkommen in Montana.«

»Danke.«

Seine Hand war hart und schwielig, und er versenkte seinen Blick so tief in den ihren, dass sie sich wie ertappt vorkam, als könnte er in ihren Kopf sehen.

»Einen Parkplatz für meinen alten Pick-up habe ich auch schon gefunden, mir kann also nichts passieren.«

Julia warf Ed einen vernichtenden Blick zu. »Muss ich mir das jetzt bis in alle Ewigkeit anhören?«

Ed sah Connor an, beide überlegten, schüttelten den Kopf und erklärten, dass sie das für unwahrscheinlich hielten. Connor grinste.

»Tut mir Leid, Julia. Ich werde es nie wieder erwähnen.«

»Versprochen?«

»Versprochen. Dann wollen wir mal eure Wischerblätter, Verzeihung, eure Taschen holen.«

Auf dem Weg zu den Gepäckbändern bombardierte Ed Connor mit Fragen. Er wollte wissen, wer in diesem Sommer im Team war, welche Brände sie bisher bekämpft hatten, wie die Vorhersage war und so weiter. Connor antwortete geduldig und achtete darauf, sich nicht nur an Ed, sondern auch an Julia zu wenden.

Nach allem, was sie über ihn gehört hatte, fand sie es spannend, ihn endlich kennen zu lernen. Als sie die beiden beobachtete und ihr Gespräch verfolgte, konnte sie verstehen, warum Connor Eds bester Freund war. Connor strahlte eine Ruhe und Reserviertheit aus, die wie ein Gegenpol zu Eds extrovertierter Art wirkte. Beim Reden ertappte er sie hin und wieder dabei, wie sie ihn anstarrte, doch er lächelte nur, und sie lächelte zurück.

Endlich kam ihr Gepäck. Ed warf einen Blick in seinen Gitarrenkoffer, um sich zu vergewissern, dass nichts beschädigt war, bevor sie alles auf einem Rollwagen zum Parkplatz schoben. Connors Auto war ein alter, hellblauer Chevy-Pick-up, der perfekt zu seinem ramponierten Cowboyhut passte. Er erklärte Julia, dass er sich nur für Ed so lässig verkleidet hätte und normalerweise wie alle Feuerspringer Anzug und Krawatte tragen würde.

»Klar, darin springt ihr wahrscheinlich auch mit dem Fallschirm ab«, gab sie zurück.

»Nein, dazu tragen wir einen feuersicheren Frack. Man kann ja nie wissen, wen man trifft.«

Sie stellten das Gepäck auf die Ladefläche und kletterten in das Fahrerhäuschen. Sie saßen zu dritt nebeneinander, Julia in der Mitte. Auf dem Weg in die Stadt fragte Connor nach ihrem Job bei der WAY, und sie erzählte ihm, dass sie die Arbeit schon aus Colorado kannte und Montag früh in Helena erwartet würde. Connor überlegte kurz und meinte dann, dass sie am Sonntagnachmittag gemeinsam zur Ranch seiner Mutter fahren könnten, falls sie keine anderen Pläne hätten.

»Vielleicht sollte ich dir das lieber nicht erzählen, Julia, aber meine Ma hatte schon immer eine besondere Schwäche für Ed.«

»Das beruht auf Gegenseitigkeit«, erwiderte Ed. »Ich gebe es zu. Wie könnte ich nicht in eine Frau verliebt sein, die jeden Song aus *Oklahoma* auswendig kennt?«

»Das stelle ich mir nicht so schwer vor«, meinte Connor. »Heißt das, dass du sie auch alle kennst, Julia?«

»Was ist Oklahoma?«

Ed vergrub stöhnend das Gesicht in den Händen.

An jenem Abend aßen sie in einem kleinen Diner auf der anderen Seite des Flusses und schlenderten hinterher über die Brücke zurück. Es dämmerte, und das riesige weiße M auf dem Hügel oberhalb der Stadt leuchtete, als würde es an einer Leine in einem Himmel aus dunkler Tinte schweben. Unter der Brücke lag ein Park, in dem eine kleine Menschenmenge es sich mit Laternen auf einer Wiese bequem gemacht hatte und einem spontanen Konzert lauschte. Die in der Dämmerung verwehenden Gitarrenklänge stimmten Julia sentimental. Sie hakte sich bei Ed unter und legte ihren Kopf an seine Schulter.

In der Wohnung setzte Connor Kaffee auf, und sie saßen eine Zeit lang plaudernd um den Küchentisch. Ed wollte wissen, was das Fotografieren machte, und Connor antwortete, dass er in letzter Zeit ein paar kleinere Aufträge gehabt hätte, das Geschäft aber ansonsten sehr flau wäre. Er stand auf und holte einen großen braunen Umschlag, aus dem er ein Bild zog, das er, wie er sagte, erst am Nachmittag entwickelt hatte. Er gab es zuerst Ed, der Julia gegenübersaß, sodass sie es nicht sehen konnte. Ed riss die Augen auf.

»Wow. Was um alles in der Welt ist das? Ein Elch?«

»Ja. Er ist direkt aus den Flammen gekommen.«

»Und was ist dann passiert?«

»Keine Ahnung. In einem Moment war er da und im nächsten wieder verschwunden.«

»Mann, Connor, das ist ein infernalisches Bild.«

Ed reichte es Julia. Es dauerte eine Weile, bis sie erkannte, was sie betrachtete, doch dann stockte ihr der Atem.

»Es ist furchtbar.«

Ed lachte. »Na, das ist ja ein tolles Kompliment.«

Doch Connor lachte nicht. Er starrte sie eindringlich an, als wüsste er genau, was sie meinte. Kopfschüttelnd gab sie ihm das Bild zurück.

»Tut mir Leid, aber ich kann mir das nicht ansehen.«

Connor nahm ihr das Foto wortlos ab, schob es zurück in den Umschlag und packte ihn wieder weg. Ed machte einen Witz darüber, dass Julia eine ebenso strenge Kritikerin seiner Musik sei, doch sie war so fassungslos, dass sie ihn gar nicht mitbekam. Sie stand unvermittelt auf. Ed sah sie besorgt an.

»Julia? Alles in Ordnung?«

»Tut mir Leid, ich bin einfach nur müde. Ich lass euch jetzt allein.«

Sie küsste Ed auf den Kopf, und er versprach gleich nachzukommen.

»Gute Nacht, Connor.«

»Nacht, Julia.«

Sie putzte sich in dem schwarzen Badezimmer, das Ed die »Selbstmordzelle« nannte, die Zähne, ging in ihr Zimmer und zog sich aus. Connor hatte ihnen das größte Zimmer überlassen und aufmerksamerweise die beiden Einzelbetten zusammengeschoben. Des Weiteren gab es einen Schaukelstuhl aus Holz, einen Nachttisch und eine Lampe mit einem ausgefransten violetten Schirm. In der Ecke stand ein großer alter Kleiderschrank mit einem fehlenden Türgriff. Staubumrandete Rechtecke an der Wand zeigten an, wo Bilder und Poster gehangen hatten. Insekten schwirrten gegen das Fliegengitter des offenen Fensters, und einige wagemutigere Exemplare hatten in einer Ecke des Gitters einen Riss entdeckt und kreisten jetzt in irrem Flug um die Lampe.

Julia legte sich ins Bett und schlug ihr Buch auf. Sie las gerade zum dritten Mal Anna Karenina, und die Geschichte rührte sie mehr denn je. Doch nun ertappte sie sich dabei, wie sie immer wieder denselben Absatz las, bis sie schließlich aufgab und das Licht löschte. Sie hörte das Plätschern des Flusses und die gedämpften Stimmen der Männer nebenan und zog sich gegen das innere Frösteln, das sie trotz der Wärme spürte, seit sie Connors Foto gesehen hatte, die Decke über die Schultern. Sie konnte das Bild nicht aus ihrem Kopf verbannen. Ed hatte es ein »infernalisches Bild« genannt, ohne zu begreifen, dass es genau das war – ein Bild aus der Hölle. Aber Connor hatte es verstanden.

Danach musste sie eingenickt sein, denn plötzlich lag Ed neben ihr und küsste ihren Nacken. Er wollte mir ihr schlafen, und als sie murmelnd einwandte, dass sie zu müde sei, erklärte er ihr gekränkt, dass sie sich tage-, vielleicht sogar wochenlang nicht sehen würden. Also drehte sie sich um, ließ sich von ihm streicheln, und bald war das Bild, das sie so beschäftigt hatte, verblasst und verschwunden. Doch in dem sanften Einverständnis ihrer Körper lag in jener Nacht zum ersten Mal eine Spur von Traurigkeit.

5

Der Adler stieg in trägen Kreisen auf der thermischen Strömung aufwärts. Sein Schatten glitt über die Wand der Schlucht, die in der Nachmittagssonne glühte wie gebackener Ocker. Wo Wasser geflossen war, spross versengtes Buschwerk aus den Spalten und dem Gesims und zierte den Fels mit dunklen Rostflecken. Doch die Farbpalette wurde, als die Sonne langsam hinter der gegenüberliegenden Wand der Schlucht versank, nach und nach von Schatten verschluckt. Hin und wieder stieß der Adler einen Ruf aus, der wie ein trauriges Echo in der Schlucht unter ihm verhallte.

Was der Vogel von der Gruppe Menschen hielt, die sich hundert Meter tief unter ihm mit gesenkten Köpfen und gebeugten Schultern, schweißnass und verdreckt, langsam den steilen Pfad hinaufkämpfte, war unmöglich zu sagen, doch nie hatte sein Klageruf besser gepasst. Sie sahen aus wie Pilger, die nicht nur vom Weg, sondern auch vom rechten Glauben abgekommen waren, Flüchtlinge, denen nichts geblieben war als Kummer und Selbstmitleid.

Als sie sich durch ein Gestrüpp aus toten Kiefern gekämpft hatten, die von den Sturzbächen, die zur Schneeschmelze im Frühling durch die Schlucht rauschten, entwurzelt worden waren, machten sie Halt, und eine Person verließ stolpernd den Weg und versteckte sich hinter einer Gruppe von Krüppelweiden.

»Wir wollen dich rufen hören, Skye!«

Es blieb still. Stattdessen rief wieder der Adler. Einer der Jungen kicherte.

»Komm schon, Skye. Du musst deine Nummer rufen!«

Im Schutz des Gebüschs hockte Skye McReedie, Halbblut, Polizistenmörderin und ein insgesamt hoffnungsloser Fall, die Hose in den Kniekehlen, mit zusammengebissenen Zähnen, und pinkelte in den Staub. Sie wollte verflucht sein, wenn sie dieses bescheuerte Kinderspiel mitmachte.

»Wenn du nicht rufst, Skye, müssen wir dich suchen kommen.«

Skye schloss die Augen, um ihre Wut zu unterdrücken. Es war so erniedrigend. Sie konnte nicht mal in Ruhe aufs Klo gehen, ohne einen von ihnen am Hals zu haben. Am schlimmsten war diese arrogante Zimtzicke Julia, die so genannte »Leiterin«. Und natürlich war sie es, die wieder mal keifte. Dabei war sie immer so verdammt nett. Skye hatte versucht, sie zu provozieren, damit sie wenigstens einmal aus der Rolle fiel, doch bisher hatte sie kein Glück gehabt. Man sollte meinen, dass die dumme Kuh als Frau verstehen würde, wie schwer das alles für sie war. Diese beschissene Truppe von Sträflingen bestand aus insgesamt zehn Jugendlichen, und Skye war das einzige Mädchen.

»Okay, tut mir Leid, Skye, aber ich komme da runter!«

»Leck mich doch«, murmelte Skye. »Sieben!«, brüllte sie.

»Danke, Skye. Weiter.«

Wütend zerrte Skye ihre Hose hoch.

»Weiterrufen, Skye.«

»Sieben! Sieben! Sieben! Sieben!«

Sie trat stampfend hinter den Büschen hervor und brüllte weiter ihre Nummer, bis sie die anderen eingeholt hatte und direkt vor Julia stand.

»Sieben! Sieben! Sieben! Okay? Ist das jetzt okay?«

»Ja, Skye. Das ist prima. Danke.«

Mitch, das selbst ernannte Großmaul der Gruppe, ließ einen blöden Spruch darüber los, wie angepisst Skye war. Sie fuhr herum und erklärte ihm, er solle seine verdammte Klappe halten, sonst würde sie ihm die Fresse polieren.

»Okay, okay, alle mal herhören«, sagte Julia und hob die Hände. »Wir bilden einen Kreis.«

Die Jugendlichen stöhnten, aber mithilfe der anderen Leiter – Scott, Katie und Laura – hatten sie sich wenig später zum zigsten Mal an diesem Tag im Rund aufgestellt und sahen sich schweigend an. Nur Skye starrte zu Boden.

»Okay«, begann Julia ruhig. »Wir wissen inzwischen alle, was passiert, wenn jemand ausfallend und beleidigend wird. Also, wenn du so weit bist, Skye, würden wir gern zwanzig Alternativen zu dem hören, was du gerade gesagt hast.«

»Was? Ich hab bloß meine Nummer gesagt. Was wollen Sie denn? Sechs? Fünf? Was?«

»Du hast geflucht und Mitch mit Gewalt gedroht.«

»Oje, ich hatte ja solchen Schiss«, sagte Mike.

»Und wenn Skye fertig ist, hören wir zwanzig Alternativen von Mitch.«

Mitch glotzte sie mit einem Blick verletzter Unschuld an und erntete leises Gelächter. Mit siebzehn war er der Älteste in der Gruppe. Er war groß, dunkelhäutig, muskulös und wusste ganz genau, wie clever und gut aussehend er war. Skye konnte ihn nicht leiden. Die Gruppe verstummte wieder, und alle musterten Skye, die weiter zu Boden starrte. Sie warteten bereits geraume Zeit und konnten ihretwegen warten, bis sie schwarz wurden.

»Nun, Skye«, begann Julia wieder. »Du weißt ja, dass wir keine Termine einzuhalten haben. Wir müssen kein Flugzeug oder sonst was erwischen. Wir haben alle Zeit der Welt. Das Einzige, wozu wir zu spät kommen, ist das Abendessen.«

Skye seufzte und warf den Kopf in den Nacken. Sie wollte niemanden ansehen. Am Himmel zog immer noch der verdammte Adler seine Kreise und krächzte wie ein Idiot.

»Okay«, sagte sie schließlich: »Ich hätte sagen können: ›O bitte, lieber Mitch, mach keine Witze über mich armes kleines Mädchen!‹«

»Gut. Das ist eine Alternative. Aber wir wollen auch versuchen, jeden Sarkasmus zu vermeiden.«

»Oder ich hätte sagen können: ›Wisst ihr, es ist nicht ganz leicht, die einzige Frau bei diesem Ausflug zu sein und vor all diesen ... Jungen pinkeln zu müssen. Es ist irgendwie total peinlich‹, okay?«

»Ja, ich glaube, das verstehen wir alle. Gut, das waren zwei.«

Skye brauchte eine halbe Stunde, um auf weitere achtzehn Alternativen zu kommen. Und dann dauerte es fast noch einmal so lang, bis Mitch seine zwanzig Varianten absolviert hatte. Zuletzt nahmen alle einen Schluck Wasser aus ihren Feldflaschen, und mehrere Jugendliche schlugen sich, die ihnen zugeteilten Nummern rufend, ebenfalls zum Pinkeln in die Büsche, bevor alle ihre Rucksäcke schulterten und sich wieder auf den Weg machten.

Als der Richter sie zur Teilnahme an diesem Programm verdonnert hatte, wusste Skye nicht, worum es ging. Sie wusste nur, dass es auf jeden Fall besser klang als das Gefängnis, in das man Sean, den Wahnsinnigen, gesteckt hatte. Und im ersten Monat war es auch echt locker zugegangen.

Sie hatten in leer stehenden Baracken außerhalb von Helena gewohnt, und obwohl es nervte, das einzige Mädchen zu sein und in aller Herrgottsfrühe für lauter idiotische Sachen wie Joggen, Gymnastik und den Fahnenappell aufzustehen, musste man die übrige Zeit bloß rumhängen und sich »evaluieren« lassen. Das bedeutete, dass man ständig dieselben blöden Fragen beantwortete, die einem die Bewährungshelfer, Sozialarbeiter und Psychologen schon eine Million Mal gestellt hatten. Manchmal dachte sie sich einfach was aus, um sie zu verarschen oder sie glauben zu machen, sie wären auf etwas gestoßen, aber meistens leierte sie bloß die ewig gleichen Antworten herunter, über ihr Zuhause, ihre Kindheit, ihre Eltern und natürlich ihre Gefühle.

Dauernd wollten sie wissen, welche Gefühle man hatte, und sie fragten es so verdammt oft, dass man aus der Haut fahren konnte. Als ob es das Einzige wäre, was man ihnen auf der Psychologenschule beigebracht hatte, oder wo immer diese Trottel ihren Beruf lernten. »Und wie hast du dich gefühlt, Skye?« Wenn sie ihnen gerade erzählt hatte, dass sie jede Nacht hören musste, wie ihr Stiefvater betrunken nach Hause kam, ihre Mutter vergewaltigte und dann nach ihr suchte. »Und wie hast du dich da GEFÜHLT!« »Na, super, ich war einfach begeistert, wissen Sie.« Und sie fragten es mit dem ewig gleichen Ausdruck von Sorge und Mitgefühl, als ob sie wirklich verstünden, wie es gewesen war. Als hätten sie ihren Schmerz geteilt, als wäre ihnen das Gleiche widerfahren, was natürlich totaler Schwachsinn war, weil sie alle miteinander ein Haufen verhätschelter Gutmenschen waren, von denen keiner je in der wirklichen Welt gelebt und eine Ahnung hatte, wie das war.

Nach einem Monat in Helena hatte man ihnen in der vergangenen Woche eines Abends plötzlich eine riesige Portion Spagetti serviert, einen Schlafsack und ein paar andere Sachen gegeben, sie in einen Bus verfrachtet und am Arsch der Welt wieder ausgeladen. Skye hatte unterwegs herauszufinden versucht, wohin sie fuhren, doch es war zu dunkel. Sie waren zwei Tage lang, praktisch ohne einen Bissen zu essen, dreißig Meilen durch die Berge gewandert – wahrscheinlich um ihren Willen zu brechen oder so, dachte Skye, die einfach mit gesenktem Kopf getan hatte, was man von ihr verlangte. Manchmal fühlte sich ihre Lunge an, als müsste sie jeden Moment bersten. Ihre Füße waren wund und voller Blasen und taten höllisch weh, aber das würde sie sich ums Verrecken nicht anmerken lassen.

Am dritten Abend hatten sie eine Lichtung erreicht, wo Glen, der Direktor des Programms, und einige andere Mitarbeiter sie alle lächelnd und fröhlich scherzend empfingen, und ihnen schulterklopfend versicherten, wie großartig sie sich geschlagen hätten. Die Leiter hatten ein paar Dosen mit Pfirsichen vergraben, und die ganze Gruppe musste sie suchen, als sei das Ganze ein Spiel, auf das alle ganz versessen wären, nachdem sie sich achtundvierzig Stunden lang den Arsch aufgerissen hatten. Aber die Pfirsiche hatten wirklich verdammt gut geschmeckt.

Seither war das Essen todlangweilig: Körner, Nüsse, Rosinen, Haferflocken, Reis und anderer gesunder Mist. Als sie an jenem ersten Abend ums Lagerfeuer versammelt saßen, hatten Glen ihnen erklärt, dass sie lernen würden, wie man mit einem Bogenbohrer Feuer machte wie die Indianer (er nannte sie amerikanische Ureinwohner, wie man es heutzutage ausdrückte, wenn man keinen Anstoß erregen, sondern den so Angesprochenen ein Gefühl von Stolz oder so vermitteln wollte). Glen sah aus wie ein alter Hippie. Er hatte einen langen blonden Pferdeschwanz, einen dünnen Bart, über den er ständig strich, und eine sanfte Stimme, die am Ende eines Satzes immer nach oben ging, als würde er eine Frage stellen. Als er die Geschichte mit dem Bogenbohrer erzählte, sah er Skye an, als ob sie als Halbindianerin bereits wüsste, wie man auf diese Weise ein Feuer entzündete. Ja, klar. Von wegen.

Jedes Mitglied der Gruppe, fuhr er fort, müsse diese Technik beherrschen, denn jeden Abend wäre ein anderer mit Feuermachen an der Reihe. Und wenn er oder sie es nicht schaffte, würde es an diesem Abend kein warmes Essen geben. Er hatte gut reden, denn am nächsten Morgen übertrug er Julia die Verantwortung und fuhr mit seinem Transporter nach Hause.

Sie hatten im Wald geeignetes trockenes Holz gesucht und sich jeder sein eigenes kleines Bogenbohrerset gebastelt. Und in den seither vergangenen fünf Tagen hatten bis auf zwei auch alle gelernt, wie man es benutzte. Nur Skye und ein Junge aus Billings namens Lester noch nicht. Lesters Gehirn war von dem ganze Crack, das er geraucht hatte, so hinüber, dass er wahrscheinlich Mühe gehabt hätte, mit einer Lötlampe eine Pfütze Benzin anzuzünden. Skye glaubte, dass es ihr nicht schwer fallen würde, mit dem Bogenbohrer ein Feuer zu entfachen, aber sie wollte es erst gar nicht versuchen. Am Abend zuvor war sie an der Reihe gewesen, und alle mussten kalt essen. Das hatte sie nicht gerade beliebter gemacht, aber wen kümmerte das schon?

Die Wanderungen waren nach jenem ersten Gewaltmarsch weniger strapaziös geworden. Heute hatten sie vielleicht zehn Meilen zurückgelegt, immer wieder unterbrochen von Kreisaufstellungen, wenn jemand geflucht oder sonst etwas falsch gemacht hatte. Sie wussten nicht, wo sie sich befanden oder wohin sie unterwegs waren, und wenn jemand fragte, reagierte Julia nur mit ihrem nervig netten Lächeln und erklärte, dass der Weg und nicht das Ziel entscheidend sei. Was so ziemlich das Blödeste war, was Skye je gehört hatte, denn welchem halbwegs vernünftigen Mensch war es egal, wohin er ging?

Skye war einer von Julias »persönlichen Schützlingen«, was bedeutete, dass sie angeblich diese ganz besondere Beziehung zueinander hatten. Wenn sie Hilfe brauchte, sollte Skye sich an sie wenden, sich an ihrer Schulter ausheulen und ihr die tiefsten Geheimnisse anvertrauen. Denkste! Julia ging hinter ihr, als sie jetzt den Hang der Schlucht erklommen. Vor ihr marschierte Byron, ein Junge aus Great Falls, der bei einem Raubüberfall einen Menschen erstochen hatte.

Er hatte struppige rote Haare und einen tätowierten Tiger auf der linken Schulter, der einschüchternd wirken sollte, aber eigentlich nur traurig aussah. Skye musste ihn die ganze Zeit anstarren. Unter der Schicht von Schmutz war Byrons Haut weiß wie die eines Albinos. Skye mochte Byron. Er versuchte, genauso hart zu tun wie alle anderen, aber wenn man die blasse Babyhaut unter dem ganzen Dreck sah, konnte man manchmal erkennen, was für ein sanfter und netter Junge er eigentlich war. Als Einziger in der Gruppe ging er freundlich auf Skye zu. Die anderen redeten nur mit ihr, wenn sie mussten, bis auf Mitch, der keine Gelegenheit ausließ, sie zu ärgern, vor allem, wenn die Leiter außer Hörweite waren.

Das Licht in der Schlucht verblasste. Eine halbe Meile war ihr Pfad steil und tückisch, mit Steinen, die unter den Schuhen wegrutschten und durch das trockene Unterholz prasselten. Als sie schließlich einen Bergkamm umrundet hatten, tat sich vor ihnen eine grasbewachsene Ebene mit einem See in der Mitte auf. Am Horizont fielen die letzten Strahlen der Sonne auf die Berge, deren Gipfel sie den ganzen Tag immer wieder gesehen hatten. Ihr Spiegelbild schimmerte rosafarben auf der Oberfläche des Sees. Wie auf Kommando blieb die ganze Gruppe stehen, um Luft zu holen und den Blick zu genießen. Skye stand neben Byron.

»Coole Landschaft, was?«, meinte er.

Skye nickte, schwieg jedoch. Sie wusste, dass es wunderschön war, und sie wusste auch, dass sie, wäre sie nicht so verkorkst, ebenso ergriffen sein sollte wie Byron. Doch sie empfand nichts, als wäre die Verbindung zwischen ihrem Kopf und ihren Gefühlen durchtrennt und von einer undurchlässigen Hornhaut ersetzt worden.

»Schlagen wir hier unser Lager auf?«, fragte Byron.

»Genau«, antwortete Julia.

»Cool.«

»Und, gefällt es dir auch, Skye?«

Skye zuckte die Achseln und fummelte am Riemen ihres Rucksacks herum. »Ist mir doch egal.«

Sie saßen in einem Kreis um das Feuer und wärmten ihre Füße an den Flammen, die in der windstillen Nacht loderten. Das Licht des Feuers ließ ihre Gesichter glühen und ihre Augen glänzen. Auf der anderen Seite des Sees hievte sich die Mondsichel über die Bäume.

Dies war Lesters Feuer, und jeder konnte sehen, wie stolz er war. Er saß aufrecht, den Kopf erhoben, mit einem schiefen Lächeln im Gesicht. Julia beobachtete ihn von der anderen Seite des Feuers, und bei seinem Anblick wurde ihr warm ums Herz. Zu beobachten, wie das Selbstbewusstsein dieser beschädigten jungen Seelen durch solche bescheidenen Erfolge Stück für Stück wieder aufgebaut wurde, war der Teil ihrer Arbeit, der ihr am meisten gefiel.

Lester war fünfzehn Jahre alt. Beide Eltern saßen mehr im Gefängnis als zu Hause, sodass er die meiste Zeit in öffentlichen Einrichtungen verbracht hatte. Julia kannte seine Akte. Mit zehn hatte er sein erstes Auto gestohlen und demoliert, dann hatte er angefangen, Drogen zu nehmen, und war schnell in einen Teufelskreis aus Diebstahl und Betrug geraten, um seine Sucht zu finanzieren. Vor zwei Jahren hatte er eine Überdosis genommen und drei Tage im Koma gelegen, was bleibende Schäden hinterließ. Er sprach undeutlich und lallend, und wenn er eine leichte Aufgabe wie das Binden seiner Schuhe bewältigen musste, stürzte sein Gehirn bisweilen ab wie ein Computer, sodass er wie versteinert verharrte, bis ihm jemand weiterhalf. Er war von einer naiven Freundlichkeit, konnte jedoch, wenn man ihn reizte, mit heftigen Wutausbrüchen reagieren, was ihn zu einem leichten Opfer von Hänseleien machte. Mitch hatte das natürlich bis zur Perfektion entwickelt und ging so subtil vor, dass Julia es manchmal erst mitbekam, wenn Lester explodierte. Doch an diesem Abend hätte man nichts dergleichen vermuten können. Lester Whaley hatte mit ein paar Stückchen Holz und seinem Set ein Feuer gemacht, in dessen Glanz er sich nun sonnte und alle Welt anstrahlte.

Er saß zwischen Mitch und Katie, einer zappeligen und leicht nervenden Sportstudentin aus Billings. Sie besaß von allen Leitern die geringste Erfahrung, redete jedoch mehr als alle anderen. Gerade berichtete sie von einer Gruppe, mit der sie im vergangenen Jahr im Yellowstone Park unterwegs war und die eines Nachts vergessen hatte, ihre Proviantbeutel hoch genug in die Bäume zu hängen.

»Einer der Jungen war ein großer kräftiger Kerl, einen Zentner schwer, vielleicht sogar mehr, der ständig quengelte, dass es nicht genug zu essen gebe. Ich wache also mitten in der Nacht auf und sehe, wie sich jemand über die Proviantsäcke beugt, und denke, hm, das wird Brett sein, der sich einen kleinen Mitternachtssnack gönnt. Ich stehe also ganz leise auf, schleiche mich auf Zehenspitzen an und sage ein paar Meter hinter ihm: ›Okay, Freundchen, du bist verhaftet!‹ Doch er grunzt nur, dreht sich um, und vor mir steht ein riesiger Grizzly, etwa dreimal so groß wie Brett.«

»Und was hast du gemacht?«, fragte Byron.

»Nun, ich habe ihn in den Schwitzkasten genommen, zu Boden gerungen und ihm eine ordentliche Standpauke gehalten.«

»Hast du nicht«, erwiderte Lester.

Mitch stieß ein spöttisches Lachen aus und wollte gerade eine schlaue Bemerkung machen, als er den Blick sah, den Julia ihm zuwarf.

»Nein, das war nur Spaß. Ich habe geschrien. Der Bär hatte noch mehr Angst als ich und eilig das Weite gesucht. Er hatte den ganzen Sack durchwühlt, aber komischerweise nur eine Tube Zahnpasta gefressen.«

Alle lachten. Bis auf Skye. Sie saß zwischen Byron und Scott und starrte ins Feuer, als würde sie sich wünschen, von den Flammen verzehrt zu werden. Scott, ein Philosophiestudent aus Denver, der schon drei Sommer lang für WAY in Colorado arbeitete, besaß eine lebenskluge und sanfte Art, auf die die Jugendlichen gut ansprachen. Während des Abendessens hatte er versucht, Skye in ein leises Gespräch zu verwickeln, doch sie hatte ihn abgeblockt. Im Schein des Feuers sah sie so traurig und schön aus, dass Julia den Impuls niederkämpfen musste, einfach aufzustehen und sie zu umarmen. Normalerweise trug Skye einen Pferdeschwanz, doch an diesem Abend hing ihr langes dunkles Haar lose herab und glänzte im Licht der Flammen wie ihre schwarzen Augen. Seit Lester es geschafft hatte, ein Feuer zu entzünden, hatte sie kein Wort mehr gesagt. Julia hatte in all dem Johlen und Jubel Skye beobachtet und in deren Gesicht die Erkenntnis aufblitzen sehen, dass sie jetzt auf sich allein gestellt war: Das einzige Hindernis, das noch zwischen der Gruppe und ihrer täglichen warmen Mahlzeit am Abend stand.

Nun war das Essen in Vorbereitung auf die »Gruppensitzung«, die abendliche Runde um das Lagerfeuer, abgeräumt worden. Manchmal sprachen sie über den Tagesverlauf oder ein Thema, das irgendwem auf der Seele brannte. Manchmal brachte einer der Leiter oder Jugendlichen das Gespräch mit einer Anekdote in Gang. Heute Abend erzählte Julia eine Geschichte über zwei Freunde namens Joe und Mo, die in einem Restaurant Steaks bestellt hatten.

»Die Kellnerin verschwindet in der Küche und kommt nach einer Weile mit einer Platte, auf der die Steaks liegen, und zwei leeren Tellern zurück. Sie verteilt die Teller, stellt die Platte mit den Steaks in die Mitte des Tisches und geht wieder. Joe und Mo, die beide wirklich sehr hungrig sind, betrachten die Steaks und bemerken, dass das eine groß und das andere klein ist. Ah, denkt Joe, ich weiß, was ich tun muss. Er nimmt die Platte und fordert Mo auf, sich zu bedienen, wobei er davon ausgeht, dass Mo aus Höflichkeit das kleine Steak nimmt. Aber genau das tut Mo nicht. Er schnappt sich das große und isst es ganz auf.«

Lester lachte.

»Tja, nun. Joe fand das gar nicht witzig. Er ist stocksauer und verputzt wortlos sein kleines Steak. Er kocht regelrecht vor Wut. Nachdem Mo fertig ist, blickt er auf, sieht Joes Gesicht und fragt, hey, was ist denn mit dir los? Und Joe sagt, wenn du es unbedingt wissen willst, ich bin sauer auf dich. Mo fragt, warum. Und Joe erwidert, nun, weil ich dir gesagt habe, du darfst dir eins aussuchen, und du hast dir das große Steak genommen. Mo fragt, was hättest du denn getan, wenn ich dir die Wahl gelassen hätte? Joe sagt, nun, weil ich höflich und gut erzogen bin, hätte ich das kleinere genommen. Und Mo sagt, tja, wo liegt dann das Problem, du *hast* doch das kleinere bekommen!«

Alle lachten bis auf Skye.

Julia fragte nach der Moral dieser Geschichte, und sie sprachen eine Weile über Egoismus und Großzügigkeit und darüber, ob die Menschen nur deshalb gut zu anderen waren, weil sie wollten, dass die anderen auch gut zu ihnen sind. Die Diskussion war ein Erfolg. Skye war die Einzige, die kein Wort sagte. Dann wollte Julia wissen, ob jemand noch ein anderes Thema hatte, und wie üblich war Mitch der Erste, der den Finger hob.

»Okay, Mitch«, sagte Julia. »Was gibt's?«

»Ich möchte eine positive Bestätigung geben.«

»Nur zu.«

»Ich möchte Lester gratulieren, dass er dieses Feuer gemacht hat.«

Die ganze Runde bekundete ihre Zustimmung.

»Das ist wirklich toll, Alter. Wir wissen, wie schwer es für dich war und wie hart du daran gearbeitet hast.«

Bei seiner verlogenen Ernsthaftigkeit und dem herablassenden Ton hätte Julia am liebsten gleich eingegriffen. Mitch war ihr von Beginn an unsympathisch gewesen. Er war eitel, falsch, manipulativ und bösartig. Manchmal kostete es sie einige Mühe, Professionalität zu wahren und ihre persönlichen Gefühle unter Kontrolle zu halten. Seine »positive Bestätigung« war höchstwahrscheinlich der Auftakt zu etwas anderem, und sie hatte auch schon eine Ahnung, wozu.

»Und ich möchte mich bedanken, Mann«, fuhr er fort, »dass du diese Anstrengung für die Gruppe unternommen hast. Und vielleicht werden wir, wenn noch jemand sich anstrengt, schon bald jeden Abend eine warme Mahlzeit bekommen.«

Paul und Wayne, Mitchs Gefolgsleute, bekundeten ihre Zustimmung.

»Das klingt aber eher nach einer Kritik als nach einer positiven Bestätigung«, merkte Julia an.

»Das kann jeder sehen, wie er will, Mann.«

»Nun, wenn du ein bestimmtes Thema ansprechen willst, Mitch – und ich bin kein ›Mann‹ –, halte ich es nur für fair, wenn du das auch deutlich machst.«

»Ich finde, das ist klar genug, verdammt noch mal.«

»Nein, mir nicht. Und später werden wir noch zwanzig Alternativen für das ›verdammt noch mal‹ formulieren.«

Mitch lachte verächtlich und sah sich nach Paul und Wayne um, die beide grinsten. Ihre Blicke schossen zwischen Mitch, Julia und Skye hin und her, die immer noch regungslos ins Feuer starrte. Julia war angespannt, und es fiel ihr schwer, ihre Wut zu zügeln.

»Also, Mitch, sprich es aus, bitte.«

Er verdrehte seufzend die Augen. »Okay, es ist ein Thema, das uns alle betrifft.«

»Hier spricht jeder nur für sich selbst, danke, Mitch.«

»Dann eben ein Thema, das mich betrifft. Und Skye. Alle haben ihr Feuer gemacht bis auf Skye, und wir alle – das heißt, ich hab inzwischen die Schnauze ziemlich voll.«

Er erntete allenthalben Zustimmung und nickte Julia triumphierend zu. Eine Zeit lang sagte niemand etwas. Die Spannung in der Runde schien sich im Knacken des Feuers auszudrücken.

»Skye?«, fragte Julia leise. »Möchtest du darauf antworten?«

Skye schüttelte den Kopf, ohne den Blick von den Flammen zu wenden. Sie sah aus wie ein verirrtes Waisenkind. Obwohl es Julia dazu drängte, das Mädchen zu trösten und zu beschützen, war es wichtig, dass sie genau das nicht tat. Eines der Hauptziele des Programms bestand darin, diese Jugendlichen zu sozialisieren, indem es ihnen bewusst machte, welche Wirkung ihre Handlungen auf andere hatten. Skyes Weigerung, ein Feuer zu entzünden, war anfangs nicht viel mehr als eine Provokation gewesen, um Aufmerksamkeit zu erregen. Doch inzwischen hatte es sich zu einer Frage der Ehre entwickelt, und je massiver der Druck auf sie wurde, desto größer wäre auch ihr Gesichtsverlust gewesen, wenn sie ihm nachgegeben hätte.

»Möchte sonst noch jemand etwas zu diesem Thema sagen?«

Byron hob den Finger, und Julia nickte.

»Ich würde bloß gern –« Byron brach ab. Er sagte nur selten etwas in der Runde und war sichtlich nervös. Er schluckte.

»Eine positive Bestätigung machen?«, half Julia ihm weiter.

»Ja. Eine positive Bestätigung. Also, Skye, du bist das einzige Mädchen hier und, wie du selbst heute gesagt hast, als du mal musstest und so, weißt du –«

Mitch kicherte, und Julia wollte ihm schon über den Mund fahren, doch Scott kam ihr zuvor.

»Ich finde, du solltest ein wenig mehr Respekt zeigen, wenn jemand spricht, Mitch. Weiter, Byron, wir hören dir zu.«

»Na ja, also manchmal denke ich, dass wir alle vielleicht nicht kapieren, wie schwer das für dich ist, Skye. Und vielleicht ist dieses ganze Ding mit dem Feuer, dass du dich weigerst, es zu machen, einfach deine Art, es uns zurückzugeben. Ach, ich weiß auch nicht genau, was ich eigentlich sagen will.«

Er runzelte die Stirn und blickte zu Boden. Seine Wangen glühten.

»Jedenfalls wollte ich dir bloß eine positive Bestätigung dafür geben, dass du es mit uns allen aushältst. Und mir ist es, ehrlich gesagt, egal, dass ich kein warmes Essen kriege, wenn du mit Feuermachen dran bist, weil ich finde, dass du ein Recht auf deine Meinung hast und alles. Und ich denke, dass du ein guter Mensch bist. Und, also, das ist eigentlich alles, was ich sagen wollte.«

»Danke, Byron«, entgegnete Julia.

Es entstand eine lange Pause. Alle sahen Skye an. Sie biss sich heftig auf die Unterlippe; in ihren Augen standen Tränen. Unvermittelt und ohne jemand anzusehen, stand sie auf und verschwand in der Dunkelheit.

6

Durch den Sucher sah Connor auf der anderen Seite der mit rotem Sand bedeckten Arena Kopf und Schultern seiner Mutter über dem Holzgeländer des Korrals. Sie trug eine hellrosafarbene Bluse mit weißer Borte und einen ramponierten schwarzen Hut, der ihr angeblich Glück brachte. Das Band bestand aus kleinen silbernen Stierköpfen, ein Geschenk seines Vaters zu ihrem ersten Hochzeitstag. Sie blickte auf das bockende Pferd unter sich und konzentrierte sich angestrengt darauf, die richtige Startposition zu erwischen.

Staub und Rauch von dem Holzkohlegrill trübten das weiche Licht der Nachmittagssonne, das die Schatten länger werden ließ, und wäre da nicht die Befürchtung gewesen, das Ableben seines einzigen verbliebenen Elternteils festhalten zu müssen, hätte Connor kaum zufriedener mit dem Motiv sein können. Er schoss ein paar Fotos, zoomte in die Totale und schaltete den Motorantrieb ein, um bereit zu sein, wenn das Gatter sich öffnete.

»Kaum zu glauben, dass deine Mutter schon fast fünfzig ist«, meinte Julia.

»Sie glaubt es selbst nicht«, gab Connor zurück. »Das ist ja das Problem.«

Sie saßen in der ersten Reihe der Ränge, Julia zwischen Connor und Ed, hinter ihnen die für ein zweitklassiges Rodeo beachtliche Menge von ein paar hundert Zuschauern. Seine Mutter hatte sich von einem alten Freund im Organisationskomitee zu diesem Wahnsinn überreden lassen. Er meinte, es wäre die

Attraktion des Tages, ein »Senioren«-Wettbewerb auf ungesattelten wilden Pferden für wohltätige Zwecke. Der »Senioren«-Aspekt hatte Connors Mutter nicht gerade begeistert, doch als ihr Freund erneut anrief, um zu berichten, dass ihre alte Erzrivalin Madeleine »Queenie« McFall aus Livingstone dabei sein würde, hatte es keinerlei weiterer Argumente bedurft.

»Wenn diese unbegabte, spitzärschige alte Schreckschraube es mit siebenundvierzig Jahren noch kann, kann ich es verdammt noch mal auch«, sagte sie.

Und obwohl sie seit fünf Jahren auf keinem Mustang mehr gesessen hatte und zudem unter leichter Arthritis litt, ließ sie sich durch keinen Einwand Connors davon abbringen.

»Es ist wirklich süß, dass du dir Sorgen machst, mein Lieber«, sagte sie. »Aber das Ganze wird in sechs Sekunden vorüber sein.«

»So oder so.«

»Und? Ist doch keine schlechte Art abzutreten.«

Insgeheim war Connor stolz auf sie. Sie bestand lediglich darauf, dass die Disziplin von »Senioren« in »Prominenten«-Wettbewerb umbenannt wurde. Bevor Connor auf die Tribüne zurückgekehrt war, hatte er ihr geholfen, sich fertig zu machen. Obwohl ihr Gesicht ein wenig faltig geworden war und sie wegen einer alten Halsverletzung leicht gebückt ging, war sie nach wie vor eine attraktive Frau. Sie in ihrem Reitkostüm mit der rosafarbenen Bluse und dem weißen Stirnband zu sehen, erinnerte ihn daran, wie er sie zusammen mit seinem Vater auf Tourneen begleitet hatte. Schon damals war ihm aufgefallen, dass Männer sie auf eine gewisse Art ansahen, obwohl sie selbst nie Augen für irgendwen außer seinem Vater gehabt hatte, weder vor seinem Tod noch danach.

Als sie fertig war, lehnten sie gemeinsam am Geländer des Korrals und sahen zu, wie Queenie McFall sich volle zwei Sekunden auf dem Rücken ihres Pferdes hielt, bevor sie in den Sand geschleudert wurde. Aber sie stand lächelnd auf und winkte. Ein wunder Hintern und ein angeknackstes Ego waren die ärgsten

Blessuren, die sie zu beklagen hatte. Seine Mutter hatte boshaft grinsend den Kopf geschüttelt.

»Tja, McFall – wie der Name schon sagt.«

Jetzt war sie selbst an der Reihe. Die Lautsprecher knackten und schepperten.

»Nun, Leute, unsere nächste Reiterin muss ich Ihnen nicht vorstellen, aber ich werde es trotzdem tun. Es ist uns eine Ehre und Freude, heute Nachmittag einen der größten Rodeostars aller Zeiten anzukündigen. Mit der Nummer fünf aus Augusta, Montana, die sensationelle und unvergleichliche Maggie Ford!«

»Beim Theater sagt man in solchen Momenten, Hals- und Beinbruch«, flüsterte Ed.

»Ed!«, entrüstete Julia sich und schlug ihm aufs Knie.

Er warf die Hände in die Luft. »Ich sag es ja gar nicht!«

»Hoffentlich ist das alles, was sie sich bricht«, murmelte Connor. »Okay, auf geht's.«

Das Tor des Korrals öffnete sich, und das Pferd preschte in die Arena. Seine Mutter hatte das Tier bestens im Griff, die Stiefel knapp über dem Schulteransatz, als die Vorderhufe auf den Boden aufschlugen. Mit der linken Hand hielt sie den Lederriemen, den rechten Arm schwenkte sie in der Luft wie eine Balletttänzerin, während sie ihre Schenkel, die Zehen nach außen gespreizt, auf den Widerrist des Pferdes drückte. Der Motorantrieb der Kamera surrte. Bei sechs Bildern pro Sekunde war sich Connor sicher, dass ein paar gute Fotos darunter sein würden. Der aufgewirbelte Staub, die schwarzen Schatten und das Pferd, ein stämmiger kleiner Schimmel, der mit wildem Blick die Vorstellung seines Lebens gab. Aber es sollte ihm nicht gelingen, sie abzuwerfen. Sie gab ihm die Sporen, federte jeden Sprung perfekt ab und nahm die bockenden Stöße hin wie nichts.

Ed und Julia waren johlend aufgesprungen, und auch alle anderen Zuschauer jubelten lauthals, sodass Connor sich zurückhalten musste, nicht mit einzustimmen, sondern stattdessen die vollen sechs Sekunden zu fotografieren und erst aufzuhören, nachdem die berittenen Ordner seine Mutter eingeholt und sicher auf den Boden gehoben hatten. Connor legte seine Kamera beiseite, stand auf und stimmte in den Beifall mit ein. Julia hüpfte auf und ab wie ein kleines Mädchen und umarmte erst Ed und dann Connor.

»Das war unglaublich!«, rief sie.

»Connor, das ist pervers«, meinte Ed. »So sollten Mütter nicht sein.«

»Ja, ich weiß. Ich muss sie irgendwo einsperren lassen. Komm, gehen wir zu ihr.«

Drei Stunden später saßen sie im Hinterzimmer von Elmer's Restaurant in Choteau. Die Siegertrophäe thronte zwischen Steaks und Bier auf dem Tisch. Connors Mutter hatte mit fünfundachtzig Punkten locker gewonnen und erklärte, dass es eigentlich neunzig hätten sein müssen, wenn nicht einer der Punktrichter so blöd gewesen wäre. Der Mann könne seinen Hintern nicht vom Kötenbehang eines Gauls unterscheiden, meinte sie, außerdem sei der Mustang sehr leicht zu reiten gewesen.

Jetzt erzählte sie Julia von den alten Zeiten, Geschichten, die Connor schon oft gehört und sogar selbst miterlebt hatte, sodass er genau wusste, wo die Wahrheit endete und die Ausschmückung begann. Die Anekdote, die sie gerade zum Besten gab, handelte wieder einmal von Queenie McFall, genauer gesagt davon, wie die arme Frau während eines Fernsehinterviews von einem Bienenschwarm attackiert worden war. Und obwohl Ed sie auch schon gehört haben musste, wirkte er genauso fasziniert wie Julia. Die Steaks waren riesig, und niemand hatte seins aufgegessen, außer Ed, der sich nun über Julias hermachte. Connor schob seinen Stuhl zurück und streckte die Beine aus.

Die Frauen saßen auf der anderen Seite des Tisches, Julia auf dem Platz ihm gegenüber. Es fiel ihm schwer, sie nicht anzustarren. So ging es ihm, seit er sie zum ersten Mal gesehen hatte. Sie besaß etwas, was einen in ihren Bann schlug. Ihr Lachen, ihre dunkelbraunen Augen und die Lachfältchen – Connor schämte sich, dass ihm so etwas überhaupt auffiel. Schließlich war sie die Freundin seines besten Freundes, Himmel noch mal.

Sie und Ed waren jetzt seit fast einem Monat in Montana, doch es hatte nur wenige Tage gegeben, an denen sie alle drei zur selben Zeit freihatten. Trotzdem hatte Connor das Gefühl, Julia schon lange zu kennen. Sie war eine Frau, die einen häufig berührte, nicht auf eine anzügliche Art, sondern vollkommen natürlich und unbewusst. Wenn sie einem Argument Nachdruck verleihen wollte, legte sie ihre Hand auf den Arm ihres Gegenübers, und obwohl das nichts zu bedeuten hatte, sondern nur eine freundliche Geste war, verfehlte es nie seine Wirkung auf ihn. Als sie ihm am Nachmittag beim Rodeo um den Hals gefallen war, hatte er gar nicht gewusst, wohin er schauen sollte.

»Connor?«, hörte er seine Mutter fragen. Alle Augen waren auf ihn gerichtet.

»Hallo?«, sagte Ed. »Irgendwer zu Hause?«

»Tut mir Leid. Worum geht's?«

»Deine Ma wollte wissen, wo wir morgen klettern gehen.«

»Oh, ich dachte wir fahren nach Bittermoon.«

»Sie sind also auch Bergsteigerin, Julia?«, fragte Connors Mutter.

»Ich hab's ein paar Mal versucht, aber ich bin nicht besonders gut.«

»Sie klettert phantastisch«, meinte Ed. »Es ist, als würde man Spider Woman zusehen.«

»Schön wär's.«

»Also, mit diesen beiden Verrückten hier sollten Sie sich in Acht nehmen.«

»Ich hoffe, Sie nehmen mir das nicht übel, Mrs. Ford, aber nachdem, was ich heute gesehen habe, scheint das wohl in den Genen zu liegen.«

»Oder in den Wranglers«, bemerkte Ed, und Connors Mutter lächelte.

»Also, wisst ihr«, meinte sie, »es gibt Flugzeuge, es gibt Berge und es gibt Pferde. Und jetzt verratet ihr mir, wo man am schlauesten runterfällt.«

Sie tranken Kaffee und bezahlten. Connors Mutter fragte, ob sie auf der Ranch übernachten wollten, doch Connor meinte, dass sie lieber zurück nach Missoula fahren würden, um früh zu ihrer Klettertour aufzubrechen. Auf dem Parkplatz verabschiedeten sie sich, und Connors Mutter schenkte Julia ihren Rodeopokal.

»Das kann ich unmöglich annehmen, Mrs. Ford«, protestierte sie.

»Natürlich können Sie das. Ich habe schon viel zu viel von diesen Dingern.«

Julia sah Connor an.

»Nimm ihn«, sagte er. »Sie meint's ernst.«

»Also gut, vielen Dank.« Sie küsste Connors Mutter auf die Wange. »Ich werde ihn in Ehren halten.«

»Tun Sie das«, sagte sie und stieg in ihren Pick-up. »Wenn es sich lohnen würde, das Ding einzuschmelzen, hätte ich es selbst behalten.«

Sie fuhren südwärts, während sich die Dämmerung langsam auf sie herabsenkte. Zu ihrer Rechten erhob sich Fort Range wie eine Festung. Es roch nach kühler Erde und in der Sonne getrocknetem Salbei. Connors alter Chevy schepperte über den Asphalt und bahnte sich, dem Schein seiner Scheinwerfer folgend, einen Weg durch Pappelhaine hinauf in die schattigen Täler des Ödlands.

Sie saßen wie immer nebeneinander, Julia zwischen den beiden Männern. Sie hielt den Pokal in ihrem Schoß, während Ed von Connors Mutter schwärmte und erklärte, dass er auf jeden Fall ein Musical mit dem Titel *Queen of the Red Dust* über sie schreiben würde. Connor fragte, ob das vor oder nach all den anderen Musicals passieren sollte, die Ed auf jeden Fall schreiben wollte, wie das über die Feuerspringer *(Hearts of Fire)* oder den psychopathischen Klavierlehrer, der all seine Schüler ermordet. Julia war überrascht, von Letzterem noch gar nichts gehört zu haben, worauf Ed zu einer Erklärung ansetzte. Das Werk sollte *Mordzart* heißen, sagte er. »Stell dir eine Kreuzung aus *Sweeny Todd* und *Amadeus* vor.« Viel weiter kam er nicht, weil Julia anfing zu kichern, was so ansteckend wirkte, dass alle drei in lautes Gelächter ausbrachen.

Am Roger Pass überquerten sie die Wasserscheide und sahen sich hinter einer Kurve unvermittelt einer auf der Straße stehenden Herde von Maultierhirschen gegenüber, die aus sieben Muttertieren und ihren Jungen bestand. Connor hielt an, und die Hirsche mit ihren zuckenden langen Ohren standen eine Weile da und starrten sie mit opalartig glänzenden Augen an, bevor sie langsam paarweise vom Highway trotteten und bald mit der Nacht verschmolzen waren.

Als sie durch Lincoln fuhren, schnarchte Ed bereits leise, den Kopf an den Türholm gelehnt. Eine Weile sprachen weder Connor noch Julia, ohne dass sie dieses Schweigen als verlegen empfunden hätten. Als sie schließlich das Wort ergriff, fragte sie auf die ihr eigene, direkte Art nach seinem Vater. Sie wollte wissen, wie er gewesen war, und Connor schilderte ihn als einen guten Menschen, still, sanft und mitfühlend.

»Vermutlich haben viele Leute gedacht, dass meine Mutter die Starke war, weil sie immer irgendwie im Vordergrund stand.«

Julia lachte. »Das ist mir auch schon aufgefallen.«

»Tja, also, sie sagt unverblümt, was sie denkt, selbst wenn es besser wäre, sich ein bisschen zurückzuhalten. Aber im Grunde war sie von meinem Vater abhängig und nach seinem Tod lange Zeit ziemlich hilflos. Ich weiß noch, dass der Arzt ihr am Morgen der Beerdigung Pillen gegeben hat, vermutlich Beruhigungsmittel oder so, damit sie es schaffte, bei der Trauerfeier einigermaßen die Fassung zu wahren. Aber sie hat zu viele von den verdammten Dingern geschluckt, sodass sie, als alle in die Kirche kamen, um meinem Vater die letzte Ehre zu erweisen und ihr

Beileid zu bekunden, scherzte und sagte: ›Was soll's, das ist schon okay, wenn man gehen muss, muss man gehen.‹«

Connor schüttelte lächelnd den Kopf. »Es war schrecklich. Irgendwie komisch, weißt du, aber schrecklich. Und danach ging es ihr sehr lange sehr schlecht.«

»Das muss schwer für dich gewesen sein.«

»Hm-hm. Eine Zeit lang.«

»Hast du Geschwister?«

»Nein, sie haben es, glaube ich, jahrelang versucht. Aber es hat nie geklappt. Und du?«

»Nein. Es gibt nur mich.«

»Und deine Eltern?«

»Meine Mom lebt in Brooklyn. Mein Dad hat uns verlassen, als ich zwölf war. Ist einfach aufgestanden und gegangen.«

Das ließ sie eine Weile unkommentiert stehen, und er vermutete, dass der Verlust ihres Vaters für sie ein ebenso wichtiges Thema war wie der seines Vaters für ihn. Er wartete, dass sie fortfuhr.

»Er lebt jetzt in Deutschland und ist mit einer viel jüngeren Frau verheiratet. Das klassische Klischee, weißt du: jünger, schlanker, blonder, hübscher. Sie ist wahrscheinlich sehr nett. Ich hab sie nie kennen gelernt. Und ihn habe ich jetzt auch schon seit – was? – fünf oder sechs Jahren nicht mehr gesehen. Zu Thanksgiving und Weihnachten ruft er manchmal an und schickt hin und wieder eine Postkarte. Ich kenne ihn eigentlich gar nicht richtig.«

»Was macht er beruflich?«

»Irgendwas am Bau. Nicht mal darüber weiß ich Bescheid.«

»Hat er noch weitere Kinder?«

»Nein.«

»Und deine Mom?«

»Sie ist Trapezkünstlerin in einem Zirkus.«

»Tatsächlich?«

»Ja, sie hat diese Akrobatennummer, bei der sie durch brennende Reifen springt und so.« Sie sah seine verblüffte Miene. »Hey, warum solltest du der Einzige sein, dessen Mutter ein Star ist?« Sie grinste. »Okay, sie ist Friseuse und hat ihren eigenen kleinen Salon in Brooklyn.«

»Und dort bist du auch aufgewachsen?«

»Ja. Sie ist toll. Eine typische Italienerin, redet ununterbrochen und hat das katastrophalste Liebesleben, das man sich vorstellen kann. Ich hab sie zum Fressen gern.«

Sie unterhielten sich bis nach Missoula, und die ganze Zeit über spürte er den warmen Druck ihres Körpers. Sie sprachen über seine Fotografie, ihre Arbeit in Boston, ihre Afrikareise im vergangenen Sommer und wie sehr sie den Kontinent und die Menschen dort gemocht hatte. Sie sagte, dass sie eines Tages dorthin zurückkehren und vielleicht sogar eine Zeit lang dort arbeiten wollte. Auch Connor hatte vor, Afrika und viele andere Winkel der Welt zu bereisen, und hoffte, dass er eines Tages die Gelegenheit dazu bekommen würde.

Er fragte sie, wie die Arbeit mit den Jugendlichen lief, und Julia erzählte ihm von dem Indianermädchen, ein großartiger Mensch, aber so verschlossen, dass anscheinend niemand zu ihr vordringen konnte. Connor sagte, dass einer der Feuerspringer ein Blackfoot-Indianer war, dessen Bruder in dem Reservat in Browning mit sozial auffälligen Jugendlichen arbeitete.

»Er hat einmal gesagt, dass viele dieser jungen Menschen keine Ahnung von ihren Vorfahren und ihrer bemerkenswerten Kultur hätten. Sein Bruder versucht, sie für die Wiederbelebung einiger dieser alten Traditionen zu gewinnen, und offenbar funktioniert das sehr gut. Vielleicht kann er dir ja irgendwie weiterhelfen.«

Julia klang interessiert, und er versprach, ihr die Telefonnummer des Mannes zu besorgen. Mittlerweile hatten sie Missoula erreicht, und Connor wünschte sich insgeheim, die Fahrt würde noch länger dauern. Er parkte vor dem Haus und stellte den Motor ab. Sie blieben einen Moment sitzen und betrachteten den schlafenden Ed. Julia lächelte, und in ihrem Blick sah Connor die Liebe, die sie für seinen Freund empfand. Er beobachtete, wie sie sich zu ihm beugte und ihn sanft auf die Wange küsste, um ihn zu wecken. Und obwohl Connor Freude darüber empfinden wollte, dass diese beiden Menschen einander gefunden hatten, konnte er ein dumpfes Gefühl in seiner Brust nicht unterdrücken. Es war keine Eifersucht, aber ein verwandtes Gefühl.

Nachdem sie ihre Bergsteigerausrüstung zusammengepackt hatten, lag er in der Dunkelheit wach und versuchte, nicht auf ihr vertrauliches Murmeln im Nebenzimmer und das quietschende Bett zu achten und die Bilder aus seinem Kopf zu verbannen, die diese Geräusche heraufbeschworen. Und noch lange nachdem sie verstummt waren und er durch das offene Fenster nur noch das Plätschern des Flusses hörte, lag er da und starrte an die Decke.

Am nächsten Morgen brachen sie noch vor Tagesanbruch auf. Sie fuhren durch den Nebel, der vom links neben der Straße verlaufenden Bitterroot River aufstieg, während rechts von ihnen die ersten Sonnenstrahlen auf die Gipfel der Berge fielen. Sie stellten den Wagen ab und marschierten zwei Stunden lang in westlicher Richtung, während hinter ihnen die Sonne aufging, ihre Rücken wärmte und die taufeuchten Spinnweben glitzern ließ. Schließlich erreichten sie den Fuß einer grauen Felswand, die sich steil und von dunklen Rissen durchzogen vor ihnen erhob. Julia blickte nach oben.

»Das ist nicht euer Ernst«, meinte sie.

Connor und Ed hatten die Wand schon mehrfach bezwungen und versicherten ihr, dass sie nicht so beängstigend war, wie sie von unten aussah, aber sie wirkte alles andere als überzeugt. Ohne ein weiteres Wort stellte sie ihren Rucksack ab, setzte sich auf einen großen Stein und vertauschte ihre Wanderschuhe mit den Kletterschuhen. Die beiden Männer folgten ihrem Beispiel. Ed zückte eine Spritze, die er stets bei sich trug, und injizierte sich eine Dosis Insulin. Dann aßen sie einige der Schinken-Käse-Sandwiches, die Julia zu Hause vorbereitet hatte. Sie verstauten alles, was sie zum Klettern nicht brauchten, hinter einem Felsen, streiften sich ihren Klettergurt über und seilten sich an.

Connor führte, Julia folgte ihm, und als er nach der ersten Seillänge zu ihr hinabsah, war ihm klar, dass sie wusste, was sie tat. Sie hielt sich aufrecht und bewegte sich gewandt und selbstsicher, Hände und Arme stets in Schulterhöhe.

Am späten Vormittag brannte die Sonne schon heiß vom Himmel. Auf einem Felsvorsprung oberhalb eines schmalen Kamins, den sie erklommen hatten, legten sie eine kurze Rast ein und labten sich aus ihren Wasserflaschen.

»Hört mal«, sagte Julia. »Hört mal, wie still es ist. Einfach unglaublich.«

Sie hatte ihre Haare zu einem Pferdeschwanz gebunden und trug ein gelbes, ärmelloses, halb rückenfreies Top, das die cremefarbenen Träger ihres BHs nicht ganz verdeckte. Ihre Haut war sonnengebräunt und makellos bis auf ein kleines Muttermal in ihrem Nacken, das aussah wie ein Tupfer Schokolade. Sie rieb sich Oberarme und Schultern mit Sonnenschutzcreme ein und unterhielt sich mit Ed über einen tückischen Abschnitt des Kamins, während Connor sich alle Mühe gab, nicht auf die sanfte Rundung ihrer Brüste zu starren. Schließlich wandte er sich ab und blickte auf den Wald hinab, der sich Schwindel erregend weit unter ihnen erstreckte.

In der nächsten Stunde kämpften sie sich durch einen zweiten, breiteren Kamin nach oben und hangelten sich dann vorsichtig um einen riesigen Überhang herum auf eine Kammlinie, die so schmal war, das nur ihre Zehen Halt fanden. Danach zeigte sich der Berg von seiner freundlichen Seite, und ein Stück lang wanderten sie mehr, als dass sie kletterten, blieben jedoch angeseilt. Umschwirrt von krächzenden Raben überquerten sie einen Felsgrat der zu einem anderen Teil des Berges führte, und stapften über ein Geröllfeld mit herabgestürzten Felsen, die, von Regen und Wind verwittert, aussahen wie Dinosaurier.

Der letzte Teil des Anstiegs war der schwerste, und einmal verlor Julia den Halt und trat eine kleine Geröllawine los. Sie stieß einen leisen Schrei aus. Connor sicherte sie, stützte sich selbst ab und rief »Steine!«, um Ed zu warnen. Ein Ruck an dem Seil ließ ihn nach unten blicken, wo Julia, verfolgt von Eds besorgten Blicken, einen Moment lang frei pendelte. Sie war nur etwa einen Meter weit abgerutscht und hatte rasch wieder Halt gefunden. Zu dritt lauschten sie, bis das letzte Echo der losgetretenen Steine im Tal verhallte.

»Tut mir Leid, Jungs«, sagte sie.

»Alles in Ordnung?«, fragte Ed.

»Ja. Alles okay.«

Sie warf einen Blick nach oben zu Connor, sagte aber nichts. Dann legten sie eine kurze Pause ein, in der Julia ihre Kräfte sammelte, um den letzten Abschnitt des Hangs in Angriff zu nehmen. Kurz vor dem Gipfel beugte sich Connor zu ihr hinab, fasste ihr Handgelenk und zog sie auf den Absatz. Sie klinkte sich schwer atmend aus und sicherte Ed, der als Letzter zu ihnen aufschloss. Sie spürte Connors Blick, lächelte. Vor den letzten Metern legte Ed noch einmal eine kurze Pause ein. Connor hockte sich wartend auf den Felsvorsprung und schaute wieder auf den Wald hinab, als er plötzlich ihre Hand auf seiner Schulter spürte. Sie stand direkt in der grellen Sonne, sodass er blinzeln musste, als er zu ihr aufblickte.

»Danke, dass du mir da unten geholfen hast«, sagte sie.

»Du hast dir selbst geholfen. Du kletterst wirklich gut.«

»Danke.«

»Keine Ursache.«

Eine Stunde später erreichten sie den Gipfel. Unter einer kleinen Spitze erstreckte sich ein etwa sieben Meter breites, welliges Felsplateau mit ein paar graugrünen und gelben Flechten. Es fiel auf drei Seiten steil ab, und einige der Bergsteiger, die vor ihnen da gewesen waren, hatten in die dem Gipfel zugewandten Wand ihre Initialen und das Datum geritzt. Um sie herum ragten noch etliche höhere Gipfel in den Himmel, doch sie hatten trotzdem das Gefühl, als würde sich unter ihnen die ganze Welt ausbreiten.

Ed bat Connor, Fotos zu machen, und Connor nahm seine Leica aus der Tasche und stellte die beiden so auf, dass er möglichst viel von der Aussicht aufs Bild bekam. Durch den Sucher sah er, wie sie sich umarmten, ihre Wangen aneinander drückten und in die Kamera lächelten. Er machte drei Fotos, wobei er den Winkel jedes Mal leicht veränderte.

»Jetzt ihr beide«, meinte Ed.

Connor ließ sich nicht gern fotografieren und schüttelte den Kopf. »Ich bin hier der Fotograf.«

Doch Ed bestand darauf, sodass er ihm widerwillig seine Kamera gab und sich neben Julia stellte. Er war verlegen und wusste nicht, ob er den Arm um sie legen sollte, doch sie nahm ihm die Entscheidung ab, indem sie ihren Arm um seine Hüfte legte und sich an ihn drückte. Er spürte ihre glatte, warme Haut auf der Innenseite seines Unterarms und der Hand, die er auf ihre Schulter gelegt hatte.

»Los, ein bisschen freundlicher, Mann!«, rief Ed. »Du schaust aus, als wäre jemand gestorben.«

Julia sah zu ihm auf, er lächelte zurück, und in diesem Moment drückte Ed auf den Auslöser.

»Okay, noch eins«, sagte er. Dieses Mal blickten beide in die Kamera. »Schon besser.«

Connor spürte, wie er sich innerlich entspannte. Er sagte sich, dass seine Gefühle nicht verwerflich waren. Julia war eine schöne Frau, und jeder Mann würde das Gleiche empfinden. Das war in keiner Weise ein Verrat an Ed. Er nahm sie lediglich wahr. Ed knipste noch ein Bild, und Julia ließ Connor los, ging auf Ed zu und sagte, jetzt wären sie an der Reihe. Sie hatte ihre eigene kleine Kamera, mit der sie die herumalbernden und scherzhafte Machoposen einnehmenden Männer fotografierte.

Die Kamera hatte einen Zeitauslöser, den sie einstellte, während sie die beiden bat, sich nicht von der Stelle zu rühren. Sie zogen sie damit auf, dass sie so lange brauchte, doch schließlich hatte sie den Fotoapparat auf einem Haufen Steinen postiert und rannte los, um sich zwischen die beiden zu stellen. Connor und Ed machten Platz für sie, und sie hatte gerade ihre Arme um beide gelegt, als die Kamera auslöste.

Anschließend machten sie es sich auf dem Felsplateau bequem und aßen die restlichen Sandwiches, ein paar Äpfel, Nüsse und einen Riegel Schweizer Schokolade, der in der Sonne weich geworden war. Ed zauberte eine Flasche Merlot und drei Plastikbecher hervor, die er heimlich in seinem Rucksack verstaut hatte, öffnete den Wein, schenkte die Becher voll und brachte einen feierlichen Trinkspruch auf die Freundschaft aus, den die anderen wiederholten.

Nach dem Essen legten sie sich auf die warmen Felsen und starrten in den Himmel. Kleine, gestochen scharfe Wolken zogen von Westen heran, und Ed ermunterte sie zu dem alten Spiel, bei dem jeder abwechselnd sagen musste, woran ihn ihre Form erinnerte. Danach schwiegen sie, und als Connor sich wenig später aufrichtete, bemerkte er, dass die beiden eingeschlafen waren. Ed hatte sein T-Shirt ausgezogen; seine Haut war bis auf den sonnenverbrannten Hals und die Unterarme blass. Er lag auf der Seite und wie ein Kind zusammengerollt in Julias Arm.

Lange betrachtete Connor sie, und bemerkte in ihren vom Schlaf entspannten Gesichtern eine Unschuld, die ihn berührte und auch ein wenig traurig stimmte. Am Rand des Felsvorsprungs tauchte ein Schmetterling auf, der eine Weile um die beiden herumflatterte und sich zuletzt auf Eds Schulter niederließ. Die Unterseite seiner Flügel war pudrig braun, doch als er sie ausbreitete, leuchtete ihre Oberseite rot wie eine offene Wunde. Schließlich wurde er von einer leichten Brise davongetragen. Connor kam der Gedanke, dass ein Mann selbst bestimmte, was er in sein Herz ließ.

Und so starrte er noch, lange nachdem der Schmetterling verschwunden war, über die in der Hitze flirrenden Wälder und

Berge, die sich mit der Krümmung der Erde endlos bis zum Horizont erstreckten. Er verbannte die Traurigkeit aus seinem Herzen und sagte sich, dass die Welt vor ihm voller Hoffnung und Verheißung, das Leben in Wahrheit jetzt und für immer so war wie an diesem goldenen Sommertag.

7

Die Wolken, über die sie sich an jenem Nachmittag lustig gemacht hatten, sollten bald ihre Rache nehmen. Sie ballten sich dunkel am Himmel und rissen drei Tage lang, in denen es ununterbrochen regnete, nicht mehr auf. Der Boden war nach den trockenen, heißen Tagen im Mai und Juni hart, sodass das meiste Wasser durch Bäche und Flüsse wieder abfloss, bevor die Wälder Gelegenheit hatten, es aufzusaugen, aber durch den Regen immerhin so feucht, dass die Feuerspringer von Missoula sich ein paar Tage Ruhe gönnen konnten.

Aber Ruhe war nicht besonders willkommen. Regen bedeutete weniger Brände, weniger Brände bedeuteten weniger Überstunden- und Risikozulagen und, auch wenn sie das nicht in jedermanns Gegenwart sagten, weniger Spaß. Was einen »guten« Sommer ausmachte, sahen die Feuerspringer naturgemäß vollkommen anders als alle anderen Menschen, zumal solche, für die Waldbrände Gefahr und Ruin bedeuteten. In einem »normalen« Sommer gingen auf dem Stützpunkt in Missoula fünf bis sechs Brandmeldungen pro Woche ein. In einem »guten« Sommer konnte man es auf genauso viele an einem Tag bringen.

Bis der Himmel zehn Tage zuvor seine Schleusen geöffnet hatte, war dieser Sommer recht viel versprechend gewesen, doch der Regen hatte die Stimmung der Feuerspringer ein wenig gedämpft. Seit seinem Aufhören hatte es erst vier Einsätze gegeben, alle zu kleineren Bränden, die schnell unter Kontrolle gebracht waren. Doch die Aussichten wurden besser. Der Himmel hatte aufgerissen, die Luftfeuchtigkeit fiel, und die neue Hitzewelle schien stabil. Mit dem Barometer stieg die Brandgefahr und damit auch die Laune der Feuerspringer.

Ihr Stützpunkt lag in einem langen, flachen Tal direkt südlich des Flughafens von Missoula. Es war eine Anlage unauffälliger weißer Gebäude, halbherzig mit ein paar Bäumen und Sträuchern aufgelockert. Jenseits der Gebäude verlief die Landebahn, auf der verschieden große Flugzeuge unterschiedlichen Typs bereitstanden, um auf Kommando in die Startposition zu rollen. Auf einer Seite des Geländes erhoben sich die Türme und Rampen des Ausbildungsgeländes, zwischen denen sich hochseilartige Leinen und Gurte spannten. Dort hatte schon manch junger Anfänger mit klopfendem Herzen und zittrigen Knien gestanden, nach unten geblickt und sich gefragt, ob das Leben eines Feuerspringers wirklich so romantisch war, wie er es sich immer vorgestellt hatte.

Das Epizentrum des Stützpunkts war als das »Loft« bekannt, ein Labyrinth miteinander verbundener Räume, in denen die Feuerspringer arbeiteten, wenn sie nicht im Einsatz waren. In der Mitte befand sich ein langer, schmaler, mit Linoleum ausgelegter Aufenthaltsraum, in dem der morgendliche Appell abgehalten wurde. An einer weiß getünchten Wand waren niedrige Sessel aufgereiht. Auf einer Anrichte standen eine Kaffeemaschine und eine Mikrowelle, in der sich die Feuerspringer ihr Essen aufwärmen konnten. Vom Aufenthaltsraum gingen weitere Räume ab: das Einsatzzentrum, in dem auf Wandkarten jedes Feuer in der Region verzeichnet wurde, die Gerätekammer, in der Ausrüstung und Vorräte aufbewahrt wurden, der Bereitschaftsraum, in dem jeder Feuerspringer einen Spind hatte, und der Werkraum, in dem Fallschirme und Overalls genäht und geflickt wurden. Schließlich gab es noch den Turm, in dem die Fallschirme sich, nach jedem Sprung zur Inspektion aufgehängt, blähten wie die Segel einer Geistergaleone.

In einem weiteren Gebäude war ein Besucherzentrum mit einer Ausstellung über Feuerspringer untergebracht, in der lebensgroße

Modelle im Overall und mit kompletter Brandbekämpfungsausrüstung sowie Videos von Einsätzen gezeigt wurden. Da der Forest Service Wert auf die politisch korrekte Botschaft legte, dass das Feuerspringen beiden Geschlechtern offen stand, war eine der Puppen eine Frau, die allerdings direkt aus dem Schaufenster eines Kaufhauses zu stammen schien. Mit Lippenstift und Maskara, schneeweißer Bluse und frisch gebügelter Hose wirkte sie nicht besonders überzeugend. Ed hatte sie Firefighter-Barbie getauft, und ein Besucher hatte bei ihrem Anblick einmal gemurmelt, dass sie vermutlich schon Probleme hätte, die Kerzen auf ihrer Geburtstagstorte auszupusten.

Es gab tatsächlich weibliche Feuerspringer, aber nicht viele. Von etwa vierhundert Feuerspringern in ganz Amerika waren nur fünfundzwanzig Frauen. Was sie – von einem höher entwickelten Überlebensinstinkt oder schlichtem, gesundem Menschenverstand einmal abgesehen – davon abhielt, konnte man nur vermuten. Wahrscheinlich hatte es etwas mit dem nicht ganz unbegründeten Eindruck zu tun, dass Feuerspringen eine Leidenschaft war, die von reichlich Bier und Testosteron angeheizt wurde. Von der Bronx bis Bora Bora zählten die Feuerwehrmänner ohnehin eher zum machohaften Segment der arbeitenden Bevölkerung, und die Feuerspringer mit ihren Fallschirmen waren noch eine ganz andere Spezies.

Hätte ein Besucher an diesem speziellen Julimorgen in den Werkraum geguckt, hätte er allerdings einen vollkommen anderen Eindruck gewonnen. Denn unter dem bösen Blick von drei riesigen Elchköpfen, die ein wenig surreal von der Wand starrten, an der sie angebracht waren, hockten fünf Feuerspringer aus Missoula, allesamt Männer, artig an ihren Nähmaschinen. Ed saß zwischen Connor und Hank Thomas. Neben Hank war noch ein Anfänger namens Phil Wheatley zugange, dem Ed bereits den Spitznamen Pee-Wee verpasst hatte, sowie Chuck Hamer, Feuerspringer im zweiten Jahr, der zuvor drei Jahre als Firefighter in Idaho gearbeitet hatte und aussah wie ein Bär mit Bürstenschnitt.

Feuerspringer nähten und flickten ihre Kleidung und Ausrüstung traditionellerweise selbst. Ed arbeitete gerade an einem neuen roten, wasserdichten Schirm und war mit seinem Werk wahrscheinlich zufriedener, als er je zugegeben hätte. Mehr als eine verflossene Freundin hatte schon festgestellt, das Ed »einen Zugang zu seiner femininen Seite« hatte, doch nur wenige, wenn überhaupt jemand, wussten, welchen Preis er dafür hatte zahlen müssen.

Eds Vater war ein Selfmademan und Multimillionär, den Bewohnern Kentuckys besser bekannt als Big Jim, der Rasenmähermann. Er war der Inbegriff dessen, was er selbst gern »von echtem alten Südstaaten-Schrot-und-Korn« nannte. Als vierter und letzter Sohn eines Stallgehilfen, der seine Familie verlassen und sich in der Wirtschaftskrise zu Tode gesoffen hatte, war Jim mit einem Gespür für die große Chance und zwei kräftigen Händen geboren worden, sie auch zu ergreifen.

Als Kind hatte er seine Schuhe zur Schule tragen müssen, um ihre Sohlen zu schonen, und sich gelobt, dass es seinen Kindern einmal besser gehen sollte. Mit acht Jahren fing er an, nach der Schule Rasen zu mähen, gab seiner Mutter die Hälfte seines Lohns und sparte die andere. Wenn ein Rasenmäher repariert werden musste, übernahm er diese Arbeit, bis er jede Mutter und Schraube, jeden Bolzen und jedes Ritzel aller handelsüblichen Modelle kannte. Mit siebzehn ging er aufs College, um Wirtschaft zu studieren, brach das Studium jedoch nach einem Monat wieder ab, weil er zu dem Schluss gekommen war, dass er bereits mehr wusste, als man ihm dort beibringen konnte.

Und so war es auch. Mit fünfundzwanzig hatte er seinen eigenen Laden, Big Jim's Rasenmäher – »Mä(e)hr fürs Geld!« – mit fünfunddreißig war er Besitzer einer ganzen Filialkette. Sie reichte von Kentucky bis Ohio und verkaufte Rasenmäher made in USA, aber auch Importmodelle sowie eine eigene Serie von Big Jim Chompers, die in einer von Jim Tully in Taiwan erworbenen Fabrik produziert wurden. Sein Gesicht – attraktiv, aber nicht so sehr, dass man ihm misstraute – strahlte von Plakatwänden und Fernsehschirmen und forderte alle auf, zu Big Jim's zu kommen, »wo das Gras grüner wächst«. Und das taten die Leute.

Auf einem Hügel ließ er sich eine Villa mit Säulenvordach bauen und nannte sie Grassland. Es gab Springbrunnen, frei laufende Pfaue, Diener und vierhundert Hektar sanft geschwungenes Weideland, auf dem Pferde mit seidig glänzendem Fell grasten. Er kaufte neue Häuser und Autos für seine Mutter und die Geschwister und machte sich dann auf die Suche nach einer Braut, die seinem gehobenen Status entsprach.

Als Big Jim Susan Dufort sah, wusste er sofort, dass sie die perfekte Frau für ihn war – wunderschön, kultiviert, sinnlich, amüsant und die einzige Tochter einer der ältesten und angesehensten Familien Kentuckys. Ihre Eltern Leonard und Ernestine waren entsetzt. Doch er umgarnte sie ebenso unermüdlich, wie er ihrer Tochter den Hof machte, und bald ergaben sich alle drei. Die Hochzeit lieferte Stoff für die Titelseite der Zeitungen, genau wie die Geburt der Kinder Jim junior (Little Jim), des ein Jahr später zur Welt gekommenen Charlie und des drei Jahre später geborenen Edward.

Die Söhne Nummer eins und zwei kamen ganz nach dem Vater. Sie hatten beide die blonden Haare, das ausgeprägte Kinn und das breite, strahlende Grinsen ihres Vaters. Sie redeten wie er, gaben sich großspurig wie er und taten all die Dinge, die Big Jim auch getan hätte, wenn sein Start ins Leben erfolgreicher verlaufen wäre. Beide wurden Kapitän der College-Footballmannschaft, arbeiteten hart und spielten noch härter. Für die Dinge, die ihrer Mutter lieb und teuer waren, hatten sie wenig Geduld und noch weniger Talent.

Susan Dufort Tully beherrschte so ziemlich jedes Instrument, das ihr in die Finger kam, doch ihre große Liebe galt dem Klavier. Sie wollte eigentlich Pianistin werden, doch ihr Vater hatte sie davon überzeugt, dass diese Welt zu hart für sie und überdies von allerlei gefährlichen Zeitgenossen bevölkert war. Stattdessen spielte sie nun zum Spaß, obwohl sie manchmal noch davon träumte, in einer roten Samtrobe im Scheinwerferlicht auf der Bühne der Carnegie Hall zu sitzen. Der Einzige, der solche Träume verstand, war Ed.

Eine seiner frühesten Erinnerungen war die, wie er eines Nachts aufgewacht war und Klaviermusik gehört hatte. Seine Mutter schlief schlecht und hatte die Angewohnheit, sich nachts nach unten zu schleichen und auf dem riesigen schwarzen Steinway-Flügel in der Halle zu spielen. Ed war schlaftrunken auf den Flur getapst und hatte durch das Geländer nach unten geschaut.

Auf dem Flügel brannten die Kerzen des silbernen Leuchters. Es war Spätsommer oder Frühherbst. Seine Mutter hatte ein elfenbeinfarbenes, glänzendes Gewand an und trug ihre sonst meist hochgesteckten, dunklen Haare offen. Jahre später erfuhr Ed von ihr, dass sie die Nocturnes von Chopin gespielt hatte. In jener Nacht wusste er nur, dass es das Schönste war, was er je gehört hatte. Um besser sehen zu können, kroch er ein paar Stufen hinunter und blieb dort, bis seine Mutter sich ohne besonderen Grund und kein bisschen überrascht lächelnd zu ihm umwandte.

Als sie das Stück zu Ende gespielt hatte, klopfte sie auf die Klavierbank und rutschte zur Seite. Ed ging die Treppe hinunter, und sie hob ihn hoch und setzte ihn neben sich. Sie spielte eine weitere Nocturne, und er sah zu, wie ihre langen, blassen Finger über die Tasten glitten.

Er hatte im Lauf der Jahre viele Lehrer, gute, schlechte und gleichgültige, doch es war seine Mutter, die ihm das Klavierspielen beibrachte und in ihm die Freude an der Musik weckte. Ihre große Leidenschaft war Mozart, doch sie kannte auch alle großen Musicals auswendig, und als er sechs oder sieben Jahre alt war, beherrschte Ed sie auch.

Ungefähr zur selben Zeit wurde sein Diabetes diagnostiziert, was seine Eltern mehr zu bekümmern schien als ihn selbst. Seine

Mutter machte ein derartiges Theater darum, ihm die Spritzen geben zu müssen, dass Ed die Injektionen bald selbst übernahm. Sein Vater reagierte sowohl auf die Zuckerkrankheit als auch auf die Musikleidenschaft des Jungen mit einer Mischung aus Mitleid, Nachsicht und einer vagen, unausgesprochenen Missbilligung. Offenbar fand Big Jim, dass Musik genau wie jedwede körperliche Schwäche einem Jungen nicht anstand, zumindest nicht einem Tully. Was die Musik betraf, fragte Ed sich später, ob es daran lag, dass sein Vater sich überfordert oder gar ausgeschlossen fühlte. Vielleicht stellte sie für ihn eine letzte, unüberwindliche Barriere für seinen gesellschaftlichen Aufstieg dar. Vielleicht war er auch nur eifersüchtig auf die Nähe von Mutter und Sohn, die schon durch Aussehen und Charakter so eng miteinander verbunden waren. Was immer der Grund war, seine Haltung färbte auf Eds Brüder ab, die beide keinerlei Interesse an Musik zeigten. Ihre Sticheleien wurden nie in Gegenwart ihrer Mutter geäußert und waren meist ebenso harmlos wie die über seine Sehschwäche, die Ed schon im Grundschulalter zwang, eine Brille zu tragen. Doch als er zwölf war, hatte Charlie ihm in einem Streit über eine Kleinigkeit, an die Ed sich nicht erinnern konnte, erklärt, er solle sich verpissen und eins von seinen »schwulen« Musicals spielen.

Ein weniger selbstbewusstes oder stures Kind hätte sich womöglich gekränkt zurückgezogen. Doch Ed bewies, dass mehr vom alten Südstaaten-Schrot-und-Korn in ihm steckte, als sein Vater und seine Brüder ihm zutrauten. Unterstützt und ermutigt von seiner Mutter ging er hartnäckig seiner Leidenschaft nach, übte diszipliniert und wurde ein guter Pianist. Mutter wie Sohn wussten schon früh, dass ihm ihre technische Brillanz abging. Sein Spiel war eher robust und emotional. Ihm fehlte ein gewisses Gespür für die subtileren Klänge. Aber seine Neigung ging ohnehin eher in Richtung Pop als in die der Klassik. Mehr Motown als Mozart, wie seine Mutter zu sagen pflegte. Mehr Hammerstein als Händel.

Im Alter von sechzehn Jahren schrieb Ed sein erstes Musical und führte es an seiner Highschool auf. Es basierte auf dem Film *Alien*, und der größte Teil der Musik war von Puccini geklaut, doch es war trotzdem ein Erfolg. Noch beeindruckter waren zumindest seine Brüder von seiner anderen musikalischen Schöpfung, einer Rockband namens Redneck Peril, für die Ed die Songs schrieb und die Leadgitarre spielte, wodurch er zu seinem eigenen Erstaunen und Entzücken praktisch über Nacht zum Schwarm der hübschesten Mädchen in der Mittelstufe wurde.

Bezüglich seiner sexuellen Orientierung hatte er nie Zweifel gehabt und auch schon lange aufgehört, sich über die »Schwulen«-Sticheleien seiner Brüder Gedanken zu machen. Aber sie hatten, wie er später erkannte, durchaus einen Einfluss darauf, wie er seine Freizeit gestaltete. Nichts konnte ihn dazu bringen, dem Beispiel seiner Brüder zu folgen und mit anderen Sportskanonen Football zu spielen. Stattdessen entwickelte er eine Vorliebe für noch riskantere Sportarten, bei denen man seine Kräfte nicht mit behelmten und gepanzerten Kleiderschränken, sondern mit den Elementen der Natur selbst maß, mit Schnee, Eis und Fels.

Mit siebzehn nahm er an einem Gruppenleiter-Survivalkurs in Montana teil, verliebte sich in die Landschaft und verkündete bei seiner Rückkehr, dass er dort aufs College gehen wolle. Die Musikhochschule der University of Montana in Missoula sei vielleicht nicht die Beste im Lande, aber allemal gut genug für ihn. Sein Vater war wütend. Als Hobby wäre die Musik ja vielleicht ganz nett, meinte er, aber sie sei garantiert kein ordentliches Studienfach. Außerdem würde sein Sohn nicht auf irgendeine zweitklassige Provinzuni für legasthenische Cowboys gehen.

Mittlerweile hatte Ed gelernt, solche Schlachten zu genießen, da sie immer nach einem bestimmten Muster abliefen. Er blieb ruhig, was seinen Vater noch wütender machte, woraufhin seine

Mutter sich noch nachdrücklicher auf seine Seite schlug. Insgeheim war auch sie nicht begeistert von der Universität in Montana. Sie wollte, dass Ed nach Ann Arbour ging, wo sie selbst studiert hatte, doch in Gegenwart ihres Mannes verlor sie kein Wort darüber. Am Ende gab sich Big Jim schneller geschlagen als erwartet, weil er sich zweifelsohne sagte, dass zwei von drei Söhnen genug waren, um in die Fußstapfen des Vaters zu treten. Verhätschelt von seiner Mutter und mit zu viel Dufort-Blut geschlagen galt Ed nun offiziell als hoffnungsloser Fall.

Das war eine Erleichterung. Seither waren Vater und Sohn besser miteinander ausgekommen, vielleicht auch deshalb, weil sie sich nur selten sahen. Zumindest schienen sie ihre Unterschiedlichkeit jetzt akzeptieren zu können. Es gab sogar Zeiten, in denen die alten Allianzen sich verschoben, so zum Beispiel, als Ed seinen Eltern erklärte, dass er sich als Feuerspringer bewerben wollte. Seine Mutter war natürlich entsetzt, sein Vater hingegen fasziniert und begeistert.

»Nun sei doch nicht so ängstlich«, tadelte Big Jim seine Frau und klopfte Ed auf den Rücken. »Der Junge ist jetzt ein erwachsener Mann.«

Das war vor drei Jahren, und weder damals noch seither hatte Ed die Nähmaschinen erwähnt. Als er mit der letzten Naht fertig war, fragte er sich, was sein Vater wohl von diesem Anblick halten würde.

Er schnitt gerade den Faden ab, als die Sirenen zu heulen begannen.

»Einsatz im Lolo National Forest. Springer sind Tully, Ford, Hamer …«

Chuck Hamer johlte laut auf, sodass die Durchsage einen Moment übertönt wurde, während alle von ihren Stühlen aufsprangen und zur Tür rannten. Sie mussten nicht weiter zuhören, weil alle wussten, wer auf der Liste stand.

»… Schneider, Lennox, Pfeffer …«

Die nicht eingeteilten Springer eilten routinegemäß in den Bereitschaftsraum, um den Kollegen zu helfen, die sich für einen Einsatz bereitmachten. Ed folgte Connor in den Aufenthaltsraum, der für gewöhnlich ein ruhiger Ort war, in dem es jetzt jedoch mit dem plärrenden Lautsprecher und den Feuerspringern, die aus den verschiedensten Richtungen hereinstürmten, zuging wie auf dem Deck eines Flugzeugträgers in Gefechtsbereitschaft.

»... Wheatley, Delaguardia ...«

Binnen Sekunden waren alle im Bereitschaftsraum versammelt, und als Ed seinen Spind erreichte, hielt ihm Donna Kiamoto bereits seinen Overall hin, damit er hineinschlüpfen konnte. Eds Herz raste. Egal, wie oft man gesprungen war, das erregende Kribbeln im Bauch war jedes Mal das Gleiche. Donna half ihm, seinen Sprunganzug zuzuschnüren. Alle Overalls waren aus Kevlar, dick gepolstert, mit hohem Kragen und durchgehendem Reißverschluss bis zu den Beinen, um vor Ort schnell heraussteigen zu können.

»Alles klar, Kollege.«

»Danke.«

Donna hatte in zwei Tagen Geburtstag und gab eine Party im Henry's, eine der Stammkneipen der Feuerspringer in Downtown Missoula. Ed hatte versprochen, zusammen mit drei Freunden, mit denen er früher in einer Band gespielt hatte, für die Musik zu sorgen.

»Wenn du bis Freitagabend hier nicht wieder auftauchst, Tully, bist du ein toter Mann.«

»Na, wenn es so lange dauert, kriege ich jede Menge Überstundenzulage und bin wenigstens ein reicher toter Mann.«

»Hey, kann ich dann deine Gitarre haben?«, fragte Hank Thomas.

»Und ich deine Freundin?«, wollte Chuck wissen.

»Tut mir Leid, Mann, aber sie steht nur auf gut aussehende Typen.«

Alle lachten. Ed holte seine Stiefel aus dem Spind. Connor hatte Anzug, Stiefel und Gurtwerk bereits angelegt und beugte sich jetzt vor, um sich von einem Kollegen den Schirm auf dem Rücken befestigen zu lassen. Er war immer der Erste, der fertig war, und wurde regelmäßig dafür gehänselt.

»Hey, Connor, dein Schirm hängt verkehrt rum.«

»Ja, und du hast die Stiefel vertauscht.«

Connor lächelte gelangweilt, schnallte sich den Reserveschirm und die Tasche mit seiner persönlichen Ausrüstung um, nahm seinen Helm und war startklar.

»Los, ihr lahmen Ärsche, was ist denn noch? Das Flugzeug wartet.«

Aus dem Fenster der Twin Otter sah das Feuer nicht so gefährlich aus – maximal zweieinhalb Hektar, schätzte Ed. Und bei dem lauen Lüftchen würde es sich wohl auch nicht so schnell weiter ausbreiten. So viel zu seiner Überstundenzulage. Aber man konnte nie wissen.

Er betrachtete die anderen Springer, die in ihren unförmigen Anzügen auf einer Bank an der Steuerbordseite hockten. Da die Tür des Flugzeugs offen blieb, war es zu laut, um sich zu unterhalten, und die meisten Springer zogen es ohnehin vor, sich still vorzubereiten und in die richtige mentale Verfassung für den Sprung zu bringen. Die Overalls waren dick und warm, und Ed spürte, wie Schweiß seinen Rücken hinunterlief, während Connor wie immer cool und entspannt aussah.

Das Flugzeug zog eine weitere Schleife über das Feuer, während der Absetzer und sein Assistent sich, zur Sicherheit angegurtet, an die Tür hockten und versuchten, ein geeignetes Landegebiet auszumachen. Der Absetzer hieß Frank Bird,wurde jedoch von allen nur Big Bird oder Bigs genannt, weil er der kleinste Mann auf dem Stützpunkt war und mit fünfundfünfzig auch einer der Ältesten und Erfahrensten, sein Name stand auf der Hundertsprüngeliste, die im Stützpunkt geführt wurde. Ed fand es immer beruhigend, Bigs als Absetzer zu haben.

Der Pilot schwenkte die Maschine nach rechts und setzte zur Wende an, sodass Ed, der an einem Müsliriegel knabberte, um seinen Blutzuckerspiegel zu heben, unvermittelt einen direkten Blick auf das Feuer werfen konnte. Es sah aus wie eine riesige Pfeilspitze, die auf die weißen Rauchschwaden am Westhang des Berges zielte. Das Gelände war unwegsam, nichts als steile Schluchten, aufragende Felsspitzen und kaum Platz zwischen den Bäumen. Egal, für welches Landegebiet Bigs sich entschied, es würde eng werden.

Sie flogen mit hundertzehn Meilen pro Stunde in einer Höhe von fünfzehnhundert Fuß, und als Bigs ihnen das Zielgebiet zeigte, musste er brüllen, um sich über die dröhnenden Motoren hinweg verständlich zu machen. Es war eine schmale, kaum zehn Meter breite, auf allen Seiten von hohen Lodgepolekiefern gesäumte Lichtung, die den Hang hinunterlief wie eine gezackte grüne Narbe. Sie überflogen die Stelle noch dreimal und warfen jeweils zwei Winddrifter aus mit kleinen Sandsäckchen beschwerten Krepprollen ab, um die Thermik zu testen. Ed beobachtete, wie die pink-blau-gelben Papierbänder flatternd auf die Bäume hinabtrudelten.

»Geschätzte dreihundert Yards Winddrift!«, rief Bigs. »Haben alle die Stelle gesehen? Okay, dann wollen wir mal.«

Die Springer streiften die Handschuhe über, setzten die Helme auf, schulterten die Taschen mit ihrer Ausrüstung und führten den Pincheck durch. Ed und Connor waren als erstes Paar Springer eingeteilt, was bedeutete, dass Ed das Flugzeug als Erster verlassen und nach der Landung automatisch als Einsatzleiter fungieren würde. Als er das letzte Mal in dieser Funktion gesprungen war, hatte er den Zielpunkt verfehlt und war in einem Bach gelandet. Er spürte, wie das Adrenalin durch seine Adern schoss, und atmete mehrmals tief durch, um sich zu beruhigen. Dann blitzte es plötzlich, und als er sich überrascht umdrehte, sah er Connor, der grinsend seine Kamera sinken ließ. Ed zeigte ihm den nach oben gereckten Mittelfinger. Connor trat so dicht neben ihn, dass sich ihre Helme berührten.

»Alles okay?«

»Ja, alles bestens.«

»Soll ich zuerst springen?«

»Kommt nicht in Frage. Du würdest es sowieso nicht packen.« Connor knuffte ihn auf den Helm.

»Lass mir da unten auch noch ein bisschen Platz, okay?«

»Yes, Sir!«, brüllte Ed.

Sie legten die Faust auf die Brust und sahen sich in die Augen.

»Herzen aus Feuer!«, riefen sie wie aus einem Mund und klatschten ab.

»Packen wir's an, Mann«, sagte Connor.

»Packen wir's.«

»Okay, Jungs«, rief Bigs, »auf die Plätze!«

Ed hakte seine Aufziehleine ein, schob den Verschlussstift in die Schlaufe und fragte, ob er sprungbereit wäre, was der zweite Absetzer bestätigte.

Ed tat einen Schritt nach vorn, kauerte sich in die Tür, setzte den linken Fuß auf die Schwelle, winkelte das rechte Bein hinter sich an und fasste mit den Händen beide Seiten des Türrahmens. Der Fahrtwind zerrte an seinem Overall, und er spürte, wie sich der kalte Luftstrom durch das Gitter seines Gesichtsschutzes presste. Er starrte auf seine linke Stiefelspitze und den endlosen grünen Teppich aus Wald darunter. Er konnte seinen Blick nur schwer losreißen, richtete ihn jedoch in dem Wissen, dass man beim Absprung nicht nach unten schauen sollte, fest auf den Horizont.

Bigs fragte ihn brüllend, ob er die Winddrifter beobachtet und sich das Landegebiet gut angesehen hätte. Ed nickte. Er spürte, wie das Flugzeug zur Seite kippte. Der Wald unter ihm drehte sich, die Maschine wendete und stabilisierte sich für den Zielanflug.

»Siehst du die erste Schlucht dort unten? Könnte bei der Landung ein bisschen tückisch werden. Also achte darauf, okay?«

»Verstanden.«

»Okay, fertig machen zum Absprung.«

Ed holte tief Luft, spannte Knie- und Nackenmuskeln an, schloss kurz die Augen, um Ruhe und Kraft zu sammeln. Es war entscheidend, den richtigen Schwung zu erwischen, wenn einem der Absetzer das Signal zum Absprung gab. Wenn man nicht sauber und entschlossen aus der Maschine herauskam, konnte es einem passieren, dass man, die Leinen um die Füße verheddert, mit dem Kopf zuerst in die Tiefe stürzte, sodass der Schirm beim Öffnen den ganzen Körper mit einem Ruck herumriss und einem jeden Kubikzentimeter Luft aus der Lunge presste.

»Achtung!«

Ed richtete sich auf dem linken Bein leicht auf und hob das rechte Knie vom Boden, um sich besser abdrücken zu können. Der Wald schien ihn förmlich zu rufen, doch Ed blieb standhaft und fixierte den Horizont. Dann kam das Zeichen. Bigs gab ihm einen heftigen Klaps auf die linke Schulter, und Ed stürzte sich mit aller Kraft aus der Tür in die dünne blaue Luft.

»Tausend-eins ...«

Er wusste nicht, ob er laut zählte oder nicht, weil der Luftstrom ihm die Worte aus dem Kopf zu saugen schien.

»Tausend-zwei ...«

Er hatte sich so kraftvoll abgestoßen, dass sein Körper sich gedreht hatte und er jetzt zum weißen Bauch des dröhnenden Flugzeugs hochstarrte, das, die Sonne verdeckend, davonglitt wie ein fetter Hai.

»Tausend-drei ...«

Dann sah er Connor springen, kurz bevor die Sonne hinter dem Heck des Flugzeugs aufblitzte und ihn blendete, sodass er nichts mehr erkannte, sondern nur die Anziehungskraft der Erde spürte, der er mit vierzig Metern pro Sekunde entgegenraste.

»Tausend-vier ...«

Er spannte alle Muskeln seines Körpers an, hörte ein lautes Rascheln, gefolgt von einem Knall, und fühlte den Ruck, der an ihm zerrte, als wäre er ein Fisch an der Angel. Sein Körper geriet in Schräglage und pendelte sich wieder aus. Er blickte hinauf und sah den weiß-blau-gelben Schirm, der sich über ihm bauschte. Rechts oberhalb von ihm tauchte Connor auf, Fangleinen und Kappe seines Schirms entfalteten sich, der Stoff spannte, und Connor pendelte in einem weiten Bogen an den Leinen, bis er wieder aufrecht Richtung Erde schwebte. Das Flugzeug war verschwunden, sein Dröhnen verklungen, und man hörte nur das Wispern und Flattern der beiden Fallschirme.

Sie kreisten über dem Landegebiet, Connor johlte, und Ed stellte fest, dass er wie ein Idiot grinsend das Kaleidoskop des Waldes unter sich bestaunte. Er zog an den Steuerschlaufen, um seine Position zu stabilisieren, und lenkte den Schirm dann so, dass er direkt in das Feuer blickte. Connor schwebte unsichtbar hinter seinem Rücken, als er, auf dem Wind reitend, in einer langsamen Folge von S-Kurven das Landegebiet und die weißen Rauchschwaden dahinter anpeilte.

Connor machte ihn mit Rufen auf eine Herde von Elchen aufmerksam, etwa ein Dutzend Weibchen mit ihren Jungen, die einen Gebirgskamm überquerten. Das letzte Tier blieb kurz stehen, und obwohl Ed sich natürlich nicht sicher sein konnte, war ihm, als würde es zu ihm aufblicken, bevor es sich umdrehte und hinter dem Kamm verschwand.

Ed erreichte die erste Schlucht und geriet, wie Bigs vorhergesagt hatte, in einen Luftstrudel, der den Schirm erfasste und ihn schlingern ließ, sodass Ed seinen Kurs erneut stabilisieren musste. Der Wind hatte zugenommen und offenbar leicht gedreht. Das Landegebiet kam näher, und Ed zerrte heftig an den Steuerschlaufen, um die Ideallinie zu halten.

Die Bäume lagen jetzt nur noch gut dreißig Meter unter ihm und waren größer, als er gedacht hatte, hauptsächlich Lodgepolekiefern, aber auch ein paar Douglasfichten. Eds Herz hämmerte. In einem Baum hängen zu bleiben, war immer peinlich, besonders dann, wenn man als Erster gesprungen war, und so wollte er dieses Missgeschick unter allen Umständen vermeiden.

Er hatte vor, die Lichtung zu überfliegen, gegen den Wind zu wenden und sanft zu landen, und im Augenblick sah auch alles sehr gut aus.

Doch kaum hatte er den Gedanken zu Ende gedacht, als der Wind drehte und abflaute. Der Schirm flatterte, und er verlor gut fünf Meter, die er dringend gebraucht hätte. Scheiße, er würde es nicht schaffen, dachte er.

Gut fünfzig Meter vor ihm tauchten die Baumwipfel diesseits der Lichtung auf und kamen schnell näher. Ed war so fest davon überzeugt, in einer der Spitzen zu landen, dass er schon anfing, den ihm am freundlichsten erscheinenden Baum auszuspähen. Von den Ästen eines Baums zu baumeln, war schon schlimm genug, auch ohne dass man vorher aufgespießt wurde. Doch dann frischte der Wind plötzlich wieder auf, und er bekam leichten Auftrieb. Vor ihm tat sich bereits das blassgrüne Buschwerk der Lichtung auf, doch er bezweifelte immer noch, dass er die letzte Baumreihe überwinden würde. Einige der Bäume waren größer als die Übrigen, und er trieb direkt auf sie zu. Er zog heftig an der linken Steuerschlaufe, machte eine niedrigere Stelle in der Baumreihe aus und steuerte darauf zu. Er surfte jetzt förmlich auf den Wipfeln. Seine Stiefel blieben an verschiedenen Ästen hängen, und obwohl er die Knie anzog, krachte er weiter durch das Geäst, schrie und verfluchte seine eigene Dummheit …

Und dann hatte er die letzte Baumreihe geschafft und schwebte anmutig wie ein Engel auf die friedlich daliegende hellgrüne Lichtung hinab.

Er landete, rollte sich zur Seite ab und stand bereits wieder, bevor sein Schirm ganz zu Boden gesunken war. Ihm war fast nach einer Verbeugung zu Mute, und es hätte ihn nicht gewundert, wenn die Bäume rund um die Lichtung in spontanen Beifall ausgebrochen wären.

Er schaute nach oben und erwartete, Connor zu sehen, konnte jedoch keine Spur von ihm entdecken. Erst als er sein Gurtzeug ablegte und aus dem Overall stieg, hörte er dessen Stimme.

»Scheiße! Oje! Aua! Verdammter Mist!«

Unter lautem Knacken und Krachen brachen Connors Stiefel durch die Zweige einer hohen Lodgepolekiefer, und wenig später tauchte er höchstselbst auf. Sein Fallschirm bauschte sich über der Kiefer und sackte dann, Baum und Mann verschluckend, langsam in sich zusammen. Irgendetwas gab nach, und Connor tauchte wieder auf. Er fiel, und eine Schrecksekunde lang fürchtete Ed, sein Freund könnte bis zum Boden stürzen, doch nach gut drei Metern spannten sich die Leinen wieder, und Connor hing in knapp fünfundzwanzig Metern Höhe sanft hin und her baumelnd in der Luft.

Dann war plötzlich wieder alles still. Ed stand wie angewurzelt da und glotzte nach oben, während Connor sein Visier hochklappte und an den Leinen pendelnd zu ihm hinunterblickte. Ed gab sich alle Mühe, ernst zu bleiben.

»Hi«, sagte er.

»Scheiße.«

»Alles in Ordnung?«

»Ja, mir geht's prima.«

»Ich wette, die Aussicht da oben ist riesig, was? Ich hab mir diesen Baum auch angesehen und mich gefragt, ob das ein guter Landeplatz ist. Doch dann hab ich mir gesagt, nein, da unten auf dem Zielpunkt ist es noch besser.«

»Du kannst mich mal, Tully.«

»Brauchst du irgendwie Hilfe?«

»Nicht von dir, Arschloch.«

Ed lachte und begann seinen Schirm einzupacken. Connor fand mit einem Fuß Halt auf einem Ast und zog vorsichtig an den Leinen, um zu testen, wie fest sie sich verheddert hatten. Dann zog er ein Kletterseil aus der Tasche und sicherte sich damit an dem Baum. Die Twin Otter flog über ihre Köpfe hinweg, und wenig später schwebten Chuck Hamer und Phil Wheatley über dem Zielgebiet und legten beide eine perfekte Landung hin.

»Hey, Connor«, sagte Chuck, »pflückst du da oben Äpfel oder was? Wenn ja, hast du Pech, weil das eine Kiefer ist.«

Connor gab keine Antwort. Er versuchte, Leinen und Schirm zu entwirren. Chuck und Phil legten ihr Gurtzeug und ihre Overalls ab und machten sich daran, sie zu verpacken, derweil Chuck munter weiterlästerte.

»Junge, das war echt ein leichtes Landgebiet. Was meinst du, Ed?«

»Ja, kinderleicht.«

»Und wie war's für dich, Pee-Wee?«

»Ganz okay, nehme ich an«, erwiderte der grinsend, wirkte jedoch, weil er Connor noch nicht so gut kannte, ein wenig unsicher, ob er sich an dem Spaß beteiligen sollte.

Als Connor sich fertig zum Abseilen machte, waren alle sieben Springer sicher am Zielpunkt gelandet, blickten zu ihm auf und machten kluge Bemerkungen. Connor gab sich verschnupft, obwohl Ed wusste, dass er das Ganze durchaus von der komischen Seite betrachtete und nur vorgab, wütend zu sein. Als er an dem Seil heruntergiltt, johlten alle, und er drohte ihnen mit der Faust.

»Danke. Vielen Dank, ihr Arschlöcher.«

Etwa einen Meter über dem Boden ließ er das Seil los und sprang. Bei der Landung knickte sein rechtes Bein weg. Connor schrie auf und fiel zur Seite. Einige der Springer lachten, weil sie dachten, er würde weiter herumalbern, doch Ed wusste, dass irgendetwas passiert war, und rannte zu ihm.

»Was ist los?«

»Mein Knöchel. Ich bin auf einem Stein oder so was gelandet. Scheiße.«

Er richtete sich auf, schob das Bein seines Overalls hoch, schnürte seinen Springerstiefel auf und zog den Socken herunter. Ed sah, dass das Bein bereits angeschwollen war und rasch dicker wurde.

»Verdammt noch mal, Connor. Immer musst du dich in den Vordergrund spielen.«

»Ich weiß. Ich will einfach nur geliebt werden.«

Über Funk orderten sie einen Hubschrauber, der Connor abholte, während die übrigen sieben Männer sich daranmachten, das Feuer zu bekämpfen. Es war keine allzu große Herausforderung. Zuerst bekamen sie den Schweif unter Kontrolle und zogen dann einen Graben entlang seiner nördlichen und südlichen Flanke. Der Wind flaute ab, und mit Einbruch der Dunkelheit stieg eine feuchte Kühle auf, der sich das Feuer wie ein Lämmchen ergab. Am folgenden Tag erstickten sie den Kopf des Feuers mit einem Gegenfeuer. Die Gräben hielten, und in der Nacht waren sie nur noch mit Aufräumarbeiten beschäftigt. Bei Tagesanbruch war das Feuer endgültig gelöscht.

Ed und seine Freunde spielten auf Donnas Party bei Henry's, und zwar so gut, dass man sie gar nicht mehr aufhören ließ. Bei »Great Balls of Fire« verlangte das Publikum gleich drei Zugaben. Ed hatte nicht erwartet, dass Julia kommen würde, doch sie hatte an diesem Tag Teamwechsel gehabt und es irgendwie geschafft, ein wenig früher wegzufahren. Beim Singen wandte Ed den Blick nicht von ihr, während sie mit praktisch jedem außer dem armen Connor tanzte, der, das bandagierte rechte Bein auf einen Stuhl gelegt, zusah und zu viel Bier trank. Der Knöchel war nicht gebrochen, sondern nur verstaucht, allerdings so übel, dass er eine Weile nicht springen konnte.

Ed und Julia brachten ihn nach Hause. Er stützte sich mit jeweils einem Arm auf ihren Schultern ab, während Ed seine Krücken trug. Es dämmerte bereits, und die Vögel zwitscherten. Connor sang immer wieder die eine Zeile »Great Balls of Fire«. Julia und Ed lachten und neckten ihn.

Sie halfen Connor die Treppe hinauf, während er die ganze Zeit lallend erklärte, was für ein schönes Paar sie abgaben. Sie wären das schönste Paar auf der ganzen Welt. Julia musste so heftig lachen, dass sie fast alle drei hingefallen wären.

»Es ist wahr, Mann«, stammelte er. »Du bist einfach nur ... wunderschön, Julia, du bist ...«

»Schön?«

»Ja. Genau. Du bist schön. Ich meine, nicht äußerlich …«

»Hey, vielen Dank, Connor.«

»Nein, ich meine … Natürlich bist du schön. Also, wirklich *echt*. Aber, ach verdammt, du weißt, was ich meine. Ed, du hast wirklich Glück, so eine Frau gefunden zu haben. Und du, Julia, hast Glück, diesen … diesen hässlichen alten Mistkerl zu haben.«

Sie legten ihn auf sein Bett. Ed zog den Stiefel von seinem linken Fuß. Connor hielt die ganze Zeit den schuhlosen, bandagierten Fuß hoch, sodass Julia erneut einen Lachanfall bekam und sich aufs Bett fallen ließ.

»An dem Fuß trägst du keinen Stiefel«, meinte Ed.

»Was? Oh.«

»Schlaf jetzt.«

Connor streckte plötzlich die Arme aus und drückte die beiden fest an sich. Er hob den Kopf und sah sie mit einer Traurigkeit an, die Ed nie zuvor bei ihm gesehen hatte und die er sich nicht erklären konnte.

»Ich liebe euch beide. Ich liebe euch wirklich, wisst ihr das?«

Ed strich ihm übers Haar, und Julia beugte sich vor und küsste ihn sanft auf die Stirn.

»Wir lieben dich auch, Cowboy«, sagte Ed. »Und jetzt schlaf gut.«

8

Auf einer Konferenz über Entwicklungspsychologie hatte Julia einmal einen Witz darüber gehört, dass die eine Hälfte des Lebens von den Eltern versaut würde und die andere von den Kindern. Wie wahr oder unwahr Letzteres war, wusste sie nicht zu sagen, doch nachdem sie im Rahmen ihrer Arbeit so viele beschädigte junge Menschen gesehen hatte, hegte sie über Ersteres keinerlei Zweifel mehr. Berater und Therapeuten aus praktisch allen Bereichen waren aufgefordert, sich auch mit der eigenen Geschichte auseinander zu setzen, um ihren Klienten besser helfen zu können, und meist hatte Julia auch das Gefühl, sich relativ gut im Griff und eine ziemlich klare Vorstellung davon zu haben, wie sie zu dem Menschen geworden war, der sie war. Die einzige Ausnahme stellte die Geschichte mit ihrem Vater dar.

Als Connor sie an dem Abend auf der Rückfahrt von dem Rodeo nach ihm gefragt hatte, war sie den Tränen nahe gewesen. Manchmal dachte sie monatelang überhaupt nicht an ihn, und dann traf sie der Gedanke daran, wie sie ihn vor vielen Jahren verloren hatte, wie ein Schlag in die Magengrube. Erst später war ihr aufgefallen, dass etwas an Connor sie an ihren Vater erinnerte.

Sie hatte Freunde, deren Eltern in einem ständigen Kriegszustand gelebt hatten, sodass es fast eine Erlösung war, als sie sich trennten. Doch bei ihren Eltern war das anders. Aus ihrer Sicht waren sie vollkommen glücklich gewesen. Und im Gegensatz zu den Eltern anderer Kinder schienen sie sogar ineinander verliebt zu sein. Und dann hatte ihr Vater eines Tages aus heiterem Himmel verkündet, er liebte eine andere Frau, hatte seine Sachen gepackt und war gegangen.

Julia hatte ihn immer bewundert. Er war ihr Held, ein gut aussehender Mann, groß und blond, mit viel Humor, die Art Dad, um die einen die Schulfreundinnen beneideten. Wenn sie ihm etwas erzählte, selbst eine alberne Kleinigkeit, gab er ihr immer das Gefühl, dass das, was sie sagte, interessant und wichtig war.

Häufig kam er erst spät von der Arbeit nach Hause (später sollte Julia herausfinden, warum). Sie lag wach, bis sie seinen Wagen, die Haustür und seine Schritte auf der Treppe hörte. Er schlich auf Zehenspitzen zu ihrer Tür und streckte den Kopf in ihr Zimmer, um zu sehen, ob sie noch wach war, und sie sagte, hallo, Daddy, und dann kam er, setzte sich auf die Bettkante und forderte sie auf, ihm von ihrem Tag zu erzählen.

Drei Tage nach Julias zwölftem Geburtstag hatte er dann die Bombe platzen lassen und war aus ihrem Leben verschwunden. Ihre Mutter wurde fast verrückt vor Kummer und war nie wirklich darüber hinweggekommen. Sie liebte ihn bis zum heutigen Tag, obwohl sich herausstellte, dass die Frau, für die er seine Familie verlassen hatte, nur die Letzte in einer langen Reihe war, die bis auf die Zeit unmittelbar nach der Hochzeit zurückging. Ihre Trauer über die gescheiterte Ehe war so tief, dass Tochter und Mutter in gewisser Weise die Rollen vertauschten. Die folgenden zwei oder drei Jahre verbrachte Julia damit, ihre Mutter zu trösten und sich um sie zu kümmern; dabei schaffte sie es, ihren eigenen Schmerz über den Verlust zu verdrängen.

Bezüglich der Frage, wie sich das auf ihre Haltung gegenüber Männern im Allgemeinen ausgewirkt haben könnte, hatte sie so etwas wie einen blinden Fleck. Offenbar hatte es nicht dazu geführt, dass sie Männer hasste oder ihnen misstraute. Natürlich wusste sie theoretisch, welche Wirkung das Verlassenwerden durch ein Elternteil auf eine junge Frau haben konnte: Laut Lehrmeinung würde sie irgendwann eine langweilige Vaterfigur mit krampfhaft eingezogenem Bauch und kaschierten kahlen

Stellen am Hinterkopf heiraten. Glücklicherweise erschlossen sich ihr die Reize solcher Männer nach wie vor nicht, obwohl sie sich manchmal fragte, ob ihre Verlobung mit dem früh vergreisten Michael ein erstes beängstigendes Symptom gewesen war.

In letzter Zeit hatte sie viel an ihren Vater gedacht, vor allem wegen Skye, die auf ähnliche Weise verlassen worden war. Julia hatte mehrmals versucht, das Thema anzusprechen, doch es war offensichtlich genauso tabu wie alles andere. Skye redete über gar nichts. Sie hatte einen absoluten Tiefpunkt erreicht, und es wurde Zeit, etwas zu unternehmen.

Julia lag in ihrem Schlafsack, betrachtete den Mond und lauschte. Seit gut einer Stunde unterhielt sich ein Eulenpärchen, und es fing an, ihr auf die Nerven zu gehen. Vorher hatte sie schon jaulende Kojoten gehört und vor ein paar Minuten etwas Schweres, Großes, einen Bären vielleicht, das unten am Bach durchs Gebüsch getappt war. Sie hatte überlegt, ob sie aufstehen und nachsehen sollte, ob die Proviantsäcke hoch genug aufgehängt waren, es dann aber doch gelassen. Zum fünften Mal innerhalb einer halben Stunde sah sie auf die Uhr. Es war zwanzig nach drei.

Er kam zu spät.

Der Mond war fast voll und die Luft so klar, dass sie jeden Flecken und jede Furche auf seiner Oberfläche erkennen konnte. Er tauchte die Douglasfichten unterhalb ihres Lagerplatzes in ein blassgraues Licht, sodass sie lange, pfeilförmige Schatten auf das trockene Gras der Lichtung warfen, auf der die Gruppe ihr Lager aufgeschlagen hatte. Leiter und Jugendliche lagen nebeneinander aufgereiht wie riesige Larven. Ihre Schlafsäcke waren in blaue Planen gewickelt, die sie vor dem Tau schützen sollten. Die Eulen verstummten, und wie auf Stichwort fing Lester an, im Schlaf zu sprechen.

»Mach du«, sagte er. »Nein, *du*! Los, Mann. Du bist dran.«

Er redete beinahe jede Nacht im Schlaf. In den ersten Wochen war er regelmäßig schreiend hochgeschreckt und hatte alle anderen aufgeweckt, doch mittlerweile schienen seine Träume sich ein wenig beruhigt zu haben. Manchmal antwortete ihm ein anderer noch wach liegender Jugendlicher in einem surrealen Gespräch. Doch heute Nacht sagte niemand etwas, und sein Monolog verlor sich in unverständlichem Gemurmel, bevor er ganz aufhörte.

Julia lag zwischen Byron und Skye, die, dem Geräusch ihres Atems nach zu schließen, beide schliefen, obwohl man das bei Skye nie wusste. Manchmal wachte Julia mitten in der Nacht auf und ertappte sie dabei, wie sie mit Tränen im Gesicht in den Himmel starrte. Beim ersten Mal hatte sie die Hand ausgestreckt, Skyes Schulter berührt und gefragt, ob alles in Ordnung sei, doch Skye hatte ihr nur wortlos den Rücken zugekehrt.

Julia hatte so etwas schon bei anderen misshandelten Kindern und Jugendlichen erlebt. Sie schluchzten, jammerten und schnieften nicht wie gewöhnliche Kinder, die Eltern besaßen, die sie hörten und trösteten. Misshandelte Kinder weinten lautlos; denn wenn sie das nicht taten, bekamen sie nur weitere Schläge. Also lernten sie im Verborgenen zu weinen, im Dunkel, in der Stille der Nacht.

Im Lauf der Jahre hatte Julia an dem Institut in Boston und während ihrer Arbeit für WAY in Colorado mit hunderten solcher Kinder gearbeitet. Wenn sie zuließ, dass sie den Schmerz dieser Kinder zu ihrem eigenen machte, bekam sie Probleme. Das hieß jedoch nicht, dass sie sie nicht verstehen oder trösten konnte. Aber wenn sie wirklich helfen wollte, musste sie Distanz wahren. Und das war Julia auch immer gelungen. Bis sie Skye getroffen hatte.

Irgendetwas an diesem Mädchen rührte sie mehr als bei anderen Kindern, mit denen sie gearbeitet hatte. Und Julia verstand nicht, warum. In Colorado hatte es drei oder vier Jugendliche gegeben, die anfangs ähnlich feindlich und unkooperativ gewesen waren wie Skye. Doch niemand hatte so lange durchgehalten wie sie. Eine der Grundideen des Programms bestand darin, dass eine solche Haltung dem Druck der Gruppe ausgesetzt wurde. Wer den anderen durch sein Verhalten Schwierigkeiten bereitete, spürte die Konsequenzen seines Handelns unmittelbar. Viele dieser Kinder und Jugendlichen hatte man in der Welt, in der sie aufgewachsen waren, derart schlecht behandelt, dass sie Wälle um sich errichten mussten, um zu überleben. Zuzusehen, wie diese Mauern langsam bröckelten, war beinahe ein magischer Vorgang. Und auch in dieser Gruppe hatte der Prozess schon begonnen. Sogar Mitch, der sich für so taff hielt, zeigte erste Anzeichen von Nachgiebigkeit.

Nur Skye nicht. Seit mehr als sechs Wochen hatte das Mädchen ihren Wall verteidigt und sogar noch verstärkt. Sie sagte nur etwas, wenn sie angesprochen wurde, und antwortete immer einsilbig. Sie war jetzt eine Exilantin, eine Fremde unter Freunden. Nicht einmal hatte Julia sie lächeln sehen, nur anfangs war manchmal ein freudloses spöttisches Grinsen über ihr Gesicht gehuscht, doch auch das war mittlerweile verschwunden. Ihre Züge waren zu einer Maske arroganter Gleichgültigkeit erstarrt. Nur bei den seltenen Gelegenheiten, bei denen sie es nicht vermeiden konnte, einem in die Augen zu blicken, konnte man ihren Schmerz kurz aufflackern sehen.

Die Jugendlichen mussten einem Gruppenleiter nur in die Augen sehen, wenn sie ein Messer brauchten. Das war die Regel. Sämtliche Messer befanden sich in der Obhut der Erwachsenen, und wenn ein Jugendlicher zum Schnitzen oder Kochen eins benötigte, musste er danach fragen, dem Leiter in die Augen sehen und sich bedanken. In der vergangenen Woche hatte Skye nach einem Messer gefragt, um sich einen neuen Holzlöffel zu schnitzen, und Julia hatte es ihr gegeben. Dann war Julia durch die Frage eines anderen Jugendlichen kurz abgelenkt worden, und als sie wieder hinsah, bemerkte sie, dass Skye ein wenig abseits auf dem Boden hockte und sich ihre Haare abschnitt.

»Skye!«

Julia rannte zu ihr und verlangte das Messer zurück, das das Mädchen ihr blinzelnd und gleichmütig aushändigte.

»Na und? Was ist denn daran so schlimm?«

Einen Moment lang war Julia so entsetzt, dass ihr die Worte fehlten. Büschel glänzenden schwarzen Haars lagen auf dem Boden. Skye hatte fast eine ganze Seite abgesäbelt, und am Hinterkopf klafften gezackte Lücken, durch die ihre Kopfhaut schimmerte.

»Was ... warum machst du das?«

»Es sind meine Haare, damit kann ich machen, was ich will.«

»Du hast gesagt, du wolltest einen Löffel schnitzen.«

»Wenn ich den richtigen Grund genannt hätte, hätte ich das Messer ja sowieso nicht bekommen.«

»Du hast mich angelogen.«

»Ach, lass mich doch.«

»Nein, Skye. Es ist wichtig.«

Skye wandte den Blick ab. Julia bemerkte, dass alle sie anstarrten. Sie seufzte.

»Schau, wir haben auch eine Schere. Wenn du gefragt hättest, hätte ich dir die Haare geschnitten.«

»Warum sollte ich ausgerechnet *dich* an meine Haare lassen?«

Ein paar Stunden später hatte sie widerwillig erlaubt, dass Julia den angerichteten Schaden, so gut es ging, mit der Schere behob. Dabei erzählte Julia ihr, dass ihre Mutter Friseuse war, und machte Witze darüber, dass sie sie als Kind immer als Versuchskaninchen benutzt hatte. Doch Skye reagierte überhaupt nicht. Am Ende war ihr Haar kurz wie das eines Jungen.

Die Jugendlichen führten alle ein Tagebuch, in das sie mindestens eine Seite pro Tag schreiben mussten. Anfangs waren fast alle Einträge kurz und gestelzt, doch im Lauf der Zeit wurden die meisten Jugendlichen lockerer und einige begannen sogar, vorsichtig über ihr Leben und ihre Gefühle zu schreiben. Nicht so Skye. Ihre Notizen waren von einer kargen, kalten Nüchternheit, die nichts preisgab. Zwei Tage zuvor hatte Julia das Thema bei ihrem täglichen Zweiergespräch angeschnitten. Es war Abend, und sie hockten auf Felsen oberhalb einer kleinen Lichtung, auf der die Gruppe das Lager aufgeschlagen hatte.

»Wir machen doch hier draußen eigentlich jeden Tag mehr oder weniger das Gleiche, findest du nicht auch, Skye? Ich meine, der grundsätzliche Ablauf ändert sich nicht.«

»Ja, und?«

»Also jeden Abend – na ja, fast jeden Abend – machen wir ein Feuer und sitzen in der Gruppe zusammen und so weiter. Und wir essen und spülen unsere Becher aus, putzen uns die Zähne und trinken Wasser. Und genau das schreibst du jeden Tag in dein Tagebuch, was auch okay ist. Aber vielleicht könntest du versuchen, ein oder zwei Dinge festzuhalten, die nicht jeden Tag passieren. Verstehst du? Ungewöhnliche, interessante Sachen –«

Skye stieß ein kleines verächtliches Lachen aus. »Ja, klar. Was denn, zum Beispiel?«

»Also gestern haben wir beispielsweise einen unglaublichen Sonnenuntergang gesehen. Oder wie wir heute, als wir den Bach überqueren mussten, das Seil gespannt und uns ans andere Ufer gehangelt haben. Oder letzte Woche, als du deine Haare abgeschnitten hast.«

»Was war denn daran interessant?«

Julia holte tief Luft.

»Okay, dann könntest du vielleicht versuchen, darüber zu schreiben, warum du das alles nicht interessant findest. Warum dich alles so langweilt.«

»Ich dachte, das wäre ziemlich offensichtlich.«

»Das finde ich nicht. Sag es mir.«

Skye schnaubte leise, wandte den Blick ab und schüttelte wortlos den Kopf.

»Skye?«

Unvermittelt drehte Skye sich mit wütend funkelnden Augen wieder zu ihr um.

»Pass auf, Du versuchst, meine Freundin zu sein. Aber ich

will nicht deine Freundin sein, okay? Also, lass mich einfach in Ruhe.«

Sie war aufgestanden und weggegangen. An diesem Abend wäre sie wieder an der Reihe gewesen mit dem Feuer, doch wie üblich weigerte sie sich, und die Gruppe saß zwei Stunden im Kreis und diskutierte ergebnislos darüber.

Das abendliche Lagerfeuer war das Herzstück des Programms. Am Feuer aßen und lachten sie, erzählten Geschichten und redeten darüber, was am Tag geschehen war; hier schienen selbst die verschlossensten Kinder ihr Herz zu öffnen. Doch immer, wenn Skye an der Reihe war, das Feuer zu machen, saß die Gruppe in der Kälte, aß schweigend kalte Haferflocken und ging früh schlafen. Es erfüllte die anderen Jugendlichen mit zum Teil heftigem Widerwillen, doch sie waren es leid, ihr das wieder und wieder zu sagen. Bis auf die Gruppenleiter war Byron mittlerweile ihr einziger Freund. Skye hatte ihn oft zurückgewiesen, doch er hielt zu ihr und verteidigte sie.

Julia hatte Skyes Fall stundenlang mit dem Therapeutenteam besprochen und weitere Stunden am Telefon verbracht, um sich mit Skyes Bewährungshelfer sowie mit diversen Psychologen und Beratern zu unterhalten, die mit ihr zu tun gehabt hatten. Ein paar Mal hatte sie auch mit Skyes Mutter telefoniert. Die Frau klang beunruhigt und unsicher, so, als könnte sie sich nur mit Mühe daran erinnern, wer Skye war. Offensichtlich nahm sie irgendwelche Medikamente. Einmal hatte sie angefangen zu schluchzen, ein anderes Mal einfach aufgelegt. Als Julia das letzte Mal angerufen hatte, war Skyes Stiefvater am Apparat gewesen. Julia hatte erklärt, wer sie war, und er brüllte los, dass sie verdammt noch mal nicht mit Skyes Mutter reden könnte, und wer sie glaubte, wer, zum Teufel, sie wäre, einfach so anzurufen und alle durcheinander zu bringen.

Während der letzten freien Woche hatte sie nach Donna Kiamotos Party einen ganzen Tag lang mit Glen Nielsen diskutiert, was man tun konnte. Sie waren sich einig, dass es Zeit für eine radikale Therapie wurde. Sie würde Skye auf eine »Seelensuche« mitnehmen.

Diese »Seelensuche« war das letzte Mittel des Programms, das nur angewendet wurde, wenn es zu einer totalen Blockade kam, die mit gewöhnlichen Techniken offenbar nicht zu überwinden war. Der Jugendliche wurde von der Gruppe getrennt und von zwei Leitern auf eine zweitägige Wanderung geführt, die physisch wie psychisch zermürbend war. Die Auswirkungen konnten dramatisch sein, weshalb der Aufbruch auch ganz bewusst inszeniert wurde. Zu diesem Zweck wollte Glen mitten in der Nacht zu der Gruppe stoßen.

Das war zumindest der Plan. Er hatte gesagt, dass er um drei Uhr da sein würde, doch mittlerweile war es halb vier. Endlich hörte Julia unten am Bach das Knacken eines Zweigs, spähte in die Dunkelheit und erkannte einen Schatten. Lautlos schlüpfte sie aus ihrem Schlafsack, zog ihre Stiefel an und ging den Hang hinunter. Die Luft roch süß und harzig.

»Hey, tut mir Leid, ich hab mich verirrt.«

»›Wilderness-Direktor verirrt sich.‹ Das ist eine gute Geschichte.«

»Wenn du es auch nur einem Menschen erzählst, bist du gefeuert.«

Flüsternd besprachen sie, was Glen zu der Gruppe sagen würde. Die Eulen hatten ihren Dialog wieder aufgenommen. Julia war nervös.

»Junge, Junge, ich hoffe, dass ihr das nicht einen Riesenschrecken einjagt.«

»Das wird es bestimmt. Und das ist auch gut so. Bist du bereit?«

Skye ritt. Sie hatte noch nie in ihrem Leben auf einem Pferd gesessen, doch sie ritt mühelos und ohne Furcht. Das Pferd hatte glänzendes schwarzes Fell und trabte einen Hügel hinauf. Der Hügel war sanft geschwungen und mit bis zum Horizont reichendem, grünem Gras bedeckt, das sich sanft im Wind wiegte. Der Himmel war eine klare, blaue Kuppel. Sie warf den Kopf in den Nacken und spürte die warme Sonne auf ihrem Gesicht. Das Pferd hatte keinen Sattel und keine Zügel, sie hielt sich einfach an der Mähne fest. Und auch das war im Grunde nicht nötig, denn sie wusste, dass sie einfach loslassen konnte, und das tat sie nun auch, breitete die Arme aus und stellte fest, dass sie das Pferd lenken konnte, indem sie sich zur einen oder anderen Seite lehnte.

In der Ferne, wo der Kamm des Hügels den Himmel berührte, stand eine Gestalt und wartete. Sie trug eine Art langen Mantel, und als sie näher kam, breitete sie die Arme aus, und sie erkannte, dass es ihr Vater war. Sie hatte ihn seit vielen Jahren nicht gesehen und konnte sich kaum erinnern, wie er aussah, doch sie war sich sicher, dass er es sein musste. Er rief sie.

»Skye! Skye!«

Plötzlich verwandelte sich das Bild, und als sie aufblickte, sah sie zwei Gesichter, die aus der Dunkelheit auf sie hinunterstarrten. Keines war das ihres Vaters, und sie schrie laut.

»Skye? Ich bin's, Julia. Und Glen. Alles in Ordnung.«

Skye richtete sich auf und rieb sich die Augen.

»Was ist passiert?«

»Du hast geträumt.«

Skye sah sich um. Die anderen saßen aufrecht in ihren Schlafsäcken und sahen sie an.

»Wir werden jetzt etwas Besonderes machen«, sagte Glen. »Können wir ein bisschen Licht haben?«

Julia und auch Katie, Laura und Scott schalteten ihre Taschenlampen ein. Skye schirmte mit der Hand ihre Augen ab. Die Bilder ihres Traums schwirrten noch in ihrem Kopf herum, und all diese Leute, die plötzlich aufgetaucht waren, brachten sie ganz durcheinander.

»Was ist los? Wie spät ist es?«

»Okay, Leute«, verkündete Glen. »Ich möchte, dass ihr einen Kreis bildet. So schnell ihr könnt.«

Trotz des allgemeinen Gemurmels und Gestöhnes hatten sie sich eine Minute später aufgestellt. Nachts musste jeder Hose und Schuhe abgeben, um eine Flucht zu erschweren, sodass die meisten nun in ihre Schlafsäcke gehüllt oder einfach mit nackten Beinen dastanden. Als alle schwiegen, fuhr Glen in seiner Rede fort.

»Okay, tut mir Leid, euch zu wecken, aber ich bin heute Nacht aus einem sehr wichtigen Grund hergekommen. Kann mir irgendwer sagen, was dieser Grund sein könnte?«

Keiner gab Antwort.

»Möchte jemand raten?«

Mitch hob die Hand.

»Ja, Mitch?«

»Skye. Es muss was mit Skye zu tun haben.«

»Ja. Das ist richtig. Ich bin wegen Skye hier.«

Skye starrte zu Boden. Sie war geschockt, aber das würde sie sich nicht anmerken lassen.

»Kann irgendwer noch was dazu sagen?«, wollte Glen wissen. »Mitch?«

»Weil sie allen anderen den Spaß versaut.«

»Tut sie nicht!«, widersprach Byron. »Sie hat bloß keinen Bock, die Spielchen mitzuspielen. Jeder Mensch macht das auf seine Weise, versteht ihr? Auch wenn es manchmal hart für uns alle ist. Aber vor allem für sie.« Ihm schien kurz der Dampf auszugehen. »Jedenfalls mir versaut sie den Spaß nicht.«

»Weil du scharf auf sie bist.«

»Mitch, du vergreifst dich im Ton«, wies Scott ihn zurecht.

»Das finde ich auch«, meinte Glen.

Er forderte Mitch auf, sich zu entschuldigen, bedankte sich bei Byron und fragte, ob sonst noch jemand etwas sagen wollte. Dann kündigte er an, dass er und Julia Skye auf eine »Seelensuche« mitnehmen würden, und fragte, ob sie eine Ahnung hätten, was das sein könnte. Wayne meldete sich.

»Wie eine Schatzsuche? Wie *Dragon Quest* oder so?« Die anderen lachten, und Wayne grinste Mitch und Paul an. »Das ist ein Videospiel. Man muss eine Art heiligen Schlüssel finden.«

»Hm-hm«, bestätigte Glen nickend. »Genauso. Wir machen uns für ein paar Tage auf eine Reise, um Skye zu helfen, den Schlüssel zu finden.«

Skye wandte den Blick gen Himmel. Sie konnte es nicht glauben. Wussten diese Typen nicht, wann sie aufhören mussten? Das Ganze war so peinlich und blöd.

»Einen Schlüssel?«, fragte sie. »Einen Schlüssel wozu?«

»Was glaubst *du*?«, fragte Glen.

»Ich habe nicht die leiseste Ahnung. Und wisst ihr was? Es ist mir offen gesagt auch sch…« Sie blickte zu Boden. »Es interessiert mich nicht.«

Glen nickte nachdenklich.

»Okay, Skye. Dann müssen wir versuchen, auch dazu den Schlüssel zu finden. Du und Julia, ihr solltet euch jetzt fertig machen. In ein paar Minuten brechen wir auf. Allen anderen vielen Dank. Es tut mir Leid, euren Schlaf gestört zu haben, aber dies ist ein wichtiger Moment für Skye, und wir wollten ihn mit euch teilen. Vielleicht möchtet ihr ihr alles Gute wünschen.«

Das wollten nur Byron und die Gruppenleiter. Der Rest schlurfte murmelnd von dannen, was Skye nur recht war. Die konnten sie alle mal.

Sie zog sich an, schlüpfte in ihre Schuhe und packte ihre Sachen. Ihr Herz hämmerte, und in ihrem Kopf wirbelten alle möglichen Gedanken wild durcheinander. Sie war wütend, ängstlich und trotzig. Wenn die glaubten, sie so kleinzukriegen, dann konnten sie sich auf etwas gefasst machen.

Sie marschierten hintereinander. Glen beleuchtete mit seiner Lampe den Weg, Julia bildete die Nachhut. Skye hätte gern gewusst, wohin sie sie brachten, aber sie war zu stolz, um zu fragen. Sie gingen zwischen hohen Bäumen in ein Tal, und sie hörte, dass irgendwie in der Dunkelheit tief unter ihnen ein Bach plätscherte, den sie jedoch nie zu erreichen schienen. Nach einer

Linksbiegung wurde der Weg ebener und folgte offenbar dem Tal, in dessen dunklen Tiefen noch immer das Wasser gurgelte. Sie wanderten schweigend, man hörte nur ihre knirschenden Schritte auf den Kiefernnadeln. Sie war überrascht, dass ihre beiden Begleiter nichts sagten, weil sie erwartet hatte, dass sie sofort loslegen würden.

Bald wurde es hell, und durch die Lücken in den Bäumen zu ihrer Rechten sah sie, wie das andere Ufer aus dem Dunkel auftauchte, ein hoch aufragender Wall aus dunklem und hellerem Grün mit Flecken aus blassem Fels, von Nebelschwaden verschleiert. Das Dunkelblau des Nachthimmels hellte zu einem pinkfarbenen Perlmutt auf, wie sie es zuvor nur im Innern von Muscheln gesehen hatte.

Sie besaß keine Uhr und wusste deshalb nicht, wie lange sie schon unterwegs waren, doch mussten es viele Stunden sein. Sie marschierten jetzt wieder bergan und kamen aus dem Wald auf eine Weide mit Wildblumen und endlich auch ans Wasser. Es war ein schmaler, wilder Bach, der schäumend dahinrauschte und sich ab und an in Becken voller Strudel ergoss, die aussahen, als könnten sie einen direkt in die Hölle ziehen. Auf einer Felsplatte an einem dieser Becken machten sie Halt und setzten ihre Rucksäcke ab. Sie sammelten Holz. Glen schürte ein Feuer, und sie aßen Haferflocken mit Rosinen, die sie mit Zimt und braunem Zucker bestreuten – ein köstliches Mahl.

Auch beim Essen sagte keiner ein Wort, doch Skye ahnte, dass es nicht mehr allzu lange dauern konnte, bis sie anfingen, sie zu bearbeiten, und machte sich darauf gefasst. Sie ließ ihren Blick schweifen und sah in weiter Ferne einen pyramidenförmigen Berg. Glen sagte, dass dieser Berg das Ziel ihrer Wanderung sei. Er sah aus, als wäre er unendlich weit entfernt, und zuerst dachte Skye, dass er einen Witz gemacht hätte, doch er meinte es ernst.

Dann fing er an, eine dieser blöden Geschichten zu erzählen, mit denen die Leiter immer ankamen, wenn sie einem eine grundsätzliche Lektion über das Leben oder so erteilen wollten.

Diese spezielle blöde Geschichte hieß »Der Wolf und der Fels« und handelte von einem kleinen Wolfsjungen namens Nooshka-Lalooshka. Du liebe Güte, dachte Skye, sehe ich aus, als ob ich fünf Jahre alt wäre? Dieser Wolf jagte jedenfalls eines Tages ein Streifenhörnchen und rannte dabei gegen einen Felsen, was wirklich wehtat, doch all die anderen Wölfe lachten ihn aus.

»Das Streifenhörnchen entwischte, und Nooshka-Lalooshka war verlegen und wütend und flunkerte den anderen vor, dass er absichtlich gegen den Felsen gerannt wäre und es kein bisschen wehgetan hätte. Okay, sagten die anderen, wenn es nicht wehgetan hat, dann mach es noch mal. Und um sein Gesicht zu wahren, tat er genau das. Diesmal tat es sogar noch mehr weh, und er zog sich einen fetten Bluterguss an der Brust zu, doch die anderen Wölfe brüllten vor Lachen und erklärten ihm, was für ein komischer Kerl und harter Bursche er doch sei.«

Wer das sein sollte, war nun wirklich nicht schwer zu erraten, dachte Skye. Glen fragte Julia, ob sie fortfahren wollte. Skye vermutete, dass sie das ganze Theater sorgfältig geprobt hatten, um ihr beizukommen. Der Anfang war jedenfalls ziemlich dürftig, obwohl sie solche Geschichten mochte und schon jetzt wissen wollte, was mit dem blöden Wolf geschah. Julia nahm die Erzählung wieder auf.

»Seitdem sagten die Wölfe immer, wenn sie sich langweilten: Hey, Nooshka-Lalooshka, zeig uns deinen Felsentrick! Wenn er nicht wollte, neckten sie ihn und erklärten, er wäre ein Feigling, und um zu beweisen, dass er das nicht war, rannte er erneut gegen den Felsen. Deshalb konnte seine Wunde auch nie ganz verheilen, und je älter er wurde, desto schlimmer wurde sie, entzündete sich und steckte schließlich sein Bein an, sodass er zu humpeln begann und immer dünner wurde, weil er schon bald nicht mehr mit den anderen mithalten konnte, wenn sie gemeinsam auf die Jagd gingen. Die anderen gaben ihm ein wenig von ihrer Beute ab, aber nur unter der Bedingung, dass er ihnen seinen Felsentrick vorführte, was er auch machte, nur um gefüttert zu werden. Er tat immer noch so, als würde es gar nicht schmerzen, bis er eines Tages feststellte, dass er überhaupt nicht mehr laufen konnte. Das fanden die anderen Wölfe irgendwann langweilig und meinten, es würde keinen Spaß mehr machen, ihm zuzusehen.

Sie erklärten, dass er dem Rudel nichts mehr nutzen würde, weil er nicht jagen und sie nun nicht einmal mehr unterhalten konnte. Warum also sollten sie ihn weiter durchfüttern? Und so verstießen sie ihn, und Nooshka-Lalooshka hinkte einsam und verlassen in die Wildnis davon.«

Jetzt übernahm wieder Glen.

»Er wurde also immer dünner und trauriger und beschloss, dass er nicht mehr leben wollte. Er suchte sich eine Höhle, die er für einen guten Platz zum Sterben hielt, legte sich hin und wartete. Und immer, wenn die Sonne aufging, dachte er, dieser Tag wird mein letzter sein. Als der Tod schon ganz nahe war, wachte er eines Morgens auf und sah direkt vor seiner Nase ein kleines Häufchen mit Nüssen und Früchten. Das ist seltsam, dachte er, schnupperte daran und fand, dass es gut roch. Er hatte gerade noch genug Kraft, um die Sachen zu essen, und sie schmeckten auch gut. Danach fühlte er sich ein wenig besser und schlief den ganzen Tag, und als er aufwachte, fand er ein neues Häufchen mit Nüssen und Früchten, die er ebenfalls fraß, während er sich fragte, wer sie wohl dorthin gelegt hatte. So geschah es Tag um Tag, und jedes Mal schlief er wieder ein. Doch eines Morgens gab er nur vor, noch zu schlafen, während er in Wahrheit durch seine Augenschlitze lugte.«

»Nach einer Weile«, fuhr Julia fort, »hörte er ein Scharren, Kratzen und Keuchen und sah ein kleines altes Streifenhörnchen, das schwitzend und schwankend eine große Ladung Nüsse und getrockneter Früchte heranschleppte. Nooshka-Lalooshka öffnete die Augen und sagte, hey! Das Streifenhörnchen erstarrte vor Schreck, warf sich auf den Rücken und bettelte: Bitte, bitte, friss mich nicht! Nooshka-Lalooshka fragte: Warum sollte ich jemanden fressen, der mir das Leben gerettet hat? Und er fragte das Streifenhörnchen, warum es so nett zu einem Wolf war, wo doch jeder wusste, dass Wölfe Streifenhörnchen fraßen. Und das Streifenhörnchen sagte: Weil vor langer, langer Zeit ein Wolf einmal nett zu mir war und, anstatt mich zu fressen, gegen einen Felsen gerannt ist, nur um ein paar andere Wölfe zum Lachen zu bringen.«

Julia lächelte. Eine Weile sagte keiner etwas.

»Ist das alles?«, fragte Skye dann.

»Es sei denn, du willst die Geschichte weitererzählen.«

»Der Wolf könnte das Streifenhörnchen packen und ihm den Kopf abbeißen oder was?«

»Wenn du willst, dass es so weitergeht.«

Skye wandte den Blick ab und starrte zu dem Berg. Wieder breitete sich Schweigen aus.

»Vermutlich soll ich mich mit irgendwem in der Geschichte ›identifizieren‹ oder so.«

»Tust du das?«, wollte Glen wissen.

Skye dachte kurz nach und zuckte dann mit den Achseln.

»Ja, ich bin eins von den Früchtchen.«

Julia lachte laut los, und Glen stimmte mit ein. Skye starrte die beiden verblüfft an. Verdammt, das war nicht komisch. Doch sie wollten gar nicht wieder aufhören. Julias Schultern zuckten, und je mehr sie lachte, desto mehr lachte auch Glen. Skye strengte sich an, ihre starre Miene zu wahren, was ihr bei dem Gepruste der beiden wirklich schwer fiel. Sie hielt es nicht lange durch, und plötzlich verzogen auch ihre Lippen sich zu einem Lächeln, dann zu einem Grinsen und schließlich zu einem Lachen. Es fühlte sich eigenartig an, so, als hätte eine fremde Macht Besitz von ihr ergriffen, würde ihr Innerstes durchschütteln und etwas in ihr öffnen. Und so nahm das Lachen gar kein Ende mehr.

Dann passierte etwas noch Seltsameres. Obwohl Skye immer noch lachte, spürte sie ein Beben in der Brust, das ihren ganzen Körper auf eine Weise erschütterte, die sie gleichzeitig glücklich und traurig machte, unendlich traurig. Sie spürte, wie ihr die Tränen in die Augen schossen und die Wangen hinunterflossen, und sie hörte, wie ihr Lachen in eine Art abgerissenes, animalisches Heulen überging. Und alles, was sich angestaut hatte, brach in gewaltigen Schluchzern erlösend aus ihr heraus wie Lava aus einem Vulkan. Sie weinte um sich und ihr ganzes verkorkstes Leben, um ihre Mutter und alles, was sie beide erlitten hatten, und über die schrecklichen Dinge, die passiert waren, wie der Mord an dem Polizisten auf dem Highway. Sie erinnerte sich an den Traum von ihrem Vater, der mit ausgebreiteten Armen wartend auf einem Berg stand, und sie weinte auch um ihn.

So blind war sie von ihrer eigenen Trauer, dass sie gar nicht bemerkte, wie die beiden anderen näher traten, doch sie spürte, wie sie die Arme um ihre Schultern legten und sie an sich drückten. Es war die erste liebevolle Berührung durch einen anderen Menschen seit langer Zeit, und Skye hatte weder die Kraft noch den Willen, sich dagegen zu wehren. Als sie sie umarmten, bemerkte Skye, dass auch sie weinten, und obwohl sie es merkwürdig fand, dass diese beiden Menschen, die sie kaum kannte und denen sie nur mit Verachtung begegnet war, Tränen für sie vergossen, vertraute sie ihnen und wies sie nicht zurück. So standen sie lange zu dritt aneinander geschmiegt und weinten wie die Überlebenden einer schrecklichen Katastrophe.

Sie erreichten den Gipfel des Berges wie geplant eine Stunde vor Sonnenuntergang des folgenden Tages. In zwei Tagen waren sie achtundzwanzig Meilen gewandert und hatten unablässig geredet. Julia hatte schon drei Schützlinge auf eine Seelensuche begleitet, doch keine war so gewesen wie diese mit Skye. Es war, als ob in dem Mädchen ein Damm gebrochen und der ganze Schmerz der sechzehn Jahre ihres Lebens aus ihr herausgeströmt wäre.

Sie sprach darüber, wie ihr Vater sie verlassen, über den Traum, den sie in der Nacht davor gehabt hatte, über den Alkoholismus ihrer Mutter und den langsamen Abstieg in Depression und Verzweiflung. Sie redete über die Männer, die ihre Mutter mit nach Hause in den Trailer gebracht und die sie am Ende alle angebrüllt und geschlagen hatten. Der eine oder andere hatte sich auch an Skye vergriffen, die nicht verstehen konnte, was ihre Mutter an ihnen fand, am allerwenigsten an dem, der ihr Mann war, obwohl der sie mehr geschlagen hatte als alle anderen zusammen.

Sie erzählte, wie sie angefangen hatte, aus Angst vor dem Nachhausegehen die Nächte wegzubleiben und in der Stadt mit den anderen verlorenen Seelen an den Bahngleisen rumzuhängen. Wie sie die ersten Drogen nahm, damit sie über all das nicht nachdenken musste. Erst Klebstoff, dann Gras, dann Popper und Speed und dann so ziemlich alles, was irgendwer angeschleppt hatte, außer Crack und Heroin, weil einen das umbrachte. Sie hatte begonnen zu stehlen, um an das Geld für die Drogen zu kommen, außer man machte für einen dreckigen alten Lüstling die Beine breit, was einige Mädchen in ihrem Alter und jüngere getan hatten, sie jedoch nie tun würde.

So redete sie, während sie weiter durch das Tal Richtung Westen wanderten, den Biegungen des Flusslaufs folgten, die eine oder andere felsige Klippe erklommen und über gewundene Pfade durch den Wald stapften, den Gipfel immer vor Augen, das Rauschen und Plätschern des Bachs im Ohr. Manchmal verdeckte eine Kammlinie oder ein bewaldeter Steilhang die Sicht auf den Berg, doch eine halbe Stunde später tauchte er größer und klarer wieder auf. Und die ganze Zeit sprudelten Worte und Tränen nur so aus ihr heraus. Nie hatte Julia einen Menschen so ausdauernd weinen sehen. Hin und wieder wurde sie von so heftigem Schluchzen geschüttelt, dass sie anhalten und sie in ihre Mitte nehmen mussten, bis der Tränenstrom wieder versiegt war.

Am ersten Abend hatten sie am Ufer des Bachs ihr Lager aufgeschlagen, und Skye versuchte ihr erstes Feuer mit einem Bogenbohrer. Sie schaffte es ohne jede Hilfe und so mühelos, als hätte sie das schon ihr ganzes Leben lang getan. Als die Flammen hochloderten, grinste sie und sagte, sie wäre wohl doch nicht zu dumm, sondern hatte durch Zuschauen bei den anderen schon die ganze Zeit gewusst, wie es ging.

Sie kochten einen Eintopf aus Tofu, Paprika und Reis, und beobachteten beim Essen, wie die Sonne hinter dem Berg verschwand. Skye blickte auf und zeigte nach oben. Direkt über ihnen flog eine Schar Gänse in perfekter V-Formation Richtung Westen. Als es ganz dunkel geworden und das Feuer bis auf die Glut niedergebrannt war, fragte Julia Skye, was an jenem Tag geschehen sei, an dem der junge Polizist gestorben war. Skye starrte lange schweigend in die Glut. Schließlich holte sie tief Luft und begann zu erzählen. Sie sprach mit leiser, fester Stimme, die nur einmal brach, als sie davon berichtete, wie sich der Arm des Mannes hinter Seans Sitz verklemmt und sie die nackte Angst in seinen Augen gesehen hatte.

Am folgenden Abend erklommen sie nun den im Schatten liegenden Hang des Berges. Sie mussten nicht wirklich klettern, sondern nur stramm wandern, und als das Ziel nicht mehr fern war, erklärte Glen Skye, dass sie auf dem Gipfel erwartet würden. Skye wollte wissen, von wem, doch Julia und Glen verrieten ihr nur, dass es jemand war, den sie noch nie getroffen hatte.

Ein paar Wochen zuvor hatte Julia die Nummer angerufen, die Connor von seinem Blackfoot-Feuerspringerkollegen bekommen hatte, und John Standing Bird hatte abgenommen. Er war ein Anwalt, der sein Leben der Arbeit mit Kindern und Jugendlichen aus dem Reservat widmete und versuchte, ihnen ein Gefühl von Zugehörigkeit zu vermitteln und ihr Interesse für die Geschichte und Kultur der Blackfoot-Indianer zu wecken. Julia hatte ihm von Skye berichtet, und noch bevor sie ihn darum bitten konnte, hatte er erklärt, dass er gern behilflich sein würde. Als sie und Glen beschlossen, Skye auf eine Seelensuche zu führen, hatte sie ihn angerufen und gemeinsam mit ihm einen Plan ausgeheckt. Julia war den ganzen Tag aufgeregt gewesen, doch nun fragte sie sich, ob es wirklich eine gute Idee war.

Ein ausgetretener und kaum beschwerlicher Pfad führte in einem großen Bogen über den letzten Hang, sodass man sich dem Gipfel von der Südseite näherte. Als sie um diese Biegung kamen, sahen sie die Sonne wieder, die in lodernden Orange-, Rot- und Violetttönen unterging. Davor erkannte sie die Umrisse einer Gestalt, die auf einem Felsen saß und nach Westen blickte. John Standing Bird drehte sich um, stand auf und kam ihnen entgegen, um sie zu begrüßen. Julia stellte ihm Skye vor. Er war groß und breitschultrig und hatte ein Gesicht, das es schwer machte, sein Alter zu schätzen. Julia vermutete, dass er Mitte vierzig war. Sein Haar, das er in langen Zöpfen trug, hatte graue Strähnen. Er trug einen schwarzen Hut mit einer breiten Krempe und ein weißes, bis zum Kragen zugeknöpftes Hemd und hatte sich eine rot-schwarze Decke mit einem Büffelmuster über die Schultern geworfen. Skye schüttelte nervös seine Hand und warf verstohlene Blicke zu Julia. John Standing Bird lächelte und sah sie aus seinen schwarzen Augen freundlich an.

»Ich habe viel Gutes über dich gehört, Skye«, sagte er. »Es freut mich, dich kennen zu lernen.«

Skye wusste offenbar nicht, was sie sagen sollte, aber das war auch nicht wichtig. John Standing Bird schlug vor, dass sie sich zu ihm auf den Felsen setzen und den Sonnenuntergang betrachten sollten. Als die Sonne verschwunden war, fragte John Standing Bird, der bereits Holz gesammelt hatte, Skye, ob sie das Feuer entzünden wolle. Ohne Murren kam sie dieser Aufforderung nach. Julia und Glen sammelten weiteres Holz, während die beiden anderen das Abendessen zubereiteten. Als sie zurückkamen, plapperte Skye munter drauflos, als wären sie und John alte Freunde.

Julia hatte John Standing Bird den Namen von Skyes Mutter genannt, und er hatte im Reservat Nachforschungen angestellt. Beim Essen berichtete er Skye vom Stammbaum ihrer Familie. Er sagte, was für ein großes und stolzes Volk die Oglala einst gewesen waren. So war etwa der größte Krieger von allen, Crazy Horse, ein Oglala. Er fragte Skye, ob sie von ihm gehört hätte, und Skye meinte, natürlich, das hätte schließlich jeder Idiot, aber sie wusste ja nicht, dass er und sie zum selben Stamm gehörten. Sie grinste Julia und Glen an und erklärte, dass das wohl ziemlich cool wäre. John Standing Bird nickte ernst und sagte, er fände es auch verdammt cool, worauf Skye ihn darauf hinwies, dass er nicht fluchen dürfte und deshalb zwanzig Alternativen aufsagen müsste, was er pflichtschuldig tat.

Er erzählte noch viele andere Geschichten über die Oglala, wie sie gelebt hatten und dass Crazy Horse am Ende von seinem eigenen Volk verraten und ermordet worden war. Niemand wusste, wie er ausgesehen hatte, erklärte John Standing Bird, weil er sich geweigert habe, sich fotografieren zu lassen.

Nachdem die letzte Geschichte erzählt und das letzte Holzscheit verbrannt war, beobachteten sie am Himmel das ferne rot-grüne Flackern des Nordlichts. Julia hatte es noch nie gesehen, und der Anblick rührte sie zu Tränen. Die letzten zwei Tage hatten etwas in ihr wund gerieben. Als Skye es bemerkte, legte sie den Arm um sie, was Julia nur heftiger weinen ließ.

Am nächsten Morgen wanderten sie zu viert vom Gipfel hinab zwei Meilen nach Westen, wo John Standing Bird seinen Pick-up geparkt hatte. Er fuhr sie über entlegene Forstwege zu einer Stelle unweit des vermuteten Standorts der Gruppe. Zum Abschied bedankten Julia und Glen sich, und er sagte, er hoffe, sie alle wiederzusehen. Schließlich nahm er Skyes Hand und fragte, ob sie nach Abschluss des WAY-Programms vielleicht Lust hätte, ihn in Glacier zu besuchen. Sie bejahte dies, und er gab ihr ein Buch, das sie, wie er meinte, vielleicht interessieren würde. Es hieß *Black Elk Speaks* und handelte von ihrem Volk. Skye murmelte ein Dankeschön und konnte es kaum fassen. Sie hatte in ihrem Leben noch nicht viele Geschenke bekommen.

Dann fuhr er los, und sie sahen ihm nach, bis der aufgewirbelte Staub über der Straße sich verzogen hatte.

»Wollen wir zurück zu den anderen gehen?«, fragte Glen.

Skye nickte.

9

Henry's Bar, ein düsteres, schlauchartiges Lokal am anderen Ende der North Higgins Street, war einer dieser mysteriösen Orte, an dem nichts zusammenpasste. Was der Laden an Dekor zu wünschen übrig ließ, machte er mit etwas wett, was manche Atmosphäre, andere schlicht Lärm nannten, für den an einem beliebigen Sommerabend zum nicht unwesentlichen Teil die Feuerspringer verantwortlich waren.

Hinter dem Tresen auf der rechten Seite des Raums, an dem so ziemlich jede obskure Biersorte der Welt ausgeschenkt wurde, hingen signierte Fotos legendärer »Zoolies«. Wer aus dem einen oder anderen Grund nicht mehr stehen konnte, fand an einem der hohen Tische auf der gegenüberliegenden Seite Halt oder konnte gar auf einem der wackeligen Barhocker balancieren. Von jeweils einem dieser Hocker starrten an diesem speziellen Sommerabend Connor Ford und Chuck Hamer trübsinnig auf den Fernseher und rechneten all das Geld zusammen, das sie nicht verdienten.

Über den Bildschirm flimmerten Luftaufnahmen von brennenden Berghängen und einem tief fliegenden Flugzeug, das eine rote Wolke feuerhemmender Chemikalien versprühte.

»Feuerwehrmänner aus dem gesamten nordkalifornischen Raum waren nicht in der Lage, das Inferno zu löschen, das seit nunmehr fünf Tagen wütet«, sagte ein Nachrichtenreporter. »Deshalb sind heute in Redding sechzehn Feuerspringer aus Missoula, Montana, eingetroffen.«

An der Bar erhob sich lauter Jubel. Man sah sie aus dem Flugzeug steigen und auf die Kamera zukommen, unter ihnen auch Ed. Er hatte sein bestes Filmstargesicht aufgesetzt und kletterte, wie Connor bemerkte, mit einem leicht breitbeinigen Machogang aus der Maschine. Als sie vorbeimarschierten, nannte der Reporter sie »diese Eliteeinheit«, und am Tresen wurde erneut Jubel laut. Es gab ein kurzes Interview mit Hank Thomas, der ein paar bescheidene und tief schürfende Sätze darüber sagte, dass es einen Job zu erledigen galt und sie froh waren, helfen zu können, was an der Bar wieder mit großem Beifall quittiert wurde.

»Ein Mann muss tun, was ein Mann tun muss«, deklamierte Chuck.

»›Wir sind froh, helfen zu können.‹ Und wahrscheinlich noch froher über die Überstunden«, lästerte irgendjemand.

Connor hatte sich nach Kräften bemüht, den Einsatzkoordinator davon zu überzeugen, dass sein Knöchel so weit verheilt war, dass er mitfliegen konnte. Sein Sturz lag zehn Tage zurück, und die Schwellung war fast abgeklungen und hatte nur einen violett-gelben Bluterguss hinterlassen. Seither hatte er ausschließlich langweilige Reparatur- und Wartungsarbeiten durchgeführt und vor allem gerissene Fallschirme geflickt, was ihn zunehmend langweilte und nervös machte. Er war eine Woche lang täglich zur Krankengymnastik gegangen und hatte einem widerwilligen Doktor schließlich eine Tauglichkeitsbescheinigung abgeschwatzt. Doch gestern hatte er den vorgeschriebenen Fitnesstest auf dem Stützpunkt absolviert, bei dem man unter anderem anderthalb Meilen in elf Minuten laufen musste. Als der Leiter ihn loshumpeln sah, hatte er ihn sofort zurückgerufen und erklärt, dass er auf gar keinen Fall mit nach Redding könne.

Die Nachrichten wendeten sich einem anderen Thema zu, und die Gespräche im Lokal wurden wieder lauter. Connor nahm den letzten Schluck Mineralwasser aus seiner Flasche. Seit Donnas Party hatte er keinen Tropfen Alkohol mehr angerührt, weil es ihm immer noch peinlich war, wie er sich zum Narren gemacht hatte. Er konnte sich nicht an allzu viele Details erinnern, wusste jedoch noch, dass sie ihn die Treppe hinaufgetragen hatten, während er die ganze Zeit gelallt hatte, wie wunderschön Julia sei. Das war die reine Wahrheit, aber er wünschte trotzdem, er hätte es nicht gesagt. Chuck Hamer knuffte ihn leicht in die Schulter.

»Guck nicht so traurig, Alter. Sieht sowieso aus wie ein popeliges Feuer. Diese kalifornischen Jungs sind einfach ein Haufen Memmen. Komm, ich lade dich auf einen richtigen Drink ein.«

»Danke, Chuck, aber ich glaube, ich geh jetzt nach Hause.«

»Cowboy, ich mach mir Sorgen um dich. Früh ins Bett, kein Alkohol. Dieses Jahr bist du nicht mal hinter irgendwelchen Frauen her. Was zum Teufel ist bloß los mit dir, Junge? Verwandelst du dich in einen Mönch oder so?«

Connor lächelte, stand auf und setzte seinen Hut auf.

»Man nennt es Erleuchtung, Mann. Die reine Erleuchtung.«

Der Abend war mild, und nach der verrauchten Kneipe tat ihm die frische Luft draußen gut. Die Straße war bis auf den Bettler, der manchmal an der Ecke Broadway herumlungerte, menschenleer. Connor ging zum Worden's Market gegenüber und erstand ein Hähnchensandwich, ein paar Äpfel und einen Liter Milch und schlenderte, hier und da ein Schaufenster betrachtend, Richtung Fluss. Als er an dem kleinen Antiquariat vorbeikam, das durchgehend geöffnet hatte und in dem er schon gelegentlich interessante Bücher über Fotografie entdeckt hatte, beschloss er hineinzugehen. Der Besitzer kannte und begrüßte ihn.

Connor stöberte eine Weile in den Regalen herum, ohne etwas zu finden. Er wollte schon wieder gehen, als ihm ein Buch ins Auge fiel. Es handelte von einem englischen Fotografen namens Larry Burrows, der einige der berühmtesten und eindrucksvollsten Fotos des Vietnamkriegs gemacht und dabei sein Leben verloren hatte. Das Buch zeigte ganzseitige Farbaufnahmen, die Connor noch nicht kannte. Er kaufte den Band für fünf Dollar und hätte auch mehr dafür bezahlt.

Der Bettler am Broadway war ein junger Mann etwa in Connors Alter. Er trug eine zerrissene Hose, hatte keine Schuhe und einen zotteligen Bart, in dem noch die Krümel seiner letzten Mahlzeit hingen. Connor fragte ihn, wie es ihm ging, was, wie er sofort erkannte, eine ziemlich blöde Frage war. Er gab ihm sein Hähnchensandwich, und der Mann, dem Bargeld sicher lieber gewesen wäre, sah so enttäuscht aus, dass Connor ihm auch noch die Äpfel schenkte.

Die Wohnung wirkte merkwürdig still ohne Ed. Connor zog sich aus und ging mit einem Glas Milch und dem Buch über Burrows ins Bett.

Er wusste nicht viel über den Mann, nur dass er viele außergewöhnliche Bilder für *Life* gemacht hatte und beim Abschuss eines Hubschraubers zusammen mit einigen anderen Fotografen und Reportern in Laos ums Leben gekommen war. Das Buch beschrieb ihn als zurückhaltenden, bescheidenen und tapferen Mann von großer Integrität, der von dem Leiden, das er ans Licht brachte und dokumentierte, tief berührt war. Fasziniert und ergriffen las Connor das Buch in ein paar Stunden durch und blätterte vor allem immer wieder zu einem Bild zurück.

Es zeigte eine Gruppe südvietnamesischer Soldaten, die um einen knienden jungen Vietkong standen. Er hatte einen Strick um den Hals, sein schwarzes Hemd hing zerfetzt um seine Hüfte; seine Hände waren auf dem Rücken gefesselt. An den Spuren an seinem Körper und der Art, wie die Soldaten ihre Gewehre hielten, konnte man erkennen, dass er vermutlich bereits heftige Schläge eingesteckt hatte. Technisch war die Fotografie wie alle Arbeiten Burrows' brillant, die Komposition perfekt. Doch seine Kraft erlangte das Bild durch den Blick des jungen Mannes. In seinen Augen lag Angst, aber auch Mut, als ob er es irgendwie geschafft hätte, sich über den Schmerz der Folter und die Gewissheit seines bevorstehendes Todes zu erheben.

Noch lange nachdem Connor das Buch weggelegt und das Licht gelöscht hatte, stand ihm dieses Bild vor Augen, und er fragte sich, ob er selbst solchen Mut aufgebracht hätte, dem Grauen ohne Furcht ins Auge zu blicken. Und er wusste, dass er es eines Tages herausfinden würde.

Eine weitere Woche verstrich, die Connor zum größten Teil damit zubrachte, allerlei Krimskram auf dem Stützpunkt zu erledigen, während er gleichzeitig versuchte, sich von der Langeweile nicht zu sehr beeinträchtigen zu lassen. Ed und die anderen Glückspilze waren immer noch in Redding und sammelten Unmengen an Überstunden- und Risikozulagen. Doch am Dienstag rief er an, um mitzuteilen, dass der Brand unter Kontrolle war und er zum Wochenende zurück in Montana sein würde. Er erkundigte sich nach Connors Knöchel, und als dieser ihm versicherte, dass alles bestens verheilt war, sagte Ed, er hätte da einen bereits mit Julia besprochenen Plan, nämlich einen Kanutrip auf einem Abschnitt des Salmon River, den er mit Connor schon mehrmals befahren hatte. Connor fand, dass das allemal spannender war, als Fallschirme zu nähen. Ed wollte versuchen, einen Platz in der Maschine zu erwischen, mit der ein Trupp aus Boise am Freitag zurückfliegen sollte.

Als Julia am Donnerstagabend nach Missoula kam, hatte Connor alles vorbereitet: zwei Kanus und ein zweites Zelt ausgeliehen, die Campingausrüstung zurechtgelegt und etwas zu essen besorgt. Julia war müde, aber guter Dinge. Er schenkte ihr ein Glas Rotwein ein, den er am Nachmittag eigens besorgt hatte, und forderte sie auf, es sich bequem zu machen, während er das Abendessen zubereitete. Er wirbelte in der engen Kochnische herum, während Julia ihm von der Seelensuche und Skyes Zusammenbruch, von dem Marsch zum Berg und dem »absolut unglaublichen« John Standing Bird erzählte.

Ihr Gesicht war sonnengebräunt, ihr Haar strähnig und mit einem blassgrünen Stirnband nach hinten gebunden. Nie war sie Connor schöner erschienen. Und obwohl er sich dagegen wehrte, konnte er nicht umhin zu denken, dass sie wie ein Paar waren; sie berichtete ihm von ihrer Arbeit, während er für sie beide das Essen kochte. Er fragte sich, ob er je eine Frau wie Julia finden würde, was er bezweifelte, ohne sich davon traurig stimmen oder den Augenblick verderben zu lassen.

Er hatte Lachsfilet gekauft, das er in der Pfanne briet, sodass die Haut leicht verbrannt, das Innere aber weich und saftig war. Dazu aßen sie Salat und kleine Kartoffeln. Julia schwärmte, dass sie nie besseren Lachs gegessen hätte. Zum Nachtisch gab es Blaubeeren mit Sahne und Kaffee. Danach tranken sie weiter Wein, wobei Connor sich zurückhielt, weil er sich nicht noch einmal blamieren wollte. So saßen sie lange und unterhielten sich, bis Julia das auf dem Tisch liegende Larry-Burrows-Buch zur Hand nahm und nach dem Fotografen fragte. Dabei blätterte sie langsam die Seiten durch, und Connor wartete gespannt, ob sie eine Bemerkung über das Bild machen würde, das ihn am meisten beeindruckt hatte. Doch sie betrachtete es nur eine Weile still und schlug die Seite um. Bei dem Foto eines kleinen Mädchens, das, über die Leiche seiner Mutter gebeugt, mit schmerzverzerrtem Gesicht und in Tränen aufgelöst in die Kamera blickte, hielt sie inne.

»Glaubst du, es ist herzlos, so ein Foto zu machen?«, fragte sie.

»Du meinst, anstatt zu helfen?«

Julia nickte, noch immer auf das Kind starrend.

»Nein. Ein Bild erzählt nie, was als Nächstes geschehen ist. Viele Fotografen helfen den Menschen, wo sie können. Burrows hätte eines der Kinder, das er fotografiert hat, beinahe adoptiert. Aber ich denke, am wichtigsten ist es, der Welt zu zeigen, was passiert.«

»Wahrscheinlich.«

Sie bat ihn, ihr das Buch auszuleihen, was Connor gern tat. Sie erkundigte sich nach seinen Arbeiten und wollte ein paar seiner Bilder sehen. Die meisten Fotos bewahrte er in der Ranch auf, sodass er ihr nur die zeigen konnte, die er bei dem Rodeo von seiner Mutter aufgenommen und erst die Woche zuvor entwickelt hatte. Ein paar waren recht gut geworden.

»Wow, Connor. Du fotografierst wirklich toll. Ich hatte ja keine Ahnung.«

»Danke.«

»Nein, ich meine … oh, das klingt ziemlich unhöflich, was? Ich wollte bloß sagen, dass ich noch nie etwas von dir gesehen habe – bis auf das schreckliche Bild von dem brennenden Elch. Mit schrecklich meine ich, dass es wirklich gut war, verstehst du. Ich fand nur …«

Connor ließ sie noch eine Weile zappeln, bevor er ihr lächelnd erklärte, das sei schon okay, er wüsste, was sie meinte. Dann klingelte das Telefon. Julia griff nach dem Hörer wie eine Ertrinkende nach einem Rettungsring. Es war Ed.

Connor stand auf und begann, das Geschirr abzuräumen. Er lauschte, wie sie Ed einiges von dem erzählte, was sie auch ihm berichtet hatte.

Schließlich gab Julia ihm den Hörer und erklärte, sie würde ein Bad nehmen, ein Luxus, auf den sie sich nach acht Tagen in der Wildnis jedes Mal freute. Connor setzte sich auf das Sofa und hörte zu, wie Ed ihm von dem Feuer erzählte und ihn mit seinen Überstundenzulagen zu ärgern versuchte, indem er erklärte, er wüsste noch nicht, ob er einen Mercedes oder einen Lexus nehmen sollte. Schließlich wurden sie wieder ernst und besprachen die Pläne für den folgenden Tag. Unweit einer kleinen Stadt namens Stanley wollten sie die Kanus ins Wasser lassen. Ed hatte sich mit einem Kollegen aus Idaho angefreundet, der ihn vom Flughafen in Boise mitnehmen würde. Er schätzte, dass er gegen zwei Uhr in Stanley sein konnte.

Als Connor sich in seinem Zimmer auszog, summte und plätscherte Julia im Bad, und er musste sich große Mühe geben, seine Phantasie zu zügeln. Schließlich hörte er, wie sie sich die Zähne putzte, die Badezimmertür öffnete und das Licht ausmachte.

»Connor?«

»Ja?«

»Vielen Dank für das tolle Abendessen.«
»Gern geschehen.«
»Gute Nacht.«
»Gute Nacht.«

Die Stadt Stanley breitete sich im breiten grünen Kessel eines gut zweitausend Meter über dem Meeresspiegel liegenden Tals aus, das im Norden von den White Cloud Mountains und im Süden von den Sawtooth Mountains bewacht wurde, deren gezackte Gipfel das ganze Jahr über schneebedeckt waren. Der Fluss schlängelte sich durch eine flache Wiesenlandschaft, auf der Rinder und Wild friedlich nebeneinander grasten. Zwischen den Butterblumen dampften und gurgelten hier und da heiße Quellen, in Connors Augen immer schon ein Zeichen dafür, dass dem Idyll nicht zu trauen war und das wahre Wesen des Flusses in den brodelnden Stromschnellen und tosenden Schluchten lag, die weiter flussabwärts folgten und für die der Salmon River berühmt war.

Die Fahrt von Missoula dauerte fünf Stunden, und sie trafen eine Stunde vor der verabredeten Zeit ein. Sie hielten nahe am Fluss und entluden Kanus und Ausrüstung auf ein begrastes Ufer, das sanft zum Wasser hin abfiel. Die Kanus waren zwei vier Meter sechzig lange Kanadier von Old Town, beide in gutem Zustand, eins rot, das andere grün. Die Campingausrüstung war in wasserdichten, schwarzen Seesäcken verstaut.

Julia packte den Burrows-Bildband aus, der etwa eineinhalb Tonnen wog und nicht gerade die ideale Lektüre für einen Kanutrip war. Connor zog sie damit auf. Sie lachte und legte sich zum Lesen ins Gras, während er den Pick-up zum Parkplatz hinter dem Mountain Village Mercantile fuhr, wo sie sich mit Ed verabredet hatten.

Connor trug nur Shorts und ein graues T-Shirt, doch in der dünnen Bergluft empfand er die Mittagssonne besonders heiß. Auf dem Weg zum Vordereingang des Ladens betrachtete er den in der Hitze flimmernden Asphalt der Straße. Der Laden bestand aus einem Holzhaus mit einer langen Veranda, auf der ein Eisautomat und ein öffentliches Telefon standen. Wenn man das Ladeninnere betrat, fühlte man sich in eine lang vergangene Zeit zurückversetzt. An der Wand hingen alte Gewehre, eine Axt und ein uraltes Joch, und es gab so ziemlich alles zu kaufen, was ein Mann vielleicht benötigte: von einer Hose bis zu einem Bratensandwich. Im Augenblick brauchte Connor jedoch vor allem gekühlte Getränke.

Die Frau hinter dem Tresen bediente ihn freundlich lächelnd und fragte, wohin die Tour gehen sollte. Connor sagte, dass sie mit dem Kanu bis nach Challis paddeln wollten und ob es okay wäre, wenn sie den Pick-up so lange auf dem Parkplatz des Ladens abstellen würden. Die Frau hatte nichts dagegen. Auf dem Tresen standen frisch gebackene Schokoladenkekse, die so köstlich dufteten, dass Connor neben Orangen auch ein paar davon mitnahm, bevor er sich bedankte und verabschiedete.

Als er zum Fluss zurückkam, hatte Julia ihr T-Shirt ausgezogen und trug einen schwarzen Badeanzug, den sie darunter angehabt haben musste. Sie hatte sich eine Sonnenbrille aufgesetzt, die Sandalen ausgezogen und ihre Shorts hochgekrempelt. Ihre langen Beine waren braun bis auf die vom ständigen Tragen der Wanderschuhe noch ganz weißen Knöchel und Füße.

»Wie ich sehe, bist du eine Sonnenanbeterin«, stellte er fest.

»Absolut. Es soll ja schlecht für die Haut sein, aber das ist mir egal. Da schlägt mein italienisches Blut durch. Meine Mom ist genauso. Ed sagt, dass ich eines Tages aussehen werde wie eine Damenhandtasche.«

»Sieht deine Mom aus wie eine Damenhandtasche?«

»Ja, aber ein Designerstück.«

Connor lachte und setzte sich neben sie. Sie tranken, aßen die Kekse und betrachteten das Glitzern der Sonne auf dem Wasser. Connor sagte, dass sein Vater als junger Mann hierher gekommen war, um Blaurückenlachse zu angeln.

»Früher sind sie zum Laichen immer flussaufwärts gewandert. Sie haben eine knallrote Farbe, und mein Dad hat erzählt, dass es so viele waren, dass das Wasser aussah wie Blut.«

»Und jetzt kommen sie nicht mehr?«

»Nein. Weiter flussabwärts hat man Dämme zur Stromgewinnung gebaut.«

Er schälte eine Apfelsine und gab ihr die Hälfte. Sie schwärmte, wie gut ihr die Landschaft gefiele, und Connor wies mit dem Finger auf einige Gipfel, die er im Laufe der Jahre zusammen mit Ed bezwungen hatte.

»Weißt du, wie man diesen Fluss nennt?«

»Außer Salmon River, meinst du?«

»Ja, er heißt River of No Return.«

»Der Fluss ohne Wiederkehr? Weil die Lachse nicht zurückgekommen sind?«

Connor lächelte. »Weil Lewis und Clark hier stecken geblieben sind und am Ende ihre eigenen Pferde essen mussten.«

»Dann sind also die Pferde nicht zurückgekommen.«

Es wurde zwei Uhr, und sie saßen, warteten und plauderten eine weitere Stunde, ohne dass Ed auftauchte. Sie hatten verabredet, dass er in dem Laden anrufen würde, falls es Probleme gab. Connor ging auch ein paar Mal rüber, doch es waren keine Nachrichten hinterlassen worden. Hin und wieder tauchte in der Ferne ein Auto auf, dann unterbrachen sie ihr Gespräch und beobachteten, wie es über den in der Mittagshitze flirrenden Asphalt näher kam, in der Hoffnung, es wäre Ed. Kurz nach drei gingen sie zum Laden, warteten eine weitere Stunde im Schatten der Veranda, redeten und tranken kalte Limonade. Und Ed war immer noch nicht erschienen.

Obwohl sie sich bemühte, sich nichts anmerken zu lassen, sah Connor, dass Julia sich Sorgen machte. Auch er fragte sich, warum Ed nicht angerufen oder jemand mit einem Anruf beauftragt hatte. Vom Münztelefon auf der Veranda rief er den Stützpunkt der Feuerspringer in Missoula an. Die Einsatzzentrale teilte ihm mit, dass der Brand in Kalifornien über Nacht wieder neu aufgeflammt war, sodass Ed und die anderen nach wie vor dort gebraucht wurden. Direkt nachdem Connor aufgelegt hatte und noch bevor sie darüber reden konnten, kam die Frau aus dem Laden und sagte, drinnen wäre ein Anruf für ihn.

»Connor?«

»Hey, Ed. Ich habe gerade auf dem Stützpunkt angerufen und gehört, was los ist.«

»Es tut mir so Leid, Mann. Ich hätte mich schon früher gemeldet, aber hier ging es eine Weile ganz schön rund.«

»Bei dir alles in Ordnung?«

»Ja, alles bestens. Ich bin bloß sauer, dass ich nicht mitkommen kann.«

»Na, den Fluss wird's ja noch länger geben. Wir machen es ein anderes Mal und fahren einfach zurück.«

»Das kann nicht dein Ernst sein, oder? Seht zu, dass wenigstens ihr euren Spaß habt. Wie ist das Wasser?«

»Gut.«

»Na, dann nichts wie los, Mann. Julia wird begeistert sein.«

Connor zögerte. Er war sich nicht sicher, ob Julia allein mit ihm aufbrechen wollte.

»Hör mal, Ed. Am besten du redest selbst mit ihr, sie steht neben mir.«

Er gab ihr den Hörer, schlenderte, während die beiden telefonierten, durch den Laden und tat so, als ob er sich für das Warenangebot interessierte, während er in Wahrheit ihrem Gespräch lauschte.

»Und ob wir das machen werden«, sagte sie und sah Connor an. »Connor meint, der Fluss heißt auch Fluss ohne Wiederkehr, also darf er gar nicht kneifen.«

Julia und Ed verabschiedeten sich zärtlich voneinander und ermahnten sich gegenseitig, vorsichtig zu sein, bevor Julia Connor noch einmal ans Telefon rief.

»Ed?«

»Also ihr macht es, okay?«

»Na ja, wenn Julia will –«

»Natürlich will sie. Was ist los mit dir, Mann? Ich weiß zwar, dass ich der bessere Paddler bin, aber ihr werdet schon zurechtkommen.«

»Wenn ich mich recht erinnere, bist du der Kenterkönig.«

»Hör mal, ich muss Schluss machen. Also amüsiert euch, ja? Und pass gut auf mein Mädchen auf, okay?«

Das versprach Connor ihm.

Er ließ Julia die Wahl des Kanus, und sie entschied sich für das rote. Sie verstauten das grüne zusammen mit einem Teil der Ausrüstung, die sie nicht mehr brauchten, wieder auf der Ladefläche des Pick-up. Die Frau in dem Laden sagte, sie würde ein Auge darauf haben, bis die beiden am Sonntag mit dem Bus zurückkamen. Sie erstanden noch eine Tüte Kirschen und die letzten Kekse, bedankten sich und gingen zum Fluss.

Als sie fast dort waren, rief die Frau ihnen nach. Connor lief zurück.

»Ihre Freundin hat die Sonnenbrille vergessen.«

Connor nahm die Brille und bedankte sich.

Sie zogen die Schuhe aus und ihre Schwimmwesten über und verstauten die Seesäcke zwischen den beiden Bänken. Julia kletterte auf den vorderen Sitz. Als sie Platz genommen hatte, richtete Connor die Spitze des Kanus auf die Strömung, stieß es vom Ufer ab und kletterte selbst hinein. Langsam glitten sie in die Mitte des Flusses und ließen sich forttreiben.

Das Wasser war klar und kühl, die Strömung schneller, als es vom Ufer aus den Anschein hatte. Die Sonne brannte nicht mehr so heiß, denn sie stand jetzt tiefer, tauchte Gräser und Blumen am westlichen Ufer in ein warmes Licht.

Sie hatten viele Stunden geredet und genossen jetzt das Geräusch der ins Wasser tauchenden Paddel und die Laute der Wildnis um sie herum. Julias gleichmäßige, kräftige Schläge verrieten Connor, dass sie keine Anfängerin war. Sie hatte ihre

Haare wie schon zuvor mit einem Tuch hochgebunden, und sein Blick wanderte immer wieder zu ihrem Nacken und dem kleinen braunen Muttermal über der von der Sonne ausgebleichten roten Schwimmweste.

Sie beobachteten einen Fischadler, der hoch über der Schlucht schwebte, bevor er wie ein Pfeil auf den Fluss hinabschoss, um kurz darauf mit einem in seinen Krallen zappelnden silbernen Fisch wieder aufzusteigen und flussabwärts zu segeln. Als sie um eine Biegung kamen, entdeckten sie eine Fischotterfamilie, die sich im flachen Gewässer tummelte. Als die Jungen sie sahen, suchten sie spritzend Schutz hinter dem Rücken ihrer Mutter, die sich nicht bewegte, sondern nur den Kopf hob und das vorbeigleitende Kanu beäugte. Julia drehte sich um und schenkte Connor ein Lächeln, das er wortlos erwiderte.

Sie erreichten eine Stelle, an der der Fluss sich zu einer lang gezogenen Kurve aus kleinen Wasserfällen und Becken verbreiterte. Am Südufer verlief drei bis vier Meter über dem Wasser eine Felsbank, die Connor als die Stelle wiedererkannte, an der er schon einmal mit Ed gezeltet hatte. Sie zogen das Kanu aus dem Wasser und schleppten die Seesäcke zu dem Lagerplatz hinauf. Während Julia Holz sammelte, nahm Connor seine Angelrute und watete ein Stück in das flache Wasser hinaus.

Auf der Oberfläche hockten scharenweise Fliegen, und überall tauchten Fische auf. Schon beim zweiten Wurf hatte er einen am Haken, und Julia, die von oben zusah, johlte begeistert. Er drehte sich lächelnd zu ihr um, während der Fisch sich so heftig wand und zappelte, dass er Connor um ein Haar entwischt wäre. Es war eine prächtige, knapp ein Kilo schwere Forelle, die sie an einem Holzspieß über dem Feuer grillten. Ihr Fleisch war so zart und rosa wie der Abendhimmel und schmeckte köstlich.

Sie aßen die restlichen Kekse und Kirschen, und Julia forderte ihn zu einem Zielspuckwettbewerb auf. Sie behauptete, Weltmeisterin in dieser Disziplin zu sein, und wettete einen Dollar, dass er es in drei Versuchen nicht schaffen würde, einen bestimmten Felsen am Ufer zu treffen. Er nahm an und spuckte dreimal daneben. Daraufhin wettete sie einen weiteren Dollar, dass sie denselben Felsen in drei Versuchen dreimal treffen würde, was ihr prompt gelang. Connor benannte ein anderes Ziel und forderte sie ein weiteres Mal heraus, und wieder schlug sie ihn überlegen. Er musste so heftig lachen, dass er gar nicht mehr richtig spucken konnte, trotzdem forderte er sie bei doppeltem Einsatz ein letztes Mal heraus, diesmal zu einem Weitspuckwettbewerb, bei dem er sicher war, sie zu besiegen. Doch obwohl sie genauso so sehr lachte wie er, schlug sie ihn erneut, worauf Connor den Wettkampf mit acht Dollar in den Miesen für beendet erklärte.

Danach saßen sie am Feuer und beobachteten, wie das Licht über dem Fluss verblasste und der Himmel sich langsam in ein sternengesprenkeltes Schwarz verwandelte. Connor hatte sich Gedanken darüber gemacht, wie sie schlafen würden und sicherheitshalber zwei Zelte mitgebracht. Er bot an, ihr eines davon aufzubauen, doch Julia wollte nichts davon wissen. Wenn jemand daran gewöhnt sei, unter freiem Himmel zu schlafen, dann sie, und an einem solchen Ort in einer solchen Nacht könne man gar nichts anderes tun. Also breiteten sie ihre Schlafsäcke neben dem Feuer aus. Connor verstaute die Vorräte in den Provianttaschen und ging los, um sie in einen Baum zu hängen, damit Julia sich ausziehen konnte.

Als das Feuer heruntergebrannt war, legten sie sich auf den Rücken und betrachteten die Sterne. Julia fragte ihn, ob er ihre Namen wüsste, und war überrascht, dass er fast alle kannte. Er erzählte ihr von seinem Vater und dessen Sterngeschichten.

»Klingt so, als wäre dein Vater ein toller Lehrer gewesen.«

»Bestimmt. Ich kann mir vorstellen, dass du auch ziemlich gut bist.«

»Nein, ich nehme die Dinge zu persönlich. Wie mit Skye.«

»Aber das ist doch nichts Schlechtes.«

»Doch, ist es. Oder kann es zumindest sein.«

»Ich glaube, ohne dein Mitgefühl hätte sie es nicht geschafft.«

»Mitgefühl ist was anderes. Ach, ich weiß nicht.«

Sie sahen zwei Sternschnuppen, und Julia sagte, dass sie sich beide etwas wünschen sollten. Dann schwiegen sie wieder, bis Julia erneut das Wort ergriff.

»Dieses Buch von dir über den Kriegsfotografen?«

»Larry Burrows.«

»Hm-hm. Möchtest du auch solche Fotos machen?«

Er fragte sich, woher sie wusste, was er sich selbst kaum eingestand.

»Vielleicht schon, irgendwie.«

Es entstand eine lange Pause.

»Connor?«

Der Ernst in ihrer Stimme ließ ihn aufblicken, und im Licht der ersterbenden Glut des Feuers sah er, dass ihre großen dunklen Augen fest auf ihn gerichtet waren.

»Was?«, fragte er.

»Tu's nicht«, sagte sie. »Bitte, tu's nicht.«

10

Das Feuer auf dem Snake Mountain, das so viele Leben verändern sollte, begann mit einem einzelnen Blitz. In einer stillen, mondlosen Nacht schlug er auf einem hohen Kamm ein, wo der tote Stamm einer Lodgepolekiefer wie ein Bugspriet über ein Meer aus Wald ragte. In dem Sekundenbruchteil des Einschlags leuchtete sein Umriss wie ein Negativ aus Neon vor dem schwarzen Nachthimmel auf. Eine Spur winziger Flämmchen fraß sich züngelnd durch den Stamm. Der Boden im Umkreis bebte, etliche Steine lösten sich und fielen prasselnd in den Wald hinab.

Bestimmt gab es – wenn auch nicht menschliche – Zeugen dieses unvermittelten Berstens von Luft und Holz. Vielleicht schreckte zwischen den Bäumen ein Elch auf, eine Eule schwankte im Flug und verfehlte ihre Beute, oder ein streunender Wolf erstarrte im Schatten der Blaubeersträucher. Doch bald senkte sich wieder Stille über das Land. Der einzige Hinweis auf das, was geschehen war und noch kommen sollte, war der Rauch, der sich sacht aus dem verkohlten Stamm der Kiefer kräuselte.

Die Welt, über der die Sonne aufging, schien unverändert. Groß und rot erhob sie sich über den Berg, und als ihr Licht sich tastend über das Land breitete, flogen aus dem Norden ein Paar Raben heran, die sich wie Zuschauer auf die alte Lodgepolekiefer hockten.

Seinen Namen verdankte der Berg nicht den zahlreichen Klapperschlangen, die es hier tatsächlich gab, sondern dem Zickzackmuster von Felsrücken und Rinnen, die vor hundert Millionen

Jahren durch die seismischen Kräften der Erde in seinem Westhang entstanden waren. Auf den oberen und unteren Hängen wuchsen Lodgepolekiefern und Douglasfichten, während sich in der Mitte ein Band aus Geröllfeldern und breiten Abschnitten mit von der Sonne verbranntem Gras und verstreuten Felsbrocken hinzog. Vertikale und horizontale Felsrücken aus blassem Kalkstein erstreckten sich über den Hang, die Rinnen dazwischen waren von dichtem Buschwerk überwuchert. Hangabwärts vereinigten sich Felsrücken und Runsen zu einem einzigen tiefen Talkessel mit steil aufragenden Wänden, der zwölfhundert Meter tiefer wie ein Trichter in den nördlichen Arm des Hope River mündete.

Das war die Landschaft, die die Raben überblickten. Sie breiteten die Flügel aus und segelten träge über den Kamm. Ihr heiseres Krächzen trug weit in der stillen Morgenluft. Die Vögel flogen eine Rechtskurve, erst nach Süden, dann weiter nach Osten, überquerten einen weiteren Grat und stießen in eine lange, gewundene Schlucht hinab.

Skye hörte ihr Krächzen, blickte auf und sah sie am Himmel über sich hinweg in kurvenreichem Flug weiter die Schlucht hinuntersegeln.

»Das will ich in meinem nächsten Leben werden.«

Julia stand neben ihr und sah ebenfalls den Vögeln nach.

»Ein Rabe?«

»Ja. Wär doch cool, so fliegen zu können.«

Julia zuckte mit den Achseln. »Ich weiß nicht. Das war ich beim letzten Mal. Das Fliegen ist super, aber das Essen ist grässlich. Das ganze verdorbene Fleisch. Igitt.«

Skye lachte. »Du bist komisch.«

»Na, herzlichen Dank.«

»Nein, komisch ist gut.«

Seit ein paar Tagen herrschte eine gnadenlose Hitze, und Julia hatte den Tagesablauf entsprechend geändert. Die Gruppe stand jetzt sehr früh auf und wanderte, solange es noch einigermaßen erträglich war. Um elf Uhr wurde es dann meist zu heiß, und sie suchten einen schattigen Platz, wo sie sich bis gegen vier aufhielten. Die Pause nutzten sie zum Lesen und Tagebuchschreiben, oder sie beschäftigten sich mit Bastel- und Kunstprojekten, an denen die ganze Gruppe beteiligt war. Gestern hatten sie sich gegenseitig die Gesichter bemalt.

Es war Skyes Idee gewesen, und hätte jemand vor ein paar Wochen so etwas vorgeschlagen, hätte sie es höhnisch als Kinderkram abgetan. Ungefähr so hatte auch Mitch reagiert, doch anstatt einen Streit vom Zaun zu brechen, hatte Skye geduldig für ihre Idee geworben.

»Ich meine nicht, dass man sich schminken soll wie ein Streifenhörnchen oder irgendein bescheuerter Clown«, erklärte sie. »Man muss zwei verschiedene Seiten malen, auf die eine Gesichtshälfte, wer man früher war, und auf die andere, wer man jetzt ist.«

Lester sagte, dass er das nicht verstünde, also wiederholte Skye es noch einmal langsam und mit einfachen Worten, bis der Groschen fiel und er grinste und sagte, cool, das machen wir. Es gab nur einen Spiegel, sodass sie paarweise arbeiten und ihrem Partner beschreiben mussten, was sie wollten. Skye ließ Byron die eine Hälfte ihres Gesichts dunkelblau anmalen, mit herabgezogenen Mund- und Augenwinkeln und blutigen Tränen auf der Wange. Die andere Hälfte war gelb mit roten, orangefarbenen und grünen Sternen auf Wange und Stirn, der Mundwinkel zu einem strahlenden Lächeln nach oben gezogen. Erst als alle fertig waren, durften sie in den Spiegel gucken, und Skye versicherte Byron, dass es ganz toll geworden war.

Heute hatten sie im Schatten einiger alter Pappeln am Ufer eines ausgetrockneten Bachs Halt gemacht, ein zweites Frühstück zu sich genommen und eine halbe Stunde in ihre Tagebücher geschrieben. In dem Flussbett lagen seltsam geformte Steine, am Ufer allerlei totes Holz, und Julia schlug vor, dass sie aus Steinen, Holz und was sie sonst noch fanden eine Skulptur errichten sollten. Eine halbe Stunde lang diskutierten sie, was sie darstellen sollte, doch niemand schien eine halbwegs akzeptable Idee zu haben.

Skye hatte John Standing Birds Buch dreimal gelesen, und ihr Kopf war voll von Black Elks Erzählungen über ihr Volk. Deshalb schlug sie vor, eine Statue von Crazy Horse zu errichten. Sie erzählte den anderen ein wenig von ihm. Alle schienen begeistert, und so machten sie sich an die Arbeit und begannen, das ausgetrocknete Flussbett samt Ufer nach brauchbaren Materialien abzusuchen.

An einem umgestürzten Baum entdeckten sie einen Ast, der aussah wie Rumpf und Kopf eines Pferdes. Sie setzten ihn auf vier Beine aus aufeinander gestapelten, flachen Steinen. Julia packte ihren Farbkasten aus. Sie bemalten sich die Hände und machten Abdrücke auf Flanken und Hals des Pferdes. Sie fanden einen gegabelten Ast, der Torso und Beine des Kriegers darstellte, und befestigten quer einen weiteren Ast für die Arme. Während einige am Bau der Skulptur arbeiteten, machten sich andere auf die Suche nach noch exotischeren Materialien zur Verzierung.

Skye schlenderte den Flusslauf hinunter und hielt Ausschau nach etwas, um den Federschmuck des Häuptlings zu gestalten. Eigentlich sollte sie sich nicht außer Sichtweite der Leiter begeben, doch als sie an eine Biegung des Bachs kam, entdeckte sie ein Stückchen weiter zwischen den Felsen etwas Interessantes und ging, ohne nachzudenken, darauf zu. Es waren die blutigen Überreste eines Vogels, eine Art Waldhuhn, das in der Nacht getötet worden sein musste, weil das Blut noch frisch war. Sie zupfte die Schwanz- und Flügelfedern heraus, zog ein paar lange Grashalme aus dem Boden und flocht sie zu einem Band für die Federn.

»Hey, was hast du denn da gefunden? Ist ja cool.«

Sie blickte auf und sah Mitch, der grinsend über ihr stand.

»Ja, die hab ich … gerade entdeckt.«

»Kann ich dir helfen?«

Sie wollte Nein sagen, weil sie den Typ nicht ausstehen konnte, doch seit der Seelensuche hatte sie sich vorgenommen, zu allen freundlich zu sein. Es hätte ohnehin nichts genutzt, weil er sich einfach neben sie setzte. Er nahm ein paar Grashalme und versuchte erfolglos, sie zu flechten.

»Komm«, sagte sie, »ich zeig's dir.«

Sie legte ihr Grasgeflecht aus der Hand und nahm das Band, das er begonnen hatte.

»Du musst es immer unter Spannung halten, sonst rutschen die Federn raus.«

»Okay.«

»Hier.«

Sie reichte ihm das Band und hielt es fest, bis er es übernommen hatte, damit sich das Geflecht nicht auflöste. Dabei berührten sich ihre Hände und Unterarme. Skye wollte instinktiv loslassen, doch er sagte ihr, sie solle es festhalten, damit es nicht aufging.

»Deine Haut fühlt sich echt gut an«, meinte er.

»Was?«

Sie zog ihre Hand weg, und das Band löste sich in seinen Händen auf. Er betrachtete es und sah sie dann lächelnd und schulterzuckend an.

»Wirklich«, sagte er. »Sie fühlt sich schön an.«

Er blickte ihr in die Augen, streckte die Hand aus und strich mit den Fingern über ihren nackten Oberarm. Skye erstarrte, was er als Zustimmung aufzufassen schien, weil er jetzt über ihre Wange streichelte. Ihr Herz hämmerte, doch sie blieb wie versteinert sitzen. Er sah sie mit dem gleichen verschleierten Blick an wie ihr Stiefvater, wenn er nach Alkohol stinkend spät nach Hause kam.

»Es ist okay«, sagte er, während er über seine Schulter schaute, »keiner wird es erfahren, wir können hinter die Felsen gehen.«

Skye wusste, dass sie die anderen nicht sehen konnten. Sie hörte ihr Gelächter, doch es klang wie aus weiter Ferne. Mitch ließ seine Hand sinken und berührte ihre Brust, und irgendetwas in ihr explodierte. Sie holte aus und schlug ihm mit dem Handrücken hart ins Gesicht.

»Verdammt!«

Er stand taumelnd auf und hielt sich die Nase.

»Du mieses Drecksstück.«

»Wenn du mich je wieder anfasst, bringe ich dich um.«

Sie war ebenfalls aufgesprungen, packte ihre Federn und lief den Flusslauf entlang. Sie dachte, er würde ihr folgen, und wollte rennen, doch sie zwang sich, es nicht zu tun.

»Du miese kleine Nutte! Ich würde deine Indianerfotze nicht mal mit einem drei Meter langen Stock anrühren.«

»Dein Glück, dass du nur so einen winzigen Stummel hast.«

Der Kanuausflug lag mittlerweile mehr als eine Woche zurück. Seither hatte Julia das Wochenende im Kopf immer wieder rekapituliert und sich gefragt, wie es dazu hatte kommen können, dass sie derart durcheinander geraten war. Sie hatte nachts wach gelegen, während alle um sie herum schliefen und Lester im Traum vor sich hin plapperte. Sie hatte ihre Gefühle analysiert und versucht, die nüchterne Logik anzuwenden, die sie in ihrem Psychologiestudium gelernt hatte. Und als das alles nichts fruchtete, hatte sie es mit Wut probiert und sich ein mieses Weibsstück gescholten, weil sie solche Gedanken zugelassen hatte. Doch auch das funktionierte nicht.

Dabei hatte Connor gar nichts gesagt oder getan, um derlei Phantasien anzuregen. Inzwischen kannte sie sein Ehrgefühl und seine Loyalität gegenüber seinem besten Freund und konnte sich vorstellen, wie schockiert er wäre, wenn er wüsste, das sie derartige Gefühle für ihn hegte. Doch seit sie ihn an jenem Abend am Flughafen zum ersten Mal gesehen hatte, hatte sich irgendetwas in ihr verändert.

Seine bloße Anwesenheit schien ihr Verhalten zu beeinflussen, als ob plötzlich alles nur geschah, um ihm zu gefallen. Diesen Effekt hatte bisher noch kein Mann auf sie gehabt. So verhielt sich ihre Mutter gegenüber Männern, ständig hin und weg und weiche Knie wegen eines neuen Liebhabers, der sich unweigerlich als noch größerer Schuft entpuppte als sein Vorgänger. Julia hatte das stets arrogant als eine Schwäche betrachtet, ein genetischer Defekt, den sie Gott sei Dank nicht geerbt hatte. Doch inzwischen war sie nicht mehr so sicher.

Wie ein Mantra wiederholte sie still für sich, dass es Ed war, den sie liebte – und das tat sie wirklich. Aber an jenem Wochenende auf dem Fluss hatte sie ihre Augen nicht von Connor wenden können. Sie erinnerte sich an alles, was er gesagt, und jede Kleinigkeit, die er gemacht hatte. Er besaß eine Art ruhige Konzentration, die ihr gefiel. An jenem Abend hatte sie ihn beim Angeln beobachtet und gedacht, wie faszinierend er dabei aussah. Als sie später nur Zentimeter von ihm entfernt am Feuer lag, hatte sie sich die ganze Zeit vorgestellt, wie es wäre, ihn zu küssen und seine Hände auf ihrer Haut zu spüren. Ihr körperliches Verlangen war so groß gewesen, dass sie sich geschämt hatte.

Am Sonntag war Ed zurück nach Missoula geflogen, hatte ein Abendessen vorbereitet und sie beide warm und herzlich empfangen. Es war wundervoll, ihn wiederzusehen. Und als sie sich in jener Nacht liebten, versicherte sie ihm immer wieder, wie sehr sie ihn vermisst hatte und ihn liebte, bis sie erkannte, dass sie nicht Ed zu überzeugen versuchte, sondern sich selbst. Aber so sehr sie sich auch bemühte, sie konnte Connor nicht aus ihren Gedanken verdrängen.

Sie hatte gehofft, dass die Rückkehr zur Gruppe sie ein wenig von diesem inneren Chaos ablenken würde. Doch es war eher noch schlimmer geworden und drohte, eine Zeit zu überschatten, die eigentlich eine große Befriedigung in ihr hätte hervorrufen sollen. Denn Skyes Verwandlung hatte die ganze Gruppe verändert. Seit ihrer Seelensuche war sie zum Mittelpunkt geworden. Eine derartige Wandlung hatte Julia noch nie erlebt, es war, als wäre das Mädchen neu geboren.

Deshalb wusste Julia sofort, dass irgendetwas nicht stimmte, als Skye jetzt mit den Federn zurückkam. Ihr Gesicht wirkte verschlossen, so wie früher. Als Julia sie fragte, ob alles in Ordnung sei, nickte sie nur knapp. Ein paar Minuten später tauchte Mitch auf. Er versuchte es zu verbergen, doch Julia sah, dass seine Nase geblutet hatte. Als sie ihn fragte, was passiert war, antwortete er, er wäre ausgerutscht und mit dem Kopf gegen einen Baum geschlagen. Später beobachtete sie, wie er leise mit Paul und Wayne sprach, die währenddessen immer wieder zu Skye blickten.

Die Skulptur sah mittlerweile prachtvoll aus, doch Skye schien jedes Interesse daran verloren zu haben. Stattdessen hatte Byron das Kommando übernommen. Er brachte alle dazu, etwas Farbiges beizutragen, und band alles an den Körper von Crazy Horse. Lester fand den Schädel eines Dachses, Scott ein paar abgebrochene Geweihenden, aus denen sie zusammen mit Skyes Federn einen exotischen Kopfschmuck bastelten. Skye saß abseits, sah manchmal zu und starrte dann wieder in die Ferne. Julia versuchte immer wieder, sie mit einzubeziehen, doch es war zwecklos. Als die Skulptur fast fertig war und die anderen mit den letzten Feinheiten beschäftigt waren, ging Julia zu ihr und setzte sich neben sie.

»Und was denkst du? Nicht schlecht, was?«

»Ja, sieht super aus.«

Ihre Stimme klang tonlos und verzagt, sodass Julia sie direkt ansah und die Tränen in ihren Augen entdeckte.

»Okay, erzähl mir, was passiert ist.«

Sie schüttelte den Kopf und wandte sich ab. Und dann kullerten Tränen über ihre Wangen, die sie eilig abwischte. Julia streckte die Hand aus und legte sanft einen Arm um Skyes Schulter, darauf gefasst, zurückgewiesen zu werden. Doch Skye drehte sich zu ihr um, legte den Kopf auf Julias Brust, schlang die Arme um sie und schluchzte. Julia hielt sie fest und strich ihr übers Haar.

»Ist ja gut, Liebes, lass es raus. Lass es einfach raus.«

Sie blickte zu der Skulptur und sah, dass Mitch, Wayne und Paul zu ihnen herüberstarrten. Als sich ihre Blicke trafen, wandten sie sich ab. Katie kam herüber und fragte, ob alles in Ordnung sei, was Julia leise bejahte. Skye murmelte etwas.

»Was, Liebes?«

»Ich mach einfach alles falsch.«

Julia versuchte erneut zu erfahren, was passiert war, doch Skye wollte es ihr nicht sagen, hörte jedoch bald auf zu weinen und fasste sich wieder. Als sie sich nach dem Essen gegen vier auf den Weg machten und den stolz über das Flussbett wachenden Crazy Horse allein zurückließen, wirkte sie fast wieder normal.

In jener Nacht schlugen sie ihr Lager in einer felsigen Kuhle am Osthang des Snake Mountain auf. Während die anderen das Abendessen vorbereiteten, entfernte Julia sich ein Stück von der Gruppe und meldete sich wie jeden Abend über Funk bei Glen, um ihre Position durchzugeben. Sie erklärte ihm, dass sie am kommenden Tag den Kamm überqueren und in Richtung Fluss wandern wollten. Glen fragte, wie es so lief, und sie erzählte ihm von Skye und dass irgendetwas mit Mitch vorgefallen sein musste, doch mittlerweile schienen sich alle wieder beruhigt zu haben. Sie besprachen ein paar Routineangelegenheiten, und Glen sagte, dass der Forest Service wegen des heißen, trockenen Wetters verstärkt Brandgefahrwarnungen ausgab und die Gruppe mit ihren Feuern besonders vorsichtig sein sollten.

Als sie am Abend um das Lagerfeuer saßen, achtete Julia auf das geringste Anzeichen von Spannung zwischen Mitch und der neben ihr sitzenden Skye, doch wenn etwas im Busch war, ließen sie es sich nicht anmerken. Der Erste, der das Wort ergriff, war Lester. Er erklärte, wie viel Spaß es ihm gemacht hätte, das Denkmal für Crazy Horse zu bauen, und gab Byron, der die meiste Arbeit geleistet hatte, eine positive Bestätigung. Scott fragte Skye nach indianischen Namen und wie Crazy Horse seinen bekommen hätte. Sie antwortete, dass sie keine Ahnung hätte, jedoch wüsste, dass man ihn auch Curly oder His Horses Looking nannte. Byron erzählte, dass in dem Buch, das er seit neuestem las, ein Typ vorkam, der Der-sich-weigert-zu-Gehen hieß, was er ziemlich cool fand. Er sagte, vermutlich würden die Namen auf irgendein Ereignis oder eine besondere Leistung zurückgehen. Darüber diskutierten sie eine Weile.

»Und was ist dein indianischer Name?«, fragte Lester Skye.

»Meiner?«, fragte sie lächelnd. »Ich habe keinen.«

»Dann finde ich, dass wir dir einen geben sollten«, erwiderte Lester.

Mitch flüsterte Paul etwas zu, was diesen zum Kichern brachte.

»Möchtest du uns vielleicht alle daran teilhaben lassen, Mitch?«, fragte Julia.

»Nein, danke, das war eher privat.«

»Du kennst die Regeln, Mitch. So etwas tun wir nicht in der Gruppe. Bitte erzähl uns, was du zu Paul gesagt hast.«

»Es war bloß ein Witz.«

»Dann lass ihn uns hören. Komm schon.«

Er sah Paul an, der grinsend den Kopf schüttelte, und wandte sich dann wieder Julia zu. In seinem Blick lag Trotz, und Julia wusste plötzlich, dass sie mit ihrem Drängen einen Fehler begangen hatte.

»Okay, wenn du es unbedingt wissen willst, ich habe gesagt, nachdem man euch beide heute Nachmittag schmusen gesehen hat, sollte Skye Die-die-Mösen-Leckt heißen.«

Paul und Wayne lachten, doch ansonsten herrschte betroffenes Schweigen. Zunächst wollte Julia ihren Ohren nicht trauen. Alle starrten sie und Skye an.

»Mitch, das ist absolut daneben«, sagte Scott im selben Moment, in dem Byron sich empörte, dass das wirklich gemein und beschissen sei. Etliche andere stimmten zu. Skye war bereits aufgesprungen und rannte davon.

»Hey, es war ein Witz, Mann, sonst nichts.«

»Das ist kein Witz, du Arschloch«, empörte sich Byron.

»Hey, bloß weil du scharf auf sie bist.«

Byron wollte sich auf ihn stürzen, aber Scott hielt ihn zurück. Julia war ebenfalls aufgesprungen und rief Skye, die sie aber nicht beachtete. Dann wandte sie sich an Mitch.

»Darüber werden wir beide noch ein langes Gespräch führen, Mitch.«

Er hob, ganz gekränkte Unschuld, die Hände. »Hey, es tut mir Leid, okay?«

»Nein, es ist nicht okay.«

Bevor er noch etwas antworten konnte, bat sie Katie, mit ihr zu kommen, und zu zweit rannten sie Skye hinterher.

Nachdem sie sie gefunden hatten, versuchten sie eine Stunde lang, sie zu trösten, und konnte sie schließlich überreden, mit zurück in den Kreis zu kommen, wo die anderen warteten. Mitchs Miene ließ darauf schließen, dass er während ihrer Abwesenheit eine ordentliche Standpauke erhalten hatte. Skye starrte ins Feuer, als er sich bei ihr und Julia für das Gesagte entschuldigte, bevor Paul und Wayne um Verzeihung dafür baten, dass sie gelacht hatten. Skye nickte, schwieg jedoch und sah sie nicht einmal an, als ob die Tür in ihrem Innern wieder zugefallen wäre.

Danach hatte niemand mehr große Lust zu reden. Sie löschten das Feuer. Katie, Laura und Scott sammelten wie üblich alle Hosen und Schuhe ein, bevor sie in ihre Schlafsäcke krochen. Skye lag zwischen Katie und Julia. Sie sagte, sie wäre müde und wolle schlafen, und lächelte Julia tapfer an.

»Danke«, sagte sie leise.

»Wofür?«

»Dass du an mich glaubst.«

Julia strich ihr übers Haar.

»Du bist ein wunderbarer Mensch, Skye.«

»Bin ich nicht. Ich habe alles vermasselt.«

»Das hast du nicht. So etwas kommt vor. Was andere reden, ändert nichts an dem, wer du bist. Erinnerst du dich, was wir immer gesagt haben? Es ist Teil der Reise. Es geht im Leben nicht darum, was dir passiert, sondern darum, wie du damit umgehst. Und wie du mit den Dingen umgegangen bist, ist einfach großartig.«

»Mag sein.«

»Glaub mir.«

Sie wünschten sich eine gute Nacht.

Hoch auf dem Berg jenseits des Kamms, wenig mehr als eine Meile vom Lagerplatz der Gruppe entfernt, hatte der Blitz die ganze Zeit im ausgetrockneten Herzen der alten Kiefer geschlummert, ein Kokon dumpfer Hitze, die weder glühte noch qualmte. Und wäre in jener Nacht nicht der Wind aufgefrischt und hätte von unten durch den vermoderten Stamm und die von Ameisen und Termiten hineingefressenen Ritzen und Spalten geweht, wäre das verpuppte Feuer womöglich erstickt. Angefacht von der Brise jedoch nährte es sich in harzigen Holzsplittern, bis es glühte und immer heller wurde, bevor es schließlich um Mitternacht ausbrach.

Gras und Gebüsch um den alten Baum raschelten trocken im Wind, und als der Stamm sich entzündete, loderte er binnen Sekunden von einem Ende zum anderen. Brennende Splitter fielen auf das Gras und setzten es ebenfalls in Brand. Die Äste der alten Kiefer brachen ab, stürzten hangabwärts und zogen kleine Flammenspuren hinter sich her, die sich ausbreiteten, vereinigten und wieder ausfächerten, bis der ganze Berg in Flammen stand.

Wenn keiner dieser brennenden Arme in den Wald gerollt wäre, wäre das Feuer womöglich an diesem Hang erstickt und gestorben, doch der größte Ast fand eine steilere Route und wurde weit und funkenstiebend zwischen die Bäume katapultiert. Der Wald war so trocken, dass jeder Funke einen dankbaren Wirt fand, und aus jedem wurde ein eigenes kleines Feuer, bis diese sich zu einem riesigen Brand vereinigten.

Ob es der Qualmgeruch war oder eine mysteriöse Eingebung, die sie an jenem Morgen weckte, würde Julia nie erfahren, doch als sie die Augen aufschlug, wusste sie, dass etwas nicht stimmte. Als Erstes dachte sie, dass sie am Abend das Feuer nicht richtig gelöscht hätten, aber alles war ruhig, nicht ein Hauch von Qualm hing in der Luft; und als sie erneut schnupperte, war der Geruch verschwunden. Bestimmt hatte sie sich das nur eingebildet, oder der Rauch des Lagerfeuers hing in ihren Haaren und Kleidern, woraus sie in ihrem halb wachen Zustand falsche Schlüsse gezogen hatte. Erleichtert atmete sie auf und legte sich wieder hin.

Doch noch immer stimmte etwas nicht. Oder es war zumindest anders als sonst. Vielleicht das leise Rascheln der Bäume? Seit Tagen hatte sich praktisch kein Lüftchen mehr geregt. Als sie zu dem Schluss gekommen war, dass das alles war, was ihr Kopfzerbrechen bereitete, roch sie erneut den Rauch und richtete sich wieder auf. Alle um sie herum schliefen. Skye schlief tief in ihren Schlafsack vergraben, wie sie es öfter tat. Julia sah auf die Uhr. Es war kurz nach halb sechs. Sie schlüpfte aus ihrem Schlafsack, nahm Shorts und Stiefel aus dem verschließbaren Seesack, den sie als Kissen benutzte, zog sich an und wanderte ein Stück durch den Wald.

Eine halbe Meile folgte sie einem schmalen Wildpfad und blickte immer mal wieder zu den Wipfeln der hoch aufragenden Kiefern, die im Wind hin und her schwankten. Der Qualmgeruch nahm zu. Schließlich lichtete sich der Wald, und sie kam an einen Grat, von dem aus sie zum ersten Mal freie Sicht auf den vor ihr aufragenden Snake Mountain hatte. Die Sonne fiel von Osten auf seinen Gipfel und erhellte die dahinter abziehende Wolke. Julia bewunderte das Naturschauspiel und bemerkte erst nach einer Weile, dass der Himmel ansonsten klar war. Als sie erkannte, dass das Gebilde vor ihr keine Wolke, sondern eine vom Wind verwehte Rauchsäule war, lief ihr ein kalter Schauer über den Rücken.

So schnell sie konnte, rannte sie zurück. Im Lager war alles ruhig. Einen Finger auf die Lippen gelegt, weckte sie Katie, Laura und Scott und bedeutete ihnen, ihr zu folgen. Außer Hörweite der Jugendlichen berichtete sie ihnen flüsternd, dass in der Nähe ein Waldbrand ausgebrochen war und dass sie alle dazu bringen sollten, sich so schnell wie möglich marschbereit zu machen, ohne dabei Panik zu verbreiten.

»Es ist auf der anderen Seite des Berges. Wenn wir den Weg zurückgehen, den wir gekommen sind, kann uns nichts passieren. Irgendwelche Fragen? Okay. Ihr seht zu, dass ihr alle auf Trab bringt, und ich melde mich bei Glen.«

Als sie ihr Funkgerät nahm und sich von den anderen entfernte, kam Katie ihr nachgelaufen.

»Julia! Julia!«

Sie drehte sich um und wartete, bis Katie sie eingeholt hatte.

»Skye ist weg.«

»Was?«

»Sie muss sich in der Nacht fortgeschlichen haben. Sie hat ihren Rucksack in den Schlafsack gestopft, meine Schuhe und meine Hose genommen und ist abgehauen.«

11

Ed trieb auf einem phantastischen, von Palmen gesäumten Pool in Kalifornien. Die Sonne glitzerte auf dem Wasser, und am anderen Ende des Pools lag eine Terrasse mit exotischen Blumen vor einem langen weißen Haus. Ed hörte den Ozean in der Nähe rauschen und wusste, dass er es als Komponist wirklich geschafft hatte, weil all das ihm gehörte – nun, der Ozean vielleicht nicht, aber alles andere einschließlich der schönen Frau, die sich nackt auf der Terrasse sonnte. Er schwamm auf sie zu, und das Wasser fühlte sich seidig und sinnlich an, und er wusste genau, was er tun würde, wenn er sie erreicht hatte. Ein Telefon klingelte. Bis zu diesem Moment hatte er keinerlei Zweifel, dass die Frau Julia war, doch jetzt versaute das verdammte Telefon alles, und als sie den Kopf hob und ihn anlächelte – hossa! –, war es seine Mutter.

Er riss die Augen weit auf. Das Telefon verstummte, und er hörte Connor im Wohnzimmer sprechen.

»Hallo? Hi, Hank. Ja, ist er.« Es entstand eine lange Pause. »Okay, sag ich ihm. Wir sind schon unterwegs.«

Er legte auf und tauchte einen Moment später in der Tür von Eds Zimmer auf.

»Ed?«

»Mein Gott, wie spät ist es?«

»Zeit, deinen Schirm umzuschnallen, alter Kumpel.«

»Wo brennt's?«

»Im Lewis & Clark-Naturpark. Snake Mountain.«

Ed richtete sich auf.

»Das ist doch, wo –«

»Ich weiß. Julia geht es gut. Sie sind auf der anderen Seite des Berges und auf dem Rückweg. Aber jemand aus der Gruppe wird vermisst.«

Katie entdeckte Skyes Abdrücke zuerst, weil sie das Profil ihrer Schuhe an einer Stelle wieder erkannte, wo sie bestimmt nicht gewesen war. Sie fanden sich im Staub des Pfades, dem Julia bis zum Grat gefolgt war. Katie zog Skyes Hose und Schuhe an, während Julia einen kleinen Rucksack mit Utensilien packte, die sie möglicherweise brauchen würden: Proviant, Wasser, eine Karte des Berges, einen Kompass und ein Fernglas. Sie nahmen Skyes Spur auf und folgten ihr durch den Wald. Der Pfad war zum größten Teil mit Kiefernnadeln bedeckt, sodass sie sie manchmal zwanzig oder dreißig Meter lang verloren, bevor sie an einer staubigen Stelle wieder auftauchte.

In einer Reihe von Gesprächen über Funk hatten Glen und Julia einen Plan ausgearbeitet: Scott und Laura wanderten mit der restlichen Gruppe nach Süden, während Julia und Katie die Suche nach Skye aufnahmen. Forest Service und Polizei waren bereits alarmiert. Der Waldbrand war kurz vor Julias Funkruf gemeldet worden. Zwei Biologen hatten ihn beim Überfliegen der großen Wasserscheide entdeckt. Eine Gruppe Feuerspringer aus Missoula war bereits unterwegs.

»Dein Freund fliegt ein, um dich zu retten«, sagte Glen. »Wie romantisch.«

Sie hätte ihn am liebsten angefaucht, beherrschte sich jedoch, weil sie wusste, dass er es gut meinte. Doch Witze waren jetzt unangebracht, außerdem hatte sie seit mehr als einer Woche nicht mehr mit Ed gesprochen und wusste nicht, wie lange es her war, dass er oder Connor eingesetzt worden waren und wie weit oben sie dementsprechend auf der Liste standen. Vielleicht waren beide auch längst zur Bekämpfung der Brände in Kalifornien abkommandiert worden, dachte sie und hoffte fast, dass es so war. Katie lamentierte ununterbrochen darüber, weil sie es versäumt hatte, ihre Hose und Schuhe sicher zu verstauen, was eine der Grundregeln bei WAY war. Julia hatte ihr schon dreimal erklärt, dass sie nicht so streng mit sich sein sollte, weil so etwas jedem passieren konnte. Doch als sie Skyes Spuren nun den Pfad hinauf bis zum Grat folgten und Katie erneut anfing, verlor Julia die Geduld und blieb stehen.

»Jetzt hör mir mal zu, Katie. Du fühlst dich schlecht, ich fühle mich schlecht. Ich hätte es kommen sehen müssen. Wir hätten sie unter Beobachtung stellen und abwechselnd schlafen sollen. Also können wir es jetzt als aktenkundig betrachten, dass wir uns beide schuldig fühlen, und uns ab sofort darauf konzentrieren, sie zu finden.«

Es klang schärfer als beabsichtigt. Katie nickte nur eingeschüchtert und sprach lange Zeit überhaupt nicht mehr, außer wenn sie Skyes Spur verloren hatten, sich trennten und eine der anderen zurief, dass sie wieder aufgetaucht sei.

Julias Bemerkung über ihre eigenen Schuldgefühle war maßlos untertrieben. Obwohl sie immer noch keine Ahnung hatte, was am Vortag zwischen Skye und Mitch vorgefallen war, wusste sie, dass es ihre Schuld war, weil sie die beiden außer Sichtweite hatte gehen lassen. Wäre sie wachsamer gewesen, wäre nichts von all dem passiert. Außerdem tadelte sie sich dafür, eine so körperliche Beziehung zu Skye zugelassen zu haben. In letzter Zeit waren sie fast wie Schwestern geworden und hatten häufig den Arm umeinander gelegt. Sie hatte sich nichts dabei gedacht, weil es ihr so natürlich erschienen war, doch bestimmt hatte das Mitch zu seinem Lesbenspruch provoziert.

Und viel schlimmer konnte es wohl kaum werden – eine ihr anvertraute Jugendliche wurde auf einem brennenden Berg vermisst. Julia war nicht religiös. Seit sie sich in der Grundschule mit den Nonnen überworfen hatte, war sie so weit vom katholischen Glauben abgekommen, wie man nur konnte. Doch als sie nun zu dem Bergrücken aufblickte und die graue Rauchwolke sah, die den Himmel eintrübte, ertappte sie sich dabei, wie sie im Rhythmus ihrer Schritte ein Ave Maria murmelte.

Nach drei Viertel des Weges hinauf zu dem Grat wurde der Boden steinig und felsig, sodass keine Spuren mehr auszumachen waren. Doch das Gelände zu beiden Seiten des Pfades war so unwegsam, dass Julia bezweifelte, dass Skye ihn verlassen hatte. Es kam darauf an, was das Mädchen plante. Jugendliche, die in einer unbekannten Bergwildnis auf der Flucht waren, wählten in der Regel eine von zwei Optionen: Entweder folgten sie einem ausgetrockneten Flusslauf hangabwärts in der Hoffnung, auf eine Straße zu stoßen, oder sie strebten weiter nach oben, weil sie glaubten, dort einen Überblick zu gewinnen und den besten Fluchtweg zu finden. Skyes Spuren legten die zweite Variante nahe. Doch es gab noch eine Möglichkeit, die Julia kaum zu denken wagte; vielleicht suchte das Mädchen nach einem anderen, dauerhafteren Ausweg.

Julia erinnerte sich an ihr letztes Gespräch und daran, wie Skye sich bei ihr bedankt und erklärte hatte, dass sie alles vermasselt hätte. Jetzt hallten die Worte wie ein Abschiedsgruß in Julias Kopf wider, und obwohl die Sonne schon warm war, brach ihr der kalte Schweiß aus.

Als sie den Grat erreichten, sah Julia das Feuer zum ersten Mal direkt und auch den Schaden, den es bereits angerichtet hatte. Der Hang hatte sich bis zu dem gut dreihundert Meter tiefer liegenden Felsrücken in rauchendes Ödland verwandelt. Die Bäume waren zu verkohlten Spießen verbrannt, die im Wind qualmten. Jenseits des Felsrückens war der Wald unberührt, doch über den weiter talwärts liegenden Grashängen, wo die mit kargem Gebüsch bewachsenen Rinnen sich vereinigten, stieg hier und da weißer Qualm auf. Funkenflug musste dort neue Brandnester entzündet haben.

Das Hauptfeuer war vom Wind nach Nordosten abgedrängt worden. Julia sah die Flammen etwa eine halbe Meile entfernt, eine hohe Front, die sich durch die Bäume fraß und sich langsam von ihr entfernte. Sie hatte noch nie so nah einen Waldbrand gesehen und war auf eigenartige Weise fasziniert. Das Feuer erschien ihr wie ein lebendiges Wesen, selbst die Geräusche, das Brüllen, Knistern und Grollen, klangen wie Laute eines unersättlichen Ungeheuers, das durch den Wald wütete. Sie riss ihren Blick los und suchte den Hang vergeblich nach Zeichen von Leben ab. Sie entfaltete die Landkarte, um festzustellen, wo genau sie sich befanden.

»Wenn du Skye wärst und hier oben stündest, was würdest du machen?«, fragte sie.

Katie antwortete nicht sofort, und als Julia sich umdrehte, sah sie, dass auch Katie wie gebannt auf das Feuer starrte. Sie wirkte völlig verängstigt.

»Katie, hier sind wir sicher. Ed sagt immer, wenn man im Schwarzen ist, ist alles okay. Alles um uns herum ist schwarz und verbrannt. Wir sind sicher.«

Katie nickte.

»Also, was würdest du machen? Wohin würdest du gehen, wenn du hier rauswolltest?«

»Wir wissen nicht mal, ob sie hier oben war.«

»Mal angenommen, sie war es. Wohin würdest du gehen?«

Katie überlegte, studierte die Karte und wies dann nach links auf einen Abschnitt im Süden des Hangs, wo vom Feuer unberührte Rinnen und weiße Felsrücken sich zum Tal hin vereinigten.

»Da runter vermutlich.«

»Ich auch. Ich würde versuchen, zum Fluss zu kommen.«

Wenn ich überleben wollte, fügte sie still für sich hinzu. Sie starrten den Hang hinunter. Anders als auf dem Osthang, wo sie ihr Lager aufgeschlagen hatten, gab es auf dieser Seite keinen Weg. Sie wussten nicht, wann Skye sich davongeschlichen hatte. Wenn es bereits gebrannt hatte, als sie den Grat erreichte, war sie vielleicht umgekehrt. Doch sie hatten keine Spuren in der Gegenrichtung gesehen, und es war durchaus möglich, dass sie diese Stelle erreicht hatte, bevor das Feuer ausgebrochen war.

Julia kam der Gedanke, dass Skye das Feuer aus Rache und Wut selbst gelegt haben könnte. Sie hielt es für unwahrscheinlich, doch ausgeschlossen war es nicht. Aber es gab auch noch hunderte anderer Möglichkeiten. Deshalb blieb Julia nichts anderes übrig, als sich allein auf ihren Instinkt zu verlassen, der das Gleiche sagte wie Katies: Skye würde dem diagonalen Felsrücken an der linken Hangseite zum Fluss hinunter gefolgt sein. Wenn das Feuer schon gebrannt hatte, wäre das der scheinbar sicherste Weg gewesen, wenn nicht, war er immer noch nahe liegend.

»Los, lass uns weitergehen.«

Sie wanderten auf dem Kamm entlang, bis sie oberhalb des bereits verbrannten Hangabschnitts waren. Der erste Felsrücken erstreckte sich direkt unter ihnen, der weiße Stein leuchtete in der verkohlten Umgebung. Zunächst jedoch mussten sie einen kurzen Steilhang mit losem Geröll überwinden und sich dann von einem kleinen Überhang herunterhangeln. Auf dem Felsrücken selbst kamen sie leichter voran. Der Stein war glatt, aber nicht rutschig, und das Gefälle sanft.

»Schau mal, was ist das?«, fragte Katie und wies mit dem Finger auf etwas.

Gut fünfzig Meter vor ihnen lag etwas Weißes und Flatterndes auf dem verkohlten Boden, und Julia glaubte zunächst, es wäre ein verletzter Vogel. Doch als sie näher kamen, erkannte sie, dass es ein Buch war. Es lag aufgeschlagen, der Wind blätterte durch die Seiten, und noch bevor sie es aufgehoben hatte, wusste Julia, wem es gehörte. Es war nur ein Taschenbuch, der Umschlag von Skyes eifriger Lektüre abgegriffen. Die noch in der verbrannten Erde gespeicherte Hitze hatte die Seiten an den Rändern versengt. Julia schlug das Titelblatt auf und las John Standing Birds Widmung.

Für Skye McReedie
Dies ist dein Volk
Willkommen zu Hause

Skye hörte das Flugzeug gerade noch rechtzeitig. Es kam aus Süden und flog tief über dem Fluss. Als die Nase hinter dem Steilhang auftauchte, ging sie in Deckung. Wenn sie weiter auf dem Fels gelaufen wäre, hätte man sie bestimmt gesehen, doch zum Glück war sie gerade heruntergeklettert, um eine der Rinnen zu durchqueren, sodass sie Schutz zwischen den Büschen fand und dort verharrte, bis das Dröhnen der Motoren wieder im dumpfen Grollen des Feuers unterging.

Sie drehte sich keuchend auf den Rücken, blickte durch die trockenen Blätter zum Himmel und spürte, dass sie keine Angst mehr hatte. Zumindest nicht so wie vorhin, als sie den Berggrat erreicht und das Feuer entdeckt und sich gefragt hatte, ob sie umkehren und die anderen warnen sollte. Doch sie hatte sich dagegen entschieden. Im schlimmsten Fall konnte sie sterben, und das war ihr scheißegal. Was war schon groß dran am Tod? Es machte einfach peng und dann kam das Nichts. Das reine schwarze Nichts. Doch plötzlich blitzte vor ihrem inneren Auge das Bild des jungen Polizisten auf, an dessen Tod sie schuld war. Sie erinnerte sich an die nackte Angst in seinen Augen, als er neben dem Wagen hergeschleift wurde. Sie schlug eine Tür in ihrem Kopf zu, weil sie an diesen Ort nicht gehen wollte. Aber es musste irgendetwas in ihr ausgelöst haben, denn sie hatte den Abstieg ins Tal begonnen, und das Feuer machte ihr immer noch Angst, sein Geräusch mehr als sein Anblick.

Doch nun ging es besser. Sie richtete sich vorsichtig auf und streckte den Kopf über die Büsche wie ein Hase, der aus seinem Bau späht. Das Flugzeug war verschwunden, doch sie vermutete, dass es nach ihr suchte und zurückkommen würde. Sie hatte Durst und nahm das zusammengeknotete rote T-Shirt, das sie als Tasche benutzte. Darin befand sich ihre Wasserflasche, Katies Taschenlampe und das Buch. Aber als sie nun hineingriff, stellte sie fest, dass es weg war. Sie stöhnte leise auf und ließ die Schultern hängen. Ach, was soll's, dachte sie, dieser ganze Black-Elk-Kram war sowieso nur Blödsinn, mit dem sie versucht hatten, ihr einzureden, dass sie etwas besaß, worauf sie stolz sein konnte.

Die Wasserflasche war fast leer. Sie nahm den letzten Schluck und warf die Flasche weg. Ihr graues T-Shirt war verschwitzt und zerrissen, weshalb sie Katies rotes Hemd entknotete, anzog und das graue zusammen mit der Taschenlampe in die Büsche schmiss. Katies Schuhe waren eine halbe Nummer zu groß, sodass sie an beiden Fersen Blasen hatte, gegen die sie nichts unternehmen konnte. Sie stand auf und blickte den Hang hinunter. Der verdammte Fluss schien einfach nicht näher zu kommen. Von dem Grat aus hatte sie sich kontinuierlich links gehalten und war den bizarren Felsformationen gefolgt, doch weiter unten knickten sie oft in schrägen Winkeln ab und führten sie näher zum Feuer, sodass sie jetzt versuchte, diagonal über die Felsrücken auf direktem Weg ins Tal zu gelangen.

Die Rinnen waren unterschiedlich tief und breit, doch alle mit dichtem, struppigem Gebüsch bewachsen, das Skye bis zur Hüfte, wenn nicht sogar bis zu den Schultern reichte. Hin und wieder fand sie einen Pfad, der wahrscheinlich von irgendwelchen Tieren stammte, doch die meiste Zeit musste sie sich durch dichtes Gestrüpp kämpfen, sodass ihre Arme bald blutig zerkratzt waren und sie sie hoch über den Kopf halten musste, um sie zu schützen.

Wenig später hörte sie erneut das Flugzeug, warf sich auf den Boden und beobachtete es durch eine Lücke in den Büschen. Diesmal warf es rosa-gelbe Winddrifter ab, die in Richtung des Feuers durch die Luft trudelten. Das Flugzeug verschwand, tauchte jedoch sofort wieder auf, warf jetzt rosa-blaue Winddrifter ab und wiederholte das Manöver kurz darauf mit blauen, was Skye nicht nur verwirrte, sondern auch ein wenig beunruhigte.

Als ob sie ein Spiel spielten, dachte sie und mutmaßte, dass es sich um eine Art Signal oder Markierung handelte.

Immer wenn das Flugzeug verschwunden war, stand sie auf und ging weiter den Hang hinunter. Ihre Arme waren mittlerweile blutverschmiert, und sie hatte nichts, womit sie sie abwischen konnte. Als das Flugzeug wieder auftauchte, flog es sehr viel höher und warf statt der Winddrifter zwei Leute mit einem Fallschirm ab. Sie fragte sich, ob sie geschickt wurden, um sie zu suchen oder um den Brand zu löschen. Dann kam das Flugzeug zurück und setzte zwei weitere Springer ab, was sich noch einige Male wiederholte. Es sah aus, als würde eine ganze verdammte Armee eingeflogen. Sie beobachtete, wie die blau-gelb-weißen Schirme langsam zu Boden schwebten, und fand, dass sie echt schön aussahen, obwohl die Schweine wahrscheinlich nach ihr suchten. Sie blieb so lange im Gebüsch hocken, bis sie glaubte, dass der Letzte von ihnen gelandet war.

Als Skye sich wieder aufrichtete, fühlte sich die Luft kühler an, der Wind war aufgefrischt und schien gedreht zu haben. Am Horizont ballten sich eigentümliche Wolken zusammen, als ob der Himmel kochte.

Sie marschierte weiter. Endlich schien der Fluss ein Stück näher zu rücken. Sie hatte keine Ahnung, was sie genau tun würde, wenn sie ihn erreichte, aber irgendwas würde schon passieren. Irgendwas passierte immer.

Bei ihrem ersten Flug über den Bergkamm hatten sie Funkkontakt zu Julia hergestellt. Bei dem Motorengedröhn hörte nur Hank Thomas ihre Stimme, doch er übermittelte, was sie sagte, und Ed war erleichtert, dass sie in Sicherheit war. Connor grinste und klopfte ihm auf den Rücken. Julia beschrieb ihren genauen Standpunkt, und beim nächsten Überflug blickten Ed und alle anderen aus den Fenstern und erkannten fünfhundert Meter tiefer zwei winzige Gestalten, die auf einem Stück weißen Fels standen und wie wild winkten.

Hank wollte wissen, ob sie eine Ahnung hätte, wo das flüchtige Mädchen war. Julia verneinte und erklärte, sie würde sie irgendwo zwischen ihrem eigenen Standpunkt und dem Fluss vermuten. Doch obwohl bei den nächsten Überflügen die Springer an Bord den Hang aus der Luft absuchten, entdeckte niemand eine Spur von ihr.

Das Landegebiet war ein Flachhang aus Gras und Geröll unterhalb des Feuerschwanzes. Ed und Connor sprangen als Letzte, sodass die anderen bereits ihre Schirme und Overalls verstaut hatten, als sie landeten. Sie folgten dem Beispiel der Kollegen, nahmen ihre Brandbekämpfungswerkzeuge und scharten sich mit den anderen um Hank Thomas. Er sprach über Funk mit Julia und studierte die Karte, während sie ihm ihre Position durchgab. Ed fiel auf, wie professionell sie sich anhörte. Ihre Stimme klang ruhig und klar und verriet keine Angst.

»Wie heißt das Mädchen?«, fragte Hank.

»Skye. Skye McReedie.«

Ed sah zu Connor. Beide wussten, wie sehr Julia an dem Mädchen hing und wie enthusiastisch sie über Skyes Fortschritte berichtet hatte. Hank fragte, ob sie schon irgendwas von dem Rettungshubschrauber gesehen habe, der angeblich unterwegs sei. Doch Julia hatte nichts bemerkt, und Hank sagte, er würde sofort über Funk nachfragen, was den Helikopter aufgehalten hätte. Derweil würde er ihr drei seiner Springer schicken, die ihr und Katie bei der Suche helfen sollten.

»Noch etwas, Julia. Siehst du die Gewitterwolken dort im Nordwesten? Eine Kaltfront zieht heran. Der Wind wird auffrischen und aus unterschiedlichen Richtungen wehen. Darauf müssen wir alle achten. Das Feuer könnte anfangen, Spirenzchen zu machen. Wir wollen nicht, dass sich irgendjemand in Gefahr begibt. Hast du verstanden?«

»Verstanden.«

»Gut, Julia. Neben mir steht jemand, der auch noch kurz hallo sagen möchte.«

Er drückte Ed grinsend das Funkgerät in die Hand.

»Julia?«

»Ed! Ich wusste gar nicht, dass du auch da bist.«

»Alles okay bei dir?«

»Mir geht es gut. Ich mach mir nur Sorgen um Skye.«

»Ihr passiert schon nichts. Wir werden sie finden.«

»Ist Connor auch da?«

»Ja, ist er. Ich geb dir noch mal Hank.«

Hank nahm das Funkgerät.

»Julia? Bleib, wo du bist. Wir sind unterwegs.«

Sie beendeten das Gespräch, und bevor Ed darum bitten konnte, teilte Hank ihn, Connor und Chuck Hamer als die drei Springer ein, die bei der Suche nach Skye helfen sollten. Hank und die anderen vier Springer würden eine Schneise um die Ostflanke des Feuers schlagen.

Als die drei losmarschierten, hörten sie, wie Hank einen weiteren Funkruf absetzte und fragte, wo der verdammte Rettungshubschrauber blieb.

Sie brauchten zwanzig Minuten bis zu der Stelle, wo Julia und Katie warteten. Ihr Weg führte über einen der seltsamen Felsrücken, die, wie Connor feststellte, als natürlicher Brandwall fungiert hatten. Oberhalb davon war der Hang schwarz und voller verkohlter Bäume, die an rauchende Totempfähle erinnerten, während der Wald unterhalb ganz und gar unversehrt war. Connor wusste nicht, warum, aber seit er den Berg zum ersten Mal aus der Luft gesehen hatte, war ihm die Landschaft irgendwie unheimlich.

Connor, der den Trupp anführte, entdeckte schon bald die beiden Frauen, die auf einer Felsplatte saßen. Als er ihre Namen rief, kamen sie entgegengelaufen. Ed rannte vor, nahm seinen Helm ab, und Julia und er fielen sich in die Arme. Dann wandte Julia sich Connor zu und umarmte auch ihn. Und diese kurze Berührung hätte ihn beinahe überwältigt. Als sie sich voneinander lösten, sah sie ihn direkt an, und einen Moment lang war ihm, als wollte sie ihm eine Botschaft übermitteln, die er nicht verstand. Sie lächelte und wandte den Blick ab, doch er sah die Anspannung in ihrem Gesicht. Sie begrüßte Chuck und stellte Katie vor, die unvermittelt in Tränen ausbrach, offensichtlich auch jemanden zum Umarmen brauchte und sich für Chuck entschied.

Sie breiteten die Karte aus und mussten sie festhalten, weil der Wind böig aufgefrischt hatte. Die Gewitterwolken kamen schnell näher. Julia zeigte ihnen den Weg, den Skye ihrer Meinung nach eingeschlagen, und die Stelle, wo das Buch gelegen hatte. Sie schlug vor, dass sie sich auf dem Hang verteilten und Funkkontakt hielten. Katie war die Einzige, die kein Funkgerät besaß, und als Connor vorschlug, dass sie mit Chuck gehen sollte, wirkte sie sehr erleichtert. Sie wollten gerade aufbrechen, als Hank sich mit der Nachricht meldete, dass der Funkkontakt zu dem Rettungshubschrauber abgerissen sei und niemand wisse, wo er stecke. Für den Augenblick waren sie auf sich gestellt.

So weit es das Gelände erlaubte, wollten sie den Hang in möglichst geordneter Formation hinabsteigen. Ed sollte das nördliche Ende der Linie bilden, das dem Feuer am nächsten lag, dann folgten Julia, Connor und am südlichen Ende Chuck und Katie. Ed blieb, wo er war, und wünschte Connor und den anderen Glück, bevor sie aufbrachen, um ihre Position einzunehmen.

Chuck und Katie marschierten voran. Connor ging neben Julia.

»Oh, Connor«, sagte sie leise.

Ohne den Blick vom Weg zu wenden, holte sie zitternd Luft. Er erkannte, dass sie ziemlich am Ende war.

»Wir werden sie finden.«

»Wenn ihr etwas zustößt, werde ich mir das nie verzeihen.«

Er legte sanft eine Hand auf ihre Schulter, und sie umfasste sie, sah ihn dabei jedoch nicht an.

»Es ist alles meine Schuld.«

Er überlegte sich, was Skye zu ihrer Flucht veranlasst haben könnte, doch es schien der falsche Zeitpunkt, danach zu fragen. Sie nahm ihre Hand weg, und er zog seine zurück.

»Weißt du, woran ich die ganze Zeit denken muss? An diesen Elch mit dem brennenden Geweih, den du fotografiert hast. Ich werde das Bild einfach nicht mehr los und habe ständig das Gefühl, als würde er mir jeden Moment aus dem Feuer entgegenkommen.«

Connor wusste nicht, was er sagen sollte. Er hatte genau den gleichen Gedanken gehabt, doch es würde bestimmt nichts bringen, ihr das zu erzählen, sodass sie eine Weile schweigend weitergingen.

»Connor?« Sie sah ihm direkt in die Augen.

»Was?«

»Sag mir, dass alles gut wird.«

»Bestimmt. Ich weiß es.«

Es war das erste Mal, dass er sie angelogen hatte. Und es sollte nicht das letzte Mal bleiben.

12

Skye beobachtete, wie die schweren Wolken näher kamen. Sie waren metallisch grau mit einem blassgelben Saum und ballten sich brodelnd zusammen. Blitze zuckten aus ihren Bäuchen.

Sie wusste nicht, wie viele Rinnen sie inzwischen durchquert hatte, doch nun neigte sich das Land auf ein breites geschwungenes Tal mit Wiesen und Felsblöcken zu, das zu beiden Seiten von unverbranntem Wald gesäumt war und den scheinbar besten Weg zum Fluss hinunter bot. Im Schatten eines Felsens blieb sie stehen, um Atem zu schöpfen. Ihre Blasen schmerzten, und die Knie taten vom langen Bergabwandern weh. Ihr Mund fühlte sich von innen an wie Schmirgelpapier, und sie hätte Gott weiß was für einen Schluck Wasser gegeben.

Sie drehte sich um und suchte den Hang nach den Leuten ab, die mit dem Fallschirm abgesprungen waren, konnte jedoch keine Spur von ihnen entdecken.

Das Feuer war durch eine flache Schulter des Berges verdeckt. Doch es war lauter geworden, und sie roch jetzt zum ersten Mal den Qualm. Als sie den Blick über den Wald unter ihr schweifen ließ, sah sie rechter Hand weiße Rauchschwaden über den Kamm wehen, die vom Wind rasch über die Bäume hinweg ins Tal gefegt wurden. Der Gedanke, dass sie sich deswegen Sorgen machen sollte, kam Skye nicht, denn sie musste ja mittlerweile so weit Richtung Tal vorgedrungen sein, dass sie außer Gefahr war. Direkt unter ihr erstreckte sich ein Steilhang mit Geröll, und sie überlegte kurz, ob sie ihn hinabklettern sollte, um so den Abstieg durch den Wald abzukürzen. Doch es sah gefährlich aus, und sie beschloss weiter oberhalb am Hang entlang zum anderen Ende des Tals zu wandern, wo die Rinnen sich vereinigten. Diese Entscheidung gab ihr neuen Auftrieb, und sie machte sich im Laufschritt auf den Weg.

Ed entdeckte sie als Erster. Er hatte sich gerade über Funk bei Hank gemeldet und erfahren, dass es noch immer keine Nachricht von dem Rettungshubschrauber gab und die Leute auf dem Stützpunkt das Schlimmste befürchteten. Hank erklärte, von oben sehe es so aus, als wüsste der Wind nicht, was er wollte. Aber wenn die Gewitterwolken anfingen, Blitze zu spucken, könnte auf dem Hang bald die Hölle los sein. Ed wollte das Gespräch gerade beenden, als er links unten am Hang etwas Rotes aufleuchten sah.

Zuerst hielt er es für ein Wild oder sogar einen Grizzly, doch dafür war das Rot zu grell. Er nahm den kleinen Feldstecher, den er immer dabeihatte, konnte jedoch nur Bäume und Rauch erkennen. Dann sah er erneut etwas Rotes aufblitzen, und diesmal war deutlich, dass es sich um eine Person handelte. Er nahm sein Funkgerät.

»Julia, hier ist Ed.«

Eine Weile herrschte Schweigen.

»Hier ist Julia.«

»Trägt Skye etwas Rotes?«

»Nein. Graues T-Shirt, blaue Hose.«

»Ed. Hier ist Chuck.«

»Was ist, Chuck?«

»Das Mädchen hat Katies rotes T-Shirt mitgenommen. Vielleicht trägt sie das.«

Ed besaß keine Karte und konnte nicht genau beschreiben, wo er sie entdeckt hatte. Er bat Julia, für ihn die Karte zu studieren, und bald wurde klar, dass die anderen Skye gar nicht sehen konnten, weil sie noch eine Meile oder mehr von ihnen entfernt war. Ed befand sich am weitesten hangabwärts und damit am nächsten bei dem Mädchen.

Während sie redeten, verschwand Skye wieder aus seinem Blickfeld, doch Ed war sich sicher, dass sie auf das obere Ende des Tals zumarschierte. Er bat Julia, einen Moment dranzubleiben, während er mit dem Feldstecher das Gelände absuchte. Skye ging oberhalb des Waldes. Vermutlich weil es die leichtere Route war oder weil sie sich dort sicherer fühlte. Wenn er den Wald durchquerte, konnte er ihr vielleicht den Weg abschneiden. Julia studierte die Karte und stellte fest, dass er kurz vor dem Talkessel durch eine Klamm musste, was ihrer Ansicht nach aber machbar war. In der Zwischenzeit würde sie mit den anderen zum oberen Ende des Tals kommen.

Als Ed den Waldrand erreichte, wusste er, warum Skye sich für den Weg oberhalb entschieden hatte. Der Hang fiel gut zweihundert Meter tief steil ab und bestand nur aus lockerem Schiefer mit Büscheln von Salbei und vereinzelten Krüppelkiefern. Hätte Ed die Wolken oder die sich verdichtenden Rauchschwaden über dem Wald beachtet, hätte er möglicherweise gezögert. Doch er erinnerte sich vor allem an den Spaß, den er als Kind auf Schutthalden gehabt hatte, und hüpfte bedenkenlos über den Felsvorsprung.

Es kam darauf an, sich gehen zu lassen. Die Steine unter den Stiefeln gerieten ins Rutschen, und man musste sich diesem Gleiten furchtlos überlassen. Leicht vorgeneigt hüpfte er wie mit Siebenmeilenstiefeln den Hang hinunter, jeder Schritt acht bis zehn Meter weit. Er hätte am liebsten laut gejohlt, was er sich jedoch verkniff. Aber auf halbem Weg passierte das Unglück. Er blieb mit dem Fuß an einem Büschel Salbei hängen, überschlug sich und rutschte den Rest des Hangs auf dem Rücken hinunter, während eine Lawine von Steinen niederging.

Am Rand des Waldes blieb er zunächst eine Weile liegen, bevor er sich vorsichtig aufrichtete, weil er befürchtete, sich diverse Knochen gebrochen zu haben. Doch er schien unverletzt zu sein, nur die Welt um ihn herum war verschwommen, bis er begriff, dass er seine Brille verloren hatte.

Nachdem er die Ersatzbrille aus dem Rucksack geholt und aufgesetzt hatte, blickte er den Hang hinauf und wusste, dass es nun, selbst wenn er gewollt hätte, keine Umkehr mehr gab. Er fühlte sich ein bisschen schwach auf den Beinen und genehmigte sich einen Powerriegel, während er versuchte, sich zu orientieren. Hier unten am Fuß des Hangs war es windgeschützt. Sein Blick wanderte nach oben, und gerade als er feststellte, wie tief und schwarz die Wolken am Himmel hingen, erzitterte die Luft von einem krachenden, blendenden Blitz. Ed riss schützend einen Arm hoch und warf sich zu Boden, wo er zusammengerollt liegen blieb, bis der Schreck nachließ und sein Pulsschlag sich wieder beruhigt hatte. Er richtete sich auf.

»Heilige Scheiße«, sagte er.

So knapp war er einem Blitzschlag noch nie entronnen. Er warf den Kopf in den Nacken und lachte laut und irre, halb trotzig, halb erleichtert, dass er noch lebte. Wo genau der Blitz eingeschlagen hatte, konnte er nicht erkennen, doch er vermutete, dass es ein Stück weiter hangaufwärts gewesen sein musste.

Er hatte sich gerade aufgerappelt, als er Julia über Funk seinen Namen rufen hörte. Er versuchte zu antworten, doch sie konnte ihn offensichtlich nicht verstehen, denn sie sagte immer wieder: *Ed, hörst du mich?* Vielleicht war das Funkgerät bei dem Sturz kaputtgegangen oder durch den Blitzeinschlag beschädigt worden. Er rüttelte daran und klopfte dagegen, doch die anderen hörten ihn nach wie vor nicht, und er hatte keine Zeit zu verlieren. Er hängte sich das Funkgerät über die Schulter, schaute auf seinen Kompass und tauchte in den Wald ein.

Der Weg war beschwerlicher als erwartet. Er kämpfte sich durch ein Dickicht aus morschen Ästen und dichten Blaubeersträuchern und musste gelegentlich weite Umwege machen, um überhaupt vorwärts zu kommen. Und die ganze Zeit rauschte der Wind in den Wipfeln. Es roch nach Qualm, und er dachte, es wäre der Rauch, der von der anderen Seite des Berges herüberwehte, bis er ein Geräusch hörte, das ihn seinen Irrtum erkennen ließ.

Es begann mit einem leisen Grollen, das stetig lauter wurde, wie ein Zug, der durch einen Tunnel auf ihn zufuhr. Ed erkannte es sofort und verspürte panische Angst. Zwischen den säulenartig aufgereihten Stämmen hindurch sah er nichts als Rauch. Dann hörte er den ersten Baum in Flammen aufgehen, und wenig später den zweiten, spürte die Hitze und wusste, dass das Feuer nicht mehr weit war und rasend schnell näher kam. Er fing an zu rennen.

Julia sah den Blitz nicht einschlagen, doch sie hörte das infernalische Krachen und sein Echo. Als sie aus der Rinne kletterte, der sie gefolgt waren, entdeckte sie zwischen den Wipfeln ein kleines Brandnest, das sich wie ein Krebs aus Flammen ausbreitete. Sie spürte, wie ihre Angst wuchs.

Sie hatte schon jetzt alle Mühe, ihre Panik zu unterdrücken, doch bisher behielt ihr Verstand noch die Oberhand. Als sie das Feuer sah und begriff, dass Ed irgendwo in der Nähe war – Gott bewahre –, mittendrin sein musste, hätte sie beinahe die Kontrolle über sich verloren, auch wenn der Schrei, den sie ausstoßen wollte, stumm blieb.

Sie versuchte verzweifelt, Ed über Funk zu erreichen, und hörte, wie Connor und Chuck das Gleiche taten. Doch er antwortete nach wie vor nicht. Sie rief Connor.

»Connor, siehst du das Feuer dort unten?«

»Ja, ich seh's.«

»Genau dort ist Ed.«

»Ja, mach dir keine Sorgen. Er weiß, was zu tun ist.«

Seine Stimme klang klar und ruhig. Er fragte sie, wie weit sie noch vom oberen Ende des Tals entfernt sei, und sie erwiderte, dass sie es schon sehen und in etwa fünf Minuten dort sein könne. Connor sagte, er würde die Stelle in zehn Minuten erreichen.

Noch konnte keiner von ihnen ins Tal hinabblicken, weshalb sie auch Skye nicht sahen. Julia meldete sich ab und rannte los.

Als Connor den sich vor ihm öffnenden Talkessel und das Feuer sah, das von rechts durch den Wald stetig näher kam, wusste er genau, woher sein Unbehagen über diesen Ort rührte. Jeder Feuerspringer in Missoula, ja in ganz Amerika, wusste, was vor Jahren am Mann Gulch geschehen war.

Am 5. August 1949 waren nur hundert Meilen von hier entfernt dreizehn Feuerspringer ums Leben gekommen, als sie von einem Brand einen Talkessel hinaufgejagt worden waren, der dem, den Connor jetzt betrachtete, sehr ähnelte. Erst kürzlich war auf dem Stützpunkt ein lange überfälliges Denkmal errichtet worden. Die Einzelheiten der Geschehnisse am Mann Gulch waren jedem Springer ins Gedächtnis gebrannt. Wie hier hatte es am Fuß des Tals einen Fluss gegeben, die Topografie hatte sich verschworen und ihre eigenen Windverhältnisse geschaffen, sodass das Tal zu einem riesigen Kamin wurde, der das Feuer in einer rollenden Walze schneller angesaugt hatte, als Mensch oder Tier hatten fliehen können.

Hank wusste bereits von Connor, was passiert war. Er setzte einen Notruf ab und forderte einen Hubschrauber an, der sie evakuieren sollte. Connor wies er an, dafür zu sorgen, dass niemand in den Talkessel hinabstieg. Sie sollten sich alle in den verkohlten Bereich weiter hangaufwärts zurückziehen oder, falls das nicht möglich war, in felsigem Gelände bleiben, wo das Feuer weniger Nahrung fand.

Von seiner Position aus sah Connor jetzt Julia, die ein Stück hangabwärts schnurstracks Richtung Tal marschierte, und ein ganzes Stück weiter unterhalb auch Skye, deren rotes T-Shirt sich deutlich von dem flachsfarbenen Gras abhob. Das Feuer loderte direkt neben dem Mädchen und kam rasch näher. Connor schätzte, dass es das Tal in fünfzehn Minuten erreicht haben würde, vielleicht auch schneller. Und irgendwo in dem brennenden Wald befand sich sein bester Freund.

Über lose Steine stolpernd und sich die Arme an Sträuchern aufkratzend, rannte Connor weiter den Hang hinunter und zückte im Laufen sein Funkgerät.

»Julia, hier ist Connor. Du kannst da nicht runtergehen.«

»Was?«

»Kehr um und sieh zu, dass du aus dem Talkessel rauskommst.«

»Wovon redest du? Ich kann sie sehen. Sie ist direkt unter mir.«

»Julia, hier ist Chuck.«

»Ich höre dich, Chuck.«

»Connor hat Recht. Geh nicht da runter. Wenn das Feuer das Tal erst einmal erreicht hat, wird es auf dich zurasen. Ich bringe Katie jetzt hier raus.«

Julia starrte den Hang hinauf zu Connor. Er war zu weit entfernt, um ihr Gesicht zu erkennen, doch er konnte sich die Pein darin vorstellen. Sie wandte sich wieder dem Tal zu, und über dem Heulen des Windes hörte er leise, wie sie Skyes Namen rief. Wenn das Mädchen es mitbekommen hatte, reagierte es nicht, sondern lief unbeirrt weiter in den Talkessel. Julia wandte sich noch einmal zu ihm um, und Connor wusste, dass sie eine Entscheidung traf, und auch wie sie ausfallen würde. Und tatsächlich drehte sie sich wieder um und rannte, laut Skyes Namen rufend, weiter ins Tal.

Connor brüllte, sie solle stehen bleiben, und wiederholte den Appell, so ruhig er konnte, über Funk, doch sie beachtete ihn nicht. Also rannte er ebenfalls los, sprang über Sträucher und Felsen und trat kleine Geröllawinen los, während sein Blick vom Boden zu Julia, zu Skye und dem heranrückenden Feuer huschte.

Entsetzt beobachtete er, dass die Flammen kleine Kronen bildeten; ein brennender Baumwipfel löste sich vom Stamm und wurde vom Wind zu einem noch unberührten Waldstrich getragen, wo er ein neues Brandnest bildete. Als unvermittelt die Sonne durch die Wolken brach, warfen die Rauchschwaden ein Schattenband, das das Tal zu teilen schien. Julia lief im Schatten, doch Skye in ihrem roten T-Shirt war schon ein gutes Stück weiter und wurde für einen Moment lang in einen Strahl goldenen Lichts getaucht wie eine Gestalt auf einem biblischen Gemälde.

Als er sich in diesen Ort des Verhängnisses hinabstürzte, betete Connor laut, dass Ed sich hatte retten können und sie alle überleben würden.

Zunächst wollte Ed hangabwärts laufen, um unterhalb des Brandes zu gelangen, doch das Gelände wurde ebener, und das Feuer schien sich dorthin ebenso schnell auszubreiten wie in alle anderen Richtungen. Er überlegte, zurück zur Schutthalde zu rennen, rechnete jedoch damit, dass das Feuer ihm den Weg abschneiden könnte. So wandte er sich nach Süden und haste so schnell er konnte in Richtung der Klamm, von der Julia gesprochen hatte.

Er hörte das Feuer in seinem Rücken wüten, und das Brüllen, als die Bäume in Flammen aufgingen und der Saft zischend explodierte. Manchmal schien das Feuer schneller zu werden und aufzuholen, und obwohl er sich nicht umsah, wusste er, dass die Flammen ein Gebüsch oder ein paar ausgetrocknete Blaubeersträucher erfasst hatten. Als er die Klamm erreichte, war das Feuer noch etwa fünfzig Meter hinter ihm. Er spürte die alles durchdringende Hitze, die es wie eine Bugwelle vor sich her schob.

Es war tatsächlich eine Klamm, nur das Wasser, das sie normalerweise führte, war längst versiegt, das steinige Flussbett ausgetrocknet. Doch das Nordufer bestand aus einer knapp fünfzehn Meter hohen, glatten Felswand, an deren Rand Ed nun stand und wusste, dass jede Sekunde, die er zögerte, ihn das Leben kosten konnte.

Zunächst erwog er, sich an der Felswand hinabzuhangeln, doch sie wirkte tückisch und die Felsen an ihrem Fuß mörderisch. Außerdem lagen in der Schlucht hinabgestürzte, abgestorbene Bäume, die vor spitzen Ästen nur so starrten. Ed hatte ein Seil dabei, das zwar nicht lang genug war, um ganz hinunterzugelangen, seiner Ansicht nach jedoch reichen musste, um vom Ende des Seils zu springen oder weiterzuklettern. Er zog es heraus und sah sich nach einem geeigneten Halt um.

Bis auf eine Ausnahme standen alle Bäume zu weit vom Rand der Schlucht entfernt. Er würde fünf Meter Seillänge verschwenden, auf die er nicht verzichten konnte. Die einzige Alternative war ein Baum, der sich bedrohlich über den Abgrund neigte. Die Hälfte seines Wurzelwerks lag bloß, doch als Ed sich an den Stamm lehnte, wirkte der stabil genug, und angesichts des jetzt nur noch dreißig Meter entfernt wütenden Feuers hatte er ohnehin keine Wahl. Er knotete das Seil an den Stamm und ließ sich langsam über die Kante in die Schlucht hinunter. Er war noch nicht weit gekommen, als er direkt über sich ein Krachen hörte. Ein Regen aus Funken und glühenden Holzstücken ging auf ihn nieder. Er duckte sich, hielt jedoch das Seil fest, und musste, als er nach oben sah, erkennen, dass um den Stamm des Baums Flammen züngelten. Der brennende Wipfel eines anderen Baums war vom Wind noch vor dem eigentlichen Feuerwall herübergeweht worden. Das Seil hatte bereits Feuer gefangen. Er lockerte seinen Griff, ließ es durch seine Hände gleiten und spürte, wie es seine Haut versengte, als er mit einem Hagel brennender Teilchen in die Schlucht hinabglitt.

Doch der Baum, an dem das Seil hing, war trocken wie Zunder und das Feuer gefräßig, sodass es das Seil schneller verschlang, als ihn das Gesetz der Schwerkraft auf den Grund der Schlucht tragen konnte. Auf halber Höhe riss das Seil. Ed sprang und versuchte, sich mit beiden Händen an die Felswand zu krallen, doch der Stein bröckelte, sodass er sich zu allem Überfluss auch noch drehte und kopfüber in die Tiefe stürzte.

Er sah den Boden der Schlucht kreiselnd näher kommen, hörte sein Funkgerät knacken und Connor, der erneut seinen Namen rief. Er bemerkte die Flechten, die wie Bärte an den Felsen klebten, und den Rauch, der von den herabgefallenen Glutstückchen kräuselnd zum Himmel aufstieg. Und das Letzte, was er sah und je sehen würde, war ein roter Schmetterling, der sich von dem speerartigen Ast eines toten Baums erhob und davonflatterte.

Julia rannte, so schnell sie konnte, durch das hohe Gras. Dabei rief sie immer wieder Skyes Namen. Doch es war sinnlos, denn der Wind riss ihr jeden Schrei von den Lippen und ließ ihn ungehört verhallen. Über den noch vom Brand verschonten Bäumen, die den Kamm des Hangs auf der rechten Seite des Talkessels krönten, stieg eine Rauchsäule auf, die aussah wie ein wütender schwarzer Drache, dessen Leib sich im orangefarbenen Widerschein des Feuers wand. Skye, die nur noch etwa vierhundert Meter unterhalb von ihr war, rannte jetzt ebenfalls. Einmal stolperte sie über einen kleinen Felsen und schlug lang hin, rappelte sich jedoch sofort wieder auf und hastete weiter.

»Skye! Skye!«

Bisher hatte sich das Mädchen kein einziges Mal umgesehen, und das tat sie auch jetzt nicht. Vielleicht wusste sie gar nicht, dass Julia hinter ihr herlief. Doch nun blieb sie plötzlich wie angewurzelt stehen. Mit einem Knall, der alles zu erschüttern schien, gingen die Bäume auf dem Hang rechts von ihr in Flammen auf. Julia blieb ebenfalls stehen, und einen Moment lang starrten beide wie gebannt auf das Schauspiel. Connor rief sie über Funk.

»Julia, kehr um. Du hast keine Zeit mehr.«

Sie blickte sich um und sah ihn mit Riesenschritten hangabwärts rennen. Er war nur noch hundert Meter entfernt und kam schnell näher. Sie wandte sich wieder nach vorn und erkannte, dass Skye sie endlich bemerkt hatte. Julia winkte ihr zu und machte ihr Zeichen umzukehren.

»Komm, Skye! Um Gottes willen komm!«

Das Gras unterhalb der Bäume hatte Feuer gefangen, und

die Flammen breiteten sich vom Wind angefacht in diagonalen Linien so schnell in dem Talkessel aus, als würden sie Benzinspuren folgen. Oberhalb von ihnen lösten sich erst zwei, dann ein dritter brennender Baumwipfel von ihren Stämmen und schwebten wie Kometen ins Tal. Als sie zwanzig Meter unterhalb von Skye landeten, überschlugen sie sich mehrmals und sprühten Funken.

Skye sah die brennenden Wipfel, drehte sich abrupt um und begann, den Hang hinaufzurennen. Endlich, dachte Julia. Gott sei Dank.

Schon im Laufen wusste Connor, dass sie nicht rechtzeitig aus dem Tal herauskommen würden. Er sah, dass der Wind die Brandherde, die durch ein paar herübergewehte Baumwipfel entstanden waren, peitschend auf sie zutrieb. Das Tal wurde genau wie am Mann Gulch zu einem einzigen riesigen Kamin, dachte er. Er spürte die sengende Hitze im Gesicht. Das Mädchen würde sterben. Doch es gab eine Chance, nur eine kleine Chance, dass er Julia retten konnte.

Sie befand sich nur noch zwanzig Meter vor ihm, doch nun rannte sie weiter zu Skye hinunter. Der Hang war steil, und das arme Mädchen versuchte verzweifelt, ihn zu erklimmen. Hinter ihr hatten sich die drei Brandnester zu einem großen Feuer vereinigt, dessen Flammen, angesogen vom Wild, von allen Seiten auf sie zurasten. Connor wusste, dass es für das Mädchen keine Rettung mehr gab, und auch nicht für Julia und ihn, wenn sie versuchten, ihr zu helfen.

»Julia!«

Endlich holte er sie ein und packte mit beiden Händen ihre Schulter. Sie fuhr herum.

»Julia, hör zu. Du kannst da nicht runter.«

»Aber wir müssen ihr doch helfen!«

»Nein. Sie wird es nicht schaffen. Und wenn wir da hingehen, schaffen wir es auch nicht.«

Sie versuchte sich loszureißen, doch er packte ihre Schulter noch fester und schlang den anderen Arm um ihre Hüfte.

»Lass mich los, verdammt noch mal!«

Sie schlug aus, er duckte sich, und als sie sich über ihn beugte, stand er wieder auf, hob sie hoch und warf sie über seine Schulter. Ihre Füße zeigten hangaufwärts, und sie strampelte und hämmerte mit den Fäusten auf seinen Rücken, doch er hielt sie fest und begann, den Hang hinaufzuklettern.

»Schau nicht zurück«, sagte er.

»Du Schwein! Du verdammtes Schwein!«

Connor stellte sich vor, was in Skye vorging, als sie mit ansehen musste, wie sie sie im Stich ließen. Er blendete diesen Gedanken aus und versuchte, Julias Schläge und Beschimpfungen zu ignorieren und sich stattdessen auf ihr Überleben zu konzentrieren.

»Lass mich los! Lass mich los!«

Ein einziger Mann hatte die Katastrophe am Mann Gulch überlebt, der Einzige, der nicht versucht hatte, dem Feuer zu entkommen. Connor hatte die Stelle bereits ausgeguckt. Auf dem Weg ins Tal war er an einer Gruppe von Felsen vorübergekommen und hatte entschieden, dass dies der einzige Fleck war, an dem sie eine Chance hatten. Er lag etwa zwanzig Meter hangaufwärts, doch sie kamen nur langsam voran, weil Julia sich so heftig wehrte. Der Qualm waberte jetzt in dicken Schwaden heran. Connor hatte seinen rechten Arm um Julias Hüften geklammert und hielt sie mit der rechten Hand fest, doch jetzt ließ er sie los und griff in seine Tasche, um das Sturmstreichholz bereitzuhaben, wenn sie die Felsen erreichten.

Noch fünfzehn Minuten. Zwölf. Zehn …

Julia stieß einen markerschütternden Schrei aus, und er wusste, dass die Flammen das Mädchen eingeholt hatten. Julia sah sie sterben.

»Sieh nicht hin, Julia. Sieh um Himmels willen nicht hin.«

Ihr Schrei verlor sich in einem Wimmern, und er spürte,

wie sich ihr Körper auf seiner Schulter wand und zusammenkrümmte, als ob etwas in ihr ebenfalls sterben würde.

Als sie die Stelle erreicht hatten, ließ Connor sie herunter und lehnte sie mit dem Rücken an einen Felsen. Ihre Augen waren zusammengekniffen, ihr Gesicht war verzerrt, ihr Mund zu einem stummen, verzweifelten Schrei geöffnet. Sie wehrte sich nicht mehr, sondern glitt langsam am Felsen ab und sank zu Boden.

Connor ließ sie dort liegen und zündete das Sturmstreichholz an, das hell in seiner Hand loderte. Die drei großen und etliche kleinere Felsen bildeten zusammen ein Dreieck von zwei Metern Durchmesser, in dessen Mitte Gras wuchs, das Connor als Erstes anzündete. Es fing knisternd Feuer. Der Wind peitschte durch die Spalten zwischen den Felsen, und bald stand der Hang in Flammen. Connor sah zu, wie das Feuer hangaufwärts wanderte, und konnte nur hoffen, dass Chuck und Katie mittlerweile in Sicherheit waren.

Er spähte durch den Qualm und sah, dass das ganze Tal brannte. Eine flache Flammenmauer raste auf sie zu. Das Gras zwischen den Felsen war inzwischen abgebrannt, und er trat die glühenden Reste aus. Er hörte Julia auf der dem Tal zugewandten Seite des Felsens, wo er sie abgesetzt hatte, leise stöhnen und rannte, das brennende Streichholz noch in der Hand, zu ihr. Sie war schluchzend in sich zusammengesunken. Er packte ihr Handgelenk, zerrte sie ein paar Schritte hangabwärts, zündete das Gras zwischen ihnen und dem Felsen an und wartete, bis es abgebrannt war.

Um die Felsen erstreckte sich nun ein rauchender, schwarzer Fleck von fünfzehn Metern Durchmesser. Connor warf das Sturmstreichholz weg, kniete sich vor Julia und nahm sie in beide Arme. Sie schlug nach ihm, als er sie hochhob.

»Du Schwein. Du hast sie sterben lassen. Warum hast du sie sterben lassen?«

Connor antwortete nicht. Er ließ sich einfach schlagen und

trug sie zwischen die Felsen, wo er sie auf der schwarzen Erde absetzte und eine Wasserflasche aus der Tasche zog.

»Okay, ich werde dich jetzt damit übergießen.«

»Leck mich am Arsch.«

Er zog ein Stirnband aus der Tasche, das er befeuchtete, bevor er Julias Kopf und Schultern mit Wasser übergoss, die Flasche über sich entleerte und wegwarf. Der Qualm war mittlerweile fast undurchdringlich und brannte in Augen und Lunge, sodass beide husten mussten. Connor konnte nur noch das Rot und Orange des Feuers ausmachen, das schätzungsweise dreißig Meter entfernt war. Es toste wie ein Dutzend Düsentriebwerke, und die Luft war so heiß, dass sie sein Fleisch röstete.

Er schlug seinen Notunterstand auf, ein kleines, schlauchartiges Zelt aus Aluminiumfolie. Er hatte es nie zuvor benutzen müssen und war deshalb skeptisch, wie viel es im Ernstfall wert war. Die Springer nannten es scherzhaft Knack & Back, weil man darin vermutlich nur kross wie ein Truthahn gebraten wurde. Aber einen Versuch war es wert. Als er das Zelt öffnete, zerrte der Wind raschelnd an der Folie.

»Julia, steh auf.«

Sie rührte sich nicht, also zog er sie hoch, lehnte sie an sich und stützte sie mit einem Arm ab. Sie wimmerte nach wie vor leise vor sich hin. Der Notunterstand war für eine Person konzipiert, doch Connor schätzte, dass sie auch zu zweit gerade genug Platz finden würden. Er zog die Plane über ihre Köpfe und Körper, bis sie ganz eingehüllt waren, legte den Arm um sie und ließ sich mit ihr auf den Boden sinken. Er gab ihr das angefeuchtete Stirnband.

»Leg das über dein Gesicht.«

Sie wollte nicht, also tat er es für sie. Ihre Leiber waren dicht aneinander gepresst, sodass er ihr Schluchzen spürte. Als das Dröhnen des nahenden Feuers lauter und lauter wurde, legte er schützend beide Arme um sie, drückte sie fest an seine Brust und wartete.

ZWEITER TEIL

13

Connor war schon zweimal nach Kentucky geflogen, einmal im dichten Nebel und einmal in einem Schneesturm. Als das Flugzeug zum Landeanflug ansetzte, hoffte er, dass er diesmal etwas von dem Staat sehen würde, der als das Land der Pferde bekannt war. Doch Lexington lag unter einem Schleier niedriger Wolken, und als sie daruntertauchten, sah er durch das regennasse Fenster nur verschwommen aufgeweichtes Weideland und einen Highway, auf dem sich die Autos stauten, die alle Licht anhatten, obwohl es erst drei Uhr nachmittags war.

Er fragte sich, ob sie ihn am Flughafen abholen würde.

Es war Ende Februar, und in den sechs Monaten, die seit dem Feuer vergangen waren, hatte er sie nicht ein einziges Mal gesehen. Als Eds Zustand sich stabilisiert hatte, war sie mit ihm nach Kentucky geflogen und für die Dauer seines Krankenhausaufenthalts bei seinen Eltern geblieben. Jetzt erholte er sich zu Hause, und Julia arbeitete unter der Woche in Boston und flog jedes Wochenende zurück nach Kentucky – bis auf die beiden Wochenenden, an denen Connor zu Besuch kam. Beide Male war sie in Boston geblieben, angeblich wegen ihrer Arbeit. Inzwischen war die Botschaft bei Connor angekommen.

Anfangs hatte er versucht, sie anzurufen. In Boston erreichte er immer nur ihren Anrufbeantworter, und sie rief nie zurück. Zweimal hatte sie zufällig das Telefon bei Eds Eltern abgenommen, und er hatte immer das Gefühl gehabt, mit einer Fremden zu reden. Sie war höflich, distanziert und berichtete scheinbar emotionslos über Eds Genesung. Ja, die Verbrennungen verheilten gut, ja, die gebrochene Hüfte auch, er humpelte beim Gehen fast gar nicht mehr, und nein, was sein Augenlicht betraf, gab es nach wie vor keine Fortschritte.

Ed hatte bei dem Sturz in beiden Augen eine Retinitis mit Blutungen in tiefen Netzhautschichten erlitten. Die Ärzte sagten, dass es etwas mit dem Diabetes zu tun hätte. Offenbar hatte er bereits vorher unter leichten Augenproblemen gelitten, die er aus Angst, das Fallschirmspringen aufgeben zu müssen, verschwieg. Die Wahrscheinlichkeit, dass so etwas in beiden Augen gleichzeitig auftrat, war eins zu einer Million. Connor fragte nicht groß nach den medizinischen Einzelheiten, weil sie ihm ohnehin nichts gesagt hätten. Entscheidend war, dass sein Freund jetzt blind war und höchstwahrscheinlich für immer blind bleiben würde.

Jemandem, der ihn weniger gut kannte, wäre Eds Reaktion auf das Geschehene, schier unglaublich erschienen. Connor telefonierte zwei-, dreimal die Woche mit ihm, und Eds Stimmung war stets überschwänglich. Nachdem seine Hüfte verheilt war, hatte er einen Monat in einer Rehaklinik für Blinde verbracht, aus der er urkomische Anekdoten über Missgeschicke und Unglücke zu berichten wusste. Dort gab es eine junge Schwedin, die Kurse in Orientierung und Mobilität gab, mit der Ed und ein paar Mitpatienten offenbar ständig geflirtet hatten.

»Connor, Mann, ich sag dir, sie hat die erotischste Stimme, die du je gehört hast. Sie heißt eigentlich Trudi, aber wir haben sie immer Greta genannt, weil sie haargenau klingt wie die Garbo. Wir haben dort unter anderem gelernt, wie man sich an einem unbekannten Ort zurechtfindet, indem jemand einem mit dem Finger einen Plan auf den Rücken malt. Und wir sind dauernd zu ihr gegangen und haben gesagt: ›Hey, Greta, ich hab meinen Plan vergessen, kannst du ihn noch mal malen? Nein, tiefer, tiefer! Weißt du, vielleicht wäre es besser, wenn du ihn mir auf den Oberschenkel malst?‹«

Ed meinte, es wäre phantastisch, welche Freiheiten man als

frisch Erblindeter genießen würde; man könne alles anfassen und vorgeben, es wäre ein Missgeschick gewesen. Und in der letzten Woche hatte er endlos von seiner neuen Computerausrüstung erzählt, mit deren Hilfe er komponieren könne. Er würde ein spezielles Braillekeyboard und sprachgesteuerte Programme bekommen. Die Software war so ausgefuchst, dass man nur eine Melodie summen musste, die vom Computer aufgezeichnet, in Notenschrift umgesetzt und wieder abgespielt wurde.

»Es ist absolut unglaublich. Wenn ich erst mal weiß, wie das Ding funktioniert, kann ich dem Programm eine vage Idee für einen Song diktieren – zum Beispiel ein Liebeslied, ein bisschen schmalzig, ein bisschen traurig; dann gehe ich Kaffee trinken, die Zeitung lesen, und wenn ich wiederkomme, hat es das ganze verdammte Ding fertig komponiert. Wer weiß, vielleicht sogar ein komplettes Musical.«

Connor drang nicht weiter in ihn, um zu erfahren, was hinter dieser tapferen Fassade vor sich ging, doch er konnte es sich vorstellen. Er wusste, dass sowohl Ed als auch Julia eine posttraumatische Therapie machten. Man hatte Connor in Missoula ein entsprechendes Angebot unterbreitet, doch er war nicht darauf eingegangen. Was geschehen war, war vorbei, und nichts konnte es ungeschehen machen. Er war überzeugt, selbst damit fertig werden zu können.

Seltsam war, dass er mit Ed noch nicht wirklich über das Feuer geredet hatte. Ed war immer so betont gut gelaunt, dass Connor sich nicht traute, das Thema anzusprechen. Vor allem aber wollte er nach Julia fragen und warum sie ihn mied, obwohl er sich das schon vorstellen konnte. Ed hatte einmal eine Bemerkung fallen lassen, dass das Feuer auf dem Snake Mountain bei ihr schlimmere Wunden hinterlassen hätte als bei ihm selbst. Offenbar fühlte sie sich nicht nur für das Schicksal des Mädchens verantwortlich, sondern auch für den Tod der fünf anderen Menschen, die ums Leben gekommen waren, als der Rettungshubschrauber eine Stromleitung gestreift hatte und abgestürzt war.

Ed klang enthusiastisch, als Connor ihn gefragt hatte, ob er ihn noch einmal in Kentucky besuchen könnte. Er versprach, ihn dieses Mal selbst am Flughafen abzuholen. Connor rechnete nicht damit, dass Julia ihn begleitete. Wahrscheinlich würde sie wieder unter einem Vorwand in Boston bleiben.

Doch er sollte sich irren. Als er mit seinem alten Lederbeutel über der Schulter in die Halle kam, sah er sie. Wäre Ed nicht mit untergehaktem Arm neben ihr gestanden, hätte er sie womöglich gar nicht erkannt. Sie war blass und abgemagert, hatte kurze Haare und dunkle Ringe unter den Augen und trug einen langen schwarzen Mantel mit hochgeschlagenem Kragen und Stiefel. Sie sah tragischschön aus, und bei ihrem Anblick spürte Connor, wie sich eine schwere Last auf seine Brust legte. Sie entdeckte ihn und winkte, und er beobachtete, wie sie Ed zuflüsterte, in welche Richtung er sich wenden musste, was er strahlend tat.

»Hey, Cowboy! Hier drüben!«

Ed trug eine dunkle Brille und eine alte gelbe Skijacke, die Connor von zahlreichen gemeinsamen Bergtouren kannte. Auch er hatte abgenommen, und etwas an der Art, wie er, die Schultern schützend hochgezogen, dastand, ließ ihn schwach und verletzlich wirken. Doch die Brandnarben in seinem Gesicht hatten sich zurückgebildet und sahen schon sehr viel besser aus. Connor ging auf ihn zu.

»Hey, alter Kumpel«, begrüßte er ihn. »Wann gibt's in deinem verdammten Staat endlich mal anständiges Wetter?«

Er stellte seinen Lederbeutel ab, fasste Ed bei den Schultern, und die beiden umarmten sich lange. Connor musste heftig gegen die Tränen ankämpfen.

»Hey, Mann«, sagte er leise, »gut dich zu sehen.«

»Ich freue mich auch, dich zu sehen, Mann.« Ed lachte und trat eine Armlänge zurück, als würde er ihn mustern. »Siehst du? Ich sage immer noch ›sehen‹, und das werde ich auch weiterhin tun. Außerdem kann ich dich in meinem Kopf sehen, und du bist noch immer ein hässlicher Sack.«

Connor lachte und wandte sich Julia zu.

»Hallo, Julia.«

»Connor.« Sie nickte. »Wie geht's?«

»Gut. Und dir?«

»Mir geht's gut. Danke.«

Sie wussten nicht, ob sie sich küssen, umarmen oder vielleicht nur die Hand geben sollten. Connor wagte den Schritt, trat auf sie zu, umarmte sie und küsste sie auf die Wange. Ihr Duft war ihm sofort wieder gegenwärtig. Sie erwiderte seine Umarmung nicht, sondern berührte nur kurz seine Schultern. Er ließ sie los und sah ihr in die Augen, doch sie wandte den Blick sofort ab.

»Du hast dir die Haare abgeschnitten«, sagte er unsicher.

»Ja. Sie waren ganz versengt und ausgefranst ...«

Connor kam sich noch dümmer vor.

»Steht ihr gut, oder?«, sagte Ed grinsend und zersauste ihr mit einer Hand das Haar am Hinterkopf. Julia lächelte pflichtschuldigst.

»Ja, das stimmt«, sagte Connor.

Es entstand betretenes Schweigen.

»Und? Hast du irgendwelches Gepäck aufgegeben?«

»Nein, das ist alles.« Er nahm seinen Beutel.

»Ja, worauf warten wir dann noch, verdammt noch mal?«, fragte Ed. »Los, lass uns diesem Cowboy ein Bier besorgen.«

Sie nahmen Ed in die Mitte, gingen langsam durch die Halle und traten hinaus in den trüben Nachmittag. Julia ließ die beiden Männer im Schutz der überdachten Vorhalle zurück, um den Wagen zu holen.

Neben ihnen stand eng umschlungen ein Paar, das sich leidenschaftlich küsste. Das machte Connor verlegen und auch traurig, ohne zu wissen, warum.

»Wie sieht sie deiner Meinung nach aus?«, fragte Ed.

»Großartig. Vielleicht ein bisschen müde.«

»Ja. Sie arbeitet zu viel. Sie war unglaublich.«

Es gab so viele Fragen, die Connor stellen wollte, doch sie kamen ihm alle unpassend vor.

»Weißt du, sie fühlt sich wirklich mies wegen der Sachen, die sie zu dir gesagt hat.«

Connor wusste genau, was Ed meinte, tat jedoch überrascht.

»Was meinst du damit?«

Ed seufzte. »Also, sie hat mir erzählt, dass sie dich beschimpft und gesagt hat, es wäre deine Schuld, dass das Mädchen ... na ja, du weißt schon.«

»Ach, ihr war doch gar nicht bewusst, was sie redete. Ich habe nie gedacht, dass sie es wirklich ernst meint.«

»Das ist gut. Denn sie weiß, dass du ihr das Leben gerettet hast. Und dass du, was das Mädchen betrifft, keine andere Wahl hattest.«

»Hm, vielleicht.«

»Nein, Connor. Kein Vielleicht.«

Ed tastete nach Connors Arm, drückte ihn und wandte sich in die Richtung, in der er das Gesicht seines Freundes vermutete, als wolle er ihm direkt in die Augen sehen.

»Du hattest keine Wahl, Mann. Jeder von uns hätte so gehandelt. Die Wahrheit ist, dass die meisten von uns gescheitert und umgekommen wären.«

Der Abschlussbericht der offiziellen Ermittlung war noch nicht veröffentlicht, doch Connor wusste bereits, dass sie zu demselben Ergebnis gekommen war, auch wenn er sich deswegen keinen Deut besser fühlte.

Es dauerte ziemlich lange, bis endlich ein Jaguar am Bordstein hielt. Durch die getönten Scheiben sah Connor Julia, die sich vorbeugte, um die Beifahrertür zu öffnen. Sie trug jetzt ebenfalls eine Sonnenbrille, was ihm bei der fortgeschrittenen Dämmerung seltsam vorkam.

»Da ist sie«, sagte er und schob Ed sanft zu dem wartenden Wagen.

Das Abendessen in Grassland – oder im Château Tully, wie Ed es nannte – wurde pünktlich um halb acht serviert, und verspätetes Erscheinen galt als ziemlich unfein, auch wenn Eds Vater nie viel Aufhebens deswegen machte. Er hob lediglich eine Braue und bedachte die betreffende Person mit einem nachsichtigen Lächeln, die ihr das Gefühl gab, ganz klein und ein kompletter Versager zu sein. Getreu der Familientradition, für praktisch alles einen Spitznamen oder eine Abkürzung zu erfinden, nannte Ed es sein Wirklich-schade-Lächeln. Er hatte es sein Leben lang ertragen müssen, aber wenn Julia sich nicht beeilte, würde es heute Abend ihr gelten. Es war schon zwanzig nach sieben, doch sie lag noch immer in der Wanne und versuchte, die nötige Kraft zu sammeln, um Connor erneut gegenüberzutreten.

Die Gästesuite in Grassland hätte kaum weiter entfernt von ihrem Alltag sein können. Wände und Boden des Badezimmers waren in gemasertem, hellbraunem Marmor gehalten, die Beleuchtung war diskret verkleidet, und die Wanne hatte die Ausmaße eines kleinen Swimmingpools. Dagegen war die Wohnung, die sie sich mit Linda in Boston teilte, wohin sie jeden Sonntagabend in düsterer Stimmung zurückflog, kalt, eng und zugig.

Zum ersten Mal war sie mit Ed im vergangenen Frühjahr nach Grassland gekommen, um seine Eltern kennen zu lernen. Sobald das Flugzeug gelandet war, setzte der Kulturschock ein. Raoul, der Chauffeur von Eds Vater, empfing sie in einem dunklen Anzug mit schwarzer Fliege und hielt ihnen schüchtern lächelnd die Tür zum Fond eines Mercedes auf, der geräumig genug war, um darin eine Party zu feiern. Julia bekam einen Lachanfall, der sich erst wieder legte, als sie den Highway verließen. Wie durch Zauberhand öffneten sich surrend zwei schmiedeeiserne Tore, und der Wagen glitt leise schnurrend auf eine gewundene Straße, die durch eine Parklandschaft führte, bis sie vor einem Palast mit Säulenvorhalle standen, bei dessen Anblick Julia nur noch mit offenem Mund staunen konnte. Sie erklärte Ed, sie hätte ja keine Ahnung gehabt, dass er Rhett Butler war, und er lachte nur, küsste sie und meinte, dass ihm das alles, ganz offen gestanden, am Arsch vorbeiginge.

Seit ihre Söhne flügge geworden waren, hatten Jim und Susan Tully den gesamten Westflügel für sich, während Personal und Gäste im Ostflügel residierten. Es gab mindestens vier Gästesuiten, und als Ed sie bei ihrem ersten Besuch durch die mit cremefarbenem Teppich ausgelegten Flure zielsicher zu der schönsten führte, hatte sie geflüstert, dass sie vielleicht besser eine Spur mit Erbsen auslegen sollte, weil sie sonst nie wieder zurückfände. Sie war sprachlos gewesen, als sie die gelbe Seidentapete, die Vorhänge, die chinesischen Teppiche und die Aussicht durch hohe Fenster auf sanft geschwungene Weiden gesehen hatte.

Mittlerweile nahm sie es beinahe als selbstverständlich hin. In Grassland fühlte sie sich wie zu Hause, und Lexington war ihr ans Herz gewachsen. Die Menschen hier besaßen eine altmodische Höflichkeit, die Julia, in der Hektik der Großstadt aufgewachsen, ebenso seltsam wie beruhigend fand. Und je besser sie Eds Eltern kennen lernte, desto mehr mochte sie sie. Der Unfall hatte sie einander nahe gebracht, und Julia wusste, dass Eds Eltern sie vergötterten, vor allem seine Mutter, die sie behandelte wie die Tochter, die sie immer haben wollte.

Susans Reaktion auf das Unglück war fast genauso unglaublich wie Eds. Der Schock und die Trauer über das Erblinden und die Verbrennungen ihres Lieblingssohns waren größer, als Julia sich vorstellen konnte, doch Susan konnte ihre Gefühle gut verbergen. Nach außen hin hatte sie sich von Anfang an stark und zupackend gegeben. Julia hatte davon gezehrt und versucht, es ihr gleichzutun, was ihr meist auch gelang. Niemand, nicht einmal der Therapeut, den sie in Boston konsultierte, wusste, was in ihrem Innern vorging. Er ahnte nichts von den schrecklichen Träumen, den Dämonen, die sie in den dunklen Stunden der Nacht heimsuchten und auf ihrer Brust hockten, als wollten sie alle Luft aus ihrer Lunge pressen.

Sie hatte immer geglaubt, dass sie offen für eine Therapie war, und vielleicht wäre sie das auch gewesen, wenn sie jemanden gefunden hätte, dem sie mehr vertraute. Der Therapeut, den sie aufgesucht hatte, hieß Dr. Schroeder und war ein kleiner zierlicher Mann, mit weichen, blassen Händen und beunruhigend starrenden, schwarzen Augen. Sein langsames Nicken, mit dem er vermutlich Verständnis und Mitgefühl ausdrücken oder zu weiteren Bekenntnissen ermutigen wollte, bewirkte bei ihr das genaue Gegenteil. Etliche Male war sie kurz davor gestanden, ihm etwas Wichtiges zu erzählen, als sie das Nicken und den unergründlichen Vogelblick gesehen hatte und in ihrem Kopf krachend eine Tür zugefallen war. Schließlich hatte er sie während einer ihrer wöchentlichen Sitzungen Gloria genannt, und das war's. Einen Namen zu verwechseln, wäre möglicherweise noch entschuldbar gewesen, aber *Gloria*? Sie war nie wieder hingegangen.

Die Last der Schuld, die sie mit sich herumtrug, erschien ihr jetzt manchmal so schwer, dass sie in diesen trostlosen Winterwochen bisweilen befürchtete, ihre Knie könnten unter ihr nachgeben. Die Haltung ihrer Mutter half auch nicht weiter; sie war eine überzeugte Anhängerin des fröhlichen Verdrängens zur Bewältigung solcher Erlebnisse. Wenn die beiden am Telefon oder bei einem der seltenen Besuche Julias in New York miteinander sprachen, hatte sie stets eine Lebensweisheit parat. Es war nur ein Unfall. Niemand hatte Schuld.

Ihre Arbeit im Institut war eine gute Ablenkung. Doch wenn einer ihrer Schüler sie etwas fragte oder auf eine bestimmte Art anschaute, konnte es durchaus passieren, dass Julia unvermittelt Skyes Gesicht vor sich sah oder ihre Stimme hörte und mit rasendem Herzen nach Luft rang. Linda half ihr durch die schlimmen Wochentage, kochte für sie, brachte ihr heißen Kakao, setzte sich an ihr Bett und nahm sie in die Arme, wenn sie sie mitten in der Nacht weinen hörte. Linda war die Einzige, die ihre Schuldgefühle zu verstehen schien.

Zehn Tage nach dem Feuer, Ed lag noch auf der Intensivstation, hatte Glen Nielsen Julia, Katie, Scott und Laura zu Skyes Beerdigung in Billings gefahren. Sie bildeten mehr als die Hälfte der Trauergemeinde. Während der Andacht starrte Skyes Stiefvater sie die ganze Zeit an, und vor der Kirche kam er auf sie zu und beschimpfte sie als mörderische Hexe. Er fing an zu brüllen, sie hätte vielleicht Nerven hier aufzutauchen, und zwei Freunde mussten ihn zurückhalten.

»Sie haben uns nicht mal eine richtige Leiche zum Beerdigen hinterlassen!«

Julia hatte noch Tage später kaum ein Wort herausgebracht.

In Boston kam sie auf dem Weg zur Arbeit an einer katholischen Kirche vorbei, und manchmal ging sie nach der Schule hinein und setzte sich in eine der hinteren Reihen. Meist war der Raum leer, doch ab und zu suchten Obdachlose Schutz vor der Kälte. Manchmal saß auch eine einsame Gestalt ins Gebet vertieft auf einer Bank oder zündete eine Kerze an. Daran hatte Julia auch schon gedacht. Sie hatte sogar erwogen, einen Priester zu bitten, ihr die Beichte abzunehmen, doch was sollte sie sagen?

Vergib mir, Vater, denn ich habe gesündigt. Ich habe auf einem Berg eine hübsche junge Frau getötet und meinen Freund blind gemacht. Ach ja, und fünf Mann in einem Rettungshubschrauber sind auch noch gestorben.

Wie viele Ave-Marias waren erforderlich, um von solchen Sünden losgesprochen zu werden, fragte sie sich. Um Vergebung zu bitten, erschien ihr beinahe obszön. Selbst wenn Gott existierte und ihr vergab, wie sollte sie sich je selbst verzeihen? Welches Recht hatte sie zu beten oder eine Kerze anzuzünden? So saß sie einfach da und starrte aus dem Halbdunkel auf den ins Licht getauchten Altar, die gold, blau und weiß glänzende Statue der Jungfrau Maria mit ihrem rätselhaften Lächeln und den Christus darüber, verlassen und einsam am Kreuz, mit einer offenen Wunde im Leib und Blutstropfen auf den Wangen von der Dornenkrone auf seinem Kopf. Julia starrte und hoffte, etwas zu empfinden. Vielleicht einen Hauch von mildem Trost. Doch sie spürte nichts.

Das Wasser kühlte langsam ab, und sie legte den Kopf in den Nacken, um ihre Haare nass zu machen und zu waschen. Sie stieg aus der Wanne, wickelte sich in eines der großen flauschigen Badetücher der Tullys und trocknete sich ab, während sie an Connor dachte und wünschte, sie wäre übers Wochenende in Boston geblieben oder hätte ihre Mutter in New York besucht.

Sie hatte all ihre Kraft aufgewendet, um zu verbergen, wie sehr sie bemüht war, ihm aus dem Weg zu gehen. Ed hatte es erst gemerkt, als Connor das letzte Mal nach Kentucky gekommen war und sie sich erneut eine Entschuldigung ausdachte. Er wollte den Grund dafür wissen, und sie hatte gesagt, sie würde sich für ihr Benehmen am Tag des Feuers schämen – was die Wahrheit war, aber nicht die ganze.

Insgeheim schämte Julia sich für die Gefühle, die sie im vergangenen Sommer für Connor gehegt hatte und noch immer hegte. Selbst vor dem Unglück waren ihr diese Regungen wie ein Betrug an Ed erschienen, aber jetzt empfand sie sie beinahe als ungeheuerlich. Julia kannte ihre Pflicht, und so lange Connor viele Meilen entfernt war und sie ihn nicht sehen musste, konnte sie ihre Gefühle für ihn verdrängen und sich weiter darum kümmern, Ed zu versorgen.

Doch am Flughafen war alles wieder auf sie eingestürmt. Die Art, wie er auf sie zugekommen war und sie aus seinen hellblauen Augen angesehen hatte, der Klang seiner Stimme. Sie hatte inständig gehofft, dass er sie nicht umarmen oder küssen würde, und als er seine Arme um sie legte, hatte sie gespürt, wie sich etwas in ihr löste. Sie hatte die Tränen zurückgehalten, bis sie im Wagen war, und sich dann schluchzend über das Lenkrad gebeugt.

Jetzt fühlte sie sich zum Glück wieder ein wenig stärker. Sie föhnte ihre Haare und zog rasch eine schwarze Samthose und einen dunkelgrünen Kaschmirpulli an, den Eds Mutter ihr zu

Weihnachten geschenkt hatte. Vor dem Brand hatte sie nur selten Make-up benutzt, doch inzwischen erschreckte sie der Anblick ihres ungeschminkten Gesichts im Spiegel. Ihre Wangen waren hohl, ihre Augen lagen tief in den Höhlen, und sie fand, dass sie mit dem kurzen Haar aussah wie eine Krebskranke oder Überlebende eines Lagers. Als sie sich vor dem Badezimmerspiegel zurechtmachte, hörte sie Eds leises, spezielles Klopfzeichen an der Schlafzimmertür, das er immer benutzte, wenn er nachts, nachdem alle schlafen gegangen waren, auf ihr Zimmer kam.

»Mylady?«

»Ich bin hier.«

»Myladys Anwesenheit wird sehnlichst im Speisesaal erwartet.«

»Ich komme.«

Sie hörte ihn durch das Schlafzimmer tappen, bis er im Spiegel auftauchte und hinter ihr in der Tür stehen blieb. Er hatte sich beim Rasieren geschnitten und ein wenig getrocknetes Blut auf der Wange. Sie ging zu ihm. Er lehnte den Stock an die Wand, umarmte sie und küsste ihren Hals.

»Du riechst zum Fressen gut.«

Sie lächelte und hielt still, während er seine Hände von der Rückseite ihrer Schenkel bis zu den Schultern, unter ihren Armen hindurch bis auf ihre Brüste wandern ließ.

»Ich überprüfe nur, ob du angemessen bekleidet bist«, scherzte er.

»Hm-hm. Und?«

»Fühlt sich gut an.«

Sie spürte seine Erektion, griff hinter sich nach einem Waschlappen und tupfte ihm das Blut von der Wange.

»Verdammt, habe ich mich geschnitten?«

»Nur ein bisschen. So. Alles weg. Jetzt aber schnell.«

»Was? Jetzt? Gleich hier? Gerne.«

»Nach unten, du Wüstling. Hast du dir deine Spritze gegeben.«

»Ja, Mama.«

»Hast du es ihm schon erzählt?«

»Nein. Ich dachte, wir sagen es ihm nach dem Essen.«

Bis jetzt war das Blindsein nichts, was man besonders empfehlen konnte, doch eins war Ed aufgefallen: Er war ständig scharf wie Nachbars Lumpi. Er hatte davon gehört, dass mit dem Verlust des Augenlichts die anderen Sinne empfindsamer wurden; anders konnte er es sich nicht erklären, außer die unzähligen Pillen, die er jetzt ständig einnahm, hatten eine wundersame Nebenwirkung, die zu erwähnen niemand wagte. Bei all der Mühe, die es ihm bereitete, das Leben im Dunkeln zu lernen, war er oft sehr erschöpft. Doch er war nie zu müde, allnächtlich die Reise zu Julias Schlafzimmer anzutreten. Scherzhaft hatte er ihr erklärt, dass er nicht einmal einen Stock bräuchte, um den Weg zu finden, weil sein ganz persönlicher Stab das wunderbar alleine schaffte.

Dabei war sein Sexualtrieb auch vor seiner Erblindung nicht gerade sehr schwach ausgeprägt gewesen. Ganz im Gegenteil, es hatte kaum eine Nacht gegeben, in der er und Julia nicht miteinander geschlafen hatten. Da er sie jetzt nur noch spüren und schmecken konnte, fühlte er sich wie aufgeladen. Dabei hielt er sich nicht für einen besonders guten Liebhaber. Er wusste, dass er manchmal zu eifrig und oft zu schnell war. Doch er schmeichelte sich mit dem Gedanken, dass er das, was ihm an Raffinesse fehlte, durch Fleiß wettmachte.

Wegen seiner gebrochenen Hüfte und des Aufenthalts in der Rehaklinik verging eine lange Zeit, bevor er und Julia zum ersten Mal wieder miteinander ins Bett gehen konnten. In der Klinik hatte ihn die Sorge geplagt, dass sie ihn nicht mehr attraktiv finden könnte. Das hatte er gegenüber einem der Therapeuten erwähnt, und der Mann hatte ihn damit zu beruhigen versucht, dass er ihm erklärte, erblindete Männer hätten häufig Angst, dass der Verlust ihrer Sehkraft auch ihrer Männlichkeit

Abbruch tue – was ihn keineswegs besänftigte, sondern eher noch besorgter machte. So hatten seine Zweifel bis zu seiner Heimkehr fast wahnhafte Züge angenommen.

Doch Julia hatte sie rasch zerstreut. In der ersten Nacht in Grassland hatte er herumgefummelt wie bei seinem ersten Rendezvous, doch sie hatte ihn geführt und ihm geholfen. Er hatte gespürt, wie sehr sie ihn wollte, und seitdem war es so wie früher oder sogar besser. Die einzige Veränderung, die er außer seiner erhöhten Sensibilität feststellte, betraf Julia, die in ihrer Hingabe eine traurige Innigkeit entwickelte, in der sie ganz aufzugehen schien.

Die anderen saßen bereits am Tisch, als Ed mit Julia im Esszimmer erschien. Er hörte Stuhlbeine über den Boden scharren und wusste, dass sein Vater und Connor aufgestanden waren.

»Tut uns Leid, dass wir zu spät kommen«, entschuldigte er sich. »Es ist meine Schuld. Ich hätte mir beim Rasieren fast den Kopf abgeschnitten.«

»Warum benutzt du nicht den elektrischen Rasierer, den ich dir besorgt habe?«, fragte seine Mutter.

»Ich lebe eben gern gefährlich.«

Es entstand ein kurzes Schweigen, Julia führte ihn zu seinem Stuhl und setzte sich neben ihn.

»Kommt, lasst uns essen«, sagte sein Vater. »Der arme Connor stirbt bald vor Hunger.«

Er rief nach Annie, der philippinischen Köchin, die seit Eds Kindheit bei ihnen war. Sie plauderten, während sie den ersten Gang auftrug. Ed schnupperte. Es war zum Ritual geworden, dass er jedes Mal zu erraten versuchte, was aufgetischt wurde.

»Okay, Annie. Mal sehen. Räucherlachs und –«

Annie lachte. »Das rätst du nie.«

»Und … die alten Socken, die du vergangene Woche weggeworfen hast.«

Sie gab ihm einen leichten Klaps auf die Hände und stellte den Teller vor ihm ab.

»Gurke mit einer Minzkreation.«

»Gurken, die wie Socken riechen, das ist wahrhaft eine Kreation.«

Beim Essen erkundigte Eds Vater sich bei Connor nach dem Flug von Montana und hob zu einem langweiligen Monolog über die Vorzüge diverser Fluggesellschaften an. Er fragte Julia, mit welcher Linie sie aus Boston gekommen sei, und sie antwortete höflich. Es war das erste Mal, dass sie etwas sagte, und Ed fragte sich, warum sie so still war. Wahrscheinlich langweilte sie das Gespräch. Es wurde Zeit, die Veranstaltung ein bisschen aufzupeppen.

»Hey«, meinte er. »Habt ihr von der Stewardess gehört, die neulich dabei erwischt wurde, als sie mit einem Passagier gebumst hat – Verzeihung, Mom – ›intim geworden ist‹?«

»Nein«, erwiderte Connor. »Aber ich habe das Gefühl, dass du uns gleich aufklären wirst.«

»Also, wenn ihr darauf besteht. Die Ticketverkäufe sind daraufhin in die Höhe geschnellt, alle Flüge ausgebucht. Aber sie ist trotz ihrer Verdienste um den Luftverkehr rausgeflogen.«

»Bitte, Ed!«, schalt ihn seine Mutter. »Connor, was sollen wir bloß mit dem Jungen machen?«

»Nun, Mrs. Tully, ich habe gehört, dass der Handel mit weißen Sklaven in manchen Teilen Asiens noch ziemlich verbreitet ist.«

»Das ist eine gute Idee. Wir verkaufen ihn.«

»Nur zu«, sagte Ed. »Was glaubt ihr, was ihr für einen blinden, diabetischen, gescheiterten Komponisten bekommt?«

»Was soll das heißen, gescheitert?«, fragte seine Mutter.

»Es war ein Witz, Mom.«

Eine Weile herrschte Schweigen. Annie räumte die Teller ab, und Eds Vater ergriff das Wort.

»Und, was halten Sie davon, dass sich die beiden Turteltäubchen hier zusammentun wollen und so weiter, Connor?«

Ed hätte ihn am liebsten unter dem Tisch getreten. Doch es war schon zu spät.

»Verzeihung, Mr. Tully?«, fragte Connor.

»Diese beiden ... Verdammt noch mal, Ed, hast du es noch nicht einmal deinem besten Freund erzählt?«

Ed atmete tief ein.

»Ihr wollt heiraten?«

»Wir wollten uns die Überraschung für später aufheben. Vielen Dank, Dad.«

Er griff nach Julias Hand und spürte eine Anspannung, die ihn überraschte. Vielleicht war sie wie er nur verärgert, dass sein Vater mit der Neuigkeit rausgeplatzt war. Er nahm ihre Hand in beide Hände.

»Ja. Ich habe einen günstigen Moment abgepasst, sie erst sturzbetrunken und dann meinen Antrag gemacht – und so unglaublich es klingen mag, sie hat Ja gesagt.«

Er beugte sich vor, und sie küssten sich auf die Lippen.

»Also«, rief Connor, »das ist toll. Herzlichen Glückwunsch.«

»Danke, Mann.«

»Ist es nicht wundervoll?«, sagte Eds Mutter. »Wir sind alle so glücklich.«

»Nur Julia hat offenbar ihre Zunge verschluckt«, bemerkte sein Vater.

»Tut mir Leid. Ich weiß nicht, was ich sagen soll.«

Ihre Stimme klang fremd, doch Ed vermutete, dass sie bloß verlegen war, und kam ihr zu Hilfe.

»Wie wär's damit, dass du echt Glück gehabt hast, dir einen derart stattlichen jungen Mann geangelt zu haben, vor allem wenn man an die tausende von schönen und talentierten Frauen denkt, gegen die du antreten musstest.«

Alle lachten.

»Ich finde, du solltest einen Toast aussprechen, Jim, bevor sie es sich anders überlegt.«

»Tja, dann.«

Ed hörte, wie alle ihre Gläser hoben.

»Auf Julia und Ed!«

Seine Mutter und Connor wiederholten den Toast. Die Gläser klirrten.

»Und auf Glück und Gesundheit!«

Sie hockte vor dem Feuer auf dem Teppich, und Connor betrachtete sie. Er und Ed saßen in imposanten Ledersesseln mit hohen Lehnen vor dem Kamin und hielten beide einen Schwenker mit Jim Tullys edelstem Cognac in der Hand. Julia lehnte mit dem Rücken an Eds Beinen und starrte in die Flammen, während Ed abwesend ihren Nacken kraulte und eine weitere Anekdote zum Besten gab. Connor sah, dass sie nicht zuhörte, und fragte sich, woran sie dachte.

Sie befanden sich in einem Raum, den Eds Vater die Mansarde nannte, obwohl er doppelt so groß war wie die meisten Wohnzimmer. Auf zwei mit Leder bezogenen Tischen stapelten sich Bücher, an den Wänden waren hunderte weitere aufgereiht, darunter etliche in Leder gebundene Erstausgaben. Ed behauptete, dass sein Vater sie meterweise gekauft und kein einziges davon gelesen hatte. Der Boden war mit persischen Läufern und Brücken ausgelegt, auf die vier hohe Leselampen aus Messing mit grünem Schirm kleine Lichtinseln warfen. Der Widerschein des Feuers flackerte an der Decke und tauchte den Raum in ein warmes, gedämpftes Licht.

Eds Eltern waren schlafen gegangen. Es wurde still im Zimmer, und Connor bemerkte, dass Ed ihn etwas gefragt hatte.

»Entschuldige. Ich habe gerade an etwas anderes gedacht. Was hast du gesagt?«

»Ich sagte, dass es uns wirklich Leid tut, dass du es so erfahren musstest. Wir wollten es dir selber sagen.«

»Das ist schon okay. Ich freue mich wirklich für euch.«

Julia wandte sich vom Feuer ab und sah ihn an. Beim Essen hatte er sie zweimal dabei ertappt, wie sie ihn angestarrt und dann rasch wieder weggeschaut hatte, als ihre Blicke sich trafen. Jetzt wich sie ihm nicht aus, und er wusste, dass sie abschätzen wollte, ob er die Wahrheit gesagt hatte. Er versuchte, noch etwas anderes als Trauer in ihren dunklen Augen zu lesen, doch er fand nichts. Dieses Mal war er es, der den Blick abwandte.

»Wann ist die Hochzeit?«

»Am letzten Samstag im Juni. Ich muss erst noch ein bisschen fitter werden. Für die Flitterwochen, verstehst du?« Er lachte, und Julia verzog das Gesicht und gab ihm einen Klaps aufs Knie. »Ich habe alle meine Freunde gebeten, aber anscheinend will niemand mein Trauzeuge sein, deshalb frage ich mich, ob du es vielleicht machen würdest.«

»Nun, ich muss erst sehen, ob ich abkömmlich bin. Wo soll die Feier denn stattfinden?«

»Hier. Wir dachten zuerst an Montana, aber solange wir noch nichts Passendes gefunden haben, wäre es einfacher, die Hochzeit hier zu feiern.«

»Solange ihr noch nichts Passendes gefunden habt? Heißt das, ihr wollt in Montana leben?«

»Dies ist ein freies Land, Alter.«

Connor sah Julia an, die mit den Achseln zuckte und lächelte.

»Das ist ja toll.« Connor versuchte, begeistert zu klingen. »Wo denn?«

»Oh, irgendwo in der Gegend von Missoula, wenn wir das Richtige finden. Tut mir Leid, aber ich muss mal. Bin sofort zurück.«

Er stellte sein Glas ab, nahm seinen Stock und stand auf. Julia wollte sich ebenfalls erheben, doch er lehnte brüsk ab und erklärte, dass er ja wohl noch allein den Weg zum Klo fände. Es war das erste Mal, dass Connor an ihm so etwas wie Ungeduld und Verärgerung beobachtete. Julia starrte wieder ins Feuer, während das Klappern von Eds Stock im Flur verhallte.

»Julia?«

Sie wandte sich ihm zu, und in ihren Augen lag ein so tiefer Kummer, dass er einen Moment stockte, bevor er weiterreden konnte.

»Geht es dir gut?«

Sie schüttelte verlegen den Kopf. »Eher nicht. Aber das wird schon.«

Er streckte seine Hand aus, die sie zögernd in beide Hände nahm. Ihre Haut fühlte sich eiskalt an.

»Es tut mir Leid, dass ich nie zurückgerufen habe.«

»Das macht nichts.«

»Ich glaube, ich wusste nicht, was ich sagen sollte. Ich habe mich so geschämt, wegen der Sachen, die mir an jenem Tag rausgerutscht sind. Es war nicht so gemeint.«

»Ich weiß. Das ist schon in Ordnung.«

»Du hast mir das Leben gerettet. Und ich weiß, dass ich …«

Sie schluckte, schüttelte den Kopf und blickte wieder in die Flammen.

»Sag's mir.«

»Manchmal wünschte ich mir einfach … du hättest es nicht getan.«

Tränen kullerten über ihre Wangen. Connor beugte sich nach vorn und fasste ihre beiden Hände.

»Julia, was geschehen ist, war nicht deine Schuld.«

Im Flur fiel eine Tür zu, und sie hörten das Klappern des Stocks. Julia zog ihre Hände weg und trocknete ihre Tränen. Connor sprach leise und drängend weiter.

»Das darfst du nicht denken. Du hast getan, was du konntest.«

Sie rang sich ein tapferes kleines Lächeln ab.

»Sicher.«

Ed kam ins Zimmer, und Connor beobachtete, wie er ohne Zögern den Weg zu seinem Sessel fand. Schweigen breitete sich über den Raum aus wie ein Schleier.

»Okay«, begann Ed das Gespräch. »Entweder ihr seid eingeschlafen oder ihr habt über mich geredet – und das ist okay. Ein besseres Thema gibt's doch gar nicht.«

»Bild dir bloß nichts ein«, erwiderte Julia, die wie auf Knopfdruck wieder fröhlich klang. Nur das unter ihrem linken Auge verschmierte Mascara zeugte davon, was geschehen war. »Außerdem haben wir schon den ganzen Abend über dich geredet. Du hast Connor noch nicht danach gefragt, was er jetzt so vorhat.«

»Stimmt. Also, was geht ab in Montana, Cowboy? Wie läuft das Fotobusiness?«

»Oh, in etwa so wie immer. Ganz okay, denke ich. Ich habe ein paar Bilder verkauft, aber eigentlich wird es Zeit, dass ich weiterziehe.«

Er nippte an seinem Cognac. Die beiden warteten darauf, dass er fortfuhr.

»Connor, du bist wirklich ein Arsch«, sagte Ed. »Wenn du etwas so beiläufig dahersagst, als wäre es gar nichts, ist das ein sicheres Zeichen dafür, dass eine größere Veränderung in deinem Leben ansteht. Wohin willst du weiterziehen, Herrgott noch mal?«

»Ich werde ein wenig reisen.«

»Das ist doch toll. Wohin genau?«

»Zunächst nach Europa, später vielleicht nach Afrika.«

»Super. Um zu fotografieren?«

»Hm-hm.«

»Und wohin genau in Europa?«

Connor wusste, dass Julia ihn anstarrte, und wich ihrem Blick aus.

»Nun, komm schon, Mann. Warum die Heimlichtuerei?«

»Ich gehe nach Bosnien.«

»Hast du einen Auftrag oder so was?«

»Nein, ich hatte gedacht, dass ich mich einfach mal auf den Weg mache.«

»Wie kann man denn einfach so in ein Krisengebiet reisen?«

Connor zuckte mit den Achseln. »Das wird sich dann ja zeigen. Ich werd's einfach mal ausprobieren.«

»Wow! Also, das finde ich toll, Mann. Wann geht's los?«

»Eigentlich wollte ich ja nicht mehr allzu lange hier bleiben, aber jetzt muss ich wohl bis zu eurer vermaledeiten Hochzeit mit den Hufen scharren.«

Es klang endgültiger, als es war oder zumindest gewesen war. Er hatte schon seit geraumer Zeit über die Reise nachgedacht und einige Recherchen angestellt. Doch erst seit er gehört hatte, dass die Frau, die er liebte, heiraten wollte, wusste er definitiv, dass er wirklich gehen würde. Julia hatte weder ein Wort gesagt noch den Blick von ihm gewendet. Schließlich sah er sie an und lächelte, doch sie erwiderte sein Lächeln nicht.

Wenn er darüber nachgedacht und Ed noch hätte sehen können, hätte er das, was er dann tat, bestimmt gelassen. Doch so streckte er spontan die Hand aus und wischte die verschmierte Mascara von Julias Wange. Und sie schloss die Augen und senkte stumm den Kopf.

14

Das Haus, das sie in Montana fanden, stand oberhalb eines bewaldeten Hangs, der steil zu einer felsigen Biegung des Bittermoon River abfiel. Es war ein zweistöckiges Holzhaus, umgeben von viertausend Quadratmetern Weideland mit einigen Apfel- und Birnbäumen. Die Rückseite des Hauses hatte große Glastüren zu einer von gelben Rosen überwucherten Veranda mit Blick auf den Fluss. Das Haus war vor neun Jahren von einem Bildhauerehepaar gebaut worden, die die lange Scheune auf dem Grundstück als Atelier benutzt hatten. Eines ihrer Werke, ein kunstvoll verzierter Totempfahl aus einer zehn Meter hohen Kiefer, stand am Fuß der Wiese, und der geschnitzte Adler auf seiner Spitze blickte wie ein Wächter mit finsterer Miene über den Fluss gen Osten.

Nach der Hochzeit hatten sie zehn Tage an einem mexikanischen Strand verbracht. Ed hatte einen Stapel Hörbücher mitgenommen, konnte jedoch die Musik zur Untermalung nicht ertragen, sodass er Julia bat, ihm ihr Buch vorzulesen. Es war *Madame Bovary*, und schon bald plante er eine Musicalversion namens *Oh, Madame*! Manchmal schlief er ein, während Julia las, und sie hielt inne und betrachtete die Pelikane, die an der Küste patrouillierten und komische Bruchlandungen auf der Brandung hinlegten.

Sonnengebräunt und erholt flogen sie anschließend direkt nach Missoula, um die Suche nach einem Haus aufzunehmen. Sie hatten befürchtet, dass es sich etliche Wochen hinziehen würde, bis sie etwas nach ihrem Geschmack gefunden hätten, doch es dauerte nur drei Tage. Darüber war Julia äußerst erleichtert, weil die Häusersuche mit Ed eine mühsame Angelegenheit war. Er wollte jedes Detail beschrieben haben. Welche Farbe hatten die Wände in der Küche? Was sah man, wenn man aus dem Schlafzimmerfenster blickte? War der Fluss fischreich? Konnte man Forellen darin sehen?

»Hunderte«, sagte sie, »regelrechte Ungetüme. Im Wasser ist gar nicht genug Platz für alle. Einige sonnen sich sogar am Ufer.«

Das Erdgeschoss bestand aus einem einzigen großen Wohnzimmer mit Holzfußboden, und Ed hatte laut gesungen, um ein Gefühl für die Akustik zu bekommen. Die Maklerin, eine freundliche Frau um die fünfzig, mit dunkelrot angemalten Lippen und großen goldenen Ohrringen, fand es urkomisch, vor allem, als Ed sie dazu überredete, ebenfalls zu singen.

»Hm. Sehr beeindruckend«, meinte er. »Die Maria Callas von Missoula.«

Seine Eltern hatten ihm zur Hochzeit einen eleganten, schwarzen Yamaha-Stutzflügel geschenkt, und Ed fragte Julia, wo er stehen sollte, wobei er darauf bestand, dass es ein Platz mit Blick auf den Fluss sein müsse. Die Maklerin sah Julia fragend an, was Ed irgendwie gespürt haben musste, weil er erklärte, dass es ihm wichtig sei zu wissen, wo der Fluss war, auch wenn er ihn nicht sehen könne. Der passende Platz war vor der Tür zur Veranda.

Und dort stand er nun neun Monate später auch. Ed hatte ihn zum Mittelpunkt seines NASA-Kontrollzentrums gemacht, wie er es nannte – eine Batterie von Tastaturen, Bildschirmen und Computern, die in der Tat aussahen, als könne man damit eine kleine Rakete starten. Auf dem Deckel des Flügels zwischen den Stapeln von Braillebogen, die zur Identifizierung jeweils unterschiedliche Symbole trugen, stand ein silbern gerahmtes Schwarzweißfoto, das Connor bei der Hochzeit von ihnen gemacht hatte. Auf dem Bild lachte Ed – garantiert über einen seiner eigenen Witze –, und die Sonne Kentuckys spiegelte sich in seinen dunklen Brillengläsern, während Julia ihn auf die Wange küsste und seitlich in die Kamera blinzelte. Sie fand es immer noch seltsam, dass Ed nie wissen würde, wie sie an ihrem Hochzeitstag ausgesehen hatten.

Die tiefere Bedeutung des Bildes jedoch ging ihr erst später auf. Die Pose und ihr andächtiger Kuss symbolisierten in gewisser Weise den Vertrag, den sie geschlossen hatten oder den Julia mit sich selbst geschlossen hatte. Es war ganz einfach. Sie hatte Eds Erblindung zu verantworten und schenkte ihm deshalb ihr Augenlicht. Das bedeutete nicht, dass sie Ed nur aus Pflichtgefühl geheiratet hatte oder ihn nicht liebte. Natürlich liebte sie ihn. Und ihre Bewunderung für seine Tapferkeit, seinen Mangel an Selbstmitleid und seinen ungebrochenen Optimismus wuchs mit jedem Tag, den sie mit ihm zusammenlebte. All das drückte dieses Bild aus – eine tägliche Erinnerung daran, wie die Dinge jetzt waren und bleiben würden; dies war von nun an das ihr bestimmte Leben. Dass das Bild auch zeigte, dass sie dabei in Connors Richtung blinzelte, verdrängte sie ganz einfach.

Sie waren Ende September eingezogen, und ihre beiden Mütter waren für ein paar Tage gekommen, um ihnen beim Einrichten zu helfen. Obwohl die beiden so verschieden waren, wie zwei Frauen nur sein konnten – die aristokratische Südstaatenschönheit und die italienische Friseuse aus Brooklyn –, hatten sie sich prächtig verstanden und so viel gelacht, dass das Haus nach ihrer Abreise leer wirkte.

Die ersten Monate waren hektisch gewesen. Der Blinden- und Sehbehindertenverband hatte einen Orientierungs- und Mobilitätstherapeuten geschickt, um ihnen Hilfestellung zu geben. Sie hatten die Küche blindengerecht eingerichtet, Herd und Mikrowelle sowie Nahrungsmittelbehälter mit Gummipunkten und Magneten versehen, die Ed die Identifikation ermöglichten. Sie stutzten Rosen und Obstbäume, damit Ed sich an den Zweigen nicht kratzen und stoßen konnte, errichteten Pfähle, zwischen denen sich ein Seil von der Veranda bis hinunter zum Fluss und weiter am Ufer entlang spannte, damit er sicher allein zum Wasser gelangen konnte.

Dabei war Ed nicht der Einzige, der sich an ein neues Leben gewöhnen musste. Auch für Julia gab es eine Menge kleinerer Umstellungen. So durfte sie beispielsweise nichts an ungewohnten Stellen liegen lassen, wo Ed darüber stolpern oder etwas umstoßen konnte, und musste alle Schranktüren schließen, damit er nicht dagegenlief. Außerdem musste sie lernen, die Dinge immer genau an denselben Platz zu stellen, sodass er sie wieder fand. Aber am schwierigsten fand sie es, die Grenze zu erspüren, wann sie ihm helfen sollte und wann nicht. Es war nicht leicht mit anzusehen, wie er frustriert und wütend wurde, herumtastete oder sogar stürzte, aber sie wusste, dass sie genau das manchmal zulassen musste. Doch als der Winter kam, hatten sie sich weitgehend in ihren Alltag eingelebt.

Es war Julias erster Winter in Montana. Der erste Schnee fiel schon Anfang Oktober. Julia hatte befürchtet, dass sie sich eingesperrt und isoliert fühlen könnte, doch sie mochte es. Sie und Ed zogen sich warm an und machten lange Spaziergänge unter dem klaren Hochgebirgshimmel. Sie versuchten es sogar mit Skilanglauf, wobei Julia mit Glöckchen auf dem Rücken vorauslief, während Ed versuchte, dem Klang zu folgen. Doch er wurde immer wieder zu schnell, fuhr von hinten auf, sodass sie wahrhaft spektakuläre Stürze hinlegten, die jedoch weniger schmerzhafte Nachwirkungen hatten als die anschließenden Lachkrämpfe.

Die Abende verbrachten sie in trauter Zweisamkeit auf der Couch vor dem Kamin, lasen, hörten Musik oder sahen sich auf Eds Wunsch einen seiner alten Lieblingswestern oder ein Musical im Fernsehen an. Er ließ sich von ihr einen laufenden Kommentar über die Ereignisse auf dem Bildschirm geben, und manchmal provozierte sie ihn, indem sie Figuren erfand oder Handlungsfäden veränderte. Doch Ed kannte die meisten Filme so gut, dass er sie immer sofort ertappte und zur Strafe kitzelte, bis sie um Gnade flehte.

Dank der Großzügigkeit von Eds Vater und der Versicherung für Feuerspringer hatten sie kaum finanzielle Sorgen. Seit Julias Kündigung ihres Bostoner Jobs, hatte sie nicht mehr gearbeitet, und obwohl sie sich durchaus mit dem Gedanken trug, nach einer neuen Anstellung Ausschau zu halten, genoss sie fürs Erste die Freiheit zu lesen, im Haus herumzukramen und sich wieder ernsthaft der Malerei zu widmen, was sie meist vormittags in dem Scheunenatelier tat. Ed hingegen hatte weit größere Schwierigkeiten mit der Wohltätigkeit seiner Mitmenschen (vor allem mit der seines Vaters) und wollte unbedingt beweisen, dass er durchaus in der Lage war, sich selbst zu ernähren. Langfristig plante er immer noch eine Karriere als Komponist, doch bis es so weit war, beschloss er, wieder Klavierunterricht zu geben.

Im Herbst hatte er eine Anzeige in den *Missoulian* gesetzt, auf die sich mehr als ein Dutzend potenzieller Schüler gemeldet hatten. Durch Mund-zu-Mund-Propaganda gab es bald mehr Interessenten, als Ed annehmen konnte. Es handelte sich fast ausnahmslos um Kinder, und als Julia ihre Stimmen und ihr Lachen im Haus hörte und sah, wie viel Spaß Ed mit ihnen hatte, wusste sie, dass es nicht mehr lange dauern konnte, bis er das Thema eigener Kinder ansprach.

Einen Abend nach Thanksgiving war es so weit. Sie hatten auf der Couch vor dem Kamin miteinander geschlafen und lagen engumschlungen nebeneinander. Julia beobachtete die dicken Schneeflocken, die auf die Veranda fielen.

»Und was meinst du?«, fragte er.

»Du meinst wie viel Punkte von zehn? Hm, ich würde sagen vier, vielleicht fünf.«

»Du weißt genau, was ich meine.«

Das wusste sie tatsächlich, obwohl es ihr ein Rätsel war, wie. Sie hatte häufig das Gefühl, seine Gedanken lesen zu können, und hoffte, dass das nicht auf Gegenseitigkeit beruhte.

»Ist es dafür nicht noch ein bisschen zu früh? Ich meine, sollten wir uns nicht noch ein wenig mehr einleben?«

»Keine Ahnung. Ich fühle mich ziemlich eingelebt.«

»Na ja, ich auch, aber …«

»Hör mal, wenn du dir nicht sicher bist, ist das kein Problem. Dann warten wir eben.«

Sie dachte die ganze Nacht und den ganzen folgenden Tag darüber nach. Sie wollte Kinder ebenso wie er. Weshalb also warten? Sie hatten bisher immer Kondome benutzt, und als sie das nächste Mal miteinander schliefen, hielt sie ihn wortlos zurück, als er danach griff.

Doch vier Monate später war Julia noch immer nicht schwanger, und obwohl sie wusste, dass so etwas Zeit brauchte und manche Paare sich sogar jahrelang bemühten, hörte sie eine Stimme in ihrem Kopf, die sagte, dass etwas nicht stimmte. Nach ihrer anfänglichen Unentschlossenheit war ihr Kinderwunsch nun fast zwanghaft geworden. Ohne Ed davon zu erzählen, war sie zehn Tage zuvor bei ihrem Arzt gewesen und hatte einige Tests machen lassen, deren Ergebnisse sie nun erfahren sollte.

Es war ein Morgen Anfang April, und sämtliche Vorzeichen schienen günstig. Ed weckte sie mit einer Tasse Kaffee, den sie im Bett trank, während die Sonne durchs Fenster fiel und er zu Neil Young seine Morgengymnastik machte. Danach bereitete er köstliche Blaubeerpfannkuchen zu, die sie an dem langen Kieferntisch in der Sonne aßen. Dabei redeten sie über den Sommer und mögliche Urlaubsziele. Ed begann seinen Arbeitstag gern damit, ein wenig Klavier zu spielen. An diesem Tag wählte er eins von Julias Lieblingsstücken von Schubert. Julia räumte das Geschirr ab, zog Schuhe und Mantel an, verabschiedete sich mit einem Kuss und sagte, dass sie nach Missoula fahren würde. Da es ein Freitag war, an dem sie normalerweise den wöchentlichen Großeinkauf erledigte, fragte er nicht, warum. Draußen spürte man zum ersten Mal einen Hauch von Frühling in der Luft. Der Schnee war fast ganz geschmolzen, und auf der Wiese drängten die ersten Krokusse ans Licht.

Die Klinik befand sich in einem langen, flachen Gebäude

im Süden der Stadt, nicht weit vom Einkaufszentrum entfernt. In ihrem Übereifer traf Julia zwanzig Minuten vor Öffnung der Praxis ein, trank im Einkaufszentrum eine Tasse Kaffee und besorgte sich eine Zeitung, bevor sie zu ihrem Auto zurückkehrte und wartete.

In der Zeitung suchte sie als erstes Artikel über Bosnien. Jede Nacht betete sie um Connors Sicherheit. Bis auf zwei Postkarten hatten sie seit der Hochzeit nichts mehr von ihm gehört: Die letzte war kurz vor Weihnachten aus Sarajewo eingetroffen und genauso nichts sagend wie die erste. In der vergangenen Woche hatte Julia im Fernsehen eine Reportage über das gesehen, was man jetzt »ethnische Säuberung« nannte, und auch erfahren, dass Heckenschützen in Sarajewo wahllos Zivilisten erschossen. Doch heute stand nichts in der Zeitung, und obwohl sie das selbst albern fand, wertete sie es als weiteres gutes Omen.

Eine der vielen Lebensweisheiten ihrer Mutter lautete, dass eine Frau immer eine Frauenärztin haben sollte, und wenn man aus irgendeinem Grund doch zu einem Mann gehen musste, sollte der jung und attraktiv sein, weil die Alten und Hässlichen meist frustrierte Lüstlinge waren. Julias Frauenarzt war höflich und gut aussehend, jedoch fast sechzig, und sie wagte nicht zu denken, was ihre Mutter dazu gesagt hätte. Er hieß Henry Rumbold, was Ed, wie er anmerkte, an eine jener altmodischen Tinkturen gegen alle möglichen Wehwehchen erinnerte, wie sie in den Tagen des Wilden Westen von fahrenden Händlern an den Mann gebracht wurden – *Dr. Henry T. Rumbolds außergewöhnliche Arznei für Hals, Darm und Geschwüre*. Daran musste Julia seither immer denken, wenn sie den Mann aufsuchte.

Das Wartezimmer war vorfrühlingshaft Schlüsselblumengelb renoviert worden und roch nach frischer Farbe. Bis auf eine Frau mit einem kleinen Kind, das eine laufende Nase und einen beunruhigenden Hautausschlag hatte, war sie die einzige Patientin. Dr. Rumbold bat Julia in sein Büro, erkundigte sich nach ihrem und Eds Befinden und meinte, dass der Winter nun Gott sei

Dank endlich vorüber sei. Er bot Julia den Stuhl vor seinem Schreibtisch an, während er selbst auf der anderen Seite Platz nahm. Dann rückte er seine randlose Brille zurecht und kramte eine kleine Ewigkeit in den Papieren vor sich herum. Julia saß wartend da und dachte, dass ihre Mutter zumindest in einem Punkt Recht hatte. Dr. Rumbold war allem Anschein nach ein verhinderter Schauspieler. Er wusste bestimmt längst, was in den verdammten Notizen stand, und das ganze Herumgetue diente allein der dramatischen Spannung. Endlich blickte er auf und über den Rand seiner Brille hinweg und spreizte geziert seine Hände.

»Nun, wir haben die Laborergebnisse bekommen«, begann er.

Was für ein Arschloch, dachte sie. »Und?«, säuselte sie.

»Sie sind, offen gestanden, in prächtiger Verfassung, Julia.«

»Sind Sie sicher?«

»Absolut.«

Augenblicklich vergab sie ihm alles.

Er ging die Details mit ihr durch, doch Julia war zu euphorisch, um genau hinzuhören. Zum Schluss kam er mit dem üblichen Sermon, dass Anspannung und Sorge häufig eine Schwangerschaft verhinderten, und Julia witzelte darüber, dass sie versuchen würden, sich wegen ihrer Sorgen keine Sorgen zu machen. Und das war's.

»Tango tanzen kann man natürlich nur zu zweit«, sagte er schon auf dem Weg zur Tür, als wäre ihm der Gedanke gerade erst gekommen. »Wenn weiterhin nichts passiert, sollte Ed vielleicht mal vorbeischauen, damit wir auch bei ihm ein paar Tests durchführen können.«

»Oh.«

»Aber ich bin sicher, dass das gar nicht mehr nötig sein wird.«

»Nein. Sicher nicht. Wenn wir genug Tango tanzen.«

Sie schlenderte durch den Supermarkt und versuchte, ihren Optimismus wieder zu finden, als ob der irgendwo in einem der Regale läge. Sie füllte ihren Einkaufswagen mit lauter Sachen, die sie eigentlich nicht brauchten, und sagte sich, dass sie verdammt noch mal fröhlicher sein sollte, weil sie gerade schriftlich bestätigt erhalten hatte, dass sie eine richtige, vollwertige, einwandfrei funktionierende Frau war.

Als sie an die Kasse kam, hatte sich ihre Stimmung schon ein wenig gebessert. Sie stand in einer Schlange mit Frauen, die alle älter waren als sie und mit ihren überladenen Wagen geduldig warteten. Vielleicht wurde es Zeit, dass sie ihr müßiges Leben aufgab und sich einen Job suchte. Schließlich war Ed jetzt wieder fit und kannte sich so gut im Haus aus, dass sie sich nicht mehr den ganzen Tag um ihn kümmern musste. Das hatte er selbst gesagt. Dieser Gedanke hob erneut ihre Stimmung.

»Julia?«

Sie sah sich um. Hinter ihr hatte sich ein hoch gewachsener, junger Mann mit langen Haaren angestellt. Er sah nicht nur nett, sondern auch irgendwie bekannt aus, doch Julia konnte sein Gesicht nicht einordnen. Er grinste.

»Hey, du bist es tatsächlich. Hab ich's mir doch gedacht.«

»Tut mir Leid, ich –«

»Mitch.«

Als er es sagte, erkannte sie ihn und versuchte, so zu tun, als würde es sie freuen, ihn zu sehen.

»Hey, Mitch. Tut mir Leid. Deine Haare sind anders. Länger.«

»Im Gegensatz zu deinen.«

»Ja. Stimmt. Und wie geht's so?«

»Okay.«

»Arbeitest du?«

»Ja. Aber das ist scheiße. Ich gründe eine Band.«

Das überraschte sie nicht. Sie plauderten, während Julia ihre Einkäufe bezahlte, und erinnerte sich daran, wie unsympathisch er ihr gewesen war. Bis die Band berühmt wurde, lernte er in einer Autowerkstatt Kfz-Schlosser. Seine Kollegen waren entweder Penner oder Arschlöcher, und Julia spielte mit dem Gedanken, ihn aufzufordern, zwanzig Alternativen zu nennen.

Er begleitete sie auf den Parkplatz und sah zu, wie sie ihre Einkäufe in den Jeep packte und auf den Fahrersitz kletterte.

»Und musstest du ins Gefängnis oder so was?«, wollte er wissen.

»*Was?*« Sie glaubte, sich verhört zu haben.

»Na, ich dachte, wegen der Sache mit Skye und so.«

»Ins *Gefängnis*?«

»Nun, du warst doch offiziell verantwortlich.«

Julia wandte kurz den Blick ab und atmete tief durch.

»Nein, Mitch. Niemand musste ins Gefängnis. Bis dann mal.«

Sie ließ den Motor an und schloss die Tür. Beim Wegfahren sah sie, dass er grinste.

Manchmal war die Stille gut.

So wie jetzt, wenn er allein und ruhig war, die Morgensonne durch die Glastüren schräg auf sein Gesicht fiel und er einfach völlig reglos am Klavier sitzen und sich die Staubpartikel vorstellen konnte, die in ihrem Licht tanzten und glitzerten.

Natürlich war es nie wirklich still. Das Haus redete ununterbrochen. Holzdielen und Rohre dehnten oder zogen sich knackend zusammen, die Uhr in der Küche tickte; hin und wieder sprang brummend der Kühlschrank an. Draußen schmolz der Schnee auf dem Dach und fiel in platschenden Tropfen zur Erde, und auf der Straße rauschte von Zeit zu Zeit ein Auto oder ein rumpelnder Holzlaster vorüber.

Es gab auch Zeiten, in denen die Stille nicht so gut war.

Wenn sie sich wie ein Mörder anschlich, der gekommen war, um ihn mit einem Kopfkissen zu ersticken, sodass er rasch etwas tun musste, bevor es ihn erwischte, singen, brüllen, kreischen oder wie der wahnsinnige Organist aus einem Horrorfilm in die Tasten hämmern. Seltsamerweise geschah dies öfter in Anwesenheit anderer Menschen, als wenn er allein war.

Während der Rekonvaleszenzzeit in Grassland war es ihm ziemlich häufig passiert. Er saß zum Beispiel mit seinen Eltern und Julia, manchmal auch mit seinen Brüdern und ihren Frauen beim Essen, das Gespräch drohte zu versanden, und in den kurzen Momenten der Stille wurde Ed von einer Panik gepackt, die in seiner Brust anschwoll wie eine schwarze Flut. Er fing an, kompletten Unsinn zu reden oder geschmacklose Witze über sich selbst zu reißen, in denen er sich mit Hiob oder *Juda der Unberühmte* verglich. Obwohl alle höflich lachten, fand es niemand – nicht einmal er selbst – auch nur im Entferntesten komisch, doch er musste es tun, um nicht in dieser stummen Flut zu versinken.

Er wusste, dass er damit auch seine Eltern und Julia zu Tode erschreckte. Wahrscheinlich dachten sie, dass er verrückt wurde, aber er konnte nicht anders. Einmal hatte er versucht, es Julia zu erklären, und nur die Analogie der Klaustrophobie gefunden, die sein Gefühl noch am ehesten zu beschreiben vermochte.

Aber diese Momente waren seltener geworden, und er konnte sich nicht erinnern, seit ihrem Umzug nach Montana einen ernsthaften Anfall gehabt zu haben. Doch er war sich bewusst, dass sein fortwährendes Plappern und Scherzen mit Julia eine Vorsichtsmaßnahme war. Er hatte schon immer zu viel geredet, doch nun ertappte er sich manchmal, ja, er hörte sich regelrecht selber dabei zu, wie er den Turbo einschaltete. Auch Julia schien es zu spüren. Wenn sie in der Nähe war, legte sie beruhigend ihre Hand auf seinen Arm oder umarmte ihn, als wollte sie sagen, pssst, ich bin hier, alles ist gut.

Doch es ging nicht nur um die Abwehr jener schwarzen, beängstigenden Momente der Stille. Ed wusste, dass alle beeindruckt waren von seiner »Tapferkeit« und seinem ungebrochenen »Optimismus« und fanden, dass er sein Schicksal ganz »wundervoll meisterte«. Natürlich hätte er einfach zusammenbrechen, den ganzen Tag lang schluchzen oder sich erschießen können. Und es hatte weiß Gott Tage gegeben, an denen ihm nach all dem zu Mute gewesen war. Doch er hatte keinen Sinn darin gesehen. Sein größter Feind war nicht die Blindheit.

Schließlich hatte er mit seinem Diabetes bereits in jungen Jahren die Erfahrung machen müssen, dass sein Körper ihn im Stich lassen konnte. Nein. Trotz all seiner bitteren Witze über Hiob und Juda wusste er, dass sein größter Feind das Selbstmitleid war.

Wenn man einen winzigen Teil davon in seinen Kopf ließ, übernahm es, ehe man sich's versah, das ganze System. Es war wie Heroin oder irgendein tödlicher Virus, der sich im Körper ausbreitete und einen verkrüppelt und todessehnsüchtig zurückließ. Oder wie ein heimtückischer Kobold, der in der Ecke des Zimmers hockte, einen mit kaltem Blick beobachtete und wartete. Um ihn in Schach zu halten, musste man die ganze Zeit so tun, als wäre man glücklich, als wäre Blindsein lediglich eine Unbequemlichkeit und mit all dem neuen Spielzeug und den Sachen, die man lernen musste, sogar irgendwie – ganz ehrlich Jungs! – ein *Spaß*! Wenn der Kobold das glaubte und sah, dass er, egal, wie lange er blieb, nie die geringste Chance haben würde, einem in den Kopf zu kriechen, würde der kleine Mistkerl sich vielleicht irgendwann langweilen und verziehen.

Es war dasselbe Wesen, das Ed in seinen dunkelsten Momenten auch zuflüsterte, dass Julia ihn nicht wirklich liebte, sondern ihn nur aus Schuld- oder Pflichtgefühl oder sogar – was am absurdesten war – wegen des Geldes geheiratet hatte, das er vielleicht eines Tages erben würde. Zum Glück war Ed weder dumm noch blind genug, um solchen Zweifeln Raum zu geben. Er hatte zwar seine Sehfähigkeit verloren, aber nicht seinen gesunden Menschenverstand. Ebenso wenig wie seine Selbstachtung.

Er war sich nicht im Klaren darüber, ob er auch ohne Julia die Kraft gefunden hätte, doch er bezweifelte es. Sie hatte ihn bei der Hand genommen und Schritt für Schritt auf das Licht zugeführt. Und obwohl er dieses Licht nur als ein blasses bernsteinfarbenes Schimmern wahrnehmen konnte, spürte er seine Heilkraft und die Wärme auf seinem Gesicht. Julia war nicht nur sein Augenlicht, sie war Quell seiner Inspiration, seines Mutes und seines Lebenswillens. Im fugenlosen Dunkel seiner Tage und Nächte gab es keine Grenze, wo er aufhörte und sie begann. Sie waren untrennbar miteinander verbunden.

15

Sie sahen den Rauch schon aus weiter Entfernung wie einen schwarzen schiefen Turm hinter dem Bergkamm am Ende des Tals. Die Straße, die sie dorthin führte, war eng und von Panzerspuren vernarbt. Manchmal schienen die Berghänge zusammenzurücken, sodass sich die Straße in engen Kurven steil bergauf winden musste, während der Fluss, dem sie folgten, knapp fünfzig Meter tiefer in donnernden Wasserfällen, die sie zwar nicht sehen, doch selbst über den jaulenden Motor des alten VW-Käfer-Cabriolets hinweg hören konnten, ins Tal stürzte. Dann dehnte das Land sich wieder eben und offen unter einem wolkenlosen Frühlingshimmel, der Fluss beruhigte sich und plätscherte zu ihrer Rechten durch sonnenbeschienene, saftige Weiden, hinter denen sich ein Wald in dutzenden Grünschattierungen erhob.

Sie hatte die Fenster herunter und das ausgefranste Verdeck des Wagens ganz aufgerollt. Der Wind war kühl und roch süßlich und wehte Sylvie ihre blond gefärbten Haare ins Gesicht. Hin und wieder nahm sie eine Hand vom Steuer, um die losen Strähnen wieder hinter die Ohren zu schieben, doch einen Augenblick später hatten sie sich wieder gelöst. Während ihrer Fahrt bat sie Connor ständig, ihr eine neue Zigarette anzuzünden, die sie immer nur bis zur Hälfte rauchte, weil das letzte Stück, wie sie meinte, dasjenige sei, das einen umbrachte, was nach Connors Ansicht aus dem Mund von jemandem, der seit zwanzig Jahren täglich sein Leben riskierte, irgendwie seltsam klang. Unter ihrer Kameraausrüstung und den kugelsicheren Westen auf dem Rücksitz hatte sie etliche Schachteln Marlboros verstaut, um sie bei Straßensperren verteilen zu können. Im Lauf der letzten Stunden waren sie dreimal von serbischen Milizionären mit scharf geschnittenen Gesichtern angehalten worden. Sylvie hatte mit heiserer Stimme und ihrem Pariser Akzent mit ihnen gescherzt, geflirtet und Zigaretten verteilt, und es hatte nie lange gedauert, bis sie durchgewinkt wurden.

Sylvie Guillard war fast vierzig und hatte schon Kriege fotografiert, als Connor noch die Schulbank drückte. Sie arbeitete für die berühmte Fotoagentur Magnum, und ihre Furchtlosigkeit war so legendär wie ihr Talent. Es kursierten Gerüchte, sie sei auf einem Panzer hockend in die Schlacht gefahren und in Feuergefechte gerannt, nur um die Lichtverhältnisse zu überprüfen. Connor hatte keine Ahnung, wie viel davon stimmte. Doch sie war ihm gleich nach seiner Ankunft in Bosnien im Herbst aufgefallen. Sie war klein und schlank, eine Figur, um die die Phantasien der männlichen Journalisten in Sarajewo kreisten, auf die sie ebenso sexy wie Furcht einflößend wirkte. Sie war als Einzelgängerin bekannt, was es noch überraschender machte, dass sie Connor in jüngster Zeit unter ihre Fittiche genommen hatte. Seine Bilder verkauften sich nicht besonders gut, aber ohne Sylvies Hilfe stünde er komplett mit leeren Händen da.

Warum sie sich diese Mühe überhaupt machte, blieb ihm ein Rätsel. Die Kriegsfotografen, die er in Bosnien kennen gelernt hatte, waren überwiegend freundliche und anständige Leute, doch wenn es ums Geschäft ging, herrschte Heimlichtuerei und harte Konkurrenz. Etwas mit einem Kollegen zu teilen, was man exklusiv haben konnte, galt als ungewöhnlich, wenn nicht sogar bescheuert. Doch um drei Uhr morgens hatte Sylvie an seine Zimmertür im Holiday Inn geklopft und ihm gesagt, er solle seine Ausrüstung zusammenpacken. Einer ihrer zahlreichen geheimnisvollen Kontaktleute hatte sie über Satellitentelefon darüber informiert, dass die Roten Kobras, eine der gefürchtetsten paramilitärischen Einheiten der Serben, auf eine muslimische Enklave in den Hügeln zumarschierten. Der Mann hatte gesagt, sie sollten so schnell wie möglich dorthin kommen.

Wegen der Straßensperren und Umleitungen hatte die Fahrt von Sarajewo fast fünf Stunden gedauert, und Sylvie nutzte die Zeit, um Connor von den Kobras zu erzählen. Ihr Anführer war ein charismatischer Faschist namens Grujo, ein Fleischgroßhändler mit einer Vorliebe für teure Autos und alte Waffen. Angeblich liebte er es, seine muslimischen Feinde mit einer Armbrust zu töten und sie anschließend eigenhändig zu skalpieren. Die Trophäen flatterten dem Vernehmen nach stolz an der Antenne seines schwarzen, gepanzerten Range Rover. Connor meinte, der Typ klinge wie ein Wahnsinniger, doch Sylvie zuckte die Achseln.

»Solche Typen sind selten wahnsinnig. Das wäre als Erklärung zu einfach, sozusagen eine Entschuldigung für uns andere.«

Sie erreichten das Ende des Tals und kamen an einer Reihe verlassener und niedergebrannter Häuser vorbei, zwischen denen sich weder Zeichen von Leben noch Spuren des Todes ausmachen ließen. Die Straße stieg wieder steil an und führte auf Serpentinen durch die schattige Kühle des Waldes. Das Dröhnen des Motors hallte von den feuchten grauen Felswänden wider und verklang zwischen den Bäumen.

Noch bevor sie es mit eigenen Augen sahen, konnten sie riechen, was geschehen war. Als die Straße wieder ebener wurde und sie aus dem Wald in die Sonne kamen, verriet der süßliche Leichengeruch in der Luft, dass hier nicht nur Häuser gebrannt hatten.

Es war eher ein Weiler als ein Dorf oder das, was davon übrig war: nur eine Ansammlung von etwa einem Dutzend kleinerer Häuser und Schuppen in einer flachen Senke in dem Weideland, auf dem rosafarbene und gelbe Frühlingsblumen in der Sonne leuchteten. Die Rauchsäule, die sie aus dem Tal gesehen hatten, war ausgedünnt und stammte offenbar vom verkohlten und ausgebrannten Wrack eines umgestürzten Traktors.

Hundert Meter vor dem ersten Gebäude hielt Sylvie den Wagen an und schaltete den Motor aus. Eine Weile starrten sie lauschend durch die Windschutzscheibe, hörten jedoch nur die summenden Insekten zwischen den Blumen. Ein weißer Hund rannte über die Straße, blieb stehen, bellte einmal und verschwand dann hinter einer Steinmauer in einen kleinen Obstgarten. Zwischen den Blüten zeichneten sich zwei dunklere Umrisse ab, und obwohl sie zum Teil verdeckt waren, wusste Connor, dass sie ihr Ziel erreicht hatten.

Noch immer wortlos, griffen sie nach ihren Kamerataschen auf der Rückbank. Die Beifahrertür des VW quietschte beim Öffnen. Ihre Schuhe knirschten auf dem Schotter, als sie langsam nebeneinander die Straße entlanggingen und fotografierten.

Auf der Wiese neben der Straße lagen verkohlte Bündel, von Fliegen umschwirrt, und erst nach einer Weile begriff Connor, dass es Rinder waren, um deren Hälse die Reste von verbrannten Reifen hingen.

Die ersten menschlichen Leichen folgten ein Stück weiter die Straße hinunter und lagen vor ihren ehemaligen Häusern. Während Sylvie sie fotografierte, ging Connor weiter zu dem kleinen Obstgarten.

Sie hingen zu zweit an den Handgelenken gefesselt an dem Ast eines Apfelbaums, eine Mutter und ihre minderjährige Tochter, vermutete Connor. Das Mädchen war nackt, die Frau trug lediglich eine zerrissene und blutgetränkte Bluse. Beide waren auf eine Art verstümmelt, dass Connor noch während des Fotografierens wünschte, er hätte sie nie gesehen.

In den vergangenen Monaten hatte er genug Leichen fotografiert, um eine kleine Galerie zu füllen, und ihm wurde nicht mehr jedes Mal schlecht, wenn er sie durch den Sucher der Kamera sah. Trotzdem empfand er nach wie vor Mitleid und Ekel, und er hoffte, dass das auch so bleiben würde. Doch während er seinem Beruf nachging, dämpfte er dieses Gefühl wie durch einen Filter vor der Linse ab. Inzwischen empfand er vor allem eine wachsende Verwunderung darüber, dass Menschen zu derartigen Grausamkeiten fähig waren, ja sogar Freude daran hatten.

Anfangs hatte es ihn beschäftigt, dass er überhaupt in der Lage war zu fotografieren. Dass er darüber nachdenken konnte, wie das Licht auf der Haut eines Toten spielte, sich in seinem blinden Auge oder eine Blutlache spiegelte. Dass er noch nicht ganz abgekühlte Leichen – den Vater oder die Mutter eines Kindes vielleicht – betrachten und gleichzeitig die zahllosen kleinen Berechnungen anstellen konnte, die am Ende den Ausschlag dafür gaben, ob ein Bild gut oder schlecht wurde, die Wahl der Linse, Belichtung und Komposition. Vielleicht war irgendein lebenswichtiger Teil seines Gehirns falsch verkabelt oder abgestumpft. Doch wie so viele andere vor ihm schloss er, dass es genau diese Ablenkung war, die es ihm ermöglichte, das Grauen vor seinen Augen zu dokumentieren.

Das Spiel von Licht und Schatten auf den Blüten um den Kopf der toten Frau war von einer schrecklichen Schönheit, und Connor nahm vielleicht mehr Bilder auf, als er hätte machen sollen. Sylvie kam hinzu, fotografierte jedoch nur ein paar Einstellungen und ging dann weiter die Straße entlang, sei es, weil sie ihm stillschweigend dieses Motiv überlassen wollte, oder weil sie Kritik daran übte, dass er so lange dort verharrte.

Sie zählten insgesamt fünfzehn Leichen, von denen einige kaum noch als solche kenntlich waren. Fünf von ihnen waren skalpiert worden. In den rauchenden Ruinen vermuteten sie weitere Tote. Die letzten beiden Opfer saßen nebeneinander, ein kleiner Junge und ein zerbrechlich aussehender, runzeliger alter Mann mit einem dünnen weißen Bart. Sie lehnten mit dem Rücken an der weiß getünchten Wand einer Scheune und sahen von weitem aus, als säßen sie dort friedlich ins Gespräch vertieft. Über ihre Köpfe hatte jemand mit roter Farbe das Wort BALIJE, ein beleidigender Ausdruck für Muslime, an die Wand geschmiert, daneben eine zusammengerollte Kobra, den Kopf erhoben und bereit zuzubeißen.

Als sie die Szene fotografierten, hörten sie die Lkw.

»Gib mir deinen Film«, sagte Sylvie.

Sie schraubte die Kappe des mittleren Beins ihres Aluminiumstativs ab, das sie immer bei sich trug.

»Los, schnell, alle.«

Er gab ihr sämtliche Rollen, die er verschossen hatte, auch den Film, der noch in der Kamera war, und sie schob sie nacheinander in das Rohr, drückte die Kappe wieder auf das Bein und reichte ihm rasch ein halbes Dutzend Filmrollen aus ihrer Tasche, die in den Döschen steckten, als wären sie bereits belichtet.

»Tu die in deine Tasche.«

Sie sahen die Lkw durch das Weideland auf sich zukommen, spannten einen neuen Film in ihre Kameras und begannen zu fotografieren. Es waren zwei Jeeps, ein Panzerwagen und ein großer Laster mit offener Ladefläche und insgesamt zwanzig bis dreißig Mann Besatzung, bis an die Zähne bewaffnet mit Ak-47, RPG und kürzeren, dickeren Maschinengewehren, die Connor nicht kannte. Als die Soldaten die Kameras sahen, fingen sie an zu brüllen und legten ihre Waffen auf sie an.

Etwa zwanzig Meter entfernt kam der Konvoi zum Stehen. Die Männer stiegen aus den Fahrzeugen. Die meisten waren mit schwarzen Arbeitsanzügen oder Lederjacken bekleidet, einige hatten Feldmützen oder Helme mit dem aufgemalten Abzeichen der roten Kobra auf, andere trugen Stirnbänder, waren mit Patronengurten behängt, und an ihren Gürteln baumelten Pistolen, Messer und Handgranaten. Mindestens ein Dutzend der Männer kam auf sie zu.

»Nicht vergessen«, sagte Sylvie leise. »Sie sind unsere Brüder in Christi.«

Connor spürte, wie sein Herz schneller schlug, und wie zuvor beschäftigte es ihn, dass er keine Angst, sondern nur eine Art Kitzel verspürte.

An seinem Gang und Aussehen wurde rasch deutlich, wer der Anführer war, ein Mann etwa in Connors Alter, größer und muskulöser als die anderen. Sein Haar war kurz geschoren, er trug eine Pilotensonnenbrille und ein enges schwarzes T-Shirt mit der silbernen Aufschrift NIRVANA. Ob damit sein angestrebter Seelenzustand oder bloß die Rockband gemeint war, ließ sich nicht sagen. Als er auf sie zukam, begrüßte Sylvie ihn freundlich auf Serbokroatisch. Er blieb direkt vor ihnen stehen, musterte sie verächtlich und antwortete auf Englisch.

»Wer sind Sie? Was machen Sie hier?«

Sie antwortete erneut auf Serbokroatisch, zog eine Schachtel Zigaretten heraus und bot ihm eine an, die er mit einem knappen Kopfschütteln ablehnte. Er fragte sie – wieder auf Englisch, vielleicht um zu zeigen, dass er sich nicht bezirzen lassen wollte –, wer ihnen die Erlaubnis erteilt hätte, sich in diesem Gebiet aufzuhalten. Er hatte eine tiefe Stimme und einen gangsterartigen amerikanischen Akzent, als hätte er zu viele Mafiafilme gesehen. Sylvie blieb bei Serbokroatisch, und obwohl sie so schnell sprach, dass Connor nicht viel verstand, bekam er mit, dass sie ein paarmal beiläufig den Namen Grujo erwähnte, als wären sie alte Freunde, was den Mann jedoch nicht besonders zu beeindrucken schien.

»Zeigen Sie mir Ihre Papiere.«

Sie gaben ihm ihre Pässe, und Connor zückte einen UNO-Presseausweis, das einzige halbwegs offiziell aussehende Dokument, das er besaß und das in etwa so nützlich war wie die Eintrittskarte zu einem abgesagten Baseballspiel.

»Gute Band«, sagte Connor, als er dem Mann den Ausweis reichte.

Der Mann sah ihn scharf an. »Was?«

Connor wies mit dem Kopf auf das T-Shirt. Der Mann starrte ihn einen Moment lang an, ohne etwas zu sagen. Connor sah, dass die anderen Soldaten begannen, die Leichen auf die Ladefläche des Lasters zu legen.

»Sie sind Amerikaner?«

»Ja.«

»Welche Zeitung?«

Connor dachte, dass er vielleicht vorgeben sollte, ein bedeutender Magnum-Fotograf zu sein wie Sylvie, doch er brachte es nicht über sich und zuckte bloß mit den Schultern.

»Jede, die interessiert ist. Meistens keine.«

Sylvie wollte etwas sagen, doch der Mann schnitt ihr das Wort ab und wies mit dem Kopf auf die Leichen des alten Mannes und des Jungen.

»Glauben Sie, die Amerikaner interessieren sich für diesen *balije*-Dreck?«

»Was weiß ich? Ich interessiere mich dafür.«

»Ach. Wirklich?«

»Hm-hm.«

»Und was finden Sie so interessant daran?«

Connor spürte, wie Sylvie neben ihm erstarrte, doch er wich dem Blick des Mannes nicht aus und zuckte die Achseln.

»Vermutlich interessiert es mich vor allem, was für ein Mensch man sein muss, um Frauen, Kinder und hilflose alte Männer zu foltern und zu ermorden.«

Der Mann sah ihn an, und Connor versuchte, seine Augen hinter den dunklen Gläsern der Brille zu erkennen, doch er sah nur seine eigenen Augen, die ihm entgegenstarrten. Sylvie begann wieder leise und drängend auf Serbokroatisch zu reden, und erwähnte erneut Grujo. Der Mann hörte ihr zu, ohne den Blick von Connor zu wenden.

»Geben Sie uns Ihre Filme.«

Sylvie erklärte ruhig, aber entschlossen, warum sie das nicht tun würde. Er wiederholte seine Aufforderung mehrmals, bevor er schließlich nach ihrer Kameratasche griff. Sylvie explodierte und beschimpfte ihn in mehreren Sprachen, bis er einen Befehl brüllte und das blanke Chaos ausbrach.

Soldaten packten sie und hielten ihnen ihre Gewehrläufe ins Gesicht, entrissen ihnen Kameras und Taschen, nahmen die Döschen heraus und zerrten die Filme ans Licht, bevor sie die

Prozedur mit den Filmen in der Kamera wiederholten. Und die ganze Zeit schimpfte Sylvie wie ein Rohrspatz.

Dann wurden sie auf Befehl des Anführers mit Gewehrläufen in Rücken und Nacken die Straße hinuntergetrieben, vorbei an dem Laster, auf dem sich die Leichen stapelten, und dem Obstgarten, dessen Zweige sich wieder leer und unschuldig in der Sonne wiegten. Mit jedem Schritt war Connor sich sicherer, dass sie hinter ein Haus geführt wurden, wo man sie erschießen wollte.

Doch sie brachten sie nur zu dem VW.

Die Soldaten durchsuchten den Wagen nach weiteren Filmen, fanden jedoch keine. Stattdessen bedienten sie sich an den Zigaretten, gaben ihnen Papiere und Kameraausrüstung inklusive Stativ zurück und befahlen ihnen einzusteigen und zu verschwinden. Sylvie wendete den Wagen, während sie die Milizionäre durch das offene Fenster weiter mit einer Flut von Flüchen bedachte. Inzwischen lachten und johlten die Männer laut.

Als sie schließlich hangabwärts in dem Wald außer Sichtweite waren, schlug sie mit den flachen Händen aufs Lenkrad, warf den Kopf in den Nacken und fing an zu lachen. Sie sah Connor an, und er lächelte, brachte jedoch kein Wort heraus. Er hätte ihre Heiterkeit gern geteilt, doch er konnte nicht. Er stand noch immer unter Schock.

In seinem Kopf ging er noch einmal an dem Obstgarten, den ausgebrannten Häusern und den verstümmelten Leichen vorbei die Straße entlang, davon überzeugt, in wenigen Augenblicken ebenfalls tot zu sein. Was ihn schockierte, war die Erkenntnis, dass es ihm gleichgültig gewesen war.

Sie nahmen eine andere Route zurück nach Sarajewo, die noch länger dauerte. Sie überholten mit hohläugigen Flüchtlingen beladene Lkw und fuhren durch die Überreste ausgebombter, niedergebrannter und verlassener Dörfer. Es gab sehr viel mehr Straßensperren als am Morgen, und einmal mussten sie drei Stunden warten, während ihre Papiere überprüft wurden. Sie blieben hinter einem UN-Lebensmittelkonvoi stecken, der wiederum durch eine Auseinandersetzung mit der jugoslawischen Volksarmee aufgehalten wurde. Die UNO-Soldaten waren Briten, und Sylvie und Connor sprachen einen leitenden Offizier an und berichteten ihm, was sie gesehen hatten.

Als sie im Holiday Inn ankamen, dämmerte es bereits. Sie parkten den Wagen in der Tiefgarage. Halle und Bar des Hotels schwirrten vor Neuigkeiten über Grujo, die Kobras und ihre jüngste Gewaltorgie ethnischer Säuberung. Der von jahrelangem Whiskeykonsum gezeichnete Reporter einer Nachrichtenagentur erzählte jedem mit lauter Stimme, dass das Gebiet, in dem sich die jüngsten Massaker ereignet hatten, abgeriegelt worden war und niemand hineindürfte. Connor und Sylvie sagten kein Wort. Sie besorgten sich zwei Bier und gingen auf ihre Zimmer, um ihre Sachen loszuwerden.

Das Labor, das sie benutzten, lag nur einen kurzen Fußweg vom Hotel entfernt oder vielleicht besser ein Stoßgebet und einen geduckten Sprint über drei Straßen, die von serbischen Heckenschützen überwacht wurden, die wahrscheinlich um diese Zeit schon zu betrunken waren, um noch geradeaus zu schießen, obwohl man das nie wissen konnte. Das Labor war eng, und Connor kauerte sich mit seinem Bier in eine Ecke und ließ Sylvie die meiste Arbeit machen. Es war heiß, und sie hatten beide ihre Jacken ausgezogen. Sylvie trug eine hauchdünne, ärmellose Bluse und darunter keinen BH. Einmal bemerkte sie Connors Blick, lächelte jedoch nicht, sondern wandte sich wortlos wieder ihrer Arbeit zu.

Sie trocknete die Negative mit einem Föhn, den sie mitgebracht hatte, legte sie auf den Lichtkasten und rückte zur Seite, damit sie sie gemeinsam betrachten konnten. Viele der Bilder waren für einen Abdruck in einer Zeitung zu brutal und grausam, und sie schien auf einen Blick zu erkennen, was geeignet war und was nicht. Connor fand es seltsam, dass es ihm schwerer fiel, die

Bilder zu betrachten, als die Realität, die sie abbildeten. Als er das Sylvie erzählte, zuckte sie nur die Achseln und meinte, das sei eine Frage des Adrenalins.

Die Aufnahmen, die sie von dem alten Mann und dem Jungen vor der Wand mit dem Kobrazeichen gemacht hatte, waren wie die meisten anderen Fotos sehr viel besser als seine. Doch als sie zu dem Schwarzweißfilm kamen, den Connor in dem Obstgarten verschossen hatte, stieß Sylvie einen leisen Pfiff aus.

»Welches?«, fragte sie. »Sag es mir.«

»Die beste Aufnahme, meinst du?«

Sie nickte und trat einen Schritt zurück, damit er die Bilder in Ruhe betrachten konnte. Er wählte eine Folge von fünf Einstellungen aus, in denen die Leichen der Frauen halb im Schatten lagen, und sagte, dass es eines dieser fünf Fotos sein müsste. Sie wiederholte ihre Aufforderung, das Beste herauszusuchen, und Connor erwiderte, dass es zwischen den Bildern seiner Ansicht nach keinen großen Unterschied gab. Sie widersprach ihm und sagte, er solle ein paar Testabzüge machen.

Schon als das Bild sich zart auf dem Papier abzuzeichnen begann, wusste Connor, welches der Bilder sie meinte. Man konnte erkennen, dass das Mädchen nackt war, doch die Schatten der Blätter verbargen diskret seinen wie auch den Körper der Frau bis auf Gesicht und Arme, was die Torturen, die sie erlitten hatten, umso abstoßender erscheinen ließ. Das Licht der Sonne auf den Blüten und ihren gefesselten Handgelenken war von bedrückend schockierender Schönheit.

»Das ist das Bild des Tages«, sagte sie. »Vielleicht sogar das Bild des Jahres.«

»Ich weiß nicht …«

»Glaub ja nicht, ich würde mir die Mühe machen, dir zu schmeicheln.«

Er sah sie an und lächelte. Sie trank ihr Bier aus. Er spürte, dass sie ihn beobachtete, als er den Abzug aus dem Fixierbad nahm, auf das Tablett legte und aufzuräumen begann.

»Okay«, sagte sie. »Und jetzt werden wir ein bisschen Geld für dich verdienen.«

Sie suchten die Negative zusammen, schlossen das Labor ab und gingen bis zur Ecke der ersten Straße, die sie auf dem Weg zurück ins Hotel überqueren mussten.

»Diesmal rennen wir nicht, okay?«

Connor zuckte die Achseln. »Wenn du meinst.«

Sie fasste seinen Arm, und sie gingen langsam über die Straße. Ihre Schritte hallten im Dunkel, und Connor sah sich im Visier eines serbischen Zielfernrohrs und war erneut irritiert, dass es ihm gleichgültig war. Bei der nächsten Straße wiederholten sie die Prozedur langsamer und bei der dritten noch langsamer.

»Hast du keine Angst?«, fragte sie.

»Vielleicht wäre es klüger, Angst zu haben.«

»An manchen Tagen weiß man einfach, dass man nicht sterben wird.«

»Glaubst du wirklich?«

»Ich bin mir ganz sicher. Pass auf.«

Sie blieb mitten auf der Straße stehen, wandte den Heckenschützen ihren Rücken zu, küsste Connor hart auf den Mund und lachte.

»Siehst du?«

Im Hotel gingen sie direkt auf ihr Zimmer. Sie zog Jacke und Schuhe aus, packte eine Flasche Whiskey aus und goss beiden ein Glas voll ein. Sie setzte sich im Schneidersitz aufs Bett, zündete sich eine Zigarette an und fragte ihn nach seiner New Yorker Agentur. Es war noch immer dieselbe, die damals sein Bild vom Brand im Yellowstone-Nationalpark vermarktet hatte, doch seit seiner Ankunft in Bosnien hatte sie kaum etwas für ihn getan. Sylvie meinte, die Agentur wäre scheiße, und er sollte sie wechseln. Sie griff nach dem Satellitentelefon, machte einen Anruf nach Paris und zwei weitere nach New York, und als sie fertig war, hatte Connor einen ganz neuen Deal.

Sie packte ihren Laptop und ihren Scanner aus, stellte beides auf das Bett, scannte einige von ihren und seinen Negativen ein und schickte sie per Satellitentelefon ab. Sie goss Whiskey nach und stieß mit ihm an. Connor bedankte sich, doch sie antwortete mit ihrem typischen angedeuteten Schulterzucken und meinte, das sei nicht der Rede wert.

Dann fiel der Strom im Hotel aus, und Sylvie zündete die drei Kerzen auf dem Nachttisch an. Eine Zeit lang schwiegen sie, nippten an ihrem Whiskey, lauschten dem fernen Grollen von Geschossen, die irgendwo auf der anderen Seite der Stadt einschlugen, und dem Klagen der Sirenen.

Sie lehnte sich an das Kopfbrett, und er las in ihren Augen, was sie sich als Nächstes wünschte. Sie strich über seinen Kopf und Nacken, und für eine Weile starrten sie einander wortlos an. Sein Haar war lang geworden, und sie zwirbelte eine Strähne zwischen den Fingern, bis es beinahe wehtat.

»Ich habe versucht, meine Haare in dieser Farbe zu färben, doch es klappt nicht.«

»Deine Haare sehen doch gut aus.«

»Wir sind wie Zwillinge.«

Er lächelte. Sie stellten ihre Gläser ab. Sie rutschte in die Mitte des Betts und küsste ihn. Sie schmeckte nach Whiskey und Zigaretten, und in ihrem Kuss lag eine fast beunruhigende Gier. Sie lehnte sich an das Kopfbrett und streckte die Arme aus. Er zog ihr die Bluse über den Kopf, presste ihre Handgelenke mit einer Hand gegen die Wand, während er die Innenseite ihres Arms, ihren Hals, die dunklen Stoppeln in ihrer Achselhöhle und ihre kleinen Brüste mit Küssen bedeckte.

Ihr Atem ging schnell. Sie ließ die Arme sinken und griff mit beiden Händen nach seiner Gürtelschnalle. Er kniete sich hin, sie zerrte seine Hose herunter und nahm seinen Schwanz in den Mund. Es war derart lange her, dass Connor auf diese Weise mit einer Frau zusammen gewesen war, dass er sie schon nach ein paar Augenblicken zurückhalten musste, um nicht zu kommen.

Sie ließ ihren Kopf auf das Bett sinken, und er zog ihr Hose und Slip aus, streifte sein Hemd ab und betrachtete sie. Ihm fiel auf, wie sich ihre Haut im Rhythmus ihrer Atemzüge blass und beinahe durchsichtig über ihren Rippen spannte und ihre Hüftknochen sich wie Klippen über ihrem hohlen Bauch und dem schwarzen Dreieck erhoben. Er wollte seine Stiefel und die anderen Sachen ausziehen, doch sie sagte, er solle sie anlassen, spreizte die Beine, hob ihm die Hüften entgegen und forderte ihn auf, sie zu nehmen, sie hier und jetzt zu ficken.

Als er in sie eindrang, schrie sie so laut auf, dass er erschrak, und sie beantwortete auch weiterhin jeden seiner Stöße mit einem Schrei, doch bald war er selbst vollkommen in ihrer Lust und seinem eigenen Verlangen versunken. Ungeduldig flüsternd forderte sie ihn auf, härter zuzustoßen, feuerte ihn immer lauter und drängender an und wollte, dass er ihr wehtat. Und obwohl er wusste, dass er ihre Bedürfnisse nicht ganz erfüllen konnte, tat Connor, was sie verlangte, und stellte schockiert fest, dass er dazu fähig war. So hatte er noch nie mit einer Frau geschlafen.

Erst später, als sie erschöpft und wund dalagen, Sylvie zusammengerollt wie ein Kind auf dem zerwühlten Bett eingeschlafen war und die Dämmerung durch die zugezogenen Vorhänge sickerte, verstand Connor.

Was sie zueinander trieb, hatte mit Liebe oder einem ähnlichen Gefühl nichts zu tun. Es war mehr ein Bedürfnis nach Bestätigung gewesen, eine Art verzweifeltes animalisches Verlangen. Und obwohl er gespürt hatte, dass es in Sylvie sehr viel stärker war als in ihm, wusste er, dass das Saatkorn auch in ihm aufgegangen war und wachsen würde. Nachdem sie so tief in den Abgrund von Tod und Grauen geblickt hatten, mussten sie die Dämonen wieder vertreiben, um sich ihrer Lebendigkeit zu versichern. Schmerz war ein Bereich des Lebendigen und damit Teil dieses Exorzismus. Sie hatten mit jeder Faser ihres Körpers etwas jenseits ihrer selbst schreiend angefleht, dass es inmitten all des Gemetzels einen rohen, wilden Urkern der Menschlichkeit geben möge.

Das Bild von den Frauen zwischen den Obstblüten landete weltweit auf den Titelseiten der Zeitungen. In der folgenden Woche flog Sylvie heim nach Paris und wurde von dort sofort nach Afrika geschickt. Connor vermisste sie, doch als sie im August wieder nach Sarajewo zurückkam, war es nicht mehr wie vorher. Sie verhielt sich kühl und distanziert, und er fragte sich, ob sie sich in irgendeiner Weise beleidigt fühlte. Vielleicht missgönnte sie ihm den Erfolg, zu dem sie ihm verholfen hatte.

Eine Woche später wurde er von einem Granatsplitter am rechten Bein verletzt und in einer Hercules der UNO zu einem Krankenhaus an der kroatischen Küste geflogen. Sylvie war für ein paar Tage nach Norden gegangen, sodass sie keine Gelegenheit hatten, sich voneinander zu verabschieden. Es war nur eine Fleischwunde, doch die Ärzte rieten ihm, nach Hause zu fliegen, um die Verletzung gründlich auszukurieren. Diese Aussicht erschien ihm mit einem Mal sehr verlockend. Er flog nach Frankfurt und versuchte, während er in der Transitlounge wartete, erfolglos, von einem Münztelefon aus Sylvie zu erreichen.

New York war heiß und schwül. Als er in das Büro seiner neuen Agentur hinkte, wurde er begrüßt wie ein Kriegsheld. Er wünschte, er hätte sich auch so gefühlt, doch er empfand nur innere Leere. Harry Turney, einer der Redakteure, lud ihn zum Lunch in das vornehmste Restaurant ein, in dem Connor je gegessen hatte. Turney war ein großer Mann mit sanften Augen und erinnerte Connor ein wenig an seinen Vater. Connor aß wie ein ausgehungerter Wolf und fühlte sich hinterher immer noch nicht satt. Als der Kaffee serviert wurde, sagte Turney, dass ihm das mit Sylvie Leid tun würde. Connor fragte ihn, was er meinte.

»Sie haben es noch nicht gehört?«

»Was soll ich gehört haben?«

»Es stand gestern in der *Times*. Sie war mit einem Reporter von Reuters irgendwo im Norden in der Nähe der Grenze unterwegs. Sie sind auf eine Landmine gefahren und waren beide auf der Stelle tot.«

16

Julia nahm die Steaks und Hähnchenschenkel aus der Marinade und legte sie zusammen mit dem Salat und den Beilagen auf ein großes Holztablett. Donna Kiamoto hatte das übrige Essen bereits auf die Veranda gebracht, wo der Tisch gedeckt war. Aus der Küche hörte Julia, dass sie Mühe hatte, das noch unberührte Büffet gegen die stets hungrigen Feuerspringer zu verteidigen. Auch Ed war zu vernehmen, der sich noch einmal vergewisserte, dass jeder den Plan kannte. Er war die Details bei der Ankunft der Gäste bereits zweimal mit jedem Einzelnen durchgegangen, wiederholte sie jedoch jetzt noch ein drittes Mal.

»Also, wir verstecken uns alle hier draußen, Donna steht hinter den Vorhängen dort, die Haustür ist offen, das Haus sieht verlassen aus, und er kommt herein. Achte darauf, dass er nicht dein Spiegelbild in der Glastür sieht, Donna! Wenn er das Wohnzimmer betritt, gibt Donna das Zeichen, und ich fange an zu spielen. Ihr anderen verhaltet euch ruhig, ist das klar? Wer kichert oder furzt, kriegt kein Bier mehr. Hank und … wer? O ja, tut mir Leid, Phil. Ihr beide entrollt das Banner. Und seht zu, dass ihr es richtig herum haltet, okay? Er ist vielleicht nicht besonders helle, aber lesen kann er schon.«

»Julia, wie erträgst du es nur, mit diesem Kerl zusammenzuleben?«, fragte Hank, als sie mit dem Tablett auf die Veranda kam.

»Ohrstöpsel.«

In den dichten Rauchschwaden fand sie den Tisch kaum. Chuck Hamer war für den Grill verantwortlich, erledigte diese Pflicht jedoch ziemlich miserabel.

»Hey, Chuck, ich dachte du wärst ein Firefighter? Was zum Teufel ist hier los?«

»Ich werde dafür bezahlt, Brände zu löschen, Süße, nicht dafür, sie zu legen.«

»Baby, you can light my fire«, sang Ed.

Nachdem er die Rede an seine Truppen beendet hatte, fummelte er an dem Verstärker seiner elektrischen Gitarre herum. Julia beobachtete ihn eine Weile und musste lächeln. Er stand voll unter Strom, glücklich herumtapsend wie ein Welpe, und in den weiten Shorts und dem gelb-schwarzen Hawaiihemd, das sie ihm zum Geburtstag geschenkt hatte, sah er auch richtig jungenhaft und süß aus. Eigentlich hatte er sich eine Dauerwelle im Jimi-Hendrix-Afrolook machen lassen wollen, doch das hatte sie ihm zum Glück ausreden können. Stattdessen hatte er sich mit einem Stirnband und einer violetten Sonnenbrille zufrieden gegeben.

Der arme Connor. Er glaubte, er würde zu einem ruhigen Abendessen zu dritt kommen, und Julia wünschte sich nach wie vor, sie hätten es dabei belassen. Doch Ed hatte darauf bestanden, eine Überraschungswillkommensparty zu veranstalten. Julia hatte eingewandt, dass das nach seiner Verletzung bestimmt das Letzte sei, was er wollte, doch Ed hatte ihn bei seiner Mutter angerufen und gemeint, er würde sich prima anhören. Etwa zwanzig Gäste waren versammelt, in der Hauptsache Connors alte Feuerspringerkumpel und ihre Partnerinnen. Alle waren ausdrücklich angewiesen worden, früh zu erscheinen und vor dem Haus der Robertsons nebenan zu parken, damit Connor die Autos nicht sah.

Zumindest würde er das Haus von seiner besten Seite kennen lernen. Es war ein milder und klarer Septemberabend mit einem ersten Hauch von Herbst in der Luft. In den Bäumen hingen reife Äpfel, der wuchernde Rosenstrauch über der Veranda war ein zweites Mal in leuchtendem Gelb erblüht. Außerdem würde die Party mehr oder weniger ein Selbstgänger werden. Die Bewirtung von Feuerspringern war eher eine Frage der Quantität als der Qualität: Die kulinarische Raffinesse erschöpfte sich weitgehend in einem großen Steak und jeder Menge Bier.

Trotzdem hatte Julia sich bei der Vorbereitung in einen Zustand gesteigert, der schon fast an Hysterie grenzte. Sie wollte, dass einfach alles vollkommen war. Sie hatte einen großen Hausputz veranstaltet, in jedem Zimmer Blumen aufgestellt und eine Menge Zeit und Geld auf die Besorgung von Lebensmitteln und Getränken verwandt, sogar echten Champagner gekauft und einen mit einer kleinen Spielzeugkamera verzierten Kuchen gebacken.

Tagelang hatte sie sich erst Gedanken darüber gemacht, was sie anziehen sollte, und dann darüber, warum sie sich so viele Gedanken machte. Wozu der Aufwand? Es war schließlich nur Connor, Herrgott noch mal. Wahrscheinlich würden die meisten Frauen genau wie die Männer Jeans und T-Shirts anziehen. Aber aus Gründen, denen sie lieber nicht nachging, wollte sie unbedingt ein Kleid tragen, und nichts in ihrem Kleiderschrank schien passend, sodass sie schließlich nach Missoula fuhr, um sich nach etwas Neuem umzusehen.

Sie fand es sofort in einem Laden an der North Higgings Street: ein dreiviertellanges Kleid in einem hellen Blau, das ihren Teint unterstrich. Sie probierte es an und seufzte leise, als sie sah, wie gut es ihr stand. Sie sah einfach phantastisch darin aus. Doch es kostete hundertzwanzig Dollar! Vollkommen ausgeschlossen, absolut lächerlich. Sie brauchte es nicht. Sie bedankte sich bei der Verkäuferin, verließ den Laden, ging zu dem Jeep, saß eine Weile hinter dem Steuer, stieg wieder aus, stapfte zurück in den Laden, überlegte eine weitere Viertelstunde und kaufte das Kleid dann, weil sie sich einredete, dass sie es zu allen möglichen Anlässen tragen könnte. Sie hatte sich lange nichts gegönnt, also, was sollte die Sparsamkeit.

Ed erzählte sie es trotzdem nicht, dabei hätte er bestimmt nichts dagegen gehabt. Im Gegenteil, er mochte es, wenn sie sich neue Sachen anschaffte. Als er sie gefragt hatte, was sie anziehen würde, hatte sie gelogen und behauptet, dass es ein altes Kleid wäre, das sie ganz vergessen und erst kürzlich wieder gefunden hätte. Doch seinen aufmerksamen Händen war nichts entgangen, nicht dass sie beim Friseur gewesen war und sich die Haare an den Beinen hatte entfernen lassen.

Als Julia zurück in die Küche ging, um das letzte Tablett mit Essen zu holen, kam Donna angerannt. Ed hatte sie als Späherin am Ende der Auffahrt postiert.

»Fährt er immer noch den alten Chevy?«, fragte sie.

»Ich glaube schon. Ein hellblauer Pick-up.«

»Genau. Das ist er.«

Donna lief nach draußen, um allen Bescheid zu sagen, und Julia half ihr, sich hinter den Vorhängen zu verstecken, bevor sie sich neben Ed stellte.

»Wo ist meine Gitarre? Julia?«

»Keine Panik. Hier.«

Sie gab ihm das Instrument. Er hängte sich den Gurt über die Schulter und strich für einen letzten Soundcheck sanft über die Saiten.

»Hank? Habt ihr das Transparent bereit?«

»Yes, Sir.«

»Okay, Feuerspringer, still gestanden!«

Alle erstarrten in ihrem Versteck und lauschten, wie Connors Pick-up hielt, eine Wagentür zugeschlagen wurde und knirschende Schritte auf dem Kies sich näherten.

»Mein Gott, Hank, es ist deine Schwiegermutter«, flüsterte Chuck, und alle zischten, er solle den Mund halten.

Man hörte ein Klopfen an der Haustür und dann lange nichts.

»Hallo?«

Julia spürte, wie ihr Herz beim Klang seiner Stimme schneller zu schlagen begann.

»Nein, es ist deine Exfreundin. Sie hat ein Gewehr!«

»Pssst!«

Sie hörte seine Schritte im Wohnzimmer.

»Ed? Julia?«

Donna nickte aus ihrem Versteck, und Julia tippte Ed auf die Schulter. Er ließ seine Gitarre aufheulen und die Jimi-Hendrix-Version von »The Star-Sprangled Banner« (Julia hatte keine Ahnung, warum gerade dieses Stück) erklingen. Hank und Phil, die auf Stühlen links und rechts neben der Tür standen, entfalteten das Banner, auf das Julia mit blauer Glitzerfarbe »Willkommen zu Hause, Connor« geschrieben und das Ganze mit silbernen Sternchen verziert hatte. Und plötzlich stand er grinsend und kopfschüttelnd darunter, auf dem Kopf seinen alten Cowboyhut. Seine blauen Augen wanderten von einem Gesicht zum nächsten, bis sie ihres gefunden hatten und dort verharrten.

»Mein lieber Scholli«, sagte er. »Euch wird man ja schwerer los als ein Hund eine Zecke am Arsch.«

»Dann bist du das Arschloch, Cowboy«, meinte Chuck.

»Hey, Chuck, wie geht's? Hank, Donna …«

Er schüttelte Hände, umarmte jeden und ging schließlich lächelnd auf Ed und Julia zu. Ihr fiel auf, dass er ein wenig hinkte.

»Julia, wer ist der komische Typ da neben dir? Rockin' Rudy persönlich oder was?«

»Hey, Mann.« Ed legte eine Faust auf seine Brust.

»Herzen aus Feuer!« Sie klatschten sich ab. Connor nahm seinen Hut vom Kopf, und die beiden Freunde umarmten sich.

»Du hinterlistiger Mistkerl«, empörte sich Connor. »›Komm doch einfach auf ein kleines Abendessen rüber.‹«

Er stülpte Ed seinen Hut auf den Kopf und wandte sich endlich Julia zu. Irgendetwas schien anders an seinem Gesicht, doch sie kam nicht darauf, was es war. Er sah dünner aus, und seine Augen schienen tiefer in ihren Höhlen zu liegen.

»Hi, Connor. Willkommen zu Hause.«

»Himmel, so lange war ich nun auch wieder nicht weg.«

»Es kam mir aber so vor.«

Sie umarmten sich, und sie spürte, wie seine Hände fest ihren Rücken umfassten, sodass sie fast keine Luft mehr bekam. Sie wusste, dass sie eine lockere, witzige Bemerkung machen sollte, doch ihr fehlte die Kraft dazu. Sie hatte Angst, dass ihre Gefühle für die anderen allzu offensichtlich sein könnten, löste sich rasch aus Connors Umarmung und hakte sich bei Ed unter.

»Schau sich einer das an«, sagte Connor und machte eine ausladende Geste. »Den Fluss da unten, die Apfelbäume, die Rosen und alles. Ihr habt hier euren eigenen kleinen Garten Eden.«

»Julia als Eva mag ja gerade noch durchgehen«, warf Hank Thomas ein. »Aber wenn das da Adam sein soll, bin ich Bambis Mutter.«

»Mit der Brille sieht er eher aus wie die Schlange«, meinte Donna.

»Hier, Donna«, säuselte Ed. »Nimm einen Apfel.«

Das Geplänkel ging weiter und wurde zunehmend anzüglicher. Julia zerrte Chuck zum Grill, damit er das Fleisch auf den Rost legte, bevor sie im Haus verschwand, um den Champagner zu holen. Als sie wieder herauskam, wurde Connor gerade für seine »Kriegsverletzung« verspottet, doch er hielt kräftig dagegen und erzählte eine Geschichte, die sie nur zum Teil mitbekam und offenbar davon handelte, dass er es alleine mit der ganzen serbischen Armee aufgenommen hatte. Ed öffnete den Champagner, und als alle Gläser gefüllt waren, brachte er einen Trinkspruch aus. Als Julia zusammen mit den anderen auf Connors Gesundheit trank, ruhte dessen Blick wieder so lange auf ihr, dass sie wegsehen musste.

Als sie vor ihm die Treppe hinaufging, fiel Connors Blick auf ihre wiegenden Hüften und die linke Hand mit dem schlichten goldenen Trauring, die über das Geländer glitt. Draußen dämmerte es, und ihre nackten Schultern zeichneten sich dunkel gegen den hellblauen Stoff des Kleides ab. Sie sah schöner aus denn je, schöner noch, als in den einsamen Nächten, in denen er wach gelegen, dem Geschützfeuer gelauscht und an sie gedacht hatte; schöner noch als auf dem Foto, das er in seiner Brieftasche trug, das Ed von ihnen beiden an dem Tag gemacht hatte, als sie gemeinsam beim Klettern waren. Das Foto, auf dem sie sich anlächeln und für alle Welt aussehen, als wären sie ein Paar.

Ed hatte Bob Marley aufgelegt in der Hoffnung, dass die Leute anfangen würden zu tanzen, doch alle genossen es auf der Veranda und der Wiese zu sitzen und zu plaudern. Julia hatte Windlichter aufgestellt und in die Bäume gehängt, die den Ort wie verzaubert aussehen ließen. Connor wollte sich das Haus ansehen, und sie führte ihn herum. Sie hatten im Atelier in der Scheune begonnen, wo sie ganz verlegen wurde, als er ihre neuen Bilder lobte. Mittlerweile waren sie ins Haus zurückgekehrt, doch die anderen waren nach wie vor draußen.

Auf dem obersten Absatz der Treppe blieb sie stehen und drehte sich um. Er hoffte, dass sie ihn nicht dabei erwischt hatte, wie er auf ihre Hüften starrte.

»Ein wirklich tolles Haus«, sagte er verlegen.

»Ja. Uns passt es jedenfalls sehr gut, obwohl es für Ed leichter wäre, wenn wir in der Stadt wohnen würden.«

»Warum das?«

»Ach, er könnte selbstständiger leben und sich besser alleine zurechtfinden. Den Plan von Missoula hat er im Kopf, während hier draußen alles neu ist und … na ja, irgendwie gefährlicher, finde ich. Aber das hält ihn natürlich von gar nichts ab.«

»Das kann ich mir vorstellen.«

»Neulich, zum Beispiel. Im Sommer sind wir zusammen gejoggt. Die Wege sind ziemlich gut, und er kennt sie mittlerweile auch, und solange ich bei ihm bin, ist alles okay. Jedenfalls kam ich in der vergangenen Woche irgendwann abends aus der Stadt zurück, fahre um eine Kurve, und wer läuft mitten auf der Straße in seiner orangefarbenen Jagdweste direkt auf mich zu wie eine Erscheinung? Dreimal darfst du raten. Er schwenkt seinen Stock und trabt nicht etwa langsam vor sich hin, sondern rast wie von der Tarantel gestochen auf mich zu.«

Connor lachte. Er liebte die ausdrucksstarken Gesten, wenn

sie eine Geschichte erzählte. Vermutlich war es das italienische Blut in ihren Adern.

»Ich bremse also ab, während er weiterrennt, mit der Spitze seines Stocks gegen den Jeep schlägt, stehen bleibt und sich mit den Händen auf der Motorhaube abstützt. Und weißt du, was er sagt? ›Also, hier zu parken ist wirklich ziemlich bescheuert!‹ Ich meine, was soll ich mit dem Kerl machen, Connor?«

»Sperr ihn in einen Käfig oder so.«

»Ich sag dir, eines Tages werd ich genau das tun. Hat er dir von seinem neuesten Plan erzählt?«

»Nein.«

»Felsklettern. Er hat einen Kurs in Colorado belegt, wo man Blinden das Klettern beibringt. Wenn dein Bein ausgeheilt ist, will er, dass wir drei noch einmal auf denselben Gipfel steigen, weißt du? Wo wir all die Fotos gemacht haben.«

»Klingt super. Gebt mir noch eine Woche, dann bin ich dabei.«

Sie legte den Kopf schief und stemmte die Hände in die Hüften.

»Weißt du was? Du bist genauso schlimm wie er.«

Sie lächelten sich kurz an, während unten Bob Marley sang und allen erklärte, dass sie sich keine Sorgen machen sollten, weil alles gut werden würde. Julia schaltete das Licht im Flur an, und er wünschte, sie hätte es nicht getan. Das Dämmerlicht war intimer gewesen.

»Komm«, sagte sie. »Ich zeig dir den Rest.«

In der ersten Etage gab es drei Zimmer und ein Bad. Einer der Räume war zur Hälfte mit noch unausgepackten Kisten voll gestopft, auf der anderen Seite standen eine Bank und diverse Hanteln, mit denen Ed jeden Morgen trainierte, wie Julia berichtete. In dem zweiten, mit hübschen gelben Tapeten dekorierten Zimmer stand ein Bett mit einem dunkelblauen Überwurf, auf dem ordentlich gefaltet ein Handtuch lag. Julia sagte, hier würde er schlafen, wenn es ihm recht sei. Er erwiderte, dass er nicht vorgehabt hätte zu übernachten, doch sie sah so enttäuscht aus, dass er einwilligte zu bleiben, sofern es ihr keine Umstände bereitete. Sie bedachte ihn mit einem strengen Lehrerinnenblick.

»Es macht überhaupt keine Umstände, Connor, okay?«

Sie zeigte ihm das Bad und führte ihn zuletzt ins Schlafzimmer. Es duftete nach ihr. Das Bett stand unter dem Fenster, und er stellte sich vor, wie sie auf dem schlichten weißen Überbett lag, speicherte das Bild in seinem Gedächtnis. An dem Bücherstapel und der kleinen Sammlung von Cremes und Lotionen erkannte er, auf welcher Seite sie schlief. An der Wand waren Haken für ihren Schmuck angebracht, darüber hing ein großes Bild, von dem er vermutete, dass sie es gemalt hatte. Es war ganz in den Erdtönen Rot, Schwarz, Orange und Dunkelgelb gehalten und erinnerte an das Höhlengemälde eines rennenden Hirschen, der von Streichholzmännern auf Pferden mit Speeren und Pfeil und Bogen gejagt wurde.

»Das muss von dir sein.«

»Ach, das. Ja.«

Sie wirkte wieder verlegen.

»Das war nur eine Phase. Etwas, womit ich eine Zeit lang herumexperimentiert habe. Aber es hat nicht richtig funktioniert.«

»Ich finde es gut.«

»O nein. Ich meine, vielen Dank, aber gut ist es wirklich nicht.«

»Ed hat mir erzählt, dass du wieder unterrichtest.«

»Ja, es ist toll. Nur Teilzeit, drei Tage die Woche in einer kleinen Grundschule in Missoula.«

»Kunst?«

»Hm-hm. Aber meist putze ich nur Nasen oder spritze meine Schüler mit einem Schlauch ab, nachdem sie sich wieder mit Farbe beworfen haben.«

»Klingt lustig.«

»Ist es auch.«

Eine Weile standen sie wortlos vor dem Bild.

»Er hat sich wirklich Sorgen um dich gemacht, weißt du?«, sagte sie. »Wir haben von all den schrecklichen Dingen gehört, die dort geschehen, ohne zu wissen, wo du warst, und wir – ich meine Ed, hatte ein bisschen Angst um dich. Albern, oder?«

»Habt ihr meine Karten nicht bekommen?«

Sie lachte. »O doch: ›Schreckliches Wetter, wünschte, ihr wärt hier.‹«

»Tut mir Leid.«

»Wie dem auch sei. Jetzt bist du ja hier.«

»Ja.«

Sie starrten sich einen Moment lang an, bevor sie unvermittelt die Lippen zu einem knappen, distanzierten Lächeln verzog.

»Ich sollte mich wieder um meine Gäste kümmern.«

»Und die Heckenschützen liegen die ganze Zeit auf der Lauer?«, fragte Ed. »Sie warten bloß darauf, dass jemand die Straße überquert?«

»Das weiß man erst, wenn man von einer Kugel getroffen wird. Es gibt Seitenstraßen der so genannten ›Straße der Heckenschützen‹, die man tagelang betreten kann, ohne dass ein einziger Schuss fällt. Und dann wird, peng, wieder jemand umgenietet. Ich nehme an, für die Heckenschützen ist es eine Art Spiel.«

»Vollkommen fremde Menschen zu töten?«

»Es ist sogar noch schlimmer. Einige der Opfer waren vor dem Krieg ihre Freunde und Nachbarn. Jetzt sind sie bloß noch Muslime und damit Freiwild. Als ob sie plötzlich keine Menschen mehr wären.«

Sie lagen auf der Wiese am Ufer. Über dem Plätschern des Wassers konnten sie die Stimmen und das Gelächter vom Haus hören. Irgendjemand hatte eine von Eds alten Doors-Platten aufgelegt. Ed hatte den ganzen Abend versucht, mit Connor alleine zu reden, und ihn schließlich hinunter ans Flussufer schleifen müssen. Seit einer halben Stunde stellte er Fragen über Bosnien.

»Trägst du eine kugelsichere Weste oder so was?«

»Anfangs schon. Später nicht mehr. Die alten Dinger sind ziemlich schwer.«

Flussaufwärts schnatterte eine aufgeschreckte Ente.

»Ein Fuchs auf der Pirsch«, bemerkte Connor.

»Oder ein Kojote. Nachts hören wir sie manchmal jaulen.«

Sie lauschten, aber es war alles still.

»Das ist hier ein großartiges Fleckchen Erde.«

»Ja, wir haben wirklich Glück gehabt.«

»Hast du schon versucht zu angeln?

»Ein paar Mal. Ich habe die Bäume zurückschneiden lassen, um mich nicht im Astgestrüpp zu verheddern. Aber wenn man die Fische nicht belauern und ihnen eine Fliege vor die Nase halten kann, fehlt irgendwie der Spaß an der Sache. Ich kann die Schnur nur ins Wasser werfen, den Köder treiben lassen und hoffen, dass irgendwas anbeißt. Die Fische sind allerdings okay. Bachforellen, Purpurforellen. Bill Robertson, der da drüben wohnt, hat neulich sogar eine drei Pfund schwere Regenbogenforelle an Land gezogen.«

Wie zum Beweis tauchte in der Nähe ein Fisch auf, und sie lachten beide.

»Und wie läuft's mit der Musik?«

»Ach, du weißt schon.«

»Eben nicht, sonst würde ich ja nicht fragen.«

Ed lächelte. Er wollte nicht darüber reden, doch das kam ihm nach der Befragung, der er Connor gerade unterzogen hatte, unfair vor. Er seufzte.

»Also, um ehrlich zu sein, es läuft überhaupt nicht.«

»Julia sagt, du spielst ständig.«

»Ja, klar, ich spiele. Ich hatte sogar ein paar Gigs in einer Kneipe in der Stadt. Aber ich habe seit mehr als einem Jahr nichts mehr geschrieben. Irgendwie ist mir … ich weiß nicht … mein Talent abhanden gekommen.«

»Das kommt schon wieder. Du musstest schließlich eine völlig neue Technik erlernen.«

»Sicher, aber das ist es nicht. Ich habe das beste Equipment, das man für Geld kaufen kann, und kenne mich bestens damit aus. Das ist es nicht. Vermutlich muss ich einfach akzeptieren, dass ich kein ... dass mir das Talent fehlt.«

»Du hast mehr Talent als jeder andere, den ich kenne, Mann.«

»Nett, dass du das sagst, aber von Musik verstehst du ungefähr so viel wie ich vom Fotografieren.«

»Ich weiß, dass du gut bist.«

»Weißt du, wie viele verdammte Musicals ich geschrieben habe, Connor?«

»Nein.«

»Elf. Und weiß der Himmel wie viele weitere kleinere Nummern und Stücke. Und jedes Einzelne ist abgelehnt worden. Nicht einmal, nicht zweimal, sondern etliche Male. Seit meinem Abschluss am College ist kein einziges Werk von mir aufgeführt worden. Und irgendwann kommt ein Punkt, an dem man der Wahrheit ins Auge sehen muss. Weißt du, welcher Ton mir mittlerweile in den Ablehnungsbriefen entgegenschlägt? Verlegenheit. Mit meinem Agenten – das ist ein Witz –, mit meinem Nichtagenten ist es das Gleiche. Er nimmt nicht mal mehr meine Anrufe entgegen. Und wenn ich doch mal zu ihm vordringe, höre ich es auch. Er ist verlegen. Es ist wahr. Ich bin peinlich geworden.«

An Connors Schweigen erkannte er, dass dieser nicht wusste, was er sagen sollte. Er streckte die Hand aus, fand die Schulter seines Freundes und drückte sie kurz.

»Weißt du, wie stolz ich auf dich war, einfach so loszuziehen und die Dinge anzupacken? Mann, war ich stolz. Dieses Bild von der Frau. Ich kenne es. Ich habe mir von Julia jedes Detail beschreiben lassen und weiß, wie außergewöhnlich es ist. Ich war so stolz. Und weißt du was? Ich war auch höllisch neidisch.«

»Ich hatte nur Glück, Ed. Wie damals im Yellowstone Park. Ich bin über ein Motiv gestolpert und habe ein gutes Bild gemacht. Was du zu schaffen versuchst, ist verdammt viel schwieriger.«

»Hey, bitte. Komm mir jetzt nicht gönnerhaft.«

»Gönnerhaft? Meine Güte.«

Eine Weile schwiegen sie, und Ed stellte sich vor, dass Connor kopfschüttelnd über den Fluss blickte. Er hätte sich für seine Bemerkung am liebsten selbst in den Hintern getreten. Es war das erste Mal seit Urzeiten, dass er sich von Selbstmitleid hatte übermannen lassen. Oben beim Haus beendete Chuck Hamer gerade einen Witz, und alle stöhnten. Schließlich legte Connor eine Hand auf Eds Schulter und sagte, es täte ihm Leid, wenn er so geklungen hätte.

»Nein, Mann, mir tut es Leid. Manchmal finde ich es einfach schwer, alles beieinander zu halten, verstehst du? Verdammt, ich habe so viel, wofür ich dankbar sein sollte. Ich habe Julia, ich habe dieses phantastische Haus. Und weißt du was? Ich bin ein großartiger Klavierlehrer. Früher fand ich Unterrichten immer nervig, aber jetzt gefällt es mir. Es macht mir richtig Spaß.«

»Das ist gut.«

»Ja, das ist es.«

Er zögerte. Er hatte nicht vorgehabt, irgendwem den wahren Grund seiner deprimierten Stimmung anzuvertrauen, doch als er jetzt neben seinem besten Freund lag, wollte er das Geheimnis mit jemandem teilen. Er schluckte.

»Hat Julia dir erzählt, dass wir versuchen, ein Kind zu bekommen?«

»Nein. Das ist ja super.«

»Ja, theoretisch. Wir versuchen es jetzt schon seit fast einem Jahr, und nichts ist passiert.«

»Na ja, ich bin zwar kein Fachmann, aber das ist doch nicht besonders lang, oder?«

»Mag sein. Jedenfalls hatte ich im letzten Monat ein Problem mit meinem Diabetes. Keine große Sache, doch ich musste meine Insulindosis ein wenig erhöhen. Während der Untersuchung hat der Arzt, der wirklich gut ist, immer auf dem neuesten Stand der medizinischen Forschung und so, mich gefragt, ob wir Kinder haben wollten. Und ich hab gesagt, ja, wir versuchen's, aber bis jetzt wär noch nichts passiert. Ich habe noch einen blöden Witz darüber gemacht, dass mein Sperma von der vielen Arbeit vielleicht ein bisschen träge ist, weil wir uns wirklich angestrengt haben. Das ganze Programm – Thermometer, Kalender und was weiß ich.

Daraufhin hat er mich gefragt, wann meine Zuckerkrankheit festgestellt und ob ich je mit Immunsuppressiva behandelt worden bin. Ich habe gesagt, dass ich das nicht weiß, weil ich damals noch ein Kind war, und warum er danach fragt. Er hat eine Weile um den heißen Brei herumgeredet, bis ich ihn förmlich gezwungen habe, es mir zu sagen. Offenbar hat man herausgefunden, dass sich einige der damals verschriebenen Medikamente negativ auf die Fruchtbarkeit auswirken.

Wie du dir denken kannst, hab ich sofort meine Mom angerufen, und sie sagte, dass ich dieses Zeug tatsächlich bekommen hätte. Ich habe mich sofort über diese Immunsuppressiva schlau gemacht. Offenbar haben die Ärzte früher gedacht, dass man den Diabetes damit senken könnte. Ich bin also wieder zu dem Arzt gegangen, er hat mich abwichsen lassen, allerlei Tests durchgeführt und dann unter dem Mikroskop all die wimmelnden kleinen Eds gesucht. Und weißt du was? Nichts. Platzpatronen, Mann. Ich schieße Platzpatronen ab.«

»Bist du sicher?«

»Und ob.«

»Kann man irgendwas dagegen tun?«

»Überhaupt nichts.«

Wieder schwiegen sie eine Weile.

»Weiß es Julia schon?«

»Noch nicht. Ich hab es erst Ende letzter Woche erfahren. Bis jetzt war ich noch nicht Manns genug dazu.«

Er lachte gekünstelt und spürte Connors Hand auf seiner Schulter.

»Ich weiß, wir können eins adoptieren oder so, aber … vermutlich ist es bloß der Schock.« Er hielt inne. »Mann, hey! Jetzt hab ich dir die ganze Party vermiest. Tut mir Leid, Mann. Ich hätte nicht davon –«

»Es muss dir nicht Leid tun. Ich bin froh, dass du es mir erzählt hast.«

Ed tastete nach seiner Armbanduhr, drückte auf einen Knopf, und eine kleine automatische Stimme verkündete, dass es zweiundzwanzig Uhr sechsundzwanzig war.

»Verzeihung, Hal? Wie spät ist es noch gleich?«

Das war ein albernes Spielchen, aber immer gut für einen Lacher.

»Zweiundzwanzig Uhr sechsundzwanzig.«

»Das ist ja cool«, meinte Connor.

»Ja, alle meine Schüler wollen auch so eine. He, sag mir, kannst du den Mond sehen?«

»Ja. Aber er macht noch nicht viel her.«

»Zwei Tage alt. Und als nächsten Trick, meine Damen und Herren, wird der unglaubliche Tully direkt mit dem Finger darauf zeigen.« Er wies auf den Himmel.

»Dort. Habe ich Recht?«

»Absolut. Wie machst du das?«

Ed legte einen Finger an die Schläfe wie ein Magier. »Ah, mein Freund. Dies sind Kräfte, in deren Wirken nur wenige Auserwählte eingeweiht sind. Malst du mir eine Karte der Sterne?«

»Klar. Wohin?«

»Auf den Rücken.«

Connor kniete sich hinter ihn und zeichnete mit dem Finger jeden Planeten und Stern auf, den er mit Namen kannte, und das waren viele. Dabei sah er eine Sternschnuppe, die er Ed beschrieb und deren Flugbahn er auf seinem Schulterblatt nachfuhr. In der dunklen Kuppel seines Schädels konnte Ed sie und all die anderen Sterne hell und silbern funkeln sehen, und er schnitt sich heimlich eine Scheibe ihres Lichts ab und bewahrte sie in seinem Herzen.

17

Julia hielt sich ein wenig abseits auf und staunte, wie eine so kleine Anzahl Sechsjähriger so viel Lärm machen konnte. Sie standen in ihren roten und blauen Malerkitteln entlang der Mauer auf der Rückseite des Spielplatzes. Auf ihren Gesichtern und Kitteln war mehr Kreide als auf der Mauer, aber schließlich erhielten junge gesetzestreue Bürger nicht jeden Tag die Erlaubnis, Staatseigentum zu verunstalten, und sie kosteten es weidlich aus.

Die Idee war Julia gekommen, nachdem sie mit Connor über das Höhlenbild in ihrem Schlafzimmer gesprochen hatte. Die Außenanlagen der Schule wurden renoviert, und sie hatte Mrs. Leitner, die Direktorin, gefragt, ob ihre erste Klasse vor Eintreffen der Maler selbst ein wenig gestalterisch tätig werden dürfte. In der vergangenen Woche hatten sie über Höhlenmalerei gesprochen und ein paar Bildbände betrachtet, die Julia in der öffentlichen Bibliothek fand. Dazu hatte sie Fotokopien von stilisierten Darstellungen amerikanischer Ureinwohner aus Idaho und von einigen der außergewöhnlichen Felsmalereien verteilt, die kürzlich in Frankreich entdeckt worden waren.

Heute stand der lang erwartete Höhepunkt an, bei dem die Kinder auf die Spielplatzmauer losgelassen wurden. Julia hatte die Wand in acht verschiedene »Höhlen« unterteilt, die Kinder in acht »Höhlenfamilien«. Sie mussten sich ausmalen, was sie den ganzen Tag getan hatten, und es dann mit farbiger Kreide auf ihrem Mauerabschnitt darstellen.

Mrs. Leitner war von der Idee sehr angetan gewesen, hatte dabei jedoch übersehen, dass sich die Aktion unmittelbar vor dem Raum abspielen würde, in dem sie einer vierten Klasse Mathematikunterricht gab. Julia hatte ihre Kinder aufgefordert, sich ausschließlich in Höhlensprache zu verständigen, die vor allem aus lautem Kreischen und Grunzen zu bestehen schien, sodass sie diesen Vorschlag mittlerweile bedauerte, wie, ihren indignierten Blicken aus dem Fenster nach zu urteilen, auch Mrs. Leitner.

Einige der Kinder hatten beeindruckende Bilder gemalt. Die meisten hatten sich für Jagdszenen mit Wild, Wölfen, Bären, zotteligen Mammuts und vielen kleinen Menschen entschieden, wobei nicht immer ganz klar war, wer wen jagte. Andere hatten einen eher surrealistischen Ansatz gewählt. Julia musste Lucy Kravitz darauf hinweisen, dass Batman und Robin damals wahrscheinlich noch nicht unterwegs waren und dass das Essen in der Regel über einem Feuer und nicht in der Mikrowelle zubereitet wurde.

Als der Lärmpegel erneut Mrs.-Leitner-Alarmlevel erreichte, klatschte Julia in die Hände und scharte die Kinder um sich. Sie legte einen Finger auf die Lippen und flüsterte aufgeregt.

»Hört mal zu. Die Sache ist die. Ich war gerade auf dem Hügel, und dort oben lauert ein großer Tiger mit säbelscharfen Zähnen, der sehr, sehr hungrig aussieht.«

»Das müssen Sie uns in Höhlensprache erklären.«

»Ich weiß, Lucy. Aber dies ist ein Notfall, okay?«

»Nein, denn das könnten Sie in Höhlensprache auch nicht sagen.«

»Na ja, dann tun wir eben so, als wäre ich schon höher entwickelt.«

»Was bedeutet das?«

»Schlauer. So, das war's eigentlich schon. Wir arbeiten weiter an unseren Bildern, aber ab jetzt müssen wir ganz, ganz leise sein. Wie die Mäuschen. Denn ich glaube, der Tiger ist noch da draußen und lauert vor unseren Höhlen. Und, Junge, Junge, der hat vielleicht einen Hunger.«

Natürlich hatte sie nicht an Kane Feldman gedacht. Er war ein schweigsamer, sensibler Junge mit ständig laufender Nase, der prompt in Tränen ausbrach. Julia bückte sich und umarmte ihn. Sie fragte, ob er der Tiger sein wollte, worauf er sofort aufhörte zu heulen und schniefend nickte.

»Okay. Und weil diese Kinder ziemlich lecker aussehen, bin ich einfach auch ein Tiger.«

Die anderen machten sich wieder an die Arbeit, während sie Kanes schlaffe Hand fasste und begann, mit ihm umherzustreifen.

Dabei schweiften ihre Gedanken zurück zu dem, was sie schon den ganzen Morgen und die Nacht über beschäftigt hatte. Sie dachte an Eds überraschenden Vorschlag.

Am vergangenen Abend waren sie mit Connor im Karmic Moose gewesen, wo Ed gelegentlich Klavier spielte und sang. Der Laden sah ein bisschen schicker als Henry's aus, wenn auch nicht viel. Es war ein Donnerstagabend gewesen, an dem sich nicht allzu viele Gäste eingefunden hatten, und das Ganze hatte eher peinlich begonnen, als Ed sich als Missoulas Antwort auf Stevie Wonder vorstellte.

In jüngster Zeit neigte er immer häufiger zu dieser Art bitteren Selbstironie, die bei seinem Publikum ankam wie Dauerregen im Sommer. Julia und Connor saßen an der Bar und hörten jemanden neben sich murmeln, dass die Bemerkung wenn schon nicht rassistisch, so doch ziemlich geschmacklos wäre. Doch es wurde besser. Ed spielte all seine Paradenummern von Cole Porter bis Dolly Parton, und am Ende des letzten Sets, hatte sich das Lokal gefüllt, und die Leute verlangten eine Zugabe.

Die zwei Wochen, die seit Connors Party vergangen waren, waren eine einzige emotionale Achterbahnfahrt gewesen. Unmittelbar nach Connors Aufbruch am Sonntagabend hatte Ed Julia von seiner Unfruchtbarkeit erzählt, und sie hatten die ganze Nacht und seither praktisch jede wache Minute darüber geredet. Gemeinsam suchten sie erneut Eds Arzt auf, der die Diagnose bestätigte. Als sie nach Hause kamen, brach Ed zusammen und weinte. Doch seitdem war er positiv gestimmt gewesen, genau wie Julia. Es war traurig, sagte sie sich, aber sinnlos, in Trauer zu versinken. Die Lösung war denkbar einfach. Sie würden ein Kind adoptieren. Nach der Schule zog sie täglich Erkundigungen ein. Dr. Rumbold hatte ihr von einer Agentur in Helena berichtet, die in diesen Angelegenheiten behilflich war. Julia rief dort an und vereinbarte einen Termin.

Ursprünglich hatte Ed seinen Auftritt im Karmic Moose absagen wollen, doch irgendwann beruhigten sie sich beide so weit wieder, dass sie der Meinung waren, ein Abend außer Haus würde ihnen gut tun. Sie riefen Connor an, der aus Augusta kam und sie nach dem Gig im »Depot« um die Ecke zum Abendessen einlud.

Es war beinahe wie in alten Zeiten. Connor war guter Dinge, wirkte nicht mehr so ausgezehrt und sagte, dass sein Bein praktisch verheilt wäre. Er war schon geritten und meinte, dass er jetzt jederzeit zu der geplanten Klettertour aufbrechen könnte. Ed war noch immer aufgekratzt von seinem Auftritt und unterhielt Julia, Connor, die Kellnerin und die Gäste an sämtlichen Nachbartischen, die allesamt Tränen lachten. Glücklich und mit geröteten Wangen verabschiedeten sie sich auf dem Parkplatz von Connor und verabredeten, am übernächsten Samstag gemeinsam klettern zu gehen.

Die ersten paar Meilen der Rückfahrt schwieg Ed, sodass Julia zunächst glaubte, er wäre eingeschlafen. Dann platzte er wie aus heiterem Himmel damit heraus.

»Wie fändest du es, wenn wir Connor fragen?«

»Wenn wir ihn was fragen?«

Ed zögerte. »Wenn wir ihn fragen ... ob er bereit wäre, der Vater unseres Kindes zu sein.«

Julia wäre vor Schreck beinahe von der Straße abgekommen.

»Was?! Das ist nicht dein Ernst, oder?«

Ein Blick sagte ihr, dass er es durchaus ernst meinte.

»Mein Gott, Ed.«

»Nein, warte mal. Hör mir zu. Halt den Wagen an.«

»Ed, ich bitte dich. Also, wirklich.«

»Bitte, halt den Wagen an, Julia.«

Sie parkte am Straßenrand, stellte den Motor ab, ließ das Licht jedoch an. Ed tastete nach ihrer Hand und hielt sie mit beiden Händen.

»Ich kann nicht glauben, dass du das wirklich ernst meinst, Ed.«

»Warte. Hör mir einfach mal zu.«

»Mein Gott, Ed.«

»Hör zu. Ich habe sehr lange darüber nachgedacht und –«

»Toll. Dann brauchen wir damit ja keine Zeit mehr verlieren, was?«

Sie zog ihre Hand weg und verschränkte die Arme.

»Julia, hältst du jetzt bitte mal den Mund und lässt mich ausreden? Wir stehen vor einer Wahl. Wir wollen beide ein Kind, stimmt's? Also können wir nun entweder das Kind wildfremder Menschen adoptieren – und versteh mich nicht falsch, wenn du das willst, kein Problem –, oder wir könnten ein Kind haben, das mehr unser Kind wäre, ein Kind, das wenigstens die Gene von einem von uns hätte.« Er strich ihr mit der Hand sanft über das Gesicht. »Deine.«

Julia seufzte.

»Und es wäre ein Kind, das in dir wachsen könnte. Wir könnten all das teilen und zusehen, wie es sich entwickelt. Es wäre unser Kind, Julia. Auf eine Weise, wie es ein adoptiertes Kind nie sein könnte. Verstehst du das nicht?«

Sie schwieg. Sie war zu schockiert, um klar zu denken. Ein Wagen fuhr vorbei. Ed sprach ruhig weiter.

»Und dann würde sich nur noch die Frage stellen, wer der biologische Vater sein soll.«

»Und du willst, dass es Connor ist. Herrgott, Ed! Was gibt dir das Recht, das zu entscheiden? Werde ich auch gehört? Oder ist das so ein Männerding zwischen dir und Connor?«

»Ich bitte dich, Julia. Ich sage doch gar nicht, dass es meine Entscheidung ist. Wenn dir die Idee nicht gefällt, können wir zu einer Samenbank, oder wie die Dinger heißen, gehen und uns ein Fläschchen besorgen. Vielleicht von irgendeinem gut gebauten Quarterback der Grizzlys. Oder wir adoptieren halt doch.«

»Hast du darüber schon mit Connor geredet?«

»Natürlich nicht.«

»Schwörst du das?«

»Herrgott, Julia, für wen hältst du mich?«

»Ed, vergiss es. Die Antwort lautet Nein, okay?«

Sie startete den Motor.

»In Ordnung.«

Sie fuhr langsam an.

»Ich meine, das Ganze hört sich an, als wäre es längst abgemacht, eine Sache unter alten Kumpels und Feuerspringern. Warum vergessen wir nicht die Samenbanken und Fläschchen und laden ihn einfach ein, damit er mich bespringen und die Sache gründlich erledigen kann?«

Ed antwortete nicht. Verblüfft über ihre eigenen Worte fuhr sie eine Weile schweigend weiter.

»Tut mir Leid«, bemerkte sie schließlich. »Das habe ich nicht so gemeint.«

»Mir tut es auch Leid. Lass es uns einfach vergessen. Es war eine blöde Idee.«

Danach sagte keiner mehr etwas, nicht einmal, um eine gute Nacht zu wünschen, nachdem sie zu Hause angekommen und zu Bett gegangen waren. Julia musste irgendwann eingeschlafen sein, doch es war nur ein unruhiger, oberflächlicher Schlaf gewesen, in dem sich die Gesichter von Connor, Ed und ungeborenen Säuglingen vermischten.

Und diese Bilder schwirrten immer noch in ihrem Kopf herum, als sie zur Arbeit fuhr, und spukten nun trotz des neuerlichen Getöses der Kinder weiter.

Endlich ertönte die Klingel zum Ende der Stunde.

Nachdem die Kinder ihre Kittel abgegeben hatten und verschwunden waren, kehrte Julia auf den Spielplatz zurück, um die Kreide einzusammeln. Sie sah Mrs. Leitner auf sich zukommen und machte sich innerlich auf eine Standpauke gefasst. Sally Leitner war eine kleine, akkurate Frau um die fünfzig, mit einer Stahlbrille und, Gerüchten zufolge, deren Wahrheitsgehalt Julia in Kürze würde überprüfen können, einem Furcht erregenden Temperament gesegnet.

»Tut mir Leid wegen des Radaus«, sagte sie.

»Das ist schon in Ordnung, Schätzchen. Ich habe gesehen, dass sie eine Menge Spaß hatten.«

Sie gingen gemeinsam an der Mauer entlang, und Mrs. Leitner musterte über den Rand ihrer Brille hinweg die künstlerischen Bemühungen der Höhlenkinder.

»Hmm«, stellte sie schließlich fest. »Die sind gut. Ich denke, wir lassen sie dran.«

Auf der Heimfahrt beobachtete Julia, wie die Sonne langsam auf die Gipfel der Berge zuwanderte, und dachte zum zigsten Mal über alles nach.

Sie fragte sich immer wieder, warum sie so heftig auf Eds Vorschlag reagiert hatte. Offensichtlich hatte es etwas mit ihren Gefühlen für Connor zu tun, die bei jeder Begegnung stärker zu werden schienen und die sie nach wie vor für Verrat an Ed hielt. Auf eine irrationale Weise hatte sie seinen Vorschlag als Anschuldigung empfunden, als ob er hinter ihr Geheimnis gekommen wäre.

Aber, gütiger Gott, Connors Kind zu bekommen …

Würde das ihren Verrat nicht sichtbar und damit noch schlimmer machen? Oder lag es nur daran, dass sie sich selbst misstraute? Dass sie Angst davor hatte, es könnte sich alles verändern, wenn sie die Frucht seines Samens in sich trug, spürte, wie sie wuchs. Julia fing an zu zittern.

Sie näherte sich der Stelle, an der sie und Ed gestern angehalten hatten, und parkte den Wagen erneut am Straßenrand. Sie stieg aus, überquerte die Straße und starrte lange auf den Fluss hinunter. Im goldenen Licht der untergehenden Sonne begann sie langsam zu begreifen. Die Zweifel und Ängste verschwanden, und mit großer Ruhe und Klarheit wusste sie mit einem Mal, was sie wollte.

Connor konnte sie nicht haben, aber mit seiner Zustimmung ein Kind von ihm. Ein Kind, das einen Teil von ihm und einen von ihr in sich vereinigen und für Ed das größte Geschenk sein würde.

Connor kletterte auf den Felsvorsprung in die Sonne, hörte ein Krächzen und Flügelschlagen und sah, wie der Rabe, den er aufgeschreckt hatte, ins Nichts stürzte. Er sicherte sich mit dem in einer Felsspalte befindlichen Klemmkeil.

»Stand!«, rief er.

Er blickte in den Schatten des unter ihm liegenden Kamins und sah Ed, der zehn Meter tiefer auf einem schmaleren Felsvorsprung ein Stück Seil aus seinem Karabiner löste, sowie Julia, die ein wenig tiefer und seitlich stand und Ed ebenfalls beobachtete. Connor holte das lose Seil ein, bis er spürte, dass es sich spannte.

»Seil aus!«, rief Ed.

»Na, dann los, wenn du so weit bist!«

Nach einer kurzen Pause, in der Ed sich konzentrierte und etwas zu Julia sagte, das Connor nicht hörte, wandte er sein Gesicht Connor zu.

»Ich komme!«, rief er.

»Okay!«

Connor sicherte ihn und beobachtete Ed mit ehrfürchtigem Schweigen. Ein Fremder hätte nie geraten, dass er blind war. Sie hatten diesen Aufstieg schon zweimal gemacht, doch man erinnerte sich nicht an jeden Riss oder Spalt. Ed tastete sich buchstäblich vor, und nur zweimal mussten sie ihm mit Zurufen helfen, einen besonders abgelegenen Halt für seine Füße oder Hände zu finden. Der schwierigste Teil des Aufstiegs war bis zu diesem Punkt ein Feld mit großen Felsen gewesen, die aussahen wie Dinosaurier. Doch selbst das hatte Ed allein bewältigt, indem er sich mit einem speziellen, zusammenklappbaren Stab orientierte, der aussah wie ein überlanger biegsamer Skistock. Er war ein paar Mal gestolpert und einmal ziemlich übel gestürzt, doch er hatte es ohne ihre Hilfe geschafft. Und dabei hatte der Aufstieg nur unwesentlich länger gedauert als beim letzten Mal. Nun waren sie nur noch eine Seillänge vom Gipfel entfernt.

Es war einer dieser herrlichen Frühherbsttage, die Connor manchmal für Touristenbroschüren fotografierte. Der Himmel war weit und wolkenlos und von einem durchsichtigen, lazulithartigen Blau, die Luft mild, ohne einen kühlenden Windhauch. Das grüne Meer des Waldes war mit kleinen hellbraunen und rostroten Inseln gesprenkelt, dazu hier und da ein Tupfer Gelb von Pappeln und Zitterespen.

Connor war schon am Abend zuvor gekommen und hatte bei Julia und Ed übernachtet, damit sie früh aufbrechen konnten. Gleich nach seiner Ankunft hatte er eine Veränderung gespürt, eine leichte Spannung, sodass er vermutete, in einen Streit hineingeplatzt zu sein. Ed war sehr viel stiller als sonst, und beim Abendessen hatte es Momente gegeben, in denen keiner von ihnen sprach.

Julia war als Erste schlafen gegangen und hatte Connor und Ed allein am Kamin zurückgelassen, um die Flasche Wein zu leeren. Die beiden hatten eine Weile über nichts Spezielles geredet. Connor wollte fragen, ob Ed Julia von den Ergebnissen seiner Tests erzählt hatte, doch der Moment schien einfach nicht geeignet.

Er hoffte, dass sich die Stimmung am Morgen verändert haben würde, was jedoch nicht der Fall war. Auf der Fahrt, dem Weg bis zur Felswand und auch während des Aufstiegs hatten die drei außer den üblichen Kletterkommandos kaum ein Wort gewechselt. Das war Connor durchaus recht. Manchmal war es gut, wenn Freunde zusammen schwiegen, vor allem an einem Tag wie diesem.

Eine halbe Stunde später erreichten sie den Gipfel. Tief gerührt sah Connor Eds strahlendes Gesicht beim Erklimmen des Felsplateaus. Er umarmte ihn, gratulierte ihm, und sie zelebrierten ihr »Herzen aus Feuer«-Ritual. Ed bat Connor, ihn zu der kleinen Spitze zu führen, legte seine Hände darauf und lehnte sich mit dem Rücken an den Fels, als würde er den Horizont überblicken. Auch Julia beobachtete Ed, grinste und wischte sich die Tränen ab. Sie sah Connor an, er lächelte, und sie zog eine Grimasse.

»Fotos!«, rief Ed. »Wir müssen unbedingt Fotos machen!«

Er witzelte, dass sie sich geehrt fühlten, einen so berühmten Fotografen dabeizuhaben, und Connor spielte mit, ließ sie Aufstellung nehmen, kommandierte sie herum und machte prätentiöse Bemerkungen über das Licht. Dann schoss auch Julia wieder ein paar Fotos mit ihrer Kamera, bevor sie den Apparat auf einen Felsen stellte, den Selbstauslöser einstellte und losrannte, um noch mit aufs Bild zu kommen.

»Jetzt muss ich eins von euch beiden machen«, sagte Ed.

Connor gab ihm die Leica und half ihm, die richtige Position zu finden. Julia beobachtete ihn, und als er sich neben sie stellte, sah er ein Lächeln auf ihrem Gesicht, dessen Botschaft er vergebens zu entschlüsseln suchte. Sie legte ihren Arm um seine Hüfte und er den seinen um ihre Schulter, und sie blickte mit demselben Gesichtsausdruck zu ihm auf wie beim ersten Mal.

»Halte ich die Kamera richtig?«, rief Ed.

»Ein wenig nach unten«, erwiderte Connor. »Und ein bisschen nach rechts.«

»So, okay?«

»Perfekt.«

»Mann, da wirst du echt sauer sein, wenn mein Bild besser wird als deins. Und jetzt lächeln …«

Wieder picknickten sie in der Sonne, und hinterher ließ sich Ed von Julia in allen Einzelheiten die Aussicht beschreiben, die Farbtöne des Herbstes, auf welchen Bergen Schnee lag, den genauen Stand der Sonne und den Winkel der Schatten. Als sie fertig war, saß er schweigend da und stellte sich alles vor seinem inneren Auge vor. Connor betrachtete ihn und fragte sich, wie exakt dieses Bild war. Dann ließ er den Blick über das Land schweifen und dachte daran, wie sie beim letzten Mal hier gesessen hatten und allen die Welt voller Hoffnung erschienen war.

»Connor?«

Connor drehte sich um und sah, dass sie ihn beide anstarrten. Ed hatte einen Arm um Julias Schulter gelegt.

»Ja?«

»Julia und ich wollen dich was fragen.«

An ihren Mienen erkannte er, dass es etwas Wichtiges sein musste, und ermunterte sie weiterzusprechen. Ed schluckte verlegen und setzte derart weitschweifig an, dass nun auch Connor nervös wurde. Er erklärte, wie sehr er und Julia ihn mochten und dass er ihr bester Freund sei, aber das wüsste er ja. Mehr als das, er sei ihr Trauzeuge gewesen, und sie hätten, nun ja, sie hätten viel zusammen erlebt.

Und je mehr er schwadronierte, desto verwirrter wurde Connor und fragte sich, was um alles in der Welt folgen würde. Er blickte zu Julia, die ebenso nervös wirkte wie Ed und seinem Blick auswich.

Ed sprach jetzt von ihrem Bemühen, ein Kind zu bekommen, und darüber, dass sie kürzlich erfahren hatten, dass dies unmöglich sei. Deshalb hätten sie auch schon über eine Adoption gesprochen, wozu sie sich am Ende wahrscheinlich auch entschließen würden, es sei denn … Es gäbe da noch eine andere Möglichkeit, die sie erörtert hätten, also im Grunde nicht direkt eine Möglichkeit, mehr eine verrückte Idee …

Plötzlich begriff Connor, noch bevor Ed die Worte fand. Und während er wartete, dass sein Freund sie aussprach, war es ihm, als ob ein Zug durch einen Tunnel auf ihn zuraste und das Rauschen der Luft in seinem Kopf lauter und lauter wurde.

»Und wir haben uns halt gefragt, ob du … ich meine, die Frage ist uns irgendwie peinlich, mehr als peinlich. Also, wenn du es für eine ganz schreckliche Idee hältst, musst du bloß Nein sagen. Denn deine Freundschaft ist uns wichtiger als alles andere. Trotzdem haben wir uns gefragt, ob du … ich meine, ob du in Erwägung ziehen könntest, der Vater – der biologische Vater – unseres Kindes zu sein.«

Der Zug in seinem Kopf überfuhr ihn, und für Augenblicke schwebten Eds Worte zwischen ihnen wie Trümmer, die in Zeitlupe zu Boden fielen. Aus dem Wald tief unter ihnen ertönte ein seltsamer Laut, den er vage als Rufe eines Elchs erkannte.

Connor holte tief Luft. »Also, ich weiß nicht –«

»Wirklich, Mann. Es ist okay, ehrlich. Es ist eine verdammt große Bitte und ich würd's verstehn, wenn du es lieber nicht tun möchtest. Ist überhaupt kein Problem für uns, stimmt's, Schatz?«

»Absolut.«

Ed küsste sie auf die Wange, und sie lächelte verlegen. Connor starrte sie an, auch wenn sie nach wie vor seinen Blick mied. Und als sie schließlich doch den Mut fand, ihn anzusehen, geriet etwas in ihm ins Taumeln.

»Ich meine, hör mal, Mann«, fuhr Ed fort, »es war bloß eine Idee, weißt du?«

»Ed«, sagte Connor. »Kannst du bitte mal einen Moment lang still sein?«

Als er zu sprechen begann, hatte Connor keine klare Vorstellung davon, was er sagen wollte. Er war zu perplex, um klar zu denken. Er hörte sich sagen, dass Ed es jedenfalls verstünde, einem den Schock seines Lebens zu verpassen, worauf alle befreit auflachten. Er fuhr fort, ihnen zu erklären, dass ihre Bitte ihn ehren und rühren würde, weil sie ihm die beiden wichtigsten Menschen überhaupt waren. Doch ein Kind in diese Welt zu setzen, sei keine Kleinigkeit, weshalb er gern eine Weile darüber nachdenken wollte. Sie versicherten ihm, dass er sich so viel Zeit lassen sollte, wie er brauchte.

Der Abstieg dauerte fast so lang wie der Aufstieg. Beim Abseilen mussten sie Ed Kommandos geben, damit er sich nicht verletzte. Connor war froh, dass keine Zeit für Smalltalk blieb. Auf der Heimfahrt gab sich Ed alle Mühe, die Stimmung aufzulockern, doch Connor fand ihr Zusammensein zum ersten Mal bemüht und angespannt. Er wünschte, er hätte ihnen die Antwort sofort geben können, doch dazu war er einfach nicht in der Lage. Sein Herz raste ebenso wie die Gedanken in seinem Kopf.

Sie luden ihn ein, über Nacht zu bleiben, doch er lehnte mit der Ausrede ab, seine Mutter würde ihn zurückerwarten. Dann warf er seine Ausrüstung auf die Ladefläche des Chevy, und sie standen eine Weile zu dritt vor dem Haus und blickten in den Himmel.

»Sieht aus, als würde es Frost geben«, meinte Connor.

Julia gab ihm einen Abschiedskuss und ging ins Haus. Er wusste, dass sie das tat, damit er und Ed einen Moment allein waren. Er stieg in den Pick-up und kurbelte das Fenster herunter.

»Also«, begann Ed, »ich wollte bloß noch mal sagen, dass es okay ist, wie immer du dich entscheidest. Das meine ich wirklich ernst. Schließlich haben wir dir ja ganz schön was aufgebürdet.«

»Verrate mir eins: Ist Julia sich genauso sicher wie du?«

»Vollkommen.«

Connor schwieg, und Ed streckte seine Hand durch das offene Fenster und legte sie auf Connors Schulter.

»Lass dir Zeit, ja?«

»Ich ruf dich an.«

Er ließ den Motor an, wendete den Pick-up, rief Ed einen Abschiedsgruß zu und fuhr los. Dabei blickte er in den Rückspiegel und sah seinen Freund winkend an der Mauer unter einer Laterne stehen, die über ihm strahlte wie ein Heiligenschein.

18

Als er es zum ersten Mal gesehen hatte, hielt er es für Rauch, doch inzwischen konnte er den Unterschied erkennen. Es kräuselte sich wie eine schwarze Wolke über einem Dach aus Palmen und Eukalyptusbäumen, und erst wenn man näher kam, hörte man die Schreie und begriff, dass diese Wolke ein lebendiges Wesen war, das aus lauter Vögeln bestand. Hauptsächlich Geier, Milane und Krähen, aber auch andere, kleinere, schüchternere Arten, deren Namen Connor nicht kannte, zogen kreischend ihre Kreise. Und wenn man erst einmal so nahe war, brauchte man weder den Anblick noch die Geräusche, weil einen schon der Geruch zu den Leichen führte.

So war es an diesem Morgen auch gewesen. Er und die anderen Journalisten waren von den Soldaten über einen zerfurchten Streifen roter Erde geführt worden, der sich durch Bananen- und Avocadoplantagen zu dem Dorf schlängelte. Es war noch früh, und der Nebel hing wie ein Schleier über den steilen, terrassierten Hängen zu beiden Seiten des Weges. Immer wieder hob der Offizier in dem ersten Fahrzeug die Hand, worauf der Konvoi stehen blieb, und ein Trupp vorging, um eine Landmine aus dem Weg zu räumen. Connor und die anderen warteten derweil in ihrem Landrover und lauschten der Stimme im Radio, die die Hutukiller anfeuerte, kein Grab halb leer und keine einzige Tutsikakerlake am Leben zu lassen.

Am Rand des Dorfes verließen sie die Fahrzeuge und gingen zu Fuß weiter. In der Mitte der Straße stand ein Junge, der nur ein blutbeflecktes T-Shirt trug und absolut reglos verharrte, als sie auf ihn zukamen. Der Offizier hockte sich neben ihn und stellte ihm einige Fragen, doch der Junge wandte sich ab und trottete die Straße entlang. Sie folgten ihm, und der Gestank wurde immer stärker.

Sie gingen langsam zwischen leeren, zerstörten und von Einschusslöchern übersäten Häusern und den Resten der geplünderten Beute – ein verbogenes Fahrrad, ein Damenschuh, eine gelbe Spielzeugtrompete – hindurch auf die Kirche mit dem weiß getünchten Turm zu, über der die Säule aus schwarzen Vögeln kreiste. Die Soldaten, Connor und die anderen Journalisten bedeckten Nase und Mund mit Stirnbändern oder was sie sonst zur Hand hatten, nur der Junge nicht.

Auf dem grasbewachsenen, staubigen Vorplatz stand eine weiße Jesusstatue aus Gips, die zum Willkommen die Arme ausbreitete. Neben ihr blieb der Junge stehen und weigerte sich weiterzugehen. Connor fotografierte ihn, die Hunde, die Geier, die aus der offenen Kirchentür drängten, und die Soldaten, die sie laut brüllend verjagten und auf sie schossen, wobei sie die Vögel meist verfehlten.

Die Luft in der Kirche war stickig. Sie roch nach Verwesung und wimmelte von Fliegen. Connor versuchte, flach zu atmen und nicht allzu viel von dem, was er sah, in seinen Kopf zu speichern, während er die Leichen fotografierte. Sie stapelten sich auf Bänken, im Mittelgang und an den blutverschmierten und von Einschüssen durchlöcherten Wänden. Es waren mehr Männer als Frauen, einige der Körper derart verstümmelt, dass man den Unterschied kaum feststellen konnte. Zwischen ihnen lagen Kinder und Säuglinge mit abgetrennten Gliedmaßen.

Sonnenstrahlen fielen durch ein hohes, zerschossenes Fenster aus buntem Glas auf die Opfer, die vor dem Altar aufgereiht lagen. Kendrick, ein Reporter des britischen Fernsehens, bat alle zurückzutreten, damit er die grausige Szene aufnehmen konnte, bevor das Licht sich veränderte, doch Connor ignorierte ihn, erledigte seine Arbeit und verließ die Kirche.

Vor dem Portal übergab sich ein junger Soldat. Connor stand hinter ihm und hielt eine Weile wortlos seine Schultern, bevor er über die Straße zurückging. Andere Dorfbewohner waren aufgetaucht und unterhielten sich flüsternd mit den Soldaten. Wie Gespenster mit weit aufgerissenen Augen kamen sie aus ihren Verstecken hinter den Häusern und zwischen den Bäumen hervor.

Connor fotografierte sie, während die Soldaten von den Lastern, die auf dem staubigen Hof vor der ausgebrannten Schule parkten, Nahrungsmittel und Wasser verteilten. Dort stand auch ein großer Affenbrotbaum, der, wie manche sagten, von Gott versehentlich mit himmelwärts gewandten Wurzeln erschaffen worden war, obwohl es Connor angesichts einer ebenfalls aus den Fugen geratenen Welt gar nicht wie ein Versehen erschien.

Er setzte sich auf eine niedrige Lehmmauer und starrte auf die Hügel oberhalb des Dorfes. Der Dunst über den terrassierten Hängen hatte sich aufgelöst, sodass man jetzt die Bäume erkennen konnte, die dort wuchsen. Dahinter ballten sich Wolken, aus denen nachmittags wie immer Regen fallen würde. Es war eine der fruchtbarsten Gegenden, die Connor je gesehen hatte, und jeder verfügbare Quadratmeter schien kultiviert worden zu sein. Doch Bananen und Avocados faulten an den Bäumen, die einzige Ernte, die eingebracht wurde, war die von Blut.

Seit drei Tagen war er mit einer Abteilung der Ruandischen Patriotischen Front unterwegs und stetig nach Südwesten vorgestoßen, und obwohl er die Leichen, die sie fanden, immer noch fotografierte, hatte er lange aufgehört, sie zu zählen. Wie Holzstämme hatten sie sich aufgequollen an den Ufern des Stroms gedrängt oder waren wie in einem stummen Wasserballett, dessen Musik nur sie hören konnten, langsam flussabwärts getrieben. Connor hatte sie zu hunderten zerstückelt in Gräben, Strömen, Papyrussümpfen und vor ihren Häusern oder ordentlich aufgeschichtet am Straßenrand liegen sehen. In Bysenguye, der Stadt, durch die sie gestern gekommen waren, hatten Müllwagen die

Leichen eingesammelt. Und er hatte sie alle fotografiert und die eingescannten Bilder per Satellit nach Hause geschickt.

Inzwischen war es dunkel geworden. Das Dorf wimmelte von Menschen. Es waren Mitarbeiter von Hilfsorganisationen, Journalisten, offizielle Beobachter der UNO-Menschenrechtskommission und diverse Bürokraten, die sich hier versammelt hatten, um den Tod der früheren Bevölkerung zu dokumentieren. Sie waren im Lauf des Nachmittags eingetrudelt. Ihre Laster hatten die regennasse Straße in einen schlammigen Fluss verwandelt. Einige kümmerten sich um die Überlebenden, während andere rauchend in Grüppchen zusammenstanden und leise redeten, als hätten sie Angst, die Toten zu wecken. Dieselgeruch von Generatoren und Lkw-Motoren hatte den Leichengestank überdeckt. Eine Gruppe von Ermittlern war in weißen Overalls, Kapuzenmasken, Gummistiefeln und -handschuhen in der Kirche verschwunden, wo sie im Licht von Scheinwerfern noch immer die Leichen katalogisierten. Connor stand unter dem Affenbrotbaum und sah durch die Fenster ihre Schatten an den Wänden aufragen wie Ungeheuer.

Er hatte sich mit einigen anderen Journalisten um den jungen Leutnant der RPF geschart, der abkommandiert worden war, um sie über die Ereignisse zu unterrichten, obwohl die meisten von ihnen mittlerweile im Bilde waren.

Der Leutnant erklärte, dass man bisher zweihundertneun Opfer gezählt hatte, alles Tutsis. Viele von ihnen stammten aus Bysenguye, der nahe gelegenen Stadt, in der Connor die Müllwagen gesehen hatte. Als die *interahamwe*, die Todesschwadronen der Hutu, ihr blutiges Werk begannen, suchten diese Leute Schutz bei Emmanuel Kabugi, dem dortigen Bürgermeister, einem kultivierten und angesehenen Mann, selbst Hutu, den jedoch alle Tutsis stets für ihren Freund gehalten hatten.

Auf seinen Rat hin waren sie mit ihren Familien hierher gekommen. Kabugi hatte ihnen versichert, dass einer der jungen Priester, einer seiner persönlichen Freunde, sich darum kümmern würde, dass ihnen kein Leid zugefügt wurde. Am nächsten Tag saßen alle in der Kirche versammelt, als Emmanuel Kabugi mit den mit Macheten und Gewehren bewaffneten *interahamwe* eintraf. Sowohl er als auch der Priester, der auf Befehl die Tür der Kirche aufschloss, hatten persönlich an dem Massaker teilgenommen.

Am Abend fuhren die meisten Journalisten zurück zu einem Hotel in Bysenguye, doch Connor, der mit der Ruandischen Patriotischen Front unterwegs gewesen war, blieb in dem Dorf. In einigen durchlöcherten, aber noch überdachten Häusern schlugen sie ein Lager auf, und vor dem Schlafengehen zauberte Kendrick eine Flasche Cognac und ein paar kleine Metallbecher aus seinem Gepäck. Irgendjemand zündete eine Gaslaterne an, und sie setzten sich im Kreis auf den nackten Zementboden und tranken. Kendrick, ein dicklicher Mann Ende vierzig mit rotem Gesicht und schütterem, rötlichem Haar, war offenbar der Meinung, dass er als »dienstältester« Afrikakorrespondent das Recht hatte, ihnen Vorträge zu halten. Sein Produzent und seine Mitarbeiter waren jünger und zurückhaltender, und Connor verstand sich gut mit ihnen; ebenso wie mit den beiden anderen, Anna und Reiner, die beide für Nachrichtenagenturen arbeiteten.

In der kurzen Zeit, die Connor bisher mit Journalisten zugebracht hatte, waren ihm einige über den Weg gelaufen, die er mochte, und viele, die ihm unsympathisch waren, doch am schlimmsten fand er die selbstgefälligen Schwätzer, die schon alles gesehen und erlebt hatten und ständig darüber reden mussten. Er hatte gelernt, seine Meinung für sich zu behalten und zuzuhören, und war sich bewusst, dass er als Einzelgänger galt.

Jetzt beobachtete er Kendrick. Der Schweiß auf seinen rosigen Wangen glänzte im kalten Licht der Gaslaterne, während er darüber dozierte, dass die Demokratie in Afrika einfach nicht funktionierte. Für den »Durchschnittsafrikaner« wäre sie etwas Fremdes und Abstraktes. All das Geld für Ernährungs- und Hilfsprogramme würde lediglich in die Taschen der Minister und

Beamten wandern, die fette Banknoten in der Schweiz unterhielten. Er hätte es überall in Afrika beobachtet. Sogar mit Nelson Mandela, den er häufig interviewt hätte, habe er einmal darüber gesprochen, was reichlich unglaubwürdig klang. Connor konnte es nicht mehr ertragen, stand leise auf und ging zur Tür.

»Unser amerikanischer Kollege ist also anderer Meinung?«

Connor blieb in der Tür stehen und drehte sich um.

»Was, zum Teufel, weiß ich schon?«, antwortete er. »Vielleicht solltest du die Durchschnittsafrikaner fragen, die in der Kirche liegen.«

Er schlenderte aus dem Dorf am Lager der Soldaten vorbei. Einige saßen singend und trommelnd am Feuer, die sie entzündet hatten. Einer der Wachposten warnte ihn, sich nicht zu weit zu entfernen. Connor versprach es. Er wollte bloß weg von den Lichtern, dem Gestank und dem Lärm der Generatoren.

Er folgte einem Lehmpfad, der sich von der Straße durch die Bananenhaine zu einer begrasten Lichtung wand. Dort setzte er sich auf einen Fels und lauschte dem Summen der Insekten und dem Quaken der Frösche und sog den feuchten Duft der Erde ein. Die Wolken hatten sich verzogen, und in der mondlosen Nacht versuchte er vergeblich, sich in den Sternen einer fremden Hemisphäre zurechtzufinden. Er hätte eine Karte gebraucht wie die, die er im vergangenen Herbst aufs Eds Rücken gemalt hatte. Und dann dachte er wie immer an Julia und sein Kind in ihrem Leib.

Er hatte seit Weihnachten nicht mehr mit ihnen gesprochen. Sein letzter Anruf war aus Nairobi gekommen, wohin er geflogen war, als die Lage in Somalia zu gefährlich wurde. Ed hatte ihm erzählt, dass Julia im zweiten Monat schwanger war. Gleich nach der ersten Insemination aus dem Vorrat, den Connor von seinem Abflug nach Afrika in der Klinik hinterlassen hatte.

»Also ob es so sein sollte«, sagte Ed.

Sie hatten es ihm in einem Brief mitgeteilt, der von seiner Agentur an ihn weitergeleitet worden, jedoch wie die meiste Post

Connors nie angekommen war. Dann übernahm Julia den Hörer und wünschte ihm frohe Weihnachten. Und an ihrer beider Stimmen erkannte er, wie glücklich sie waren. Er versuchte, genauso zu klingen, und hoffte, dass es sich in ihren Ohren überzeugender anhörte als in seinen; denn er war sich nicht wirklich sicher, was er empfand, und wusste es auch nach monatelangem Nachdenken nicht.

Er war glücklich darüber, dass sein Geschenk ihnen solche Freude bereitet hatte, und zog manchmal sogar Kraft daraus. Wenn er zwischen den Toten wandelte, was er praktisch jeden Tag tat, zwang er sich, an das neue Leben zu denken, das viele tausend Meilen entfernt wuchs, und das gab ihm Hoffnung und Mut.

Doch in seinem Herzen nagte auch ein Gefühl des Verlustes, das er nicht vertreiben konnte. Und manchmal erschien es ihm, als hätte ihn das Geschenk seines Samens ausgelaugt, jeden Sinnes beraubt und einsamer denn je gemacht.

Als er auf dem Rückweg erneut an dem Lager der Soldaten vorüberging, sah er, wie sich eine Gestalt aus dem Schatten zwischen den Lkw löste und auf ihn zukam. Es war der junge Soldat, der sich vor der Kirche übergeben hatte. Er streckte Connor ein Stück Papier hin.

»Man sagt, er wäre mit den anderen nach Goma geflohen«, sagte der Soldat. »Vielleicht hilft es Ihnen, ihn zu finden, wenn Sie dorthin kommen.«

Connor wollte ihn fragen, was er damit meinte, doch der Soldat drehte sich um und verschwand rasch wieder zwischen den Lastern. Connor nahm seine Taschenlampe und erkannte in ihrem Licht, dass der Mann ihm den Ausriss aus einer Zeitung gegeben hatte. Er zeigte das Foto eines Mannes in weißem Hemd, der einem hinreißend schönen Schulmädchen gütig lächelnd einen Preis zu überreichen schien. Die Bildunterschrift besagte, dass er Emmanuel Kabugi war, der *bourgmestre* von Bysenguye.

Julia lag regungslos da und betrachtete fasziniert, wie die Rundung ihres Bauchs die Form veränderte und sich von einer Seite der Wanne zur anderen bewegte. Natürlich hatte sie davon gehört, dass Babys im Mutterleib strampelten, es jedoch stets für eine Übertreibung gehalten. In Wahrheit würde es eher wie ein Kitzeln sein, dachte sie, und man müsste sich schon darauf konzentrieren, um es überhaupt zu spüren. Aber da war es wieder.

»Hallo, da drinnen!«

Ed stand nackt vor dem Waschbecken und rasierte sich. Er war wieder dazu übergegangen, sich nass zu rasieren, wobei er sich noch immer vor den Spiegel stellte. Die Strahlen der Frühlingssonne fielen schräg durch das offene Badezimmerfenster auf seinen nackten Hintern.

»Wieder unterwegs?«

»Und wie. Heute Morgen trainieren wir für die Olympiade.«

Er kniete sich, das Gesicht noch halb mit Schaum bedeckt, neben die Wanne, legte seine Hand auf Julias Bauch und wartete auf eine weitere Bewegung.

»Jetzt traut er sich nicht mehr«, sagte Ed.

»Nein, so ist sie nicht.«

»Komm, Kaulquappe. Mach's noch mal für Daddy.«

Bei der letzten Ultraschalluntersuchung hatte man ihr ein Bild des Fötus gezeigt und sie gefragt, ob sie wissen wolle, was es werden würde. Das wisse sie bereits, hatte sie erklärt – es würde ein Baby werden. Alle hatten gelacht und es dabei belassen. Obwohl sie es nicht gesagt bekommen wollte, hatte sie nie einen Zweifel gehegt: Es würde ein Mädchen werden.

Weshalb sie sich da so sicher war, vermochte Julia nicht zu sagen, außer dass es etwas mit Skye zu tun hatte. Sie dachte nicht mehr so oft an sie. Im ersten Jahr nach dem Feuer war ihr Skye praktisch nicht aus dem Kopf gegangen. Doch das Bild war im Lauf der Zeit verblasst und tauchte jetzt eher selten auf. Nur manchmal noch stellte es sich ganz unvermittelt ein, zum Beispiel, wenn sie jemanden traf, der ihr ähnlich sah.

Aber ihre Schuldgefühle waren deshalb noch längst nicht verschwunden. Sie war vielmehr zu dem Schluss gekommen, dass Schuld unvergänglich war und weder Zeit noch Glück sie eliminieren konnten. In einer der vielen Zeitschriften, die sie inzwischen kaufte, um nach Connors Bildern Ausschau zu halten, hatte sie von einem Polizisten gelesen, den eine Kugel aus Titan in den Kopf traf, die ihn aber nicht tötete. Er war bei Bewusstsein und funktionierte so weit normal, sodass die Ärzte sich dafür entschieden, die Kugel in seinem Kopf zu lassen. Bis auf gelegentliche Kopfschmerzen und eine leichte Sichteinschränkung führte er offenbar ein normales Leben.

Als Julia den Artikel las, dachte sie, dass es bei ihr genauso war. Nur dass sie zwei Titankugeln im Kopf hatte: eine für Ed und eine für Skye. Sie steckten dort für immer fest, veränderten ihre Sicht auf das Leben und bereiteten ihr Schmerzen. Doch es waren Schmerzen, an die sie sich gewöhnt hatte.

So einfach konnte das mit der Schuld sein. Die gegenüber Ed löste sie bereits ein, indem sie ihm ihr Leben widmete. Nun war Skye an der Reihe. Julia hatte den Tod eines jungen Lebens zu verantworten und musste es deshalb wieder neu erschaffen. Und obwohl ihr die Irrationalität dieses Gedankens vollkommen bewusst war, glaubte sie felsenfest, dass das Kind, das seit nunmehr sieben Monaten in ihrem Bauch wuchs, ein Mädchen war.

Ed hatte da natürlich ganz andere Vorstellungen. Die Tully-Dynastie in Montana bräuchte einen männlichen Erben, erklärte er großspurig – und er würde ihn verdammt noch mal auch bekommen. Er hatte sogar schon einen Namen. Zu Ehren des Rasenmäherimperiums seines Vaters sollte der Junge Mower heißen. Für den Fall, dass sie sich doch irrte, hoffte Julia inständig, dass das nur ein Witz war. Kaulquappe war schon schlimm genug.

Er hatte seine Hände immer noch auf ihrem Bauch liegen.

»Er ist eingeschlafen.«

»Nein … Es geht wieder los.«

»Wow! Sieh ihn dir an. Mein Junge! Wie fühlt sich das an? Seltsam?«

»Nein, eigentlich nicht. Es ist irgendwie … flattrig.«

»Flattrig?«

»Ja. Irgendwie flatternd schwimmend.«

»Jetzt legt er wieder los.«

Sie sah, wie Ed grinste, während seine Augen ein wenig zuckten, wie sie es in letzter Zeit häufig taten. Wenn er seine Hände so auf ihren Bauch gelegt hatte, fragte sie sich manchmal, ob die Freude, die er so offensichtlich empfand, in irgendeiner Weise dadurch getrübt wurde, dass das Kind nicht wirklich seins war. Natürlich war es das in praktischer Hinsicht, und Julia tat alles, um ihm dieses Gefühl zu vermitteln. Aber vielleicht spürte er doch so etwas wie leichtes Bedauern.

Darüber hatten sie nie gesprochen. Nachdem Connor ihnen seine Entscheidung telefonisch mitgeteilt hatte und sie auf die erste Insemination warteten, die zum optimalen Zeitpunkt im Zyklus durchgeführt werden musste, hatte Ed nervös und rastlos gewirkt, sodass sie befürchtet hatte, er würde seine Meinung im letzten Moment ändern. Doch als sie ihn fragte, ob er sich immer noch sicher sei, die Sache durchzuziehen, erklärte er ihr, dass er voll dahinter stehe und sie nicht so albern sein solle.

Der Tag, an dem sie ihm mitgeteilt hatte, dass sie schwanger sei, hatte nicht gut begonnen. Sie hatte eine Tube Enthaarungscreme auf dem Regal im Bad stehen lassen, wo sie ihre Zahnbürsten aufbewahrten, und Ed hatte sich damit die Zähne geputzt, was nicht zur Besserung seiner Laune beitrug. Er zog sich an und ging nach unten, um sich Frühstück zuzubereiten. Während sie im Badezimmer den Schwangerschaftstest machte, konnte sie ihn schimpfen hören, dass er nicht mal sein verdammtes Müsli schmecken würde.

Sie stand neben der Toilette und beobachtete, wie sich der Streifen verfärbte und damit nur bestätigte, was sie bereits wusste. Sie sagte kein Wort, sondern ging im Bademantel in die Küche, wo sie mit den kleinen Punkten, die sie zur Beschriftung benutzten, das Wort »Baby« auf ihren Bauch schrieb. Ed fragte sie knurrend, was sie da machte.

»Nichts. Ich beschrifte nur was.«

»Ein bisschen spät, findest du nicht? Schreib Napalm, denn so schmeckt das beschissene Zeug.«

Sie klebte den letzten Punkt auf und trat an den Tisch, wo er griesgrämig über seinem Müsli hockte. Sie setzte sich auf die Tischplatte und nahm seine Hand.

»Julia, nun lass mich in Ruhe, ja?«

»Leg den Löffel weg.«

»Es ist wirklich nicht komisch, hörst du? Mein Mund fühlt sich an wie nach einem Atombombenabwurf.«

»Mein armer Liebling.«

Sie öffnete den Bademantel und legte seine Hand auf ihren Bauch.

»Schatz, ich bin wirklich nicht in der Stimmung, verstehst du ... was zum Teufel ist hier eigentlich los?«

Er hatte die Punkte gefunden.

»Damit du weißt, was es ist«, sagte sie.

Sie beobachtete, wie sich sein Gesichtsausdruck veränderte, als seine Fingerspitzen die Schrift ertasteten.

»Junge, Junge«, sagte er. »Bist du sicher?«

»Mädchen, Mädchen, meinst du. Und ja, ich bin mir sicher.«

Er stand auf, nahm sie in seine Arme und hielt sie lange fest. Als er sie endlich losließ, sah sie Tränen auf seinen Wangen.

»Tut mir Leid wegen der Zahnpasta.«

Er schob seine Hände unter ihren Bademantel, umfasste ihre Hüften, küsste ihre Brüste, wanderte weiter zu ihrem Bauch hinunter, auf dem noch immer die Punkte klebten, und liebte sie gleich dort auf dem Küchentisch.

Sie sprachen häufig von Connor und fragten sich, wo er gerade war und was er machte. Ed hatte darauf bestanden, dass das mit dem Selbstauslöser geschossene Foto von ihrer Klettertour vergrößert und gerahmt im Wohnzimmer aufgehängt wurde. Er sagte, dass Kaulquappe/Mower es von Anfang an sehen könne, damit er die Besetzung kannte. Mom, Dad und Bio-Dad. Er fand allerdings, dass Connor den besseren Titel hatte; Bio-Dad hörte sich an wie ein Superheld. Julia meinte, es klänge eher wie ein Waschmittel.

Alle Freunde und Verwandte hielten die Augen nach Connors Fotos offen, und immer, wenn jemand eins irgendwo entdeckte, erfolgte ein Rundruf. Neulich hatte Connors Mutter sich gemeldet, um ihnen zu sagen, sie sollten sich Newsweek kaufen, sie jedoch gleichzeitig gewarnt, dass es kein angenehmer Anblick sei. Julia rannte sofort los und besorgte ein Exemplar.

Mrs. Ford hatte Recht. Es war ein weiteres seiner Bilder aus Ruanda: der Fußboden einer Kirche, der mit niedergemetzelten Frauen und Kindern bedeckt war, auf die durch ein zerschossenes Fenster Sonnenlicht fiel. Ein Blick reichte Julia. Sie ertrug es nicht einmal, den Artikel zu lesen. Eine Million Menschen waren in einem Monat ermordet worden. Der Moderator einer Nachrichtensendung im Fernsehen hatte ausgerechnet, dass dies hundertfünfundfünzig Personen pro Minute wären, also fast tausend stündlich. Und die UNO-Truppen sahen tatenlos zu. In Washington disputierten Männer in Anzügen zynisch darüber, ob dieses Gemetzel nun Völkermord sei oder nicht.

Julia und Ed hatten seit dem vergangenen Sommer nicht mehr mit Connors Mutter gesprochen und freuten sich, ihre Stimme zu hören. Sie sprachen eine Weile über Connor und darüber, dass er ein hoffnungsloser Fall sei, wenn es darum ging, Kontakt zu halten. Julia überlegte, ob Connors Mutter von dem Baby und vor allem von Connors Anteil daran wusste.

»Und, wie geht's dir, Schätzchen? Du müsstest doch mittlerweile im siebten Monat sein?«

»Sieben Monate sind fast rum. Mir geht's gut, danke. Seit ich mich nicht mehr ständig übergeben muss.«

»Ja, das kostet Kraft, das weiß ich noch. Mit Connor war mir ständig übel.«

Es entstand eine Pause, und Julia fiel nichts ein, was sie sagen konnte.

»Ich hätte dir schreiben oder dich anrufen sollen«, fuhr Mrs. Ford fort. »Ich war nicht sicher, ob ich Bescheid wissen sollte.«

Sie hatte immer noch nicht durchblicken lassen, ob sie die ganze Geschichte kannte.

»Dann hat Connor es Ihnen erzählt?«

»Selbstverständlich. Um ehrlich zu sein, ich war dagegen.«

»Oh.«

»Ja. Verdammt, ich bin gerade erst fünfzig geworden. Das ist doch noch kein Alter, um Oma zu werden. Selbst wenn es nur eine Surgat-Oma ist oder wie das heißt.«

»Surrogat.«

»Genau. Ich meine, was macht das mit meinem Image?«

Julia lachte erleichtert.

»Schätzchen, ich freue mich wirklich für dich.«

»Danke.«

»Nichts zu danken. Und jetzt hol dir die Zeitschrift.«

Das Badewasser war kalt geworden, und das Baby hatte sein Training beendet. Eds Hände wanderten zu ihren Brüsten hinauf, die mittlerweile riesig waren. Er nannte sie Möpse und glaubte offenbar, dass sie ausschließlich zur Befriedigung seines Spieltriebs da waren. Sie gab ihm einen Klaps auf die Hand.

»He«, sagte sie, »lass das. Sonst komme ich zu spät zur Arbeit.«

19

Den ganzen Tag und die ganze Nacht landeten die Frachtmaschinen; wie riesige Raubvögel stießen sie aus den Wolken herab und schwebten über den See auf das schwarze Ufer zu, wo eine Million verlorener Seelen ihr Lager aufgeschlagen hatten. Nachts sah man ihre Lichter auf die Landebahn zutrudeln und hörte das Dröhnen der gedrosselten Motoren. Manchmal teilten sich die Wolken und gaben den Blick auf den großen vulkanischen Kegel des Nyaragongo frei, der gut dreitausend Meter über all dem in rotem Miasma grollte und glühte, als würde er sich auf den Tag des Jüngsten Gerichts vorbereiten.

Die Flugzeuge brachten Getreide für die Lebenden und ungelöschten Kalk für die Toten. Und für die hunderttausende dazwischen Kleidung, Medikamente, Decken, Lkw und ein ganzes Heer von Ärzten, Schwestern und namenlosen Vertretern zahlreicher Hilfsorganisationen, das alles verteilte. Und dann war da noch das Rudel der Journalisten und Fotografen, das herbeigeeilt war, um das Ganze medienwirksam in Bilder und Worte zu kleiden und es dann einer fassungslosen Welt zu präsentieren.

Auch Connor war verwirrt sowie jeder andere, den er in Goma getroffen hatte, seien es nun Ärzte, Vertreter von Hilfsorganisationen oder Journalisten. Die Million Hutus, die sich auf dieser gewaltigen, pechschwarzen Lavaebene versammelt hatten, waren Flüchtlinge. Das Leid stand ihnen ins Gesicht geschrieben, wenn sie für Nahrung anstanden oder um ihre armseligen, stinkenden Feuer hockten und zusahen, wie ihre Kinder an Cholera starben. Doch unter ihnen gab es auch solche, die jenseits der Grenze in Ruanda einen Völkermord begangen hatten.

Jeder wusste, dass sie da waren. Connor hatte die Stapel von Macheten und nägelbeschlagenen Knüppel fotografiert, die man ihnen beim Betreten des Lagers abgenommen hatte, und wusste, dass sie nur ein Bruchteil dessen darstellten, was durch die Kontrollen geschmuggelt worden war. Ihre Besitzer machten sich auch gar nicht die Mühe, ihre Waffen zu verbergen, sondern prahlten damit und bahnten sich mit ihrer Hilfe den Weg zu den besten Plätzen an den Futtertrögen. Deswegen glaubte Connor, dass vielleicht die Chance bestand, irgendwo unter ihnen auch den *bourgmestre* von Bysenguye zu finden.

Seit fast einer Woche war er nun auf der Suche nach ihm. Er bewahrte das Zeitungsbild von Kabugi in einer Plastiktüte in der obersten Tasche seiner Weste auf und zeigte es überall herum. Doch immer schüttelten die Leute den Kopf und gaben es ihm zurück. Selbst den Namen der Stadt hatten die meisten von ihnen noch nie gehört.

In den Augen mancher Befragten las Connor auch die stumme Frage, was für ein Narr sich auf eine derartige Suche begeben konnte, und er hatte sich häufig dasselbe gefragt. Warum sollten die Morde dieses Mannes von größerer Bedeutung sein als die der zahllosen anderen? Lag es nur daran, dass er ein Gesicht und einen Namen und dass Connor die Opfer seiner Mordlust fotografiert hatte? Und was wollte er tun, wenn er ihn fand?

Er wusste es nicht. Doch da er nun einmal mit der Suche begonnen hatte, würde er sie auch fortführen. Es gab insgesamt sechs Flüchtlingslager, die er bis auf eines durchkämmt hatte. Nun war er unterwegs zum letzten. Vom Kiwusee wehte eine feuchtwarme Brise, die den Rauch der Lagerfeuer wie einen grauen Schleier zu Boden drückte und ein paar Augenblicke lang die stinkende Luft reinigte. Es war später Nachmittag. Connor ging über einen Pfad aus schwarzem Lavastaub, der die Lager miteinander verband. In seinem Rücken hörte er ein Motorengeräusch und trat zur Seite. Es war ein weißer Landcruiser, einer der vielen, die eingeflogen worden waren, um die Mitarbeiter der Hilfsorganisationen und Sanitäter von Lager zu Lager zu transportieren. Connor erwartete, dass der Wagen an ihm vorbeibrauste, doch er hielt neben ihm, und der Fahrer, ein blonder junger Mann mit Bart, bot an, ihn mitzunehmen. Connor bedankte sich und stieg hinten ein.

Auf dem Beifahrersitz saß eine junge Frau, die sich umdrehte, um sich mit ihm zu unterhalten. Sie war Holländerin, der Mann Norweger, und sie arbeiteten beide als Sanitäter für eine Hilfsorganisation mit Sitz in Stockholm. Sie fragten ihn, in welcher Funktion er hier sei und wohin er wolle. Connor erwiderte, dass er Fotograf sei und nach Flüchtlingen aus einer Stadt namens Bysenguye suche. Der Name sagte ihnen gar nichts, genauso wenig wie der Name Kabugi. Er zeigte ihnen das Bild, doch keiner der beiden kannte den Mann.

Die Frau, die Marijke hieß, wollte ihm das Foto schon zurückgeben, als sie stutzte und noch einmal genauer hinsah. Dann deutete sie auf das Mädchen, dem Kabugi den Preis überreichte.

»Dieses Mädchen habe ich heute Morgen gesehen«, erklärte sie.

»Sind Sie sicher?«

»Ja. Ich weiß noch, dass ich gedacht habe, wie hübsch sie aussieht.«

Sie sagte, sie hätten in einem der anderen Lager, das Connor bereits aufgesucht hatte, Kinder geimpft, darunter auch dieses Mädchen. Der Mann wollte wissen, weshalb Connor nach Kabugi suchte, und er erzählte es ihnen. Marijke bot an, ihn dorthin zu fahren, wo sie das Mädchen gesehen hatte, wenn er eine halbe Stunde warten würde, bis sie die Vorräte verteilt hätten.

Er musste noch länger warten, und als sie schließlich in dem fraglichen Lager ankamen, dämmerte es bereits. Sie parkten vor einer der Essensausgaben und gingen zu einem improvisierten Zelt aus mit einer Plastikplane bedeckten Kisten. Hier hatten die

Führer der Flüchtlinge für diesen Teil des Lagers ihr Hauptquartier. Connor war zwei Tage zuvor dort gewesen und erinnerte sich noch an die eisigen Blicke der jungen Männer, als er nach Kabugi fragte. Keiner von ihnen sprach Englisch, Connor seinerseits kein Wort Französisch, sodass die Begegnung nicht lange gedauert hatte.

Es waren andere und weniger feindselige Gesichter, die sie dieses Mal antrafen. Marijke begrüßte sie fröhlich auf Französisch und bekam eine fast freundliche Antwort. Offenbar erkannten sie sie vom Vormittag wieder. Connor verstand nicht, was sie sagte, hörte sie jedoch den Namen der Stadt erwähnen. Der Mann, der offensichtlich der Anführer war, antwortete mit einer ausladenden Armbewegung, und Marijke übersetzte für Connor.

»Er sagt, die Leute aus Bysenguye sind etwa eine halbe Meile von hier entfernt untergebracht.«

»Kann er uns dorthin führen?«

Sie fragte ihn, und der Mann nickte achselzuckend.

Sie folgten ihm zu Fuß durch ein Labyrinth aus von dichten Rauchschwaden verhangenen Pfaden, vorbei an zur Einsammlung ordentlich in Binsenmatten gewickelten Leichen und nackten Kindern, die auf der Suche nach etwas Essbarem den Dreck durchwühlten – Motive, die Connor die ganze Woche lang fotografiert hatte und derer die Welt mittlerweile überdrüssig wurde. Schließlich kamen sie zu einem großen blauen Plastikzelt. Der Mann erklärte, dass sie darin die für die Flüchtlinge aus Bysenguye Verantwortlichen treffen würden, und ließ sie allein. Connor nahm den Blitz aus der Kameratasche und steckte ihn auf die Nikon, die um seinen Hals hing.

In dem Zelt war kein Mensch zu sehen. Auf einem Tisch aus Kisten standen eine Gaslaterne und eine als Aschenbecher benutzte Schale, auf deren Rand eine halb gerauchte Zigarette vor sich hin glühte; daneben lagen mit Steinen beschwerte Papierstapel. Das Zelt war voller Kisten, Säcke und Kartons, die zum größten Teil ungeöffnet aussahen. Der rückwärtige Teil des Zeltes war mit einer Plastikplane verhängt, hinter der Stimmen, Gelächter und ein seltsames metallisches Kratzen ertönte.

Marijke rief Hallo, doch niemand kam, sodass Connor zu der Plane ging und sie zurückschlug. Auf der anderen Seite starrte ihm Emmanuel Kabugi entgegen.

Er stand auf einem kleinen von Kisten umfriedeten, provisorischen Hof, der von einer weiteren Gaslaterne beleuchtet wurde, und sah aus, als käme er direkt vom Golfplatz. Er trug eine picobello gebügelte weiße Hose und ein makellos weißes Polohemd mit einem kleinen Krokodillogo. Er wirkte größer und imposanter als auf dem Foto.

Um ihn herum standen oder saßen vier jüngere, ärmlich gekleidete Männer sowie zwei junge, hübsche Frauen. Einer der Männer wetzte eine Machete und scherzte mit den beiden Frauen, hielt jedoch abrupt inne, als er Connor sah. In der plötzlichen Stille starrten alle den Fremden und seine Kamera an. Dann lächelte Kabugi unvermittelt, sagte etwas auf Französisch und fügte, als Connor sich Hilfe suchend an Marijke wandte, auf Englisch hinzu:

»Kann ich Ihnen helfen?«

»Emmanuel Kabugi?«

»Ja.«

Connor stellte sich vor und zeigte seinen UNO-Presseausweis. Der Mann mit der Machete sagte etwas auf Kinyaruanda, worauf Kabugi sich zu ihm umwandte und ihn offenbar scharf zurechtwies. Connor hatte sich überlegt, ob er zur Auflockerung der Atmosphäre zunächst ein paar Fragen zur Verteilung der Nahrungsmittel oder den Zuständen in den Lagern stellen sollte, doch er war nie ein guter Lügner gewesen. Als Kabugi ihn ein zweites Mal fragte, ob er ihm helfen könne, zog Connor ein Bild des Massakers in der Kirche aus der Tasche, das er aus einer Zeitschrift gerissen hatte, und gab es seinem Gegenüber.

»Warum zeigen Sie mir das?«, fragte Kabugi leise.

»Ihre Erinnerung braucht also keine Auffrischung?«

»Das waren meine Leute, darunter viele Freunde. Wie könnte ich das vergessen.«

Er wollte das Bild zurückgeben, doch Connor nahm es nicht an.

»Welche der Opfer haben Sie getötet? Ich meine, Sie persönlich.«

Kabugi runzelte die Stirn. »Was?«

»Vermutlich ist es schwer zu erkennen, so wie die Leute massakriert wurden.«

Connor merkte, dass Marijke neben ihm nervös von einem Fuß auf den anderen trat.

»Kommen Sie, Mann. Sie waren dort. Sie haben sie alle in die Kirche geschickt und sind dann mit den anderen gekommen, um sie zu ermorden.«

»Sie irren sich, mein Herr.«

»Nein, ich irre mich nicht. Es gab Zeugen. Ich habe mit ihnen gesprochen. Sie haben ziemlich gründlich gearbeitet, aber nicht gründlich genug. Ein paar Leute sind Ihnen entwischt, und die haben Sie gesehen.«

»Dann irren diese Leute sich. Natürlich habe ich von den Ereignissen gehört, und sie haben mich sehr traurig und wütend gemacht. Diese Menschen wurden von der RPF getötet, um unsere Namen anzuschwärzen und ausländische Journalisten wie Sie dazu zu bringen, ihre Regierung zu unterstützen. Warum sollte ich so etwas tun? Warum sollte jemand seine eigenen Leute umbringen?«

»Ich weiß es nicht. Warum? Sagen Sie's mir.«

Kabugi starrte ihn lange an, bevor er das Bild zerknüllte und auf den Boden warf. Er reckte das Kinn.

»Wissen Sie, wer ich bin?«

»Klar, weiß ich das.«

»Ich bin der *bourgmestre* von Bysenguye. Ich bin ein gebildeter Mann. Ich habe Literatur, Kunst und Philosophie an der Sorbonne in Paris studiert. Ich gehe regelmäßig zur Messe. Ich bete für meine Feinde. Ich habe mein Leben dem Dienst an meinem Volk gewidmet. Verstehen Sie mich nicht falsch, ich sage das nicht, um zu prahlen, sondern damit Sie wissen, mit wem Sie es zu tun haben. Kapiert?«

Connor zuckte die Achseln.

»Als die Armee der Kakerlaken mein Volk aus ihren Häusern getrieben hat, habe ich ihnen geholfen, sie geschützt und in Sicherheit gebracht. Viele sind unterwegs gestorben, Kinder, Säuglinge, die in der allgemeinen Panik zu Tode getrampelt wurden.«

Er sprach leise und präzise, mit wachsender Eindringlichkeit. In seinem Blick lag etwas Eisiges, und Connor musste seine ganze Kraft aufwenden, ihm standzuhalten.

»Und Sie wagen es mit Ihren falschen Anschuldigungen und Ihrer moralischen Empörung vor mich zu treten, während unsere Frauen und Kinder draußen im Dreck liegen und an Cholera sterben oder verhungern?«

»Ich sage nur die Wahrheit.«

»Die Wahrheit? Was wissen Sie schon von der Wahrheit? Was wissen Sie von meinem Land oder von meinem Volk? Wie lange haben Sie hier gelebt? Eine Woche? Einen Monat? Wenn die Wahrheit ein Laib Brot ist, und Sie heben einen Krümel auf, haben Sie dann die Wahrheit? Und wenn es nicht die Wahrheit ist, ist es eine sinnlose Lüge. Sie sind Amerikaner, vermute ich.«

Connor nickte.

»Dann verraten Sie mir, was die ›Wahrheit‹ über Ihr Land ist? Über Ihr Volk? Über die Millionen, die Sie ermordet haben, die Millionen meines Volkes, die Sie geraubt und versklavt haben? Viele sind bis heute Ihre Sklaven. Erzählen Sie mir die Wahrheit darüber.«

»Wenn Sie eine Rede halten wollen, tun Sie das meinetwegen. Ich bin nur gekommen, um Sie zu fotografieren.«

Kabugi schien ihn nicht gehört zu haben. Seine Wut brach aus ihm heraus und ließ sich nicht mehr stoppen.

»Die Wahrheit ist, dass es keine Wahrheit gibt. Bloß Krümel.

Sie haben Ihre und ich meine. Aber ich besitze mehr Krümel als Sie, und meine sind mit Kenntnis und Erfahrung und nicht unter dem Banner von falscher Frömmigkeit und Vorurteilen gesammelt. Deshalb will ich meine Krümel der Wahrheit mit Ihnen teilen. Die Tutsikakerlaken und ihre belgischen Zahlmeister wollen uns, mein Volk, ein weiteres Mal versklaven und ihre Feudalherrschaft über uns wieder etablieren. Und was sollen wir angesichts dessen tun? Sagen Sie es mir. Bitte sagen Sie es mir.«

Connor wies mit dem Kopf auf die Machete.

»Keine Ahnung, vermutlich zerhacken Sie sie einfach. Haben Sie es mit der da gemacht? Oder ist das seine? Wahrscheinlich haben Sie einen ziemlichen Verschleiß.«

Ob der Mann mit der Machete ihn verstanden hatte oder nicht, er machte jedenfalls ein paar Schritte auf ihn zu, bis Kabugi ihn zurückhielt. Marijke legte ihre Hand auf Connors Arm.

»Ich denke, wir sollten jetzt gehen.«

»Ich denke, sie hat Recht«, merkte Kabugi an.

»Sicher«, sagte Connor. Er hob seine Kamera und stellte sie scharf. Sofort kamen zwei der Männer auf ihn zu. Einer versuchte ihn zu packen, doch Connor schlug um sich und stieß den anderen beiseite. Sie wollten erneut auf ihn losgehen, doch Kabugi brüllte etwas, und sie blieben stehen. Connor nahm seine Kamera wieder hoch.

»Wo Sie doch eine so aufrechte Säule der Gesellschaft, ein Held und alles Mögliche sind, haben Sie doch bestimmt nichts dagegen, wenn man ein Foto von Ihnen macht, oder?«

Er wartete die Antwort nicht ab, sondern fotografierte einfach. Der Blitz schien sein Gegenüber zu erschrecken und für einen Moment erstarren zu lassen, sodass er zwei weitere Bilder machen konnte, bevor Kabugi einen Befehl gab. Connor und Marijke wurden an den Armen gepackt und unsanft durch die Plane nach draußen geschoben. Einer der Männer wollte nach Connors Kamera greifen, doch der schlug erneut um sich, beschimpfte seinen Angreifer wüst und wunderte sich über die

Wirkung. Als er schon fast draußen war, gelang es ihm, sich noch einmal umzudrehen und ein letztes Bild von Kabugi zu schießen. Dann lagen Marijke und er, ehe sie sich versahen, im Staub vor dem Zelt und blickten in die amüsierten und verwirrten Gesichter einer kleinen Menge von Schaulustigen, die sich dort versammelt hatten.

Als sie ihn zu seinem UNO-Zelt zurückfuhr, sagte Marijke, dass er sich ja prächtig darauf verstünde, einem Mädchen einen netten Abend zu bereiten. Er sagte, es täte ihm Leid, worauf sie beide zu lachen anfingen. Objektiv und Blitz von Connors Kamera waren zerstört, doch das Gehäuse war unbeschädigt geblieben und der Film unversehrt.

Am nächsten Tag verließ er Goma mit dem Flugzeug einer Hilfsorganisation. Als sie über den Kiwusee flogen, teilte sich die Wolkendecke, und Connor reckte den Hals, um einen Blick zurück auf die Lager zu werfen. Er dachte an Kabugi und daran, was er über die Wahrheit gesagt hatte, und fragte sich, ob der Mann möglicherweise Recht hatte. Vielleicht gab es *die* Wahrheit tatsächlich nicht.

Als er im Norfolk Hotel eincheckte, überreichte man ihm die Post, die sich in seiner Abwesenheit angesammelt hatte. Während er dem Jungen folgte, der seine Tasche auf das Zimmer trug, blätterte er die Umschläge durch, bis er auf den gestoßen war, nach dem er suchte: einen weißen Umschlag aus Missoula, Montana, an ihn adressiert in Julias breiter, eleganter Handschrift. Er wollte ihn nicht sofort öffnen, sondern duschte zunächst, um den Gestank des Todes von seinem Körper zu spülen.

Erst nachdem er sich abgetrocknet, gekämmt, frisch angekleidet und es sich auf einem Stuhl am Fenster bequem gemacht hatte, öffnete er den Umschlag.

Er enthielt einen Brief und ein Foto: Julia saß lächelnd in einem Krankenhausbett, auf der Bettkante neben ihr der grinsende Ed und in ihrem Arm, rosafarben und mit zerknittertem Gesicht, das Baby.

Der Brief berichtete, dass es am fünften Juli geboren worden war und dreitausendfünfhundertfünfzehn Gramm wog. Nach einer nervenaufreibenden Diskussion hatten Ed und Julia sich darauf geeinigt, sie Amy zu nennen. Mit zweitem Namen sollte sie Constance heißen, was die größtmögliche Annäherung an Connor darstellte, auf die sie gekommen waren. Julia hoffte, dass das okay sei. Natürlich sollte er Pate des Kindes werden, weshalb sie mit der Taufe warten wollten, bis er nach Hause kam.

20

Ein sechsstelliges Jahresgehalt und das neue mondäne Leben in Manhattan hatten Linda Rosner offenbar kein bisschen verändert. Den diversen Kombinationen schwarzer Kleidung nach zu schließen, die sie das ganze Wochenende über getragen hatte, schien Amys Patin vielmehr ins Land der Neogothics heimkehren zu wollen, und auch alle ihre juristischen Qualifikationen hatten sie anscheinend keinerlei höfliche Zurückhaltung gelehrt. Gestern in der Kirche hatte sie einen Blick auf Connor geworfen und ihm Julia gegenüber mit gedämpfter Stimme einen der knackigsten Ärsche attestiert, den sie seit Jahren gesehen hätte. Neu war nur, dass sie ihre Zigaretten nicht mehr selbst drehte, sondern kaufte. Eine dieser langen und schmalen Glimmstängel klemmte jetzt in ihrem Mundwinkel, als sie die Spülmaschine belud, während Julia Kaffee kochte.

Bei der Taufe, zu der Linda am Freitag eingeflogen war, handelte es sich um einen dreitägigen Partymarathon, und dies war nun der letzte Akt: ein kleines Essen am Sonntagabend für Amys »inneren Kreis«, wie Ed es nannte – Eltern, Großeltern und Paten. Um den von Kerzen erleuchteten Tisch auf der Veranda saßen Ed und seine Eltern, Connor und seine Mutter sowie Julias Mutter Maria. Es schien nicht so, als drohte ihnen der Gesprächsstoff auszugehen.

Da Linda Julia in der Küche half, fand Ed endlich die Gelegenheit, allein mit Connor zu sprechen. Amy schlief oben in ihrem Bettchen.

»Er hat nicht mal eine Freundin?«, wollte Linda wissen.

Julia zuckte die Achseln. »Nicht dass ich wüsste.«

»Warum nicht?«

»Keine Ahnung. Frag ihn. Sag ihm, dass du verfügbar bist.«

»Ja, aber ich würde bei diesem ganzen Sport- und Naturkram keine gute Figur machen. Anstrengende körperliche Betätigung unter freiem Himmel ist einfach nicht mein Ding. Ich meine, kannst du dir mich auch nur in der Nähe eines Pferds vorstellen?«

»Ja, ich weiß, was du meinst. Du aschst in die Spülmaschine.«

»Es ist eine Spülmaschine, Darling.«

»Stell die Gläser nach oben, dann passt mehr rein. Außerdem ist er nie da, weil er sich ständig irgendwo in Afrika oder so herumtreibt.«

»Er hat gesagt, er wollte sich vielleicht eine Wohnung in New York kaufen.«

»Das hat er gesagt?«

»Hm-hm. Vielleicht müsste ich also gar nicht in den Wilden Westen kommen und einen auf Annie Oakley machen. Ich könnte einfach seine Großstadtgespielin für kalte Regentage sein oder so.«

»Wie bitte? Gespielin?«

»Oder so.«

»Wenn du es so rum reinstellst, wird es nicht sauber. Lass mich mal. So. Wahrscheinlich kann er jedes Wort hören.«

»Hoffentlich. Das spart Zeit.«

Linda lehnte sich an den Tresen, rauchte ihre Zigarette und nippte an ihrem Wein, während Julia das Geschirr in der Maschine neu ordnete.

»Ich kann nur sagen«, fuhr Linda leiser fort, »erstklassige Gene, die du dir da ausgesucht hast, Schätzchen.«

Julia warf ihr einen Blick zu. Wenn Linda so anfing, wusste man nie, was noch kommen würde.

»Ich meine, ich an deiner Stelle hätte mir den ganzen Scheiß mit der Klinik gespart und auf persönlicher Zustellung bestanden.«

»Linda. Das geht wirklich zu weit.«

Linda hob die Hände. »Okay. Tut mir Leid. Ich weiß auch nicht, was über mich gekommen ist.«

»Ich meine wirklich …«

Es entstand eine Pause, die nur vom Röcheln der Kaffeemaschine untermalt wurde, bis Julia die Kanne nahm und sie zu den Tassen auf das Tablett stellte.

»Aber hast du nicht wenigstens mal dran gedacht? Sei ehrlich.«

Julia spürte, wie sie rot wurde, und sah, dass auch Linda es bemerkt hatte. Sie verfluchte sich dafür, ein derart offenes Buch zu sein. Doch wie auf Stichwort und zu ihrer Rettung fing Amy im ersten Stock an zu schreien. Julia bat Linda, das Tablett auf die Veranda zu bringen, und eilte nach oben.

Amy besaß ihr eigenes Zimmer, war jedoch für das Wochenende ausquartiert worden. Nur die Paten übernachteten im Haus. Alle anderen waren in der Stadt im Red Lion untergebracht – bis auf Connors Mutter, die zurück zur Ranch musste. Amys Bettchen war vorübergehend in einer Ecke von Eds und Julias Schlafzimmer aufgestellt worden. Sobald Julia in der Tür auftauchte, hörte das Baby auf zu schreien und grinste zahnlos.

»Du kleines Äffchen. Du wolltest bloß nicht alleine sein, was?«

Sie hob Amy aus ihrem Bettchen, drückte ihre Nase an den kleinen warmen Körper und atmete seinen wunderbaren Duft ein. Dann trat sie mit ihr ans Fenster und blickte im Dunkeln nach unten auf die Veranda, wo Linda gerade Kaffee einschenkte. Jim Tully war in ein Gespräch mit Connors Mutter vertieft, Susan unterhielt sich mit Julias Mutter. Connor hatte sich auf Lindas Platz neben Ed niedergelassen, der am Kopf des Tisches saß und eine Geschichte erzählte, während die Flammen der Kerzen sich in seiner dunklen Brille widerspiegelten, die er jetzt fast ständig trug, weil er nicht wollte, dass die Leute sahen, wie seine Augen zuckten.

Sie ertappte sich dabei, wie sie Connor anstarrte. Er war sonnengebräunt und sein Haar, das er jetzt kürzer trug, beinahe weiß gebleicht. Er sah älter aus oder vielleicht auch nur ernster oder trauriger. Um seine Augen hatten sich kleine Fältchen gebildet, und Julia fragte sich, ob sie nur vom Blinzeln in die afrikanische Sonne kamen oder von dem, was seine Augen hatten sehen müssen.

Als hätte er ihre Gedanken gehört, blickte er auf, und obwohl sie dachte hier oben in der Dunkelheit unsichtbar zu sein, sah er sie und lächelte. Keiner außer ihr bemerkte es. Sie erwiderte sein Lächeln und spürte nicht zum ersten Mal an diesem Wochenende, dass etwas in ihrem Bauch flatterte, was sie eilig zu unterdrücken suchte. Sie wandte sich ab, setzte sich aufs Bett und entblößte ihre Brust, um Amy zu stillen.

Linda hatte Connors Aufmerksamkeit zurückerobert und stellte Fragen über seine Arbeit. Ed hörte ihre Stimme und konnte sich ihren Gesichtsausdruck vorstellen. Die großen grauen Augen unverwandt auf Connor gerichtet, hing sie wahrscheinlich leicht vorgebeugt an seinen Lippen. *Wiiiirklich? Fasziniiiierend. Tatsächlich? Nein! Wow, das muss ja ungeheuer gefährlich sein!* Ed stand auf, um Julia zu suchen, konnte jedoch der Versuchung nicht widerstehen, und sagte: »Hey, Linda, du hast doch auf dem College als Aktmodell posiert, oder? Du solltest Connor dazu überreden, ein paar Fotos von dir zu machen.«

»Edward!«, rief seine Mutter von der anderen Seite des Tisches. »Du bist unmöglich.«

»Ich weiß. Mein einziger Makel. Wird sie rot?«

»Offen gestanden, ja«, sagte Linda.

»He! Also, das muss das erste Mal sein.«

Er ging ins Haus und rief Julia, die ihm von oben antwortete. Er fand sie im Schlafzimmer, wo sie versuchte, Amy wieder zum Schlafen zu bringen.

»Hast du sie schon gefüttert?«

»Ja. Sie ist hellwach.«

»Bring Sie mit runter.«

»Meinst du?«

»Ja, klar. Schließlich ist es ihre Party.«

Ed trug Amy auf die Veranda, und alle Frauen brachen in Seufzer aus und wollten sie halten. Er hielt Amys Gesicht an sein Ohr, als wollte sie etwas hineinflüstern.

»Wirklich? Okay, du bist der Boss. Wisst ihr, auf wessen Knie sie sitzen möchte?« Er fing an, die Titelmelodie des *Paten* zu singen und überreichte sie Connor.

»Ich habe ihr ein Angebot gemacht, das sie nicht ablehnen konnte«, meinte Connor.

Ed gab ihm eine Kopfnuss, die ein bisschen zu hart ausfiel. »He, das ist mein Text. Wenn du nicht aufpasst, schläfst du heute Nacht bei den Fischen.«

Der Witz kam auch nicht besonders gut an, und seine Stimme hatte einen ungewohnt scharfen Unterton. Ed ging zurück zu seinem Platz und griff nach seinem Weinglas. Es stand nicht dort, wo er es abgestellt hatte.

»He, hat irgendjemand mein Glas weggenommen?«

Niemand hörte ihn. Er versuchte, sich nicht zu ärgern, wenn derartige Kleinigkeiten passierten, doch jetzt war er sauer. Vielleicht lag es am Wein. Er hatte schon das eine oder andere Gläschen intus. Möglicherweise hatte jemand sein Glas absichtlich weggenommen, damit er nicht noch mehr trank. So etwas war seiner Mutter durchaus zuzutrauen. Er fragte noch einmal lauter nach seinem Glas, und Linda, die sich eifrig in der Babysprache mit Amy unterhielt, sagte, dass sie es zur Seite gestellt hätte. Sie entschuldigte sich, goss es noch einmal voll, gab es ihm und wandte sich sofort wieder Amy und Connor zu.

Alle redeten, doch keiner mit ihm, sodass er sich plötzlich ausgeschlossen fühlte und schlechte Laune bekam. Er wusste, dass das idiotisch war. Alle amüsierten sich prächtig, und er wollte ihnen den Spaß nicht verderben. Er lehnte sich zurück und leerte sein Glas in zwei Schlucken.

Rechts von ihm saß Linda, die ihm ganz sicher den Rücken zuwandte, auf der anderen Seite Maria, die seiner Mutter von ihrem Arubaurlaub erzählte und sich über das furchtbare Essen ausließ. Er mochte sie sehr gern, doch manchmal konnte sie wirklich nerven.

»Es gab immer nur Hamburger, Hamburger, Hamburger«, sagte sie. »Coca-Cola und Hamburger.«

»Wenn man das Koka schnupft, schmecken die Hamburger astrein«, warf Ed ein.

Doch Maria schien ihn gar nicht zu hören. Genauso wenig wie sonst irgendwer. Sei's drum. Ed tastete nach der Weinflasche, goss sein Glas noch einmal voll und nahm einen großen Schluck.

Plötzlich spürte er, wie Julia von hinten ihren Arm um seinen Hals legte und ihr Gesicht an seines schmiegte. Sie küsste ihn auf die Wange und fragte leise, ob es ihm gut gehe.

»Mir? Ja, bestens. Wieso?«

»Ich hab mich bloß gefragt.«

»Sehe ich nicht so aus?«

»Doch, doch, natürlich.«

»Also, was ist dann? Warum fragst du?«

»Nur so. Alles in Ordnung. Tut mir Leid.«

Sie zog ihre Arme weg. Er hörte, wie sich ihre Schritte entfernten, und fühlte sich sofort mies, weil er so unfreundlich gewesen war. Er hörte, wie Connor auf Amy einsäuselte, was ihn erneut wütend machte. Wütend? Nicht direkt. Mehr … mein Gott, was um alles in der Welt war in ihn gefahren?

Eifersucht.

Es hatte keinen Zweck, sich selbst zu belügen. Er war eifersüchtig. Und wenn er es sich recht überlegte, war er schon das ganze Wochenende eifersüchtig gewesen, wenn Connor in Amys Nähe kam. Er verübelte Connor, dass er sie *sehen* konnte. Und dass er Julia sehen konnte. Ed wusste, dass das verrückt war, doch er fühlte sich ausgegrenzt, so als hätte Connor auf irgendeine Weise mehr von den beiden als er. Jetzt stellte er sich wieder vor, wie Amy fröhlich auf Connors Knie saß und alle wussten, dass er ihr wirklicher Vater war. Und dann würde ihr Blick den armen alten Ed streifen, der ganz allein am Ende des Tisches hockte und sich betrank, und sie würden denken: *Der arme Kerl, wirklich schade, dass er es nicht selbst hingekriegt hat.* Er hasste sich für diese Gedanken, doch so war es nun mal.

Plötzlich merkte er, dass Maria mit ihm sprach.

»Sag mal, Ed«, begann sie. Man zeigte Mitleid.

»Was soll ich dir sagen?«, unterbrach er, was unhöflicher klang als beabsichtigt.

»Findest du nicht auch, dass Amy Julia *unglaublich* ähnlich sieht?«

Einen kurzen Moment herrschte peinliches Schweigen. Ed konnte sich vorstellen, wie ihn alle anstarrten und auf seine Reaktion warteten. Es war ein fabelhafter Doppeltreffer gewesen, der die Aufmerksamkeit gleichzeitig auf seine Blindheit und seine Unfruchtbarkeit lenkte. Er konnte sich den entsetzten Gesichtsausdruck der armen Maria vorstellen, als sie begriff, was sie gesagt hatte. Ed fing an zu lachen.

»Oje«, sagte sie leise. »Es tut mir schrecklich Leid.«

Noch immer lachend streckte Ed die Hand aus, suchte ihre und drückte sie.

»Es tut mir wirklich schrecklich Leid. Ich hab einfach nicht …«

»Maria, es ist okay. Ganz ehrlich.«

»Manchmal bin ich so dumm.«

»Du bist nie dumm. Du bist wunderbar. Und ich liebe dich.«

Er beugte sich zu ihr und küsste sie. Als er spürte, dass sie weinte, umarmte er sie und drückte sie noch einmal fest.

»He, komm schon, alles in Ordnung. Außerdem weiß ich, dass sie wie Julia aussieht. Sie hat genau das gleiche kleine Bäuchlein.«

Alle lachten, und er spürte ihre Erleichterung.

»Ich bin bloß froh, dass sie nicht so aussieht wie der hässliche alte Hurensohn, auf dessen Knien sie gerade sitzt.«

»Vorsicht, junger Mann«, warnte ihn Connors Mutter, »was war das?«

»Verzeihung, Maggie. Das war die Abkürzung für Nie-eine-so-reizende-Frau-gesehen-Sohn.«

»Das klingt schon besser.«

Alle lachten und nahmen nach einer Weile ihre Gespräche wieder auf. Amy fing an zu schreien, und Connor gab sie Julia, in deren Armen sie sich wie immer sofort beruhigte. Nach zwei weiteren Gläsern Wein legte sich Eds Selbstmitleid.

Das Nächste, was er mitbekam, war, dass Julia ihn auszog und ins Bett brachte. Sie schüttelte das Kissen auf und beugte sich über ihn, sodass ihre Brüste sein Gesicht streiften. Er versuchte halbherzig, sie zu küssen, war jedoch zu müde und zu betrunken für weitergehende Aktivitäten. Das Letzte, woran er sich erinnerte, war, dass sie ihn auf die Stirn küsste, ihm eine gute Nacht wünschte und sagte, dass sie ihn liebte.

Connor wusste nicht, wie lange er schon wach gelegen hatte, doch es mussten Stunden gewesen sein. Er vermied es auf die Uhr zu sehen, wenn er nicht einschlafen konnte, weil es dadurch nur schlimmer wurde. Bis vor ein paar Jahren hatte er Schlafschwierigkeiten gar nicht gekannt.

Nachdem die anderen gegangen waren, hatte er Julia geholfen, Ed aus dem Stuhl zu hieven, in dem er eingeschlafen war, und ihn ins Bett zu tragen. Sie hatten die Küche aufgeräumt, während Linda auf der Arbeitsplatte saß, eine Zigarette rauchte und sie unterhielt. Doch sie waren alle müde und verschwanden bald in ihren Zimmern.

Vor einer Weile hatte er Amy weinen hören, doch jetzt war das Haus wieder still. Er lag, die Hände hinter dem Kopf verschränkt, auf dem Rücken und beobachtete, wie die Vorhänge im Licht des Mondes schimmerten, der um das Haus gewandert war. Er spürte einen dumpfen Schmerz in der Brust, der ihn schon eine Weile bedrückte. Er hatte versucht, ihn zu verdrängen und nicht nach seinen Ursachen zu fragen, aber ohne Erfolg.

Er war das ganze Wochenende noch einmal durchgegangen und konnte sich nicht erklären, warum die an sich so fröhlichen Tage ihn derart deprimiert hatten. Vielleicht wollte er es auch nicht herausfinden, weil die Antwort womöglich alles noch schlimmer machte. Doch was immer es war, er wusste, dass sich etwas zwischen ihnen dreien verändert hatte und es nie wieder so sein würde wie früher.

Bei Ed hatte er es am stärksten gespürt. Sie hatten sich die ganzen Tage kein einziges Mal vernünftig unterhalten, und wenn es sich doch mal ergab, ein paar Worte zu wechseln, hatte er es stets als gezwungen empfunden. Der Grund war natürlich Amy. Connor hatte vor seiner Ankunft versucht, sich auf den Moment vorzubereiten, in dem er sie zum ersten Mal sehen würde. Doch diese Wirkung hätte er nie im Leben erwartet. Der Anblick dieses kleinen Wesens, das Fleisch von seinem und Julias Fleisch war, und die Tatsache, dass weder dieses Kind noch seine Mutter zu ihm gehörten, trafen ihn wie ein Schlag. Er fragte sich, wie er so dumm hatte sein können, sich darauf einzulassen. Doch dann sah er wieder das Kind und dachte, er habe es eben einfach tun müssen?

Bis zu diesem Abend hatte Connor Amy nur ein paarmal kurz gehalten, und immer hatte er dabei Eds Unbehagen gespürt. Deshalb war Connor auch überrascht gewesen, als er sie ihm nach dem Abendessen gegeben hatte. Es schien fast so, als ob Ed wollte, dass alle sahen, wie offen und locker er mit der Situation umging, während Connor selbst sorgfältig darauf zu achten hatte, eine bestimmte Grenze nicht zu überschreiten. Als er ihm die Kopfnuss gab, hatte er ihn vielleicht nicht so heftig treffen wollen, doch Connor war davon überzeugt, dass sich hinter dem Scherz auch eine Art Warnung verbarg.

Er sagte sich, dass zu erwarten gewesen war, dass sich die Dinge anfangs ein wenig kompliziert gestalten würden. Es war schließlich für keinen von ihnen leicht. Das Baby hatte eigenartige Gefühle in ihm geweckt, und auch Julia, wenn sie es im Arm hielt. Sie war üppiger geworden und schöner denn je.

Am Vorabend hatte Connor sie im Wohnzimmer dabei überrascht, wie sie Amy stillte, und der Anblick hätte ihn beinahe umgehauen. Julia hingegen wirkte überhaupt nicht irritiert, sondern sagte lächelnd Hallo. Er bemühte sich, ihren Gruß ebenso unbefangen zu erwidern, und gab vor, ein Glas zu suchen.

Selbst als das Baby an diesem Abend auf seinem Schoß saß, hatte er sich eingeredet, dass es nicht wirklich seins war.

Er musste auch die Möglichkeit ins Auge fassen, dass alles ein furchtbarer Fehler gewesen war, der ihre Freundschaft für immer beschädigen könnte. Doch wenn er dann an Amy und die glücklichen Menschen um sie herum dachte, tadelte er sich für seinen Egoismus. Alles würde gut werden.

Er brach seine Regel und sah auf die Uhr. Es war drei Uhr. Er stand auf, ging zum Fenster und blickte zwischen den Vorhängen hindurch nach draußen. Das Zimmer lag auf der dem Obstgarten zugewandten Seite des Hauses. Vielleicht sollte er ein wenig frische Luft schnappen. Er streifte sich Jeans und T-Shirt über und öffnete leise die Zimmertür. Außer Eds Schnarchen war nichts zu hören. Barfuß ging er zur Treppe.

Er sah sie, als er durchs Wohnzimmer kam. Sie saß in einem weißen Trägernachthemd mit dem Rücken zu ihm auf den Stufen der Veranda, rauchte eine Zigarette und blickte auf den Fluss hinunter. Sie hörte ihn und drehte sich um, als er durch die offene Tür auf die Veranda trat.

»Das nenne ich Pech«, sagte sie. »Meine erste Zigarette in zehn Jahren, und schon werde ich erwischt.«

»Dein Geheimnis ist sicher.«

»Ich hab mir eine von Lindas stibitzt.«

»Raucher und Dieb.«

»Schmeckt eklig. Komisch, die Vorstellung hat mir immer mehr gefallen als das Rauchen selbst. Rauchst du manchmal?«

»Ich konnte dem nie was abgewinnen.«

Sie drückte die halb gerauchte Zigarette auf der Stufe aus. Er fragte sie, ob sie etwas dagegen hätte, wenn er sich zu ihr setzte, was sie natürlich verneinte.

»Hat Amy dich geweckt?«

»Nein.«

»Ich kann es kaum erwarten, dass sie endlich durchschläft. Es macht mich ganz fertig, dreimal in der Nacht aufzustehen. Ich laufe den ganzen Tag rum wie ein Zombie.«

»Dafür siehst du aber ziemlich gut aus.«

»Schön wär's. Ich fühle mich fett und fertig.«

Er wollte ihr sagen, wie hübsch sie in diesem Augenblick aussah, wagte es aber nicht, sodass sie eine Weile schweigend in die graue Nacht starrten.

»Es tut mir Leid wegen Ed«, sagte sie.

»Er hatte bloß ein Gläschen zu viel, das ist alles.«

»Nein, nein. Ich glaube, es ist für ihn alles ein wenig schwieriger als erwartet.«

»Na ja, das ganze Haus voller Leute und so –«

»Connor, du weißt genau, was ich meine. Es ist das erste Mal, dass du in Amys Nähe bist und ... nun, du kannst's dir ja denken.«

Er konnte es sich tatsächlich denken, fand jedoch keine Worte.

»Sie ist wunderschön«, sagte er schlicht.

»Natürlich ist sie das.«

»Und wie Ed mit ihr umgeht, finde ich großartig.«

»Ja, er ist wirklich erstaunlich.«

Sie schwiegen erneut. Julia starrte auf ihre nackten Füße.

»O Gott«, seufzte sie, bevor sie unvermittelt aufstand und die Arme über dem Kopf streckte. »Gehst du mit mir zum Fluss?«

»Gern.«

Sie schlenderten nebeneinander durch das kühle, feuchte Gras und folgten dem Seilgeländer bis ans Ufer hinunter. Wenn der Weg sich verengte, ging sie voran, und er betrachtete die Umrisse ihres Körpers, der sich dunkel unter dem im Mondschein schimmernden Nachthemd abzeichnete. An der Stelle, wo Connor und Ed vor einem Jahr gelegen hatten, stand jetzt eine Bank. Julia nahm auf der einen, er auf der anderen Seite Platz, und lange Zeit blickten sie schweigend aufs Wasser.

»Und wie fühlst du dich jetzt?«

»Wegen Amy?«

»Ja.«

Was sollte er sagen? Dass es ihm beinahe das Herz brach. Dass er manchmal wünschte, Julia nie getroffen zu haben.

»Es ist okay«, kam sie ihm zuvor. »Du musst es nicht sagen, wenn du nicht willst.«

»Ich freue mich einfach nur für euch beide.«

»Aber?«

»Kein Aber. So ist es.«

»Connor, du bist ein wirklich schlechter Lügner.«

Er lächelte. Sie starrte ihn immer noch an, und eine Weile hielt er ihrem Blick stand.

»Ich habe neulich daran gedacht, wie wir uns zum ersten Mal gesehen haben«, begann sie wieder. »Weißt du noch? Du hast uns am Flughafen abgeholt.«

»Ich erinnere mich gut.«

»Es ist seltsam, aber ich hatte das Gefühl, dich schon zu kennen.«

»Mir ging es genauso.«

»Weißt du, manchmal sagen die Leute, dass irgendetwas ›so sein sollte‹. Deine Mutter, zum Beispiel. Sie verkündet ständig, dies oder das ›sollte so sein‹, als stünde es in den Sternen geschrieben. Glaubst du das auch?«

»Keine Ahnung. Früher habe ich so was abgelehnt. Aber jetzt denke ich hin und wieder, dass doch was dran sein könnte.«

»Mir geht es genau umgekehrt. Ich hab immer geglaubt, dass alles ›sein sollte‹, aber jetzt bin ich mir nicht mehr so sicher.« Sie hielt inne und blickte ans andere Ufer. »Ich weiß noch, wie

Skye einmal gesagt hat, dass alle wichtigen Dinge im Leben zufällig geschehen. Und ich habe ihr widersprochen und geantwortet, dass unser ganzes Leben meiner Ansicht nach vorgezeichnet und vorherbestimmt sei und sich uns im Lauf der Zeit offenbare. Aber das glaube ich jetzt nicht mehr.«

»Meinst du, sie hatte Recht?«

»Nein. Ich glaube, es gibt Zufälle, und dann müssen wir eine Wahl treffen.«

Connor schwieg.

»Und du denkst jetzt, dass alles vorgezeichnet ist?«, fragte sie.

»Nein, ich glaube, du hast Recht. Es gibt durchaus eine Wahl. Aber die wichtigen Entscheidungen können wir manchmal nicht selber treffen.«

»Na ja, du hast doch in letzter Zeit ziemlich wichtige Entscheidungen getroffen. Schau dir Amy an. Schau dir deine Karriere an. An gefährliche Schauplätze zu reisen und ständig dein Leben aufs Spiel zu setzen. Ich meine, viel größer werden die Entscheidungen nicht, die man im Leben zu treffen hat.«

Er lachte.

»Was ist so komisch?«

»Ach, ich weiß nicht.«

»Komm, sag's mir.«

»Nun, ich sehe das anders. Ich tue das, was ich tue, weil jemand anderes die große Entscheidung getroffen hat. Nicht ich.«

Sie sah ihn mit gerunzelter Stirn an. »Welche Entscheidung? Wer?«

Er lächelte, schüttelte den Kopf und wandte sich ab. Er hatte schon zu viel verraten.

»Komm, Connor. Das kannst du nicht einfach so stehen lassen. Sag's mir. Wer?«

Sie musterte ihn nach wie vor stirnrunzelnd und wartete darauf, dass er weitersprach. Und weil er in seinem Herzen vielleicht schon wusste, dass dies ihre letzte Begegnung sein würde, sagte er es ihr.

»Du«, erklärte er schlicht. »Du hast dich für Ed entschieden.«

Sie starrte ihn schweigend an, und selbst in der Dunkelheit erkannte er, wie sich langsam eine große Traurigkeit über ihr Gesicht senkte, als sie begriff.

»O Connor«, flüsterte sie. »Ich hatte ja keine Ahnung.«

»Das kann nicht sein.«

»Keinen Moment lang.«

»Dann bin ich ein besserer Lügner, als wir beide dachten.«

»O Connor.«

Er lächelte wehmütig und wartete, dass sie weitersprach, denn wenn sie etwas Ähnliches für ihn empfand, war dies doch gewiss der Moment, es zu äußern. Doch sie schwieg, saß bloß kopfschüttelnd da und starrte ihn an.

»Ich hab dich vom ersten Augenblick an geliebt«, sagte er.

»Nicht. Sprich nicht weiter.«

»Es tut mir Leid. Ich hätte es dir nie sagen dürfen. Aber so ist es nun mal. Und eigentlich kann ich mich doch glücklich schätzen, denn ich bin ein Teil von Amy, und sie ist ein Teil von dir. Und egal, was mit mir passiert, sie wird dich immer haben.«

Sie hob langsam die Hände und presste ihre Fingerspitzen an die Schläfen. Er sah, dass ihre Lippen zitterten.

»O Connor. O Gott.«

Sie schloss die Augen und fing herzzerreißend zu schluchzen an. Die Augen fest geschlossen, breitete sie langsam die Arme aus. Er zog sie an sich und hielt sie fest, spürte ihre Tränen an seiner Brust und seine eigenen auf seinen Wangen. Sie hob ihr Gesicht, küsste ihn und sagte, dass sie ihn auch liebte und immer geliebt hätte, und dann küsste sie ihn erneut und die Tränen auf seiner Wange.

Wie lange sie so verharrten, wusste er nicht. Er konnte nur denken, dass diese wenigen kostbaren Momente alles waren, was er je von ihr haben würde, sodass er sie mit jeder Faser seines Seins spüren und erleben musste, um sie dann sorgfältig in seiner Erinnerung zu bewahren.

DRITTER TEIL

21

Amy Constance Tully war ein Engel. Sie hatte sogar Flügel, auch wenn einer von ihnen im Augenblick ein wenig schräg hing und beide nicht besonders gut zu dem schwarzen Yankees-T-Shirt passten, das ihre Patentante aus New York ihr zum Geburtstag geschickt hatte. Doch als sie nun schmollend und mit den Füßen stampfend auf dem Küchentisch stand, war ihr Benehmen alles andere als engelhaft.

»Amy, willst du jetzt still stehen?«, schimpfte Julia, mit einer Hand voll Nadeln im Mund.

»Das sieht doch kacke aus.«

»Es sieht nicht kacke aus. Es sieht prima aus. Das heißt, wenn du mal einen Augenblick still hältst und mich machen lässt.«

»Ich ziehe sie sowieso nicht an.«

»Du sollst einen Engel darstellen, und Engel haben nun mal Flügel. Bitte, Schätzchen! Halt still, sonst tut sich noch einer von uns weh. Ich hab hier Nadeln.«

»Das ist mir egal.«

»Aber mir nicht.«

Julia versuchte, den Saum des silbernen Rocks abzustecken, den Amy hasste. Als Tochter des Komponisten und musikalischen Direktors der Weihnachtsaufführung ihrer Schule hatte sie sich ihre Rolle aussuchen dürfen – zumindest eine Nebenrolle, denn die Hauptrollen hatten die Stars aus der vierten und fünften Klasse mit den besseren Fürsprechern abgesahnt. Sechs Wochen zuvor hatte Amy also eindeutig erklärt, dass sie ein Engel sein wollte. Kein Streifenhörnchen, keine Elfe, nicht einmal die vordere Seite des Orkas, wobei es Julia nach wie vor schleierhaft war, was ein Schwertwal in der Show zu suchen hatte. Nichts als ein Engel.

Da die Schule multikulturell, politisch korrekt und überhaupt tolerant und gut war, bedeutete, einen Engel zu spielen, natürlich nicht, dass man in klassischer Manier über dem Jesuskind zu schweben hatte. Die ganze Aufführung war, wie Ed es gegenüber Mrs. Leitner im Herbst bei einem ersten Entwurf skizziert hatte, eine eher *pantheistische*, spirituelle Feier der Natur und ihrer zahllosen Wunder.

Im privateren Rahmen hatte er sie gegenüber Julia als pure ökoanarchistische Propaganda bezeichnet. Deshalb waren die Engel auch eher von der rächenden Art, die am Ende der Show mehrere böse Holzfäller und einen Ölmagnaten erledigt hatten, auch wenn Ed es mittlerweile nicht mehr so genial fand, sie mit Uzis ausgestattet zu haben. Und darin lag möglicherweise auch die Ursache von Amys aktuellem Wutanfall. Laut Ansicht dieses siebenjährigen Mädchens, das sich wie eine rebellierende Siebzehnjährige gebärdete, war das Kostüm schlicht zu mädchenhaft.

»Was gibt's denn für Probleme?«, fragte Ed, der im Nebenzimmer am Klavier gesessen und versucht hatte, sich auf einige Änderungen im Finale zu konzentrieren. »Du magst dein Kostüm nicht?«

»Es sieht ätzend aus!«

»Amy!«, sagte Julia. »Bitte nicht dieses Wort, ja?«

»Kevin Lucas sagt es auch dauernd.«

»Du bist aber nicht Kevin Lucas. Ed? Kannst du bitte mit ihr reden?«

»Sag mir, was dir daran nicht gefällt.«

»Es sieht kacke aus.«

»Kacke reicht nicht. Sag mir, wie es aussieht.«

»Blöd und ... friselig?«

»Friselig?«

»Ich seh aus wie Barbie«, bemerkte sie verächtlich. Amy hatte für Puppen jedweder Art nicht viel übrig. Die einzige Barbie, die sie je geschenkt bekommen hatte, war prompt enthauptet worden.

»Welche Farbe hat der Rock?«, fragte Ed geduldig.

»Er ist ganz weiß und silbern und blöd«, antwortete Amy und drehte den Stoff in ihren Händen, bis man ein Reißen hörte.

»Okay, das war's«, sagte Julia.

Sie nahm die Nadeln aus dem Mund und legte sie wieder in die Schachtel. Dann hob sie Amy vom Tisch auf den Boden und nahm ihr ohne Umschweife Flügel und Rock ab.

»Ich dachte, er würde irgendwie dunkler sein«, meinte Ed leise. »Eher metallgrau oder so.«

»Genau«, verkündete Amy triumphierend. Sie suchte Schutz bei Ed und hatte einen Arm um sein Bein geschlungen.

»So soll es ja auch sein. Das habe ich ihr schon zigmal erklärt. Erst nähen wir ihn, und dann besprühen wir ihn. Okay? Herrgott noch mal.«

Ed hob die Hände. »Okay, okay, tut mir Leid.«

»Du sollst nicht Herrgott noch mal sagen«, murmelte Amy.

»Ach, wirklich? Warum nicht? Kevin Lucas sagt es andauernd.«

Eine Stunde später lag Amy in ihrem Bett und sah vom Scheitel bis zur Sohle aus wie ein richtiger Engel, der auch froh war, einer zu sein. Ihre Wangen glühten rosig vom Baden, und ihre blonde, lockige Mähne war so ordentlich gebürstet, wie es überhaupt nur ging. Die Farbe stammte offensichtlich von Connor, doch woher die Locken kamen, wusste keiner. Ed neckte sie und meinte, sie müsse in ihrem früheren Leben eine Kaminbürste gewesen sein. Ihre Augen waren dunkelbraun wie Julias, und sie hatte den gleichen dunklen Teint. In den absolut objektiven Augen ihrer Mutter war sie das schönste Kind, das dieser Planet je hervorgebracht hatte. Doch wenn sie gelegentlich gefragt wurde, wem Amy charakterlich am ähnlichsten war, antwortete Julia ohne Zögern: Ed.

Sie war fröhlich, witzig und schlagfertig, manchmal sogar zu sehr. Wie Ed konnte sie einen mit einer treffenden Bemerkung verblüffen, was ihr in der Schule manchmal Probleme einbrachte.

Dann war da die Musik. Während Julia kaum einen Ton halten konnte und niemand sich erinnerte, dass Connor je auch nur seinem Pferd etwas vorgepfiffen hatte, war Amy von Natur aus musikalisch. Sie hatte sich Eds Marotte angewöhnt, vor sich hin zu trällern, wenn sie mit etwas beschäftigt war, und sie hatte eine schöne Stimme. Lange bevor sie den Windeln entwachsen war, brachte Ed ihr Lieder bei und setzte sie am Klavier auf seinen Schoß. Inzwischen spielte sie besser als einige seiner Schüler, die ein paar Jahre älter waren als sie.

Auf langen Autofahrten trieben die beiden Julia in den Wahnsinn, in dem sie jedes einzelne Lied aus dem *Dschungelbuch*, dem *Zauberer von Oz* oder, noch schlimmer, aus einem von Eds alten Lieblingsmusicals wie *Kiss Me, Kate* oder *Oliver*! sangen, bis Julia am Steuer um Gnade flehte und ihnen alles Mögliche versprach, damit sie aufhörten. Ed meinte oft scherzhaft, dass seine Gene sich doch irgendwie dazwischengemogelt haben mussten. Andernfalls war Amy Tully wenn schon nicht der lebende wissenschaftliche Beweis für den Triumph der Erziehung über die Natur, so doch immerhin Beleg dafür, dass Erstere mit Zweiterer allemal mithalten konnte.

Julia lag neben ihrer Tochter auf dem Bett in Amys Zimmer. Die bunten Tiertapeten waren von Amys Bildern und Gemälden, Familienfotos und Ketten aller Art, die wie Julias Schmuck an Haken an der Wand hingen, fast vollständig bedeckt. Es gab dutzende kleiner Glas- und Keramiktiere, Gläser voller am Flussufer gesammelter Federn und Bücher, die aus den Regalen quollen und sich zwischen altem Spielzeug, abgelegten Kleidungsstücken und Krimskrams auf dem Fußboden stapelten. Das Chaos stellte für Ed ein Unfallrisiko erster Ordnung dar, doch sie waren beide müde geworden, Amy ständig zu ermahnen, und hatten sich stattdessen eingeredet, dass die Unordnung von Charakterstärke zeugte, was immer noch besser war als ein krankhaft ordentliches Kind. Ed hatte gelernt, sich seinen Weg durch ihr Zimmer zu bahnen wie ein Soldat, der zur Räumung von Landminen abkommandiert war. Amys Nachttischlampe war eine große erleuchtete Gans, die Julias Mutter ihr geschenkt hatte und deren Licht den Raum gemütlich wie eine Höhle erscheinen ließ.

In ihrem Licht lasen sie gemeinsam Amys Lieblingsbuch *The Butter Battle Book* von Dr. Seuss. Mutter und Tochter waren längst wieder beste Freundinnen, was vor allem daran lag, dass Julia, als Amy wütend nach oben gestampft war, um ein Bad zu nehmen, eine Spraydose mit metallgrauer Farbe sowie ein paar Glitzersternchen ausgepackt und damit Rock und Flügel in eine Kreation verwandelt hatte, die selbst Linda in der Blütezeit ihrer Neogothicphase stolz getragen hätte. Als Amy sie in der Badewanne sitzend sah, hatte sie nur gegrinst und erklärt, dass sie es ganz toll fände.

»Tut mir Leid, Mami.«

»In zwanzig Jahren hab ich es vielleicht vergessen.«

Wie üblich musste Julia fast die ganze Zeit alleine lesen. Julia fand es seltsam, dass ausgerechnet dies Amys Lieblingsbuch war, denn es war ziemlich unheimlich, weil es von einer Welt handelte, die wegen einer albernen Meinungsverschiedenheit auf den Abgrund zusteuerte. Für Amy wie für Julia war das Buch immer mit Connor verbunden gewesen.

Als sie es vor zwei Jahren kauften, hatte das Buch lange Diskussion über den Krieg ausgelöst und darüber, warum Menschen sich hassten und töteten. Julia versicherte Amy, dass heutzutage niemand mehr eine Art Weltkrieg befürchtete, wie er in dem Buch dargestellt wurde. Doch es gebe nach wie vor kleinere Kriege, die ständig irgendwo auf der Welt stattfanden. Sie erzählte ihrer Tochter auch, dass ihr biologischer Vater (der Name Bio-Dad hatte sich Gott sei Dank gar nicht erst eingebürgert) häufig in solche Länder fuhr und dort Fotos machte.

»Von Menschen, die kämpfen?«

»Ja.«
»Die aufeinander schießen?«
»Manchmal auch das.«
»Versuchen die Leute, auch ihn zu erschießen?«
»Nein, mein Schatz. Er ist kein Soldat, sondern Fotograf. Aber er muss vorsichtig sein.«
»Aber ihm passiert nichts, weil er ganz mutig ist, oder?«
»Ja, das ist er.«
»Wie als er dein Leben gerettet hat.«
»Hm-hm. Das ist richtig.«

Als Amy noch ein Säugling war, hatten Ed und Julia einen ganzen Abend lang darüber diskutiert, in welchem Alter sie Amy verschiedene Dinge erklären sollten. Sie wollten, dass sie von Anfang an, noch bevor sie darüber nachdenken konnte, wusste, dass sie zwei Väter hatte. Doch was das Feuer betraf, waren sie anderer Ansicht. Sie sorgten sich, dass die Geschichte das Kind traumatisieren könnte, und einigten sich darauf, dass sie es ihr sagen würden, wenn sie ungefähr zwölf war. Es war ein absurder Vorsatz, wie ihn Eltern treffen, bevor die Realität sie einholt.

Mit viereinhalb fragte Amy Ed, warum er blind sei, und so kam zumindest eine zensierte Version der Geschichte heraus. Amy wirkte auch kein bisschen erschrocken, sondern war vor allem stolz auf ihre beiden heldenhaften Väter, die vom Himmel gesprungen waren, um die arme, trottelige Mama zu retten.

Inzwischen sprach Amy nicht mehr so oft von Connor. Es war schwer, eine Erinnerung wach zu halten, die sich nur von Fotos, Geschichten und manchmal einem Brief nährte. Er schrieb Amy nach wie vor und schickte ihr exotische Geschenke aus entlegenen Winkeln der Welt, doch seit der Taufe war er kein einziges Mal mehr gekommen, um sie zu besuchen. Das schien Amy weder zu beunruhigen noch wütend zu machen, weil es schon immer so gewesen war, vermutete Julia. Connor war nie mehr als eine Vorstellung gewesen. Hin und wieder stöberte Amy in Zeitschriften eines seiner Bilder auf, und sie stellte Fragen nach ihm, die Julia und Ed pflichtschuldig beantworteten, bemüht, immer freundlich zu klingen und ihre Verletzung nie offen zu zeigen.

Unter den Bildern, die in Amys Zimmer an der Wand hingen, waren auch mehrere von Connor, darunter auch das Einzige, das sie beide gemeinsam zeigte. Julia hatte es bei der Taufe aufgenommen. Connor stand auf der Veranda, hielt dieses süße kleine Engelchen im Arm und lächelte es an, während Amy direkt in die Kamera blickte.

Julia und Ed hatten lange Kontakt zu Connors Mutter gehalten und waren ein paarmal mit Amy zu ihrer Ranch in Augusta gefahren. Doch als die Jahre vergingen und Connor sie nicht besuchen kam, schien es irgendwie sinnlos. Maggie behauptete, auch sie sehe ihren Sohn nie, doch Julia wusste, dass das nicht stimmte. Maggie rief sie auch nicht mehr an, um ihnen Neuigkeiten über Connor mitzuteilen oder sie auf eine Zeitschrift aufmerksam zu machen, die seine Fotos gedruckt hatte. Vielleicht hatte er ihr gesagt, dass sie es nicht tun sollte, vielleicht war sie auch im Bilde darüber, warum er sie mied. Was immer die Gründe sein mochten, sie hatten Maggie seit zwei Jahren nicht mehr gesehen oder mit ihr gesprochen.

Bei Connor waren es mehr als sieben. Amys gesamtes Leben und auch ihres, so kam es Julia bisweilen vor. Sie hatten sich verändert, ihre Welt war ein anderer Ort geworden. In jenen vergangenen Tagen hatte sie ständig an ihn gedacht. Kaum eine Stunde war verstrichen, in der sie nicht jenes letzte Bild heraufbeschwor, wie er im kalten Mondlicht neben ihr saß, seine Liebe gestand, sie umarmte und ihre Tränen wegküsste.

Bevor er am nächsten Morgen aufgebrochen war, hatte sie heimlich ein Foto in seine Tasche geschmuggelt: das Bild, das Ed von ihnen beiden an jenem Tag aufgenommen hatte, als sie zum letzten Mal gemeinsam kletterten und ihn darum baten, der Vater ihres Kindes zu werden.

Sie hatte sich große Mühe gegeben, ihn nicht aus den Augen zu verlieren. Auf die eine oder andere Art – meist dank Lindas

Adlerblick – erfuhr sie, wenn eine Zeitschrift seine neuesten Bilder publiziert hatte. Ihr fiel auf, dass er inzwischen auch die begleitenden Artikel selbst schrieb. Sein Stil war schlicht und klar, und sie konnte seine Stimme hinter den Worten hören. Am meisten bewegte sie eine Reportage über einen kleinen, kaum beachteten Krieg, der seit Jahren im Norden Ugandas wütete. Dorthin schien Connor häufig zurückzukehren. Sein jüngster Artikel handelte von einem Rehabilitationszentrum für Kinder, die aus ihrer Heimat verschleppt und gezwungen worden waren, als Soldaten in der Armee der Rebellen zu kämpfen. Die Bilder rührten Julia zu Tränen.

Nur einmal hatten sie und Ed in einem Gespräch den wahren Grund für Connors Fernbleiben gestreift. Pünktlich zu Amys viertem Geburtstag war ein in braunes Packpapier gewickeltes Paket aus Kampala eingetroffen. Es enthielt ein kleines Kleid sowie ein Tuch aus einem bunten afrikanischen Stoff mit hellgrünen, gelben, roten und violetten Tupfen. Der Geburtstagskarte lag das Foto einer prachtvoll aussehenden ugandischen Frau bei, die das gleiche Gewand samt Tuch trug. Dazu hatte Connor eine detaillierte Anleitung mit Diagrammen erstellt, wie man das Tuch zu einem Kopfschmuck band. Amy war begeistert. Sie zog es eine Woche lang nicht mehr aus.

Ed war stinksauer. Nachdem Amy außer Hörweite war, platzte er los.

»Diese verdammten Geschenke!«, tobte er. »Was schreibt er auf der Karte? ›Grüße an deine Mom und deinen Dad?‹ Na toll. Vielleicht kommt er eines Tages vorbei, um es uns persönlich zu sagen. Oder er nimmt einen beschissenen Telefonhörer in die Hand und sagt es. Sie hat noch nie seine verdammte Stimme gehört! Aber wahrscheinlich ist er dafür jetzt zu berühmt und beschäftigt.«

»Komm schon, Ed«, beruhigte ihn Julia. »Sei nicht so.«

»Wie? Ich meine, sind wir aussätzig oder was? Er war mein bester Freund, Herrgott noch mal! ›Grüße an deine Mom und deinen Dad.‹ Er kann mich mal.«

»Vielleicht denkt er, es ist fairer, nicht zu kommen.«

»Fairer? Wie kommst du denn darauf?«

»Ach, nur so. Ist auch egal.«

»Nein, komm, sag's mir.«

»Nun, ich weiß nicht. Vielleicht denkt er, dass es schwierig für dich ist.«

»Inwiefern ist es schwierig, wenn mein bester Freund uns besucht?«

»Nein, ich hab mich geirrt. Vergiss es.«

»Weil ich auf ihn und Amy eifersüchtig sein könnte oder was?«

»Nein, nicht direkt. Bitte, Ed, lass uns das Thema vergessen, ja?«

»Nein, das interessiert mich. Denn offensichtlich denkst du das ja. Dass er unser Haus meidet, weil er glaubt, dass ich mich von der Tatsache bedroht fühlen könnte, dass er Amys biologischer Vater ist. Ist das richtig?«

»Nun ja, vielleicht ein bisschen. So wie du auf der Taufe warst –«

»Was soll das denn heißen? Dass ich mich ihm gegenüber feindselig verhalten habe?«

»Ein wenig schon, ja.«

Er stand einen Moment schweigend da. Sie war verunsichert.

»Das sagst du mir jetzt? Nach vier Jahren? Dass ich der Grund bin, dass er uns nicht mehr besucht?«

»Ed, woher soll ich das wissen?«

»Wow«, sagte er leise und schüttelte traurig den Kopf. »Junge, Junge.«

Julia bedauerte sofort, was sie gesagt hatte, und versuchte es abzuschwächen, indem sie erklärte, dass das vielleicht doch nicht der Grund war, sondern dass es möglicherweise Connor schwer gefunden hatte, Amy zu sehen, und es nun für besser hielt, den Kontakt zu ihr aus der Distanz aufrechtzuerhalten, um keine zu große emotionale Abhängigkeit zu entwickeln. Aber Ed hörte eigentlich gar nicht mehr zu. Danach war er tagelang schweigsam und nachdenklich und kritisierte Connor nie wieder.

Julia glaubte, dass beide Vermutungen richtig waren. Wahrscheinlich hatte Connor Eds Eifersucht gespürt und beschlossen, dass er seinem Freund einen größeren Gefallen tat, wenn er sich fern hielt. Und wahrscheinlich fand er auch die Aussicht schmerzhaft, seine Tochter als die eines anderen heranwachsen zu sehen.

Julia und Amy beendeten die Lektüre von *The Butter Battle Book* wie immer mit gruselig verstellten Stimmen, während Yooks und Zooks drohend den Finger am Abzug ihrer neuen Bomben hatten, die die ganze Menschheit vernichten konnten.

»Zooks sind dumm«, stellte Amy fest.

»Warum?«

»Sie müssen dumm sein. Wer isst sein Brot schon mit der Butter auf der Unterseite?«

»Ich.«

»Tust du nicht.«

»Tu ich wohl. Du hast mich bloß noch nie dabei erwischt.«

»Okay, morgen pass ich auf, und wenn du wirklich ein Zook bist, dann kriegst du großen Ärger.«

»Dann baue ich mir jetzt wohl besser eine Bombe.«

Julia stand auf, löschte das Licht und beugte sich zu Amy hinunter, um ihr einen Gutenachtkuss zu geben.

»Drück mich ganz fest«, bat sie. »Fester, fester! So ist es gut.«

»Danke für das Kostüm, und entschuldige, dass ich so gemein zu dir war.«

»He, dafür sind Mütter schließlich da.«

»Ich hab dich lieb, Mami.«

»Ich dich auch, mein Schatz.«

Kay Neumark sagte den Streifenhörnchen und Elfen zum dritten Mal, dass jetzt Schluss sei. Wenn sie nicht sofort aufhörten herumzualbern und den Engeln ein Bein zu stellen, würde sie sich andere Darsteller suchen müssen, die ihre Rolle ernster nahmen. Das war natürlich ein Bluff. Ed und sie wussten nur zu gut, dass jedes auch nur ansatzweise interessierte Kind bereits rekrutiert worden war. Doch der erste Durchlauf war immer eine Zerreißprobe, obwohl es bisher eigentlich ganz gut geklappt hatte.

Kay wurde als Regisseurin und Co-Autorin Eds geführt, erledigte jedoch noch ein Dutzend anderer Jobs. Wenn sie Julia nicht gerade half, die Kulissen zu malen, die Kostüme zu basteln, Nasen zu putzen oder den Schauspielern zu drohen, zu schmeicheln oder Mut zuzusprechen, unterrichtete sie Geschichte und Englisch, anscheinend mit dem gleichen Elan und Humor, den sie in die Produktion der Show einbrachte. Ed hatte sie ein paarmal bei geselligen Anlässen in der Schule getroffen, und sie war mit ihrer Freundin und einigen anderen jüngeren Kolleginnen zu einem Grillfest gekommen, zu dem Julia vor Amys Geburt einlud. Doch richtig kennen gelernt hatte er sie erst zu Beginn der Proben vor einigen Wochen.

Sie stammte aus Chicago und war ein echtes Energiebündel mit absolut unverblümter Ausdrucksweise. Von Julia wusste Ed, dass sie Mitte dreißig war, Lachfältchen und kurzes silbergraues Haar hatte und einer Vorliebe für Latzhosen und weite Pullover. Ed war sie vorher mehr wegen ihrer dröhnenden Stimme und ihres Geruchs aufgefallen, der ihn an Esoterikläden erinnerte, in denen den ganzen Tag Räucherstäbchen brannten und man billige indonesische Geschenke für Menschen erstand, von denen man hoffte, dass sie nicht ebenfalls dort einkauften.

»Okay«, rief sie jetzt. »Lasst uns das noch mal machen. Und dieses Mal bedrohlicher, Mr. Gloop. Weißt du, was ich meine? Zeig diesem Orka, mit wem er es zu tun hat. Ja! Genau so. Auf geht's. Alle auf Position, bitte. Julia, bist du da hinten so weit?«

Julia firmierte als Regieassistentin und versuchte irgendwo hinter den teilweise bemalten Kulissen ihre Truppen auf Vordermann zu bringen. Sie rief, dass sie so weit sei, wobei Ed einen

Hauch von unterdrückter Verzweiflung in ihrer Stimme zu hören glaubte.

»Okay, Maestro!«, rief Kay.

Ed saß am Klavier, das bis auf ein paar Soundeffekte vom Band die einzige Begleitung war. Ursprünglich hatte er ein kleines Orchester zusammenstellen wollen, doch er und Kay hatten rasch eingesehen, dass es auch so schon genug Komplikationen gab. Zwei Wochen vor der Premiere bestand nun zumindest die Hoffnung, eine Katastrophe zu vermeiden, solange er es nur schaffte, wach zu bleiben.

Die Produktion hatte mehr Arbeit erfordert, als Ed dachte, und seit er zur Dialyse ging, schien er einfach nicht mehr dieselbe Ausdauer zu haben wie früher. Vielleicht wurde er auch nur alt. Er atmete tief durch.

»Okay, noch einmal!«, rief er. »Gloop und die Holzfäller, von oben.« Und sie legten munter los.

Ed ging jetzt seit zwei Jahren zur Dialyse. Sein jährlicher Diabetescheck hatte anormal hohe Werte für Kalium und Proteinabfallprodukte ergeben. Seine Nieren reinigten sein Blut nicht mehr ausreichend. Deshalb musste er jetzt dreimal die Woche vormittags nach Missoula gebracht werden, wo er an eine Maschine angeschlossen wurde, die den Job für ihn erledigte. Heute Morgen war er wieder vier Stunden dort gewesen, in denen er viele bessere und nützlichere Dinge zu tun gehabt hätte.

Die Dialysestation war im Erdgeschoss des St. Patrick Hospital untergebracht und bestand in der Hauptsache aus einem großen Raum, in dem kreisförmig dreizehn Stühle aufgestellt waren, jeder mit einem eigenen Dialysegerät und einem Fernseher mit Kopfhörer. Seifenopern im Vormittagsprogramm waren nie Eds Spezialität gewesen, selbst als er die Bilder noch sehen konnte, weshalb er immer etwas zu arbeiten oder eine Kassette mitnahm, während er an der Maschine hing. Die Schwestern, die den Betrieb überwachten, waren alle sehr nett, und er kannte sie mittlerweile so gut, dass er sie ein wenig necken durfte.

Er nannte sie die Bräute Draculas und hatte sie heute Morgen sogar dazu gebracht, einen Song aus dem Stück zu singen, das sie in der Schule probten. Doch bei allem Spaß hasste Ed die ganze Prozedur.

Er hatte nie zu den Diabetikern gehört, die sich ständig Sorgen machten und sich selbst kontrollierten. Ganz im Gegenteil, sein Verhalten grenzte manchmal an schieren Leichtsinn, vor allem seit er mit Julia zusammen war. Sie machte sich genug Sorgen für beide, achtete darauf, dass er seine Insulininjektionen nicht vergaß, und hatte beim ersten Anzeichen von Unterzuckerung immer sofort einen Schokoriegel zur Hand. Und je älter Amy wurde, desto ähnlicher verhielt sie sich in dieser Beziehung, sodass sie ihn jetzt alle beide nervten, obwohl er es ja eigentlich sehr nett und aufmerksam fand.

Die Probe verlief alles in allem gut. Angefeuert von Kay Neumark offenbarte Mr. Gloop bis dato verborgenes Starpotenzial, und alle gingen frohen Mutes nach Hause. Auf der Heimfahrt berichtete Amy von einem Drama, das sich hinter den Kulissen abgespielt hatte. Bei einer der Elfen war offenbar etwas in die Hose gegangen, woraufhin das oberste Streifenhörnchen etwas Gemeines gesagt hatte, sodass beide schließlich handgreiflich geworden waren.

Ed hörte nur mit halbem Ohr zu, und Julia, die gelernt hatte, auf alle seine Stimmungen zu achten, fragte sofort, ob er sich nicht wohl fühlte. Er brummte, sie solle nicht so ein Theater machen, er sei nur ein wenig müde. Dann schloss er die Augen, lehnte den Kopf an die Kopfstütze und dachte an die Show, deren Melodie ihm noch immer durch den Kopf ging.

Es war eine Ironie des Schicksals, dass ihn seine großen Träume ausgerechnet hierher geführt hatten. Vor zehn Jahren war noch alles so klar gewesen. Ohne jeden Zweifel an seinem Talent hatte er seine Karriere vorausgeplant. Den Beginn würden kleinere Off-Broadway-Produktionen machen, musikalische Juwelen, die hymnische Kritiken bekamen; dann sollte der

Broadway selbst folgen und später Hollywood – nein, nicht bloß Filmmusiken wollte er schreiben, sondern etwas viel Ambitionierteres: Er würde das Filmmusical für eine Generation komplett neu erfinden. Und nun war er fast sechsunddreißig, ein blinder Klavierlehrer in einem Westernstädtchen, der sich für die Weihnachtsaufführung der Grundschule seiner Tochter abrackerte.

Überraschenderweise war er deshalb nicht verbittert, sondern empfand schlimmstenfalls ein mildes Bedauern. Wenn er sich auf Anzeichen von Selbstmitleid überprüfte, was er regelmäßig tat, fand er keine. Alle – na ja, vielleicht nicht alle, aber doch sehr viele Menschen – hatten Rosinen im Kopf, wenn sie jung waren. Und dann wurden sie älter, landeten in der Realität und gaben sich mit weniger zufrieden. Vielleicht entdeckten sie auch nur, dass es andere Dinge im Leben gab, die wichtiger waren. Und nach allem, was Ed so hörte, waren die, die es bis ganz nach oben schafften, in der Regel auch nicht glücklicher. Reicher natürlich, aber nicht glücklicher.

Als besonders ironisch empfand er die Tatsache, dass von ihnen beiden am Ende Connor berühmt geworden war. Neulich hatte Julia gelesen, dass er gerade einen bedeutenden Preis für Fotojournalismus erhalten hatte und seine Bilder demnächst in einer schicken New Yorker Galerie ausgestellt werden sollten. Dabei hatte Ed ihn nie ehrgeizig erlebt. Immer war es Ed gewesen, der von seinen großen Zielen tönte, während Connor lächelnd dabeigesessen und ihn in seinen Träumen bestärkt hatte. Aber Ed war nicht neidisch, nur ein wenig beschämt.

Er vermisste Connor. Nie hatte ihm ein Freund so nahe gestanden. Wenn er diesem Gedanken nachhing, machte ihn das zutiefst deprimiert.

Anfangs war er wütend gewesen, bis ihm Julia vor drei Jahren erklärt hatte, was ihrer Ansicht nach der Grund für die Entfremdung zwischen ihm und Connor war. Ed hatte ihm einen langen Brief an seine Agentur geschickt, indem er sich für sein Benehmen bei der Taufe entschuldigte. Connor hatte nie darauf geantwortet. Eine Weile glaube Ed, der Brief sei verloren gegangen, und er spielte mit dem Gedanken, noch einmal zu schreiben, ließ es dann aber bleiben. Vielleicht war es ja am besten so. In dem Brief hatte Ed seine Eifersucht nicht offen eingestanden, aber je länger er darüber nachdachte, desto sicherer war er, dass Connor sie bemerkt hatte. Ed hasste sich für seine Gefühle. Sie waren unvernünftig, undankbar und vor allem so erniedrigend. Die bittere Wahrheit war, dass Ed fürchtete, Connor könnte mehr Amys Vater sein als er selbst, und dass Julia vielleicht genauso empfand. Wenn Connor in den vergangenen Jahren mehr präsent gewesen wäre, hätte sich diese Paranoia zweifelsohne fortgesetzt und Ed noch verkrampfter und missgünstiger gemacht. Diese Erkenntnis stimmte ihn traurig, aber so hatte die Entfremdung vielleicht doch ihren Sinn.

Was für ein schöner Schlamassel, wie Grandma Tully zu sagen pflegte. Doch so war das Leben. Kurz und beschissen, und am Ende starb man. Welche tiefe philosophische Einsicht. Er hörte Julia und Amy schwatzen, war jedoch zu müde, sich auf ihre Worte zu konzentrieren.

Der arme alte Connor. Ob der Erfolg ihn glücklich machte? Irgendwie bezweifelte er das. Wie konnte jemand bei dieser Arbeit glücklich sein? Vielleicht sollten sie alle nach New York fliegen, unangekündigt zur Eröffnung seiner Ausstellung erscheinen und den großen Fotografen überraschen. Er könnte die Bilder als Blinder kritisieren; wunderbare Textur. Es ist, als ob man die Leichen riechen könnte, stimmt's? Das ist übrigens deine Patentochter. Ist sie nicht groß geworden?

Der arme alte Connor. Er vermisste ihn so. Was für ein Chaos. Was für ein schöner Schlamassel. Was für ein beschissenes Tohuwabohu.

22

Connor bat den Taxifahrer, gegenüber der Galerie zu halten, und reichte ihm das Geld durch den Schlitz in der Sicherheitsscheibe. Der Fahrer war ein Nigerianer, der sich in einen langen Schal eingehüllt hatte und dazu Handschuhe und eine Wollmütze mit Ohrklappen trug, die aussahen wie die Ohren eines Cockerspaniels. Auf der Fahrt nach SoHo durch Kälte, Nebel und den grauen Schneematsch hatte er vom Leben in New York geschwärmt. Connor war nur einmal in Lagos gewesen, und es hatte ihm nicht besonders gefallen, doch an einem Abend wie diesem wüsste er sofort, in welcher der beiden Städte er lieber wäre. Er ließ dem Fahrer das Wechselgeld, wünschte ihm Glück und stieg aus.

Die Straße war eng. Die Gebäude zu beiden Seiten ragten hoch auf und schienen sich wie die Wände einer Gletscherspalte nach innen zu neigen. Er stand frierend da, schlug seinen Kragen hoch und betrachtete die großen Glasfenster der Galerie gegenüber, durch die das Licht auf die schmutzigen Schneehaufen auf dem Bürgersteig fiel. Drinnen hielten sich etwa zwanzig bis dreißig Personen auf, die Sekt schlürften und plauderten. Zwei oder drei betrachteten sogar seine Fotos.

Er war eine Stunde zu spät und wäre beinahe gar nicht gekommen. Warum er sich überhaupt dazu hatte überreden lassen, wusste er auch nicht mehr. Eloise, die Galeristin, war eine Freundin seines Chefredakteurs, des guten alten Harry Turney, und wer wem einen Gefallen tat, war schwer zu sagen. Eloise hatte massenhaft hochkarätige Kontakte zu den Medien, und einige dieser Persönlichkeiten sollten heute Abend ebenfalls zugegen sein. Sogar ein Fernsehteam der Kultursendung eines Kabelkanals, den Connor nicht kannte, wollte kommen.

Er ahnte bereits, was ihn erwartete. Vor einiger Zeit hatte Eloise ein Interview mit einem Hochglanzmagazin arrangiert, das angeblich engagiert über Fotografie berichtete. Der Herausgeber war – wie könnte es anders sein – ein guter Freund von ihr.

»Glaub mir, Darling«, sagte sie. »Es ist wie *Life*, nur kritischer. Man sieht dich als den neuen Robert Capa. Wahrscheinlich kriegst du die Titelseite.«

Die junge Frau, die ihn interviewte, sah aus, als wäre sie ungefähr siebzehn, und hatte weder von Robert Capa noch von *Life* gehört. Sie fragte ihn, ob er auch Prominente fotografierte, und schien jedes Interesse zu verlieren, als er die Frage verneinte. Die Zeitschrift war heute erschienen, und Connor war nicht auf dem Titel. Stattdessen grinste ein junger Mann mit schwarzem Hemd und einer Reihe von Canons um den Hals selbstgefällig vom Cover. *Dino Tornari: Schnappschüsse vom Schlachtfeld*, lautete die Titelzeile.

Connor war fasziniert. Er kannte die meisten Kriegsfotografen, hatte von dem Mann jedoch nie gehört. Als er die Zeitschrift aufschlug, stellte er fest, dass das fragliche Schlachtfeld vor den Türen diverser schicker Clubs und Restaurants in Manhattan lag, wo Dino, der »unbestrittene König der Paparazzi«, auf der Lauer lag, um indiskrete Bilder von den Reichen und Berühmten zu schießen, und dafür regelmäßig Prügel bezog.

Der Artikel über Connor war weiter hinten abgedruckt und auf sechs Absätze zusammengekürzt, von denen jeder einen Fehler enthielt. Irgendwo hatte man ein altes Bild von ihm mit einem Cowboyhut aufgetrieben, dazu war von seiner »Marlboro-Mann-Optik« und seinen »schrecklichen Bildern aus dem Herzen der Finsternis« die Rede. Das Einzige seiner Fotos, das sie gebracht hatten, war das eines Stammesangehörigen der Dayak aus Borneo. Die Bildunterschrift bezeichnete den Mann als Kopfjäger aus Ruanda, was jedoch niemanden juckte, weil das Bild so klein und schlecht reproduziert war, dass nicht einmal die eigene Mutter den Mann wiedererkannt hätte.

Das war Connors erster Vorgeschmack darauf, was einen erwartete, wenn man selbst zum Objekt medialer Aufmerksamkeit wurde, und nun sollte er wider besseren Wissens einen zweiten bekommen. Er holte tief Luft und überquerte die Straße.

Eloise Martin war eine jener New Yorker Frauen, die, stets schwarz gekleidet, so schlank, schick und spitz waren, dass man Angst hatte, sich beim bloßen Hinsehen blaue Flecken zu holen. Harry Turney wusste aus verlässlicher Quelle, dass sie schon auf die sechzig zuging, was man jedoch ohne diese Insiderinformation nie vermutet hätte. Ihre Augen waren geschminkt wie die eines Jazzfans aus den Fünfzigerjahren. Ihr Haar hatte sie zu einem makellosen Bob gestutzt, den sie beim Lachen gern und häufig hin und her warf. Harry sagte, sie würde sich in einem Zustand permanenter Renovierung befinden, gleichsam ein nie vollendetes Kunstwerk, an dem jedes Frühjahr in Rio intensiv gearbeitet wurde. Ihr mit Aktien handelnder Ehemann hatte einmal verlauten lassen, er hätte jedes Mal Probleme, sie wiederzuerkennen, wenn er sie hinterher am Flughafen abholte, sodass sie immer ein Schild mit ihrem Namen hochhalten musste. Ihre übrige Zeit widmete Eloise zu gleichen Teilen der Kunst und der Wohltätigkeit.

Connors Ausstellung fiel Gott sei Dank in die zweite Kategorie. Etliche der Bilder stammten von seiner jüngsten Reise in den Norden Ugandas, wo er zwei Wochen in St. Mary of the Angels verbracht hatte, einem Rehabilitationszentrum für Kinder. Er war schon mehrmals dort gewesen und schickte regelmäßig Geld. Auch der Erlös der bei der Ausstellung verkauften Bilder sollte an das Zentrum fließen.

Eloise kam auf ihn zu und begrüßte ihn, während er noch seinen Mantel an der Garderobe abgab.

»Connor, Darling, Sie ungezogener Junge. Hier sind so viele

Leute, die Sie unbedingt kennen lernen wollen. Das Fernsehteam musste schon wieder weg, aber sie haben gesagt, sie würden noch mal kommen.«

»Tut mir Leid, der Verkehr war grauenhaft.«

»Natürlich. Trinken Sie ein Glas, damit Sie in Schwung kommen. Sind die Bilder nicht phantastisch?«

»Ja, das haben Sie toll hingekriegt.«

Sie winkte einen Kellner heran. Connor nahm ein Glas und trank es in einem Zug fast leer. Plötzlich bemerkte er, dass alle ihn anstarrten, und ermahnte sich, ruhig zu bleiben. Er fühlte sich, als wäre er soeben auf seiner eigenen Beerdigung aufgekreuzt. Eloise verschwand, um »jemand Wichtigen« zu suchen, den er unbedingt kennen lernen müsse. Sein Mut sank weiter. Harry trat neben ihn und legte tröstend eine Hand auf seine Schulter.

»Keine Sorge«, sagte er, »du musst nicht lange bleiben.«

Eloise kam mit einer hoch gewachsenen, schlanken Frau zurück, die so atemberaubend schön war, dass Connor bei Eloises Vorstellung nur ihren Vornamen mitbekam, Beatrice, und dass sie für *Vanity Fair* arbeitete. Eloise ging mit Harry weg und warf Connor dabei einen Blick zu, der ihn ermahnen sollte, einen guten Eindruck zu machen.

Beatrice schien ebenso wenig Talent für Smalltalk zu haben wie er, sodass ihr Gespräch eine Zeit lang recht einsilbig blieb. Connor wartete darauf, dass sie ihn fragte, ob er auch Prominente aufnahm. Stattdessen wollte sie wissen, welche Fotografie er am meisten bewunderte. Sie schien das Werk jedes Einzelnen zu kennen. Sie hatte die meisten von Connors Helden persönlich getroffen und über sie geschrieben, Leute wie Don McCullin, aber auch die Älteren wie Eve Arnold und Henri Cartier-Bresson.

Sie bat ihn, sie durch seine Ausstellung zu führen, was er jetzt, da er über ihr Fachwissen informiert war, lieber vermieden hätte. Es war ihm schon schwer genug gefallen, die Fotografien auszuwählen und zu vergrößern, und so fand er es gut, dass Eloise die Hängung übernahm. Die Aufnahmen deckten so ziemlich seine gesamte Karriere ab und waren chronologisch geordnet, beginnend mit dem Bild von Eds Silhouette vor dem Feuer im Yellowstone Park. Auch das Bild von dem Elch mit dem brennenden Geweih war darunter, das Julia einst so erschreckt hatte. Beatrice stand lange schweigend davor.

»Hat er überlebt?«, fragte sie schließlich.

Connor zuckte die Achseln. »Keine Ahnung. Er war auf einmal da und dann gleich wieder weg.«

»Sie waren also ein Firefighter.«

»Ein Feuerspringer.«

Sie nickte, als würde das etwas erklären, und ging weiter. Manchmal blieb sie stehen und stellte eine Frage, doch meist betrachtete sie nur stumm die Bilder.

Ihr durch die Ausstellung zu folgen, war, als würde er eine Reise durch sein eigenes Leben machen und es erstmals mit klarem Blick sehen. Als er von einem Foto zum anderen ging und den Schmerz, den Verlust und das Entsetzen in den Augen derer las, denen er gegenübergestanden hatte, stieg Kummer in ihm auf. Die Frauen, die in den blühenden Obstbäumen hingen; das kleine Mädchen, das sich in der Straße der Heckenschützen weinend über die Leiche seiner Mutter beugte; der zum Skelett abgemagerte ruandische Junge mit den großen Augen, der sich zwei Wochen unter Leichen versteckt hatte; ein Geier, der auf einer Christusstatue mit ausgebreiteten Armen hockte; der eiskalte Blick des blutrünstigen Bürgermeisters Emmanuel Kabugi; ein junger liberianischer Rebell, der gefesselt vor seinen Henkern kniete. Ein Gesicht nach dem anderen zog stumm an Connor vorüber.

Schließlich kamen sie zum letzten Bild. Es zeigte Thomas, eins der Kinder, die Connor in St. Mary of the Angels aufgenommen hatte. Zusammen mit seinem Zwillingsbruder war er im Alter von zehn Jahren von Rebellen entführt worden, die sich Krieger Gottes nannten. Etliche Monate später war Thomas entweder die Flucht gelungen, oder man hatte ihn zum Sterben zurückgelassen. Eine Grenzpatrouille der Regierung hatte ihn aufgegriffen, als er ziellos durch den Busch irrte. Er war völlig ausgetrocknet, bis auf die Knochen abgemagert und unfähig, ein Wort herauszubringen.

Connor verharrte lange vor dem Bild und starrte es an und durch es hindurch auf die Vision seiner selbst, die hier und in allen seinen Bildern steckte. Irgendetwas schien sich in seiner Brust auszudehnen und seine Lunge zuammenzupressen, sodass er nur mühsam Luft bekam. Er schwankte, und seine Schultern begannen zu zittern.

»Wonach haben Sie gesucht?«

Er drehte sich um und sah, dass Beatrice das Bild ebenfalls anstarrte, als hätte sie die Frage an den Jungen gerichtet. Connor schluckte. Er wusste nicht, ob er seiner eigenen Stimme trauen konnte.

»In diesem Bild, meinen Sie?«

»In allen.«

»Hoffnung.«

Er war selbst schockiert, sich das sagen zu hören. Ihm war seltsam zu Mute, und er konnte gar nicht mehr aufhören zu zittern. Beatrice sah ihn an und dachte über seine Antwort nach. Er zuckte die Achseln. »Vielleicht auch nicht. Wer weiß? Also, ich glaube nicht, dass ich nach etwas suche.«

»O doch. Das glaube ich schon. Aber es ist nicht Hoffnung.«

»Nicht? Nun, da kann man mal sehen.«

Connor lachte gezwungen, doch es klang hohl. Wurde er krank? Er hatte den ganzen Tag nichts gegessen. Vielleicht war es der Sekt auf leeren Magen. Wie kam sie überhaupt dazu, ihm eine solche Frage zu stellen? Sie kannte ihn doch erst seit zehn Minuten. Doch er wollte unbedingt wissen, was sie dachte.

»Okay, wonach suche ich denn?«, fragte er scharf.

Sie sah ihn eine Weile an, erkannte seine Verärgerung und lächelte höflich.

»Entschuldigen Sie. Es geht mich nichts an.«

»Nein, bitte. Da Sie ja all diese berühmten Fotografen kennen und offenbar auch genau wissen, wie sie ticken, würden Sie mir einen Gefallen tun. Also, sagen Sie es mir. Wonach suche ich?«

Sie runzelte die Stirn. »Warum sind Sie so aggressiv?«

»Sagen Sie's mir einfach, verdammt noch mal!«

Aus dem Augenwinkel sah er, wie sich die Leute zu ihnen umdrehten. Beatrice zögerte wieder und sagte dann leise: »Ich glaube, Sie suchen nach einem Spiegel Ihrer eigenen Traurigkeit.«

Connor starrte sie an und nickte.

»Tja, also dann, vielen Dank. Jetzt weiß ich Bescheid. Beatrice, es war mir ein Vergnügen.«

Er wandte sich abrupt ab und ging wie benommen zur Tür. Er spürte, wie ihm Tränen in die Augen schossen. Mein Gott, was war bloß los? Er hörte, wie Eloise ihm etwas nachrief, doch er drehte sich nicht um, sondern wühlte an der Garderobe nach seinem Mantel.

»Connor? Wohin gehen Sie? Was ist passiert?«

»Es tut mir Leid, Eloise. Ich muss gehen. Entschuldigen Sie mich bitte.«

Er fand seinen Mantel und stürzte nach draußen, wo er gierig die kalte Luft einsog und versuchte, sich zu sammeln, indem er die Augen schloss und mit beiden Händen sein Gesicht bedeckte. Sein Herz hämmerte, und er keuchte, sodass er einen Moment glaubte, einen Herzinfarkt oder etwas Ähnliches zu erleiden. Aber nein, er war okay. Es ging ihm gut.

Er zog seinen Mantel an, vergrub die Hände in den Taschen und marschierte los.

Wie weit oder wohin er lief, wusste er nicht. Doch als er in seine Wohnung zurückkam, schimmerte hinter der Skyline der Eastside mit ihren hoch aufragenden Türmen schon ein erster Streifen Rot. Als er das Haus betrat, grüßte ihn der Portier, runzelte die Stirn und fragte ihn, ob alles in Ordnung sei, und Connor erwiderte, es ginge ihm gut, er sei nur ein wenig müde. Er nahm den Fahrstuhl in den fünften Stock.

In der Wohnung war es genauso kalt wie draußen. Die Heizung funktionierte nicht, und er hatte sich nie darum gekümmert, sie reparieren zu lassen. Er hatte die Wohnung vor sechs Jahren gekauft, bisher jedoch nur in eine mit modernster Technik ausgestattete Dunkelkammer investiert, die sich im Schlafzimmer befand. Er schlief stattdessen im Wohnzimmer, in dem sich seine komplette Ausrüstung in Koffern stapelte, sodass es eher an eine Gepäckaufbewahrung als an ein Zuhause erinnerte. Die Bodendielen waren blank, von den grauen Wänden blätterte die Farbe, und die schwarzen Jalousien vor den drei hohen Fenstern waren verstaubt und verbogen. Das Bett stand auf der einen Seite, ein großer Tisch voller Zeitungen, Fotos und alter Zeitschriften auf der anderen. Darüber hinaus verfügte die Wohnung noch über ein kleines, düsteres Bad und eine noch kleinere und dunklere Küche. Im Kühlschrank lagerten mehr Filmrollen als Lebensmittel. Die einzigen Zugeständnisse an Wohnlichkeit waren neben dem Telefon, dem Fernseher und einem durchgesessenen Sessel ein paar kleinere Läufer sowie eine Hand voll geschnitzter Figuren, die er von seinen Reisen mitgebracht hatte. Er hasste die Wohnung, und sie schien es zu spüren und seinen Hass zu erwidern.

Er knipste das Licht nicht an, sondern legte sich im Mantel auf das Bett. Sein beschlagener Atem stieg in kleinen Wölkchen auf. Er starrte ohne zu blinzeln an die Decke und betrachtete die sich widerspiegelnden, gelben und roten Lichter der Autos, die über ihn hinwegwanderten und langsam verblassten, als das Grau eines neuen Tages durch die Jalousien sickerte.

Ein Spiegel seiner eigenen Traurigkeit.

Er fragte sich, ob sie diesen Satz jedem Fotografen sagte, den sie traf, oder zumindest denen, die sich auf das Leid konzentrierten. Es war eine intelligente und doch persönliche Bemerkung, der man im Grunde nicht widersprechen konnte. Im Allgemeinen nahmen die Leute an, er führe einen persönlichen Kreuzzug für die Menschlichkeit, indem er die Saturierten und Selbstzufriedenen mit Bildern konfrontierte, die sie lieber nicht sehen wollten. Das hatte Connor früher auch geglaubt und sich eingeredet, dass Bilder noch immer etwas bewirken konnten. Und egal, wie gering diese Wirkung war, wenn wenigstens eine Person einen Scheck ausschrieb, eine Stimme abgab oder auch nur mit anderen darüber redete, dann hatte sich seine Arbeit gelohnt.

Doch das glaubte er jetzt nicht mehr. Natürlich gab es in dem, was er tat, auch ein altruistisches Element. Doch das war nur der äußere Schein, hinter dem sich rein persönliche Motive verbargen. Er hatte nur deshalb so grob auf Beatrices Bemerkung reagiert, weil sie zielsicher ins Schwarze getroffen, etwas in ihm erkannt hatte, das er gut verborgen glaubte.

Er fragte sich, ob er heute an demselben Punkt wäre, wenn er sich vor sieben Jahren nach Amys Geburt anders entschieden hätte. Dabei hatte er damals nicht das Gefühl gehabt, eine echte Wahl zu haben. Es musste einfach sein, zu ihrer aller Besten. Er erinnerte sich, dass sein Vater immer gesagt hatte, es wäre ganz leicht herauszufinden, ob etwas, was man dachte oder tat, richtig oder falsch war.

»Man nimmt einfach eine Waage und wiegt das Glück«, erklärte er. »Wenn es so aussieht, als ob es mehr Glück als Unglück verursacht, dann ist es wahrscheinlich richtig.«

Connor hatte noch lange nach dem Tod seines Vaters darüber gegrübelt und sogar einmal einen Disput mit Ed über dieses Thema gehabt. Ed hatte am College auch Philosophie belegt und ein bisschen großspurig erklärt, dass es einen Namen für das gebe, wovon Connors Vater gesprochen hatte, ja sogar eine ganze Schule oder Bewegung, die sich Utilitarismus nannte. Deren Grundprinzip besagte, dass etwas richtig war, wenn es für möglichst viele Menschen möglichst viel Glück brachte. Connor erwiderte, dass er seinen Vater, wenn er älter gewesen wäre, gern gefragt hätte, wie man das Glück wog. Schließlich hatte jeder seine eigene Vorstellung davon, wie es aussah und wie es sich anfühlte. Und was war, wenn man etwas tun wollte, das einen Menschen wahnsinnig glücklich und hundert andere nur ein ganz kleines bisschen unglücklich machte? Wäre das dann falsch oder richtig? Ed schwafelte weiter und versuchte, ihn in Widersprüche zu verwickeln, bis Connor schließlich die Geduld verlor und erklärte, die ganze Theorie wäre sowieso Mist, und er wolle nicht mehr darüber reden.

Doch genauso hatte er in Bezug auf Ed und Julia gehandelt. Er hatte die Waage ausgepackt und das Glück aller Beteiligten gewogen. Wie glücklich würden alle inklusive Amy und seiner selbst sein, wenn er sie regelmäßig besuchte, und wie glücklich, wenn er es nicht tat, sondern nur brieflich Kontakt hielt, um Amy zu versichern, dass sie ihm am Herzen lag und er an sie dachte. Und die Waagschale hatte sich deutlich und klar zu Gunsten seines Fernbleibens geneigt.

Nachdem die Entscheidung getroffen war, hätte er sich erlauben sollen weiterzuziehen. Er hatte schließlich immer geglaubt, dass das Glück eine Frage der Wahl war. Man konnte sich entweder in Selbstmitleid suhlen und sogar darin untergehen oder eben nicht. Doch er hatte die Macht der Gewohnheit unterschätzt. Denn wenn man erst einmal anfing sich zu suhlen, konnte man bald nicht mehr aufhören damit, sondern fing sogar an, es ein wenig zu genießen. Und wenn man dann dachte, dass es genug und an der Zeit war, sich aus dem Sumpf herauszuziehen, um wieder auf trockenen Boden zu gelangen, stellte man fest, dass man es nicht mehr konnte. Man war ein elender Sumpfbewohner geworden, der das Leben außerhalb vergessen hatte. Die erschreckende Wahrheit, an die Beatrice in der Galerie gerührt hatte, war die, dass Connor kein anderes Leben mehr kannte.

In den ersten zwei bis drei Jahren wollte er seinen Entschluss zigmal rückgängig machen, doch als ihn dann Eds Brief erreichte, in dem dieser sich für sein Benehmen bei der Taufe entschuldigte, war es bereits zu spät. Er hatte eine Entscheidung gefällt und würde dabeibleiben.

Die Briefe von Amy, die zwei- bis dreimal im Jahr eintrafen, kamen dem Glück immer noch am nächsten. Ihr Bild stand auf seinem Nachttisch neben dem von ihm und Julia, das sie sieben Jahre zuvor in seine Tasche gesteckt hatte. Er ließ kleine Abzüge davon machen und schweißte sie ein, damit er sie überallhin mitnehmen konnte. Auf dem Bild von ihm und Julia berührten sich ihre Gesichter beinahe, sodass jeder, der die Wahrheit nicht kannte, annehmen musste, dass sie ein Paar waren. Und er lag da, starrte es an und träumte davon, wie sie es in einer anderen, gnädigeren Welt vielleicht hätten sein können.

23

Ursprünglich hatte die Idee ganz reizvoll geklungen, und da es auch noch seine eigene war, konnte er niemandem die Schuld dafür geben. Ein paar Wochen zuvor hatte er Julia in einem der seltenen Momente, in denen er glaubte, die Aufführung wäre auf einem guten Weg, vorgeschlagen, dass sie ihre beiden Mütter zu der Aufführung einladen sollten. Ihr letzter Besuch lag schon eine Weile zurück, meinte er, Weihnachten stünde vor der Tür, und es sei schließlich Amys Debüt am Theater; außerdem hätten die beiden sich doch immer gut verstanden. In Wahrheit war es die reinste Hybris gewesen, wie Ed sich nun selbst eingestand. Er wollte, dass sie *seine* Show sahen.

Sie waren vor drei Tagen angekommen und hatten tatkräftig mitgeholfen, geputzt, gekocht, auf Amy aufgepasst, Julia sogar bei einigen Kostümänderungen in letzter Minute geholfen und Darsteller wie Requisiten von und zur Schule chauffiert. Doch der Preis dafür war weiß Gott hoch genug.

Julias Mom schien nicht einmal zum Luftholen eine Pause einzulegen. Sonst hatte er ihr fortwährendes Geplapper witzig, ja fast liebenswert gefunden, doch jetzt trieb es ihn zur Verzweiflung. Julia und Amy waren in der Schule, sodass die Gastgeberpflicht tagsüber auf ihm lastete. Maria hatte die Angewohnheit, ihn an seinem Terminal zu stören, wenn er gerade mit etwas Wichtigem und Kompliziertem beschäftigt war. Am schlimmsten jedoch fand er es, dass sie aus irgendeinem unerfindlichen Grund angefangen hatte, ihn Eddie zu nennen, ein Name, der ihn schon immer zur Weißglut brachte.

»Eddie, möchtest du eine Tasse Kaffee?«

»Nein, danke, Maria. Im Moment nicht.«

»Ganz sicher nicht?«

»Nein, wirklich nicht. Ich hatte erst vorhin eine.«

»Wie läuft die Arbeit?«

Zähne zusammenbeißen, bis drei zählen, tief einatmen. »Gut, danke, wirklich bestens.«

»Dann lasse ich dich jetzt wohl besser arbeiten.«

»Danke, Maria.«

Gütiger Gott, selbst Amy wusste, wann sie ihn in Ruhe lassen musste.

Seine eigene Mutter bekam kaum ein Wort dazwischen. Ihr Beitrag zur Konversation erschöpfte sich hauptsächlich in Bemerkungen wie *Ich weiß. Tatsächlich? Wirklich? Ehrlich?* Ed merkte, dass es sie ebenfalls anstrengte. Im Sommer, wenn sie draußen sitzen oder lange Spaziergänge hätten machen können, wäre es leichter gewesen, doch seit ihrer Ankunft hatte es praktisch ununterbrochen geschneit, sodass sie im Haus festsaßen.

Heute war wegen des Lampenfiebers alles noch schlimmer. Die Show sollte nur zweimal aufgeführt werden, und am Abend war die Premiere. Ed hoffte, dass sich, wenn sie die erste Vorstellung erst einmal hinter sich hätten, alles beruhigen, er wieder ein normales Leben führen und seine Schwiegermutter lieben würde. Im Moment saß sie auf der Couch im Wohnzimmer und erzählte seiner Mutter von der Bekannten einer Bekannten, die einmal eine Nacht mit Frank Sinatra verbracht hatte. Ed kannte die Geschichte schon und versuchte, nicht hinzuhören, was ihm nicht ganz gelang.

In dreieinhalb Stunden würde sich der Vorhang öffnen, und vorher waren noch tausend Dinge zu erledigen. Er hatte heute Morgen sogar seine Dialysesitzung ausfallen lassen. Aber das war keine große Sache. Es würde schon nichts passieren. Mediziner gingen immer auf Nummer sicher, sagte er sich. Sein Blut zweimal die Woche reinigen zu lassen, war wahrscheinlich mehr als genug. Er hoffte nur, dass Julia es nicht herausfand wie beim letzten Mal, als er geschwänzt hatte. Eine der Draculabräute von St. Patrick's hatte angerufen, als er nicht erschienen war, und Julia hatte ihm die Hölle heiß gemacht.

Um vier Uhr wollte Kay Neumark ihn abholen, und er hatte noch nicht mal die Hälfte dessen geschafft, was er sich vorgenommen hatte. Maria redete noch immer über Frank Sinatra, und Ed setzte gerade den Kopfhörer auf, um ihre Stimme auszublenden, als das Telefon klingelte. Es war Julia mit schlechten Nachrichten aus der Schule. Der oberste Holzfäller hatte die Theatertraditionen offenbar ein wenig zu wörtlich genommen, war im Schnee ausgerutscht und hatte sich ein Bein gebrochen. Kay war schon losgefahren, um Ed abzuholen, damit sie gemeinsam beraten konnten, was zu tun sei.

»Wie war die Dialyse heute Morgen?«, fragte Julia.

»Bestens.«

»Und deine Werte?«

»Julia, ich bin hier mitten in der Arbeit. Hör auf mich zu bemuttern. Mir geht es gut, okay?«

Als er auflegte, wollte Maria wissen, was passiert war, und Ed erklärte es den beiden Frauen, während er seine Sachen zusammenpackte. Er sagte, er werde ein Taxi bestellen, das sie um sechs abholen und zur Schule bringen würde.

»Das reicht hoffentlich auch, um bis dahin die Geschichte mit Frank Sinatra zu Ende zu bringen.«

Maria kicherte verlegen.

»Manchmal komme ich ganz schön ins Schwafeln, was?«, meinte sie.

Als er seine Schuhe anzog, hörte er wie Kays Wagen vorfuhr. Er steckte ein paar Schokoriegel in die Tasche, zog seinen Mantel an, nahm seinen Stock und gab beiden Müttern einen Abschiedskuss. Seine Mutter hakte sich bei ihm unter und begleitete ihn zur Tür.

»Viel Glück, mein Liebling«, flüsterte sie.

»Danke, aber ich glaube, du kannst es eher brauchen«, erwiderte er ebenfalls flüsternd.

Sie lächelte. »Sie hat ein goldenes Herz.«

»Und eine Zunge aus Titan.«

»Psst. Und denk dran, immer schön vorsichtig mit der linken Hand.«

»Aber das ganze Stück ist für zwei linke Hände.«

»Wünsch Amy viel Glück von mir!«, rief Maria ihm aus dem Wohnzimmer nach.

»Mach ich.«

»Und Julia auch!«

»Ja-a! Tschüss.«

Julia beobachtete aus der Kulisse, wie Amy sich auf der Bühne im Scheinwerferlicht die Lunge aus dem Hals und die Socken von den Füßen sang. Die Socken waren ihr genau wie das rotschwarz karierte Hemd und das übrige Kostüm des obersten Holzfällers etliche Nummern zu groß, doch was ihr an Statur fehlte, machte sie mit schierer Energie wett. Es war der große Auftritt der Holzfäller, »O bitte! O bitte! Es sind doch nur Bäume!«, und sie sang, was das Zeug hielt.

Julia wunderte sich, dass sie überhaupt eingewilligt hatte. Es war Eds Idee gewesen, absolut vernünftig und nahe liegend, weil Amy seit vier Monaten nur für die Aufführung lebte und den ganzen Text in- und auswendig konnte. Doch nachdem sie so nachdrücklich darauf bestanden hatte, ein Engel zu sein, dachte Julia, dass sie den Vorschlag entrüstet ablehnen würde.

Mit Mrs. Leitners Erlaubnis hatte sie ihre Tochter aus dem Unterricht geholt und in die Aula gebracht, wo Kay ihr vom gebrochenen Bein des obersten Holzfällers berichtete.

»Amy, außer ihm bist du die Einzige, die seinen Text kann, und deshalb haben wir uns gefragt, ob du vielleicht doch kein Engel, sondern stattdessen vielleicht der oberste Holzfäller sein möchtest?«

Amy zuckte die Achseln. »Klar.«

»Das ist mein Mädchen!«, sagte Ed begeistert.

»Kann ich trotzdem mein Engelskostüm anziehen?«

»Nein, Schätzchen«, sagte Kay. »Ich glaube, das würde nicht funktionieren.«

»Darf es dann jemand anderes tragen?«

»Auf gar keinen Fall.«

»Dann ist es gut.«

Sie hatten eine halbe Stunde geprobt und ein paar der Schritte durchgesprochen, mit denen Amy noch nicht so vertraut war, und da stand sie nun und ratterte den Text des obersten Holzfällers herunter, als hätte sie ihn seit Wochen geübt. Nie war Julia stolzer auf ihre Tochter gewesen, und dem Grinsen des am Klavier sitzenden Ed nach zu schließen ging es ihm ebenso, genau wie den beiden Großmüttern in der ersten Reihe.

Die Aula war bis auf den letzten Platz gefüllt. Etwa zweihundert Leute, schätzte Julia, und weitere, die hinter den Sitzreihen standen. Vor Beginn der Aufführung hatte Kay, die neben Ed saß, um ihm bei Bedarf Zeichen zu geben, verkündet, dass die Rolle des obersten Holzfällers heute Abend von »Miss Amy Tully« gespielt wurde, die »sich bereit erklärt hat, kurzfristig einzuspringen«. Natürlich drückte das ganze Publikum ihr die Daumen, und als sie ihren Song beendet hatte, war der Applaus frenetisch. Der Jubel wollte gar nicht mehr aufhören, sodass Ed Amy zu einer Zugabe drängte.

»Das war's«, sagte Julia zu einer der Lehrerinnen, die ihr hinter der Bühne halfen. »Damit ist das arme Kind für immer theatergeschädigt.«

Eine Stunde später war die Aufführung beendet. Und bis auf ein paar kleinere Missgeschicke war sie nach einhelliger Meinung ein triumphaler Erfolg. Amy bekam Standingovations und stand blinzelnd, grinsend und ein wenig benommen im Scheinwerferlicht. Schließlich zerrte Kay Neumark Ed auf die Bühne, und auch er wurde begeistert gefeiert.

Aus der Kulisse beobachtete Julia ihn unter Tränen und klatschte, bis ihre Hände wehtaten. Er trug ein schickes, bis zum Kragen zugeknöpftes, schwarzes Hemd und verbeugte sich lächelnd, während sich Blitzlichter in seinen dunklen Brillengläsern spiegelten. Schließlich breitete er die Arme aus, um alle ihm ebenfalls applaudierenden Mitwirkenden in den Beifall mit einzubeziehen.

Was für ein Mann, dachte Julia. Was für einen unglaublichen Mann habe ich da geheiratet.

Es war vielleicht nicht der Broadway, dachte Ed, doch es fühlte sich trotzdem gut an. Sie wollten gar nicht mehr aufhören zu klatschen. Er streckte die Arme aus, rief nach Amy, spürte ihre kleine heiße Hand in seiner, und alle jubelten noch lauter. Er beugte sich zu ihr hinunter und küsste sie.

»Mein Star«, flüsterte er.

»War ich okay?«

»Ja, du warst großartig.«

Es dauerte noch mindestens eine Stunde, bis sie überhaupt daran denken konnten, nach Hause zu fahren. Ed fürchtete, zu Tode geküsst zu werden, was vielleicht nicht die schlechteste Art wäre abzutreten. Jeder wollte ihm gratulieren. Irgendwer drückte ihm einen Blumenstrauß in die Hand, und sogar Mrs. Leitner gab ihm einen Kuss. Julias Mom freundete sich mit allen an, sodass seine Mutter sie förmlich in das Taxi zerren musste, das Ed im Voraus bestellt hatte, damit sie nach der Vorstellung nicht warten mussten.

Inzwischen war die Aula fast leer. Julia half den letzten Kindern in ihre Mäntel, während Ed und Kay am Bühnenrand saßen, Wasser aus Plastikbechern tranken und einige Details besprachen, die für die Vorstellung am nächsten Tag geändert werden mussten.

Nachdem jetzt alles vorüber war, sackte Ed sichtlich zusammen. Vor der Aufführung hatte Julia sich vergewissert, dass er seine Insulininjektion nicht vergessen hatte, und außerdem Milchshakes und Steaksandwiches bestellt. Während der Vorstellung hatte er einen dumpfen Schmerz in der Brust verspürt, der seither nicht mehr abgeklungen war. Wahrscheinlich bloß eine Magenverstimmung wegen der Zwiebelringe in den Sandwiches. Die Show hatte ihn ziemlich erschöpft, und er wusste, dass er bald etwas essen musste, denn er konnte sich nur schwer auf das Gespräch mit Kay konzentrieren. Er fand den Schokoriegel in seiner Tasche, hatte jedoch Probleme, ihn auszupacken.

»Soll ich Ihnen helfen«, fragte Kay.

»O ja, bitte. Ich hab ganz zittrige Finger.«

»Geht es Ihnen nicht gut?«

»Doch, doch, ich bin bloß ein bisschen müde.«

»Hören Sie, wir können das auch morgen Vormittag besprechen.«

»Das wäre vielleicht besser.«

Sie holte seinen Mantel, und als Ed aufstand, um ihn anzuziehen, gaben seine Knie ein wenig nach, und er schwankte leicht.

»Hoppla«, sagte Kay und stützte ihn. »Fehlt Ihnen auch wirklich nichts?«

»Nein, nein. Es war nur ein langer Tag.«

»Das kann man wohl sagen.«

»Laut und deutlich.«

Kay lachte. Als Julia und Amy kamen, fühlte er sich schon ein wenig sicherer auf den Beinen.

Draußen hatte es wieder angefangen zu schneien. Julia ließ Amy und Ed an der Tür warten, während sie den Jeep holte. Sie standen Hand in Hand auf der Treppe und verabschiedeten sich von den letzten Eltern. Der Druck in der Brust hatte noch immer nicht nachgelassen, und auch nach Verzehr des Schokoriegels war ihm weiter schwummrig. Vielleicht bekam er ja eine Grippe. Er musste nur eine Nacht durchschlafen, dann ging es ihm garantiert wieder besser.

»Daddy, deine Hände sind ganz kalt!«, sagte Amy.

»Na ja, du weißt doch – kalte Hände, warmes Herz.«
»Meine Hand ist ganz heiß. Hab ich deswegen ein kaltes Herz?«
»Nein. Anders herum funktioniert es nicht. He, du warst heute Abend wirklich ganz toll.«
»Hast du mich gehört?«
»Überhaupt nicht.«
»Hast du wohl.«
»Du hast gesungen wie ein Engel. Wie ein Holzfällerengel.«
»Komm, da ist Mami.«
Der verschneite Boden war tückisch, denn darunter befand sich Eis. Als Amy ihn ein paar Meter zum Wagen führte, rutschte er aus und wäre beinahe hingefallen. Julia stieg aus, um ihm zu helfen. Sie behandelte ihn nicht oft wie einen hilflosen Krüppel, aber wenn sie es tat, ärgerte es ihn maßlos.
»Ich brauche keine Hilfe.«
»Es ist glatt. Du wärst um ein Haar gestürzt. Ed? Sieh mich an.«
»Mir geht's gut.«
»So siehst du aber nicht aus. Was ist los? Ed, sag's mir.«
»Hör auf, mich zu bemuttern. Ich bin nur müde. Lass uns endlich fahren, damit die kleine Shirley Temple hier ins Bett kommt.«
»Wer ist Shirley Temple?«, fragte Amy.
Er wollte es ihr gerade erklären, als der dumpfe Schmerz in seiner Brust plötzlich explodierte, als hätte jemand auf ihn geschossen oder eingestochen. Er taumelte rückwärts und hörte Amy entsetzt aufschreien.

Er musste kurz das Bewusstsein verloren haben, denn als Nächstes kauerte Julia über ihm, rüttelte an seinem Revers, ohrfeigte ihn und schrie. Der Schmerz in seiner Brust war jetzt nicht mehr so schlimm. Nur ein seltsam strömendes Gefühl war zurückgeblieben. Offenbar lag er auf dem Rücken im Schnee, denn er spürte die Kälte an seinem Hinterkopf und seinen Handflächen und Schneeflocken, die feucht und weich auf seinem Gesicht landeten. Er stellte sich vor, wie sie aus dem Himmel auf ihn herabfielen, und erinnerte sich, wie er einmal abends mit seinem Vater durch einen Schneesturm gefahren war und sich beim Anblick der Schneeflocken im Scheinwerferlicht vorgestellt hatte, er würde durchs Weltall schweben. Er war wirklich verdammt müde. Der Schnee schien sich auf ihn zu legen und ihn zu begraben …

Aus weiter Ferne rief Julia ihn. Er konnte sie nur mit Mühe verstehen. Außerdem hörte er Amy weinen, während Julia sie anschrie, sie solle Hilfe holen. Dann wurde er von mehreren Händen an den Schultern gepackt und gezogen, sodass seine Füße durch den Schnee schleiften. Dabei verlor er einen seiner Schuhe, und er spürte den kalten Schnee am Fuß. Niemand schien es bemerkt zu haben, dabei waren es seine besten Schuhe. Er wollte sie darauf aufmerksam machen, hatte jedoch keine Stimme. Was machten sie mit ihm? Das ganze Getue ging ihm auf die Nerven. Er wollte nur schlafen. Wenn sie ihn einfach in Ruhe ließen, ginge es ihm gut.

Niemand musste es ihr sagen, weil Julia es schon wusste. Sie wusste, dass er tot war, bevor der Krankenwagen vor der Notaufnahme hielt und die Ärzte ihnen durch das Schneetreiben entgegeneilten. In einer Ecke des Krankenwagens zusammengekauert, hatte sie beobachtet, wie die Sanitäter sich abmühten, sein Herz wieder in Gang zu bringen, wie sie auf seine bleiche Brust pressten, ihm Spritzen gaben und sich über seinen reglosen Körper und sein unter der Sauerstoffmaske gespenstisch grau wirkendes Gesicht hinweg anbrüllten. Sie hatte von seinem Diabetes und der Dialyse berichtet und alle weiteren Fragen der Sanitäter so gut es ging mit fester Stimme beantwortet. Dabei hatte sie die ganze Zeit gebetet:

Lieber Gott, nicht noch mehr. Bitte, nicht noch mehr. Hat der arme Kerl nicht schon genug gelitten? Gib ihm eine Chance. Selbst Hiob hat am Ende Gnade gefunden.

Kay Neumark traf mit Amy ein, als sie ihn gerade durch die Tür schoben. Julia rannte ihnen entgegen, nahm das Mädchen auf den Arm, drückte es an sich und erklärte ihm idiotisch, es müsse sich keine Sorgen machen, Daddy würde schon wieder gesund werden, er würde bestimmt wieder gesund werden.

Julia wollte der Trage in die Notaufnahme folgen, doch eine der Krankenschwestern hielt sie zurück und meinte, es wäre besser, wenn sie bei Amy wartete. So saßen sie gemeinsam mit Kay und einigen Freunden im kalten Neonlicht, klammerten sich aneinander und beobachteten die grün gekleideten Gestalten, die sich hinter den Milchglasscheiben der Doppeltür, durch die man ihn geschoben hatte, hin und her bewegten.

Schließlich kam einer der Notärzte heraus und sprach mit der Schwester an der Rezeption, die mit dem Kopf auf Julia und Amy wies. Er drehte sich um und kam auf sie zu. *Wie macht man so was? Niemand hat mir gesagt, wie man so etwas macht*, dachte Julia. Sie stand auf, sagte Amy, sie solle mit Kay warten, schluckte heftig und ging dem Mann entgegen.

Er wurde an einem frostigen, klaren Dienstagmorgen vor Weihnachten begraben. Schnee hatte die Äste der Pappeln, die den Friedhof umgaben, weiß gepudert. Es kamen mehr als zweihundert Menschen, die sich im strahlenden Sonnenlicht, das durch die Fenster fiel, dicht an dicht in der kleinen weißen Holzkirche drängten. Neben der Kanzel stand ein hoher, mit Lametta und hunderten von winzigen weißen Lichtern geschmückter Weihnachtsbaum.

Eds Vater sowie seine Brüder samt Frauen waren aus Kentucky eingeflogen, außerdem hatten sich Ärzte, Schwestern, Feuerspringer, alte Freunde vom College, Schüler mit ihren Eltern und viele andere eingefunden, die Julia nicht kannte. Jeder, der ihn geliebt hatte. Bis auf Connor.

Sie hatte versucht, ihn zu erreichen, und an allen erdenklichen Orten eine Nachricht hinterlassen, in der sie ihn um Rückruf bat.

Niemand schien zu wissen, wo er sich aufhielt oder wie man Kontakt mit ihm aufnehmen konnte, nicht einmal seine Mutter, die neben Eds Eltern unter den Trauernden saß. Julia hatte die Fotoagentur angerufen und war zu einem Mann mit einer freundlichen Stimme durchgestellt worden, der ihr erklärte, dass er keine Ahnung habe, wo Connor sich befände. Er mache in letzter Zeit ein großes Geheimnis um seine Projekte. Man konnte ihn nicht erreichen, weil er sein Satellitentelefon und den Scanner nicht dabeihätte und auch über keine E-Mail-Adresse verfüge. Manchmal schickte er ein paar Filme oder meldete sich telefonisch, doch dazwischen war er oft monatelang abgetaucht.

Als Julia das hörte, spürte sie gleichzeitig Wut und Schuld in sich aufsteigen. Was war mit Connor passiert? Wie hatte sie, wie hatten sie alle miteinander zulassen können, dass es so weit gekommen war? Als der Mann sie schließlich fragte, ob sie eine Nachricht für ihn hinterlassen wolle für den Fall, dass Connor sich meldete, ließ sie ihren Gefühlen freien Lauf.

»Sagen Sie ihm einfach, sein bester Freund ist gestorben.«

Der Gottesdienst begann mit dem Lied »Stille Nacht«, Eds liebstem Weihnachtslied. Anschließend sang Amy mit dem Chor der Schule unter Leitung von Kay Neumark das Lied der Engel.

Julia betrachtete das Gesicht ihrer Tochter und bewunderte deren Kraft und Mut, die ihr selbst offenbar fehlten. Die neben ihr sitzende Linda drückte ihre Hand, während beide versuchten, nicht zu weinen, obwohl alle anderen ihren Tränen freien Lauf ließen. Julia wusste, dass sie, wenn sie erst einmal anfing, nicht wieder würde aufhören können. Es hatte schon genug Tränen gegeben, außerdem wusste sie aus Eds Brief, dass er sich ein fröhliches Fest und keine Trauerfeier gewünscht hatte.

Der Brief war vor drei Tagen von seinem Anwalt in Missoula eingetroffen. Der Anwalt erklärte, dass Ed ihn im letzten Herbst mit der Anweisung hinterlegt hätte, ihn im Fall seines Todes an sie auszuhändigen. Julia wartete, bis sie allein war, bevor sie ihn öffnete.

Meine geliebte Julia,

vielleicht kommt es dir seltsam vor, dass ich das getan habe, doch wie Forrest Gump vielleicht gesagt hätte, das Leben ist ein Tanz auf dem Seil, und man weiß nie, wann man abstürzt. Ich wollte nicht auf dem Boden aufschlagen, ohne noch ein paar Dinge zu sagen, die gesagt werden müssen. Und obwohl es sich blöd anhört, möchte ich vor allem eins sagen: Danke.

Seit jenem verregneten Abend vor so vielen Jahren, als du meinen Parkplatz – und mein Herz – gestohlen hast, habe ich nie aufgehört zu denken, was für ein unglaubliches Glück ich hatte, eine derart bemerkenswerte Frau zu treffen. All die vielen Dinge aufzulisten, für die ich dir danken muss, würde zu lange dauern, also beschränke ich mich auf die wichtigsten.

Danke, dass du meine Augen und mein Schutzengel warst, das Licht meines Lebens und die Inspiration für jeden guten Gedanken, den ich hatte. Danke, dass du die wunderbare Mutter eines wunderbaren Kindes bist. Dafür, dass du schön und liebevoll und sexy bist, so gut riechst und dich so gut anfühlst (hmm, kurze Denkpause … HMMM. Okay, Tully, das reicht!). Danke, dass du ein so großes Herz hast, dass du so großzügig, geduldig, optimistisch und voller Energie bist … wirst du schon rot? Ich hoffe doch, denn du siehst so süß aus, wenn du rot wirst.

Zusammenfassend will ich wohl einfach sagen: Danke, dass du bist, wie du bist, und mir erlaubt hast, dein Leben zu teilen.

So weit die Danksagungen.

Damit bleiben nur noch ein paar Dinge, für die ich mich entschuldigen möchte.

Es tut mir Leid, dass ich beruflich nicht das erreicht habe, was du dir vielleicht erhofft hast. Ich hatte schon alles geplant – den Palast in Hollywood Hills, im Frack mit dir am Arm zur Oscar-Verleihung schreiten, während du in irgendeiner hinreißenden Kreation von Armani wie ein Filmstar in die Kamera lächelst. Und am Ende hast du nur eine kleine Holzhütte und ein Paar ausgelatschte Wanderschuhe bekommen. Sagt ein Birkenblatt zum anderen: Ist das Leben nicht lausig?

Tut mir Leid, dass ich so eine ungeduldige, fordernde und missgelaunte Nervensäge war und immer wütend auf dich geworden bin, wenn du angefangen hast, mich zu bemuttern, obwohl du doch nur versucht hast, diesen armen, undankbaren Tropf am Leben zu erhalten. Tut mir Leid, dass ich so manisch war und so viele schlechte Witze erzählt habe, die du schon hundertmal gehört hattest, von den ganzen schrecklichen Musicalideen ganz zu schweigen – obwohl, wenn ich es mir recht überlege, war das über … nein, nein, ich scherze nur. Außerdem tut es mir Leid, dass ich nicht mehr mit dir unternehmen konnte, mehr Reisen machen, mehr Berge erklimmen, auf mehr Flüssen paddeln und mehr Hänge hinunterwedeln. Okay, unter den gegebenen Umständen haben wir immer noch viel gemacht, aber ich weiß, dass es nicht genug war.

Am meisten bedaure ich, dass ich dir nicht all die Kinder schenken konnte, die wir hätten haben sollen. Ich hatte an mindestens ein Dutzend gedacht. Na gut, nicht so viele, aber wenigstens drei oder vier. Doch vielleicht macht die Tatsache, dass ich dazu nicht in der Lage war, Amy zu einem noch einzigartigeren Menschen. (Als ob das möglich wäre!)

Und noch eins: Es tut mir Leid, dass ich dir Connor genommen habe. Ich weiß, dass du ihn geliebt hast und wahrscheinlich immer noch liebst. Ich bin vielleicht blind, aber nicht so blind. Ich wusste es immer. Ich habe mich so angestrengt, nicht eifersüchtig zu sein, aber die Eifersucht ist wie ein Terrier, der sich an deinem Knöchel festbeißt und nicht mehr abschütteln lässt. Und es tut mir Leid, dass ich nicht die Größe hatte, darüber hinwegzukommen, denn wir haben alle darunter gelitten, dass ich ihn vertrieben habe.

Wenn es nicht zu spät ist und es dich und Amy glücklich

macht, werdet ihr beide, du und Connor, euch vielleicht eines Tages wiederfinden. Meinen Segen habt ihr. Dein Glück – und Amys – ist alles, worum ich bete.

Ich liebe dich so sehr, Julia.

Ed

Mittlerweile hatte Amy fertig gesungen, und als sie zurückkam, gab Julia ihr einen Kuss und setzte sie zwischen sich und Linda, bevor sie sich alle an den Händen fassten, während der Pastor über Ed sprach. Er war ein großer Mann Mitte fünfzig, der mit seinem weißen Haar und seiner zerklüfteten Stirn an einen alttestamentarischen Propheten erinnerte. Ed hatte in der Gemeinde bisweilen musikalisch ausgeholfen, und die beiden hatten sich gut verstanden und waren sogar gemeinsam gewandert. Der Pastor pries Ed als einen der prächtigsten und mutigsten Menschen, die zu treffen er je die Ehre gehabt hätte; er habe Licht und Freude in das Leben all jener gebracht, die ihm begegnet seien.

Einer von Eds Schülern spielte ein Musikstück, das Ed für ihn zum Geburtstag komponiert hatte. Und dann war Julia an der Reihe. Man hörte nur ihre Schritte, als sie zu dem Pult im Altarraum schritt und das Blatt Papier entfaltete, das zusammen mit Eds Brief in dem Umschlag gelegen hatte.

Der Titel des Gedichts lautete: »Ich gehe in dir weiter«, und es war nicht zu erkennen, ob er es selbst verfasst oder irgendwo gefunden und abgeschrieben hatte. Stil und Tonfall klangen durchaus nach ihm, doch manche Details deuteten darauf hin, dass der Autor nicht blind gewesen war. Sie hatte sich gefragt, ob es angemessen wäre, es öffentlich vorzutragen. Doch Amy wollte es so, deshalb würde sie es versuchen. Julia hob den Kopf, blickte in die von der Sonne angestrahlten, erwartungsvollen Gesichter. Es herrschte vollkommene Stille. Sie räusperte sich und begann:

Muss ich als Erster von uns beiden sterben,
Lass Kummer deinen Himmel nicht zu lange dunkel färben.

Nicht schüchtern, aber maßvoll sollst du um mich trauern,
Kein Abschied, nur Veränderung ist zu bedauern.
Denn wie der Tod dem Leben angehört,
Bleiben die Toten in den Lebenden lebendig.
Was auf der Reise wir an Schätzen sammeln konnten,
Rätsel erforscht, Augenblicke geteilt,
Schicht auf Schicht gehorteter Zärtlichkeit,
Worüber wir weinten und sangen und lachten,
Schnee in der Sonne und Frühlingserwachen,
Die wortlose Sprache von Blick und Berührung,
Das Wissen,
Jedes Nehmen, jedes Geben,
Ist keine Blume, die bald verwelkt,
Auch kein Baum, der splittert und fällt,
Und ist nicht aus Stein,
Denn selbst ein Fels kann Wind und Regen nicht widerstehen,
Mit der Zeit muss auch der höchste Gipfel zu Sand verwehen.
Was wir waren, sind wir.
Was wir hatten, bleibt uns.
Geteiltes Gestern, ewig gegenwärtig.
Wenn also durch den Wald du wanderst, den früher wir zu zweit durchstreift,
Am Licht betupften Ufer vergeblich meinen Schatten suchst,
Wenn du wie wir auf jenem Hügel rastest, den Blick aufs weite Land,
Und, der Gewohnheit folgend, tastest nach meiner Hand,
Wenn dich, weil du nichts findest, dann Trauer überkommt,
Sei still.
Schließe die Augen.
Atme.
Lausch meinem Schritt in deinem Herzen.
Ich bin nicht fort, ich gehe in dir weiter.

24

Sie sammelten Treibholz am Strand und trugen es zu der Kuhle, die sie für das Feuer gegraben hatten. Das Holz war zumeist bar jeder Rinde und von Sonne und Salz zur Farbe von Knochen gebleicht. Einmal war Connor, als er sich nach etwas bückte, das er für einen Ast hielt, auf das Skelett eines großen Tiers gestoßen. Er hatte Kocha gefragt, was es war, und der alte Mann hatte ihm erklärt, es wäre ein Wal. Manchmal verloren sie die Orientierung und strandeten, sagte er, manchmal starben sie auch auf hoher See und wurden an Land gespült. Aber nicht ihretwegen, sondern wegen der Gerippe in Seenot geratener Matrosen werde die Gegend Skelettküste genannt.

Sie schichteten das Holz zu einem Haufen auf, zündeten das Feuer jedoch nicht an, sondern setzten sich am Fuß der großen, im Abendrot schimmernden Dünen in den Sand und beobachteten, wie die Sonne groß und rund im schiefergrauen Ozean versank. Mit der Dunkelheit kam ein kühler Wind vom Meer auf, und Kocha entzündete das Feuer, das sich gierig über das trockene Holz hermachte. Sie traten ein Stück zurück und beobachteten, wie die Flammen tanzten, kleiner wurden und Funken stiebend erneut aufloderten. Als das Feuer sich beruhigt hatte, grillten sie den von Kocha gefangenen Fisch und aßen ihn zusammen mit dem letzten Reis.

Sie kannten sich erst seit knapp einer Woche, doch es kam Connor viel länger vor. Als er in dem Wagen, den er in Kapstadt gemietet hatte, langsam nach Norden gefahren war, hatte er unterwegs gehalten, um Wasser zu besorgen. Er war nie zuvor in

Namibia gewesen, hatte jedoch schon vor langer Zeit von der Skelettküste gehört. Aus Gründen, über die er sich selbst keine Gedanken mehr machte, wollte er sie zu Fuß erreichen. Er fragte den Ladenbesitzer, ob er ihm einen Führer empfehlen konnte, und der Mann sagte, er kenne jemanden und Connor solle am nächsten Tag wiederkommen.

Am folgenden Morgen hatte ihn Kocha bei Anbruch der Dämmerung mit einem kleinen Rucksack und einem uralten Lee-Enfield-Gewehr erwartet. Er war nur knapp einen Meter fünfzig groß und trug ein zerfetztes Khakihemd und eine Hose, die um seine vogelartige Gestalt schlackerte. Er hatte dünnes graues Haar und ein Gesicht wie eine verwitterte Walnuss, in dem seine Augen verschwanden, wenn er lächelte. Er schüttelte Connors Hand und sah ihn lange an, bevor er nickte – so als hätte er irgendetwas erkannt. Als Connor im Laden Vorräte kaufte, erzählte der Besitzer, dass Kocha ein Buschmann sei, der vor vielen Jahren als Fährtenleser für weiße Jäger gearbeitet hatte. Sein Englisch sei gut, versicherte ihm der Händler, und niemand kenne das Land besser.

Er fuhr sie mit seinem Transporter in die Wüste, setzte sie am Rand eines tiefen, sattgrünen Tals ab, wünschte ihnen Glück und machte sich auf den Heimweg. Sie beobachteten, wie sich die von seinem Wagen aufgewirbelte rote Staubwolke langsam im Licht der aufgehenden Sonne verflüchtigte, während sich eine tiefe Stille über sie breitete.

Die Kühle der Dämmerung war verflogen, und als die Sonne höher stieg, begann sich die sich bis zum Horizont erstreckende rote Kiesebene in Luftspiegelungen aufzulösen. Doch unten im Tal hing noch der Dunst in den Bäumen, als Kocha sein Gewehr mit dem ausgefransten, gewebten Band schulterte, sie ihre Rucksäcke aufnahmen und den Abstieg begannen.

Das Tal schlängelte sich so weit das Auge reichte als ein breites grünes Band nach Westen. Kocha erklärte ihm, dass es den Verlauf eines unterirdischen Flusses nachzeichnete, der viele

Meilen weiter östlich im Hochland entsprang und sich unter einer Schicht aus Gips und flechtenbedecktem Kies verbarg. Hier und da sprudelte er, wie um sich zu vergewissern, dass er noch auf dem richtigen Weg war, zwischen Bäumen und Sträuchern kühn an die Oberfläche und plätscherte ein paar hundert Meter klar und kalt über rostbraune Felsbänke, um dann erneut im Sand zu verschwinden.

Im Tal dieses unsichtbaren Flusses lebten zahlreiche Tiere. In den folgenden Tagen und Nächten sahen sie Kudus und Gämsantilopen, Giraffen und Zebras. Als sie am dritten Tag ihr Lager aufschlugen, hörte Kocha ein Geräusch und rief Connor leise. Sie schlichen im Schutz der Bäume in den Windschatten einiger Felsen und beobachteten eine kleine Herde Elefanten, die sich an einem Wasserloch labten und gegenseitig mit Wasser bespritzten.

Manchmal sahen sie nach Einbruch der Dunkelheit an ihrem Lagerfeuer sitzend Hyänen durch die Dunkelheit streifen, deren Augen im Licht des Feuers gespenstisch leuchteten. Einmal hörten sie auch das heisere Brüllen eines Leoparden und fanden am Morgen seine Spuren, die ihr Lager in nicht einmal zwanzig Meter Entfernung umkreisten. Kocha, der mit dem Gewehr an seiner Seite geschlafen hatte, sagte, er hätte das Tier bemerkt, ihm in die Augen geblickt und gewusst, dass es ihnen nichts Böses wollte.

Der alte Mann kannte den Namen eines jeden Tiers, eines jeden Vogels, eines jeden Insekts und einer jeden Pflanze, manchmal nur den, den die Buschmänner ihnen gegeben hatten. Die Sprache seines Volkes klang anders als jede andere, die Connor je gehört hatte, mit seltsamen klackenden Lauten, die er vergeblich nachzuahmen versuchte. Kocha lehrte ihn viele Dinge darüber, wie die einheimischen Tiere die Hitze und Trockenheit überlebten. So benetzte das Flughuhn seine Federn mit Wasser und flog viele Meilen, um seine Jungen zu tränken. Der Dünenkäfer stand stundenlang aufrecht, damit der Dunst auf seinem Rücken kondensierte, und tanzte dann, bis der Tropfen in seinen Mund floss.

Kocha zeigte Connor, wie man Wasser in den Knollen von Pflanzen und in geheimen Brunnen unter der ausgetrockneten Erde aufspürte, aus denen man durch lange, hohle Grashalme trank.

Wenn sie abends am Feuer saßen, bat Connor den Buschmann, einige der Sagen seines Volkes zu erzählen. Von Kaang, dem Schöpfer, der häufig die Gestalt einer Gottesanbeterin annahm und den Mond erschaffen hatte, in dem er einen alten Schuh in den Himmel warf; von der Milchstraße, die aus der Asche eines Feuers entstanden war, das dorthin geschleudert wurde, um den Jägern heimzuleuchten. Von der einstigen Freundschaft zwischen den Menschen und allen Tieren, die auch die Sprache der Menschen verstehen konnten, bis sie durch das Feuer erschreckt, mit Taubheit geschlagen worden und geflüchtet waren.

Connor spürte, dass ihm eine Lektion erteilt werden sollte, doch er wusste noch nicht, welche.

Er war seit vielen Monaten unterwegs. Bei seiner Flucht aus New York hatte er sich dem Wahnsinn näher gefühlt als je zuvor. Vollkommen planlos, getrieben von dem Drang, der Stadt zu entkommen, war er aufgebrochen, ohne zu wissen, wovor er floh. Er wusste nur, dass es irgendwas mit dem zu tun hatte, was diese Beatrice an jenem Abend in der Galerie zu ihm und über das Bild gesagt hatte. Nur weil es am weitesten entfernt lag, war er zunächst nach Australien geflogen und von dort in einem großen Bogen nordwestlich gereist, durch Südostasien und Indien und schließlich per Schiff über den Indischen Ozean zurück zu dem Kontinent, der ihn am meisten anzog, nach Afrika.

Er lebte einfach, schlief, wann immer er konnte, unter freiem Himmel und reiste ausschließlich an Orte, an denen er nie zuvor gewesen war. Weder suchte er Gesellschaft, noch mied er sie bewusst, außer die von Menschen, die lauthals eine Meinung verkündeten. Es kam ihm fast unheimlich vor, doch immer wieder stieß er auf Menschen wie Kocha, die auf eine ursprüngliche Art mit ihrem Land verbunden waren.

Was diese Begegnungen und die Reise überhaupt bewirkt hatten, wusste Connor nicht zu sagen, obwohl er spürte, dass sie ihn veränderten. Man sah es in seinem Gesicht und an seiner Gestalt. Er war dünn und mager geworden, sein Haar lang, verfilzt und von der Sonne fast weiß gebleicht. Seine sonnenverbrannte Haut spannte über seinen Wangenknochen, und die hellblauen Augen darüber sahen ihn an wie die eines Fremden. Vielleicht hätte ihn das irritieren sollen, doch das tat es nicht. Denn es passte zu der inneren Verwandlung, dem Gefühl, dass er von einem dunklen organischen Bedürfnis gereinigt wurde, das jahrelang in ihm gehaust und sich von ihm genährt hatte. An seine Stelle war nun ein leerer Raum getreten, und auch wenn das Gewebe dort noch wund und empfindlich war, wusste er, dass es heilte. Natürlich gab es immer noch Zeiten, in denen das Grauen, das er gesehen hatte, ihn heimsuchte, und der Verlust der Menschen, die er geliebt hatte, schmerzte. Doch diese Gefühle waren wie Wolken, die vorüberzogen.

Bei seinem Aufbruch aus New York hatte er nur eine kleine Tasche mit Kameras mitgenommen, die er trotz der außergewöhnlichen Dinge, die er sah, nur selten öffnete. Er hatte kein einziges Mal das Gesicht eines anderen Menschen fotografiert.

Wie viel Kocha von seiner inneren Reise spürte, wusste Connor nicht. Sie lebten von Augenblick zu Augenblick und sprachen kaum über die Vergangenheit oder ihr Privatleben. Kocha erwähnte einmal eine lange verstorbene Ehefrau und ihre zahlreichen Kinder, die jetzt irgendwo im Osten lebten. Connor zeigte ihm die kleinen eingeschweißten Fotos von Julia und Amy, ohne ins Detail zu gehen. Trotzdem vermutete er, dass der alte Mann, auch ohne dass man sie ihm anvertraute, viele Wahrheiten kannte.

Zwei Tage zuvor hatte Kocha ihn noch vor Anbruch des Tages geweckt und ihn aus dem Tal hinausgeführt. Er gab keinen Grund an, und Connor fragte auch nicht. In dem kalten, sich langsam über der Hochebene ausbreitenden Licht wanderten sie auf einen großen zerklüfteten Felsen zu, der sich wie eine uralte Zitadelle über der Landschaft erhob. Als sie ihn nach einer Stunde erreichten, hatte die aufgehende Sonne seine Seiten in flammend rotes Licht getaucht. Von seinen Zinnen erhoben sich lautlos zwei schwarze Adler, und Connor ahnte, dass ihm ein Geheimnis offenbart werden sollte.

Eine weitere Stunde waren sie durch enge, gewundene Gräben marschiert. Der letzte war steil und tückisch, doch dahinter öffnete sich der Berg unvermittelt, und sie fanden sich in einer runden Felskammer wieder, deren eine Hälfte im Schatten lag, während die andere wie geschmolzenes Eisen in der gleißenden Sonne glühte.

Die Wände waren drei bis vier Meter hoch, der Boden mit Geröll bedeckt. Connor vermutete, dass es sich um eine ehemalige Höhle handelte, deren Dach eingestürzt war. Man hörte nur Kochas schweren Atem. Er hob den Arm und wies auf die Wände, und einen Moment lang begriff Connor nicht, was er wollte. Er schirmte die Augen gegen die Sonne ab und trat einen Schritt näher.

Dann sah er es. Die Wände waren mit schwarz-rot-weißen Zeichnungen bedeckt. Er erkannte Tiere: Elefanten, Giraffen und Zebras, die von Löwen, Geparden und Leoparden sowie von Menschen mit Pfeil und Bogen gejagt wurden. Die Gestalten waren durch Muster und Symbole miteinander verbunden. Er fragte Kocha, was sie zu bedeuten hätten, und der alte Mann erklärte, dass es sich um jahrhundertealte Karten der Wüste von den Orten handelte, wo verschiedene Tier- und Pflanzenarten, Flüsse, Wasserstellen und längst im Sand versunkene Landmarken zu finden waren.

Connor schritt mit wachsendem Staunen den Kreis der Wände ab. Die Sonne stand jetzt in seinem Rücken, und sein Schatten bewegte sich langsam über die bemalten Felsen, wie ein Vorhang, der stetig neue Wunder enthüllte. Genau an der Grenze zwischen Sonne und Schatten sah er schließlich ein Bild, das sein

Herz stocken ließ und ihm einen kalten Schauer über den Rücken jagte.

Es war die Darstellung eines Feuers, ein Hain mit brennenden Bäumen und Büschen und davor, als sei es gerade aus den Flammen getreten, ein gehörntes Tier. Bestimmt sollte es eine große Antilope oder einen Kudu darstellen. Doch es hätte ebenso gut ein Elch sein können, dessen Geweih und Fell in Flammen standen.

Connor starrte das Bild ungläubig an. Er wollte Kocha danach fragen, doch es dauerte eine Weile, bis er die Worte fand.

»Weißt du, was das ist?«, brachte er schließlich hervor.

Kocha antwortete in seiner eigenen Sprache, ein einzelnes Wort. Dann fuhr er fort: »Ihr würdet es vielleicht den Geist der Flammen nennen.«

»Ist es ein guter oder ein böser Geist?«

»Er ist weder gut noch böse. Er ist wie das Feuer selbst. Mein Volk hat eine Geschichte, die ich dir erzählen werde. Doch jetzt wird es heiß, und wir müssen zurück ins schattige Tal.«

Entgegen Connors Erwartung berichtete Kocha ihm die Geschichte an diesem Abend nicht. Auch nicht am nächsten, sodass er sich fragte, ob der alte Mann es vielleicht vergessen hatte. Doch er erinnerte ihn nicht daran, denn in ihm regte sich ein wenig Angst davor, dass es eine Geschichte sein könnte, die er lieber nicht hören wollte.

Ihre Reise war so gut wie beendet, als sie den Ozean erreichten. Die kühle Luft war erfüllt vom Tosen und Rauschen der Wellen. Kocha beugte sich vor, und seine schwarzen Augen funkelten im Schein des Feuers, als er unaufgefordert zu erzählen begann.

»Vor langer Zeit schenkte Kaang, nachdem er die Welt und die darin lebenden Kreaturen geschaffen hatte, den Menschen das Feuer. Doch die Menschen wurden gierig und ungehorsam und bekämpften sich gegenseitig. Um sie zu bestrafen, beschloss Kaang, ihnen das Geschenk wieder zu nehmen. Und er schickte den Flammengeist in Gestalt eines großen Kudu los, der alle Feuer auf seine Hörner spießen und zurückbringen sollte.

Das sah Tchue, ein großer Jäger und Häuptling seines Volkes, und erlegte den Kudu mit einem Pfeil ins Herz. Kaang wurde sehr wütend und verlangte, dass Tchue seine Tat wieder gutmachte, indem er Kudu sein eigenes Herz gab. ›Aber wie soll ich ohne Herz leben?‹, fragte Tchue. Kaang nahm einen Stein vom Boden und sagte: ›Dies soll dein Herz sein.‹ Also riss Tchue sein eigenes Herz heraus, setzte stattdessen den Stein ein und kehrte zu seinem Volk zurück.

Weil der Stein jedoch so schwer war, konnte er nicht mehr jagen und sein Volk ernähren. So wandten sie sich gegen ihn und verbannten ihn. Viele Jahre wanderte er allein herum und lebte nur von Fliegen und dem, was die Krähen und Schakale ihm übrig ließen. Eines Tages beobachtete Kaang, wie er aus einem Fluss trank, und schleuderte, weil er noch immer zornig war, einen Blitz nach ihm. Der Busch um Tchue fing Feuer, und der einzige Ausweg war die Durchquerung des Flusses. Doch das Wasser floss schnell und gefährlich dahin. Es gab zwar einige Trittsteine, doch der erste war fortgespült worden. Tchue dachte, dass er, wenn er den letzten Rest seiner Kraft zusammennahm, vielleicht auch bis zum zweiten Stein springen konnte.

Er wollte gerade zum Sprung ansetzen, als er ein lautes Klagen hörte, nach unten blickte und am Ufer eine Gottesanbeterin sah. ›Hilf mir, hilf mir!‹, rief sie. ›Sonst muss ich ertrinken oder werde vom Feuer verschlungen!‹ Tchue bot an, sie zu tragen, warnte sie jedoch, dass er es mit dem zusätzlichen Gewicht vielleicht nicht bis zum zweiten Trittstein schaffen würde. ›Dann such nach einem weiteren Stein, du Idiot!‹, rief die undankbare Gottesanbeterin (die natürlich Kaang selbst war).

Tchue sah sich um, konnte jedoch keinen Stein entdecken, und das Feuer kam näher und näher. Da erinnerte er sich an den Stein, der sein Herz war. Er nahm ihn aus seiner Brust und warf ihn als ersten Trittstein ins Wasser. Ohne sich auch nur zu bedanken, sprang die Gottesanbeterin darauf, hüpfte weiter über die anderen Steine ans gegenüberliegende Ufer und verschwand im Gebüsch.

Tchue versuchte zu folgen, doch da er nun kein Herz mehr hatte, fehlte ihm sogar die Kraft, den ersten Stein, sein eigenes Herz, zu erreichen. Er sank auf die Knie und schickte sich darein, in dem Feuer zu sterben. Da hörte er in den lodernden Büschen hinter sich ein Geräusch, blickte auf und sah den Flammengeist mit seinem brennenden Geweih. Kaang hatte ihn geschickt, und er hob Tchue auf seinen Rücken und trug ihn sicher über den Fluss.

Weil Tchue Mut und Großherzigkeit bewiesen hatte, vergab Kaang ihm, brach ein Stück von Kudus brennendem Geweih ab und setzte es als Herz in Tchues Brust. Tchue kehrte zu seinem Volk zurück, und sie empfingen ihn wie einen großen Helden. Und mit Kaangs Segen entzündete er mit seinem Herzen erneut ihre Feuer.

Wenn du einen Kudu siehst, wirst du erkennen, dass seine Hörner von der Hitze verbogen und seine Flanken von Flammen gezeichnet sind.«

Er machte eine Pause und sah Connor tief in die Augen.

»Vielleicht kennst du die Geschichte schon.«

Connor schüttelte den Kopf.

»Bis jetzt nicht. Ich danke dir.«

Sie starrten lange schweigend in die Glut. Vor dem Schlafengehen warfen sie das restliche Holz ins Feuer. Der Wind war abgeflaut, und die Flammen loderten senkrecht nach oben in die Nacht. Plötzlich berührte Kocha Connor sanft am Ellbogen und wies mit dem Kinn in eine bestimmte Richtung. Als Connor sich dorthin wandte und seine Augen sich an die Dunkelheit gewöhnt hatten, sah er etwa dreißig Meter entfernt einen Löwen.

Es war ein altes Männchen, und im fahlen Licht des Mondes erkannte Connor, dass Fell und Mähne bereits ergraut waren, was das Tier jedoch nicht weniger majestätisch erscheinen ließ.

Seinen Schweif hin und her peitschend, betrachtete er sie mit Verachtung. Wie lange sie so verharrten, wusste Connor nicht, denn ihm war, als stünde die Zeit still. Schließlich drehte der Löwe sich mit einem letzten imposanten Schlag seines Schwanzes um und trottete gemessenen Schrittes über den Strand zu den Dünen.

Dort blieb er stehen und starrte sie ein letztes Mal an, bevor er sich abwandte und verschwand.

25

Julia zog die ledernen Arbeitshandschuhe an, klappte das Visier ihres Helms herunter und nahm die Kettensäge.

»Okay, Kumpel. Und das Seil immer schön straff halten, hörst du?«

Amy nickte. Sie stand etwa vier Meter entfernt und hielt das andere Ende des an dem Pfosten befestigten Seils, den Julia abzusägen sich anschickte. Sie lehnte sich zurück, spannte das Seil an und grinste.

»Was gibt's da zu grinsen?«, fragte Julia.

»Du siehst so komisch aus.«

»Ich finde, ich sehe verdammt cool aus.«

»Gar nicht. Du bist ganz verschwitzt und schmutzig.«

»Na, vielen Dank, Miss Zimperlich. Okay, fertig?«

Sie riss an dem Zug, und die Kettensäge erwachte dröhnend zum Leben. Es war ein heißer Augusttag, und sie hatte gedacht, dass die Aktion nur ein paar Stunden und nicht den ganzen Tag dauern würde. Sie entfernten die Pfähle des Seilgeländers, mit dessen Hilfe Ed seinen Weg zum Fluss gefunden hatte. Die Pfähle waren jedoch so fest einzementiert, dass jeder einzelne mühsam hätte ausgegraben werden müssen. Amy hatte vorgeschlagen, die Pfähle stattdessen so dicht wie möglich über dem Boden abzusägen und das Fundament in der Erde zu belassen. Doch Julia wollte sie entfernen, weil sie sonst ständig darüber stolpern würden.

Sie hatten unten am Fluss begonnen, sich langsam den Hang hinaufgearbeitet und dabei ihre Technik stetig verfeinert. Der

Pfahl, den Julia gerade absägte, war der letzte, und die symbolische Bedeutung der gesamten Aktion war beiden durchaus bewusst.

Die Leute hatten jede Menge weiser Ratschläge parat, wie man mit dem Tod eines geliebten Menschen umging. Es gab unzählige Bücher über die Bedeutung angemessener Trauer und die Bewältigung von Kummer, Schuld und Wut. Doch es waren die kleinen und trivialen Dinge, die Julia verwirrten. Wann war der richtige Zeitpunkt, Eds Mäntel von den Haken neben der Haustür zu nehmen? Wann sollte sie die verdreckten Wanderschuhe und seinen Stock in der Ecke wegräumen? Und sollte sie es mit Amy besprechen oder heimlich erledigen, damit beide so tun konnten, als hätten sie es nicht bemerkt? Vielleicht war es am Ende allein die Zeit, die über diese Dinge entschied.

Im ersten halben Jahr waren sie beide ausschließlich damit beschäftigt gewesen, ihr Leben weiterzuleben. Als die Schockwelle über Eds Tod langsam verebbte, fühlte Julia sich seltsam distanziert von jedem und allem außer Amy. Sie klammerten sich aneinander wie verlassene Küken in einem Nest. Und wenn Julia in die Welt hinausblickte, war es, als würde sie durch einen Dunstschleier schauen. Natürlich hatte sie immer gewusst, dass Eds Leben an einem dünneren Faden hing als das der meisten anderen Menschen, weil bei Diabetes ständig das Risiko einer unvorhergesehenen Komplikation mit tödlicher Folge bestand. Doch nun erkannte sie, dass sie diese Gefahr tief drinnen als minimal, ja als so gut wie nicht vorhanden eingestuft hatte. Vielleicht waren Eds Lebenslust, seine Energie und sein Optimismus aber auch einfach so groß gewesen, dass sie die Realität überdeckten.

In jenen ersten Wochen nach seinem Tod war sie gar nicht auf die Idee gekommen, seine Sachen wegzuräumen. Sie wusste, dass es verrückt war, doch es erschien ihr absolut möglich, dass er eines Tages wieder auftauchen könnte, als sei nichts geschehen. Außerdem wäre es ihr wie ein Verrat erschienen.

Also blieb seine Kleidung in den Schränken, sein Rasierzeug im Bad, seine Notenblätter auf dem Flügel, auf dem Amy nur noch selten spielte. Julia begriff, warum, und drängte sie nicht. Irgendwann würde sie zu dem Instrument zurückfinden. In der Zwischenzeit stand der Flügel im Raum wie ein schwarzes Mausoleum, auf dessen geschlossenem Deckel sich Erinnerungen wie Staub ansammelten. Und je mehr Monate verstrichen, desto ohrenbetäubender wurde der Widerhall seines Schweigens.

In der Nacht von Eds Tod hatte Amy in Julias Bett geschlafen, und dort schlief sie seither immer. Auch hier sorgte Julia sich, dass dies die Entwicklung des Kindes in irgendeiner Weise beeinträchtigen könnte. Am Wochenende frühstückten sie im Bett und verbrachten dort lesend oder sich unterhaltend halbe Vormittage. Dabei sprach Julia eines Tages auch beiläufig die Idee an, das Seilgeländer zu entfernen.

»Müssen wir einen Mann kommen lassen, der das macht?«

»Einen *Mann*? Das glaubst du doch selbst nicht. Du und ich. Die Mädels werden das machen.«

Amy grinste. »Cool.«

»Und du meinst, es ist okay, auch wenn es, na ja, Daddys Geländer war?«

»Glaubst du, es ist okay?«

»Ja.«

»Ich auch. Er würde sagen, dass es richtig ist.«

Sechs Stunden später hatte die Kettensäge den letzten Pfahl fast durch.

»Okay!«, rief Julia. »Achtung. Fertig.«

»Kleinholz!«

Als der Pfahl langsam umfiel und mit einem dumpfen Laut auf der Wiese landete, johlten beide. Julia schaltete die Kettensäge aus, und als der Motor verstummte, hörten sie das Telefon klingeln.

»Gehst du ran, Schätzchen?«

Amy rannte über die Veranda ins Haus, während Julia den

Helm ab und die Spitzhacke zur Hand nahm, um den Zementsockel zu lockern.

»Mami? Es ist für dich.«

An Amys Stimme erkannte Julia, dass dies kein gewöhnlicher Anruf war. Sie streifte die Handschuhe ab und trat auf die Veranda.

»Wer ist es denn?«

»Ich glaube, er hat gesagt, er wäre dein Dad.«

»Na, das ist ja ein Ding.«

Bemüht, möglichst unbeeindruckt zu wirken, zog sie eine Grimasse und zerzauste im Vorbeigehen Amys Haar. In Wahrheit schlug ihr Herz Saltos. Sie hatte seit fünf Jahren nichts mehr von ihm gehört und ihn wahrscheinlich fünfzehn Jahre nicht gesehen. Die Einladung zur Hochzeit hatte er mit einer lahmen Ausrede abgesagt. Er kannte weder Ed noch Amy, seine einzige Enkeltochter. Als Julia den Hörer nahm, kochte sie vor Wut.

»Hallo?«

»Julia?«

»Ja, wer ist da?« Es war gemein, aber sie konnte der Versuchung nicht widerstehen.

»Hier ist dein Vater.«

»Oh. Hi.«

»Hallo. Wie geht's dir?«

Julia lachte. »Nun, ich bin bloß ... Bestens, vielen Dank. Und selbst.«

»Mir geht's gut. Ich vermute, das eben war Amy.«

»Ja, das war deine Enkeltochter.«

Es entstand eine Pause, und sie hatte nicht vor, es ihm leichter zu machen, indem sie das Schweigen brach.

»Also, hör mal. Ich rufe aus Seattle an.«

»Oh, schön.«

»Ja, ich bin nur für ein paar Tage geschäftlich hier. Und, na ja, also, ich hab überlegt, ob ich ein Flugzeug nehmen und bei euch vorbeischauen soll.«

Es hätte sie beinahe umgehauen. Sie wusste nicht, was sie sagen sollte. Sie blickte sich um und sah Amy, ganz Auge und Ohr, in der Tür stehen.

»Aber wenn es dir Umstände macht oder du lieber nicht möchtest, dass ich komme«, fuhr ihr Vater fort, »würde ich das natürlich verstehen.«

»Nein. Also, ich meine, mein Gott, es ist einfach so lange her.«

»Ich weiß. Es tut mir Leid.«

Es entstand eine weitere Pause, während Julia versuchte, all die widersprüchlichen Gefühle zu verarbeiten, die er mit seinen wenigen Worten ausgelöst hatte.

»Hör mal«, sprach er weiter, »ich weiß, wie du dich fühlen musst –«

»Ich wüsste nicht, woher«, fauchte sie.

»Tut mir Leid. So habe ich das nicht gemeint. Also, vielleicht war es doch keine so gute Idee anzurufen.«

»Ich hab nicht mal eine Ahnung, wo du inzwischen wohnst.«

»Ich weiß.«

»Ich meine … Herrgott!«

Sie wollte ihn gerade fragen, für wen, zum Teufel, er sich hielt, einfach so aus heiterem Himmel anzurufen und in ihr Leben zu schneien. Doch dann drehte sie sich noch einmal zu Amy um und sah, wie sehr ihr das Gehörte Angst machte. Sie streckte den Arm aus, und Amy kam zu ihr und schmiegte sich an sie. Julia holte tief Luft und sagte leise in den Hörer: »Komm.«

»Bist du sicher?«

»Ja, komm uns besuchen. Wir würden uns freuen.«

Sein Flugzeug landete am folgenden Abend.

Sein Haar war vollkommen weiß, und er wirkte kleiner und dünner, als sie ihn in Erinnerung hatte. Er musste jetzt Mitte bis Ende fünfzig sein und war nach wie vor ein gut aussehender Mann. Vor allem sein schiefes Lächeln und die blauen, leicht melancholischen Augen waren ihr im Gedächtnis geblieben.

Auf dem Weg zum Flughafen und während des Wartens hatte Julia sich immer wieder ermahnt, nicht zu weinen, wenn sie sich trafen. Als er nun auf sie zukam, sah sie, dass auch er mit den Tränen kämpfte. Er drückte sie lange fest an sich, ohne dass einer von ihnen etwas sagte. Sein Geruch stieg ihr vertraut in die Nase, und das ließ ihr doch die Tränen in die Augen schießen. Aber sie bewahrten beide mehr oder weniger die Fassung.

Sie stellte ihm Amy vor, die sich zierte und ihm nur ein schüchternes Lächeln schenkte. Er wusste offensichtlich nicht, ob er sie küssen sollte, und umschloss schließlich ihre Hand mit beiden Händen. Amy, deren Sensibilität Julia immer wieder erstaunte, hob den Kopf und küsste ihn auf die Wange.

Auf der Rückfahrt drehte er sich auf dem Beifahrersitz um und erzählte Amy von seinem Flug und von Vancouver, wo er vor ein paar Tagen im Zoo einen seltenen weißen Wal gesehen hatte. Er fragte sie nach der Schule, und sie berichtete ihm, dass sie Reiten lernte und wie man über Hindernisse sprang. Als sie zu Hause ankamen, waren die beiden schon Freunde. Amy führte ihn durch das Haus und zum Fluss hinunter, während Julia das Abendessen zubereitete.

Als sie auf der Veranda den Tisch deckte, beobachtete sie, wie Amy seine Hand hielt und auf ihn einplapperte. Julia erinnerte sich, wie sie in Amys Alter mit ihm im Park spazieren gegangen war und geredet hatte, wie sicher sie sich gefühlt hatte und wie stolz sie auf ihn gewesen war und auch auf sich selbst, weil sie so ernst genommen und nicht wie ein dummes Kind behandelt wurde.

Die Zementsockel der Pfähle lagen noch auf der Wiese. Julia hörte, wie Amy ihm erzählte, dass sie sich doch als zu schwer erwiesen hätten und Mom jetzt doch »einen Mann kommen lassen« musste. Julias Vater versprach, sich am nächsten Morgen darum zu kümmern.

Als sie bei Kerzenlicht auf der Veranda saßen und ihre Steaks aßen, fiel Julia auf, dass dies das erste Essen war, das sie ihrem

Vater gekocht hatte, und dass sie sich gleichzeitig wie sein Kind und seine Mutter fühlte.

Als es Zeit zum Schlafen war, fragte Amy ihn, ob er ihr eine Geschichte vorlesen würde. Während er das tat, wusch Julia das Geschirr ab und ging dann ebenfalls nach oben, wo ihr Vater Amy gerade gute Nacht sagte.

»Er ist sehr nett«, flüsterte Amy, nachdem er gegangen war.

»Ja. Und du auch.«

Als sie nach unten kam, saß ihr Vater wieder draußen auf der Veranda und rauchte eine Zigarette. Julia bat ebenfalls um eine und ließ sich Feuer geben.

»Sie ist ein tolles Kind.«

»Ja. Das ist sie.«

Eine Weile schwiegen sie. Schließlich begann er zu reden.

»Julia, es gibt so vieles, wofür ich um Verzeihung bitten muss, dass ich gar nicht recht weiß, wo ich anfangen soll.«

»Betrachten wir es einfach als gesagt. Ich bin bloß ein bisschen verwirrt. Warum jetzt? Nach all den Jahren?«

Er starrte auf den Tisch. Julia fand den Geschmack der Zigarette eklig und drückte sie aus.

»Im letzten Jahr hat man bei mir Krebs festgestellt. Hautkrebs, ein malignes Melanom.«

O Gott, dachte sie. Nicht noch ein Tod. Er musste es in ihrem Gesicht gelesen haben, denn er drückte ebenfalls seine Zigarette aus und sprach rasch weiter.

»Nein, es geht mir gut. Man hat es früh genug entdeckt. Nun, eigentlich war es Claudia, meine Frau –«

»Ich weiß, wer sie ist, Dad.«

»Natürlich. Jedenfalls hat sie es gefunden. Es wurde herausgeschnitten, und jetzt ist alles in Ordnung. Aber bei so etwas hält man inne und kommt ins Grübeln, verstehst du? Über das, was im Leben wichtig ist. Und mir ist klar geworden, dass ich, was uns beide betrifft, einfach so dumm war. Es so weit kommen zu lassen. All die Jahre verstreichen zu lassen. Denn je mehr Zeit vergeht, desto schwieriger ist es, die Hand auszustrecken. Ach, verdammt, ich weiß nicht, wie ich es sagen soll ...«

Julia ergriff seine Hand.

»Ist schon gut.«

»Nein, es ist nicht gut, Julia. Ich habe deinen Mann nie kennen gelernt, Himmel noch mal. Ich war in schweren Zeiten nie für dich da. Ich kann nicht mal so tun, als hätte ich es nicht gewusst, weil deine Mutter mir immer alles berichtet hat. Sie hat mir erzählt, was für ein großartiger Mensch Ed war, und mich angefleht, zur Hochzeit und zu Amys Taufe zu kommen, wenigstens zur... zu Eds Beerdigung. Aber ich hatte alles so schleifen, so weit kommen lassen, dass ich mich einfach zu sehr ... ich weiß nicht ... geschämt habe. Ja, ich habe mich geschämt, mich zu melden. Und das alles tut mir wirklich unendlich Leid. Ich komme mir vor wie ein verdammter Idiot.«

Er wandte sich ab und wischte sich über die Augen. Julia kniete sich neben seinen Stuhl und legte ihre Arme um ihn. So hielten sie sich lange fest und ließen ihren Tränen endlich freien Lauf.

»Ich wünschte, ich hätte eine zweite Chance«, sagte er schließlich. »Beim nächsten Mal würde ich es besser machen.«

Am nächsten Tag half er ihnen, die Zementfundamente wegzuräumen, die Löcher zuzuschütten und die Pfähle zu Feuerholz zu zersägen, das sie in der Scheune stapelten. Am Nachmittag musste er zurück nach Seattle fliegen und von dort aus direkt weiter nach Europa. Bis zu seinem Aufbruch blieben Julia nur wenige Momente allein mit ihm. Amy bestand darauf, ihnen zum Mittagessen Sandwiches zu machen, und während sie in der Küche beschäftigt war, tranken Julia und ihr Vater auf der Veranda Eistee.

»Ihr habt es wunderschön hier«, sagte er. »Glaubst du, dass ihr dableiben werdet?«

»Ich weiß nicht.«

»Vielleicht solltest du eine Zeit lang reisen. Es ist gut zu reisen.«

»Vielleicht tu ich's ja.«

»Du könntest uns besuchen kommen. Durch Europa reisen.«

Amy tauchte mit den Broten in der Tür auf.

»Ich möchte um die ganze Welt fahren«, sagte sie.

Sie brachten ihn zum Flughafen, wo er ihnen das Versprechen abnahm, dass sie sich ernsthaft Gedanken darüber machten, ihn und Claudia in Deutschland zu besuchen. Es war nett von ihm, doch Julia wusste, dass es wohl nie dazu kommen würde, und vermutete, dass er genauso dachte.

Sein Besuch hinterließ eine tiefe Wirkung bei ihr. Sie hatte das Gefühl, dass sich ein Kreis schloss und sie, auf eine rätselhafte Art befreit und ermutigt, einen Schritt nach vorn tun konnte. Eine Woche später packte sie Eds Kleidung und Schuhe zusammen und gab sie einem gemeinnützigen Secondhandladen in der Stadt. Sie räumte seine Sachen aus dem Bad und steckte seine Noten in Kartons, um sie ordentlich im Regal verstauen zu können. Seine spezialangefertigte Computerausrüstung schenkte sie dem lokalen Blindenverein.

Als für sie beide der Schulbeginn nahte, versuchte Julia, Amy und sich mit neuem Enthusiasmus anzufeuern, doch es gelang ihr nicht. Im Unterricht starrte sie manchmal versonnen aus dem Fenster und musste ihre Schüler Fragen wiederholen lassen, die sie nicht gehört hatte.

Sie liebte Montana, doch in Wahrheit war es immer mehr sein Zuhause gewesen als ihres. Natürlich war es jetzt auch Amys Heimat. Aber das Mädchen war jung und außerdem intelligent und selbstbewusst genug, um sich an eine andere Umgebung zu gewöhnen. Als der Herbst kam und die Tage kürzer wurden, fühlte Julia sich zunehmend rastlos und war mehr denn je davon überzeugt, dass es Zeit für einen Neuanfang wurde.

In ihrer Aufräumwut hatte sie auch mehrere große Kartons mit Fotos gefunden, die sie seit Jahren ordnen und in Alben kleben wollte. Es war genau die richtige Aufgabe für ein düsteres Herbstwochenende, und Amy war sofort begeistert von der

Idee. Sie fuhren nach Missoula, kauften sechs Alben, zündeten zu Hause den Kamin an und machten es sich dann auf dem Fußboden bequem.

Julia hatte gar nicht mehr gewusst, welche alten Schätze sie da aufbewahrte. Einige Bilder stammten noch aus der Zeit vor Ed. Amy fand einen Stapel mit Bildern von Julia und Linda, die sich für eine Kostümparty in Boston als leichte Mädchen verkleidet hatten. Amy musste fürchterlich lachen, und Julia tat empört.

»Ich weiß gar nicht, was daran so witzig ist. So sind wir damals immer rumgelaufen.«

In einem anderen Karton befanden sich die Fotos, die Julia als Malvorlage benutzt hatte, darunter auch Bilder von ihrer Keniareise. Sie hatten schon früher über ihr afrikanisches Abenteuer gesprochen, doch jetzt wollte Amy die Geschichte hinter jedem Foto wissen und alles andere, was Julia dort erlebt hatte. Ein Bild zeigte Löwen, die träge im Schatten eines Baumes lagen.

»Bist du wirklich so nah rangekommen?«

»Ja. Wir haben in einem Jeep gesessen und waren deshalb sicher. Außerdem fressen sie so viele Touristen, dass ihnen der Geschmack irgendwann vergangen ist.«

»Können wir auch mal nach Afrika fahren?«

»Ja, warum nicht. Irgendwann mal.«

Ein paar Tage später sortierte Julia alte Zeitschriften und stieß dabei auf Connors Artikel über St. Mary of the Angels, das Rehabilitationszentrum für Kindersoldaten in Uganda. Sie legte das Magazin zur Seite, nahm es an jenem Abend mit ins Bett und las den Artikel, als Amy dicht an sie gekuschelt eingeschlafen war, noch einmal. Dabei starrte sie lange auf das Gesicht eines zehnjährigen Jungen namens Thomas, der durch das, was ihm widerfahren war, so schwer traumatisiert war, dass er die Sprache verloren hatte.

Als sie das Bild ein paar Monate vor Eds Tod betrachtet hatte, waren ihr die Tränen gekommen, doch diesmal fand sie die Ruhe, Connors Artikel zu lesen, in dem er schrieb, dass das Zentrum hauptsächlich von einer Hilfsorganisation in Genf finanziert wurde, deren Mittel jedoch arg strapaziert waren, sodass permanenter Bedarf an »sowohl finanzieller als auch praktischer Hilfe« bestand.

Anfangs überlegte Julia, einen Wohltätigkeitsbasar in der Schule zu organisieren, ihre Schüler zu ermutigen, den Kindern von St. Mary's zu schreiben, und vielleicht sogar eine Art Patenschaftsprogramm auf die Beine zu stellen. Dann las sie weiter. Der Artikel zitierte die Leiterin des Zentrums, eine Schwester Emily, die erklärte, dass immer »entsprechend ausgebildetes und qualifiziertes Personal« gebraucht würde. Julias Gedanken fingen an zu rasen.

Es war genau ihr Arbeitsbereich, und sie dachte daran, dass Amy gesagt hatte, sie wolle auch einmal nach Afrika. Sie legte die Zeitschrift beiseite und schaltete das Licht aus. Doch die Sache ging ihr nicht aus dem Kopf, sodass sie die ganze Nacht wach lag.

In den ersten Tagen erwähnte sie es niemandem gegenüber. Es war eine absurde Idee. Wie konnte sie sich und Amy entwurzeln, das Kind aus der Schule nehmen und einfach nach Afrika abrauschen? Was war mit all den Gefahren und Krankheiten? Nein, es kam überhaupt nicht in Frage.

Doch so sehr sie sich auch bemühte, sie konnte den Gedanken nicht loswerden, dass es irgendwie sein sollte. Außerdem wäre es für das Kind eine außergwöhnliche Erfahrung, einen fremden Kontinent und andere Kulturen und Völker kennen zu lernen. Und es musste ja auch nicht ewig dauern. Ein paar Monate, höchstens ein Jahr; eine Art Arbeitsurlaub wie damals für WAY. Sie brauchte nicht einmal ihre Anstellung in der Schule aufzugeben. Mrs. Leitner würde ihr bestimmt unbezahlten Urlaub geben. Sie konnten das Haus vermieten und damit die Reise bezahlen. Und sie würden beide mit einer Erfahrung heimkehren, die ihr Leben bereichern würde. Mit der Zeit wurde dieser Gedanke zu einem festen Entschluss.

Kopfschmerzen bereitete ihr nur die Frage, wie sie über das

Thema mit Amy sprechen sollte, und ob überhaupt, bevor sie die Sache gründlicher recherchiert hatte. Am Ende platzte sie direkt damit raus. Sie aßen am Küchentisch zu Abend, Spagetti mit Pesto, eines von Amys Lieblingsgerichten.

»Weißt du noch, wie du gesagt hast, dass du gern mal nach Afrika fahren möchtest?«

»Hm-hm.«

»Hast du das wirklich ernst gemeint?«

»Klar. Wieso?«

»Na ja, ich habe darüber nachgedacht. Vielleicht sollten wir es tun.«

»Ferien, meinst du?«

»Na ja, Ferien hätten wir bestimmt auch. Wir könnten eine Safari machen und uns alle Tiere ansehen.«

»He, Mom! Ist das dein Ernst? Wow!«

»Aber ich hab gedacht, dass ich dort vorher eine Weile arbeiten könnte.«

»Was, wir würden da wohnen?«

»Vielleicht. Nur eine Zeit lang.«

»Wie lange?«

»Ich weiß nicht. Ein paar Monate vielleicht.«

»Wo?«

Julia hatte die Zeitschrift bereitgelegt und schob sie über den Tisch. Amy warf einen Blick darauf, ohne das Essen einzustellen.

»Die habe ich schon gesehen. Würdest du da arbeiten?«

»Wenn sie mich nehmen. Hast du den Artikel gelesen?«

»Klar. Ich lese alles von Connor. Wohnt er da?«

Julia lachte. »O nein. Ich glaube, er war nur zu Besuch dort. Ich weiß nicht, wo er im Moment ist. Von wo kam die letzte Postkarte, die er dir geschickt hat?«

Amy runzelte die Stirn und kräuselte ihre kleine Nase. »Ich glaube … aus Indien. Ist Uganda wie Kenia?«

»Es liegt gleich nebenan. Die Leute sagen, dass es wunderschön ist. Man nennt es die Perle Afrikas.«

»Die Perle Afrikas.«
»Und, was meinst du dazu?«
»Wozu?«
»Sollen wir beide diesen Kindern in Uganda helfen?«
»Darf ich auch mithelfen?«
»Na, ich bin sicher, dass es dort jede Menge zu tun gibt.«
Amy zuckte die Achseln. »Cool.«
»Heißt das, du würdest es gern machen?«
»Klar. Kann ich jetzt noch ein paar Spagetti haben?«

Julia fand die Telefonnummer der Hilfsorganisation in Genf und rief sie an. Eine kompetent klingende Frau mit französischem Akzent erklärte ihr, dass sie in der Tat qualifizierte pädagogische Mitarbeiter für St. Mary's bräuchten und gerade im Moment verzweifelt danach suchten. Sie sagte Julia, dass die Organisation auch eine Niederlassung in New York besaß und nannte ihr Adresse und Telefonnummer.

Julia rief Linda in New York an, um ihre Reaktion zu testen, wobei sie sich darauf gefasst machte, für wahnsinnig gehalten zu werden. Doch Linda stellte nur eine Reihe von Fragen und meinte nach kurzem Nachdenken: »Mach es, Mädchen.« Sie schlug vor, dass Julia mit Amy über Thangsgiving nach New York kommen und bei einem Termin mit der Hilfsorganisation weitere Einzelheiten klären sollte.

Was Julia zu erwähnen vergaß, war die Tatsache, dass sie ihre Pläne gegenüber ihrer Mutter, die, seit sie vom Besuch ihres Vaters gehört hatte, eher schnippisch und kurz angebunden war, noch nicht einmal angedeutet hatte. Als sie anrief und mitteilte, dass sie nach New York kamen, freute ihre Mutter sich nicht gerade, sondern nahm sofort Anstoß daran, dass sie bei Linda in Greenwich Village und nicht bei ihr in Brooklyn übernachten wollten. Julia versuchte ihr zu erklären, dass Amy bisher nur einmal als Säugling in New York gewesen war und sie deshalb in Manhattan wohnen wollten, mittendrin sozusagen, damit sie all die Touristenattraktionen abklappern konnten – das Empire

State Building, die Freiheitsstatue und die Eislaufbahn im Rockefeller Plaza.

»All die Sachen, die ich als Kind nie gemacht habe, weißt du«, fügte sie unklugerweise hinzu.

»War das vielleicht meine Schuld?«, erwiderte ihre Mutter gereizt. »Du wolltest ja nie. Aber wie dem auch sei, tu, was du für richtig hältst. Übernachte bei Linda. Da habt ihr es bestimmt bequemer. Schon gut.«

Was natürlich bedeutete, dass gar nichts gut war. Julia gelang es schließlich, sie zu besänftigen, indem sie ihr versprach, an Thanksgiving zum Abendessen zu kommen. Linda wurde widerwillig ebenfalls eingeladen.

Julia schrieb an das Büro der Hilfsorganisation in New York und fügte eine Bewerbung und einen Lebenslauf bei. Sie überlegte lange, ob sie schon jetzt erwähnen sollte, dass sie ihre achtjährige Tochter mitnehmen wollte, und beschloss, mit offenen Karten zu spielen. Zwei Tage später rief eine Frau an, die ihr förmlich, aber freundlich sagte, dass Julia sich hoffentlich darüber im Klaren sei, dass St. Mary's streng genommen in einem Kriegsgebiet lag – auch wenn es dort seit einem Jahr vollkommen ruhig gewesen sei –, dass Essen und Unterbringung sehr schlicht seien, die Honorierung ebenfalls, was hieß, die Arbeit sei unbezahlt.

Julia erkundigte sich, ob es ginge, Amy mitzunehmen, und die Frau meinte, dass das ungewöhnlich, aber nicht unmöglich sei, jedoch nur auf Julias eigene Verantwortung. Sie müsse verstehen, dass die Organisation keinerlei Verantwortung für das Mädchen übernehmen könne. Julia erklärte sich einverstanden, und sie verabredeten ein Vorstellungsgespräch.

Thanksgiving war nie Julias Lieblingsfest gewesen, weil es in ihr vor allem Erinnerungen an Familienstreit weckte. All die Onkel, Tanten, Neffen und Nichten, die sich nach Verzehr des Truthahns regelmäßig in die Haare geraten waren. Sie konnte nur hoffen, dass es in diesem Jahr anders werden würde.

Am Mittwochabend flogen sie nach New York, am nächsten Tag fuhr Linda sie in ihrem neuen schwarzen BMW nach Brooklyn, wo Julia aufgewachsen war. Sie wies Amy auf diverse lokale Sehenswürdigkeiten hin und erzählte von ihren Kindheitserlebnissen, spürte jedoch eine eigenartige Distanz, als spräche sie über die Vergangenheit einer Fremden. Das Haus ihrer Mutter mit seinem gepflegten, handtuchgroßen Garten sah aus wie immer, doch Julia konnte keine innere Verbindung dazu herstellen, nicht einmal zu ihrem Zimmer, wo noch ein paar Bilder aus ihrer Teenagerzeit an der Wand hingen und Kuscheltiere auf der Fensterbank saßen.

Ihre Mutter hatte auch Julias Cousin David mit seiner Familie eingeladen. Brad war ein Jahr älter als Amy, Becky fünf. Julia hatte sich immer gut mit David verstanden, war jedoch mit seiner Frau Liz, einer stets makellos gekleideten, vorlauten Frau, die als Bürovorsteherin arbeitete und die ganze Welt so behandelte, als wäre sie Teil ihres Jobs, nie richtig warm geworden.

Es war ihre erste Begegnung seit der Beerdigung, und auch Monate später triefte Liz noch derart vor Mitleid, dass Julia am liebsten gebrüllt hätte: *Es ist okay. Ed ist tot, aber uns geht es gut, also benimm dich normal, mein Gott!* Doch stattdessen lächelte sie freundlich. Was alles noch schlimmer machte, war die Tatsache, dass Julias Mutter sie in ihrer neuen Rolle als Gekränkte praktisch ignorierte, während sie sich wortreich an Liz wandte, die natürlich schon am frühen Morgen eingetroffen war, um beim Kochen zu helfen, für alle Geschenke mitgebracht hatte und überhaupt von geradezu unerträglicher Liebenswürdigkeit war.

Sie saßen dicht gedrängt um den Tisch im Esszimmer und hatten ihr Mahl fast beendet, als Linda die Bombe platzen ließ und auf Julias Afrikapläne zu sprechen kam. Julia selbst saß zu weit entfernt, um sie unter dem Tisch zu treten, und noch bevor sie das Thema abwürgen konnte, ging ihre Mutter auf sie los.

»Du willst Amy mitnehmen und in *Afrika* arbeiten?«

»Es ist bloß eine Idee, Mom.«

»Das ist die albernste Idee, die ich je gehört habe. Du musst ja vollkommen verrückt sein.«

»Tut mir Leid«, signalisierte Linda Julia wortlos über den Tisch. »Ich dachte, sie wüsste Bescheid.«

»Afrika!«

»Ich habe gehört, es soll dort sehr schön sein, Maria«, warf David ein.

»Hast du was dagegen, wenn wir ein anderes Mal darüber sprechen?«, fragte Julia mit einem Blick auf die Kinder, die, einen Streit der Erwachsenen witternd, die Ohren gespitzt hatten.

»Was stimmt denn nicht mit Afrika, Oma?«, fragte Amy.

»In Afrika haben sie *König der Löwen* gemacht«, erklärte Becky vorlaut.

»Gar nicht«, sagte Brad.

»Wohl.«

»*König der Löwen* ist ein Zeichentrickfilm, du Doofie. Es ist bloß gemalt.«

»Na, dann haben sie es eben in Afrika gemalt. Außerdem bin ich kein Doofie.«

Sie versuchte, ihn ins Bein zu kneifen, er boxte sie gegen den Arm, und sie schrie auf. Amy beachtete sie gar nicht, sondern starrte unentwegt auf Julia.

»Alle mal herhören!«, rief Liz. »Wer möchte noch mehr Eis?«

Alle drei Kinder fielen auf den Köder herein, und sie führte sie in die Küche und schloss die Tür hinter sich.

»In Afrika haben alle Aids!«, verkündete Julias Mutter derweil.

»Ein oder zwei vielleicht nicht«, erwiderte David und zwinkerte Julia mitfühlend zu.

»Was halten denn Eds Eltern von dieser Idee? Ich nehme doch an, dass du es *ihnen* schon erzählt hast.«

Die Spitze war durchaus berechtigt. Julia hatte es ihnen gegenüber tatsächlich neulich am Telefon erwähnt.

»Sie finden es … aufregend.«

»Ach, wirklich?«

»Ja. Bitte, Mom, lass uns nicht jetzt darüber reden. Wahrscheinlich wird sowieso nichts draus.«

Die Behauptung, Eds Eltern hätten die Idee aufregend gefunden, stimmte im wahrsten Sinne des Wortes: Sie waren erregt und beunruhigt gewesen, obwohl ihre Reaktion ungleich zurückhaltender ausfiel als die ihrer Mutter. Als sie angerufen und Susan den Plan in möglichst rosigen Farben geschildert hatte, erkannte sie an der Länge der nachfolgenden Pause, dass ihre Schwiegermutter sie für verrückt hielt.

»Also, wirklich, Julia. Was für eine *interessante* Idee.«

»Du hältst sie nicht für komplett verrückt?«

»Verrückt? Also, nein, natürlich nicht. Ich meine, du hast bestimmt über die möglichen Risiken nachgedacht, die ihr eingehen würdet, wenn du Amy an einen solchen Ort mitnimmst.«

Julia antwortete in dem ruhigen, optimistischen Tonfall, den sie sich für Eltern von besonders unglücklichen Schülern vorbehielt.

»Ja, natürlich. Aber die Gefahren lassen sich minimieren. Und ich bin davon überzeugt, dass das, was sie an Erfahrung gewinnt, das geringe Risiko überwiegt.«

Das Gespräch endete damit, dass Susan seufzend meinte, Julia würde bestimmt das Richtige tun.

Liz hatte die Kinder mittlerweile aus der Küche ins Wohnzimmer gescheucht und mit einem Video ruhig gestellt, und war, um sich den Streit nicht entgehen zu lassen, wieder an den Tisch zurückgekehrt. Wenn sie sich auf die Seite ihrer Mutter schlug, war sie erledigt, gelobte sich Julia. Ihre Mutter führte sich auf wie ein Hund, der einen Knochen gefunden hatte. Binnen fünf Minuten handelte sie in einer ununterbrochenen Tirade alles von Aids über Malaria, den Krieg und die Hungersnot bis zu Schlangen und Krokodilen ab.

»Du hast die Kannibalen vergessen«, murmelte Julia.

Linda kicherte boshaft. Julias Mutter warf ihr einen vernichtenden Blick zu und wandte sich dann an Julia.

»Wie bitte? Was hast du gesagt?«

»Ich sagte, du hast die Kannibalen vergessen.«

Ihre Mutter starrte sie einen Moment lang an, bevor sie mit Märtyrermiene die Augen niederschlug, das Kinn reckte und sich leise erhob.

»Wenn alle fertig sind«, sagte sie, »kann ich jetzt wohl das Geschirr abräumen.«

Fünf Stunden später vergewisserte Julia sich in Lindas Wohnung, dass Amy schlief, bevor sie sich wieder zu ihrer Freundin auf die große Ledercouch setzte. Gemeinsam hatten sie bereits eine halbe Flasche Jack Daniel's geleert, und Linda goss beiden noch ein Glas ein.

»Nachdem ich heute deine Mutter erlebt habe, weiß ich zumindest, woher dieses ganze Schuldding bei euch kommt. Als ob sie es höchstpersönlich erfunden hätte.«

»Oh, das hat sie nicht so gemeint. Es war meine Schuld –«

»Siehst du, was ich meine?«

Julia lächelte.

»Hör mal, Julia, mach dir keine Vorwürfe. Vielleicht bieten sie dir ja gar keinen Job ab. Und wenn, kannst du immer noch absagen. Aber denk dran, es ist dein Leben, Schätzchen. Du bist die Einzige, die weiß, was gut für dich und Amy ist. Und eine Veränderung ist immer gut. Ich meine, schau mich an. Früher war ich eine Anarchistin mit schwarzem Lippenstift, jetzt bin ich eine Anwältin mit schwarzem BMW. Ist das Leben nicht cool?«

Sie redeten bis weit nach Mitternacht. Über die Familie, Freunde, die Arbeit und zum Schluss über Männer. Vor allem über Lindas scheinbar endlose Suche nach einem, den sie auch nur ein Jahr, geschweige denn ein ganzes Leben lang ertragen konnte. Sie sagte, die einzigen Männer, die ihr gefielen, wären entweder schwul oder verheiratet. Dann erkundigte sie sich wie aus heiterem Himmel nach Connor und ob Julia in letzter Zeit von ihm gehört hatte.

»Schon lange nicht mehr. Amy erhielt vor ein paar Monaten eine Postkarte aus Indien. Aber seither nichts. Dieses Jahr hat er sogar ihren Geburtstag vergessen. Zum ersten Mal.«

Linda nahm noch einen Schluck und starrte über den Rand ihres Glases.

»Was? Was hat dieser bedeutungsschwere Blick zu bedeuten?«

Linda zuckte die Achseln. »Nichts.«

»Komm schon, was ist?«

»Na, man braucht ja nicht unbedingt ein Diplom in Telepathie, um mitzubekommen, was ihr beide füreinander empfindet.«

»Sei doch nicht albern. So weit ich mich erinnere, warst du diejenige, die ziemlich verknallt in ihn war.«

»Das bestreite ich ja gar nicht. Wer wäre das nicht?«

»Ich, zum Beispiel. Er war der beste Freund meines Mannes, Herrgott noch mal! Wie kannst du so etwas nur denken?«

»Hey, nun sei doch nicht gleich eingeschnappt. Ich hab ja nur gefragt, ob du von ihm gehört hast.«

»Nun, hab ich nicht.«

»Okay, alles klar.«

Es entstand eine Pause, in der sich Linda eine ihrer langen Zigaretten anzündete, ihren Kopf an die Lehne des Sofas legte und eine Rauchwolke zur Decke blies.

»Ist er der Grund, warum du nach Afrika gehen willst?«

Julia explodierte. »Linda, was um alles in der Welt ist heute Abend bloß in dich gefahren? Was für eine idiotische Frage. Natürlich nicht. Wie kannst du so etwas auch nur denken?«

»Hossa, Kleine. Tut mir Leid!«

»Ich meine, wirklich, Linda. Manchmal ...«

Sie wechselten das Thema, doch das Gespräch kam nicht mehr richtig in Gang. Als Julia schlafen ging, fühlte sie sich ein bisschen betrunken und ziemlich verlegen wegen ihrer Überreaktion. In

Wahrheit war Connor ein Thema, das sie bis auf die Tatsache, dass er Amys Vater war, nur durch Verdrängung bewältigen zu können glaubte. Als Linda sie so direkt auf ihre Gefühle für ihn angesprochen hatte, war es, als hätte jemand in der Narbe einer alten Wunde gestochert.

Julia lag neben ihrer schlafenden Tochter und gestand sich ein, dass ihre Freundin Recht hatte. So sehr sie auch versuchte, es zu leugnen, wusste sie doch tief im Innern, dass ihr Drang, nach Afrika zu gehen, natürlich etwas mit Connor zu tun hatte. Dabei war sie nicht so naiv zu glauben, dass sie ihn dort finden würde. Außerdem hatte sie wirklich keine Ahnung, wo er stecken könnte. Nein, was sie dorthin zog, war komplexer. Sie wollte sehen, was er gesehen hatte, ihr gemeinsames Kind an den Ort führen, der ihn angerührt hatte, sich selbst davon anrühren lassen und damit auch mit ihm verbunden sein. Und auch wenn er mittlerweile ein Fremder war und sie vielleicht nicht mehr liebte, würde sie auf diese Weise womöglich doch noch dieses Stück seines Lebens teilen.

26

Connor schreckte hoch und wusste einen Moment lang nicht, wo er sich befand. Lauschend starrte er auf die Falten des Moskitonetzes über ihm, das blass im Licht der ersten Dämmerung schimmerte. Dann hörte er gebrüllte Befehle und Soldaten, die über den schlammigen Hof rannten, und es fiel ihm wieder ein.

Ein Fahrzeug war mit jaulendem Motor aus dem tiefer gelegenen Lager am Flussufer zu ihnen unterwegs, deshalb stand er rasch auf und entrollte seine Jeans und das Hemd, die er als Kopfkissen benutzt hatte. Als das Fahrzeug dröhnend vor der Tür hielt und das Licht seiner Scheinwerfer durch den offenen Eingang der Hütte fielen, war er komplett angezogen und schüttelte seine Schuhe aus für den Fall, dass sich Skorpione darin verkrochen hatten.

»*Muzungu*! Wach auf! Du musst kommen!«

Es war Okello, der arrogante Colonel, der während der zwölftägigen Wartezeit sein Begleiter gewesen war. Er kannte Connors Namen genau, doch er nannte ihn immer *Muzungu*, Swahili für »weißer Mann«. Die spontane Abneigung, die sie verband, beruhte von Anfang an auf Gegenseitigkeit, und Connor machte sich nicht die Mühe zu antworten.

»*Muzungu*! Steh auf! Zieh dich an!«

Er beschimpfte den jungen Wächter, der die ganze Nacht vor Connors Tür gesessen hatte. Laut Okello diente er zu seinem Schutz, doch Connor wusste, dass seine eigentliche Aufgabe darin bestand, ihn davon abzuhalten, sich ins Lager zu schleichen und mit den entführten Kindersoldaten zu sprechen.

Okello duckte sich unter den Türsturz und spähte hinein, sein silberner Colt Automatik, der in einem Halfter an seiner Hüfte hing, glänzte im Scheinwerferlicht des Jeeps. Okello war etwa fünfundzwanzig Jahre alt, knapp einsneunzig groß und von kräftiger Statur. Seine Augen hatte Connor noch nie gesehen, weil er stets eine Sonnenbrille mit Spiegelgläsern trug. Selbst jetzt in der Dunkelheit nahm er sie nicht ab, was vermutlich erklärte, warum er Connor nicht sah, der auf dem Boden saß und sich im Halbdunkel die Schuhe zuband. Okello ging zu dem Moskitonetz und schlug mit seinem kurzen Horngriffstock, den er immer bei sich trug, auf das Lager.

»*Muzungu*! Wach auf!«

Connor erhob sich und nahm seine Kameratasche. Okello fuhr ruckartig herum.

»Du musst kommen! Sofort!«

»Wo, sagten Sie, haben Sie Ihre Höflichkeit gelernt?«

»Was?«

»Nicht so wichtig. Was ist los?«

»Du wirst schon sehen.«

»Ist es Makuma? Ist er hier?«

»Komm, schnell!«

Auf dem Hof drängten sich Soldaten, die unter dem Gebrüll ihrer Vorgesetzten im Laufen ihre Kleider überstreiften. Auf der Ladefläche von Okellos Jeep saßen zwei seiner Spießgesellen, die mit ihren Sonnenbrillen, Stirnbändern und über der Brust gekreuzten Patronengurten aussahen wie zwei Gangster. Der eine streichelte liebevoll eine M 16, der andere einen 90-Millimeter-Raketenwerfer. Connor lächelte sie strahlend an.

»Morgen, Jungs. Mannomann, heute sehen wir aber wieder wichtig aus.«

Sie starrten wie immer durch ihn hindurch.

»Ja, ich habe gut geschlafen. Danke der Nachfrage.«

Es war wahrscheinlich nicht besonders klug, sie zu provozieren, doch er hatte den Ehrgeiz entwickelt, einem von beiden irgendwann ein winziges Lächeln zu entlocken. Heute schien es ihm jedoch nicht zu gelingen. Er nahm auf dem Beifahrersitz Platz. Okello beschimpfte seinen Wächter erneut und setzte sich hinters Steuer. Er legte den Gang ein und bretterte mit durchdrehenden Reifen und Schlamm spritzend rücksichtslos durch die Menge.

Im violetten Halbdunkel folgten sie dem Pfad, der sich endlos zu der Hochebene hinaufwand. Das Licht ihrer Scheinwerfer zuckte über das Dickicht aus Akazien und Eukalyptus und die nackten Rücken der Soldaten, die denselben Weg zu Fuß zurücklegten. Der Pfad war zerfurcht und steinig, und Okello hupte und brüllte jeden an, der nicht schnell genug zur Seite sprang.

Eine halbe Stunde später standen alle Soldaten auf der trockenen Steppe der Hochebene aufgereiht. Etwa zweitausend Mann, schätzte Connor, vielleicht auch mehr, alle mit geschulterten Waffen. Gepanzerte Fahrzeuge und Personentransporter standen bereit, diverse Artillerie und Maschinengewehre waren offenbar zum Zweck einer Inspektion aufgebaut. Während der tagelangen Warterei hatte man ihm den Kontakt zu den jüngeren Soldaten verwehrt, und auch jetzt ermahnte Okello ihn, Abstand zu halten und sie nicht zu fotografieren. Connors Blick wanderte über die Reihen der Gesichter auf der Suche nach dem einen, das ihn hierher geführt hatte und von dem er, obwohl er es nie gesehen hatte, sicher war, dass er es erkennen würde. Doch es waren zu viele, und das Licht war immer noch zu schwach.

Trotzdem staunte er, wie klein sie neben ihren Waffen aussahen. Die in der ersten Reihe Stehenden trugen zerlumpte Tarnkleidung, die ihnen etliche Nummern zu groß war. Die dahinter sahen aus, als hätten sie ihre Kleidung von der Müllkippe: zerrissene und dreckige T-Shirts, Schlafanzugoberteile und ausgefranste und vor Dreck starrende Hosen. Einige trugen Schuhe, andere Sandalen aus Autoreifen, doch viele waren barfuß. Die »Armee« bestand in der Hauptsache aus Jungen, doch zwischen ihnen und weiter hinten bei den Frauen, die als Köchinnen, Trägerinnen und Sexsklaven entführt worden waren, gab es auch etliche Mädchen. Und nun blickten sie alle – Männer, Frauen und Kinder – nach oben, als sollte ihnen eine große Wahrheit offenbart werden.

Am Himmel funkelten noch ein paar Sterne, doch jenseits der dunklen Berge im Osten, hinter denen die Sonne aufgehen würde, leuchtete ein erster dunkelgelber Streifen. Connor musste nicht noch einmal fragen, was los war. Es konnte nur einen Grund dafür geben, dass sie hier alle miteinander versammelt waren: Daniel Makuma, der Gesegnete, Mystiker, Prophet und oberster geistiger Führer der Krieger Gottes, sollte vom Himmel herabsteigen. Es war ein Augenblick, auf den Connor viele Monate gewartet hatte, und er konnte eine nervöse Anspannung nicht unterdrücken.

Das Netz aus Mythen und Lügen, das sich um Makuma gesponnen hatte, war so dicht, dass es schwer fiel, Fakten über den Mann in Erfahrung zu bringen. Mit Sicherheit ließ sich nur sagen, dass er ein Acholi aus dem Norden Ugandas, zweiundvierzig Jahre alt und ein entfernter und abtrünniger Cousin Joseph Konys war, des berüchtigten Anführers von »Gottes Widerstandsarmee«, die andere Landstriche im Norden terrorisierte. Beide beanspruchten für sich, rechtmäßige Erben der Kriegspriesterin Alice Lakwena zu sein, deren brutale Mischung aus Christentum und einheimischem Kult vor fünfzehn Jahren beinahe die Regierung Ugandas gestürzt hätte. Der Aufstand war blutig niedergeschlagen worden, Lakwena seither spurlos verschwunden.

Makumas Anhänger behaupteten, dass er genau wie Lakwena ein Medium war, das häufig durch die Seele von Tieren mit der Geisterwelt kommunizierte und von dem Heiligen Geist, dem »Tipu Maleng«, in einer Vision beauftragt worden war, den blutigen Krieg gegen das »große Böse« weiterzuführen, welches das Land regierte.

Zu diesem Zweck hatte er die Reihen seiner verbrecherischen

Rebellenarmee seit mehr als einem Jahrzehnt immer wieder mit verschleppten Kindern aufgefüllt, die im Namen Gottes aus Lagern wie diesem im Süden Sudans über die Grenze geschickt wurden, um mordend, plündernd und vergewaltigend durch das Land zu ziehen, das Makuma angeblich liebte und retten wollte. All das geschah mit dem Einverständnis der islamischen Regierung des Sudan in Khartum, die überdies große Mengen Waffen mit der Maßgabe zur Verfügung stellte, sie auch gegen die sudanesische Volksbefreiungsarmee einzusetzen, die seit nunmehr zwei Jahrzehnten ihren eigenen Bürgerkrieg führte.

Über die Methoden von Makumas Armee wusste Connor mehr, als ihm lieb war. Er hatte mit der Kamera die blutigen Raubzüge verfolgt, die Toten gezählt und angebliche Spitzel getroffen, denen man als Warnung für andere Lippen und Ohren abgeschnitten hatte.

Bisher war es noch keinem westlichen Journalisten oder Fotografen gelungen, von Makuma empfangen zu werden, und Connor hatte seine ganze List und Beharrlichkeit aufbieten müssen, um sich in dem Geflecht von Heimlichtuerei und Verfolgungswahn zurechtzufinden und über die Jünger des Gesegneten an ihren Herrn heranzukommen.

Zur Kontaktaufnahme war Connor zunächst nach Nairobi geflogen, wo die Gotteskrieger in dem schmuddeligen Hinterzimmer eines Reisebüros eine diskrete Filiale unterhielten. Er musste drei Wochen warten, in denen sie ihn vermutlich überprüfen ließen. Connor rief alle paar Tage an, bis einer der Offiziellen ihm schließlich erklärte, dass seine Anfrage, den Gesegneten zu treffen, nach wie vor geprüft werde und er zurück nach Khartum fliegen müsse. Connors Mut sank. In Khartum waren Amerikaner in etwa so beliebt wie Malariafliegen, doch der Mann sagte, er werde mit der sudanesischen Botschaft über die Verlängerung seines Visums sprechen. Das dauerte weitere drei Wochen, doch irgendwann wurde das Visum tatsächlich erteilt.

In Khartum war die Warterei noch schlimmer. Die Leute vom

Büro der Krieger Gottes behandelten ihn wie ein lästiges Insekt, wiesen ihn ein ums andere Mal ab und forderten ihn auf, am nächsten Tag wiederzukommen. Er musste Formulare ausfüllen, seinen Pass, ein Exposé sowie eine Liste der Fragen einreichen, die er zu stellen beabsichtigte. Als er nach drei Wochen endlich jemanden antraf, der offenbar über eine gewisse Autorität verfügte, beschied der Mann ihn unwirsch, er solle nicht noch einmal im Büro erscheinen, sondern in seinem Hotel warten. Seine Bitte um ein Interview mit dem Gesegneten würde weiter geprüft und die Entscheidung zu gegebener Zeit mitgeteilt. Süßholz für westliche Medien zu raspeln war ganz offensichtlich nicht die oberste Priorität der Gotteskrieger.

Nachdem er einen Monat lang durch die Straßen der Stadt gewandert war und sich mit den Kakerlaken in seinem Hotelzimmer auseinander gesetzt hatte, passierte es schließlich doch noch. Mitten in der Nacht klopfte es laut an der Tür. Zwei Männer mit Maschinenpistolen befahlen ihm, seine Sachen zu packen und mitzukommen. Sie verfrachteten ihn auf die Ladefläche eines Lkw und karrten ihn zu einem Armeelager, wo ein unbeschriftetes Transportflugzeug zum Abflug bereitstand. Er musste es sich zwischen Kisten bequem machen, von denen einige Nahrung, die meisten jedoch Waffen und Munition enthielten. Der Flug dauerte mehrere Stunden und war der strapaziöseste, den Connor je erlebt hatte. Es gab weder richtige Sitze noch Fenster, kaum Luft zum Atmen, und es wurde so heiß, dass er einer Ohnmacht nahe war. Tageslicht sah er erst auf der gottverlassenen Hochebene wieder, auf der sie jetzt standen. Natürlich verriet ihm niemand die genaue Position des Lagers, doch er wusste, dass es tief im Süden des Sudans unweit der ugandischen Grenze liegen musste.

Nach der Ankunft hatte er endgültig die Geduld verloren. Man ließ ihn in dem Glauben, dass Makuma hier war, was, wie sich bald herausstellte, keineswegs stimmte. Wann und ob er überhaupt eintreffen würde, konnte oder wollte ihm niemand sagen. Der brutale Colonel Okello war wegen Connors Besuch vorher offenbar nicht konsultiert worden und tat deshalb sein Bestes, ihm das Leben schwer zu machen. Er versuchte sogar, seine Kameras zu beschlagnahmen, und gab erst nach, als Connor einen Wutanfall bekam. Aber er hatte ohnehin kaum Verwendung dafür, weil er praktisch unter Hausarrest stand und man ihm das Fotografieren ausdrücklich untersagt hatte. Er konnte nicht mal ohne bewaffnete Eskorte spazieren oder auch nur zum Pinkeln gehen.

Okello und die anderen nahmen natürlich an, dass der Zweck seines Besuchs ein Interview mit Makuma war, und das sollten sie auch denken. Seine eigentliche Mission, die zu erfüllen er nach jener Nacht der Erkenntnis an der Skelettküste gelobt hatte, würde so lange sein Geheimnis bleiben, bis er die Gelegenheit hatte, sie dem Mann persönlich zu enthüllen.

Als nun die Sonne flammend hinter den Bergen aufging, hob ein Murmeln in der wartenden Menge an. Einer von Okellos Handlangern hatte in ein Funkgerät gesprochen und wies nun rufend in eine Richtung, in der Connor die Lichter eines Flugzeugs ausmachen konnte, die hell wie Zwillingssterne auf die Hochebene zuschwebten.

Das Flugzeug drehte eine Runde über ihren Köpfen, und wie auf ein Stichwort stieg die Sonne über die Gipfel der Berge, fiel auf seine silbernen Flügel und tauchte kurz darauf die Hochebene in goldenes Licht. Connor bewunderte die Dreistigkeit des Mannes, seine Ankunft derart zu inszenieren. Als er in die Gesichter der geraubten Kinder blickte, erkannte er, dass sie tatsächlich beeindruckt waren.

Auf ein Nicken Okellos hin durfte er das Flugzeug fotografieren, das von Osten zum Landeanflug ansetzte. Zwei mit weiß getünchten Steinen markierte Landebahnen bildeten ein riesiges Kreuz, über das jetzt der Schatten des landenden Flugzeugs huschte, das, als es aufsetzte, eine Staubwolke aufwirbelte. Das Flugzeug wendete und rollte aus. Colonell Okello brüllte einen

Befehl, und die Trommeln begannen zu dröhnen, während die Frauen und Mädchen ihre Stimmen zu einem langen schrillen Trillern erhoben. Okello bedeutete Connor, ihm zu folgen, und marschierte mit einem kleinen Empfangskomitee aus höheren Offizieren auf das Flugzeug zu.

Die Tür öffnete sich, und eine ausfahrbare Treppe wurde heruntergelassen. Dann trat eine kleine, ganz in weiß gekleidete Gestalt in die Sonne, und unter den Soldaten erhob sich ein solcher Jubel, dass er einen Moment lang selbst die Trommeln und das Kreischen der Frauen übertönte. Makuma stand, beide Arme erhoben, auf der obersten Stufe, und Connor zoomte auf sein lächelndes Gesicht.

Durch den Sucher sah er einen schmächtigen, gut aussehenden Mann mit feinen Gesichtszügen und einem sauber gestutzten Schnurrbart. Um seinen Hals hing eine lange Kette mit einem schweren goldenen Kreuz. Seine Augen strahlten, und er lächelte selig. Dann ließ er die Arme sinken und ging behutsam, beinahe graziös die Treppe hinunter, gefolgt von einer kleinen Gruppe Berater und Leibwächter.

Okello trat vor, um ihn zu begrüßen, und Makuma umarmte ihn. Ein hübsches Mädchen in einer schicken grünen Uniform wartete mit einem Blumenkranz und trat auf ein Zeichen Okellos vor, um ihn Makuma umzuhängen. Als dieser den Kopf senkte, sah er zur Seite und starrte direkt in Connors Linse, und in diesem kurzen Moment glaubte jener, im Blick des Mannes eine Kälte zu erkennen, die das fromme Lächeln auf seinen Lippen Lügen strafte.

Okello wollte die Gruppe gerade zur Inspektion der Waffen führen, als Makuma sich noch einmal umdrehte und auf Connor zuging. Connor schoss noch ein Bild, bevor er die Kamera sinken ließ und Makumas dargebotene Hand ergriff.

»Es tut mir Leid, dass Sie so lange warten mussten. Ich habe gehört, dass Sie schon seit vielen Tagen hier sind.«

Seine Stimme war sanft, sein Englisch makellos.

»Kein Problem. Colonel Okello und ich hatten viel Spaß miteinander.«

»Das freut mich. Später wird sich, wie ich hoffe, die Zeit finden, Ihre Fragen zu beantworten.«

»Das hoffe ich doch sehr. Ich möchte Sie nämlich etwas sehr Wichtiges fragen.«

Bei Sonnenuntergang wurde er gerufen. Zwei von Okellos Handlangern holten ihn ab und fuhren über einen Weg am Kamm oberhalb des Lagers entlang, den Connor nicht hatte betreten dürfen. Zwischen den Eukalyptusbäumen entdeckte er neben einer Biegung des austrocknenden Flusses verfallene Lehmhütten und improvisierte Zelte und Unterstände. Alles war in einen Schleier aus blauem Lagerfeuerrauch gehüllt. Der Duft von Essen stieg in den goldenen Himmel und mischte sich dort mit dem heißen, ursprünglichen afrikanischen Geruch nach roter Erde, den Connor so liebte.

Im Schutz der Bäume am Ende des Kamms, versteckt hinter Tarnnetzen, befand sich das Lager der Offiziere, das ungleich komfortabler wirkte als die Behausungen, auf die es hinabblickte. Es war ein Komplex aus strohbedeckten Hütten und geräumigen Zelten, die nach Connors Vermutung wahrscheinlich aus den Beständen einer Hilfsorganisation oder eines Konvois entwendet worden waren. Als der Jeep hielt, empfing ihn Okello.

»Der Gesegnete ist müde, und wir haben viel mit ihm zu besprechen. Du hast zwanzig Minuten, keine Sekunde länger. Und keine Fotos ohne Erlaubnis.«

Connor verzichtete auf Einwände und folgte Okello durch ein Labyrinth aus Gassen zwischen den Zelten und Hütten, in denen, wie Connor im Vorbeigehen erkannte, Kisten voller Waffen und Munition sowie mit den Namen verschiedener Hilfsorganisationen versehene Zweizentnersäcke mit Sorghumhirse und Linsen gelagert wurden. Schließlich erreichten sie einen Lehmplatz, auf dem zwei von Makumas Leibwächtern vor einer Hütte standen, die deutlich größer war als die anderen. Okello führte ihn bis zur Tür. Die Wachen tasteten Connor ab und durchsuchten seine Fototasche, bevor einer von ihnen den Vorhang beiseite zog und ihn mit einem Nicken aufforderte einzutreten.

Die dunkle Hütte war von einem seltsamen Duft erfüllt, eine Mischung aus Weihrauch und etwas Modrigem, ja beinahe Fauligem. Connor sah einen vollen Klapptisch, drei leere Campingstühle und darüber eine schwach brennende Gaslaterne. Auf dem Boden lagen Strohmatten und Tierfelle. Von Makuma war keine Spur zu sehen.

Über dem Stampfen der Generatoren hörte Connor jetzt leise klassische Musik, einen Choral oder etwas Ähnliches. Außer dem wenigen, das Ed ihm beigebracht hatte, wusste Connor nichts über Musik, doch selbst ihm fiel die Schönheit des Stücks auf. Es kam aus einem kleinen tragbaren CD-Spieler mit zwei Miniboxen, der auf dem Tisch stand. Als Connor näher trat, bemerkte er den danebenliegenden Stapel CDs von Mozart, Bach und Brahms. Der übrige Tisch war mit Dokumenten und einer großen, ausgebreiteten Karte Ugandas bedeckt, auf der eine randlose Brille lag.

Als Connor sich an die Dunkelheit gewöhnt hatte, erkannte er, dass die Wände der Hütte mit dunkelroten Stoffen und Tierfellen verhängt waren, an denen Zweige aus geschältem, weißem Holz lehnten. Im Halbdunkel funkelten die Augen mehrerer Vögel, die auf den Ästen saßen. Als er näher trat, sah er, dass es nicht nur Vögel waren, sondern eine ganze Menagerie toter Tiere, ausgestopfte Köpfe von Elefanten, Büffeln, Zebras und zahlreichen Antilopenarten, die ihn mit ihren Glasaugen anzustarren schienen, sowie Stoßzähne und Hörner in allen Formen und Größen, die wie Brennholz gebündelt auf dem Boden lagen. In der Ecke stand ein ganzer Löwe, flankiert von einem Leoparden und einem Geparden. An der gegenüberliegenden Wand lag ein riesiges Krokodil mit aufgesperrtem Maul, auf dessen Rücken sich Chamäleons, Echsen und zusammengerollte Schlangen stapelten.

Daneben befand sich eine mit Zebrafell verhängte Tür, durch die an den Rändern Licht fiel. Connor trat leise näher und entdeckte Makuma. Immer noch weiß gekleidet, kniete er betend vor einem Schrein in einer Nische, auf dem ein goldenes Kreuz und zwei Kerzen standen. Als Connor bemerkte, dass Makuma sich bekreuzigte, ging er rasch zurück in die Mitte des Raums. Und als er sich umdrehte, trat Makuma hinter dem Zebrafellvorhang hervor und wirkte kein bisschen überrascht, ihn hier vorzufinden. In der Hand hielt er eine kleine, in schwarzes Leder gebundene Bibel.

»Wie viel wissen Sie über den Glauben meines Volkes, Mr. Connor?«

»Das Volk der Acholi, meinen Sie? Ich fürchte, nicht viel.«

Makuma ging an ihm vorbei und legte die Bibel auf die Landkarte. Er wies auf einen der Stühle und nahm selbst auf einem anderen Platz.

»Genauso wenig wie die ersten Weißen, die hierher kamen. Sagt Ihnen der Begriff *Jok* etwas? Nicht? Er ist schwer zu übersetzen, aber er bezeichnet, ganz allgemein gesagt, eine spirituelle Macht. Ein *Jok* kann gut oder böse sein, das hängt von vielen Faktoren ab, und jeder *Jok* hat einen anderen Namen. Als die ersten europäischen Missionare auftauchten, glaubten sie, mehr Seelen retten zu können, wenn sie ihre Botschaft zum Schein ein wenig an die Glaubensvorstellungen der Acholi anpassen würden, und gaben ihrem christlichen Gott den Namen *Jok*. Sie nannten ihn *Jok Rubanga*, was zunächst leider kein großer Erfolg war, weil es bereits einen Gott gleichen Namens gab, den Geist, der für den Ausbruch der Knochentuberkulose verantwortlich gemacht wurde. Vielleicht waren die armen Weißen schlecht beraten worden. Vielleicht beweist es aber auch nur, dass man nicht mit Geistern herumexperimentieren sollte, die man nicht versteht. Glauben Sie an Gott, Mr. Connor?«

»Das kommt darauf an, was Sie mit Gott meinen.«

»Ah. Also nicht.«

Connor zuckte die Achseln. Wenn der Mann das glauben wollte, sollte er doch. Makuma lehnte sich zurück, faltete die Hände und sah Connor mit einem herablassenden, ein wenig bedrohlichen Lächeln an.

»Mögen Sie Bach?«

»Ist das die Musik, die sie gerade hören?«

»Ja, die Johannespassion.«

»Es ist wunderschön.«

»In der Tat. Glauben Sie, dass solche Musik existieren könnte, wenn es keinen Gott gäbe?«

»Ich habe den Eindruck, dass vieles existiert, sowohl Gutes als auch Böses, unabhängig vom Willen eines Gottes. Darf ich unser Gespräch aufzeichnen?«

»Wenn Sie wollen.«

Connor nahm sein Aufnahmegerät aus der Tasche und stellte es neben die Bibel.

»Sie glauben also nicht an Gott, aber Sie glauben an gut und böse?«

»Ich weiß, dass die Menschen zu beidem fähig sind.«

»Und Sie meinen, Sie könnten zwischen beidem unterscheiden?«

»Zwischen gut und böse? Ja, das glaube ich.«

»Aber wie ist es möglich, wenn es keinen Gott gibt?«

Connor hatte nichts von all dem erwartet. Er hatte lange und gründlich darüber nachgedacht, wie er den Vorschlag, den zu machen er hierher gekommen war, präsentieren sollte. Er wusste, dass er sich nicht provozieren lassen durfte, kannte jedoch seinen Hang, diejenigen, die für die von ihm dokumentierten Grauen verantwortlich waren, direkt damit zu konfrontieren, was töricht, gefährlich und leichtsinnig war. Wenn Leute wie jener blutrünstige ruandische Bürgermeister und jetzt Makuma versuchten, ihn in eine intellektuelle Debatte zu verwickeln, rührte das an sein altes Minderwertigkeitsgefühl, und er kam sich wieder wie der Junge vor, der nicht aufs College gegangen war.

Genau das geschah jetzt, ohne dass er etwas dagegen tun konnte. Als Antwort auf Makumas Frage öffnete er seine Kameratasche und nahm das Foto des stummen Jungen aus St. Mary's heraus. Er hielt es Makuma hin, der es nach kurzem Zögern nahm und betrachtete.

»Das Bild kenne ich schon. Ich habe den Artikel und all die Lügen gelesen, die Sie geschrieben haben.«

Er sagte das ganz schlicht, ohne jede Bitterkeit oder die Spur eines Vorwurfs. Er wollte Connor das Bild zurückgeben, doch der weigerte sich, es anzunehmen. Seine Schläfen pulsierten.

»Sie haben mich gefragt, wie ich gut und böse unterscheiden kann. Was diesem Jungen angetan wurde, war böse. Ihre Soldaten haben seine Mutter und die übrige Verwandtschaft sowie alle seine Freunde ermordet. Sie haben sein Dorf niedergebrannt und ihn zum Sterben im Busch zurückgelassen. Hört sich das für Sie nicht auch böse an? Oder hat Ihr Gott eine andere Bezeichnung dafür?«

Makuma warf das Foto auf den Tisch und nahm seine Brille ab. Er legte die Hände zusammen wie zum Gebet, führte die Fingerspitzen an sein Kinn und starrte Connor lange an. Sein Lächeln war verschwunden. Die Musik strebte einem Höhepunkt entgegen und klang jetzt eher bedrohlich als schön. Während eine Stimme in seinem Kopf ihn ermahnte, die Ruhe zu bewahren, erwiderte Connor den Blick seines Gegenüber nach wie vor erregt und trotzig.

»Wer immer Ihnen das erzählt hat, lügt«, sagte Makuma leise. »Wir verschleppen die Kinder, die für unsere Sache kämpfen, nicht. Sie strömen zu hunderten freiwillig zu uns. Warum? Weil sie uns helfen wollen, das Land von dem großen Bösen zu befreien, das es ergriffen hat. Wenn sie noch zu jung sind, lassen wir sie nicht kämpfen …«

»Sie wissen ganz genau, dass das Unsinn ist.«

»… wir lassen sie nicht kämpfen, sondern kümmern uns um sie und geben ihnen die Möglichkeit, der Sache auf andere Weise zu dienen. Viele sind in der Tat Waisen, deren Eltern von den Soldaten der Regierung ermordet wurden. Die Regierung ist es, die mein Volk foltert und tötet, unsere Dörfer niederbrennt und die Welt dann mithilfe naiver westlicher Freunde wie Ihnen glauben macht, dass wir die Schuldigen sind.«

»Ich habe es mit eigenen Augen gesehen.«

»Dann täuschen Ihre Augen Sie. Haben Sie den weiten Weg hierher gemacht, um mich zu interviewen oder um mich zu beleidigen?«

Connor zögerte. Die Musik war verklungen, und man hörte nur das Stampfen der Generatoren und das leise Zischen der Gaslaterne. Wahrscheinlich war es bereits zu spät, doch er atmete tief durch, zog den Zettel aus seiner Tasche und reichte ihn Makuma.

»Dies ist eine Liste von einigen der Kinder, die Ihre Soldaten in der Gegend von Karingoa entführt haben, insgesamt dreiundsiebzig. Der Letzte auf der Liste, Lawrence Nyeko, ist der Zwillingsbruder von Thomas, dessen Bild Sie dort sehen. Bitte nehmen Sie sie.«

Makuma rührte sich nicht, also beugte Connor sich vor und legte die Liste vor ihn auf den Tisch. Makuma würdigte sie keines Blickes, sondern starrte weiterhin auf Connor.

»Ich bin bereit, Sie zu interviewen, zu fotografieren und alles. Und Sie können sagen, was Sie wollen, all die von mir verbreiteten Lügen richtig stellen, was auch immer. Ich sorge dafür, dass es gedruckt wird. Doch eigentlich bin ich hier, um Ihnen ein Angebot zu machen.«

Er hielt inne und wies auf die Liste.

»Ich weiß nicht, wie viel Ihnen diese Kinder wert sind. Wenn Sie auch nur annähernd in dem Zustand sind wie die Geflüchteten, die ich getroffen habe, denke ich nicht allzu viel. Vielleicht sind einige ja schon gar nicht mehr hier. Aber die Übrigen würde ich gern kaufen.«

Makuma sah ihn einen Moment lang verblüfft an, bevor er laut loslachte.

»Wie kommt es, dass Amerikaner immer glauben, man könnte alles kaufen?«

»Ich versuche nur, ihnen die Freiheit zu erkaufen.«

»Mit wessen Geld?«

»Mit meinem eigenen.«

Makuma lachte verächtlich.

»Sie müssen mir nicht glauben. Es ist mir scheißegal, was Sie glauben. Aber das Geld liegt auf einem Konto in Nairobi bereit. Ich gebe Ihnen zweitausend Dollar für jedes Kind auf der Liste. Zahlung bei Lieferung in jeder gewünschten Form.«

Connor war auf eine arrogante oder empörte Ablehnung gefasst gewesen, doch Makuma reagierte gar nicht. Stattdessen rief er einen der Wächter, sagte etwas auf Acholi, gab ihm die Liste und das Foto von Thomas, und der Mann eilte davon.

»Im Namen welcher Agentur oder Organisation tun Sie das?«

»Ich habe Ihnen doch schon gesagt, ich handle auf eigene Faust. Sonst weiß niemand davon. Und es braucht auch niemand zu erfahren, wenn Sie es so wollen.«

Makuma überlegte kurz. Connor versuchte vergeblich, in seinem Gesicht zu lesen, was der Mann dachte. Makuma sah auf die Uhr.

»Gehen Sie jetzt«, forderte er ihn auf. »Wir reden morgen früh weiter.«

In jener Nacht lag Connor lange wach, wälzte sich auf seiner Bastmatte hin und her und ging das Gespräch im Kopf noch einmal durch. Er war wütend auf sich, dass er sich von Makuma hatte provozieren lassen. Dadurch war das ganze Unternehmen gefährdet. Vielleicht war die Idee ohnehin verrückt, doch er hätte zumindest sein Bestes geben können. Tröstlich war nur der Gedanke, dass es, auch wenn Makuma ihn verachtete, letztlich nur auf den Vorschlag selbst ankam. Entweder er ging auf ihn ein oder nicht. Als der Morgen dämmerte, schlief er endlich ein.

Zum ersten Mal seit langer Zeit träumte er von Julia. Sie befanden sich auf einem Fluss, der aussah wie der Abschnitt des Salmon River, auf dem sie beide vor vielen Jahren gepaddelt waren. Am Ufer erhoben sich die gleichen steilen Felsen, die jedoch nicht grau, sondern von einem Rot waren, wie man es nur in Afrika kannte, genau wie die Pflanzen, die über ihm in die Wolken ragten und unverkennbar aus dem Regenwald stammten. Connor saß mit der gesamten Ausrüstung in einem Kanu, Julia in einem anderen vor ihm, hinter ihr Amy und am Heck Ed. Amy ließ eine Hand ins Wasser hängen; die Stimmung war idyllisch und friedlich. Julia drehte sich einmal um und schenkte ihm ein Lächeln, das er ohne jedes Gefühl von Trauer oder Trennung erwiderte.

Er blickte an den steilen Uferwänden hoch, weil er wusste, dass es hier irgendwo Felsmalereien geben musste, die er jedoch nirgends entdecken konnte. Als er wieder nach vorn schaute, sah er Julias Kanu um eine Biegung verschwinden, und Ed, der sich mit seiner dunklen Brille umgewandt hatte, mahnte ihn winkend zur Eile. Da fielen Connor plötzlich die Stromschnellen und der große Wasserfall ein. Er hatte sie nicht davor gewarnt. Man musste den Fluss verlassen und die Kanus über Land tragen. Er lauschte und hörte das Rauschen des Wassers. Er rief ihnen nach, doch er wusste, dass sie ihn nicht hören konnten. Also paddelte er ihnen, ständig rufend, so schnell er konnten, hinterher, während das Tosen des Wassers immer lauter wurde.

Dieses Tosen war es, was ihn schließlich auch weckte. Er entpuppte sich als der Motor von Okellos Jeep, der vor der Hütte hielt. Kurz darauf stand der Mann in der Tür und brüllte *Muzungu! Muzungu!*, wie am Tag zuvor.

Er spürte sofort, dass die Stimmung umgeschlagen war. Als er aus der Tür trat, gab Okello ihm einen Stoß zwischen die Schulterblätter. Connor drehte sich um.

»Was zum Teufel soll das?«

»Steig ein.«

Seine beiden Spießgesellen grinsten. Sie fuhren auf dem gewundenen Pfad ins untere Lager, das sehr viel armseliger aussah, als es vom Kamm aus den Eindruck gemacht hatte. Der rote Boden war morastig aufgewühlt, die Hütten und Zelte sahen erbärmlich aus. Geier pickten in den Müllhaufen, und der Gestank menschlichen Unrats hing in der schwülen Luft.

Connor sah sich um und bemerkte, dass hinter ihnen ein weiterer Jeep fuhr, auf dessen Beifahrersitz huldvoll winkend und mit scheinheiligem Lächeln Makuma thronte. Sie hielten an einer Lichtung am äußersten Rand des Lagers, wo eine Gruppe der jüngsten Soldaten, die Connor bisher gesehen hatte, in Formation Aufstellung genommen hatte, schätzungsweise vierzig Kinder, fast ausnahmslos Jungen, im Alter zwischen neun und sechzehn Jahren. Als Makuma aus dem Jeep stieg, schulterten sie auf Befehl ihre Waffen und stießen einen Schlachtruf aus. Auch alle anderen sprangen aus den Jeeps, Connor blieb an die Kühlerhaube gelehnt stehen. Makuma kam auf ihn zu.

»Das sind Ihre so genannten ›verschleppten‹ Kinder. Zumindest zweiundvierzig von ihnen, weitere neunzehn von Ihrer Liste sind zurzeit mit Einheiten in Gebieten unterwegs, die ich Ihnen aus Sicherheitsgründen nicht nennen kann. Über die restlichen zwölf Namen auf Ihrer Liste wissen wir nichts. Wahrscheinlich wurden Sie von Regierungstruppen entführt oder getötet.«

»Gestern Abend haben Sie mir doch versichert, dass die ganz Jungen nicht als Soldaten eingesetzt werden. Einige dieser Kinder sind höchstens neun Jahre alt.«

»Es ist keine Frage der Jahre, sondern eine der Einstellung. Wenn sie leidenschaftlich für unsere Sache kämpfen wollen, wer will sie daran hindern?«

»Darf ich ein paar Fotos machen?«

»Nein.«

»Aus Sicherheitsgründen, nehme ich an.«

»Natürlich.«

»Ein Foto würde ihren Eltern zumindest die Gewissheit geben, dass sie noch leben. Ich habe diese Kinder noch nie gesehen und muss irgendeine Möglichkeit haben, sie zu identifizieren.«

Makuma nickte Okello zu, der die Liste hochhielt und die Namen laut vorlas. Connor sah kopfschüttelnd zu, wie die Kindersoldaten einer nach dem anderen antworteten. Das war mit Sicherheit eine Inszenierung. Der letzte Name, den Okello vorlas, war der von Thomas' Bruder Lawrence Nyeko.

»Lassen Sie mich mit ihm sprechen«, bat Connor.

Makuma nickte Okello erneut zu, und der Junge wurde gerufen. Makuma gab Connor das Foto von Thomas.

»Vielleicht brauchen Sie das als Erinnerungsstütze.«

Doch das war nicht nötig. Er wusste, dass die beiden eineiige Zwillinge waren und konnte die Ähnlichkeit des Jungen mit seinem Bruder schon aus zwanzig Meter Entfernung erkennen. Er trug viel zu große und zerlumpte Tarnkleidung. Als er näher kam, sah Connor seine vorstehenden Schlüsselbeine und die Wunden an den abgemagerten, nur noch aus Haut und Knochen bestehenden Handgelenken. Der Junge blieb vor Connor und Makuma stehen und salutierte tapfer. Er versuchte, sich wie ein erwachsener Soldat zu geben, doch in seinen Blicken, die nervös zwischen Makuma, Okello und Connor hin und her hasteten, lag kindliche Furcht. Connor lächelte ihm zu, doch er erwiderte sein Lächeln nicht.

»Lawrence?«

Der Junge sah Okello und seinen Stock mit dem Horngriff an, mit dem er offenbar schon Bekanntschaft gemacht hatte. Okello sprach auf Acholi mit ihm. Lawrence blickte kurz zu Connor und nickte. Connor hielt ihm die Hand hin.

»Jambo. Jina langu ni Connor.«

»Er spricht kein Swahili«, sagte Okello. »Auch kein Englisch. Nur Acholi.«

Lawrence schaute erst auf die Hand und dann zu Okello, der ihm mit einem Nicken erlaubte, sie zu schütteln. Die kleine

Hand des Jungen fühlte sich kalt, schlaff und knochig an. Connor zeigte ihm das Bild von Thomas. Lawrence betrachtete es kurz und blickte dann wieder zu Okello, um zu sehen, wie er reagieren sollte.

»Fragen Sie ihn, wer das ist.«

Das tat Okello, und in der Antwort des Jungen hörte Connor den Namen Thomas, ohne den Rest zu verstehen. Er ärgerte sich, nicht mehr als ein paar Brocken Acholi gelernt zu haben. Okello übersetzte.

»Er sagt, das ist sein Bruder Thomas, der als Verräter und Feigling gestorben ist.«

»Das hat er nicht gesagt. Und wenn, können Sie ihm sagen, dass es nicht wahr ist. Erzählen Sie ihm, dass sein Bruder lebt.«

Okello blickte zu Makuma, und Connor wandte sich selbst auf Swahili an den Jungen, doch er erkannte, dass dieser ihn nicht verstand. Seine Blicke zuckten ängstlich hin und her, und er hatte offensichtlich Sorge, bereits etwas Falsches gesagt zu haben. Okello sprach wieder mit ihm, und als er antwortete, brach seine Stimme, und er musste sich räuspern.

»Er meint, dass Sie lügen«, übersetzte Okello.

Connor hatte genug von dem Theater. »Das ist doch alles Blödsinn. Ich habe nicht die geringste Ahnung, was Sie und der Junge reden, aber jeder Idiot kann sehen, dass der Kleine völlig verängstigt ist.«

»Ich glaube, er hat Angst vor Ihnen«, bemerkte Makuma und wandte sich erneut an Lawrence. Der Junge hörte zu und schüttelte dann heftig den Kopf.

»Was haben Sie zu ihm gesagt?«

»Ich habe ihm erklärt, dass Sie gekommen sind, um ihn zu kaufen, und ihn gefragt, ob er verkauft werden will.«

Connor wandte sich kopfschüttelnd ab. Er war verrückt gewesen zu glauben, dass es je hätte funktionieren können.

»Ich werde den anderen dieselbe Frage stellen.«

»Ja, klar. Ganz bestimmt.«

Makuma legte seinen Arm um Lawrences Schulter und drehte ihn um, sodass sie beide frontal zu den anderen Kindern standen. Etwa eine Minute lang sprach er schlicht auf sie ein, und allein sein Tonfall ließ Connor ahnen, was er sagte. Offensichtlich endete die Rede mit einer Frage, danach standen alle Kinder stumm da und wagten es nicht, einander anzublicken. Makuma wiederholte die Frage, und erneut antwortete niemand. Mit einem Lächeln geheuchelten Bedauerns wandte er sich wieder an Connor.

»Ich habe sie gefragt, ob irgendwer an Sie verkauft werden möchte. Und Sie haben ja selbst gesehen: keiner.«

»Sagen Sie ihnen, dass ich sie nach Hause bringen werde. Dass sie ihre Familien wiedersehen werden. Sagen Sie ihnen das.«

Makuma wandte sich erneut an die Kinder, doch Connor wusste ganz genau, dass er etwas anderes sagte, und begann selbst auf Swahili zu brüllen. Okello schrie ihn an, er solle aufhören, kam, als er das nicht tat, auf ihn zu und schlug ihn mit seinem Stock auf die Schulter. Connor wollte sich auf ihn stürzen, doch Okellos Handlanger packten ihn von hinten und hielten ihn fest, während Okello ihn ins Gesicht schlug und ihn mit voller Wucht in den Magen boxte, sodass Connor die Luft wegblieb.

Er sank röchelnd auf die Knie, und Okello verpasste ihm einen Tritt gegen die Brust, der ihn nach hinten fallen ließ, wo er hart mit dem Kopf aufschlug. So blieb er liegen und sah ihre wütenden Gesichter vor dem kobaltblauen Himmel auf ihn herabblicken. Das Letzte, was er hörte, bevor er nach einem weiteren harten Schlag das Bewusstsein verlor, war der von Makuma intonierte Schlachtruf der Krieger Gottes, der von den schrillen Stimmen der Kinder aufgegriffen wurde.

27

Die Stadt Karingoa lag am Eingang eines Tals in dem Teil Ugandas, wo die trockene, akazienbewachsene Steppe nach Osten hin erste Falten warf und sich in Hügeln immer fruchtbarer werdend bis zum Albert Nil, dem Dschungel und dem Bergland des Kongo erstreckte. Die Stadt bestand aus einer einzigen Straße mit einer Reihe von Läden, der Kirche an einem und der Polizeiwache am anderen Ende. In den weit zurückliegenden Tagen vor dem Krieg war es ein verschlafener, unscheinbarer Ort mit ein paar tausend Einwohnern gewesen, zu denen täglich etliche Bauern aus dem Umland kamen, um auf dem Markt ihre Waren zu verkaufen. Doch nun waren sie gekommen, um zu bleiben, sodass sich die Einwohnerzahl von Karingoa verfünfzigfacht hatte, während die Farmen und Dörfer im Umkreis geplündert, niedergebrannt und verlassen waren.

Die Regierung hatte für die Besitz- und Obdachlosen »geschützte« Lager eingerichtet, doch viele weigerten sich, dorthin zu gehen, weil diese Lager weit entfernt lagen und von allerlei Seuchen geplagt und nachts trotz allem von Rebellen überfallen wurden, die ihnen ihre Kinder und die wenigen verbliebenen Habseligkeiten raubten. Stattdessen waren die Menschen in Scharen in das Flüchtlingslager von Karingoa geströmt, das sich auf beiden Seiten der Stadt über eine Meile weit ausbreitete. Von hier aus konnten die Mutigen zumindest von Zeit zu Zeit in ihre Dörfer zurückschleichen, um ihre Felder zu bestellen. Dabei lasen sie häufig Kinder auf, die den Rebellen entkommen oder von ihnen zurückgelassen worden waren und nun im Gebüsch hockten oder auf der Suche nach ihren Familien wie Gespenster durch die Ruinen ihrer alten Häuser geisterten.

Das Rehabilitationszentrum St. Mary of the Angels, wohin man viele dieser Kinder brachte, stand am Südrand des Elendsviertels von Karingoa. Von der bröckelnden Toreinfahrt aus wirkte das alte, dreigeschossige Kloster, das wuchtig am Fuß einer leicht abschüssigen Straße aus rotem Lehm thronte, durchaus stolz und imposant. Die Zufahrt war auf beiden Seiten von Flammenbäumen gesäumt, dahinter erhoben sich Palmen und riesige Mangobäume, die von Flughunden bevölkert waren, die in der Dämmerung ihre großen, ledrigen Flügel ausbreiteten und sich flatternd auf Nahrungssuche machten. Ein Stück weiter schob sich das weiß getünchte, mit feuerroter Bougainvillea bewachsene Kloster samt Kapelle ins Blickfeld, und erst wenn man noch näher kam, begann das Bild kolonialer Zuversicht zu verblassen.

Die Farbe blätterte ab, und die Wände waren fleckig von den Wassermassen, die während der halbjährlichen Regenzeit aus den brüchigen Regenrinnen des ziegelgedeckten Dachs an ihnen herunterströmten. Die Fassade des Konvents hatte in jedem Stockwerk sechs große Fenster, alle mit zerrissenen Moskitonetzen und Läden, deren grüne Farbe schon so weit abgegangen war, dass es aussah wie Schimmelflecken auf dem Holz. Vor dem Gebäude verbreiterte sich die Zufahrt zu einem Hof, von dem vier rissige Zementstufen zu einer schweren Doppeltür führten. Vor dem Krieg, als St. Mary's noch eine Mädchenschule gewesen war, hatte sie immer offen gestanden, doch jetzt wurde sie dauerhaft verschlossen gehalten und bei Nacht zusätzlich verriegelt.

Hinter dem Haupthaus standen einige kleinere Nebengebäude. Die Küchen, durch deren Fenster ein ununterbrochenes Geschrei und Geschepper drang, standen um einen von einer flachen Mauer umgebenen Hof mit drei hohen Papayabäumen und einem Brunnen mit einer Handpumpe. Magere Hühner und Enten scharrten im Staub nach Essensresten, während dürre

Hunde unter den Klapptischen in einem riesigen offenen Zelt dösten, das als Speisesaal diente.

Es gab Vorratskammern, eine kleine Sanitätseinheit, einen Handwerksraum und eine Garage mit einer bunten Mischung aus mehr oder weniger funktionsunfähigen Fahrzeugen, die fast surreal von einem roten Doppeldeckerbus überragt wurden, der vor einem Jahrzehnt auf einer Spendenfahrt den weiten Weg von England hierher zurückgelegt hatte. Er hieß Gertrude und war dank der liebevollen Pflege durch George, den uralten Gärtner, Mechaniker und guten Geist des Zentrums, immer noch fahrtüchtig. Daneben erstreckte sich ein roter Lehmplatz mit vertrockneten Grasflecken, auf dem Kinder in der Spätnachmittagssonne Fuß- und Basketball spielten. Hinter dem Spielplatz begann ein knapp fünf Hektar großer Garten, ein wucherndes Eden, in dem Orangen, Bananen, Mangos und Avocados gediehen.

Als Julia die Szenerie von ihrem Fenster im zweiten Stock aus betrachtete, erinnerte sie sich daran, wie fremd ihr das alles bei ihrer Ankunft vor einem Vierteljahr erschienen war und wie schnell sie sich hier eingewöhnt hatte.

Sie kam gerade mit Amy aus ihrem täglichen Acholi-Unterricht bei Schwester Emily. Amy beherrschte die Sprache mittlerweile fast fließend, während Julia noch über einfachen Sätzen ins Stocken geriet und Fehler machte, die Amy jedes Mal mit Gelächter quittierte und sogar Schwester Emily ein Lächeln entlockten. Nach dem Unterricht war Amy nach draußen gestürmt, um Basketball zu spielen, obwohl sie eigentlich Schulaufgaben hätte machen sollen. Jetzt tollte sie unten mit den anderen Mädchen herum. Ihre blonden Locken wippten im staubigen Sonnenlicht.

Sie teilten sich ein spartanisch eingerichtetes, aber geräumiges Zimmer mit einer hohen Decke, einem nicht funktionierenden Ventilator und blassgrünen Wänden, an denen glupschäugige Geckos mit ihren Saugfüßen stundenlang reglos verharrten. Es gab zwei Betten mit Metallrahmen, die unter einem Moskitonetz zusammengeschoben waren, einen Holztisch mit Schubladen, ein paar Stühle und einen riesigen, nach Mottenkugeln riechenden Kleiderschrank. Einziger Luxus war eine Dusche und ein Waschbecken, die mit einem Vorhang abgeteilt waren. Die Gemeinschaftstoiletten befanden sich auf dem Flur.

Julia sah auf die Uhr. Bis zum Englischunterricht, den sie seit kurzem jeden zweiten Abend vor dem Essen gab, blieb ihr noch eine halbe Stunde. Die Teilnahme war freiwillig, doch sie bemühte sich, den Unterricht unterhaltsam zu gestalten, sodass von Mal zu Mal mehr Kinder kamen. Sie wandte sich vom Fenster ab, zog sich aus, duschte und wusch sich die Haare. Dann wickelte sie sich in ein Handtuch und setzte sich, die Strahlen der durch das Fenster fallenden Sonne im Rücken, an den Tisch, um einen Brief an Linda zu beenden.

In ihrem letzten Schreiben hatte Linda nach Connor gefragt und ob die Leute in St. Mary's vielleicht wussten, wo er war. Sie wussten es nicht, doch Schwester Emily hatte als Letzte von ihm gehört. Erst vor einem halben Jahr, im vergangenen Herbst, hatte er sie aus Nairobi angerufen und um eine Liste der Kinder aus der Gegend gebeten, von denen man wusste, dass sie von den Kriegern Gottes verschleppt worden waren. Er hatte keine Gründe genannt, und Schwester Emily war davon ausgegangen, dass er sie für einen Artikel brauchte.

An der Art, wie sie und die anderen Nonnen und Mitarbeiter in St. Mary's über ihn sprachen, wurde deutlich, dass Connor äußerst beliebt war. Fotos, die er von den Kindern gemacht hatte, hingen gerahmt an den Wänden in der Halle. Julia erfuhr, dass er regelmäßig Geld und große Kleiderpakete schickte und bei seinem letzten Besuch eine neue Video- und Stereoanlage mitgebracht hatte. Julia erwähnte natürlich, dass er Amys Pate sei, seine Vaterschaft verschwieg sie jedoch aus irgendeinem Grund.

Als sie die Nachricht von Schwester Emily hörte, wäre sie vor

Erleichterung beinahe in Tränen ausgebrochen. Connor lebte! Doch schon bald stiegen Gefühle der Verletztheit und Eifersucht in ihr auf, weil er den Kontakt zu ihr und seiner eigenen Tochter abgebrochen hatte. Sie vermutete, dass er nach wie vor nichts von Eds Tod wusste, weil er sich sonst bestimmt gemeldet hätte. Julia sprach über diese Gefühle mit niemandem, am allerwenigsten mit Amy, und auch in ihrem Brief an Linda erwähnte sie davon nichts. Connor gehörte der Vergangenheit an, und sie hatte sich vorgenommen, in der Gegenwart zu leben und diese nicht von einer Sehnsucht überschatten zu lassen, die, wie sie befürchtete, leicht übermächtig werden konnte.

Insgesamt lebten zweiundvierzig Kinder in St. Mary's, zwei Drittel davon Jungen. Von den neun Mitarbeitern waren bis auf drei alle Nonnen, die aus der Gegend von Karingoa stammten. Alle hatten selbst das Kloster besucht, als es noch eine Schule war, und Hilfsorganisationen hatten sie speziell für die Arbeit mit traumatisierten Kindern ausgebildet. Obwohl sie natürlich katholisch waren, pflegten sie in religiösen Fragen einen eher zurückhaltenden Stil und achteten sorgfältig darauf, die protestantischen Kinder nicht auszugrenzen.

Die beiden anderen Sozialpädagogen waren Françoise, eine vergnügte, mittelalte, geschiedene Frau aus der Schweiz, und Peter Pringle, ein netter, leicht melodramatischer junger Schotte, der gleichzeitig auch noch als Arzt fungierte. Er hatte krauses, rötliches Haar und in jüngster Zeit eine übertriebene Zuneigung zu Julia gefasst. Beim Essen achtete er stets darauf, neben ihr zu sitzen, und wurde jedes Mal rot, wenn sie ihn dabei ertappte, wie er sie anstarrte. Er und die anderen Mitarbeiterinnen bewohnten alle Zimmer im zweiten Stock, während die Kinder nach Geschlechtern getrennt in Schlafsälen im ersten Stock schliefen. Peter Pringles Zimmer lag neben Julias und Amys, und manchmal hörten sie ihn durch die Wand unter der Dusche so obskure Volkslieder singen, dass Amy sich vor Lachen bog. Sie nannte ihn Single und gab in einer perfekten Parodie seines eigenartigen Akzents und Tonfalls Erklärungen seiner unsterblichen Liebe für Julia zum Besten.

Die beendete nun ihren Brief an Linda und sammelte die Requisiten für ihren Unterricht zusammen. Während der Stunde sprach sie ausschließlich Englisch, und wenn jemand etwas auf Acholi fragte, tat sie so, als würde sie es nicht verstehen, was häufiger, als ihr lieb war, sogar stimmte. Jede Stunde kam ein anderes Thema an die Reihe; an diesem Abend sollte es um einen Besuch auf dem Markt gehen. Sie hatte einen Korb voller verschiedener Dinge zusammengestellt, damit die Kinder spielerisch kaufen, verkaufen und handeln lernen konnten. Insgesamt befanden sich etwa dreißig Gegenstände darin, die von Früchten wie Bananen und Orangen über Wäscheklammern und Kämme bis hin zu mehreren Packungen Streichhölzern reichten, die sie als Geld benutzen wollte. Ein großes Spektakel war jedenfalls garantiert.

Auf dem Weg nach unten traf sie Amy, die Arm in Arm mit Christine vom Basketball zurückkam. Christine war ein zehnjähriges Acholi-Mädchen, das von den Rebellen mehr als ein Jahr lang festgehalten und grausam missbraucht worden war. Sie lebte seit zwei Monaten in St. Mary's und schien sich gut zu erholen. Sie und Amy hatten sich angefreundet. Beide waren mit Staub bedeckt.

»Darf Christine mit in unser Zimmer kommen?«, fragte Amy.

»Selbstverständlich. Aber vergiss deine Mathehausaufgaben nicht, junge Dame.«

Die Mädchen rannten an ihr vorbei nach oben.

»Ja, ja. Die mache ich später. Wir schreiben ein Theaterstück.«

»Super. Bis später. Und dusch dich.«

»Ja, Mom«, stöhnte Amy.

Die Englischstunde lief gut. Eine Rekordteilnehmerzahl von fünfzehn Kindern sowie zwei Nonnen, die ihr Englisch lediglich aufpolieren wollten, waren erschienen. Am meisten überraschte sie das Kommen von Thomas, dem Jungen auf Connors Foto, der auch nach fast zwei Jahren in St. Mary's noch immer kein Wort sprach. Er hatte gegenüber dem Foto ein wenig zugenommen, wirkte jedoch nach wie vor mager und zerbrechlich. Man sah ihn nie anders als mit schützend hochgezogenen Schultern und gesenktem Kopf. Niemand wusste, was man mit ihm machen sollte. Die meisten Kinder blieben nur zwei bis drei Monate in dem Zentrum, bevor sie zu ihren Familien zurückkehrten. Thomas war auch einmal zu einem Onkel geschickt worden, aber nach nur zwei Wochen einsamer denn je zum Zentrum zurückgekommen.

In der morgendlichen Therapiestunde hatte Julia wie andere vor ihr alles versucht, ihn zum Malen zu bewegen. Manchmal nahm er sogar einen Buntstift und hockte vor dem leeren Papier, als müsste er all seinen Mut zusammennehmen, um zu beginnen. Doch das tat er nie. Was immer er in sich verschloss, war offenbar zu schrecklich, um es nach außen dringen zu lassen.

Die ganze Englischstunde saß er in der hintersten Ecke des Raums und verfolgte das Geschehen aufmerksam, doch als er an der Reihe war, etwas bei dem Marktstand zu kaufen, schüttelte er nur den Kopf. Julia nahm ein paar Artikel in die Hand, brachte sie ihm und konnte ihn schließlich dazu bewegen, auf einen Kamm zu zeigen, den er mit fünf Streichhölzern bezahlte. Alle klatschten Beifall, und er verzog die Lippen zu einem schüchternen Lächeln.

Julia wusste nicht, wie viel Englisch am Ende hängen geblieben war, doch sie hatten viel Spaß gehabt und gelacht. Sie selbst fühlte sich müde und sehr erleichtert, als die Glocke zum Abendessen läutete.

Als sie auf den Flur trat, sah sie zu ihrer Überraschung zwei Soldaten, die mit Schwester Emily redeten. An ihrer Uniform erkannte Julia, dass es sich um Mitglieder der Demokratischen Einheitsfront Ugandas, der Armee der Regierung, handelte, die einen Stützpunkt am Nordrand der Stadt unterhielt. Doch Soldaten jeder Art waren in St. Mary's nicht gern gesehen. Schon der

Anblick einer Uniform konnte die gerade erst heilenden Seelen der Kinder mit neuer Angst erfüllen, und einige waren von der UDF genauso brutal behandelt worden wie von den Rebellen. Beim Näherkommen hörte Julia einen der beiden Soldaten den Namen Makuma erwähnen, doch als er sie sah, unterbrach er sich, bis sie halb die Treppe hinauf und außer Hörweite war.

Sie standen alle vor dem Essenszelt, als Schwester Emily herauskam. Sie war eine große, würdevolle Frau Ende dreißig, die mit ihrer sanften Art irgendwie alterslos wirkte. Offiziell war sie die Direktorin des Rehabilitationszentrums, aber für die meisten Kinder war sie die Mutter, die sie verloren hatten, und so nannten sie sie auch. Nur selten sah man sie, ohne dass eines der kleinen Kinder unter ihrem Arm Schutz suchte oder am Rockzipfel ihrer makellos weißen Tracht hing.

Die Mitarbeiterinnen saßen an einem anderen Tisch als die Kinder, erhielten jedoch die gleichen Mahlzeiten. An diesem Abend gab es Maisbrot, gekochte Casava und einen scharfen Rindereintopf. Sie hatten Platz für Schwester Emily gelassen, und als sie sich zu ihnen setzte, brachte ihr eines der Küchenmädchen einen Teller. Seit Beginn des Essens hatte sich das Gespräch ausschließlich um die Soldaten und den Grund ihres Besuchs gedreht, und nun verstummten alle erwartungsvoll. Einen Moment lang gab Schwester Emily vor, nichts zu bemerken, bekreuzigte sich, nahm ihre Gabel und fing an zu essen. Dann hob sie den Kopf, blickte in die gespannten Gesichter und tat überrascht.

»Was ist mit Ihnen los? Haben Sie Ihre Zunge verschluckt oder was?«

Lächelnd führte sie eine weitere Gabel voll zum Mund, während die anderen warteten.

»Also gut«, fuhr sie fort, nachdem sie zu Ende gekaut hatte. »Es ist nichts, es sind Gerüchte. Laut Geheimdienstinformation zieht Makuma jenseits der Grenze eine große Streitmacht zusammen und plant eine neue Offensive. Die Soldaten sagen, deshalb wäre es in den letzten Monaten so ruhig gewesen. Niemand weiß, was er plant, aber offenbar setzen ihn seine Zahlmeister in Khartum unter Druck, seine neue Macht gegen die sudanesische Volksbefreiungsarmee und nicht, wie er es wohl lieber hätte, gegen Uganda einzusetzen.«

»Und warum kamen die Soldaten hierher, um Ihnen das zu sagen?«, fragte Françoise.

Schwester Emily zuckte die Achseln. »Weil niemand hundertprozentig sicher sein kann. Sie wollten als Vorsichtsmaßnahme einige Soldaten hier stationieren und ein Lager im Hof aufschlagen.«

»Und was haben Sie gesagt?«

»Was glauben Sie wohl? Ich habe natürlich abgelehnt. Man stelle sich die Wirkung auf die Kinder vor, wenn auf dem gesamten Gelände Soldaten herumtrampeln. Wir haben unsere eigenen Wachen am Tor, das reicht. Wozu brauchen wir außerdem Soldaten, solange wir den tapferen Peter Pringle bei uns wissen, der uns verteidigen wird?«

Alle lachten, nur Pringle wurde rot. Schwester Emily nahm einen weiteren Bissen.

»Dieser Eintopf ist wunderbar, nicht wahr, Julia? Ich wette, so gutes Essen gibt es in Amerika nicht.«

Es war ein deutlicher Wink, dass das Thema Krieg beendet war. Lächelnd schüttelte Julia den Kopf.

»Nicht mal annähernd so gut.«

Nach dem Abendessen versammelten sich die meisten im Gemeinschaftsraum, wo sie Musik hörten, Spiele machten oder einen Videofilm ansahen. An diesem Abend stand zum achtzehnten Mal ein Streifen an, den Amy und Julia mitgebracht hatten: *König der Löwen.* Julia hatte den Film schon mindestens hundertmal gesehen und erklärte Amy, die offenbar nie genug davon kriegen konnte, dass sie in ihrem Zimmer lesen würde.

Als sie durch die dunkle Halle zur Treppe ging, sah sie Schwester Emily beim Schein einer Lampe in ihrem kleinen Büro neben der Eingangstür am Schreibtisch sitzen. Sie hörte Julias Schritte, blickte auf und lächelte.

»Haben Sie einen Augenblick Zeit für mich, Julia?«

»Selbstverständlich.«

Sie betrat das Büro, und Schwester Emily wies auf einen der Stühle. Auf dem Schreibtisch zwischen ihnen stand ein Tablett mit einer Teekanne aus blauem Porzellan, zwei Tassen, einem Milchkännchen und einer Schale mit Zucker. Die Fensterläden waren geschlossen, die Wände nackt bis auf ein schlichtes Holzkruzifix über dem Stuhl der Schwester sowie einem gerahmten Druck mit einem Bildnis der Jungfrau Maria über Julias Platz.

»Möchten Sie eine Tasse Tee?«

»Danke, gern.«

»Lipton's, englischer Tee, wie ihn Ihre Majestät, die Königin von England, höchstpersönlich trinkt, sagt man. Ich fürchte, das ist eines meiner Laster.«

»Ich glaube nicht, dass man das als Laster bezeichnen kann, es sei denn, Sie kippen einen Schluck Whiskey hinein.«

Schwester Emily lachte, goss ihr eine Tasse Tee ein und bot ihr Zucker und Milch an, was Julia beides ablehnte.

»Wir sind hier so beschäftigt, dass man manchmal gar nicht zum Reden kommt. Ich wollte nur fragen, ob alles in Ordnung ist, was Ihre Arbeit betrifft und so weiter.«

»Ja. Absolut.«

»Sie machen Ihren Job wirklich sehr gut.«

»Danke. Ich genieße jede Minute.«

»Und sind Sie glücklich?«

Die Frage überraschte sie.

»Klar. Warum? Sehe ich nicht so aus?«

»Nein. Manchmal wirken Sie sehr traurig.«

»Wirklich? Oje. Also, das, ähm, tut mir wirklich Leid.«

»Nein, bitte, das muss Ihnen nicht Leid tun. In Gegenwart der Kinder und aller anderen wirken Sie immer sehr fröhlich. Doch manchmal, wenn Sie sich unbeobachtet glauben, sehen Sie recht traurig aus.«

»Das ist mein langes Gesicht. Seit meiner Kindheit fragen die Leute mich, was ist los, warum ziehst du so ein Gesicht? Und ich sage immer, gar nichts, das ist angeboren.«

Schwester Emily lächelte erneut, doch keineswegs überzeugt. Eine Zeit lang nippten sie beide schweigend an ihrem Tee.

»Ich habe gehört, Ihr Englischunterricht ist ein großer Erfolg?«

Julia lachte. »Na ja, wir machen eine Menge Krach. Aber die Kinder sind wirklich großartig. Ich wünschte nur, ich könnte ihre Sprache so schnell lernen wie sie meine.«

»Aber Sie sprechen inzwischen doch recht gut Acholi.«

»Von wegen! Amy beherrscht es weit besser. Das liegt vermutlich an den jungen Gehirnzellen.«

»Die Kinder finden es ganz toll, dass sie hier ist. Und es ist auch gut für Amy. Sie ist ein schönes Kind und ihrem Vater sehr ähnlich.«

Julia runzelte die Stirn. »Sie meinen ...«

»Verzeihung, ich meine ihren – wie nennt sie ihn noch? Ihren ›biologischen‹ Vater.«

»Amy hat Ihnen von Connor erzählt?«

»Ja. Sollte sie das nicht?«

»Nein. Ich meine, doch. Kein Problem. Ich wusste es nur nicht.«

»Sie ist sehr stolz auf ihn, und das kann sie auch sein. Er ist ein guter Mensch.«

»Ja. Ja, natürlich.«

Das Thema machte sie verlegen. Irgendwie schien diese Frau mehr über sie zu wissen als sie selbst. Sie nippte wieder an ihrem Tee und beschloss, das Thema zu wechseln.

»Meinen Sie, dass der Krieg erneut aufflackern wird?«

»Das glaube ich nicht. Karingoa war für die Rebellen nie von Bedeutung. Wenn sie eine Offensive planen, dann eher auf Kitgum oder Gulu.«

Als sie später lesend mit Amy in dem erleuchteten Zelt ihres Moskitonetzes lag, während draußen ein Quaken, Surren und Zirpen ertönte, musste Julia immer wieder daran denken, was Schwester Emily gesagt hatte.

»Findest du, dass ich traurig aussehe?«

Amy legte ihr Buch zur Seite und musterte sie. »Wie meinst du das? Jetzt zum Beispiel?«

»Nein, überhaupt.«

»Hm-hm, manchmal schon. Dann denkst du wahrscheinlich gerade an Daddy.«

»Oh.«

»Stimmt das?«

»Manchmal.«

Amy kuschelte sich an sie und legte ihren Kopf auf Julias Brust.

»Ihm hätte es hier gefallen«, sagte sie.

»Ja, das glaube ich auch.«

Julia strich über Amys Haar, und sie schwiegen beide lange.

»Mom?«

»Ja, Schätzchen?«

»Glaubst du, dass du mal wieder heiraten wirst?«

»Oh, ich weiß nicht.« Sie zögerte. »Kommt drauf an, ob er mich nimmt.«

Amy stützte sich auf die Ellbogen und sah sie stirnrunzelnd an.

»Wer?«

Julia tat plötzlich schüchtern, und Amy kitzelte sie unter den Armen.

»Sag's mir. Wer?«

»Single, natürlich.«

Amy wieherte vor Lachen. Julia ermahnte sie, leiser zu sein, doch es dauerte eine Weile, bis sie sich beruhigt hatte. Schließlich wandten sie sich wieder ihren Büchern zu, und kurz darauf schlief Amy ein. Behutsam nahm Julia ihr das Buch aus den Händen und schaltete das Licht aus. Von irgendwoher drang gedämpftes Trommeln herüber. Sie lag im Dunkeln, lauschte den Klängen, dem schriller werdenden Zirpen der Insekten und versuchte, nicht an Connor zu denken.

28

Man hatte ihm seine Uhr abgenommen, sodass er stets wartete, bis der Tag anbrach, bevor er ihn festhielt. Wenn er schließlich grau durch den Fensterschlitz drang, tastete er mit einer Hand unter der Bastmatte seines Betts nach der Steinscherbe, hob das Moskitonetz an und kratzte behutsam einen weiteren Strich in die Wand der Lehmhütte.

Der Strich, den er an diesem Morgen gemacht hatte, war der Letzte einer weiteren Siebenergruppe. Insgesamt waren es jetzt acht dieser kleinen Fischskelette mit sieben Gräten und einem Rückgrat; jede Gräte ein Tag, jedes Rückgrat eine Woche. Sechsundfünfzig Tage, siebzig, wenn man die Zeit mitzählte, in der er auf Makuma gewartet hatte. Er versteckte den Stein wieder unter der Matte, drehte sich auf die Seite und betrachtete lange seinen kleinen Schwarm Knochenfische.

Er wusste immer noch nicht, was Makuma mit ihm vorhatte. Am ersten Tag seiner Einkerkerung hatte Okello ihn fotografiert, bevor er sämtliche Kameras, den Rekorder, Notizbücher und Stifte beschlagnahmt hatte. Doch dass ein simples Passfoto nicht reichte, um Lösegeld zu erpressen, so viel wusste Connor über Geiselnahmen. Selbst die dümmsten Entführer kannten das Verfahren. Man musste Beweise dafür liefern, dass die Geisel noch lebte, ein Foto oder Video, auf der sie die Titelseite einer Zeitung hochhielt, und bisher war nichts dergleichen passiert. Auf Okellos Fotos sah er mit seinem von den Schlägen geschwollenen Gesicht wahrscheinlich ohnehin halb tot aus. Jedenfalls würde zu Hause niemand auf der Grundlage solcher Beweise Geld organisieren.

Den einzigen Hinweis auf ihre Pläne hatte Makuma selbst gegeben. Als er nach den Prügeln im Staub liegend wieder zu sich gekommen war, hatte er die smarte Bemerkung des Mannes aufgeschnappt, dass man für einen amerikanischen Fotografen bestimmt einen besseren Preis erzielen könnte als für ein paar abgemagerte Kinder. Doch seither wurde nie wieder darüber gesprochen. In all den Wochen hatte er Makuma nicht zu Gesicht bekommen. Vielleicht war der Gesegnete ja längst wieder gen Himmel gefahren.

Anfangs sperrten sie ihn in die Hütte. Von den Schlägen hatte er zwei gebrochene Rippen, und in den ersten Tagen waren die Schmerzen so groß und die Hitze so drückend, dass er ständig das Bewusstsein verlor. Sie schoben ihm Nahrung und Wasser unter der Tür durch, und er musste all seine Kräfte aufbieten, um bis dorthin oder zu dem Eimer zu gelangen, den man ihm als Toilette hingestellt hatte. Die Fliegen, die über die Platzwunde in seinem Gesicht krabbelten, trieben ihn fast zur Verzweiflung. Doch nach einer Weile hatte er nicht mehr die Kraft, sie zu verscheuchen. Dann war eines Morgens Okello in Begleitung eines unbekannten, aber offenbar medizinisch ausgebildeten Offiziers erschienen, der Connor untersuchte und über seinen Zustand sichtlich schockiert war. Allem Anschein nach verfügte er auch über einen gewissen Rang, denn Connor hörte, wie er Okello nach Verlassen der Hütte anbrüllte.

Von jenem Tag an wurde es deutlich besser. Man gab ihm reichlich zu essen und genug sauberes Wasser, um sich und seine Kleidung zu waschen, und er durfte zweimal am Tag vor der Hütte Gymnastik machen. Der Sanitätsoffizier sah noch mehrere Male nach ihm und schien mit seiner Genesung zufrieden. Er brachte ihm Medikamente gegen Malaria und Jod, um das Wasser zu reinigen, und bei seinem letzten Besuch überraschte er Connor mit einer Bibel und einer Öllampe. Connor bedankte sich und fragte, ob er auch einen Stift und Papier bekommen könnte, doch man erklärte ihm, dass das nicht möglich sei.

Seit Connors Gesundung kam nur noch Okello, und der Zweck seiner Besuche erschöpfte sich vor allem darin, ihn zu verhöhnen und zu verspotten. Connor hörte den Jeep vorfahren, das Klappern des Schlüssels im Schloss und Okellos dröhnendes *Muzungu*! Die Tür ging auf, Connor trat blinzelnd in die Sonne und sah ihn auf dem Beifahrersitz seines Wagens herumlümmeln oder wie ein Truthahn auf dem Hof auf und ab stolzieren. Dabei schlug er mit dem Stock gegen seine Stiefel und beschuldigte Connor der Spionage, meistens für die CIA, je nach Wochentag, aber auch manchmal für die Briten, den Mossad, die ugandische Regierung oder alle auf einmal.

»Wir haben alle Informationen über dich«, hatte Okello ihm bei seinem letzten Besuch vor zwei Tagen erklärt. »Wir wissen alles. Wir wissen, wo du gewesen bist, wem du Meldung machst, wer deine Kontaktleute in Kampala und Nairobi sind. Alles. Wir wissen, dass die CIA dich geschickt hat, damit du Fotos machst, die unseren Feinden helfen, uns anzugreifen.«

»Natürlich.«

»Du bestreitest es nicht!«

»Welchen Sinn hätte das? Klingt ja so, als hätte euer Geheimdienst alles genauestens recherchiert. Die CIA hat natürlich Satelliten, mit denen sie hier jeden Quadratzentimeter fotografieren kann, sogar etwas so Kleines wie deinen Schwanz. Aber warum sollten sie den Schrott benutzen, wenn sie auch mich schicken können, ganz clever als Fotograf getarnt?«

Ironie war nicht Okellos Stärke, und er wusste meist nicht, wie er darauf reagieren sollte. Dieses Mal fing er an zu toben und drohte Connor mit seiner Hinrichtung, während dieser den Schwall von Beleidigungen wortlos über sich ergehen ließ. Selbst als Okello ihm mit seinem Stock in die Brust piekste und ihn aus nächster Nähe anbrüllte, sodass er seinen Atem riechen und seine Spucke auf der Wange spüren konnte, rührte er sich nicht. Es erforderte seine ganze Selbstbeherrschung, Okello nicht zu schlagen, doch er wusste, dass dieser genau darauf wartete. Die Tatsache, dass er einen Vorwand brauchte, um ihn zu schlagen, legte nahe, dass er den strikten Befehl hatte, ihm nicht ohne guten Grund etwas anzutun, ein Gedanke, den Connor überaus tröstlich fand. Trotzdem zitterten ihm bei diesen Begegnungen die Knie.

Das Verzeichnen der verstreichenden Zeit war der einzige Luxus, den er sich gönnte, obwohl ihm klar war, dass man die Zeit durch ihre Betrachtung nur noch langsamer machte. Er versuchte, sich mit seiner alltäglichen Routine abzulenken, mit dem Putzen der Hütte, Waschen und Sport. Jeden Morgen und Abend hockte er sich mit geschlossenen Augen im Yogasitz auf seine Matte und versuchte, sein Gehirn von allen Gedanken zu befreien.

Vor der Hütte standen rund um die Uhr bewaffnete Soldaten, denen man offenbar jedes Fraternisieren streng verboten hatte. Nur ein junger Mann namens Vincent, der regelmäßig die Nachtwache übernahm und ein wenig Englisch sprach, fragte Connor nach Amerika, wenn er sicher war, dass sich niemand in der Nähe befand, und brachte ihm ein paar Wörter Acholi bei. Er half ihm sogar, sich die Haare zu schneiden und den Bart zu stutzen.

Abgesehen von Moskitos, Spinnen, Skorpionen und manchmal einer vorbeihuschenden Ratte, war die Bibel seine einzige Gesellschaft. Nachdem er sie einmal von vorn bis hinten gelesen hatte, ging er sie jetzt mit viel Muße ein zweites Mal durch, um sich genauer mit den einzelnen Geschichten zu befassen. Seine Eltern hatten beide nicht viel auf Religion gegeben. Connor kannte das Evangelium zwar flüchtig, hatte jedoch gar nicht gewusst, was für eine Fundgrube vor allem das Alte Testament war.

Er las noch einmal über Daniel in der Löwengrube und seine drei Freunde Schadrach, Meschach und Abed-Nego, die in einen glühenden Ofen geworfen und von einem Engel gerettet worden waren. Im Buch Samuel las er von der Freundschaft zwischen Jonatan und David und von Davids Liebe zu der verheirateten Batseba, deren Mann er in den Krieg sandte, um sie nach dessen Tod selbst zu besitzen. Immer wieder ließ Connor diese Geschichten wie Filme in seinem Kopf ablaufen und grübelte nachts oft lange über ihren Sinn und die Lehren für sein eigenes Leben.

Wenn er darüber nachdachte, was ihn an diesen Ort geführt hatte, war er davon überzeugt, dass viele seine Mission für verrückt und seine Methoden für rücksichtslos halten würden. Vielleicht wäre es klüger gewesen, die Menschen, die ihn liebten, im Laufe des vergangenen Jahrs darüber zu informieren, wo er war. Und es tat ihm Leid, ihnen Schmerz bereitet zu haben. Doch er wusste auch, dass diese Reise eine Bestimmung und es ihm aufgetragen war – von wem auch immer –, den Weg allein zu gehen.

Die Wahrheit dieser Bestimmung kannte er nur in Fragmenten: der Elch mit dem brennenden Geweih; der Marsch durch die Wüste an dem unsichtbaren Fluss entlang; die Felsmalereien sowohl in der Höhle mit dem eingestürzten Dach als auch an der Wand in Julias Schlafzimmer; die Geschichte von Kudu, das Walskelett und der alte Löwe, der ihn mit seinen funkelnden Augen angestarrt hatte. Er wusste, dass diese Bilder irgendwie zusammengehörten, und manchmal befanden sich die Teile des Puzzles so dicht beieinander, dass er glaubte, das ganze Bild sehen und verstehen zu können. Doch langsam begriff er, dass die Wahrheit keine Frage des Denkens, sondern eine des Seins war und er sie nur durch Leben und nicht durch Schauen erkennen würde.

Während seines Frühsports und bei den Abendspaziergängen unter strengster Bewachung konnte Connor durch die Eukalyptusbäume beobachten, dass sich die Zahl der Soldaten und Fahrzeuge seit seiner Ankunft deutlich erhöht hatte. Nachts hörte er von der Hochebene das Brummen startender und landender Flugzeuge. Offenbar war ein großer Appell oder eine Übung im Gange, und er fragte Vincent danach, doch der Junge wusste es nicht oder wollte es ihm nicht sagen.

An diesem Abend jedoch schien alles ruhig. Der Soldat, der

ihn begleitete, war neu, nervös und streitlustig. Er brüllte die ganze Zeit, Connor solle nicht zu weit vorgehen, und befahl ihm viel früher als die anderen Wächter umzukehren. Als Connor Einwände erhob, wurde der Mann wütend, kam auf ihn zu und stieß mit dem Lauf seiner Waffe nach ihm. Und anstatt ihn sein Abendessen vor der Hütte einnehmen zu lassen, wie es Vincent und die meisten anderen mittlerweile taten, damit er den Sonnenuntergang verfolgen konnte, schubste ihn der neue Tyrann in die Hütte und schloss die Tür ab.

Solche kleinen Machtdemonstrationen musste Connor von Zeit zu Zeit über sich ergehen lassen, und er gab sich stets Mühe, sie nicht persönlich zu nehmen. Doch heute gelang ihm das nur bedingt. Er saß brütend, verbittert und voller Selbstmitleid in der düsteren Hütte und versuchte zu meditieren, doch in seinem Innern brodelte es so heftig, dass er keine Ruhe fand. Er zündete die Lampe an, schlug das Zweite Buch Moses auf, worin er zuletzt von den großen Plagen gelesen hatte, die Gott den Ägyptern schickte, um die Kinder Israels zu befreien, konnte sich jedoch nicht konzentrieren. Als er feststellte, dass er denselben Vers wieder und wieder las, zog er sich aus, löschte das Licht und fiel schließlich, der Verzweiflung näher als seit vielen Wochen, in einen unruhigen Schlaf.

Mitten in der Nacht wachte er auf und wusste sofort, dass draußen etwas vor sich ging. Er schob das Moskitonetz beiseite und sah sich um. Der Mond warf ein geripptes, weißes Rechteck auf den Lehmboden der Hütte, über den jetzt ein Schatten huschte. Dann hörte er draußen Stimmen. Eine war die des Soldaten, der wütend und aggressiv klang. Connor stand auf, ging nackt zur Tür und spähte durch die Ritzen.

Der Platz vor der Hütte schimmerte silbern im Mondlicht, eine einzelne Palme warf einen langen Schatten. Der Stuhl des Soldaten vor der Hütte war leer, der Schlüssel für das Vorhängeschloss baumelte an einem Band an seiner Lehne. Die Stimmen waren weiter zu hören, ohne dass Connor ausmachen konnte, woher sie kamen. Erst als er den Hals reckte und sein Gesicht an einen anderen Schlitz in der Tür drückte, konnte er sie sehen.

Der Mann, der ihn bewachte, stand vor einem Soldaten, der sehr viel kleiner war als er, stieß ihm den Lauf seiner Waffe in die Brust und schimpfte auf ihn ein. Connor bemerkte eine dritte Gestalt, die hinter dem Wächter aus der Dunkelheit trat und sich lautlos von hinten anschlich. Er war genauso groß wie der Wächter und hatte in seiner rechten Hand einen langen Gegenstand, der im Mondlicht funkelte. Als er damit ausholte, blitzte er erneut im Mondlicht auf, und Connor erkannte, dass es eine Machete war, die in hohem Bogen auf den Nacken des Wächters niedersauste. Beim Aufprall gab es ein widerliches Geräusch, und obwohl Connor nichts sehen konnte, war ihm klar, dass der Angreifer dem Mann praktisch den Kopf abgetrennt haben musste. Seine Knie knickten ein, sein Körper sank zu Boden, und um seine Schultern begann sich ein dunkler Fleck auszubreiten.

Die beiden anderen nahmen sein Gewehr und liefen zur Hütte. Der Größere hatte eine Tasche über der Schulter hängen. Connor rannte zum Bett, entrollte Hemd und Jeans und zog sich eilig an. Er hörte erregtes Gemurmel und das Klappern des Schlüssels im Schloss. Die Tür ging auf, der Größere der beiden trat ein, und als er sein Gesicht ins Licht wandte, erkannte Connor, dass es Vincent war.

»Ziehen Sie Ihre Schuhe an, schnell«, flüsterte er. »Nehmen Sie Ihre Sachen.«

Connor stellte keine Fragen.

Er schlüpfte in die Schuhe, band seine wenigen Habseligkeiten mit einem zweiten T-Shirt zu einem Bündel und war eine Minute später fertig. Vincent hatte die Leiche des Wächters vor die Tür geschleift, und Connor half ihm, sie in die Hütte zu zerren. Der kleinere Junge hatte mit den Füßen Staub über dem Blutfleck verteilt. Als er jetzt näher kam, erkannte Connor, dass es Lawrence Nyeko war. Der Junge wirkte sehr verängstigt. Er sagte etwas auf Acholi, Vincent nickte und wandte sich Connor zu.

»Er fragt, ob es stimmt, dass sein Bruder lebt.«

Connor bejahte die Frage. Lawrence nickte knapp.

»Bleiben Sie dicht hinter uns, und seien Sie leise«, sagte Lawrence. »Wenn die uns entdecken, bringen sie uns alle drei um.«

Sie rannten über die Lichtung bis zu den Bäumen oberhalb des Lagers. Vincent ging voran, dicht gefolgt von Lawrence und Connor. Sie hielten sich abseits des ausgetretenen Pfades und stolperten über Felsen und Büsche.

Vincent hatte die AK-47 des Soldaten mitgenommen, die er manchmal hochhob, um ihnen zu signalisieren, dass sie anhalten sollten. Jedes Mal blieben sie wie angewurzelt stehen und starrten ins schattige Zwielicht, wobei sie kaum zu atmen wagten. Einmal schreckten sie ein großes Tier auf, das seltsame Laute von sich gab und dann im Gebüsch verschwand. Vincent drehte sich grinsend um. Ein anderes Mal hörten sie auf dem Pfad einen Lkw und die Stimmen von Soldaten und warfen sich auf den Boden, während die Scheinwerfer über sie hinwegstrichen.

Als sie das Ende des Kamms erreichten, war der Mond tiefer gesunken und die Dunkelheit noch undurchdringlicher geworden. Das Lager der Soldaten befand sich jetzt rechts hinter ihnen. Connor spähte zwischen den Bäumen hindurch ins Tal und sah im Osten die blassen Konturen des ausgetrockneten Flusses.

Er wusste nicht, wie lange sie so gingen, vielleicht zwei oder drei Stunden. Erst als sie eine kleine begraste Lichtung mit Felsen erreichten und das erste Licht der Dämmerung den Horizont vor ihnen erhellte, blieb Vincent stehen. Er zog einen Zettel aus der Tasche und reichte ihn Connor. Im fahlen Licht erkannte er, dass es sich um eine primitive, mit Holzkohle gemalte Karte handelte.

»Folgen Sie dem Fluss nach Osten, aber nicht am Ufer«, sagte Vincent. »Bleiben Sie weiter oben im Schutz der Bäume, und wandern Sie nur nachts.«

»Wie weit entfernt ist Karingoa?«

»Keine Ahnung. Vielleicht sechzig, siebzig Meilen nach Süden.

Bis zur Grenze gibt es noch weitere Lager. Viele, viele Soldaten. Sie bereiten einen großen Krieg vor. Sie müssen nach Osten gehen. Drei oder vier Tage lang. Erst dann ist es sicher, den Fluss zu überqueren.«

»Kommst du nicht mit?«

»Ich kann nicht. Nehmen Sie das.«

Er streifte die Tasche von seiner Schulter und gab sie Connor.

»Hier ist ein bisschen Proviant und Wasser.«

Er hielt Connor das Gewehr hin, doch der schüttelte den Kopf.

»Nehmen Sie es!«

»Ich fühle mich ohne sicherer.«

Vincent hielt ihn offenbar für verrückt und bestand darauf, dass sie wenigstens die Machete nahmen, an der noch das getrocknete Blut des Wächters klebte. Er legte eine Hand auf Lawrence' Schulter und sagte etwas auf Acholi. Der Junge nickte und murmelte eine Antwort, in der er sich, so viel verstand Connor, bei Vincent bedankte.

Auch Connor schüttelte Vincent die Hand.

»Vielen Dank«, sagte er.

Vincent nickte. »Gehen Sie jetzt. Bringen Sie diesen Jungen zu seinem Bruder.«

Ihre Wege trennten sich, und erst als er und Lawrence die andere Seite der Lichtung erreicht hatten, wandte Connor sich noch einmal um. Doch Vincent war bereits zwischen den Bäumen verschwunden.

29

Der Weckruf in St. Mary's of the Angels war so idyllisch, wie man ihn sich nur vorstellen konnte; denn mit dem ersten Licht begannen die Vögel in dem Dschungelgarten zu zwitschern, dass es eine Freude war. Etwa eine Stunde lang hatten sie die Welt für sich, bevor um sechs die Nonnen in der Kapelle ihren Gesang anstimmten. Julia lag wach im Bett und lauschte ihnen, während Amy neben ihr noch schlief. Nur manchmal erkannte sie eine Melodie, weil die Nonnen meist afrikanische Messen sangen.

Dann erwachte das alte Kloster langsam zum Leben. Man hörte erstes Kindergemurmel aus den Fenstern der Schlafsäle einen Stock tiefer, klappernde Türen, das Schlurfen und Tapsen von Füßen auf Fluren und Treppen. Kurz darauf erschallte das Lachen und Schwatzen draußen, wenn die Kinder zum Küchenhof strömten, um sich an der Pumpe zu waschen. Zu diesem Zeitpunkt erwachte in der Regel auch Amy und rieb sich die Augen. Julia und sie blieben meist noch eine Weile im Bett und redeten, bis Pringle nebenan unter der Dusche seine schottischen Balladen anstimmte, was für sie das Signal war, ebenfalls aufzustehen und zu duschen.

Doch heute war alles anders. Kaum hatte Pringle zu singen angefangen, ertönte draußen ein Schrei, in den kurz darauf die ganze Welt einzufallen schien. Julia und Amy sprangen aus dem Bett, stürzten ans Fenster und stießen die Läden auf. Auf dem Hof stand ein Dutzend aufgeregter Kinder, und weitere eilten hinzu, während aus den Küchen ein zeternder, mit Pfannen und Besen bewaffneter Haufen Mägde und Köchinnen drängte.

»Was sagen sie?«, fragte Julia.

»Ich kann es nicht verstehen. Lass uns runtergehen.«

Als sie auf den Hof kamen, hatten sich noch mehr Kinder versammelt. Auch Françoise war da und Peter Pringle, dessen roter Schopf noch ganz nass war. Er drehte sich aufgeregt zu ihnen um.

»Es ist eine Schlange. Ich glaube ein Python.«

»Er hat eine Ente erbeutet«, fügte Françoise hinzu.

»Wow! Komm, Mami, lass uns näher rangehen!«

Es gab nicht viele Lebewesen, vor denen Julia sich fürchtete, und wegen Amy gab sie sich selbst bei Tieren, die eher unangenehm waren, wie zum Beispiel Spinnen, alle Mühe, unerschrocken zu wirken. Doch Schlangen rangierten auf ihrer persönlichen Angstskala ganz oben. Und nun zerrte ihre Tochter sie an einer Hand durch die Menge, um ein monströses Tier dieser Gattung zu besichtigen.

»Bleib hier, Amy! Geh nicht zu nah ran! Amy!«

Sie drängten sich durch die erste Reihe von Kindern und sahen den Python, der vier Meter entfernt in einer Ecke lag und versuchte, sich unter einem Hibiskus zu verkriechen. Er war etwa einen Meter fünfzig lang, aber für Julia hätten es ebenso gut fünf sein können. Hinter dem Kopf beulte sich sein Körper sichtbar aus, vermutlich sein Frühstück, die beklagenswerte Ente. Zwei der älteren Jungen hatten Stöcke gefunden und waren dabei, das verängstigte Tier aus seiner Ecke zu treiben.

»Wow, guck mal«, sagte Amy. »Ist er nicht wunderschön.«

»Das ist ehrlich gesagt nicht das Wort, das mir als Erstes eingefallen wäre.«

Die Schlange war von grünlich gelber Farbe und hatte runde, dunkelbraune, weiß eingefasste Male. Die Kinder feuerten die Jungen mit den Stöcken an. Plötzlich drängten Schwester Emily und der alte George durch die Menge, der, wie Amy sofort sah, eine Schrotflinte trug.

»Du willst sie doch nicht umbringen?«

Er grinste sie an. »Magst du Schlangen?«

»Ja, sie sind okay. Töte sie nicht. Mami?«

Julia wusste nicht, was sie sagen sollte. Selbst Schwester Emily schien um Worte verlegen. Der Python hatte sich zum Schutz zusammengerollt, sein Kopf schnellte flach über dem Boden unentwegt von einer Seite zur anderen. Doch die Jungen wollten nicht aufgeben. Einer der beiden schaffte es schließlich, seinen Stock unter seinen Leib zu haken und ihn aus der Ecke zu zerren. Die Kinder brüllten, sie sollten die Schlange töten. Schwester Emily trat mit ausgebreiteten Armen vor sie und bat um Ruhe, konnte sich jedoch in dem Lärm kein Gehör verschaffen.

Die Jungen malträtierten die Schlange weiter, und als sie unvermittelt halbherzig nach einem von ihnen schnappte, hoben beide die Stöcke und begannen, auf sie einzudreschen. Amy packte Julias Arm.

»Mami! Du musst sie aufhalten!«, jammerte sie.

Julia wollte sie gerade wegführen, als jemand sich nach vorn drängte. Er hatte ein Stück Sackleinen in der Hand, schubste die Jungen mit den Stöcken weg und wandte sich der Menge zu. Es war Thomas Nyeko.

Er baute sich zwischen den Jungen und dem Python auf, und einen Moment lang war es vollkommen still. Die beiden anderen Jungen waren größer und älter als er, und einer von ihnen hob seinen Stock und wollte das Tier endgültig erledigen. Ein paar der Kinder fingen wieder an zu johlen. Thomas stellte sich dem Jungen in den Weg, öffnete den Mund und schrie. Der Junge erstarrte. Es war das erste Mal, dass einer der Anwesenden Thomas' Stimme gehört hatte, und die Wirkung war elektrisierend. Der Junge ließ den Stock sinken, und Thomas schrie jetzt nicht mehr, sondern sprach zu der Menge.

Julia verstand nicht alles, was er sagte, doch das erfuhr sie später. Er erklärte, dass es genug Grausamkeit und Töten gegeben habe und dass sie alle schon zu viel von beidem erlebt hätten. Damit müsse nun Schluss sein. Sie alle würden Hunger kennen und hätten schon Nahrung gestohlen, um zu überleben, und etwas anderes würde diese Schlange auch nicht tun. Die Kinder sollten ihren Mut respektieren und sie leben lassen. Dann drehte er sich um, warf das Sackleinen über das Tier und wickelte es darin ein. Das Bündel in beiden Armen, erhob er sich und ging an den Jungen vorbei, über den Hof zu den Bäumen.

Bis zu jenem Tag hatte man alles, was mit Thomas und seinem Zwillingsbruder geschehen war, aus den Berichten anderer rekonstruieren müssen: von Nachbarn, die die Entführung und die Rückkehr der Kinder mit Makumas Leuten als rächende, mordende und brandschatzende Bande erlebt hatten; von den Regierungssoldaten, die Thomas nackt und halb tot durch den Busch irrend aufgegriffen hatten. Doch in den Wochen nach der Rettung des Python erzählte er ihnen seine Geschichte selbst.

Jedes Kind in dem Zentrum hatte seine eigene Biografie des Grauens, und Julia wusste, dass es falsch war, sie zu vergleichen und einzustufen. Doch Thomas' Erlebnisse zählten zu dem Grausamsten, was einem Menschen widerfahren konnte.

Als die Rebellen der Krieger Gottes eines Nachts in sein Dorf gekommen waren, mussten er und Lawrence zusehen, wie ihre Mutter vergewaltigt und gefoltert wurde. Dann zwang man sie, sie wie danach auch den Vater, den jüngeren Bruder und die Schwester mit Knüppeln zu erschlagen. Der Anführer der Rebellen erklärte, das würde Männer aus ihnen machen. Mit den anderen verschleppten Kindern mussten sie dann viele Tage ohne Nahrung und fast ohne Wasser zu einem großen Lager jenseits der sudanesischen Grenze marschieren. Dort teilte man die hübschen Mädchen den anderen Soldaten als »Frauen« zu, während man die restlichen Kinder zu Soldaten ausbildete.

Daniel Makuma selbst hielt ihnen lange Vorträge über die Geisterwelt und darüber, dass *Tipu Maleng* sie in der Schlacht schützen würde. Er sagte ihnen, dass sie sich mit von ihm gesegnetem Sheabutteröl einreiben sollten, damit die Kugeln der Feinde von ihnen abprallten. Sie müssten immer direkt ins feindliche Feuer rennen und dabei ununterbrochen schießen. Jeder,

der sich zum Schießen hinlegte oder sich versteckte, war ein Feigling, der mit dem Tod bestraft würde.

Nach ihrer Grundausbildung mussten sie als Erstes ihr eigenes Dorf niederbrennen und ihre Freunde und Nachbarn töten. Makuma erklärte ihnen, dass sie dadurch von allen irdischen Fesseln befreit wurden, damit der *Tipu Maleng* sie ganz umfangen und schützen konnte. Vor dem Angriff gab man Thomas und den anderen Kindersoldaten Drogen, um ihren Kampfesmut zu stärken, doch er gestand, dass das gar nicht nötig gewesen wäre. Er wusste ganz genau, was er tat. Er wollte, dass diese Menschen starben, weil sie Zeugen gewesen waren bei dem, was er seiner Familie angetan hatte. Indem sie sie umbrachten und das Dorf niederbrannten, hatten er und Lawrence gehofft, jedes Zeugnis und jede Erinnerung an ihr erstes und weit grausameres Verbrechen zu tilgen.

Wenn im Lager ein Kind nicht gehorchte, wurden die anderen gezwungen, es mit Knüppeln zu Tode zu prügeln oder mit Macheten zu zerhacken. Wer sich weigerte, dem drohte das gleiche Schicksal. Nach einem solchen Mord hatte Thomas seine Sprache verloren. Er sagte, es wäre gewesen, als ob Gott ihm alle Kraft geraubt hätte. Beim letzten Kampf hatte er sich so dumm angestellt, dass der Befehlshaber ihn im Busch zurückgelassen hatte. Sein Bruder sei tapferer, meinte er.

Diese Wochen der Enthüllung von Thomas' Geschichte hinterließ bei Kindern wie Mitarbeiterinnen eine tiefe Wirkung und brachte sie noch enger zusammen. Einigen älteren Jungen, die ihre Verbrechen bisher nur bruchstückhaft eingestanden hatten, schien Thomas' Beispiel so viel Mut zu machen, dass auch sie ihre Untaten bekannten. Während einer von Julias morgendlichen Gruppensitzungen gestand einer der beiden Möchtegern-Pythonmörder, der Alex hieß, an mehreren Vergewaltigungen teilgenommen zu haben, und eines seiner Opfer sei Amys Freundin Christine gewesen. Da die Gruppe nur aus Jungen bestand, hörte Christine dieses Geständnis nicht, und Julia fragte Alex, ob er sich bei ihr entschuldigen wollte. Das wollte er, und Christine zeigte sich ihrerseits bereit, ihn anzuhören.

Während ihrer ersten Zeit in St. Mary's hatte Julia versucht, zumindest die grausamsten Einzelheiten dessen, was den Kindern widerfahren war, von Amy fern zu halten. Doch inzwischen war sie so sehr mit dem Ort verwachsen, dass das fast unmöglich war. Christine selbst hatte ihr vieles von dem erzählt, was sie erleiden musste (allerdings nichts von der Vergewaltigung, wie sich nun herausstellte), und Amy hatte Julia eine Menge schwieriger Fragen gestellt. Vor die Wahl gestellt, die Dinge zu beschönigen, um das Kind nicht zu beunruhigen, oder die Themen offen anzusprechen, hatte Julia sich für Letzteres entschieden. Seither hatten die beiden lange Diskussionen darüber geführt, was Menschen dazu bringen konnte, solche entsetzlichen Taten zu begehen.

Hätte Julia ihre Entscheidung begründen müssen, hätte sie gesagt, dass Kinder in Amys Alter auch zu Hause jeden Tag echtes Grauen im Fernsehen zu sehen bekamen, aber auf eine distanzierte Art, weil Täter wie Opfer namenlos blieben und schnell wieder vergessen waren. Hier in St. Mary's hingegen waren sie real. Amy kannte ihre Namen, fasste sie an den Händen, spielte mit ihnen und beobachtete, wie sie die einfachen Freuden des Lebens wieder entdeckten. Hier erlebte sie nicht weniger als das Wunder der Erlösung, und das war, wie Julia sich einredete, ein so seltenes Glück, dass kein Beteiligter es je wieder vergessen würde.

Trotzdem hatte Julia sich gefragt, ob es gut für Amy war, Alex' Entschuldigung bei Christine mit anzuhören, und Schwester Emily um Rat gefragt.

»Amy ist das, was manche eine ›alte Seele‹ nennen«, erwiderte die Schwester. »Sie hat eine innere Kraft und Weisheit, die weit über ihr Alter hinausgeht. Sie gehört zu unserer Familie und ist für Christine wie eine Schwester. Da Sie mich nach meiner Meinung fragen, glaube ich sogar, es wäre falsch, sie auszuschließen.«

An jenem Abend wurden alle Kinder und Mitarbeiter aufgefordert, sich in der Halle zu versammeln. Schwester Emily kündigte mit sanfter Stimme an, dass Alex etwas zu sagen hatte, und der Junge trat vor. Er starrte zu Boden, zerknüllte mit einer Hand den zerrissenen Saum seines Hemds und begann kleinlaut seinen Bericht. Julia hatte einen Arm um Amy gelegt und lauschte. Hin und wieder schaute Amy zu Alex, doch meist war ihr Blick fest auf ihre Freundin gerichtet.

Alex sagte, dass es ihm Leid täte und dass er sich seine Tat selbst nie verzeihen würde. Dabei brach er in Tränen aus, und bald weinten auch viele der Zuhörer. Christine jedoch wahrte die ganze Zeit die Fassung, obwohl es ihr sichtlich schwer fiel, Alex anzusehen. Als er fertig war, herrschte eine Weile Schweigen. Dann schluckte sie und nickte knapp. Schwester Emily ging zu ihr und umarmte erst sie und danach Alex. Einige Wunden gingen so tief, dass man den Tätern nicht sofort oder vielleicht auch nie vergeben konnte, dachte Julia. Christine würde die Narben ein Leben lang behalten, doch vielleicht konnten die Worte des Jungen ihr ein wenig Linderung verschaffen.

Am nächsten Tag musste Peter Pringle zum Flughafen von Entebbe fahren, um Medikamente und Sanitätsmaterial abzuholen. Er kehrte mit ernüchternden Neuigkeiten zurück.

Weil es ein Problem mit dem Zoll gab, hatte er bei einem befreundeten Ehepaar in Kampala übernachtet. Der britische Diplomat und seine Frau hatten von nichts anderem als dem Krieg im Norden geredet und darüber, dass die relative Ruhe der vergangenen zwei Jahre bald vorüber sei. Der Diplomat wusste zu berichten, dass es in den letzten vierundzwanzig Stunden mehrere verlässliche Berichte darüber gegeben hatte, dass Makuma seine Armee in Marsch gesetzt habe. Entgegen allen Vermutungen richtete sich seine Offensive jedoch offenbar nicht gegen die Volksbefreiungsarmee im Sudan, er marschierte vielmehr nach Süden auf die Grenze zu.

Auf der Rückfahrt hatte Pringle lange Konvois mit Regierungstruppen und Artillerie gesehen, und in der Nähe von Karingoa erste kleine Flüchtlingsgruppen, die mit ihren kärglichen Habseligkeiten auf dem Rücken zu Fuß in die entgegengesetzte Richtung strebten.

Als Julia zwei Nächte später wach lag, hörte sie ein entferntes Grollen, das sie zunächst für Donner hielt. Doch schon bald begriff sie, dass es sich um Gefechtsfeuer handelte.

30

Sie befolgten die Warnung und wanderten nur nachts. Die Karte nutzte ihnen wenig, doch der Himmel war meist wolkenlos, sodass Connor sich an den Sternen und dem abnehmenden Mond orientieren konnte, dessen fahles Licht schützende Schatten auf eine Landschaft warf, die bisweilen selbst mondartig anmutete. Als sie ins Gebirge kamen, wurde die Luft dünner und der Weg tückischer. Manchmal marschierten sie meilenweit über Felsen und durch dorniges Gestrüpp, um sich, von der Topografie getäuscht, am Fuß einer unüberwindbaren Felswand oder am Rand einer steilen Schlucht wieder zu finden. Dann mussten sie umkehren und lange Umwege machen, um ihren Weg nach Osten fortsetzen zu können.

Wenn sie gezwungen waren, ins flachere Land hinabzusteigen, hielten sie sich im Schutz der Bäume und des hohen Elefantengrases auf, jedenfalls stets abseits von Straßen und Pfaden, die häufig überwacht und vermint waren. Sie streiften Dörfer, die nur noch von Krähen und Geiern bevölkert waren, die in den kargen Feldern auf den ausgebleichten Schädeln und Skeletten des Viehs hockten. Connor wusste, dass das Volk der Dinka, das einst in dieser Gegend lebte, viel Leid erlitten hatte, sowohl von Makumas Rebellen als auch von Joseph Konys Widerstandsarmee des Herrn. In der zweiten Nacht sahen sie einen Konvoi von Militärtransportern in Richtung Süden rumpeln. Staub tanzte im Licht ihrer abgeblendeten Scheinwerfer. Lawrence und er lagen nebeneinander im Schatten der Bäume und beobachteten eine Stunde lang, wie die Lkw vorbeifuhren. Der Junge sagte, es wären Konys Leute und dass es Gerüchte gebe, dass er und Makuma ihre Truppen für die Invasion vereinigen wollten.

Sobald sich das erste blasse Licht eines neuen Tages zeigte, suchten sie sich ein Versteck, eine schattige Enklave oder Lichtung im Gebirge, wo sie sich ausruhen konnten. Wasser und Nahrung, die Vincent ihnen mitgegeben hatte, reichten zwei Tage. Vielleicht wären sie auch länger damit ausgekommen, wenn Lawrence nicht so schwach gewesen wäre. Sie teilten das Wasser, doch Connor drängte den Jungen, den größten Teil des Proviants zu nehmen, und behandelte die offenen Wunden an seinen knochigen Armen und den nackten, geschwollenen Füßen mit Jod.

Die meisten Flussbetten waren ausgetrocknet, doch sie fanden gerade genug Wasser, um durchzukommen. Im Lager hatten die Kinder versucht, ihre mageren Rationen im Busch aufzubessern, und Lawrence hatte gelernt, welche Blätter essbar waren. Wenn sie an einem solchen Baum oder einer Pflanze vorüberkamen, wies er darauf hin, und sie zwangen sich, etwas davon zu essen. Manchmal waren es auch Wurzeln und bisweilen sogar Rinden irgendwelcher Gewächse. Connor hatte schon viele seltsame Dinge gegessen, doch nichts war je so widerlich gewesen. Alles schmeckte bitter und wie stacheliges Plastik, und er musste lange kauen, bis er es hinunterschlucken konnte. Lawrence war bereits daran gewöhnt und grinste, wenn Connor versuchte, nicht zu würgen.

Wenn sie überhaupt miteinander sprachen, berieten sie sich meist nur über den einzuschlagenden Weg oder ihren Rastplatz. Nur einmal fragte Lawrence nach seinem Bruder. Er sagte, er wäre sich sicher gewesen, dass Thomas tot sei, und wollte genau wissen, wann Connor ihn zuletzt getroffen und wie er ausgesehen hatte. Connor erzählte ihm, dass Thomas nicht mehr sprach, und Lawrence nickte ernst und erwiderte, dass er das wisse und Angst gehabt hätte, ihm könne das Gleiche passieren. Er sagte, er und Thomas seien »die Hälfte des anderen«, und Connor überlegte, ob das nur die Acholi-Bezeichnung für Zwillinge war oder ob der Junge noch mehr damit sagen wollte.

Als der sechste Tag ihrer Reise dämmerte, fanden sie sich am Rand eines gewundenen, waldigen Tals wieder. Die nächtliche Wanderung war beschwerlich gewesen, und sie fühlten sich matt und schwach vor Hunger. Die Vögel begannen zu zwitschern, und riesige weiße Schmetterlinge flatterten, vom taufeuchten Elefantengras aufgeschreckt, im Zwielicht. Eine Herde Antilopen strich langsam zwischen den Bäumen umher, und Connor wünschte sich nicht zum ersten Mal, dass er die Waffe von Vincent gehabt hätte. Sie fanden einen Platz für ihr karges Lager. Connor ließ den Jungen ausruhen, während er sich mit der Plastikflasche auf die Suche nach Wasser machte.

Als er tiefer ins Tal hinabstieg, hörte er das Plätschern und Rauschen eines Flusses, den er kurz darauf auch zwischen den Bäumen entdeckte. Ein Wasserfall stürzte in ein kleines, halb von Fels eingefasstes Becken. Connor hockte sich an dessen Rand, um seine Flasche zu füllen, und starrte auf einen Zweig, der träge auf der Oberfläche trieb. Das Wasser auf seiner Hand war kühl. Er dachte, dass sie vielleicht hier baden, ihre vor Dreck starrenden Kleider waschen und in der Sonne trocknen lassen konnten, während sie schliefen.

Wäre er nicht in Gedanken versunken gewesen, hätte er in dem dunklen Spiegel des Beckens ein Paar Augen entdecken können, das auf ihn herabstarrte, denn aus dem Schutz der Bäume am anderen Ufer beobachtete ihn eine einsame Gestalt. Sie sah, wie er sich wieder erhob, aus der Flasche trank und auf den Weg den Hang hinaufmachte, um Lawrence zu holen.

Bis beide getrunken, sich und ihre Kleider gewaschen hatten und tropfnass in ihr Versteck gekrochen waren, schien fast schon die Sonne. Sie breiteten ihre Kleider über ein paar Büsche und legten sich zum Schlafen ins Gras.

Connor erwachte mit dem Gefühl, dass sich ein Insekt auf seinen Hals gesetzt hatte. Er lag auf dem Rücken, und die Sonne brannte schon heiß auf seiner nackten Brust. Ohne die Augen zu öffnen, hob er träge eine Hand, um das Insekt zu verscheuchen, und spürte stattdessen eine kalte, harte Klinge.

Er riss die Augen auf und sah in die grelle Sonne blickend eine Gestalt über sich stehen. Er blinzelte und dachte einen Moment lang, es sei Lawrence, bevor er erkannte, dass es ein Mann war, der ihm die Spitze seines Speers an den Hals hielt. Er hatte einen kahl rasierten Schädel und grimmige Augen, war groß und kräftig und bis auf einen Lendenschurz nackt. Connor stellte fest, dass er nicht allein war. Insgesamt ein Dutzend mit Speeren und Macheten bewaffnete Männer umringten sie. Er wollte sich aufrichten, doch die Fremden begannen zu schreien, sodass er sich wieder auf den Boden sinken ließ. Auch Lawrence hatte einen Speer an der Kehle und sah vollkommen verängstigt aus.

Die Männer brüllten jetzt so aufgeregt durcheinander, dass Connor erst nach einer Weile bemerkte, dass sie eine Art Swahili sprachen. Er verstand genug, um zu begreifen, dass man ihn und Lawrence verdächtigte, zu den Rebellen zu gehören. Mehrmals hörte er Makumas Namen, und auch Kony wurde erwähnt. Einer der Männer kippte den Inhalt von Connors Tasche aus, und die Entdeckung der Bibel und der blutigen Machete schien sie in ihrem Verdacht zu bestätigen.

Sie zerrten sie beide auf die Füße, und an der Art, wie sie Connor von oben bis unten musterten, wurde deutlich, dass sie noch nie einen nackten Weißen gesehen hatten. Er blickte weiter fest in die Augen des Mannes, den er für den Anführer hielt und der ihn weiter mit seinem Speer bedrohte. Connor bemühte sich, mutig zu klingen, als er den Mann auf Swahili begrüßte.

»Shikamoo.«

Es war eine förmliche Anrede, die normalerweise Stammesältesten vorbehalten war, was jedoch niemanden zu beeindrucken schien, weil erneut alle durcheinander schrien und sie beschuldigten, Makumas Spione zu sein. Er wartete, bis sie verstummten, und berichtete dann so ruhig wie möglich, dass sie keineswegs Makumas Spione, sondern aus seiner Gefangenschaft geflohen seien.

Die Männer berieten sich wortreich, und offenbar hatte Connor genug Zweifel gesät, um ihre Ermordung an Ort und Stelle zu verhindern. Einer der Männer hob Lawrence' zerlumpte Tarnkleidung auf, hielt sie dem Jungen unter die Nase und brüllte ihn an, warum er die Uniform der Rebellen tragen würde, wenn er kein Rebell sei. Connor erklärte, dass der Junge kein Swahili verstünde, doch der Mann ignorierte ihn, bis der Anführer ihm zu schweigen befahl. Er wandte sich wieder Connor zu und sagte, sie müssten sich anziehen und mitkommen.

Etwa eine Stunde lang marschierten sie vor den Speeren der Männer her, bis sie im Schatten einiger Akazien und Borassuspalmen eine Ansammlung von Lehm- und Basthütten erreichten. Die Nachricht ihrer Gefangennahme war ihnen offensichtlich vorausgeeilt, denn als sie näher kamen, rannte ihnen eine Horde nackter Kinder entgegen, die *Muzungu! Muzungu!* riefen und sich gegenseitig herausforderten, Connor anzufassen. Ein Junge sprang sogar hoch, um sein Haar zu berühren.

Man ließ sie im Schatten der Palmen Platz nehmen, bewacht von zwei ihrer Häscher und begafft von einer kichernden Schar Frauen und Kinder. Dann teilte die Menge sich und verstummte. Der Anführer erschien mit einem alten Mann, der allseits mit großer Ehrerbietung behandelt wurde.

»*Shikamoo*«, sagte Connor.

Der alte Mann nickte. »*Marahaba.*«

Der alte Mann fragte, woher sie kamen, und Connor erzählte ihm ihre Geschichte, so gut es sein bruchstückhaftes Swahili erlaubte. Der Mann hörte ihm ohne Unterbrechung zu. Als Connor fertig war, wollte der alte Mann wissen, ob sie auf ihrer Reise andere Soldaten gesehen hätten, und Connor berichtete von dem Konvoi. Zuletzt fragte er sie noch, wann sie zuletzt gegessen hatten, und Connor erwiderte, dass sie sich seit drei Tagen von Blättern ernähren würden. Der Mann schickte die Menge fort und ging ohne einen Hinweis auf ihr weiteres Schicksal davon. Doch kurz darauf brachte ihnen eine Frau einen Krug Wasser und zwei Schalen mit einer dicken Getreidegrütze, die beide hungrig verschlangen.

Am späten Nachmittag trafen Soldaten ein, und aus ihren Fragen schloss Connor, dass sie zur sudanesischen Volksbefreiungsarmee gehörten. Ihr Kommandant wollte alles über Makumas Lager und die Anzahl und Bewaffnung der Soldaten wissen, und Connor und Lawrence berichteten ihm, was sie wussten. Der Kommandant fragte sie, warum sie ihr Weg nach Karingoa so weit nach Osten geführt habe, und Connor erklärte ihm, dass sie gewarnt worden seien, dass weiter westlich Truppen zusammengezogen würden und es deshalb erst hier sicher wäre, die Grenze zu überqueren.

Als der Abend dämmerte, wurden sie zu einer kargen Hütte geführt, wo man ihnen erneut etwas zu essen brachte. Durch die bewachte Tür beobachtete Connor, wie sich die Soldaten mit dem alten Mann sowie einigen anderen Stammesangehörigen berieten, konnte jedoch nicht verstehen, was sie sagten. Lawrence kauerte zusammengesunken an der Wand und starrte verloren zu Boden. Connor setzte sich neben ihn, legte einen Arm um seine Schultern und versuchte ihn mit Geschichten von Thomas und St. Mary's aufzuheitern. Sein Acholi war so primitiv und lückenhaft, dass der Junge lächeln musste und seine Fehler zu korrigieren begann.

Lawrence fragte ihn, was die Kinder dort essen würden, und Connor entgegnete, es gebe jeden Tag Blätter, aber dafür in rauen Mengen. Der Junge lachte, und Connor wollte wissen, was seine Lieblingsspeise war. Lawrence dachte eine Weile sehr ernsthaft nach und sagte dann, dass er am liebsten geröstetes Ziegenfleisch mit *Matoke*, einem Bananenmus, aß. Einmal hatte sein Vater allerdings auch ein Glas Erdnussbutter mitgebracht, die sie zusammen mit warmem Maisbrot verzehrt hätten, was ihm, wenn er es sich recht überlegte, noch besser geschmeckt habe.

Er legte seinen Kopf auf Connors Brust und schlief ein.

Die Soldaten weckten sie und führten sie aus dem Lager, ohne ein Ziel zu nennen, doch es wurde bald deutlich, dass sie dem Flusslauf nach Süden folgten. Das dicht bewaldete Tal machte das Vorwärtskommen beschwerlich, und als sie die erste Rast einlegten, stand die Sonne hoch am Himmel. Ihre Kleidung war nass von Schweiß. Sie kühlten sich ab, tranken aus dem Fluss, aßen im Schatten der Bäume von dem Hirsebrot, das die Soldaten mit ihnen geteilt hatten, und beobachteten, wie rote und gelbe Vögel auf der Jagd nach Fliegen dicht über die Wasseroberfläche hinwegsausten.

Der Kommandant erklärte Connor, dass sie in der Nähe der ugandischen Grenze waren und er ein paar Männer losgeschickt hätte, um Kontakt mit den Grenzpatrouillen der ugandischen Regierungstruppen aufzunehmen. Eine halbe Stunde später kehrten die Männer mit einem Sergeant und zwei jungen Soldaten der UDF zurück, die Connor mit ernster Miene begrüßten und noch einmal die gleichen Fragen stellten, die er schon zigmal beantwortet hatte, während der sudanesische Kommandant ohne ein weiteres Wort mit seiner Truppe abzog.

Auf der anderen Seite der Grenze wurden sie von einem Landrover erwartet, der sie über Lehmpisten viele Meilen durch die trockene Savanne nach Süden brachte, bis sie bei Anbruch der Dämmerung eine Kaserne am Rand einer kleinen Stadt erreichten. Connor fragte nach ihrem Namen, doch der Sergeant wollte es ihm nicht sagen. In der Kaserne wurde Connor von Lawrence getrennt und in einen Raum mit dreckigem Betonboden, nackten Wänden und vergitterten Fenstern geführt. Die einzigen Möbel waren zwei Stühle und ein Tisch, an dem Connor lange wartend saß, bis ein junger Major in einem tadellos gebügelten Hemd erschien, sich auf den anderen Stuhl setzte und noch einmal die gleichen sowie eine Menge weiterer Fragen stellte.

Er sprach akkurates Englisch und hatte eine forsche Art, die in großem Widerspruch zu seiner langsamen und peniblen Handschrift stand, mit der er jede Antwort protokollierte. Als Connor ihm von seinem gescheiterten Versuch berichtete, die verschleppten Kinder zurückzukaufen, wirkte er aufrichtig verblüfft.

»Aber Sie sind doch Fotograf. Warum wollten Sie so etwas tun?«

Connor zuckte die Achseln. »Ich weiß nicht.«

»Das glaube ich Ihnen nicht.«

»Wollen Sie es wirklich wissen? Nun, vermutlich hatte es etwas damit zu tun, dass ich jahrelang vom Unglück anderer Menschen gelebt habe. Anfangs denkt man, dass die Fotos, die man macht, irgendwie helfen können, doch nach einer Weile erkennt man, dass sie gar nichts bewirken. Ich wollte etwas zurückgeben. Verstehen Sie? Ich wollte etwas tun, anstatt nur daneben zu stehen und zuzusehen.«

Es war die einzige Antwort, die der Mann nicht notierte.

Anschließend wurde Connor über einen Hof zu einer Art Gefangenenblock geführt, wo Lawrence ihn bereits in einer Zelle erwartete. Der Junge wirkte erleichtert, ihn zu sehen, und sagte, man hätte ihm viele Fragen gestellt, ihn aber nicht geschlagen.

Die Zelle hatte zwei schmale Pritschen, und zum ersten Mal nach fast drei Monaten schlief Connor wieder in einer Art Bett. Auch wenn die Matratze hart und klumpig und die Decke kratzig und dreckig war, erschien es ihm wie der Luxus eines Fünfsternehotels.

Am nächsten Morgen wurde er erneut zu dem Major gebracht, der ihn diesmal sehr viel freundlicher begrüßte. Er teilte ihm mit, er hätte eine Reihe von Anrufen gemacht, darunter auch einen bei der US-Botschaft in Kampala. Dort hatte irgendwer Harry Turney von der Agentur und sogar seine Mutter in Montana aufgespürt.

»Alle haben geglaubt, Sie wären tot. Sie werden schon sehr lange vermisst, viel länger, als Sie mir erzählt haben.«

»Ich bin gereist.«

»Wo?«

»Überall. Durch Australien und Indien.«

Mehr wollte Connor nicht sagen, und der Major hakte auch nicht nach.

»Man wird Sie und den Jungen heute nach Kampala bringen.«

»Aber wir müssen nach Karingoa.«

»Das ist unmöglich. Die Rebellen stoßen in einer großen Offensive nach Süden vor. Es gibt zahlreiche schwere Gefechte. Die Armee hat diesen Teil des Landes abgeriegelt. Sie kommen nicht mal bis nach Gulu.«

Connor bat, wenigstens in St. Mary's anrufen zu dürfen, um von Lawrence zu berichten. Doch der Major erklärte, dass auch das nicht ginge. Alle Verbindungen mit Karingoa seien unterbrochen.

Connor saß auf dem Bett, blickte auf den Hotelgarten und wartete auf den Rückruf der Telefonistin. Ein Marabupärchen flatterte in den Kronen einiger Flammenbäume umher.

Es war später Nachmittag, und nach den hektischen Aktivitäten der letzten Stunden fühlte er sich erschöpft und ausgelaugt. Er war den ganzen Tag in Kampala unterwegs gewesen, hatte mit Regierungsbeamten, Hilfsorganisationen und Angestellten der US-Botschaft gesprochen und überlegt, was er wegen Lawrence unternehmen sollte. Die Botschaft hatte ihm zugesagt, einen neuen Pass zu besorgen, und ihn mit seiner Bank in Nairobi telefonieren lassen, damit sie ihm telegrafisch Geld anweisen konnte. Für das Allernötigste hatte er sich von dem einzigen Freund, den er in Kampala hatte, etwas geliehen.

Geoffrey Odong war ein Journalist, den er bei seinem ersten Besuch noch vor seiner Reise nach Ruanda kennen gelernt hatte. Er war ein oder zwei Jahre jünger als Connor, intelligent, ehrgeizig und hatte es mittlerweile zum stellvertretenden Chefredakteur der führenden Zeitung des Landes gebracht. Sowohl er als auch seine Frau Elizabeth waren Acholi und hatten Connor als

Erste auf die Situation im Norden und die außergewöhnliche Arbeit aufmerksam gemacht, die in St. Mary's of the Angels geleistet wurde. Elizabeth arbeitete Teilzeit für einen lokalen Radiosender. Das Ehepaar lebte mit seinen drei Töchtern in einem bescheidenen Haus am Fuß eines der sieben grünen Hügel der Stadt.

Als Connor und Lawrence am Abend zuvor nach einer drückend heißen und unbequemen Tagesfahrt auf der Ladefläche eines Armeelasters aus dem Nordosten des Landes in Kampala angekommen waren, hatte er sie sofort angerufen. Geoffrey hatte sie abgeholt und darauf bestanden, dass sie bei ihm übernachteten. Elizabeth war entsetzt, wie ausgezehrt sie aussahen und fütterte sie, bis Connor befürchtete, der Junge würde platzen. Die älteste Tochter der Odongs war genauso alt wie Lawrence, und nach anfänglicher Schüchternheit verstanden die beiden sich bestens. Die Familie bewohnte ein kleines Haus, und Connor hatte ein schlechtes Gewissen, weil die Mädchen für ihn ins Wohnzimmer ausquartiert werden sollten. Nach massivem Protest hatte Elizabeth schließlich widerwillig zugestimmt, dass er sich ein Zimmer im Sheraton nahm, aber nur unter der Bedingung, dass Lawrence bei ihnen blieb.

Der sterile, genormte Luxus großer Hotelketten hatte Connor nie besonders beeindruckt, und nach den langen Wochen der Entbehrung kam er sich in dem Zimmer vor wie ein Besucher von einem anderen Stern. Die kühle Luft und das leise Rauschen der Klimaanlage schotteten ihn gegen die Außenwelt ab, die ihm mit ihrem üppigen und sorgsam gepflegten Garten, dem gedämpft hereinklingenden Verkehrslärm und den weißen Bürotürmen selbst ziemlich unwirklich erschien.

Noch fremder war Connor die Gestalt, die ihn im grellen Neonlicht des Badezimmerspiegels anstarrte. Er hatte sich an der Rezeption Rasierer und Schaum besorgt, und nach einem mindestens zwanzigminütigen Duschbad den stoppeligen Bart entfernt. Dabei war eine weitere, ebenso fremde Person zum

Vorschein gekommen, die mit ihren schmalen Lippen, den blassen, eingefallenen Wangen und dem langen, wirren Haar aussah wie ein fanatischer Prediger aus dem Wilden Westen.

Ein Handtuch um die Hüfte geschlungen, ein weiteres über die Schultern geworfen, fragte er sich jetzt, ob die Telefonistin den angemeldeten Anruf vergessen hatte oder ob noch immer alle Leitungen nach New York besetzt waren. Das Marabupärchen in den Flammenbäumen hatte Gesellschaft von drei Artgenossen erhalten. Der Radiowecker auf dem Nachttisch zeigte sechzehn Uhr zehn, was bedeutete, dass es in New York zehn nach neun und in Montana zehn nach sieben war. Da seine Mutter für gewöhnlich bis acht schlief, hatte er beschlossen, als Erstes Harry Turney anzurufen. Endlich klingelte der Apparat. Connor fragte nach Harry Turney und wartete.

»Turney.«

»Sie haben dich also immer noch nicht gefeuert.«

»Mein Gott, Connor. Wo, zum Teufel, hast du gesteckt?«

»Hast du mich vermisst?«

»Heilige Scheiße.«

»Weißt du, dass ich dich in all den Jahren noch nie fluchen gehört habe?«

»Tatsächlich? Man soll es sich eben für Augenblicke aufheben, in denen man es wirklich braucht. Was hast du gemacht, verdammt noch mal? Ich meine, Herrgott, Connor, wie konntest du nur? Wenn du dich entführen und umbringen lassen willst, ist das deine Sache, aber du hättest wenigstens so vernünftig sein können, jemanden wissen zu lassen, wo es passieren soll.«

»Es tut mir Leid, Harry.«

»Das sollte es dir auch. Hast du deine Mutter schon angerufen?«

»Das hatte ich gerade vor.«

»Was ist eigentlich los mit dir? Leg sofort auf und melde dich bei ihr. Ich ruf dich zurück. Ich habe ungefähr tausend Nachrichten für dich. Wie ist deine Nummer?«

Connor nannte sie und legte mit einem schuldbewussten Lächeln auf. Er bat die Telefonistin, die Nummer seiner Mutter anzurufen, und zog sich, während er auf den Anruf wartete, sein neues Hemd und eine Hose an.

Seine Mutter war versöhnlicher. Sie sagte, sie habe sich schon seit einer Weile daran gewöhnt, dass er von Zeit zu Zeit abtauchte, und auch wenn es diesmal sehr viel länger gedauert habe als sonst, habe sie sich überhaupt keine Sorgen gemacht. Connor glaubte ihr kein Wort.

Sie wollte wissen, wann er sie besuchen würde, und er versprach ihr zu kommen, sobald er Lawrence und seinen Bruder zusammengebracht hätte. Dann musste sie ihm sagen, wie es ihr ging und ob auf der Ranch alles in Ordnung war. Sie berichtete, dass sie als Aushilfe einen fleißigen jungen Burschen aus Augusta gefunden hätte. Ansonsten wäre alles beim Alten.

»Das mit Ed hast du sicher gehört?«

»Was ist mit ihm?«

Es entstand eine lange Pause.

»Ed ist gestorben, mein Sohn. Weihnachten vor einem Jahr. Ich hatte vergessen, wie lange du weg warst.«

Connor konnte es nicht fassen. Sie erzählte ihm, was geschehen war, und wie geschockt alle gewesen waren.

»Wie geht es Julia und Amy?«

»Na, die sind doch gleich bei dir um die Ecke.«

»Was?«

»Sie sind da irgendwo in Afrika.«

»In Uganda?«

»Ja. Ich glaube zumindest, dass es Uganda ist. Ehrlich gesagt, bringe ich all die Länder, in die du immer reist, durcheinander. Ja, sie wollte den armen Kindern helfen, die du fotografiert hast, die sie zu Soldaten gemacht haben, weißt du? Sie hat Amy mitgenommen.«

»In Karingoa? St. Mary's of the Angels?«

»Genauso hieß es. Ich habe vor einem Monat eine Postkarte

bekommen. Ihre Mutter hat sich ziemlich darüber aufgeregt, dass sie Amy mitgenommen hat, aber es scheint ihnen dort wirklich gut zu gehen.«

Einen Moment schwiegen sie.

»Connor? Bist du noch da?«

»Ja.«

Doch seine Gefühle hatten ihn übermannt, sodass er nicht weitersprechen konnte. Flüsternd versprach er seiner Mutter, dass er sich bald wieder melden würde, und legte auf.

Eine Stunde später lief er aufgeregt in Geoffrey Odongs winzigem Büro bei der Zeitung auf und ab. Durch die offene Tür sah er, wie die Anspannung in der Redaktion mit dem nahenden Redaktionsschluss zunahm. Geoffrey telefonierte seit zwanzig Minuten mit einem Studienfreund, der jetzt ein führender Offizier im Nordkommando der UDF war.

Connor hatte nur einen Teil des Gesprächs gehört, jedoch in etwa mitbekommen, was los war. Endlich legte Geoffrey auf, warf Connor einen düsteren Blick zu und schüttelte den Kopf.

»Völlig unmöglich. Alle Straßen in das Gebiet sind gesperrt. Du würdest nicht mal bis Gulu kommen. Sie lassen niemanden auch nur in die Nähe, schon gar keine Journalisten.«

»Wie ist die Lage in Karingoa?«

»Er hat gesagt, die Offensive der Rebellen ist abgewehrt worden, aber das glaube ich nicht. Sie greifen an zwei Fronten an, Makuma im Nordwesten und Konys Truppen im Osten.«

»Wie weit sind sie noch von Karingoa entfernt?«

»Er sagt, etwa zwanzig Meilen, aber ich vermute, näher. Viele Menschen hätten die Stadt bereits verlassen. Er behauptet, die Situation wäre unter Kontrolle, doch für mich klingt es so, als hätte die Regierung die Stärke der Rebellen gewaltig unterschätzt.«

Connor drehte sich um, starrte durch das Fenster auf die Straße. Ein Laster war umgekippt und hatte eine Ladung grüner Bananen verloren. Wartende Autos, Taxis und Busse hupten wie wild. Eine Frau in einem gelben Gewand bahnte sich, ein riesiges Bündel auf dem Kopf und ein kleines Kind an der Hand, anmutig einen Weg durch das Chaos.

»Geoffrey, ich muss sie da rausholen.«

»Das ist absolut unmöglich. Außerdem sind sie ja vielleicht längst evakuiert worden.«

»Wie ich Schwester Emily kenne, werden sie die Letzten sein, die das Gebiet verlassen.«

Connor drehte sich um und starrte Geoffrey an.

»Kennst du jemanden, der mich dorthin fliegen würde?«

»Sei nicht verrückt.«

»Kennst du jemanden?«

31

Dreimal waren die Regierungssoldaten mittlerweile gekommen, um ihnen zu raten, das Kloster zu verlassen, und immer hatte Schwester Emily sich geweigert. Wenn man den Teufel floh, erklärte sie, würde man ihn nur noch stärker machen; St. Mary's of the Angels hatte Makumas Drohungen und Raubzügen in der Stadt seit mehr als zehn Jahren getrotzt, und sie würden auch jetzt nicht klein beigeben.

Anfangs war ihre Gelassenheit und Zuversicht ansteckend. Sie erklärte Kindern wie Mitarbeitern, dass sie nichts zu befürchten hätten, dass das Gefechtsfeuer, das sie nachts hörten, von Regierungstruppen stammte, die die Stellungen der Rebellen bombardierten und sie zurückdrängen würden; dass so etwas schon früher geschehen war und wieder geschehen würde. Wenn es zum Schlimmsten kam, könnten sie sich alle in Gertrude, den alten Doppeldeckerbus, setzen und binnen Minuten verschwunden sein.

Doch als der Gefechtsdonner Tag für Tag näher kam, wurde klar, dass es sich nicht bloß um einen weiteren »Raubzug« Makumas handelte. Von morgens bis abends zog ein unablässiger Strom von Flüchtlingen auf der Straße vor den Toren des Klosters vorbei. Zweifach vertriebene, zerlumpte, besitzlose, elende Menschen starrten mit leeren Blicken auf die mit Soldaten beladenen Lastwagen der UDF, die an ihnen vorbei zur Front fuhren.

Mehrmals hatte Julia Kinder an den Fenstern des Klosters gesehen, die das Geschehen beobachteten, und sich nach Kräften bemüht, ihre Sorgen zu zerstreuen, obwohl sie selbst bereits begonnen hatte, sie zu teilen. Dabei sorgte sie sich weniger um sich als um Amy, die zunächst völlig unbekümmert schien. Ihre Mutter hatte Recht gehabt, sie hätte Amy nicht mit hierher nehmen dürfen. Vielleicht sollte sie gehen, bevor es zu spät war. Amy, die Julias Stimmung stets wachsam registrierte, hatte deren Angst gespürt und zeigte nun ebenfalls erste Anzeichen von Furcht. Sie war stiller als sonst, vergewisserte sich ein ums andere Mal, dass Julia in der Nähe war, schlief unruhig, kuschelte sich an ihre Mutter und fragte häufig, ob es sich nicht so anhörte, als käme der Gefechtslärm näher.

Am Abend nach dem dritten Besuch der Soldaten hatte Schwester Emily Julia, Françoise und Peter Pringle in ihr Büro gebeten, allen eine Tasse des Lieblingstees Ihrer Majestät, der Königin von England, kredenzt, und mit leiser Stimme erklärt, dass jeder frei sei zu gehen.

»Ich selbst weigere mich nach wie vor zu glauben, dass es irgendeinen Grund zur Sorge gibt. Der Leutnant hat mir versichert, dass die Rebellen zurückgedrängt würden, rät uns jedoch trotzdem zur Flucht. Ich habe ihn nach dem Grund gefragt, und er meinte, er könne unsere Sicherheit nicht mehr garantieren. Ich habe erwidert, dass das ohnehin nur unser Herr Jesus Christus kann.«

Sie hob tadelnd den Finger und kniff die Augen zusammen.

»Ich habe den Verdacht, dass der eigentliche Grund der ist, dass sie das Kloster als Kaserne benutzen wollen. Das war vor zwei Jahren genauso. Sie haben Panik geschürt, und viele Leute sind gegangen.« Sie zuckte lächelnd die Achseln. »Um später wiederzukommen.«

Sie nippte an ihrem Tee.

»Makuma ist wie ein verängstigter Hund, der laut kläfft. Wenn man wegläuft, jagt er einen. Wenn man stehen bleibt, ergreift er selbst die Flucht. Wenn Sie sich jedoch Sorgen wegen Amy machen, sollten Sie gehen, Julia. George kann Sie beide nach Gulu fahren, und von dort kommen Sie bestimmt nach Kampala. Dafür hätten wir alle Verständnis.« Sie wandte sich Françoise und Peter Pringle zu.

»Dasselbe gilt für Sie beide. Wir würden Sie natürlich vermissen, aber wir kommen schon zurecht.«

Nach einem kurzen Schweigen räusperte sich Pringle.

»Ich kann natürlich nur für mich selbst sprechen«, sagte er. »Aber solange Sie und die Kinder hier sind, gehe ich nirgendwohin.«

Seine tapfere Erklärung beschämte Julia. In dieser Nacht war zum ersten Mal seit einer Woche kein Gefechtslärm zu hören. Amy schlief tief und fest, während Julia wach lag und sich für ihre Schwäche und Dummheit schalt. Wie hatte sie auch nur einen Moment daran denken können, St. Mary's zu verlassen? Hatte sie nicht genau das vor all den Jahren mit Skye getan? Einmal reichte. Am nächsten Morgen erwachte sie mit neuem Mut.

Doch dieser dauerte nur ein paar Stunden an. Bei Sonnenaufgang hob der Kanonendonner lauter und scheinbar näher als zuvor wieder an. Dazu kam jetzt ein neues Grollen, das Peter Pringle als Mörserfeuer identifizierte. Als sie sich zum Abendessen im Zelt versammelten, fuhr ein weißer Landrover mit heulendem Motor vor und wirbelte bei der harten Bremsung eine Staubwolke auf. Zwei Personen sprangen heraus. Julia erkannte das junge dänische Ehepaar, das für eine Hilfsorganisation arbeitete und manchmal zum Essen kam.

Als sie ins Zelt traten, scharten sich alle um sie. Der Mann atmete schwer und versuchte vergeblich, seine Panik zu verbergen. Die Kinder waren verstummt und beobachteten ängstlich die Erwachsenen.

Der Mann berichtete leise, dass Makuma die Front der Regierungstruppen durchbrochen und die UDF den ungeordneten Rückzug angetreten hatte. Die Rebellen waren keine zehn Meilen mehr entfernt und marschierten brandschatzend unaufhaltsam auf den Nordrand der Stadt zu.

Der Mann hatte seine nackten Ellbogen auf den Tisch gestützt und das Kinn in die Hände gelegt, sodass sein buschiger blonder Schnurrbart auf seinen Fäusten zu ruhen schien, als er Connor über sein Bier hinweg mit blassblauen Augen fixierte. Er hatte massige, sonnenverbrannte Unterarme, und über der protzigen goldenen Rolex an seinem linken Handgelenk zeichnete sich die Haube eines tätowierten Adlers mit ausgebreiteten Flügeln ab, vermutlich das Emblem irgendeiner Eliteeinheit, dachte Connor. Der Hals des Mannes war dicker als sein stoppeliger Schädel, und aus dem offenen Kragen seines dunkelgrünen Polohemds quoll blondes Brusthaar.

Geoffrey Odong hatte mit drei Anrufen die Sorte Mann gefunden, die Connor brauchte, doch weiter wollte er nicht in die Sache verwickelt werden. Johannes Kriel betrieb ein kleines Flugunternehmen und war angeblich in den Schmuggel von Waffen und anderen Gütern sowie weit finsterer Machenschaften verwickelt. Man hatte Connor erklärt, er solle sich ins Parkside Inn neben dem alten Taxistand begeben und an einen Tisch auf dem Balkon setzen. Dort würde Kriel ihn treffen.

Der Mann hatte weder Hallo gesagt noch seine Hand zum Gruß ausgestreckt, sondern beim Kellner mit hartem, südafrikanischem Akzent einen Nil Special bestellt, Platz genommen und Connor gefragt, was er wolle. Er hatte Connor mit regloser Miene zugehört, doch das herablassende Lächeln, mit dem er das Ende seiner Ausführungen quittierte, sagte alles.

»Hat Ihnen schon mal wer gesteckt, dass da oben ein Krieg im Gange ist?«

»Bringen Sie mich so nahe hin, wie es Ihnen gefahrlos möglich ist.«

»Gefahrlos? Makuma hat wärmegelenkte Boden-Luft-Raketen.«

»Das wissen Sie sicher?«

»Allerdings.«

Er nahm einen Schluck Bier.

»Wann wollten Sie starten?«

»Sofort.«

»Heute Abend noch? Glauben Sie, ich würde mitten in der Nacht im Scheißbusch landen?«

»Sie müssen nicht landen.«

»Was?«

»Ich werde springen. Können Sie mir einen Fallschirm besorgen?«

Kriel kniff die Augen zusammen. »Wollen Sie mich verarschen?«

»Ich meine es ernst. Können Sie mir einen besorgen?«

»Vielleicht.« Er grinste. »Ob der sich allerdings öffnet, ist eine ganz andere Frage.«

»Ich gebe Ihnen zweitausend Dollar.«

Der Mann lachte, wandte sich ab und trank einen weiteren Schluck. Aus einem weißen Wagen, der vor dem Hotel gehalten hatte, dröhnte laut wummernde Rapmusik, zu der der Fahrer mit der aus dem offenen Fenster baumelnden Hand im Takt gegen die Wagentür klopfte.

»Für zehn würde ich vielleicht darüber nachdenken.«

Sie einigten sich auf sechs, obwohl der Deal um ein Haar geplatzt wäre, als Connor erklärte, dass er das Geld nicht zur Hand habe, sondern es telefonisch von seiner Bank in New York auf Kriels Konto überweisen müsse.

Kriels schwarzer Range Rover parkte samt Chauffeur vor dem Haus. Sie stiegen ein und verließen die Stadt. Nach einer halben Stunde Fahrt in südwestlicher Richtung, in der sie kaum ein Wort wechselten, wurde die Besiedlung spärlicher, und schließlich kamen sie zu einer mit stabilen Zäunen gesicherten, kleinen privaten Landebahn in der Savanne. Die beiden bewaffneten Wächter am Tor salutierten, als sie Kriel erkannten, und winkten den Wagen durch.

Neben der Landebahn gab es ein kleines Büro mit einer flackernden Neonröhre. Kriel erkundigte sich bei Connor nach dem

Namen seiner Bank und wählte die Nummer selbst, um sich zu vergewissern, dass er nicht getäuscht wurde. Dann gab er Connor den Hörer, schrieb seine Bankverbindung auf und verfolgte aufmerksam, wie Connor die Überweisung veranlasste.

Danach ließ er Connor allein und ging in den Lagerraum auf der Rückseite des Gebäudes, um nach dem Fallschirm zu suchen. Derweil rief Connor Geoffrey an, der noch einmal versuchte, ihm das Ganze auszureden.

»Wenn es Elizabeth und eine deiner wunderschönen Töchter wären«, wandte Connor ein, »würdest du nicht dasselbe tun?«

»Ich weiß nicht, wie man mit einem Fallschirm abspringt.«

»Die Entschuldigung hab ich nicht.«

»Wann bist du denn zum letzten Mal gesprungen?«

»Ist schon eine Weile her.«

Connor bat ihn, Lawrence auszurichten, dass er so bald wie möglich wieder zurück sein würde, und nahm Geoffrey das Versprechen ab, dafür zu sorgen, dass der Junge mit seinem Bruder zusammengebracht wurde, falls er sich aus irgendeinem Grund nicht selbst darum kümmern konnte.

»Ich erinnere mich, dass du von dieser Frau schon gesprochen hast, als wir uns vor vielen Jahren kennen gelernt haben. Du scheinst sie noch immer zu lieben.«

Er betonte das wie eine Frage, und Connor zögerte, weil es vielleicht die wichtigste Frage war, die man ihm je gestellt hatte. Doch er hatte das Gefühl, seinem Freund eine ehrliche Antwort zu schulden.

»Schon immer und für immer«, erwiderte er schlicht.

Kriel tauchte mit einem schmutzigen Segeltuchsack wieder auf und warf ihn auf den Boden, wo er in einer Staubwolke landete.

»Ist lange her, dass jemand Verwendung dafür hatte«, meinte er grinsend.

Connor bat um eine Taschenlampe. Nachdem Kriel eine gefunden hatte, trugen sie den Sack nach draußen und packten ihn aus. Connor hakte das Ende des Schirms an die Wand und breitete ihn aus, um ihn zu inspizieren. Es war ein einfacher Rettungsfallschirm mit altmodischem Gurtwerk aus Segeltuch, das auch schon bessere Tage gesehen hatte. Er überprüfte alle zweiundzwanzig Zwickel, fand nur ein paar kleinere Löcher und verfolgte dann die Fangleinen bis zu den Connectorlinks und den Tragegurten. Der Schirm war nichts Besonderes, aber er erfüllte seinen Zweck. Kriel lehnte mit verschränkten Armen am Türrahmen und beobachtete ihn feixend.

»Sie werden doch jetzt nicht noch Ansprüche stellen?«

»Er wird reichen. Gibt es einen Reserveschirm?«

Kriel lachte. »Darüber würde ich mir keine Sorgen machen, Kumpel. Sie werden wahrscheinlich sowieso erschossen, bevor sie auf dem verdammten Boden landen.«

»Also nicht.«

Während Connor den Schirm wieder einpackte, ging Kriel nach drinnen und kam mit einer Neunmillimeter Automatik in einem Hüftholster sowie einem halbautomatischen Gewehr und einer schwarzen Nylonjacke wieder heraus, die er Connor zuwarf.

»Ziehen Sie die über. Mit diesem beschissenen Hemd wären Sie nämlich nur schwer zu verfehlen.«

Zwanzig Minuten später rollten sie in einer unbeschrifteten Cessna 206 über die Startbahn. Bis auf die vorne, waren alle Sitze ausgebaut worden, vermutlich um Stauraum für die Schmuggelware zu schaffen, die die Maschine normalerweise transportierte. An der hinteren Steuerbordseite gab es eine Frachttür, sodass der Absprung nicht so schwierig werden würde, wie Connor befürchtet hatte.

Sie starteten in südlicher Richtung. Unter ihnen erstreckte sich der Victoriasee bis ins Unendliche. Sie gingen in Schräglage und zogen eine Schleife nach Norden. Die Lichter von Kampala glitzerten unter ihnen in der heißen Abendluft. Für Connor war es der erste ruhige Moment seit dem Telefonat mit seiner Mutter, und er stellte fest, dass wegen seiner Besessenheit, zu Julia und

Amy zu gelangen, noch gar kein Raum für Gedanken an seinen verlorenen Freund Ed gewesen war – seinen jetzt für immer verlorenen Freund. Doch als jetzt die Lichter der Randbezirke hinter ihnen verblassten und die kleine Maschine sich in die unheilvolle dunkle Nacht hinaus nach Norden vortastete, spürte er eine tiefe Trauer, die sich wie ein bleiernes Gewicht auf seine Brust legte.

Die Äste der Flammenbäume kratzten über das Dach des Busses, als er die Auffahrt hinunterfuhr – ein Geräusch so laut und erschreckend, dass einige der Kinder, die im Oberdeck saßen, aufschrien und die Köpfe einzogen, als fürchteten sie, das Dach könnte wie der Deckel einer Dose abgehoben werden.

Julia saß, einen Arm um Amy gelegt, auf dem hintersten Sitz direkt neben der Treppe. Durch das Fenster zu ihrer Linken sah sie die schattenhaften Umrisse der Flughunde, die aus den Mangobäumen aufflatterten. Wenn sie sich umdrehte, konnte sie das entschlossene Gesicht von Peter Pringle am Steuer des Lkw hinter ihnen sehen. Die meisten Kinder und Mitarbeiterinnen saßen in dem Bus, der Rest drängte sich auf der offenen Ladefläche von Pringles Laster. Julia wusste, dass dahinter noch zwei kleinere Transporter mit sämtlichen Mägden, Köchinnen und Küchenhilfen folgten, auch wenn sie nur das schwankende Gepäck sehen konnte, das auf dem Dach der Fahrzeuge gestapelt war. Die vier Sicherheitsleute des Zentrums waren auf die Wagen verteilt worden.

Als der Bus das Tor des Klosters erreichte, musste er anhalten, weil davor das blanke Chaos herrschte. Die meisten Flüchtlinge waren zu Fuß unterwegs, doch zwischen den Menschen fuhren hupende Pkw und Lastkraftwagen, an deren Dächer sich verzweifelte Menschen klammerten, die nach jedem austraten, der versuchte, ebenfalls an Bord zu gelangen. Julia beobachtete einen Mann, der, ein zappelndes und schreiendes Baby im Arm und zwei panisch flatternde Hühner unter dem Gürtel, versuchte, ein

Fahrrad zu steuern. Ohne von all dem Notiz zu nehmen, donnerten Laster der abziehenden Armee durch den Dunst aus rotem Staub, voll beladen mit erschöpften, verwundeten oder toten Soldaten.

Als die Menge den Konvoi von St. Mary's sah, rannten etwa zwanzig Leute winkend und rufend auf den Bus zu, der jedoch unbeirrt weiterfuhr. Daraufhin hämmerten die Flüchtlinge kreischend mit den Fäusten gegen die Seiten. Julia hörte, wie die Sicherheitsleute und Schwester Emily auf dem Deck unter ihnen sie abwehrten und immer wieder erklärten, dass kein Platz mehr sei. Amy zitterte vor Angst.

»Mami!«

»Ist schon gut, Schätzchen. Ist schon gut.«

Aber natürlich war gar nichts gut und würde vielleicht auch nie wieder gut werden, aber was konnte sie anderes sagen. Beim Packen war Amy noch so tapfer gewesen und hatte allen anderen geholfen. Julia strich ihr übers Haar und spürte, wie das Mädchen sich tiefer in den Sitz vergrub und noch fester an sie klammerte.

Der Bus war jetzt endlich auf der Straße, und George, der alte Gärtner, der unten ganz allein in der beengten Fahrerkabine saß und mit einer Hand ununterbrochen auf die Hupe drückte, steuerte Gertrude durch die sich teilenden Menschenströme nach Süden. Julia drehte sich erneut um und sah Pringle und die anderen Wagen folgen. Dahinter machte sie zum ersten Mal das Blitzen explodierender Geschosse aus. Und weiter nördlich schien der Horizont in Flammen zu stehen.

Man hörte Schritte auf der Metalltreppe, und wenig später tauchte Schwester Emily auf und strahlte, als wären sie nur auf einem besonders aufregenden Schulausflug. Sie fragte fröhlich, wie es allen gehe und warum sie so still seien. Die Kinder wandten ihr die Köpfe zu und starrten sie an, doch nur ein paar murmelten verängstigt ein paar Worte. Unbeeindruckt drehte sie sich um, sah Julia, die schützend den Arm um Amy gelegt hatte, und zog eine Grimasse, die gleichzeitig traurig, komisch und mitfühlend war.

»Amy, ich glaube, wir brauchen ein Lied. Was meinst du, was sollen wir singen?«

Amy zuckte kaum merklich die Achseln und schwieg. Doch Schwester Emily blieb hartnäckig.

»Wie wär's mit einem der Lieder, die du uns beigebracht hast? Aus diesem Löwenfilm. Nicht? Oder mit dem von dem lila Unterseeboot?«

»Gelb.«

Schwester Emily runzelte die Stirn. »Bist du ganz sicher? Ich glaube, es war lila.«

»Es war gelb!«

»Na ja, vielleicht hast du Recht. Wie wär's damit?«

Schwester Emily hatte offensichtlich die Melodie vergessen und forderte Julia mit Blicken auf, das Lied anzustimmen. Und weil Julias Gesangstalent für Amy schon immer Anlass zu Spott und Belustigung gewesen war, musste sie nur ein paar Takte singen, bis Amy zuerst grinste und dann laut zu kichern begann. Daraufhin fingen Christine und Thomas, die neben ihr saßen, ebenfalls an zu lachen, nicht über Julia, sondern über Schwester Emily, die zwar die Melodie einigermaßen beherrschte, dafür aber den Text nicht. In jedem Refrain gab sie dem U-Boot eine andere Farbe, worauf Amy noch lauter sang, um sie zu verbessern, bis die anderen Kinder schließlich nach und nach einstimmten. Es dauerte nicht lange, bis auch das untere Deck lauthals mitsang.

Julia war sich natürlich bewusst, dass ihre angestrengte Fröhlichkeit eine Art Verdrängung war. Aber wie hatte Ed immer gesagt: Was ist verkehrt an ein bisschen gesunder Verdrängung? Sie war denen verpflichtet, denen sie helfen konnte, allen voran Amy. Nach dem ersten Lied sangen sie noch andere, und als sie sich umdrehte, sah Julia, dass auch Pringle und seine Passagiere eine Melodie angestimmt hatten.

Es würde alles gut werden, sagte sie sich. Sie würden alle durchkommen.

Anfangs war die Nacht klar, und die Sichel des Mondes überstrahlte die Sterne nicht. Sie flogen ohne Licht und die erste Stunde in großer Höhe, während sich tief unter ihnen die Landschaft ausdehnte: graue Steppe, schwarzer Dschungel und der große stille, wie Obsidian glänzende Kyogasee.

Sie saßen nebeneinander, Connor rechts von Kriel. Die Lichter der Anzeigen leuchteten und spiegelten sich matt auf dem Lauf von Kriels Gewehr, das er über seinem Kopf verstaut hatte. Damit sie sich beim Dröhnen der Motoren unterhalten konnten, trugen sie Kopfhörer, sprachen jedoch kaum, außer wenn Kriel ihn auf etwas aufmerksam machte und die Namen von Orten nannte, die sie überflogen.

Nachdem sie die Lichter von Lira links hinter sich gelassen hatten und das Land zur Rechten karger wurde, erkannten sie vor sich Wolken, und Kriel meinte, Connor solle dankbar sein, denn bei klarem Himmel wären sie ein zu leichtes Ziel gewesen, und er hätte weit vom eigentlichen Zielort entfernt abspringen müssen. Er fragte Connor, wo er Fallschirmspringen gelernt hatte, und er erzählte es ihm.

Anfangs sahen die von einem leichten Westwind getriebenen Wolken aus wie einzelne große Wattebäusche. Connor beobachtete ihre Schatten auf dem öden, grauen Land und den Schatten des Flugzeugs, der sich zwischen ihnen bewegte. Doch je weiter sie nach Norden kamen, desto dichter und dunkler ballten sich die Wolken zusammen, und im Westen zuckten Blitze.

Sie waren noch gut siebzig Meilen von Karingoa entfernt, als sie die ersten Spuren des Krieges ausmachten. Im Schutz der Wolken flogen sie tiefer, doch als sie durch eine Lücke in der Wolkendecke eine Straße und die Lichter zahlreicher Armeelaster entdeckten, drehte Kriel sofort nach Westen ab und stieg wieder auf. Als es ihnen gelang, erneut einen Blick auf die Straße zu werfen, wirkte sie viel belebter und chaotischer, und die Lichter bewegten sich langsamer. Sie flogen über eine Wolkenschicht und sahen im Norden ein schwaches rotes Leuchten, das beim Näherkommen immer heller und größer wurde. Aus seinen Tagen als Feuerspringer wusste Connor sofort, was es war.

Kurz darauf schien die Wolkendecke vor ihnen wie ein riesiger roter Kessel zu glühen, und Kriel wich nach Westen aus. Dann teilten sich die Wolken, und sie sahen die Stadt Karingoa und das Flammenband im Norden. Selbst in den wenigen Sekunden, bevor der Spalt sich wieder schloss, erkannten sie blitzende Geschosse und die roten Zickzacklinien von Gewehrfeuer.

»Ich habe ja schon von ein paar bescheuerten Arten gehört, wie man sich umbringt, aber das ist die Krönung. Ich ziehe noch eine Schleife, und dann bin ich hier weg. Wenn Sie aussteigen wollen, gehen Sie jetzt besser nach hinten.«

Connor betrachtete die Anzeigen und stellte blitzschnell ein paar Berechnungen an. Sie flogen mit hundertzehn Knoten in achtzehnhundert Fuß Höhe, was sehr viel höher war, als er wollte. Ab vierhundert Fuß würde der Fallschirm sicher sein; je kürzer er für alle Welt sichtbar zu Boden schwebte, desto besser standen seine Chancen.

»Wie tief können Sie mich absetzen?«

»Noch tiefer gehe ich nicht, Kumpel. Die haben da unten ein paar scheißgroße Spielzeuge und weiß der Himmel was noch in der Luft. Es ist ein Wunder, dass wir noch nicht getroffen worden sind.«

»Wenn wir weiter nach Osten fliegen würden, hätten wir Deckung durch den Rauch. Dann könnten Sie tiefer gehen.«

Kriel stieß kopfschüttelnd einen weiteren Fluch aus, ging dann aber auf Connors Vorschlag ein. Als sie in einem Bogen nach Osten über den glühenden Kessel flogen, löste Connor seinen Sicherheitsgurt und nahm den Kopfhörer ab. Er stand auf, und Kriel streckte ihm die rechte Hand entgegen.

»Viel Glück, Kumpel.«

Connor ergriff die Hand und bedankte sich.

»Und jetzt machen Sie, dass Sie rauskommen, verdammt noch mal.«

Connor tastete sich zur Frachttür im Heck. Er überprüfte sein Gurtwerk, ging neben der Tür in die Hocke und packte einen der Griffe. Sein Herz hämmerte. Er dachte an seinen letzten Sprung an jenem Tag auf dem Snake Mountain, der ewig lang zurückzuliegen schien, und erinnerte sich daran, wie er und Ed als Letzte gesprungen waren. Ed war ganz blass vor Sorge gewesen, weil er wusste, dass irgendwo in den Flammen unter ihnen Julia war, so wie jetzt wieder.

»Sechzehnhundert!«, rief Kriel.

Connor packte den Griff und stemmte seine Füße fest in den Türrahmen, damit er vom Flugwind nicht aus der Maschine gerissen wurde.

»Okay!«, rief er. »Ich mache jetzt auf.«

Kriel hielt einen Daumen hoch, ohne sich umzusehen.

Connor riss die Tür auf, und Kriel stieß mit dem Flugzeug unter die Wolkendecke. Connor bekam einen ersten verschwommenen Blick auf sein Landegebiet. Sie befanden sich etwa zwei Meilen östlich der Stadt, deren nördlicher Teil, wie er durch die Wolken erkennen konnte, in Flammen stand. Er sah die Umrisse der Lkw, die sich von Norden in einem steten Strom auf die Stadt zubewegten. Doch der Rauch und das Licht des Feuers machten es schwer, das im Schatten liegende Gelände in der unmittelbaren Umgebung zu erkennen. Mit der Anlage der Stadt war Connor vertraut, doch das Umland kannte er nicht, und alles, was er sah, waren tintenschwarze Dschungelflecken und dazwischen graue Kleckse, von denen er annahm, dass es Felder waren.

»Okay«, brüllte Kriel. »Wir sind auf vierzehnhundertfünfzig. Ich bringe sie auf zwölfhundert, aber tiefer gehe ich nicht. Geschwindigkeit hundert Knoten. Machen Sie sich zum Absprung bereit!«

Connor stützte sich mit einer Hand am Rahmen ab und hockte

sich langsam in die offene Tür. Seine Knie bebten, er zitterte, was ihm merkwürdig vorkam, denn auch wenn sein Herz wie wild pochte, empfand er keine Angst. Er schwitzte. Plötzlich hatte er ganz deutlich das Gefühl, dass jemand neben ihm stand, wusste aber, dass es nicht Kriel sein konnte. Er drehte sich um und sah niemanden. Trotzdem spürte er die Präsenz jetzt noch stärker, und egal, ob es sich nun um ein Produkt seiner überreizten Phantasie oder ein reales Phänomen handelte, er wusste mit Sicherheit, dass es Ed war.

»Zwölf-fünfzig.«

Connor ballte seine rechte Hand zu einer Faust und presste sie an die Brust.

»He, alter Freund«, flüsterte er in den Wind. »Herzen aus Feuer.«

»Zwölfhundert! Springen Sie, Sie verrückter Idiot!«

Connor stieß sich mit aller Kraft ab und spürte einen warmen Luftstrom.

»Tausend-eins ...«

Er trudelte im freien Fall und sah, wie die Cessna über ihm in einem steilen Bogen zur dichten Wolkendecke aufstieg.

»Tausend-zwei ...«

Um das Risiko, erschossen zu werden, auf ein Minimum zu reduzieren, musste er die Reißleine möglichst spät ziehen. Er schätzte, dass er höchstens fünf Sekunden hatte. Er spreizte die Arme wie Flügel in den Wind, um die richtige Position zu finden.

»Tausend-drei ...«

Er blickte nach unten, und der Luftstrom ließ seine Augen tränen. Alles war schwarz.

»Tausend-vier ...«

Er verspürte einen Moment Panik, als er nach der Reißleine tastete und sie nicht fand. Doch dann hatte er sie und zog heftig daran.

»Tausend-fünf ...«

Er spürte, wie die Verschlussstifte sich lösten, und ein leichtes Flattern, als zunächst der Hilfsschirm aus seiner Hülle und nach Ausschlaufen der Fangleinen auch die Hauptkappe aus dem Packsack gezogen wurde. Kurz darauf folgte der erwartete Ruck und der Stoß gegen die Brust, als der Hauptschirm sich knackend und knisternd öffnete und bauschte. Und dann der Moment der Ruhe, bevor die Außengeräusche wieder zu ihm vordrangen. Er hörte das letzte leise Brummen der davonfliegenden Cessna, das Donnern von Granat- und Mörserfeuer und jetzt auch das Knattern von Maschinengewehren.

Er fand die Steuerschlaufen, die ihm jedoch wenig nutzten, weil er nicht die leiseste Ahnung hatte, wohin er steuern sollte. Es dauerte eine Weile, bis er durch seine tränenden Augen etwas erkennen konnte und bemerkte, dass die Luft voller Qualm war, der bitter in seinem Mund schmeckte und in Augen und Nase brannte. Als er aufblickte, sah er, wie sich der Rauch unter der großen orange-weißen Kuppel des Schirms kräuselte.

Trotz des Rauchs war sein Schirm nach wie vor eine gute Zielscheibe. Er konnte nur hoffen, dass niemand ihn entdeckte, und wenn doch, dass der Schütze weit genug entfernt und eher mittelmäßig war. In all den Jahren hatte es bei vielen seiner Einsätze in den Kriegsgebieten der Welt immer wieder Augenblicke gegeben, in denen er bewusst sein Leben aufs Spiel setzte, doch nie hatte er sich so hilflos und ausgeliefert gefühlt.

Etwa achtzig Fuß über dem Boden löste sich der Qualm plötzlich auf. Links von sich hörte er Männerstimmen und konnte für einen Moment in drei- bis vierhundert Metern Entfernung mehrere Gestalten ausmachen, die in seine Richtung rannten. Als er nach unten blickte, sah er die dunklen Kronen der riesigen Palmen auf sich zurasen. Auf der von den Männern abgewandten Seite des Waldes entdeckte er einen hellen Fleck und betete, dass es eine Lichtung war. Er zerrte heftig an den Steuerschlaufen, zog die Knie an, krachte durch die Palmwedel und stürzte ins Leere. Er landete auf den Füßen, rollte sich nach vorn ab, blieb auf dem Rücken liegen und sah die Schirmkappe auf sich herabsinken.

Er spürte einen stechenden Schmerz in der rechten Schulter, doch seine Beine waren unversehrt, und darauf kam es an. Er tastete nach dem Schirmrand, hob ihn an und erstarrte. Stimmen kamen näher, und er wusste, dass ihm nur Sekunden blieben, um den Schirm loszuwerden und zu verschwinden.

Die Lichtung war ein Feld, das offenbar zu einer Plantage gehörte. Die Vegetation auf der anderen Seite wirkte üppig. Connor hantierte hektisch an den Schnallen des Gurtwerks, doch eine von ihnen schien zu klemmen. Aber schließlich gelang es ihm doch, sich zu befreien, und er rannte, so schnell er konnte, auf das Dickicht zu.

Dort hörte er nur das Kreischen der Frösche und Summen der Insekten. Das Unterholz war dicht und undurchdringlich; bisweilen kam er bloß geduckt oder sogar nur robbend voran. Er hatte nur eine vage Ahnung, in welche Richtung er lief, doch nach seinem letzten Blick auf die brennende Stadt schätzte er, dass er nach Süden unterwegs war. Immer wieder legte er eine Pause ein und lauschte auf Geräusche seiner Verfolger. Doch alles, was er hörte, war das Knacken der Äste, die er beiseite gedrückt hatte.

Als er sich gerade wieder ein wenig sicherer zu fühlen begann, schreckte er ein paar schlafende Vögel auf, die laut kreischend aufflatterten, sodass Connor glaubte, sein Herz müsse stehen bleiben. Er fluchte leise und trieb sich weiter zur Eile an, weil seine Verfolger den Lärm sicher auch gehört hatten. Ob es Makumas Männer oder Soldaten der UDF waren, spielte keine Rolle, weil beiden zuzutrauen war, dass sie ihn umbrachten, bevor er Gelegenheit hatte zu erklären, warum er in ihrem verdammten Krieg gelandet war.

Wie lange er sich so durch den Busch arbeitete, wusste er nicht. Gelegentlich sah er zwischen den Bäumen die brennende Stadt und erkannte schließlich auch den großen Wasserturm in der Nähe des Marktplatzes, anhand dessen er sich orientieren und seinen Kurs korrigieren konnte. Das Gefechtsfeuer war verstummt. Manchmal sah er vor den Flammen die kleinen schattenhaften Umrisse von Soldaten, die aus der Hüfte feuernd über die Felder rannten, wie es ihnen Makuma beigebracht hatte. Connor beobachtete, wie zwei von ihnen getroffen zu Boden fielen. Einmal tauchte über ihnen ein Kampfhubschrauber aus dem Dunkel auf, und die Flammen spiegelten sich blass orangefarben auf seinem Bauch wider, als er den Süden Karingoas streifte. Bei der allgemeinen Verwirrung konnte Connor nur Vermutungen anstellen, doch er hatte den Eindruck, dass die Rebellen die Stadt fast überrannt hatten und die Regierungstruppen nur noch in den südlichen Ausläufern letzten Widerstand leisteten.

Als Connor weiter nach Süden vordrang, verschwand die Stadt wieder hinter Bäumen, und er konnte nur noch den Widerschein des Feuers am Himmel sehen. Endlich tauchte das Ziel seiner Suche aus dem Dunkel: ein blasses horizontales Band, das von den schwarzen Umrissen einer Reihe von Bäumen gesäumt war. Es war die Mauer des Klostergartens, und er sprang über den davor liegenden Graben und presste mit gesenktem Kopf beide Hände an das bröckelnde weiße Mauerwerk, während er keuchend versuchte, wieder zu Atem zu kommen. Schweiß strömte ihm über den Körper, und seine Hände waren von Dornen, messerscharfen Blättern und Insekten zerstochen und blutig. Kriels schwarze Jacke war so heiß, dass er das Gefühl hatte, darin gegart zu werden, doch er behielt sie an, weil sie ihn in der Dunkelheit schützte. Er ruhte nur kurz aus, hangelte sich dann auf die Mauer und sprang in den Garten.

Kloster und Kapelle standen in Flammen. Aus dem Schutz der Orangenbäume beobachtete er, wie die Flammen zu den Fenstern in den oberen Stockwerken hochzüngelten, sich ein Fensterladen nach dem anderen löste und funkenstiebend in den Hof krachte. Er hatte erwartet, Soldaten zu sehen, doch die Anlage wirkte wie ausgestorben. Auch Schüsse waren nicht mehr zu hören, sondern nur das Knistern und Knacken des brennenden Gebäudes.

So verharrte er eine Weile, versuchte, sich den Ort vorzustellen, wie er einmal gewesen war, und sich auszumalen, wie Julia und Amy dort gelebt hatten, doch solche Gedanken schienen aus einer anderen Welt zu stammen. Er ging über den Sportplatz, vorbei an brennenden Trümmern, den geplünderten Küchen und den qualmenden Pfosten und Fetzen des Essenszeltes und weiter zu der kleinen Kapelle, in der die Flammen wie Dämonen über verkohlte Dachsparren rasten. Als er um die Vorderseite des Gebäudes kam, schreckte er einen räudigen Hund auf, der etwas Blasses zwischen den Zähnen hielt und eilig zwischen den Mangobäumen verschwand.

Connor ging die Auffahrt zwischen den Flammenbäumen hinunter, ohne sich noch einmal umzusehen. Als er sich dem Tor näherte, sah er, dass die Straße von zwei brennenden, umgestürzten Lkw blockiert wurde. Im nächsten Moment hörte er das Knattern eines schweren Maschinengewehrs, suchte Deckung zwischen den Mangobäumen und wäre beinahe über einen Soldaten gestolpert.

Der Mann lag im Schutz der Mauer im Gras und hielt sein Sturmgewehr auf das Tor gerichtet. Seiner Uniform nach gehörte er zur UDF, aber hundertprozentig sicher war Connor sich nicht. Er stellte fest, dass insgesamt sechs oder sieben Mann im Gras lagen. Als er sich aufrichten wollte, schrien sie, er solle liegen bleiben. Und kaum hatte er sich wieder auf den Boden geworfen, als in der Toreinfahrt eine Granate explodierte.

»Kommen Sie! Kommen Sie! Kommen Sie!«

Plötzlich sprangen alle auf und rannten die Auffahrt entlang. Connor folgte ihnen, ohne nachzudenken. Als sie in dem sich verziehenden Rauch der Granate durch das Tor liefen, ging das Maschinengewehrfeuer wieder los. Zum Glück wurde niemand getroffen, und sie hasteten im Schutz der Büsche und Bäume geduckt weiter, bis sie die Seitenmauer des Klosters erreichten.

Dort halfen sie sich gegenseitig hinauf und sprangen in das Gebüsch auf der anderen Seite. Einer der Soldaten hatte die Streifen eines Sergeants am Ärmel. Er packte Connors Schulter.

»Sind Sie ein Lehrer?«

Einen Moment lang wusste Connor nicht, was der Mann meinte. Der Sergeant wies mit dem Daumen auf das brennende Gebäude.

»Sind Sie Lehrer hier?«

»Ja.«

»Kommen Sie jetzt. Wir müssen uns beeilen.«

Etwa eine Meile die Straße entlang wartete ein kleiner Konvoi von Lkw im Schutz einiger hoher Eukalyptusbäume, hinter denen zu beiden Seiten die dicht bewaldeten Hänge des Tals aufragten. Die brüllenden Offiziere und die hektischen Stimmen aus den Funkgeräten trugen nur zum allgemeinen Gefühl wachsender Panik bei. Jeder wollte so schnell wie möglich weg.

Connor war der einzige Zivilist und Ausländer, doch niemand fragte ihn, was er hier machte, und er hielt sich an den jungen Sergeant, als dieser mit seinen Männern auf die Ladefläche eines offenen Lasters stieg. Wenn ein Lkw voll war, wurde er auf die Straße gewinkt, und bald setzte sich auch Connors Gefährt durch den dichten Staub in Bewegung, während der Himmel in ihrem Rücken von dem brennenden Kloster erleuchtet wurde.

Die Rebellen hatten die Stadt offenbar umzingelt, um die Straße durch das Tal abzuschneiden, denn auf den Hügeln zu beiden Seiten konnte er gelegentlich das Flackern und Donnern von Gefechtsfeuer hören. Im Scheinwerferlicht der Lastwagen erkannte er, dass die Straße von Geschosskratern übersät und von ausgebrannten Autowracks und der Hinterlassenschaft einer flüchtenden Menschenmenge gesäumt war. Auch Leichen lagen am Wegrand, und Connor betrachtete sie mit einem Gefühl dunkler Vorahnung, während er sich immer wieder einzureden versuchte, dass die beiden Menschen, die er am meisten liebte, irgendwo in Sicherheit waren.

Einige der Soldaten, zwischen denen er saß, waren verwundet, und alle wirkten zu erschöpft oder geschockt, um zu reden; sie starrten mit leerem Blick in die Nacht oder auf den Metallboden vor sich. Der Soldat, der Connor gegenüber saß, konnte nicht älter als sechzehn sein. Er blutete aus einer Kopfwunde und zitterte. Connor zog seine Jacke aus und breitete sie behutsam über die Schultern des Jungen.

Kurz darauf wurde die Luft von einem Krachen zerrissen, das alle zusammenzucken und die Köpfe einziehen ließ. Als er aufblickte, sah Connor drei Kampfjets Richtung Karingoa schießen, und hörte wenig später den Einschlag der Bomben, dessen Echo sich im ganzen Tal und die Hügel hinauf ausbreitete. Kaum war es verklungen, donnerten Welle auf Welle weitere Flugzeuge über sie hinweg nach Norden, bis ihre Kolonne sich so weit vom Tal entfernt hatte, dass das Geräusch des Bombardements nur noch gedämpft an ihr Ohr drang.

Wie lange er geschlafen hatte, wusste er nicht, doch als er aufwachte, begann es zu dämmern. Die meisten Soldaten schliefen noch. Die Wolken hingen schwer und tief herab, die Luft war feucht und roch nach Regen. Schlaftrunken blickte Connor zurück auf die Straße und betrachtete die blasser werdenden Lichter der hinter ihnen in der Kolonne fahrenden Lkw, die abbremsten, um ein ausgebranntes Wrack zu umfahren.

Und dann sah er ihn: den uralten Doppeldeckerbus des Klosters.

Er sprang auf und brüllte dem Fahrer zu, er solle anhalten. Die Soldaten um ihn herum wachten auf und knurrten ihn an, sich wieder hinzusetzen. Er rief erneut, doch der Fahrer konnte oder wollte ihn nicht hören, sondern gab sogar noch mehr Gas. Ohne sich darum zu kümmern, stolperte Connor über die Beine fluchender und schimpfender Soldaten bis zum Fahrerhäuschen und hämmerte gegen das Rückfenster und auf das Dach.

»Anhalten! Sie müssen anhalten!«

Der Fahrer sah nicht begeistert aus und brüllte etwas zurück, was Connor nicht verstand. Er trommelte weiter, bis der Mann schließlich bremste. Noch bevor der Wagen zum Stehen gekommen war, sprang Connor schon auf die Straße. Er stürzte, war aber sofort wieder auf den Beinen. Der Fahrer und etliche Soldaten stiegen ebenfalls aus und riefen ihm wüste Beschimpfungen nach.

»Der Bus! Das ist der Bus vom Kloster! Meine Familie!«

Er drehte sich um und hastete los. Ein entgegenkommender Laster hupte, doch Connor beachtete ihn gar nicht, sondern rannte an ihm vorbei. Bis zurück zum Bus waren es nur etwa hundertfünfzig Meter, doch er dachte es wären Meilen. Gertrude lag schräg mit einem Rad im Straßengraben und sah aus, als würde ein winziger Schubs genügen, um sie umzukippen. Lange bevor er den Bus erreichte, sah Connor, dass er ausgebrannt war. Die Scheiben im oberen Deck waren verschwunden, das Dach und das Oberdeck schwarz und verbogen. Motorhaube und Kühlergrill sahen nach einer Explosion aus wie ein verkohlter Schellfisch, und in der Fahrerkabine saß zusammengekauert, als wollte sie sich noch im Tod schützen, eine bis zur Unkenntlichkeit verbrannte Leiche. Connor machte sich darauf gefasst, im Bus auf weitere Leichen zu stoßen, doch er konnte auf beiden Decks keine entdecken, genauso wenig wie in der ausgebrannten Karosserie des dahinter stehenden Lkw. Der junge Sergeant und zwei seiner Soldaten waren ihm nachgerannt, um ihn zurückzuholen.

»Wir dürfen hier nicht anhalten«, sagte der Sergeant.

»Dann fahren Sie weiter.«

»Nein. Kommen Sie. Hier ist es gefährlich.«

Er legte eine Hand auf seine Schulter. Connor schüttelte sie ab und drängte den Sergeant zu gehen. Vor seinem inneren Auge spulten sich rasend schnell Bilder des möglichen Geschehens ab. Da es nur eine Leiche gab, waren die anderen Insassen vielleicht unverletzt entkommen und von anderen Fahrzeugen mitgenommen worden.

»Kommen Sie«, sagte der Soldat. »Hier finden Sie nichts.«

»Sie könnten noch irgendwo in der Gegend sein.«

»Wo? Sehen Sie sich doch um. Hier ist niemand.«

Ein weiterer Lkw donnerte vorbei und hupte laut. Connor ließ verzweifelt seinen Blick über die dichte Vegetation auf dem Hang schweifen, dessen Kuppe von tief hängenden Wolken verhüllt war. Eine tiefe Verzweiflung überkam ihn. Er stolperte ein paar Schritte in das Gebüsch neben der Straße und schrie laut zum Himmel: »Julia!«

Der Ruf hallte durch das Tal, und er rief ihren Namen wieder und wieder, bis die Echos sich überlappten. Als schließlich die letzte Silbe verklungen war, suchte er den Hang auf irgendein Zeichen von Bewegung ab, doch es rührte sich nichts.

Im selben Moment begann es zu regnen, erst ganz sacht, dann in dicken Tropfen.

»Kommen Sie«, sagte der Sergeant leise. Connor brachte kein Wort heraus, sondern schüttelte nur stumm den Kopf.

»Vielleicht finden Sie sie in einem der Lager.«

Connor nickte und ließ den Kopf sinken. Der Regen war heftiger geworden. Die Soldaten, die auf der offenen Ladefläche des Lasters warteten, schimpften.

»Kommen Sie jetzt«, sagte der Sergeant wieder und legte erneut eine Hand auf Connors Schulter, der sich in seiner Verzweiflung zum Lkw führen ließ.

Plötzlich klangen die Rufe der Soldaten verändert. Der Sergeant drehte sich um und blieb stehen.

»Schauen Sie«, sagte er.

Auch Connor wandte sich um. Der Regen war jetzt so dicht und seine Augen so von Tränen verschleiert, dass er zunächst gar nichts sah. Dann bewegte sich die Gestalt im Gebüsch neben der Straße, und er erkannte sie.

»Connor?«

In dem rauschenden Regen klang ihre Stimme klein, zerbrechlich und staunend.

»Connor? Bist du es wirklich?«

Er machte kehrt und stolperte auf wackligen Beinen die Straße entlang. Sie war jetzt aus dem Gebüsch getreten und kam durch einen Schleier aus Regen auf ihn zu.

»Julia?«

Noch ein gutes Stück voneinander entfernt blieben sie stehen und starrten einander an, als sähen sie einen Geist. Ihr Kleid war zerrissen, ihr Gesicht schmutzig, und ihr kurzes Haar strähnig und nass. Doch nie hatte sie schöner ausgesehen als jetzt.

»Warum bist du ...?«, fragte sie. »Was machst du ...?«

»Ich hab gehört, dass du hier bist. Ich musste dich finden.«

Sie schüttelte kaum merklich den Kopf, bevor ihr die Tränen kamen. Er ging auf sie zu und nahm sie in die Arme. Ihr ganzer Körper begann zu zittern, und er versuchte, ihr zu sagen, was er empfand. Aber er hatte keine Worte dafür. So drückte er ihr Gesicht an seine Brust und strich über ihr Haar. Sie klammerte sich an ihn und versuchte etwas zu sagen, fing aber stattdessen bitterlich zu weinen an.

Über ihre Schulter hinweg sah er jetzt die anderen wie gejagte Tiere aus dem Gebüsch treten. Er erkannte Pringle, den Arzt, und Schwester Emily mit zwei Kindern an der Hand. Die anderen folgten von den Nonnen geführt dicht dahinter. In diesem Moment drängte sich ein Mädchen an ihnen vorbei und lief durch den Regen auf ihre Mutter zu; Amy, seine Tochter, die er seit ihrer Taufe nicht mehr gesehen hatte und die zu einem hoch aufgeschossenen, hübschen jungen Mädchen mit blonder Mähne geworden war.

»Mami?«

Julia nahm sie in die Arme und erklärte ihr, wer Connor war, doch irgendwie wusste Amy das längst, streckte zögernd die Hand aus und ergriff die seine. Und während der Regen auf sie niederprasselte und die Straße in einen schlammigen Fluss verwandelte, klammerten sich die drei aneinander, als ob sie sich nie wieder trennen wollten.

32

Es war ein kristallklarer Montanamorgen, der frisch gefallene Schnee glitzerte in der Sonne wie pailettenbesetzter Samt, und die Berge zeichneten sich so scharf vor dem blauen Himmel ab, dass man jede vereiste Felsspalte erkennen konnte. Julia folgte den Hunden auf die unberührten Planken der neuen Terrasse und schloss die Küchentür hinter sich. Selbst in der Kälte rochen die frisch gesägten Bretter harzig. Einen Moment lang betrachtete sie die Eiszapfen an der Traufe und die dahinter liegenden Berge, während die beiden jungen Collies um sie herumhüpften.

»Hey, ihr zwei. Runter mit euch. Runter jetzt.«

Sie ging die Treppe hinab, blieb erneut stehen und schirmte ihre Augen mit der Hand gegen das grelle Licht ab. Alles, was sie von den Pferden sah, war eine doppelte Hufspur, die aus der Scheune vorbei an dem Pferch und dann in einem sanften Bogen den Hang hinauf in den Wald führte. Sie vermutete, dass sie auf dem üblichen Weg zurückkommen würden, schlug ihren Kragen hoch und wandte sich Richtung Bach.

Das Haus, das sie gebaut hatten, stand in einer flachen Mulde zwischen den Hügeln, mehrere Meilen östlich der massiven Kalksteinwände der Rocky Mountains. Es war ein flaches, bescheidenes Holzhaus, aus dessen steinernem Kamin Rauch aufstieg. Mehr als ein Jahr hatten sie daran gebaut. Und mit jedem Balken und jedem Nagel, jeder Strebe und jedem Sparren hatte auch die Neukonstruktion ihres Lebens langsam Gestalt angenommen.

Die Heimkehr war ihnen schwer gefallen.

In den wenigen Tagen, die sie vor dem Rückflug in die USA in Kampala verbracht hatten, hatten Amy und Julia sich verstört in ihrem Hotelzimmer verkrochen, um ihre Wunden zu lecken, während Connor durch die Stadt gehetzt war und verschiedenes organisiert hatte. Er wollte Schwester Emily bei der Suche nach einem neuen Zuhause für die Kinder von St. Mary's helfen und brachte Thomas und Lawrence Nyeko endlich zusammen, die beide von seinen Freunden, den Odongs, adoptiert wurden. Er half sogar, die Beerdigung des armen George in die Wege zu leiten, der eine volle Granatwerfersalve abbekommen hatte und wie durch ein Wunder das einzige Opfer auf der Flucht aus Karingoa geblieben war. Deshalb hatten Julia und Connor kaum einen Moment Zeit für sich gehabt.

Nachdem seine Suche und sein verzweifelter Ruf sie im strömenden Regen neben dem ausgebrannten Bus zusammengeführt hatte, nahm Julia an, dass nun alles geklärt sei und sie und Connor nach ihrer Heimkehr ein Paar seien und mit Amy glücklich in Montana leben würden. Doch es sollte anders kommen.

Für die Dauer ihres Afrikaaufenthalts hatte Julia das Haus in Missoula an Doktoranden der University of Missoula vermietet, Freunde von Freunden, die das Gebäude auch sauber und ordentlich gehalten, jedoch alle Möbel verrückt und einen so fremden Geruch darin hinterlassen hatten, dass Amy sofort in Tränen ausbrach und ganz unglücklich war.

Nachdem sie ihr Spielzeug wieder gefunden und Kontakt mit ihren alten Freundinnen aufgenommen hatte, ging es ihr wieder besser. Doch keine noch so gründliche Lüftung und Reinigung konnte die Erinnerungen an Ed vertreiben.

Julia wusste, dass Connor es noch deutlicher spürte als sie. Sie versuchte sich zwar einzureden, dass sie Eds Segen hatten und er gewollt hätte, dass sie glücklich waren, doch sie schaffte es nicht, einfach darüber hinwegzugehen. Sie wollte mit Connor darüber reden, hatte aber Angst davor.

Er blieb ein paar Tage und half ihnen, sich wieder einzurichten. Doch Julia spürte seine Verlegenheit. Nach den traumatischen Erlebnissen brauchte Amy ihre Nähe, auch nachts. Connor schlief in dem kleinen Gästezimmer, und wenn Amy eingeschlummert war, fragte Julia sich, ob sie zu ihm gehen sollte. Doch sie befürchtete, dass Amy aufwachen könnte, und war sich außerdem nicht sicher, ob er so empfand wie sie. Am dritten Morgen brach er zur Ranch seiner Mutter auf. Er wirkte erleichtert. Zum Abschied küsste er sie auf die Wange wie eine gute Freundin.

In jenen ersten verzweifelten Tagen kam es Julia so vor, als wäre ihr gesamtes Leben auf den Kopf gestellt worden.

Er rief täglich an und kam sie auch häufig besuchen. An den Wochenenden fuhr sie mit Amy zur Ranch seiner Mutter. Es waren die ersten Frühlingstage, und als es wärmer wurde, ritt Connor mit Amy aus, oder sie gingen zu dritt wandern. Er schenkte Amy eine Kamera und zeigte ihr, wie man sie benutzte. Und er nahm sie mit an den Fluss und lehrte sie Fliegenfischen.

Seine Art, mit ihr umzugehen, war vollkommen anders als Eds. Amys Beziehung zu Ed war von überschwänglichem Plappern und Scherzen geprägt gewesen, sodass man in ihrer Gegenwart bisweilen das Gefühl hatte, zwei Komikern zuzuhören. Auch Connor redete mit Amy, doch seine Art war sehr viel sanfter, und wenn er sie mit seinen hellblauen Augen ansah, hörte er meist lächelnd zu.

Julia beobachtete, wie die beiden vertrauter miteinander wurden, und freute sich für sie, konnte jedoch einen Hauch von Eifersucht nicht unterdrücken, denn ihre eigene Beziehung mit Connor schien sich zu einer Art geschwisterlichen Freundschaft entwickelt zu haben. Es gab Blicke und Berührungen, bei denen sie sich sicher war, dass er sie genauso wollte wie sie ihn. Doch keiner schien bereit oder in der Lage, die Grenze zu überschreiten. Außerdem ergab sich, solange Amy noch so anhänglich und die Erinnerung an Ed noch so lebendig war, einfach keine Gelegenheit.

Anfang Juni schien Amy ihren alten Elan und ihr Selbstbewusstsein wieder gefunden zu haben. Sie schlief jetzt nicht mehr bei Julia, sondern in ihrem eigenen Zimmer. Eines Abends verkündete sie beim Essen, dass ihre Freundin Molly am nächsten Wochenende eine Geburtstagsparty mit Übernachten feiern würde.

»Darf ich da auch hingehen?«, fragte sie vorsichtig.

»Ob du darfst? Aber sicher, das ist doch toll.«

»Und du hast ganz bestimmt nichts dagegen?«

»Wer weiß, vielleicht mache ich ja auch eine Party mit Übernachten!«

»Mit Connor?«

Julia schluckte. Sie lachte ein wenig zu laut und spürte, wie sie rot wurde.

»Nein, nein, mein Schatz, das habe ich bloß so dahergesagt. Es war ein Witz.«

»Es ist okay, weißt du. Ich hab nichts dagegen.«

Julia wusste nicht, wo sie aus Verlegenheit hinschauen sollte. Amy redete unbeeindruckt weiter.

»Ich meine, ich dachte, wir würden alle, na ja, zusammenleben.«

»Möchtest du denn das?«

»Natürlich möchte ich das! Ich hab ihn lieb. Er ist nicht mein Daddy, aber er ist mein Vater.«

Julia stand auf, und sie umarmten sich lachend und weinend.

»Du liebst ihn doch auch. Das sehe ich daran, wie du ihn anguckst.«

»Tu ich das? Ich meine, das siehst du?«

»Ja. Und er schaut dich genauso an.«

»Wirklich?«

Amy löste sich aus der Umarmung und wischte sich die Tränen ab.

»Warum stellt ihr euch nur so dämlich an?«

Julia zuckte die Achseln.

»Jedenfalls«, fuhr Amy fort, »geh ich zu dieser Party mit Übernachten. Okay?«

»Okay.«

»Okay.«

Am selben Abend rief Julia Connor an und fragte ihn, was er am Freitagabend vorhätte.

»Nun, ich habe ein Date.«

»Oh.« Julia war wie vor den Kopf gestoßen.

»Mit dir und Amy. Kommt ihr dieses Wochenende denn nicht auf die Ranch?«

»Amy ist zu einer Geburtstagsfeier eingeladen.« Julia schluckte. »Es ist eine von diesen Partys mit Übernachten, weißt du.«

»Oh.«

»Deshalb habe ich mich gefragt, ob du Lust hättest vorbeizukommen. Ich könnte uns was Leckeres kochen. Wenn es trocken bleibt, grillen wir.«

»Nur wir beide.«

»Ja.«

Eine Weile schwieg er. Wollte er sie auf die Folter spannen?

»Ich meine, du musst natürlich nicht«, plapperte sie weiter. »Es war bloß so eine Idee. Vielleicht hast du ja auch was anderes vor.«

»Um wie viel Uhr?«

»Ich muss Amy um sechs bei der Party abliefern.«

»Dann bin ich um sieben bei dir.«

Die Zeit bis zum Freitag verging nur langsam. Julia bezog ihr Bett neu und stellte Blumen auf einen der Nachttische. Auf dem anderen befanden sich ein paar gerahmte Familienfotos von Amy, Ed und ihr, und sie nahm sich vor, sie später wegzuräumen. Sie fuhr in die Stadt, um Lebensmittel einzukaufen, sich die Beine epilieren und die Haare schneiden zu lassen. Als sie zurückkam, bemerkte Amy, wie hübsch sie aussah, und Julia meinte beiläufig, dass kürzere Haare im Sommer praktischer seien.

Anfang der Woche hatte Julia sich nach einem neuen Kleid umgesehen, jedoch nichts Passendes gefunden und deshalb das hellblaue Kleid wieder hervorgekramt, das sie sich vor vielen Jahren zu Connors Überraschungswillkommensparty gekauft hatte. Sie brachte es in die Reinigung, und hinterher sah es aus wie neu.

Sie setzte Amy zehn Minuten früher bei Molly ab und wäre auf dem Heimweg beinahe beim Schnellfahren erwischt worden. Es war ein klarer, warmer Tag, sodass sie den Tisch auf der Veranda gedeckt und Windlichter in den Bäumen verteilt hatte. Es sollte Tunfischsteaks, Kartoffeln und Salat und zum Nachtisch Himbeeren mit Sahne geben. Connor würde wahrscheinlich Bier trinken, doch für alle Fälle stellte sie auch Wein und Sekt kalt. Sie warf den Grill an und ging ins Bad.

Sie duschte und cremte sich nach dem Abtrocknen mit einer teuren Feuchtigkeitslotion ein, die Linda ihr geschenkt hatte. Die Frage, welche Unterwäsche sie tragen sollte, beschäftigte sie unziemlich lange. Ihre Arme und Schultern waren von der Sonne der letzten Tage gebräunt, sodass sie sich am Ende für einen schlichten, cremefarbenen Seiden-BH mit passendem Slip entschied.

Das Kleid sah umwerfend aus. Vielleicht ein wenig Lidschatten und Mascara, aber keinen Lippenstift. Na ja, ein bisschen. Nein, lieber doch nicht. Sollte sie die Nachttischlampe anknipsen? Oder würde das zu berechnend wirken? Mein Gott, wenn er nach den Kerzen, den Blumen und dem Sekt immer noch nicht kapiert hatte, was los war, konnte sie sowieso alles vergessen. Was würde Linda an ihrer Stelle tun? Vielleicht sollte sie sie anrufen. Nein. Sie würde die Lampe doch wieder ausmachen. Oder an? Ach, verdammt. Sie ging nach unten und legte eine Spencer-Lewis-CD auf. Sie hieß *A Sense of Place*. Sie erinnerte sich daran, dass Connor bei der Taufe eine Bemerkung darüber gemacht hatte, zumindest hoffte sie, dass es dieses Album gewesen war. Die Musik klang jedenfalls leicht und unbeschwert, was irgendwie passend schien.

Um fünf nach sieben hörte sie einen Pick-up in der Auffahrt. Sie warf einen letzten prüfenden Blick in den Spiegel, schloss dann die Augen und flüsterte: »Ed? Es ist doch okay, oder? Sag mir, dass es okay ist.«

Sie deutete sein Schweigen als Zustimmung.

Connor hatte ein lachsfarbenes Jeanshemd mit weißen Druckknöpfen an und seine alte Jeans, die aussah wie frisch gewaschen. Dazu trug er seine besten Stiefel und den besten Hut, den er auf dem Weg über den Kies in der Auffahrt abnahm, ohne den Blick von ihr zu wenden. In der anderen Hand hatte er eine Flasche Sekt und unter dem Arm einen Strauß blauer Kornblumen. Ein paar Schritte von ihr entfernt blieb er stehen, betrachtete sie und lächelte.

»Ich erinnere mich an das Kleid.«

»Ja, also, weißt du, sie sind alle wieder da, Chuck Hamer und die anderen Jungs, um dich zu überraschen. Ich dachte, ich warne dich dieses Mal lieber vor.«

»Danke.«

»Gern geschehen.«

»Du siehst so verdammt schön aus, dass ich gar nicht weiß, wo ich hinschauen soll.«

Julia schluckte und lächelte.

»Na, dann schau eben weiter.«

Er machte einen Schritt auf sie zu und überreichte ihr die Blumen.

»Danke.«

Ihre Stimme war so leise, dass sie sich selbst kaum hören konnte. Er kam noch ein wenig näher, sodass sie sich beinahe berührten. Sie roch seinen sauberen, seifigen Duft, bemerkte, wie er seinerseits den ihren einsog und seinen Blick auf ihre Lippen senkte. Sie öffnete leicht den Mund und streckte ihm ihre

Lippen entgegen, und plötzlich schien alles still zu stehen, als hätte die Welt aufgehört zu existieren.

Da ihre Hände voll waren mit Blumen, Flaschen und Hüten, berührten sich nur ihre Münder. Dann drehte sie sich wortlos um, führte ihn ins Haus und hinauf ins Schlafzimmer. Sie legte die Blumen auf den Nachttisch und stellte mit Entsetzen fest, dass sie die Fotos auf dem anderen Nachttisch vergessen hatte wegzuräumen. Herrgott, was war sie nur für ein Dummkopf. Falls Connor sie überhaupt bemerkt hatte, schienen sie ihn nicht zu stören.

Er deponierte den Sekt und seinen Hut auf dem Stuhl und wandte sich ihr zu. Er strich mit der Fingerspitze über ihren Arm, erst außen, dann innen, fasste dann ihre Schultern, küsste sie auf den Hals, unter dem Kinn und weiter zum Ohr hinauf.

Er drehte sie um und küsste das Muttermal in ihrem Nacken, zog langsam den Reißverschluss ihres Kleides auf, ließ es an ihrem Körper zu Boden fallen und glitt mit seinen Händen über ihren Rücken, ihre Hüften und Schenkel. Sie wandte sich um und küsste ihn, und er strich mit der Hand über ihre Brüste und liebkoste sie mit dem Mund. Als er ihren BH aufhaken wollte, spürte sie, dass seine Hände zitterten. Sie half ihm und sah ihn dabei unverwandt an. Und auch er wendete den Blick nicht von ihr.

Sie bemerkte, wie er kurz zu den Fotos auf dem Nachttisch schielte.

»Es ist okay, Connor.« Sie küsste ihn sanft. »Jetzt gibt's nur noch uns.«

Er nickte. Sie küsste ihn leidenschaftlicher und spürte bald, wie er sich entspannte. Er streichelte ihre Brüste und Brustwarzen und wiederholte das Ganze mit Lippen und Zunge. Sie zog ihn an sich und küsste ihn erneut, während sie sein Hemd aufknöpfte und ihre Hand zwischen seine Beine schob. Sie spürte, wie hart er schon war.

»O Connor, ich habe mich schon so lange nach dir gesehnt.«

»Und ich nach dir. Wie oft habe ich davon geträumt.«

»Ich auch.«

Er bettete sie sanft auf die Matratze, und sie beobachtete, wie er Stiefel und Hose auszog und sie dabei nicht aus den Augen ließ. Die Abendsonne fiel schräg durch das Fenster. Sie bemerkte, wie dünn er aussah und dass seine blasse Haut von zahlreichen Narben übersät war. Dann kniete er nackt vor ihr nieder, streichelte und küsste die Innenseite ihrer Schenkel und zog ihr langsam den Slip aus. Er hauchte einen Kuss auf ihren Bauch, spreizte ihre Beine und küsste sie auch dort.

Praktisch in dem Moment, in dem er in sie eindrang, kam sie zum Höhepunkt. Dann spürte sie, dass auch er kam, tief in ihr, als hätte er endlich seinen Platz in ihrer Mitte gefunden. Sie fing an zu schluchzen und konnte nicht mehr aufhören. Ihr ganzer Körper bebte.

»Versprich mir«, brachte sie schließlich flüsternd heraus, »versprich mir, dass du nie wieder weggehst.«

»Ich verspreche es.«

Über Nacht waren fast dreißig Zentimeter Neuschnee gefallen, der unter ihren Stiefeln knirschte. Die Collies rannten vor, jagten einander, Schnee aufwirbelnd, um die Bäume und kehrten immer wieder zu ihr zurück, um sich zu vergewissern, dass sie noch da war. Vom Ufer des Bachs ragten Eiszapfen über das vor Kälte dampfende Wasser.

Sie folgte den Hunden durch das Unterholz der Weiden und Traubenkirschen am Ufer entlang, vorbei an den Ruinen eines verlassenen Biberbaus und weiter bis zu der Biegung, wo das Land ebener wurde, sodass man das ganze Tal überblicken konnte. Und da waren sie: Noch gut eine halbe Meile entfernt kamen sie ihr im leichten Trab am Ufer entgegen.

Die beiden waren so sehr ins Gespräch vertieft, dass sie sie noch nicht entdeckt hatten. Sie versteckte sich hinter den Pappeln, um sie zu beobachten. Amy trug einen roten Wollmantel und ein Paar abgewetzte lederne Beinschützer, die Connors Mutter ihr vermacht hatte. Ihr Hut war einer von Connors alten Schmuckstücken, das er ausgepolstert hatte, damit er ihr passte. Er ritt auf einem hellgrauen Pferd, das ein wenig größer war als das hübsche braun-weiß gescheckte, das er Amy zu Weihnachten geschenkt hatte. Vor dem Hintergrund der Berge sahen sie aus wie zwei Desperados.

Die Hunde verrieten Julias Versteck. Sie rannten auf die Pferde zu. Als Connor Julia entdeckte, winkten er und Amy. Julia erwiderte die Geste und beobachtete, wie sie ihren Pferden die Sporen gaben.

Als sie näher kamen, zügelten sie die Tiere und brachten sie zum Stehen.

»Mami! Wir haben Wolfsspuren gesehen!«

»Wirklich?«

»Ja, weiter oben, hinter dem alten Gehöft.«

»Na, da solltest du mit deinem roten Mantel ja besser aufpassen.«

Sie lachten. Connor stieg ab und ging, sein Pferd am Halfter führend, zu ihr.

»Hey, Mrs. Ford, Sie sollten doch eigentlich im Bett bleiben.«

»An einem Tag wie diesem? Ich bitte dich.«

Er legte seine Hand auf ihren gewölbten Bauch und küsste sie.

»Möchtest du aufsitzen?«, fragte Connor. »Ich heb dich hoch, und du kannst im Damensitz reiten.«

»Klar, wenn du willst, dass ich das Baby gleich hier an Ort und Stelle bekomme.«

»Lieber nicht«, meinte Amy.

Julia war im achten Monat schwanger. Sie wussten bereits, dass es ein Mädchen war, und hatten sogar schon einen Namen für sie. Mit erstem Vornamen sollte sie Emily, mit zweitem Skye heißen.

Amy ritt vor. Connor legte seinen Arm um Julia, und sie gingen am Ufer entlang durch den Pappelhain zum Haus.

Manchmal fragte Julia sich, was geschehen oder auch nicht geschehen wäre, wenn Amy nicht die Initiative ergriffen hätte und zu dieser Party mit Übernachten gegangen wäre. Die wichtigen Dinge im Leben geschehen nie zufällig.

DANKSAGUNG

Vielen Dank für ihre Hilfe bei meinen Recherchen an Priscilla Robinson, Rob Whitty, Huw Alban Davies, Suzanne Laverty, Dave Mills, Bruce Weide, Pat Tucker, Jeanette Ingold, Jim Marks, Bob Maffit, Dan Pletscher, Dave Friend, Chris Thomas, Jeremy Mossop, Janey King, Sam Davis, Geoffrey Kalebbo, Philip Jones Griffiths, Charles Glass, Gavin Smith sowie Larry Stednitz und Garrett Munson von Alternative Youth Adventures. Für ihre Unterstützung, ihre Ermutigung und vieles mehr geht mein Dank an Linda Shaughnessy, Larry Finlay, Sally Gaminara, Irwyn Applebaum, Nita Taublib, Tracy Devine, Caradoc King und Charlotte Gordon Cumming.

Und schließlich für ihre Hilfe und ihre Geduld weit über jede Pflicht hinaus ein besonderes Dankeschön an zwei großartige Feuerspringer aus Missoula, Wayne Williams und Tim Eldridge.

